译文经典

悲伤与理智
On Grief and Reason
Joseph Brodsky

〔美〕约瑟夫·布罗茨基 著

刘文飞 译

上海译文出版社

心怀感激地献给罗杰·威·斯特劳斯 ①

① 罗杰·威廉姆斯·斯特劳斯（1917—2004），纽约法拉尔、斯特劳斯和吉罗克斯出版社的创始人之一，这家出版社出版了包括这部《悲伤与理智》在内的布罗茨基多部诗集和文集。

赞美一切诗歌格律，它们拒绝自动反应，

强迫我们三思而行，摆脱自我之束缚。

——温·休·奥登 ①

目 录

译　序

　　约瑟夫·布罗茨基（Joseph Brodsky；Иосиф Бродский，1940—1996）是以美国公民身份获取 1987 年诺贝尔文学奖的，但他在大多数场合却一直被冠以"俄语诗人"（Russian poet）之称谓；他在一九七二年自苏联流亡西方后始终坚持用俄语写诗，并被视为二十世纪后半期最重要的俄语诗人，甚至是"第一俄语诗人"（洛谢夫语），可在美国乃至整个西方文学界，布罗茨基传播最广、更受推崇的却是他的英语散文，他甚至被称作"伟大的英语散文家之一"（one of the English language's great essayists，见企鹅社英文版《悲伤与理智》封底）。作为高傲的"彼得堡诗歌传统"的继承人，布罗茨基向来有些瞧不起散文，似乎是一位诗歌至上主义者，可散文却显然给他带来了更大声誉，至少是在西方世界。世界范围内三位最重要的布罗茨基研究者——列夫·洛谢夫（Lev Loseff）、托马斯·温茨洛瓦（Tomas Venclova）和瓦连金娜·帕鲁希娜（Valentina Palukhina）都曾言及散文创作对于布罗茨基而言的重要意义。洛谢夫指出："布罗茨基在美国、一定程度上也是在整个西方的作家声望，因为他的散文创作而得到了巩固。"帕鲁希娜说："布罗茨基在俄国的声誉主要仰仗其诗歌成就，而在西方，他的散文却在塑造其诗人身份的过程中发挥着主要作用。"温茨洛瓦则称，布罗茨基的英语散文"被公认为范文"。作为"英文范文"的布罗茨基散文如今已获得广泛的阅读，而布罗茨基生前出版的最后一部散文集《悲伤与理智》（On Grief and

Reason，1995)，作为其散文创作的集大成者，更是赢得了世界范围的赞誉。通过对这部散文集的解读，我们或许可以获得一个关于布罗茨基散文的内容和形式、风格和特色的较为全面的认识，可以更加深入地理解布罗茨基创作中诗歌和散文这两大体裁间的关系，进而更加深入地理解布罗茨基的散文创作，乃至他的整个创作。

一

约瑟夫·布罗茨基一九四〇年五月二十四日生于列宁格勒（今圣彼得堡），父亲是海军博物馆的摄影师，母亲是一位会计。天性敏感的他由于自己的犹太人身份而主动疏离周围现实，并在八年级时主动退学，从此走向"人间"，做过包括工厂铣工、太平间整容师、澡堂锅炉工、灯塔守护人、地质勘探队员等在内的多种工作。他于二十世纪五十年代末开始写诗，并接近阿赫马托娃。他大量阅读俄语诗歌，用他自己的话说在两三年内"通读了"俄国大诗人的所有作品，与此同时他自学英语和波兰语，开始翻译外国诗歌。由于在地下文学杂志上发表诗作以及与外国人来往，布罗茨基受到克格勃的监视。一九六三年，布罗茨基完成《献给约翰·邓恩的大哀歌》（Большая элегия Джону Донну），并多次在公开场合朗诵此诗，此诗传到西方后引起关注，为布罗茨基奠定了诗名。一九六四年，布罗茨基因"不劳而获罪"被起诉，判处五年刑期，被流放至苏联北疆的诺连斯卡亚村。后经阿赫马托娃、楚科夫斯基、帕乌斯托夫斯基、萨特等文化名人的斡旋，他在一年半后获释。在当时东西方冷战的背景下，这所谓的"布罗茨基案件"（Дело Бродского）使布罗茨基举世闻名，他的一部诗集在他本人并不知晓的情况下于一九六五年在美国出版,之后,他的英文诗集《献给约翰·邓恩的大哀歌及其他诗作》(Elegy to John Donne and Other Poems,1967)和俄文诗集《旷野中的停留》(Остановка в пустыне,1970)又相继在英国和美国面世,与此同时,他在苏联国内的处境却更加艰难,无法发表任何作品。一九七二年,布罗茨基被苏联当局变相驱逐出境,他在维也纳受到奥登等人关照,之后移居美国,先后在美国多所大学执教,并于一九七七年加入美国国籍。定居美国后,布罗茨基在流亡前后所写的诗作相继面世,他陆续推出多部俄、英文版诗集,如《诗选》(Selected Poems,1973)、《在英国》(В Англии,1977)、《美好时代的终结》(Конец прекрасной эпохи,1977)、《话语的部分》(Часть речи,1977;Part of Speech,1980)、《罗马哀歌》(Римские элегии,1982)、《献给奥古斯都的新章》(Новые стансы к Августе,1983)、《乌拉尼亚》(Урания,1987;To Urania,1992)和《等等》(So Forth,1996)等。一九八七年,布罗茨基获诺贝尔文学奖,成为该奖历史上最年轻的获奖者之一。之后,布罗茨基成为享誉全球的大诗人,其诗被译成世界各主要语言。一九九一年,他当选美国"桂冠诗人"(Laureate Poet)。苏联解体前后,他的作品开始在俄国发表,至今已有数十种各类单行本诗文集或多卷集面世,其中又以圣彼得堡普希金基金会推出的七卷本《布罗茨基文集》(Сочинения Иосифа Бродского,т. I-VII,2001—2003)和作为"诗人新丛书"之一种由普希金之家出版社和维塔·诺瓦出版社联合推出的两卷本《布罗茨基诗集》(Стихотворения и поэмы в 2 т.,2011)最为权威。一九九六年一月二十八日,布罗茨基因心脏病发作在纽约去世,其遗体先厝纽约,后迁葬于威尼斯的圣米歇尔墓地。

像大多数诗人一样,布罗茨基在文学的体裁等级划分上总是抬举诗歌的,他断言诗歌是语言存在的最高形式。布罗茨基曾应邀为一部茨维塔耶娃的散文集作序,在这篇题为《诗人与散文》(Поэт и проза;A Poet and Prose)的序言中,他精心论述了诗歌较之于散文的若干优越之处:诗歌有着更为悠久的历史;诗人因其较少功利的创作态度而可能更接近文学的本质;诗人能写散文,而散文作家却未必能写诗,诗人较少向散文作家学习,而散文作家却必须向诗人学习,学习驾驭语言的功力和对文学的忠诚;伟大如纳博科夫那样的散文家,往往都一直保持着对诗歌的深深感激,因为他们在诗歌那里获得了"简洁与和谐"。在其他场合,布罗茨基还说过,诗歌是对语言中的"俗套"和人类生活中的"同义反复"之否定,因而比散文更有助于文化的积累和延续,更有助于个性的塑造和发展。

同样,像大多数诗人一样,布罗茨基也不能不写散文。在谈及诗人茨维塔耶娃突然写起散文的原因时,除茨维塔耶娃当时为生活所迫必须写作容易发表的散文以挣些稿费这一"原因"外,布罗茨基还给出了另外几个动因:一是日常生活中的"必需"(need),一个识字的人可以一生不写一首诗,但一位诗人却不可能一生不写任何散文性的文字,如交往文字、日常生活中的应用文等等;二是主观的"冲动","诗人会在一个晴朗的日子里突然想用散文写点什么";三是起决定性作用的"对象"和某些题材,如情节性很强的事件、三个人物以上的故事、对历史的反思和对往事的追忆等等,就更宜于用散文来进行描写和叙述。所有这些,大约也都是布罗茨基本人将大量精力投入散文创作的动机。除此之外,流亡西方之后,在一个全新的文学和文化环境中,他想更直接地发出自己的声音,也想让更多的人听到他的声音;以不是母语的另一种文字进行创作,写散文或许要比写诗容易一些。布罗茨基在《悼斯蒂芬·斯彭德》(In Memory of Stephen Spender)一文中的一句话似乎道破了"天机":"无论如何,我的确感觉我与他们(指英语诗人麦克尼斯、奥登和斯彭德。——引者按）之间的同远大于异。我唯一无法跨越的鸿沟就是年龄。至于智慧方面的差异，我在最好的状态下会让自己相信：我正在逐渐接近他们的水准。还有一道鸿沟即语言，我一直在竭尽所能地试图跨越它，尽管这需要散文写作。"作为一位诺贝尔奖获得者和美国桂冠诗人，他经常应邀赴世界各地演讲，作为美国多所大学的知名文学教授，他也得完成教学工作，这些"应景的"演说和"职业的"讲稿在他的散文创作中也占据了相当大的比例。但布罗茨基写作散文的最主要的原因，我们猜想还是他热衷语言试验的内在驱动力，他将英语当成一个巨大的语言实验室，终日沉湎其中，乐此不疲。

布罗茨基散文作品的数量与他的诗作大体相当，在前面提及的俄文版七卷本《布罗茨基文集》中，前四卷为诗集，后三卷为散文集，共收入各类散文六十余篇，由此不难看出，诗歌和散文在布罗茨基的创作中几乎各占半壁江山。布罗茨基生前出版的散文集有三部，均以英文首版，即《小于一》（Less Than One，1986）、《水印》（Watermark，1992）和《悲伤与理智》。《水印》一书仅百余页，实为一篇描写威尼斯的长篇散文；另两本书则均为近五百页的大部头散文集。说到布罗茨基散文在其创作中所占比例，帕鲁希娜推测，布罗茨基"各种散文作品的总数要超出他的诗歌"。洛谢夫也说："《布罗茨基文集》第二版收有六十篇散文，但还有大约同样数量的英文文章、演讲、札记、序言和致报刊编辑部的书信没有收进来。"（洛谢夫《布罗茨基传》中文版第 294 页）布罗茨基生前公开发表的各类散文，总数约合中文百万字，由此推算，布罗茨基散文作品的总数约合中文两百万字。

据统计，在收入俄文版《布罗茨基文集》中的六十篇各类散文中，用俄语写成的只有十七篇，也就是说，布罗茨基的散文主要为"英文散文"。值得注意的是，布罗茨基的各类散文大都发表在《纽约图书评论》、《泰晤士报文学副刊》、《新共和》和《纽约客》等英美主流文化媒体上，甚至刊于《时尚》(Vogue) 这样的流行杂志，这便使他的散文迅速赢得了广泛的受众。他的散文多次入选"全美年度最佳散文"(The Best American Essays)，如《一件收藏》(Collector's Item) 曾入选"一九九三年全美最佳散文"，《向马可·奥勒留致敬》(Homage to Marcus Aurelius) 曾入选"一九九五年全美最佳散文"。一九八六年，他的十八篇散文以《小于一》为题结集出版，该书在出版当年即获"全美图书评论奖"(The National Book Critics Circle Award)。作为《小于一》姐妹篇的《悲伤与理智》出版后，也曾长时间位列畅销书排行榜。需要指出的是，出版布罗茨基这两部散文集的出版社就是纽约大名鼎鼎的法拉尔、斯特劳斯和吉罗克斯出版社 (Farrar Straus Giroux，简称 FSG)，这家出版社以"盛产"诺贝尔文学奖获奖作家而著称，在自一九二〇年至二〇一〇年的九十年间，在该社出版作品的作家中共有二十三位成为诺贝尔文学奖获得者，其中就包括索尔仁尼琴 (1970 年获奖)、米沃什 (1980 年获奖)、索因卡 (1986 年获奖)、沃尔科特 (1992 年获奖)、希尼 (1995 年获奖) 和略萨 (2010 年获奖) 等人。顺便提一句，《悲伤与理智》扉页上的题词"心怀感激地献给罗杰·威·斯特劳斯"，就是献给该社两位创办者之一的罗杰·威廉姆斯·小斯特劳斯 (Roger Williams Straus, Jr.) 的。

散文集《悲伤与理智》最后一页上标明了《悼斯蒂芬·斯彭德》一文的完稿时间，即"一九九五年八月十日"，而在这个日期之后不到半年，布罗茨基也离开了人世，《悲伤与理智》因此也就成了布罗茨基生前出版的最后一部散文集，是布罗茨基散文写作，乃至其整个文学创作的"天鹅之歌"。

二

　　《悲伤与理智》共收入散文二十一篇，它们大致有这么几种类型，即回忆录和旅行记，演说和讲稿，公开信和悼文等。具体说来，其中的《战利品》(Spoils of War) 和《一件收藏》是具有自传色彩的回忆录，《一个和其他地方一样好的地方》(A Place as Good as Any)、《旅行之后，或曰献给脊椎》(After a Journey, or Homage to Vertebrae) 和《向马可·奥勒留致敬》近乎旅行随笔，《我们称之为"流亡"的状态，或曰浮起的橡实》(The Condition We Call Exile, or Acorns Aweigh)、《表情独特的脸庞》(Uncommon Visage)、《受奖演说》(Acceptance Speech)、《第二自我》(Alter Ego)、《怎样阅读一本书》(How to Read a Book)、《颂扬苦闷》(In Praise of Boredom)、《克利俄剪影》(Profile of Clio)、《体育场演讲》(Speech at the Stadium)、《一个不温和的建议》(An Immodest Proposal) 和《猫的"喵呜"》(A Cat's Meow) 均为布罗茨基在研讨会、受奖仪式、书展、毕业典礼等场合发表的演讲，《致总统书》(Letter to a President) 和《致贺拉斯书》(Letter to Horace) 为书信体散文，《悲伤与理智》(On Grief and Reason) 和《求爱于无生命者》(Wooing the Inanimate) 是在大学课堂上关于弗罗斯特和哈代诗歌的详细解读，《九十年之后》(Ninety Years Later) 则是对里尔克《俄耳甫斯。欧律狄刻。赫尔墨斯》(Orpheus. Eurydice. Hermes) 一诗的深度分析，最后一篇《悼斯蒂芬·斯彭德》是为诗友所作的悼文。文集中的文章大致以发表时间为序排列，其中最早的一篇发表于一九八六年，最后一篇写于一九九五年，时间跨度近十年，这也是布罗茨基写作生涯的最后十年。

这些散文形式多样，长短不一，但它们诉诸的却是一个共同的主题，即"诗和诗人"。布罗茨基在他的诺贝尔奖演说中称："我这一行当的人很少认为自己具有成体系的思维；在最坏的情况下，他才自认为有一个体系。"（《表情独特的脸庞》）也就是说，作为一位诗人，他是排斥所谓的理论体系或成体系的理论的。但是，在通读《悲伤与理智》并略加归纳之后，我们仍能获得一个关于布罗茨基诗歌观和美学观，乃至他的伦理观和世界观的整体印象。

首先，在艺术与现实的关系问题上，布罗茨基断言："在真理的天平上，想象力的分量就等于，并时而大于现实。"（《战利品》）他认为，不是艺术在模仿现实，而是现实在模仿艺术，因为艺术自身便构成一种更真实、更理想、更完美的现实。"另一方面，艺术并不模仿生活，却能影响生活。"（《悲伤与理智》）"因为文学就是一部字典，就是一本解释各种人类命运、各种体验之含义的手册。"（《我们称之为"流亡"的状态》）他在他作为美国桂冠诗人而作的一次演讲中声称："诗歌不是一种娱乐方式，就某种意义而言甚至不是一种艺术形式，而是我们的人类物种和遗传学目的，是我们语言和进化的灯塔。"（《一个不温和的建议》）阅读诗歌，也就是接受文学的熏陶和感化作用，这能使人远离俗套走向创造，远离同一走向个性，远离恶走向善，因此，诗就是人类保存个性的最佳手段，"是社会所具有的唯一的道德保险形式；它是一种针对狗咬狗原则的解毒剂；它提供一种最好的论据，可以用来质疑恐吓民众的各种说词，这仅仅是因为，人的丰富多样就是文学的全部内容，也是它的存在意义"（《我们称之为"流亡"的状态》），"与一个没读过狄更斯的人相比，一个读过狄更斯的人就更难因为任何一种思想学说而向自己的同类开枪"（《表情独特的脸庞》）。正是在这个意义上，布罗茨基在本书中不止一次地引用过陀思妥耶夫斯基的著名命题，即"美将拯救世界"(beauty will save the world)，也不止一次地重申了他自己的一个著名命题，即"美学为伦理学之母"(aesthetics is the mother of ethics)。布罗茨基在接受诺贝尔奖时所做的演说《表情独特的脸庞》是其美学立场的集中表述，演说中的这段话又集中地体现了他的关于艺术及其实质和功能的看法：

> 就人类学的意义而言，我再重复一遍，人首先是一种美学的生物，其次才是伦理的生物。因此，艺术，其中包括文学，并非人类发展的副产品，而恰恰相反，人类才是艺术的副产品。如果说有什么东西使我们有别于动物王国的其他代表，那便是语言，也就是文学，其中包括诗歌，诗歌作为语言的最高形式，说句唐突一点的话，它就是我们整个物种的目标。

一位研究者指出："约瑟夫·布罗茨基创作中的重要组成即散文体文学批评。尽管布罗茨基本人视诗歌为人类的最高成就（也大大高于散文），可他的文学批评，就像他在归纳茨维塔耶娃的散文时所说的那样，却是他关于语言本质的思考之继续发展。"（列翁语，见俄文版《约瑟夫·布罗茨基：创作、个性和命运》一书第237页）关于语言，首先是关于诗歌语言之本质、关于诗人与语言之关系的理解，的确构成了布罗茨基诗歌"理论"中的一个重要组成部分。一方面，他将诗歌视为语言的最高存在形式，由此而来，他便将诗人置于一个崇高的位置。他曾称曼德施塔姆为"文明的孩子"(child of civilization)，并多次复述曼德施塔姆关于诗歌就是"对世界文化的眷恋"(тоска по мировой культуре)的名言，因为语言就是文明的载体，是人类创造中唯一不朽的东西，图书馆比国家更强大，帝国不是依靠军队而是依靠语言来维系的,诗歌作为语言之最紧密、最合理、最持久的组合形式,无疑是传递文明的最佳工具,而诗人的使命就是用语言诉诸记忆,进而战胜时间和死亡、空间和遗忘,为人类文明的积淀和留存作出贡献。但另一方面,布罗茨基又继承诗歌史上传统的灵感说,夸大诗人在写作过程中的被动性,他在不同的地方一次次地提醒我们:诗人是语言的工具。"是语言在使用人类,而不是相反。语言自非人类真理和从属性的王国流入人类世界,它归根结底是无生命物质发出的声音,而诗歌只是其不时发出的潺潺水声之记录。"(《求爱于无生命者》)"实际上,缪斯即嫁了人的'语言'","换句话说,缪斯就是语言的声音;一位诗人实际倾听的东西,那真的向他口授出下一行诗句的东西,就是语言。"(《第二自我》)布罗茨基的诺贝尔奖演说是以这样一段话作为结束的:

> 写诗的人写诗,首先是因为,诗的写作是意识、思维和对世界的感受的巨大加速器。一个人若有一次体验到这种加速,他就不再会拒绝重复这种体验,他就会落入对这一过程的依赖,就像落进对麻醉剂或烈酒的依赖一样。一个处于对语言的这种依赖状态的人,我认为,就可以称之为诗人。

最后,从布罗茨基在《悲伤与理智》一书中对于具体的诗人和诗作的解读和评价中,也不难感觉出他对某一类型的诗人及其诗作的心仪和推崇。站在诺贝尔奖颁奖典礼的讲坛上,布罗茨基心怀感激地提到了他认为比他更有资格站在那里的五位诗人,即曼德施塔姆、茨维塔耶娃、弗罗斯特、阿赫马托娃和奥登。在文集《小于一》中,成为他专文论述对象的诗人依次是阿赫马托娃(《哀泣的缪斯》〈The Keening Muse〉)、卡瓦菲斯

（《钟摆之歌》〈Pendulum's Song〉）、蒙塔莱（《在但丁的阴影下》〈In the Shadow of Dante〉）、曼德施塔姆（《文明的孩子》〈The Child of Civilization〉）、沃尔科特（《潮汐的声音》〈The Sound of the Tide〉）、茨维塔耶娃（《诗人与散文》〈A Poet and Prose〉以及《一首诗的脚注》〈Footnote to a Poem〉）和奥登（《析奥登的〈1939年9月1日〉》〈On "September 1, 1939" by W. H. Auden〉以及《取悦阴影》〈To Please a Shadow〉）等七人。在《悲伤与理智》一书中，他用心追忆、着力论述的诗人共有五位，即弗罗斯特、哈代、里尔克、贺拉斯和斯彭德。这样一份诗人名单，大约就是布罗茨基心目中的大诗人名单了，甚至就是他心目中的世界诗歌史。在《悲伤与理智》一书中，布罗茨基对弗罗斯特、哈代和里尔克展开长篇大论，关于这三位诗人某一首诗（弗罗斯特的《家葬》〈Home Burial〉和里尔克的《俄耳甫斯。欧律狄刻。赫尔墨斯》）或某几首诗作（哈代的《黑暗中的画眉》〈The Darking Thrush〉、《两者相会》〈The Convergence of the Twain〉、《你最后一次乘车》〈Your Last Drive〉和《身后》〈Afterwards〉等四首诗）的解读竟然长达数十页，洋洋数万言，这三篇文章加起来便占据了全书三分之一的篇幅。布罗茨基在文中不止一次提醒听众（他当时的学生和听众以及如今作为读者的我们），他在对这些诗作进行"逐行"（line by line）解读："我们将逐行分析这些诗，目的不仅是激起你们对这位诗人的兴趣，同时也为了让你们看清在写作中出现的一个选择过程，这一过程堪比《物种起源》里描述的那个相似过程，如果你们不介意的话，我还要说它比后者还要出色，即便仅仅因为后者的最终结果是我们，而非哈代先生的诗作。"（《求爱于无生命者》）他在课堂上讲解弗罗斯特的诗时，建议学生们"特别留意诗中的每一个字母和每一个停顿"（《悲伤与理智》）。他称赞里尔克德语诗的英译者利什曼，因为后者的译诗"赋予此诗一种令英语读者感到亲近的格律形式，使他们能更加自信地逐行欣赏原作者的成就"(《九十年之后》)。其实，布罗茨基不止于"逐行"分析，他在很多情况下都在"逐字地"(word by word)，甚至"逐字母地"(letter by letter)地解剖原作。他这样不厌其烦，精雕细琢，当然是为了教会人们懂诗，懂得诗歌的奥妙，当然是为了像达尔文试图探清人类的进化过程那样来探清一首诗或一位诗人的"进化过程"，但与此同时他似乎也在告诉他的读者，他心目中的最佳诗人和最佳诗歌究竟是什么样的。布罗茨基在哥伦比亚大学的一位学生后来在回忆他这位文学老师的一篇文章中写道："布罗茨基并不迷恋对诗歌文本的结构分析，我们的大学当时因这种结构分析而著称，托多罗夫和克里斯蒂娜常常从法国来我们这里讲课。布罗茨基的方法却相当传统：他希望让学生理解一首诗的所有原创性、隐喻结构的深度、历史和文学语境的丰富，更为重要的是，他试图揭示写作此诗的那门语言所蕴藏的创作潜力。"(见俄文版《约瑟夫·布罗茨基：著作和岁月》一书第 63 页)他称哈代为"理性的非理性主义者"，他认为"正是这种理智较之于情感的优势使哈代成了英语诗歌中的先知"，"他的耳朵很少好过他的眼睛，但他的耳朵和眼睛又都次于他的思想，他的思想强迫他的耳朵和眼睛服从他的思想"，"他并非和谐之天才，他的诗句很少能歌唱。他诗歌中的音乐是思想的音乐，这种音乐独一无二。……其诗歌的形式因素很少能派生出这种驱动力，它们的主要任务即引入思想，不为思想的发展设置障碍"。(《求爱于无生命者》)在关于弗罗斯特《家葬》一诗的分析中，布罗茨基给出了全文，乃至全书具有点题性质的一段话：

那么，他在他这首非常个性化的诗中想要探求的究竟是什么呢？我想，他所探求的就是悲伤与理智，这两者尽管互为毒药，但却是语言最有效的燃料，或者如果你们同意的话，它们是永不褪色的诗歌墨水。弗罗斯特处处依赖它们，几乎能使你们产生这样的感觉，他将笔插进这个墨水瓶，就是希望降低瓶中的内容水平线；你们也能发现他这样做的实际好处。然而，笔插得越深，存在的黑色要素就升得越高，人的大脑就像人的手指一样，也会被这种液体染黑。悲伤越多，理智也就越多。人们可能会支持《家葬》中的某一方，但叙述者的出现却排除了这种可能性，因为，当诗中的男女主人公分别代表理智与悲伤时，叙述者则代表着他们两者的结合。换句话说，当男女主人公的真正联盟瓦解时，故事就将悲伤嫁给了理智，因为叙述线索在这里取代了个性的发展，至少，对于读者来说是这样的。也许，对于作者来说也一样。换句话说，这首诗是在扮演命运的角色。

在布罗茨基看来，理想的诗人就应该是"理性的非理性主义者"（rational irrationalist），理想的诗歌写作就应该是"理性和直觉之融合"（the fusion of the rational and the intuitive），而理想的诗就是"思想的音乐"（mental music）。

《悲伤与理智》中的每篇散文都是从不同的侧面、以不同的方式关于诗和诗人的观照，它们彼此呼应，相互抱合，构成了一曲"关于诗歌的思考"这一主题的复杂变奏曲。在阅读《悲伤与理智》时我们往往会生出这样一个感觉，即布罗茨基一谈起诗歌来便口若悬河，游刃有余，妙语连珠，可每当涉及历史、哲学等他不那么"专业"的话题时，他似乎就显得有些故作高深，甚至语焉不详。这反过来也说明，布罗茨基最擅长的话题，说到底还是诗和诗人。

三

《悲伤与理智》中的散文不仅是关于诗的散文，它们也是用诗的方式写成的散文。

布罗茨基在评说茨维塔耶娃的散文时指出："在她所有的散文中，在她的日记、文学论文和具有小说味的回忆录中，我们都能遇到这样的情形：诗歌思维的方法被移入散文文体，诗歌发展成了散文。茨维塔耶娃的句式构造遵循的不是谓语接主语的原则，而是借助了诗歌独有的技巧，如声响联想、根韵、语义移行等等。也就是说，读者自始至终所接触的不是线性的（分析的）发展，而是思想之结晶式的（综合的）生长。"布罗茨基这里提到的诗性的散文写作手法，这里所言的"诗歌思维的方法被移入散文文体，诗歌发展成了散文"（the resetting of the methodology of poetic thinking into a prose text, the growth of poetry into prose）之现象，我们反过来在散文集《悲伤与理智》中也随处可见。

首先，《悲伤与理智》中的散文都具有显见的情感色彩，具有强烈的抒情性。据说，布罗茨基性情孤傲，为人刻薄，他的诗歌就整体而言也是清冽冷峻的，就像前文提及的那样，较之于诗人的"悲伤"情感，他向来更推崇诗歌中的"理智"元素。无论写诗还是作文，布罗茨基往往都板起一副面孔，不动声色，但将他的诗歌和散文作比，我们却不无惊讶地发现，布罗茨基在散文中似乎比在诗歌中表现出了更多的温情和抒情。与文集《小于一》的结构一模一样，布罗茨基也在《悲伤与理智》的首尾两处分别放置了两篇抒情色彩最为浓厚的散文。在《小于一》一书中，首篇《小于一》和尾篇《在一间半房间里》

(In a Room and a Half)都是作者关于自己的童年、家庭和父母的深情回忆;在《悲伤与理智》一书中,第一篇《战利品》是作者关于其青少年时期自我意识形成过程的细腻回忆,而最后一篇则是对于其诗人好友斯蒂芬·斯彭德的深情悼念。作者特意将这两篇抒情性最为浓重的散文置于全书的首尾,仿佛给整部文集镶嵌上一个抒情框架。在《悼斯蒂芬·斯彭德》一文中,他深情地将斯彭德以及奥登和麦克尼斯称为"我的精神家庭"(my mental family),他这样叙述他与斯彭德的最后告别:"我吻了吻他的额头,说道:'谢谢你所做的一切。请向温斯坦和我的父母问好。永别了。'我记得他的双腿,在医院里,从病号服里伸出老长,腿上青筋纵横,与我父亲的腿一模一样,我父亲比斯蒂芬大六岁。"这不禁让我们想起他在《在一间半房间里》的一段描写:"在我海德雷住处的后院里有两只乌鸦。这两只乌鸦很大,近乎渡鸦,我每次开车离家或回来的时候,首先看到的就是它们。它俩不是同时出现的;第一只出现在两年之前,在我母亲去世的时候;第二只是去年出现的,当时我的父亲刚刚去世。"身在异国他乡的布罗茨基,觉得这两只乌鸦就是父母灵魂的化身。布罗茨基在大学课堂上给学生们讲解哈代的诗歌,他一本正经,不紧不慢,可在谈到哈代《身后》一诗中"冬天的星星"的意象时,他却突然说道:"在这一切的背后自然隐藏着那个古老的比喻,即逝者的灵魂居住在星星上。而且,这一修辞方式具有闪闪发光的视觉效果。显而易见,当你们仰望冬日的天空,你们也就看到了托马斯·哈代。"我猜想,布罗茨基这里的最后一句话甚或是出乎他自己意料的,说完这句话,他也许会昂起头,作仰望星空状,同时也为了不让学生们看见他眼角的泪花。在布罗茨基冷静、矜持的散文叙述中,常常会突然出现此类感伤的插笔。布罗茨基以《悲伤与理智》为题分析弗罗斯特的诗,又将这个题目用作此书的书名，他在说明"悲伤与理智"就是弗罗斯特诗歌，乃至一切诗歌的永恒主题的同时，似乎也在暗示我们，"悲伤"和"理智"作为两种相互对立的情感元素，无论在诗歌还是散文中都有可能相互共存。他的散文写法甚至会使我们产生这样一种感觉，即一般说来，诗是"悲伤的"，而散文则是"理智的"，可布罗茨基又似乎在将两者的位置进行互换，在刻意地写作"理智的"诗和"悲伤的"散文，换句话说，他有意无意之间似乎在追求诗的散文性和散文的诗性。这种独特的叙述调性使得他的散文别具一格，它们与其说是客观的叙述不如说是主观的感受，与其说是具体的描写不如说是抒情的独白。"所有这些文本，都是作者的内心独白，是他激情洋溢的沉思，这些独白和沉思大体上是印象式的，无限主观的，但是，依据布罗茨基在其俄语诗作中高超运用过的那些诗歌手法，它们却构成了一个组织严密的文本。"(洛谢夫《布罗茨基传》中译本第 298 页)

其次，《悲伤与理智》一书以及书中每篇散文的结构方式和叙述节奏都是典型的诗歌手法。关于布罗茨基的散文结构特征，研究者们曾有过多种归纳。洛谢夫发现，布罗茨基的散文结构和他的诗作一样，"有着镜子般绝对对称的结构"，洛谢夫以布罗茨基的俄文诗作《威尼斯诗章》(Венецианские строфы)和英文散文《水印》为例，在这一诗一文中均找出了完全相同的对称结构。《水印》共五十一节，以其中的第二十六节为核心，文本的前后两半完全对称。前文提及布罗茨基两部散文集均以两篇自传性抒情散文作为首尾，也是这种"镜子原则"(mirror principle) 之体现。这一结构原则还会令我们联想到纳博科夫创作中的俄国时期和美国时期所构成的镜像对称关系。伊戈尔·苏希赫在对布罗茨基的散文《伊斯坦布尔旅行记》(Путешествие в Стамбул, 1985) 的诗学特征进行分析时，提出了布罗茨基散文结构的"地毯原则"(принцип ковра)，即他的散文犹如东方的地毯图案，既繁复细腻，让人眼花缭乱，同时也高度规整，充满和谐的韵律感。帕鲁希娜在考察布罗茨基散文的结构时，除"镜子原则"和"地毯原则"外还使用了另外两种说法，即"'原子'风格结构"（"atomic" stylistic structure）和"音乐–诗歌叙事策略"（misico-poetical narrative strategy）。温茨洛瓦在对布罗茨基的散文《伊斯坦布尔旅行记》进行深入分析时发现，布罗茨基的散文由两种文体构成，即"叙述"（повествование）和"插笔"（отступление）："这种外表平静（但内心紧张）的叙述时常被一些另一种性质的小章节所打断。这些小章节可称为抒情插笔（为布罗茨基钟爱的哀歌体），可称为插图和尾花。……如果说叙述部分充满名称、数据和事实，在抒情部分占优势的则是隐喻和代词，苦涩的玩笑和直截了当的呼号。"（温茨洛瓦：《从彼得堡到伊斯坦布尔旅行记》，见其俄文版论文集《筵席谈伴》第179页）无论"镜子原则"还是"地毯原则"，无论"原子结构"还是"音乐结构"，无论"叙述"还是"插笔"，这些研究者们都不约而同地观察到了布罗茨基散文一个突出的结构特征：随性自如却又严谨细密，一泻而下却又字斟句酌，形散而神聚。

与这一结构原则相呼应的，是布罗茨基散文独特的章法、句法乃至词法。《悲伤与理智》中的二十一篇散文，每一篇都不是铁板一块的，而均由若干段落或曰片断组合而成，这些段落或标明序号，或由空行隔开。即便是演讲稿，布罗茨基在正式发表时也一定要将其分割成若干段落。一篇散文中的章节少则五六段，多则四五十段；这些段落少则三五句话，多则十来页。这些章节和段落其实就相当于诗歌中的诗节或曰阕，每一个段落集中于某一话题，各段落间却往往并无清晰的起承转合或严密的逻辑递进，它们似乎各自为政，却又从不同的侧面诉诸某一总的主题。这种结构方式是典型的诗歌结构方式，更确切地说是长诗或长篇抒情诗的结构方式。这无疑是一种"蒙太奇"手法，值得注意的是，布罗茨基多次声称，发明"蒙太奇"手法的并非爱森斯坦而是诗歌，这也从另一个角度告诉我们，布罗茨基是用诗的结构方式为他的散文谋篇布局的。《悲伤与理智》中的句式也别具一格，这里有复杂的主从句组合，也有只有一个单词的短句，长短句的交替和转换，与他的篇章结构相呼应，构成一种独特的节奏感和韵律感。布罗茨基喜欢使用句子和词的排比和复沓。他在《一个和其他地方一样好的地方》一文中这样写道："其结果与其说是一份大杂烩，不如说是一幅合成影像：如果你是一位画家，这便是一棵绿树；如果你是唐璜，这便是一位女士；如果你是一位暴君，这便是一份牺牲；如果你是一位游客，这便是一座城市。"排比句式和形象对比相互叠加，产生出一种很有压迫感的节奏。《致贺拉斯书》中有这么一段话："对于他而言，一副躯体，尤其是一个姑娘的躯体，可以成为，不，曾经是一块石头，一条河流，一只鸟，一棵树，一个响声，一颗星星。你猜一猜，这是为什么？是因为，比如说，一个披散着长发奔跑的姑娘，其侧影就像一条河流？或者，躺在卧榻上入睡的她就像一块石头？或者，她伸开双手，就像一棵树或一只鸟？或者，她消失在人们的视野里，从理论上说便无处不在，就像一个响声？她或明或暗，或远或近，就像一颗星星？"布罗茨基钟爱的排比设问，在这里使他的散文能像诗的语言一样流动起来。在这封"信"中，布罗茨基还不止一次坦承他在用"格律"写"信"："无论如何，我常常对你作出回应，尤其在我使用三音步抑扬格的时候。此刻，我在这封信中也在继续使用这一格律。""我一直在用你的格律写作，尤其是在这封信中。"帕鲁希娜曾对《水印》中单词甚至字母的"声响复沓"(phonic reiteration) 现象进行细致分析，找出大量由多音字、同音字乃至单词内部某个构成头韵或脚韵、阴韵或阳韵的字母所产生的声响效果。可以毫不夸张地说，布罗茨基在他的散文中使用了除移行（enjambment）外的一切诗歌修辞手法。

最后，使得《悲伤与理智》一书中的散文呈现出强烈诗性的一个重要原因，就是布罗茨基在文中使用了大量奇妙新颖的比喻。布罗茨基向来被视为一位杰出的"隐喻诗人"，他诗歌中的各类比喻之丰富，竟使得有学者编出了一部厚厚的《布罗茨基比喻词典》。帕鲁希娜曾对布罗茨基诗中的隐喻进行详尽分析，并归纳出"添加隐喻"（метафоры приписывания）、"比较隐喻"（метафоры сравнения）、"等同隐喻"（метафоры отождествления）和"替代隐喻"（метафоры замещения）等四种主要隐喻方式。在《悲伤与理智》一书中，"隐喻"（metaphor）一词出现不下数十次。在布罗茨基的散文中，各类或明或暗、或大或小的比喻俯拾皆是。这是他的写景："几条你青春记忆中的林荫道，它们一直延伸至淡紫色的落日；一座哥特式建筑的尖顶，或是一座方尖碑的尖顶，这碑尖将它的海洛因注射进云朵的肌肉。"（《一个像其他地方一样好的地方》）他说："显而易见，一首爱情诗就是一个人被启动了的灵魂。"（《第二自我》）他还说："一个人如果从不使用格律，他便是一本始终没被打开的书。"（《致贺拉斯书》）他说纪念碑就是"在大地上标出"的"一个惊叹号"。（《向马可·奥勒留致敬》）他还说："书写法其实就是足迹，我认为足迹就是书写法的开端，这是一个或居心叵测或乐善好施、但一准去向某处的躯体在沙地上留下的痕迹。"（《九十年之后》）他在《一件收藏》中给出了这样一串连贯的比喻："不，亲爱的读者，你并不需要源头。你既不需要源头，也不需要叛变者的证词之支流，甚至不需要那从布满卫星的天国直接滴落至你大腿的电子降雨。在我们这种水流中，你所需要的仅为河口，一张真正的嘴巴，在它的后面就是大海，带有一道概括性质的地平线。"

这里所引的最后一个例子，已在一定程度上显示出布罗茨基散文中比喻手法的一个突出特征，即他善于拉长某个隐喻，或将某个隐喻分解成若干小的部分，用若干分支隐喻来共同组合成一个总体隐喻，笔者拟将这一手法命名为"组合隐喻"或"贯穿隐喻"。试以他的《娜杰日达·曼德施塔姆：一篇讣告》（Nadezhda Mandelstam：An Obituaty）一文的结尾为例：

> 我最后一次见她是在一九七二年五月三十日，地点是她莫斯科住宅里的厨房。当时已是傍晚，很高的橱柜在墙壁上留下一道暗影，她就坐在那暗影中抽烟。那道影子十分的暗，只能在其中辨别出烟头的微光和两只闪烁的眼睛。其余的一切，即一块大披巾下那瘦小干枯的躯体、两只胳膊、椭圆形的灰色脸庞和灰白的头发，全都被黑暗吞噬了。她看上去就像一大堆烈焰的遗存，就像一小堆余烬，你如果拨一拨它，它就会重新燃烧起来。

在这里，布罗茨基让曼德施塔姆夫人置身于傍晚的厨房里阴暗的角落，然后突出她那里的三个亮点，即"烟头的微光和两只闪烁的眼睛"，然后再细写她的大披巾（据人们回忆，曼德施塔姆夫人终日围着这条灰色的披巾，上面满是烟灰烧出的孔洞，她去世后身体上覆盖的也是这条披巾），她的"灰色脸庞和灰白的头发"，然后再点出这个组合隐喻的核心，即"她就像一堆阴燃的灰烬"，这个隐喻又是与布罗茨基在此文给出的曼德施塔姆夫人是"文化的遗孀"（widow to culture）之命题相互呼应的。

再比如，布罗茨基在《悼斯蒂芬·斯彭德》一文中这样描写他第一次见到的斯彭德："一位身材十分高大的白发男人稍稍弓着腰走进屋来，脸上带着儒雅的、近乎道歉的笑意。……我不记得他当时具体说了些什么，可我记得我被他的话语之优美惊倒了。有这样一种感觉，似乎英语作为一种语言所具的一切高贵、礼貌、优雅和矜持都在一刹那间涌入了这个房间。似乎一件乐器的所有琴弦都在一刹那间被同时拨动。对于我和我这只缺乏训练的耳朵来说，这个效果是富有魔力的。这一效果毫无疑问也部分地源自这件乐器那稍稍弓着的框架：我觉得自己与其说是这音乐的听众，不如说是它的同谋。"布罗茨基突出了斯彭德"十分高大的"身材、"稍稍弓着"的腰背、"儒雅的"神情和惊人地"优美"的话音，这一切都是为了最终组合成一个总的隐喻，即"斯彭德＝竖琴"。布罗茨基在此书中曾多次提及"竖琴"，他仔细分析了哈代诗中的"竖琴"(lyres)形象的文本内涵以及里尔克诗中俄耳甫斯所持"竖琴"的象征意义，在他的心目中，竖琴似乎就是诗和诗人的同义词，有了这层铺垫，我们就能对布罗茨基这里的"斯彭德＝竖琴"的组合隐喻之深意和深情有一个更深的理解，而这样一种贯穿全文，甚至全书的隐喻，也往往能使有心的读者获得智性的和审美的双重愉悦。绵延不绝的此类隐喻还有一个功能，它能使布罗茨基的散文张弛自如，用帕鲁希娜的话来说就是："布罗茨基稠密的隐喻使他可以随意调节其叙述的速度和方向。"(见其英文论文《约瑟夫·布罗茨基的散文：诗歌以另一种方式的继续》，载英文版《俄国文学》杂志 1997 年第 XLI 期第 236 页)借助联想和想象推进的散文文本，自然能够获得更大的自由度和更多的张力。

其实，各种文学体裁之间原本就无太多严格清晰的界线，一位既写散文也作诗的作者自然也会让两种体裁因素相互渗透，只不过在布罗茨基这里，在《悲伤与理智》中，诗性元素对散文的渗透表现得更为突出罢了，他自己诗歌创作中的主题和洞见，灵感和意象，结构和语法，甚至具体的警句式诗行，均纷纷被引入其散文；只不过在布罗茨基这里，他借鉴诗歌元素进行的散文创作，"用诗歌的花粉为其散文授精"（帕鲁希娜语），取得了更大的成功。如前所述，布罗茨基在体裁的等级体系中向来是褒诗歌而贬散文的，他在收入此书的题为《怎样阅读一本书》的演讲中又说："散文中的好风格，从来都是诗歌语汇之精确、速度和密度的人质。作为墓志铭和警句的孩子，诗歌是充满想象的，是通向任何一个可想象之物的捷径，对于散文而言，诗歌是一个伟大的训导者。它教授给散文的不仅是每个词的价值，而且还有人类多变的精神类型、线性结构的替代品、删除不言自明之处的本领、对细节的强调和突降法的技巧。尤其是，诗歌促进了散文对形而上的渴望，正是这种形而上将一部艺术作品与单纯的美文区分了开来。无论如何也必须承认，正是在这一点上，散文被证明是一个相当懒惰的学生。"可是，布罗茨基自己的散文却并非此等"懒惰的学生"，他用诗歌的手段写成的散文或许就是诗歌和散文的合体，是这两种体裁之长处的合成。

诗歌和散文之间的过渡体裁被人们称为"散文诗"（prose poem; стихотворение в прозе）或"韵律散文"（rhythmical prose; ритмическая проза）等等，而布罗茨基"诗化散文"（poeticise prose）的尝试之结果则被帕鲁希娜归纳为"散文长诗"（*poema in prose*），或许，我们可以更确切地将《悲伤与理智》一书的文体定义为"诗散文"（проза в стихах；poem prose）。布罗茨基在谈及茨维塔耶娃的散文时曾套用克劳塞维茨关于"战争是政治的继续"的名言，说茨维塔耶娃的"散文不过是她的诗歌以另一种方式的继续。"帕鲁希娜再次套用这一说法，亦称"布罗茨基的散文就是他的诗歌以另一种方式的继续"。《悲伤与理智》中的二十一篇散文均以诗为主题，均用诗的手法写成，均洋溢着浓烈的诗兴和诗意，它们的确是诗性的散文，但若仅把它们视为布罗茨基的诗歌创作以另一种体裁形式的继续，这或许是对布罗茨基散文的主题和体裁独特性的低估，甚至是某种程度的"贬低"。布罗茨基的确将大量诗的因素引入了其散文，可与此同时他也未必没将散文的因素引入其诗歌，也就是说，在布罗茨基的整个创作中，诗和散文这两大体裁应该是相互影响、相互交融的，两者间似乎并无分明的主次地位或清晰的从属关系。至少是在布罗茨基来到西方之后，一如俄文和英文在布罗茨基语言实践中的并驾齐驱（布罗茨基曾自称为语言的"混血儿"〈mongrel，《一件收藏》〉），散文和诗歌在布罗茨基的文学创作中也始终是比肩而立的。布罗茨基在阅读哈代的诗歌时感觉到一个乐趣，即能目睹哈代诗歌中"传统语汇"和"现代语汇""始终在跳着双人舞"（《求爱于无生命者》），在布罗茨基的散文中，我们也同样能看到这样的"双人舞"，只不过两位演员换成了他的诗歌语汇和散文语汇。以《悲伤与理智》一书为代表的布罗茨基散文创作所体现出的鲜明个性，所赢得的巨大成功，使得我们有理由相信，布罗茨基的散文不仅是其诗歌的"继续"（continuation），更是一种"发展"（development），甚至已构成一种具有其独特风格和自在意义的"存在"（existence）。与诗歌一样，散文也成为布罗茨基表达其诗性情感和诗歌美学的主要方式之一。布罗茨基通过其不懈的诗性散文写作，已经跨越了诗歌和散文这两种文体间的分野甚或对峙；布罗茨基借助《悲伤与理智》一书的写作和出版，已经让诗人和散文家的名分在他身上合二为一。布罗茨基的散文无疑是堪与他的诗歌媲美的又一高峰，两者相互呼应，相互补充，构成了布罗茨基文学创作的有机统一体。

四

布罗茨基的散文是与他的诗歌同时进入汉语的。早在一九九〇年，由漓江出版社出版的布罗茨基第一部汉译作品集《彼得堡到斯德哥尔摩》中就收入了王希苏和常晖翻译的《小于一》、《哀泣的缪斯》、《文明之子》、《诗人和散文》、《奥登诗〈一九三九年九月一日〉析》和《我们称之为"流亡"的状态》等六篇散文，以及他的两篇诺贝尔奖受奖演说和访谈。一九九六年，本书译者重译的布罗茨基散文《文明的孩子》刊于《世界文学》(1996年第1期)。一九九九年，本书译者翻译的布罗茨基散文集《文明的孩子》由中央编译出版社出版，并在二〇〇七年再版。布罗茨基的散文译成中文后受到很多中国作家和读者的喜爱，《文明的孩子》一书因而得以再版。在新近一期的《世界文学》杂志上，我们读到了作家汗漫的这样一段文字："而这些异国诗人们（除布罗茨基外，作者还指曼德施塔姆和茨维塔耶娃。——引者按）的散文，为中国当代散文写作者推开了一扇窗子——清风扑面：散文，原来可以这样以独到的、非成语化的诗性语言来写，原来能够这样自由得'形散也可神散'、'卒章无须显志'地写，原来必须这样从个人经验起飞、凌空、运动、抵达广大世界地写！正是这样一种复杂而精准的表达，启示、催生了中国九十年代以来'新散文''大散文'等等写作理念、写作群体的出现。中国当代散文开始化蛹为蝶、破茧而出。"(《世界文学》2013年第5期第286页) 近些年里曾有多家出版社联系译者，希望能再版布罗茨基散文，甚至有意出版他的散文全集，无奈均因版权问题未能解决而作罢。此次，上海译文出版社顺利购得《悲伤与理智》一书版权，这使得译者有机会将此书完整翻译过来，呈给布罗茨基的中国爱好者们。本书译自作为"企鹅现代经典"（Penguin Modern Classics）之一的英文版《悲伤与理智》（On Grief and Reason，1995），译者的注释参考了俄国普希金基金会（Пушкинский фонд）出版的俄文版《布罗茨基文集》第六卷（Сочинения Иосифа Бродского. Том VI）。译者感谢上海译文出版社的信赖，并期待读者诸君的指正。

刘文飞

2014-02-22

于京西近山居

战利品 ①

一

太初有肉。② 更确切地说，太初有二战，有我故乡城的被围困，有那场大饥荒，它夺走的生命超过殒于炸弹、炮弹和子弹的人之总和。在围困战 ③ 快结束时，有了来自美国的牛肉罐头。我觉得好像是"斯威夫特牌"的，虽说我的记忆可能有误。我初次尝到这罐头的滋味时，年方四岁。

这或许是我们在很长一段时间里第一次吃肉。然而，我记得更牢的却并非那肉的滋味，而是罐头的形状。高高的方形铁盒，一侧附有一个钥匙状的开罐器，这些罐头显示出某些不同的机械原理，某种不同的整体感受。那把开罐钥匙卷起一圈细细的金属铁皮，罐头便被打开，对于一位俄国儿童来说这不啻一个发现，因为我们之前只知道用刀来开罐头。整个国家还靠钉子、锤头、螺母和螺栓支撑，我们的生活也多半仍以此为基础。因此，始终无人能向我解释这些罐头的密封方式。甚至直到如今，我也未能完全搞清楚。我当时总是目不转睛地看着妈妈开罐头，只见她摘下开罐器，掰开小小的铁舌头，把铁舌头穿进开罐器上的小孔，然后一圈又一圈地转动开罐器，神奇极了。

在这些罐头的内容物早已被消化排泄之后的许多年，这些高高的、四角圆滑（就像银幕！）的罐头盒，这些两侧印有外文字母的深红或褐色的罐头盒，仍旧摆在许多人家的书架和窗台上，有些被当做审美对象，有些被当做储物筒，可以用来放置铅笔、改锥、胶卷、钉子等杂物。它们也时常被用作花瓶。

我们后来再也没见到这些罐头，无论是它们胶冻状的内容物还是其外形。它们的价值与时俱增，最终在学童间的贸易中成了越来越稀罕的东西。这样一个罐头盒可以换得一把德国刺刀、一根水兵腰带或一个放大镜。它们锋利的边缘（在罐头盒被打开的地方）曾割破我们许多人的手指。不过，我在三年级时已骄傲地拥有了两个这样的罐头盒。

二

如果说有谁能自战争获益，那便是我们这些孩子们。我们不仅活了下来，而且还获得了大量可供浪漫想象的素材。除了大仲马和凡尔纳提供的那些普通儿童食粮外，我们还拥有一些男孩子们十分热衷的军事装备。我们尤其热衷这些装备，因为我们的国家赢得了战争。

但奇怪的是，较之于我们红军胜利者的装备，敌方的武器却引起了我们更大的兴致。德军飞机的名称，诸如"容克"、"斯图卡"、"梅塞施密特"和"福克沃尔夫"等，我们时常挂在嘴边。"施迈瑟式冲锋枪"、"虎式坦克"和"合成食品"等也是如此。大炮是克虏伯造的，炸弹是法本公司的奉献。孩子的耳朵对非同寻常的奇异声音总是很敏感。我相信，使我们的舌头和意识迷恋这些名称的并非真实的危险感受，而是某种听

---

① 此文作于 1986 年，首发于巴黎 "Vogue" 杂志 1986 年 12 月、1987 年 1 月合刊，第 672 期，原题为 "Les Trophées"，英文版标题为 "Spoils of War"，俄文版标题为 "Трофейное"。

② 这是作者对《圣经·约翰福音》之首句 "太初有道" 的戏仿。

③ 指第二次世界大战期间的 "列宁格勒围困战"，它自 1941 年 7 月 10 日至 1944 年 8 月 9 日共持续 900 天。

觉诱惑。尽管我们有足够的理由去仇恨德国人，尽管国家的宣传也始终在强化这一立场，我们通常却不称德国人为"法西斯分子"或"希特勒分子"，而称他们为"德国鬼子"。这或许是因为，我们见到的德国人全都是战俘。

同样，在四十年代末于各地建起的战争博物馆里，我们也看到了大量德军装备。这是我们最好的游览项目，远胜过看马戏或看电影，若有我们退伍的父亲领我们前往（我们中间有些人的父亲还健在），则更是如此。奇怪的是，他们很不情愿领我们去，但他们会非常详尽地回答我们的提问，如各种德国机枪的火力或各种炸弹的炸药类型。他们之所以不太情愿，并非因为他们试图远离战争的恐惧以保持宁静的感受，也不是由于他们试图摆脱对死去友人的回忆，摆脱因为自己活了下来而有的负疚感。不，他们只不过看透了我们愚蠢的好奇心，不想对此加以鼓励。

三

我们健在的父亲们，他们每个人自然都存有某些战争纪念品。或是一副望远镜（蔡司牌！），或是一顶带有相应标志的德国潜艇军官军帽，或是一架镶嵌着珠母的手风琴，或是一只银烟盒，或是一台留声机，或是一架相机。在我十二岁的时候，我父亲突然拿出一台短波收音机，让我欣喜若狂。这是一台"飞利浦牌"收音机，它能收到世界各地的电台，从哥本哈根到苏腊巴亚。至少，这台收音机的黄色调台面板上标出了这些城市。

这台"飞利浦"收音机就当时的标准看相当轻便，是一个10×14英寸大的褐色塑料匣子，带有上面提及的黄色调台面板和一个用来显示接收信号好坏的绿色信号装置，这装置如猫眼一般，绝对让人着迷。如果我没记错，这台收音机只有六根阴极管，一根两英尺长的金属丝便是它的天线。但这造成一个困难。把天线挑出窗外，这对于警察而言只有一种意思。要把你的收音机连到楼上的公共天线上去则需要专业人士的帮助，而这专业人士便会反过来对你的收音机表现出不必要的关注。总之，人们不该拥有一台外国收音机。解决方式就是在你房间的天花板上弄出一个蛛网般的装置，我就是这么做的。当然，我无法利用这种装置收听到布拉迪斯拉法电台，更遑论德里电台。不过，我当时既不懂捷克语也不懂印地语。BBC、美国之音和自由欧洲广播电台的俄语节目也受到干扰。不过，还是可以收听到英语、德语、波兰语、匈牙利语、法语和瑞典语的广播节目。这些外语我全都不懂，但这里有美国之音的"爵士乐时间"，其音乐主持人就是世界上嗓音最浑厚的男中低音歌手威利斯·考诺沃！

仰仗这台褐色的、像旧皮鞋一般锃亮的"飞利浦"收音机，我第一次听到英语，第一次踏进爵士乐的万神殿。在我们十二岁的时候，挂在我们嘴边的那些德国名称开始渐渐地被这样一些人名所替代，如路易斯·阿姆斯特朗、杜克·埃林顿、艾拉·菲兹杰拉德、克里夫特·布朗、斯德内·贝切特、迪安戈·瑞因哈德和查理·帕克。我记得，甚至连我们的步态都发生了某种变化：我们那高度压抑的俄国骨架中的各个关节也开始"摇摆"起来。看来，在我们这一代人中间，我并非唯一懂得如何很好使用那两英尺普通金属丝的人。

透过收音机背面那六个对称的孔洞，在收音机阴极管闪烁的微光中，在由焊点、电阻和阴极管（这些东西像语言一样难以理解，在不断生成新的意义）构成的迷宫中，我认为我看到了欧洲。收音机的内部看上去永远像一座夜间的城市，到处都是斑斓的灯火。当我在三十二岁时真的来到维也纳时，我立即觉得，就某种意义而言我似乎很熟悉这个地方。至少，在维也纳沉入梦乡的最初几个夜晚，我都能清晰地感觉到，似有一只远在俄国的无形之手拧上了开关。

这是一台很结实的机器。一天，见我终日沉湎于各种广播频道，父亲怒火中烧，把收音机摔在地板上，收音机散架了，但它仍能收听节目。我不敢把它拿到专门的收音机修理铺去，而试图利用胶水和胶带等各种手段来竭尽所能地修复这道如同奥得河-尼斯河界线 ① 的裂痕。但是自此时起，这台收音机的存在状态始终是结构松散的两个笨重部分。等到阴极管坏了，这台收音机便寿终正寝了，尽管有一两次，我曾私下在朋友和熟人那里找到替代配件。即便它成了一个哑巴盒子，也依然留在我们家，与我们这个家庭共存亡。六十年代末，人人都买了拉脱维亚产的"斯皮多拉牌"收音机，这收音机带有一根拉杆天线，内部装有许多晶体管。诚然，这种收音机的接收效果更佳，携带也更方便。不过，我有一次在修理铺看到它被打开的背板。我所能说的就是，其内部看上去像是一张地图（公路、铁路、河流和支流）。它不像是任何一块具体区域，甚至也不像是里加 ②。

四

但最重要的战利品当然还是电影！电影有很多，它们大多是战前的好莱坞产品，在其中出镜的有埃罗尔·弗林、奥丽维娅·德哈维兰、泰龙·鲍威尔、约翰尼·维斯穆勒等人（我们在二十年后方才弄清）。这些影片讲述的大多是海盗、伊丽莎

---

① 德国和波兰间的边界线。
② 里加是拉脱维亚的首都。

白一世、黎塞留等等，与现实毫无干系。最接近我们时代的影片是由罗伯特·泰勒和费雯丽主演的《魂断蓝桥》。由于我们的政府不愿支付电影版税，因此影片开头通常并不提供剧组人员名单，也不显示剧中人物或演员的姓名。影片放映通常是这样开始的。灯光渐暗，银幕上会出现这样一行黑底白字：**本片系伟大的卫国战争期间的战利品**。这行字会在银幕上闪烁一两分钟，然后电影便开始放映。一只手持一支蜡烛，映亮一张羊皮纸，纸上出现一行俄文字：**罗亚尔海盗**，或是**船长血**，或是**罗宾汉**。之后或许会出现几行交代故事时间和地点的解释文字，同样是俄语，但常写成花体字。这自然是一种偷窃，可坐在观众席上的我们却毫不在意。因为我们一边阅读字幕，一边追踪剧情，正忙得不可开交呢。

这样或许更好。银幕上没有剧中人物及其扮演者的姓名，这反而能使这些影片获得某种民间文学般的匿名性，具有某种普适性的味道。它们更能影响我们，控制我们，胜过那些新现实主义作家或"新浪潮"的所有产品。没有剧组人员的名单，这也使这些影片呼应了那个时代的典型特征，当时是五十年代初，即斯大林统治的最后几年。我敢说，仅仅那一组《人猿泰山》影片即已为解构斯大林体制发挥了重大作用，远胜过赫鲁晓夫在二十大上以及二十大之后所作的所有报告。

一个人只有考虑到我们所处的纬度，考虑到我们那些约束公众和个人行为的严谨密实的寒带思维模式，方能理解这一幕对我们的冲击：一位赤身裸体的长发单身男人在茂密的热带雨林中追求一位金发女郎，带着他那只充任桑丘·潘沙①之职的黑猩猩以及那根作为交通工具的长藤。除此之外，还有纽约城的景色（在俄国上映的系列影片中的最后一部），还有人猿泰

---

① 堂吉诃德的随从。

山自布鲁克林大桥一跃而下，于是，整整一代人几乎均选择退出便是可以理解的了。

第一件事情自然是发型。一刹那间，我们全都留起长发。紧随其后的是喇叭裤。唉，为了说服我们的母亲、姐妹、姨妈把我们那些千篇一律的战后黑色胖腿裤改成当时尚不为人所知的李维斯牌牛仔裤之直腿先驱，我们付出了多少痛苦、计谋和努力啊！但是我们不屈不挠，而迫害我们的人，即老师、警察、亲戚和邻居等，也同样不屈不挠，他们将我们赶出校园，在大街上逮捕我们，他们嘲笑我们，给我们起了许多绰号。正因为如此，一位在五六十年代长大的男人如今在买裤子时便会感到绝望，他发现所有的裤子都松松垮垮，样式可笑！

五

当然，这些战利品影片中也有某些更重要的东西，比如，其中"一人反抗全体"的精神便与我们生长其间的社会所弥漫的公共的、集体主义的情感迥然不同。或许正因为如此，这些海盗们和佐罗们才远离我们的现实，在以一种与原计划相反的方式影响我们。我们明知这些影片不过都是娱乐故事，可它们却被我们当成了个人主义的训谕。一部充斥某些文艺复兴时期道具的影片会被一位普通观众视为古装剧，可它在我们看来却是一份关于个人主义之优先权的历史证据。

一部影片若展示了自然场景中的人，便注定具有某种纪实价值。使人联想到印刷书页的黑白影片就更是如此了。在我们那个封闭的，更确切地说是密封的社会里，我们自这些影片获得的与其说是娱乐不如说是信息。我们紧盯着银幕上的塔楼和城堡、地库和沟壑、格栅和密室时怀着怎样的渴求啊！因为我们有生以来第一次看到这些东西！于是，我们便把这些纸质模型、这些好莱坞的纸板道具全都当做真实的存在，我们关于欧洲、西方、历史以及其他许多东西的概念，在很大程度上始终源自这些画面。甚至于我们中的一些人后来被关进监狱后，仍常常向那些从未看过这些战利品影片的狱警和难友转述影片的情节以及他们记住的细节，以此换来微薄酬劳，改善一下自己的伙食。

六

在这些战利品中，人们偶尔也能撞上真正的杰作。比如，我就记得由费雯丽和劳伦斯·奥利弗主演的《汉密尔顿夫人》。我还想提一提当时还很年轻的英格丽·褒曼出演的《煤气灯下》。地下产业很是小心翼翼，有时在公厕或公园里，可以从一位可疑人士的手里买到一张明信片大小的男女演员剧照。一身海盗打扮的埃罗尔·弗林是我最珍贵的收藏，我在许多年间一直试图模仿他高高抬起的下巴和能独自上挑的左眉。后一个动作我始终未能模仿成功。

在结束这段马屁话之前，请允许我在这里再提及我与阿道夫·希特勒的一个相似之处，即我年轻时对札瑞·朗德尔的迷恋。我仅见过她一次，在那部名叫《走上断头台》的影片中，该片讲的是苏格兰女王玛丽一世 ①。我只记住了影片中的一个场景，即她那位年轻侍从头枕着他在劫难逃的女王的美妙大腿。在我看来，她是有史以来出现在银幕上的最美女人，我后来的趣味和偏好尽管相当得体，却依然是她的标准之翻版。在我试

---

① 布罗茨基曾以玛丽一世为对象写下组诗《献给玛丽·斯图亚特的十二首十四行诗》。

图对自己那些不成功的罗曼史作出解释的时候，奇怪的是，这一理论似乎出奇地令我感到满意。

朗德尔好像在两三年前死于斯德哥尔摩。此前不久，她推出一张流行歌曲唱片，其中一首题为《诺夫哥罗德的玫瑰》，作曲家名叫罗塔，这一定是尼诺·罗塔。其旋律远胜过《日瓦戈医生》中的拉拉主题，歌词幸好是德语，因此便不用我操心了。演唱者的音色近乎玛琳·黛德丽，但她的演唱技巧却更胜一筹。朗德尔的确在歌唱，而非朗诵。我时常想，德国人听到这样的旋律后便不再会齐步"向东方"迈进了。① 细想一下，我们这个世纪创造了太多的伤感作品，胜过此前任何一个世纪，这个问题或许应该引起我们更多关注。或许，感伤作品应被视为一种认知工具，尤其在面对我们这个世纪巨大的不确定性的时候。因为感伤（schmaltz）的确与痛苦（schmerz）血肉相连，是后者的小弟弟。② 我们大家均有更多的理由待在原地，而不是齐步行军。如若你最终只会迎头赶上十分伤悲的旋律，那么行军的意义又在哪里呢？

七

我觉得，我这一代人是战前和战后这些梦工场产品的最忠实观众。我们中的某些人一度成为痴心影迷，但他们迷上电影的原因却或许与我们的西方同龄人有所不同。对于我们而言，

---

① 原文为德语 nach Osten，是一种源于 19 世纪的德意志民族主义意识形态，指的是德国人试图挺进东方斯拉夫人的土地，扩展生存空间，这也是纳粹意识形态的一部分。

② 布罗茨基在此做了一个文字游戏，schmaltz 是一个进入英语的德语词，原意"油脂"，引申义为"过分的赞誉"和"过分伤感的文艺作品"；schmerz 则意为"痛苦"。

电影是我们看到西方的唯一机会。我们对情节本身毫不在意，却关注每个镜头中出现在一条街道或一套房间中的实物，男主角汽车里的仪表盘或女主角身着的服装，以及他们活动其间的空间和场景。我们中的一些人已完全可以确定影片的拍摄地点，有时，仅凭两三幢建筑我们便能区分热那亚和那不勒斯，至少能区分巴黎和罗马。我们把那些城市的地图装进脑海，时常会因让娜·莫罗在这部影片中的地址或让·马莱在另一部影片中的住处而争得不可开交。

不过，如我之前所述，这一切均发生于稍后的六十年代末。再后来，我们对电影的兴趣便开始逐渐降低，因为这时我们意识到那些电影导演与我们年龄相仿，他们能告诉给我们的东西也越来越少。此时，我们已成为成熟的图书读者，成为《外国文学》杂志的订阅者，我们去电影院的兴致越来越低，我们意识到，去了解你永远也不可能居住的那些地方是毫无意义的。我再重复一遍，这一切是后来才发生的，当时我们已三十出头。

八

在我十五或十六岁的时候，有一天，我坐在一幢巨大的住宅楼围成的院落里，在用铁钉封装一只装满各种地质仪器的木箱，这箱子将被运往（苏联）远东，我自己随后也将去往那里，加入在那里的一支勘察队伍。这是五月初，但天气很热，我汗流满面，感到十分苦闷。突然，顶楼一扇敞开的窗户里传出一阵歌声，"A-tisker, a-tasker"，是艾拉·菲兹杰拉德的声音。这是在一九五五年或是一九五六年，地点是俄国列宁格勒郊外肮脏的工业区。我记得，我当时想到：天哪，他们需要出产多少唱片，才能让其中的一张抵达这里，抵达这片砖石混凝土的穷乡僻壤，置身于烟熏火燎的床单和紫色的短裤之间！我对自己说，这便是资本主义之实质，即借助过剩、借助过分来战胜一切。不是借助中央计划，而是借助飑弹。

<h1 style="text-align:center">九</h1>

我之所以熟悉这首歌，部分是由于我那台收音机，部分是由于五十年代的每位都市青年均有自己的所谓"骨头音乐"收藏。"骨头音乐"即一张 X 光胶片，人们自己在上面刻上某段爵士乐。我始终未能掌握这门刻录手艺，但我相信其步骤并不十分复杂，因为订货一直很稳定，价格也很合理。

这些看上去略显病态的唱片（这可是在核能时代！），其获得方式与那些西方电影明星的咖啡色照片一样，买卖地点是公园、公厕、跳蚤市场或当时著名的"鸡尾酒厅"，在"鸡尾酒厅"里，人们可以坐在高高的椅子上，小口抿着泡沫牛奶冰激凌，想象自己已身在西方。

我越是这么想，便越是坚信这就是西方。因为在真理的天平上，想象力的分量就等于并时而大于现实。就此而言，带着后见之明，我甚至要说，我们当时就是真正的西方人，或许是仅有的西方人。我们本能的个人主义在我们的集体主义社会中时时处处得到激励，我们痛恨任何形式的联合体，无论是党派、街道组织或是当时的家庭，因此，我们变得比美国人还要美国人。如若说美国即西方的边缘，西方的终端，那么我得说，我们就处于距西方海岸一两千英里远的地方。处于太平洋中间。

十

六十年代初，当以吊袜带为代表的暗示的力量开始从这个世界隐去时，当我们发现我们自己正渐渐降低至连裤袜的高度时，当外国人为俄国那廉价却十分浓烈的奴性芬芳所吸引开始大批抵达这里时，当我的一位朋友嘴角带着淡淡的讥笑说或许只有历史才能破坏地理时，我正在追求的一位姑娘在我过生日时送给我一套像手风琴风箱一样连成一串的威尼斯风光明信片。

她说这套明信片是她奶奶的东西，她奶奶在二战前夕曾短暂前去意大利度蜜月。这套明信片共十二张，画面呈咖啡色，印在质量很次的泛黄纸张上。她之所以送我这份礼物，是因为我当时完全沉浸在刚刚读完的亨利·德·雷尼耶 ① 的两本书里，这两部小说的场景均为冬季的威尼斯。威尼斯于是便终日挂在我的嘴边。

由于这些明信片是褐色的，印刷质量很差，由于威尼斯所处的纬度，由于那里树木很少，因此很难确定画面上所呈现的是哪个季节。人们身着的服装也于事无补，因为每个人都穿戴着长裙、毡帽、礼帽、圆顶帽和深色上衣，均为上一世纪的时尚。色彩的缺失和千篇一律的昏暗色调使我意识到，这是冬天，一年中最真实的季节。

换言之，那些画面所呈现的色调和哀伤氛围与我的故乡城十分相近，这使得这些明信片在我看来更易理解，更为真实。

---

① 布罗茨基在与沃尔科夫的谈话中曾称，他在法国作家和诗人雷尼耶（1864—1936）处学会了诗的结构。

这几乎就像是在阅读亲戚的书信。我一遍又一遍地阅读它们。我读的次数越多，便越能清晰地感觉到"西方"一词对我而言究竟意味着什么：冬季大海边一座完美城市，圆柱，拱廊，狭窄的街道，冰冷的大理石阶梯，露出红砖肉体的斑驳灰泥墙，丘比特、小天使，被灰尘覆盖了眼睛——这便是做好了应对寒冷季节之准备的文明。

看着这些明信片，我在心里暗暗发誓：有朝一日我若能步出国门，一定要在冬季前往威尼斯，我要租一间房，是贴着地面的一楼，不，是贴着水面，我要坐在那里，写上两三首哀歌，在潮湿的地面上碾灭我的烟头，那烟头会发出一阵嘶嘶的响声；等钱快要花光的时候，我也不会去购返程票，而要买一把手枪，打穿我的脑袋。这自然是一种颓废的幻想（但你若在二十岁时还不颓废，那又待何时呢？）。不过我仍要感谢命运三姐妹，因为她们让我幻想中最好的一部分得以实现。[①] 的确，历史始终在不知疲倦地破坏着地理。唯一的抵御方式就是成为一个弃儿，一位游牧者，成为一道阴影，掠过倒映在水晶水面上的那些花边般、瓷器状的廊柱。

十一

一天，我在故乡城一条空荡荡的街道上看到一辆轿车，是辆"雷诺2CV"[②]，停在艾尔米塔什博物馆外一座女人像圆柱旁边。它看上去就像一只弱不禁风，却又满怀自信的蝴蝶，翅膀

---

① 布罗茨基后来果然常去威尼斯，并写作了大量以威尼斯为对象的诗文，最终也长眠于该城。
② 据布罗茨基俄文版散文集编者称，布罗茨基此处有误，该车型应为"雪铁龙2CV"。

用波纹钢板制成，二战时期的飞机库就用这种钢材搭建的，如今的法国警车仍用这种钢板。

我以全然超脱的眼光看着这辆汽车。我当时年仅二十，既无汽车也无开车的抱负。要想在当时的俄国拥有一辆轿车，你就得做一个真正的败类，或是败类的孩子，你得是一个党棍、院士或体育明星。即便如此你的轿车也只能是国产货，尽管它们的设计和工艺全是偷来的。

它停在那里，轻盈而又脆弱，完全没有汽车常常会带给人的那种危险感。它看上去不会伤害人，反而极易被人伤害。我还从未见过如此柔弱的金属制品。它比自一旁走过的某些人更具人性，它那令人赞叹的简洁会令人想起至今仍摆在我家窗台上的那些二战时期的牛肉罐头盒。它没有任何秘密可言。我想钻进车里，飞驰而去，倒不是因为我想移居国外，而是因为一旦置身车中，便像是穿上一件上衣，不，是穿上一件雨衣，然后便可出去散步了。它的侧窗泛出微光，就像是一位竖着衣领、戴着近视眼镜的人。如若我的记忆没有出错，我在盯着这辆轿车看的时候，心里感觉到的就是幸福。

十二

我相信，我接触到的最初几个英文单词就是"His Master's Voice"①，因为我们一般自三年级开始学英文，这时我们大约十岁，而我父亲自远东服役归来时我才八岁。对于我父亲而言，战争是在中国结束的，但他带回的东西却大多是日本货而

---

① 意为"它主人的声音"，为一家英国唱片连锁销售公司，标识是一只听留声机的小狗，简称HMV。

非中国货，因为日本最终战败了。或者说，当时的情形似乎如此。他带回的东西主要是唱片。它们被装在厚实但精致的硬纸盒里，盒上写有金色的日文字母，有的封套上绘有一位衣着很少的少女，她正在陪一位身穿礼服的绅士跳舞。每个盒子里装有一打乌黑锃亮的唱片，唱片上贴有金红相间和金黑相间的标签，在厚厚的封套里隐约可辨。它们大多是"His Master's Voice"和"Columbia"①的产品，尽管后一个公司的发音要简单一些，可该公司的唱片上只有文字，于是那只若有所思的小狗便占了上风。这只狗的存在居然影响到了我的音乐选择。其结果便是，我在十来岁时就熟悉恩里科·卡鲁索和蒂托·斯基帕，胜过我对狐步舞和探戈舞的了解，后者的唱片数量同样丰富，对于它们我其实是很偏爱的。这些唱片里还有斯托科夫斯基和托斯卡尼尼指挥的各种序曲和经典杰作，有玛丽安·安德森演唱的《圣母颂》，还有完整的《卡门》和《罗恩格林》，我想不起后两部歌剧的演唱者了，但我记得我母亲对他们的表演赞不绝口。实际上，这套唱片包含了战前欧洲中产阶级的所有音乐食粮，它们很晚才抵达我们这里，或许因此才让我们感觉双倍甜蜜。它们就是由这只若有所思的小狗带给你的，更确切地说，是它用嘴巴叼来的。我至少花费了十年时间来搞清"His Master's Voice"是什么意思：一只狗在倾听它主人的声音。我起先以为这只狗在听它自己吠声的录音，因为我不知为何把留声机的扬声器也当成了话筒，由于狗通常都跑在主人的前面，因此我整个童年时期一直认为这个标签的意思就是：这条小狗发出声音，预告他的主人即将到来。不管怎样，这只小狗反正跑遍了整个世界，因为我父亲是在关东军溃败之后于上海找到这些唱片的。毫无疑问，它们是从一个出人意料的方

---

① 即"哥伦比亚公司"。

悲伤与理智 | 015

向抵达我的现实的，我记得我不止一次做过这样的梦：一列长长的火车，其车轮就是一张张饰有"His Master's voice"和"Columbia"字样的乌黑锃亮的唱片，列车在铁轨上缓缓前行，轨道上刻有这样一些字："国民党"，"蒋介石"，"台湾"，"朱德"……这些都是铁路车站的站名吗？目的地大约就是我们那台有一层褐色皮套的留声机，我微不足道的自我在转动留声机上的镀铬铁手柄。椅子的后背上搭着我父亲那件深蓝色的、带有金色肩章的海军服，衣架上挂着我母亲那只缩起尾巴的银狐，空中有一行字："Una furtiva lagrima."①

十三

要么就是"La Comparsita"②，这是我心目中本世纪最伟大的音乐作品。在听了这段探戈之后，无论是你的国家的凯旋曲还是你个人的凯旋曲，全都失去了意义。我一直没学会跳舞，因为我既有些害羞又的确笨手笨脚，然而我却能一连数小时听着这些拨弦乐，身边没人时，我还会动起来。如同许多民间乐调，"La Comparsita"也是一种悲歌，在战争快结束时，悲歌旋律听起来要比非洲舞乐更为贴切一些。没人愿意加速，人人渴望节制。因为人人都能朦胧地感觉到自己究竟在追求什么。你可以将这样一个事实归咎于我们休眠的爱欲天性，即我们十分渴求那些尚未成为流线型的东西，如残存下来的德国宝马车和欧宝车的黑漆挡板，同样锃亮的美国帕卡德车以及像熊一样的斯图贝克车，后者的挡风玻璃像眯缝着的眼睛，配有双后轮，

---

① 意大利语，即《一颗偷洒下的眼泪》，意大利作曲家多尼采蒂的歌剧《爱情灵药》中的一段男高音咏叹调。
② 即《探戈舞曲》。

这是底特律对我们国家能吞噬一切的泥泞作出的回答。孩子总想超越自己的实际年龄，既然你已无法把自己想象成一位祖国的捍卫者，因为真正的捍卫者身边到处都是，那么，你就会想象自己飘进一段莫名其妙的外国历史，降落在一辆仪表盘上布满各种珐琅按钮的宽大的黑色林肯车上，身边是一位铂金级的金发女郎，你探向她那套着丝袜、沉入漆皮坐垫的双膝。其实，只要一个膝盖或许就够了。有时，只要摸一摸光滑的挡板就够了。对你们说这话的人，他是这样一个群体中的一员，他们的出生地曾遭到德国空军的狂轰滥炸，差点儿被从地球上抹去，他们在八岁时才第一次吃到白面包（如果这种说法在你们听来太具外国腔，那么就可以说，他们在三十二岁时才第一次喝到可口可乐）。因此，请把这归咎于那休眠的爱欲，并请在黄页电话簿上查明给白痴颁发证书的处所。

十四

有过一个很好的美国暖壶，军装绿色，波形塑料外壳，内胆是镜子般的镀汞玻璃，它属于我的叔叔，被我在一九五一年给摔破了。瓶胆内部是一个变幻无穷的光学漩涡，我会一直盯着其中的层层倒影看。这大约就是我打破暖壶的原因，我失手将它摔在地板上。还有我父亲那只同样是美国货的手电筒，也是从中国带回来的，我们很快就用光了手电筒里的电池，但是它那纯净明亮的反光镜却远远胜过我的瞳孔，在我的学生时代一直令我迷恋不已。最后，当铁锈开始侵蚀它的边缘和按钮时，我拆开电筒，加上两枚放大镜片，把这个光滑的圆筒变成了一副什么东西也看不清的望远镜。还有一只英国军用指南针，是我父亲从一位在劫难逃的英国水兵手里得来的，我父亲在摩尔曼斯克附近遇见他们的船队。这指南针的表盘是磷光的，躲在被子里可以看清其刻度。表盘上的字是拉丁字母，因此指示出的方位就有了一种数字般的感觉，我总是觉得我所在方位的读数与其说精确，不如说是绝对的。或许正因为如此，这个方位最初才会令我厌恶。最后，还有我父亲那双棉军靴，我如今已记不清其产地（美国？中国？但肯定不是德国）。这是一双淡黄色的高勒鹿皮鞋，衬里在我看来像是一团羊毛。它被摆在双人床前，更像是两颗炮弹而非一双鞋子，虽然那咖啡色的鞋带从未系上，因为我父亲从不穿它出门，只将它当拖鞋穿；这双鞋要是被穿出去，它和它的主人都会受到特别的关注。就像那个时代的多数衣着一样，鞋子也应该是黑色、深灰（靴子）的，至多是褐色的。我觉得，在二十世纪二十年代之前，甚至直到三十年代之前，俄国还保持着某些与西方相近的有关生存的用品和知识。但是之后，一切都突然中止。甚至在我们发展受阻时爆发的那场战争，也未能使我们摆脱这一窘境。那双黄色棉靴尽管穿起来十分舒适，在我们的大街上却会遭千夫指。另一方面，这也使这两只狮子一般 [1] 的怪物存活得更久，我长大之后，它便成了父亲与我相互争夺的对象。战争结束三十五年之后，那双鞋子依然完好无损，仍旧是我们的争论话题，争论谁更有权穿它。最终获胜的是父亲，因为在他去世的时候，我离那双鞋所在的地方十分遥远。

十五

我们最喜欢的旗帜是英国国旗；我们最喜欢的香烟牌子

---

① 布罗茨基在这里用的是一个汉语和英语结合在一起的词汇 "shizi-like"。

是"骆驼";我们最喜欢的酒是"必富达"。我们的选择标准显然不是内容而是形式。我们情有可原,因为我们对内容知之甚少,因为我们的境遇和时运并不向我们提供选择。再者,和英国旗相比我们实在是太不起眼了,更不用说和"骆驼"比了。至于"必富达"杜松子酒,我的一位朋友从来访的外国人那里得到一瓶,他发现,我们如此热衷他们精心设计出来的商标,或许就是因为我们完全没有此类东西。我点头表示赞同。他于是把手伸进一堆杂志,从里面抽出一张纸来,我记得好像是《生活》杂志的封面。画面上是一艘航行在大洋中的航空母舰的上层甲板。身穿白色军服的水兵们站在甲板上,抬头看着上面,或许是在看正在给他们拍照的那架飞机或直升机。他们排成一个队形。从空中看去,这个队形就是 $E=MC^2$。"好看吧?"我的朋友问道。"不错",我说,"在哪儿拍的?""太平洋上的什么地方,"他说,"管它呢!"

十六

让我们关掉灯光,或是紧闭双眼。我们看到了什么?一艘美国航母航行在太平洋中央。我在甲板上挥手。或是在驾驶一辆"雷诺2CV"。或是置身艾拉唱的《绿黄篮子》的旋律中,等等,等等。因为人就是人所爱的东西。他之所以爱那东西,因为他就是那东西的一部分。不仅仅是人。物也一样。我记得一阵轰鸣,当时列宁格勒新开了一家自助洗衣店,鬼才知道那些洗衣机是从哪儿进口的,当我把自己最先拥有的蓝色牛仔裤扔进洗衣机时,它立马发出了轰鸣声。这轰鸣声中有认知的喜悦,排队的人全都能听见。因此,让我们紧闭着眼睛承认:我们在西方,在文明中认出了我们自己的某些东西,在那里这种认同也许甚至比在家里更强烈。此外，我们已做好为这份情感买单的准备，价钱相当高，即我们的余生。代价自然不低。可是便宜没好货。更不用说在那些年代，我们的余生便是我们拥有的一切。

一九八六年

我们称之为"流亡"的状态，或曰浮起的橡实 ①

当我们聚集在这里，在这个迷人的、灯光通明的房间，在这寒冷的十二月的夜晚讨论流亡作家的处境时，让我们暂停片刻，想一想那些自然无法来到这个房间的人。比如说，让我们想一想那些在西德的大街上闲逛、对周围的现实感到陌生或羡慕不已的土耳其打工者们 ②。或者，让我们想一想那些漂泊在公海上或已在澳大利亚内地安置下来的越南船民。让我们想一想那些越过南加利福尼亚的山沟、躲过边境巡警进入美国领土的墨西哥偷渡劳工。或者，让我们想一想那些乘船抵达科威特或沙特阿拉伯的巴基斯坦人，他们饥不择食地承担了靠石油致富的当地人不屑于做的那些卑贱工作。让我们想一想那些逃避饥荒、徒步穿越大沙漠走向索马里的埃塞俄比亚人（或者相反，是走向埃塞俄比亚的索马里人?）。好了，我们该到此为止了，因为，用来想一想的片刻已经过去，虽说在这个单子上还可以有很多添加。从未有任何人对这样的人做过统计，也永远没有任何人，包括联合国的那些救济组织在内，会进行这样的统计：数量以数百万计的他们难以被统计清楚，正是他们构成了所谓"移民"，之所以使用这一称谓是由于缺少一个更好的词，或者，是由于缺少更深的同情心。

无论用怎样一个更合适的名字来称谓这一现象，无论这些人有着怎样不同的动机和目的，无论他们会对他们所抛弃以及他们所投向的社会产生怎样的影响，有一点是绝对清楚的：他们使一本正经地谈论流亡作家处境这样一件事变得非常困难了。

　　但是，我们必须谈论；这不仅由于文学和贫困一样历来都是照顾自己的同类，而且主要是因为存在着这样一个古老的、也许至今尚无根据的信念，即如果这个世界的主人们能更好地阅读，那么，迫使千百万人走上流亡之路的苛政和苦难就会减少。既然我们对于一个更好世界的希望很少有立足之地，既然其他每件事情看来都同样会失败，那么，我们就需要坚信，文学是社会所具有的唯一的道德保险形式；它是一种针对弱肉强食原则的解毒剂；它提供一种最好的论据，可以用来质疑恐吓民众的各种说辞，这仅仅是因为，人的丰富多样就是文学的全部内容，也是它的存在意义③。我们必须谈论，因为我们必须坚持：文学是人的辨别力之最伟大的导师，它无疑比任何教义都更伟大，如果妨碍文学的自然存在，阻碍人们从文学中获得教益的能力，那么，社会便会削弱其潜力，减缓其进化步伐，最终也许会使其结构面临危险。如果这就意味着我们必须和我们自己对话，那么就更好了：这并非为了我们自己，而或许是为了文学。

　　打工者们和各种类型的流亡者们有效地取下了流亡作家西服翻领上的那朵兰花，无论流亡作家是否愿意。移位和错位是这个世纪的一个常见现象。我们的流亡作家与一位打工者或一位政治流亡者的共同之处在于，两者均在从不好的地方奔向较好的地方。问题的实情在于，一个人脱离了专制，则只能流亡至民主。因为，由来已久的流亡已不再是老样子了。它不会再

---

① 本文写于 1987 年 11 月，拟作为在维特兰德基金会（Wheatland Foundation）1987 年 12 月 2—5 日于维也纳举办的一次会议上的发言，但作者后因出席诺贝尔奖颁奖典礼未能与会，此文首发于《纽约图书评论》1988 年 1 月 21 日，题为 "The Condition We Call Exile, or Acorns Aweigh"，俄文版题为 "Состояние, которое мы называем изгнанием или Попутного ретро"。
② "打工者"一词用的是德文 "Gast-arbeiters"。
③ "存在意义"一词用的是法语 "raison d'être"。

让人离开文明的罗马去往野蛮的萨尔马希亚 ①，也不会，比如说，把一个人从保加利亚送往中国。不，通常而言，它是一个由政治和经济的闭塞之地向先进的工业化社会的转移，它的唇边还挂着关于个人自由的最新词汇。需要补充的是，对于一位流亡作家来说，走这条路在许多方面就像是回家，因为他离那些一直在给他以灵感的理想之归宿更近了。

如果有人要将一个流亡作家的生活归入某一体裁，那么这就是悲喜剧。由于他前世的生活，他能远比民主制度下的居民更强烈地体会到民主制度的社会优势和物质优势。然而，恰恰由于同样的原因（其主要的副产品是语言上的障碍），他发现自己完全无法在新社会中扮演任何一个有意义的角色。他所抵达的民主向他提供了人身安全，却使他在社会上变得无足轻重。没有任何一个作家，无论他流亡与否，能够接受这样的无足轻重。

因为，对举足轻重的追求常常就是作家职业中最主要的构成。至少可以说，这常常就是文学生涯的结果。对于一位流亡作家而言，这几乎毫无例外地就是他流亡的原因。我非常希望在此补充的一点就是，作家心中的这种愿望，就是他本人对他原先所处社会的纵向结构所作出的条件反射。（对于一位生活在自由社会的作家来说，这种愿望的出现则表明了每一种民主对于其无宪法历史的返祖记忆。）

就这一点而言，一位流亡作家的处境的确远不如一位打工者或一般的流亡者。他渴求赢得承认，这使他焦躁不安，使他忘记了，他作为大学教师、讲师、小杂志编辑或撰稿人（这些都是流亡作家现今最常见的职业）所获得的收入，远远超过那些从事卑贱工作的人们。这么说，我们这位老兄是有些道德败

---

① 古地名，约指今东欧维斯瓦河与伏尔加河之间的地区。

坏，这几乎确定无疑。但是，一个满足于无足轻重、无人问津、默默无闻的作家，又几乎像格陵兰岛上的凤头鹦鹉一样罕见，即便是在最佳的环境之中。在流亡作家中，这样的态度几乎完全不存在。至少，在这个房间里是不存在的。这自然可以理解，但仍然是令人伤悲的。

这令人伤悲，其原因在于，如果说流亡有什么好处的话，那便是它能教会人谦卑。我们还可以更进一步，把流亡称为教授谦卑这一美德的最后一课。这堂课对于一位作家来说尤其珍贵，因为它向作家展示了一幅最为深邃的透视图。如济慈所言："你远在人类之中。"① 消失于人类，消失于人群（人群?），置身于亿万人之中；做众所周知的那座草堆中的一根针，但要是有人正在寻找的一根针，这便是流亡的全部含义。丢掉你的虚荣心吧，它说道，你不过是沙漠中的一粒沙子。别用你的笔友来丈量你，而要用人类的无穷来丈量你自己：它几乎和非人类的无穷一样严峻。你就应该道出这种无穷，而不应道出你的妒忌或野心。

不用说，这一呼唤还没有得到关注。不知为何，一位生活的评论者总是更看重他的地位，而非他的对象，当他流亡时，他就会认为他的位置已糟到极致，不应再雪上加霜了。至于此类呼吁，他认为是不合时宜的。他也许是对的，尽管关于谦卑的呼唤永远是及时的。事情的另一实情在于，流亡是一种形而上的状态。至少，它具有很强、很明显的形而上性质；忽视或是回避它，就是在欺骗自己，使你忘记你所经历的一切所具有的意义，就是在宣判自己，使自己永远处于被动接受者的位置，就是使自己僵化，成为一个没有理解能力的牺牲品。

由于缺少很好的例子，人们还无法描绘出另一种可能的行

---

① 引自济慈的长诗《伊莎贝拉》(1818)。

为方式（尽管想到了切斯瓦夫·米沃什 ① 和罗伯特·穆济尔 ②）。也许这没什么，因为我们在这里要谈论的显然是流亡的现实，而不是流亡的潜能。这流亡的现实就包含着一位流亡作家为恢复其意义、其领导角色以及其权威所进行的不懈斗争和策划。他最为看重的，当然还是家乡的同胞；但是，在其流亡者同伴们聚居的险恶村庄里，他也同样想当家做主。对其处境的形而上状态他视而不见，所关注的则是那些眼前的、实际的东西。这就意味着，去败坏处境同样尴尬的同行的名誉，与敌对出版物粗暴论战，接受英国广播公司、德国广播公司、法国广播电视公司和美国之音难以计数的采访，一封封地发公开信，一次次地上新闻媒介发声明，一趟趟地出席各种会议——请你们罗列下去吧。先前消耗在购买食品的队列中或小官员们那有霉味的接待室里的那种能量，现在释放了出来，不受任何约束。没有任何人能够抑制他，更不用说他的亲人了（因为，他如今可以说是成了恺撒之妻，是不容置疑的 ③，而他那位也许有点文学修养、却上了年纪的伴侣，又怎能修正或反驳其确定无疑的殉道者丈夫呢?），于是，他的自我之球的直径迅速增大，最后，这充满了二氧化碳的圆球便带他离开了现实，尤其是如果他居住在巴黎的话——在巴黎，蒙戈尔费埃兄弟 ④ 曾创造过这样的先例。

乘气球旅行是轻率的，首先是结局难料，因为气球旅行者太容易成为风的玩物，这里指的是政治的风。所以，不足为奇的是，我们的飞行家总要分外细心地收听所有的天气预报，有

---

① 米沃什（1911—2004），波兰诗人，1980 年诺贝尔文学奖获得者，1951 年流亡西方。
② 穆济尔（1880—1942），奥地利作家，纳粹当政后流亡瑞士。
③ 此语出典如下：恺撒大帝的妻子庞培亚据传与他人有染，尽管没有任何证据，但恺撒坚持与其离婚，给出的理由是：恺撒之妻，不容置疑。
④ 约瑟夫·蒙戈尔费埃（1740—1810）和雅克·蒙戈尔费埃（1745—1799）两兄弟是法国发明家，1782 年发明热气球，并于次年首次试飞。

时他还试图自己来预报天气。这就是说，他不仅要知道出发地点或途经地区的天气，而且还要了解他的目的地的天气，因为，我们的气球旅行家是注定要归家的。

或许，事情的第三个实情在于，流亡作家大体上说是一些爱回忆往事、爱追溯过去的人。换句话说，对往事的回忆在他的存在中起着过重的作用（与其他人的生活相比），回忆笼罩了他的现实，使他的未来暗淡，比常见的浓雾还要朦胧。就像但丁《地狱篇》中的那些伪先知，他的脑袋永远向后，他的眼泪或唾液顺着两块肩胛骨之间的脊背往下流。他是否天生就具有哀婉的性格，这并非问题的核心，因为他在国外的读者注定有限，于是，他不得不去追忆从前那些真实的或想象中的众多读者。前者灌给他毒液，后者却刺激着他的想象。即便他获得了旅行的自由，即便他真的完成了几次旅行，他仍会在写作中抓住与过去相同的素材，创造出一些其先前作品的续篇。在诉诸这样的主题时，流亡作家最喜欢遥想奥维德的罗马、但丁的佛罗伦萨以及——在短暂的停顿之后——乔伊斯的都柏林。

的确，我们已经有了一份家谱，一份很长的家谱。如果我们愿意，便可以将这份家谱一直回溯至亚当。然而，我们必须仔细地考虑一下这份家谱在公众和我们自己的心目中可能占据的位置。我们大家都知道，一些贵族家庭在数代之后或革命之时会发生怎样的变化。家族之树从来都无法形成一片森林，也从来不会遮掩一片森林；而森林如今正在发展。我在这里混淆了两种比喻，但我这么做也许是可以原谅的，因为我要在这里指出，认为我们的未来也能像上文提及的几位大师那样辉煌，这与其说是傲慢，不如说是无礼。当然，作家总是看重死后的声誉，一位流亡作家则更是如此，他先前的国家使他遭受的人为淡忘并没有给他太多的灵感，而自由市场上批评界对于其同代人的热情却刺激了他的想象。然而，人们必须小心提防这种自我隔绝，原因只有一个，在人口爆炸的时代，文学也具有人口统计学上的意义。如今，每一个读者都受到了众多作家的包围。在三四十年前，一个成年人头脑中待读的书籍也就三四十本，待读的作家也就三四十位；如今，这个数字恐怕要成千上万了。今天，人们走进一家书店，就像是进了音像店。要想听完所有那些合集和个人专集，也许需要一辈子的时间。在那些成千上万的作者中很少有流亡作家，即便是非常杰出的作家也很少见。但是，公众却愿意阅读那些成千上万的东西，而不愿阅读你，尽管你的头上顶有光环，这并非故意作对或有人挑拨，而是由于，从统计学的角度来看公众站在平庸与垃圾一边。换句话说，公众想要阅读他们自己。在世界上任何一个城市的任何一条街道上，在白天或黑夜的任何一个时刻，没听说过你的人总要比听说过你的人更多。

当前这种对流亡文学的兴趣，自然与专制制度的崛起密切相关。这或许为我们提供了赢得未来读者的机会，尽管我们宁愿不要这样一种保险。部分地是由于这一高贵的告诫，但更主要地是因为他始终在想象着他凯旋故乡的荣耀未来，于是，流亡作家便紧紧地握着他的枪。但是他又有什么理由不这样做呢？他为什么要换一种方式呢？既然未来总是难以预测，他为什么要去设想另一种未来呢？不太差劲的老法子至少已经为他做了一件好事，即为他赢得了流亡。流亡，毕竟是一种成功。为什么不试着再走一程呢？为什么不将那不太差劲的老法子再用上一遍呢？抛开其余的一切不谈，如今它就含有人种学的素材，这也正是西方、北方或东方的（如果你与右翼的专制发生了冲突）各家出版社所热衷的。将同一块地皮踩上两遍，这永远会有产生杰作的机会，这样的机会也不会被你的出版社所忽略，或至少，它能使将来的学者在你的作品中发现"神话创造"的成分。

但是，无论这一切听起来多么实际，在促使一位流亡作家紧盯着过去的诸多因素中，这些因素仍是占据第二或第三位的。其主要的原因还在于前面提到的那种追忆方式，这一方式会使他不知不觉地受到稍感陌生的环境之触动。有时，一片枫叶的形状就足以使他感怀，而每棵树上则有着成千上万片的枫叶。在动物性的层面上，一位流亡作家的这种追忆方式一直是活跃的，虽说这似乎始终不为他所知。无论过去是愉快还是悲伤，它永远是一块安全的领地，这仅仅因为它已被体验；人类复归、回头的能力非常之强，尤其是在思想或睡梦中，因为在思想和睡梦中我们同样是安全的，这种复归、回头的能力简直能使我们无视我们所面临的现实。然而，我们采取这一方式并不是为了珍藏或握紧过去（最终，我们既不会珍藏也不会握紧过去），而是为了推迟现在的来临，换句话说，就是为了延缓时间的流逝。请听一听歌德笔下的浮士德那声宿命的感叹吧。

我们这位流亡作家的全部问题就在于，他也和歌德笔下的浮士德一样，紧紧抓着"美好的"或不甚美好的"瞬间"，但他不是为了看见这个瞬间，而是为了推迟下一个瞬间的到来。这并不是说，他想再年轻一次；他只是不愿看到明天的出现，因为他知道，明天会校正他的所见。明天出现得越频繁，他就会变得越执着。在这一执着中有着惊人的价值：如果走运，它会聚集起强烈的感受，于是我们便真的可以得到一部伟大的文学作品了（读者大众和出版者们感觉到了这一点，因此，如我已经说过的那样，他们始终关注流亡者的文学）。

但更为常见的毕竟是，这种执着会将自己翻译成为无休止的怀旧，这种怀旧，直截了当地说，就是在面对当前的现实或将来的未知时的失败。

当然，一个流亡作家也可以避免失败，通过改变他的叙述方式，通过叙述的更加先锋化，通过添加含有一定数量的色情、暴力、粗俗语言等成分的素材，跟着我们自由市场同行们的时尚走。但是，风格的变化和革新在很大程度上取决于"老家"，即故乡文学的现状，而与故乡文学现状的联系却已不存在。说到调味品，从来没有哪位流亡或不曾流亡的作家愿意显得似乎是处在其同时代人的影响之下。也许，问题的又一个附加的实情就在于，流亡会延缓一位作家的风格进化，会使他变得更为保守。对于一个人来说，意志力比风格更为重要，而就整体来说，流亡则使一个人的意志力要受到比在祖国时更少的刺激。需要补充一句，这样的状态多少会使一位流亡作家感到不安，这不仅仅是由于，他认为故乡的存在比他自己更真实（根据定义，以及所有对正常文学进程已经出现或臆想出来的影响），而且还因为，在他的意识中存在着一种怀疑，怀疑在那些刺激和他的母语之间存在着一种钟摆一般的依赖，或比例关系。

人们由于不同的原因、在不同的情况下最终过起了流亡生活。有些动机是好的，有些则是不好的，但这一区别在人们读到讣告时便不复存在了。你在书架上的位置，不是由你自己，而是由你的书来决定的。既然他们坚持要把艺术和生活区分开来，那么最好就让他们发现你的书很好而你的生活却很糟，而不是相反。当然，也有可能他们既不关注你的书，也不关心你的生活。

在国外、在异乡的流亡生活，就本质而言就是你自己的书籍那样的命运之前兆：被淹没在书架上成排的书籍中，你们的共同之处仅在于姓氏的第一个字母。你躺在这儿，躺在某个庞大图书馆的阅览室里，书页掀开着……你的读者对于你如何来到这儿的问题毫不在意。为了使你不被合上，不被放回书架，你必须向你那位自以为无所不知的读者讲述一个有些品位的故事，一个关于他的世界和他自己的故事。如果说这句话太富暗示色彩，那原本就该如此，因为暗示就是这整个游戏的名称，因为流亡生活在作者和他的主人公之间设置的距离，的确时常要求使用天文或宗教数字来表达。

正是这一点使我们感到，要去描述一位作家被迫离开其祖国（受迫于国家、恐惧、贫穷和无聊）的那种状态，"流亡"也许并非一个最恰当的字眼。"流亡"一词至多只能涵盖离去，即被放逐的那一时刻；用这个满含显见悲伤的字眼去称呼接下来的生活，就显得既过于舒服又过于自在了。我们聚集在这里，这个事实本身就表明，如果说我们真的具有一种共同的特征，那么它是无法名状的。女士们，先生们，我们在经受着同样程度的绝望吗？我们在同样程度地远离我们的公众吗？我们全都居住在巴黎吗？不，将我们联为一体的是我们的书籍那样的命运，无论是就字面的意义还是就象征的意义而言，我们同样敞开着躺在那座庞大图书馆的桌子或地板上，躺在各个角落里，被人踩着，或被一个稍稍细心些的读者捡起，或者更糟，被一位尽职尽责的图书管理员捡起。我们能够向那位读者讲述的真正新奇的故事，就是这种自主的、航天器一般的心态，我敢断定，这种心态造访过我们每一个人，然而我们的大部分作品都选择了不去理会它们的造访。

我们这样做，也许是为了实际的理由，或是为了体裁上的考虑。因为，这条路上充满着疯狂和一定程度的冷漠，这冷漠与其说是与热血沸腾的流亡者相关，还不如说是与面容苍白的当地人相关的。另一条路上所充满的则是平庸，同样近在咫尺的平庸。所有这些话，在你们听来也许像是一种欲对文学进行指导的典型的俄国方式，可事实上，这只不过是一个人在发现有很多流亡作者（首先是很多俄国流亡作者）处于平庸水准时的一种直接反应。这是一种巨大的浪费，因为，我们称之为"流亡"的状态还具有一个实情，即它极大地加速了我们的职业飞行，或曰漂流，将我们推入孤独，推入一个绝对的远景，推入这样一种状态：留给我们的只有我们自己和我们的语言，且这两者之间亦无任何人和任何东西。流亡带给你们的一个夜晚，通常状况下也许需要用一生的时间去度过。如果这话在你们听来似乎具有商业意味，那就随它去吧，因为现在是出售这个观念的时候了。因为，我真的希望有更多的人接受它。也许，一个比喻能帮些忙：一位流亡作家，就像是被装进密封舱扔向外层空间的一条狗或一个人（自然是更像一条狗，因为他们从不将你回收）。而这密封舱便是你的语言。要让这个比喻更完整些，还必须补充一句：不久，这密封舱里的乘客就会发现，左右着他的引力不是来自地球，而是来自外层空间。

对于一个从事我们这行职业的人来说，我们称之为"流亡"的状态首先是一个语言事件，即他被推离了母语，他又在向他的母语退却。开始，母语可以说是他的剑，然后却变成了他的盾牌、他的密封舱。他在流亡中与语言的那种隐私的、亲密的关系就变成了命运，甚至在此之前，它已变成一种迷恋或一种责任。活的语言就定义而言具有离心倾向，也具有推力，它要尝试去覆盖尽可能大的范围，以及尽可能大的虚无。所以才有了人口爆炸，所以才有了你们向外层空间的自主航行，航行到那望远镜或祈祷词的领域。

换句话说，我们全都在为一部字典而工作。因为文学就是一部字典，就是一本解释各种人类命运、各种体验之含义的手册。这是一部字典，其中的语言就是生活对人的所言。它的功能就是去拯救下一个人，拯救新来者，使他不再落入旧的陷阱，或者，如若他还是落入了旧陷阱，就前去帮助他，使他意识到，他不过是撞上了同义反复。这样的话，他就会较少耿耿于怀，就某种意义而言也就有更多自由。因为，去弄清生活词汇的含义，去弄清你所遭遇的一切之含义，这就是解放。在我看来，还需要对我们称之为"流亡"的状态作出一个更完满的解释，它的痛苦众所周知，但还应该了解到它那能麻痹痛苦的无穷性，它的健忘、超脱和淡泊，它那使人类和非人类都感到恐惧的远景，对此我们没有任何尺度可以用来衡量，除了我们自身。

我们必须让那下一个人感到轻松一些，如果我们无法使他感到更安全的话。而使他感到轻松一些、使他较少惊恐的唯一途径，就是让他看到生活的完整规模，当然，我指的是我们自身所能覆盖的规模。我们可以就我们的责任和忠诚（对我们各自的同时代人、祖国、异乡、文化、传统等等的责任和忠诚）无休止地展开争论，但是，这种责任，或者说这一机会，这一使下一个人（无论他奉行什么样的理论，无论他有什么样的需求）更加自由的机会，却不应该成为一个拖延对象。如果这些话听起来过于傲慢、过于人本主义了，我请求大家的原谅。这些特质与其说是人本主义的，不如说是具有决定论意味的，虽说我们不会去为这些微妙区别而费神。我想说的一切就在于，一旦有了机会，在事物巨大的因果链上，我们应当不再只做那链条上叮当作响的果，而要试着去做因。我们称之为"流亡"的状态实际上就是这样的一个机会。

如果我们不去利用这个机会，如果我们决定继续为果，继续演出老式的流亡，那么，这就不能被解释为一种怀旧。当然，这必须同谈论压迫的必要性有关，当然，对于任何一个想玩弄理想社会概念的人来说，我们的状态就可以作为一个警告。这就是我们对于自由世界的价值；这就是我们的功效。

但是也许，我们更大的价值和更大的功效就是无意中体现出这样一个令人沮丧的观念，即被释放的人并非是一个自由的人，解放仅仅是获得自由的手段，而不是自由的同义词。这表明了人类可能遭遇到怎样的伤害。我们可以为发挥过这样的作用而自豪。无论如何，如果我们想发挥更大的作用，一个自由的人的作用，那么我们就应该能够接受，或者至少能够摹仿自由人的失败方式。一个自由的人在他失败的时候，是不指责任何人的。

一个和其他地方一样好的地方 ①

一

　　一个人旅行得越多，他的怀旧感便越是复杂。在梦中，由于狂躁症或晚餐的缘由，或是由于两者的共同作用，有人追赶我们，或我们追赶别人，置身于街道、胡同和林荫道的复杂迷宫，这迷宫仿佛同时属于好几个地方，我们置身于一座地图上不存在的城市。惊慌失措的飞奔通常始自故乡城，然后会无可奈何地止于我们去年或前年逗留过的城市中一道灯光暗淡的拱门下。同样，这位旅行者最终会不知不觉地发现，他到过的每个地方都会成为他夜间噩梦的潜在场景。

　　让你的潜意识摆脱此类重负的最好办法就是拍照，因为你的相机就是你的避雷针。洗印出来的陌生建筑立面和街景会丧失其强大的三维效果，不再具有一种可能代替你现有生活的氛围。但是，我们不能不停地按快门，不停地对焦距，同时手里紧紧抓着行李、购物袋和伴侣的胳膊肘。怀着一种特殊的复仇感，陌生的三维效果会闯入那些毫无防备的人的感官世界——在火车站、机场和公交车站，在出租车上，或在晚间不慌不忙出入餐厅的散步途中。

　　火车站最为阴险。这些为你们的到来和本地人的出行而建造的大厦通过暗示，将那些因各种刺激和预感而紧张不已的旅行者直接推至深处，推入一种陌生存在的内核；这种陌生的存在借助那些不停闪烁的巨大招牌——"仙山露"、"马丁尼"、"可口可乐"，火热的字母让你想起那些熟悉的地方——却伪装成为恰恰相反的东西。啊，那些火车站前的广场！喷泉和领袖塑像，繁忙疯狂的交通和广告牌，妓女、吸毒青年、乞丐、酒鬼和打工者，出租车以及那些正在嘟嘟嚷嚷、高声揽客的身材矮胖的出租车司机！每位旅行者内心的不安会使他更清楚地记下广场上出租车站的方位，而非本地博物馆中那些大师作品的具体位置，因为后者并不能保证提供一条退路。

一个人旅行得越多，他关于出租车站、售票处、前往站台的捷径、电话亭和厕所等所在位置的记忆便越是丰富。如果不经常再次造访，这些车站及其毗邻地区便会在你的意识中相互融合、重叠，如同任何一种储存过久的东西一样，最后变成一只静卧在你记忆底层的巨大的、砖石和钢铁结构的、散发着氯气味的八爪妖怪，每新到一个地方，那怪物身上便会增添一只新的触角。

也有一些明显的例外：作为众车站之母的伦敦维多利亚火车站；罗马那座涅尔瓦时期的杰作，或米兰那座花哨的纪念碑式建筑；阿姆斯特丹的中央车站，它钟楼上的表盘能显示风向和风速；巴黎北站，或里昂车站以及它那家不可思议的餐厅，在餐厅里，你可以一边在丹尼②的壁画下品味极好的鸭子③，一边透过巨大的玻璃墙打量下方缓缓驶离的列车，朦胧地感觉到某种新陈代谢关系；法兰克福红灯区附近的中央车站；莫斯科的三站广场④，这里是陷入绝望、迷失方向的理想之地，即便对于母语是俄语的人而言也是如此。不过，这些例外与其说是在

---

① 此文写于 1986 年，首刊于犹他大学和剑桥大学合编的《泰纳人文价值观讲坛》(The Tanner Lectures on Human Values) 第 9 辑，原题 "A Place as Good as Any"，俄文版题为 "Место не хуже любого"。
② 莫里斯·丹尼 (1870—1943)，法国画家。
③ "鸭子"用的是法语词 "canard"。
④ 指莫斯科相距甚近的三大火车站即圣彼得堡火车站、雅罗斯拉夫尔火车站和喀山火车站之间的广场。

确认规则，不如说是在构成一个可供继续扩展累加的内核或轴心。它们那些皮拉内西①式的穹顶和楼梯会与潜意识产生呼应，甚至能拓展潜意识的空间；至少，它们会一直留在那里，留在大脑中，一直在期待添加。

二

你的目的地越是富有传奇色彩，这只巨大的章鱼便越有可能浮出水面，一视同仁地吞噬机场、公交总站和港口。尽管它真正的美食即此地本身。那构成传奇的一切，即发明或建筑，塔尖或教堂，让人惊羡的古代遗迹和非同寻常的图书馆，首当其冲会被吞下。我们的这只怪物会对这些珍品流口水，旅行社的海报也在这样做，它们囫囵吞枣，把威斯敏斯特教堂、埃菲尔铁塔、圣瓦西里教堂、泰姬陵、雅典卫城以及一座引人注目、让人心动的学院里的几座高塔全都搅在了一起。我们在亲眼目睹这些垂直物体之前即已熟知它们。但是，在亲眼目睹它们之后，我们脑中留下的却非它们的三维形象，而是一幅幅印刷图片。

严格地说，我们记住的并非一个地方，而是印有该地风光的一张明信片。提起"伦敦"，你脑中最有可能浮现出的是国家美术馆或伦敦塔的画面，画面一角或背面还印有一个不大的英国国旗图案。提起"巴黎"，你就……或许，此类缩略或置换并无任何不妥，因为如果某个人类的大脑真的能够凝聚并留存这个世界之现实图景，那么此人的生活必将成为一场逻辑和公正的无休止噩梦。至少，意识的法则暗示着这样的结论。不

---

① 皮拉内西（1720—1778），意大利版画家。

愿或不能交出一份清晰报告的我们于是决定先行动，结果既数不清、也记不清自己所经历的一切，尤其是在第N次的时候。其结果与其说是一份大杂烩，不如说是一幅合成影像：如果你是一位画家，这便是一棵绿树；如果你是唐璜，这便是一位女士；如果你是一位暴君，这便是一名牺牲者；如果你是一位游客，这便是一座城市。

无论一个人的旅行目的何在，是修正他的领土意识，是饱览人类的创造，还是逃避现实（虽说这是一种糟糕的同义反复），其最终结果仍在于喂养这只永远吃不饱的章鱼，它不断需要新的细节以充作它的夜宵。你的潜意识逗留其间的，不！是返回其间的那座合成城市，因此便将永远被金色的穹顶所装饰：几座钟楼；威尼斯的凤凰歌剧院；一座公园，栗树和杨树成荫，它的后浪漫主义风格的壮观让人难以捉摸，就像格拉茨①的花园；一条宽阔、忧郁的河流，河上至少有六座设计精巧的桥；还有一两座摩天大楼。这样一座城市毕竟选项有限。你在潜意识中感觉到这一点，于是，你的记忆便会再添加上一些东西：俄国旧都的花岗岩滨河街，街上的高大廊柱鳞次栉比；巴黎那些珍珠色的建筑立面，阳台的格栅勾勒出黑色的花边；几条你青春记忆中的林荫道，它们一直延伸至淡紫色的落日；一座哥特式建筑的尖顶，或是一座方尖碑的尖顶，这碑尖将它的海洛因注射进云朵的肌肉；在冬季，还有一片晒得温暖的罗马陶土；一座大理石喷泉；以及傍晚街角处洞穴式的咖啡馆生活。

你的记忆将赋予此地以历史，这部历史的细节你或许已经淡忘，但是其主要结果最有可能是民主。你的记忆还会赋予它温和的气候，这气候恪守四季更替，会将棕榈树和火车站餐厅

---

① 位于奥地利东南部。

隔离开来。你的记忆会给你的城市以周日的雷克雅未克般的交通状况；人很少，或一个人也没有；但乞丐和孩子们在流利地说着某种外国语言。纸币上会印有文艺复兴时期的哲人头像，硬币上则铸有共和国的女性侧影，但数字仍可辨认，你的主要问题——不是付钱的问题，而是小费问题——最终将得以解决。换句话说，无论你车票上的目的地是何处，无论你下榻在"沙威酒店"还是"达涅利酒店"，在你打开百叶窗的那一瞬间，你都将同时看到巴黎圣母院、伦敦圣詹姆斯公园、威尼斯圣乔治岛和伊斯坦布尔圣索菲亚大教堂。

因为，前文提及的那个水下怪物与现实一样具有贪婪的消化力。在此还应加上后者试图为前者谋求荣光的抱负（或是前者试图谋得后者位置的渴求，至少是曾经有过的渴求）。因此，你那座似乎曾为克罗德·洛林 ① 或柯罗 ② 所描绘过的城市还有水也就不足为奇了：一片港湾，一汪湖水。更不足为奇的是，其中世纪罗马式的城墙或雉堞看上去像是有意在为一些钢铁、玻璃、混凝土的建筑物（比如说一所大学，或更有可能是一家保险公司总部）做背景。这些建筑的建造地点通常就是最近一次战争中被炸毁的修道院或贫民窟的旧址。同样不足为奇的是，一位旅行者对于古代遗迹的尊重要远远超过对现代建筑的态度，其父辈在市中心给他留下这些现代建筑时怀有一个教谕目的：旅行者就其定义而言，其实就是一种等级思维的产物。

不过归根结底，传奇和现实之间并无等级关系，至少在你的城市的语境中不存在这种关系，因为当下派生过去的热情远远胜于过去派生当下。每一辆驶过十字路口的汽车都会使城里的骏马雕像更为过时，更加古老，会将本地十八世纪一位伟大

---

① 克罗德·洛林（1600—1682），法国画家。
② 柯罗（1796—1875），法国画家。

的军事天才或平民英雄压缩为身穿皮毛的威廉·退尔①之类的人物。这座雕像骏马四蹄紧贴基座（用雕塑语言来说，这表明其骑手并非战死疆场，而是死在自己那张或许有四条腿的床上），它在你的城市所唤起的与其说是对某人勇敢精神的崇敬，莫如说是对某种已不存在的交通方式的缅怀。落在三角帽上的鸟粪更是理所当然，因为历史早已离开你的城市，把这个舞台让给了更为原始的地理和商业力量。因此，你的城市就不仅仅是伊斯坦布尔的大市场和梅西百货的混合物；不，在这座城市里，一位旅行者若是右拐，就会撞上孔多蒂街②的丝绸和毛皮，若是左拐，则会发现自己正在馥颂③购买新鲜或罐装的野鸡肉（罐装的更受欢迎一些）。

因为你一定会购物。就像那位哲学家所言，我买故我在。对这一点的理解，有谁能胜过一位游客呢？实际上，任何一趟被地图左右的旅程均将以购物探险作为结束，一个人在这个世界的整趟生命旅程其实也同样如此。实际上，除拍照之外，购物是保护我们的潜意识不受陌生现实侵袭的第二种手段。实际上，这就是我们所说的"划算买卖"，带着一张信用卡，你就能一直走下去。实际上，你干吗不直接道出你那座城市的名字来呢？它的名字一准就是"美国运通"。这能使它拥有法律地位，就像被纳入地图集，没有人敢挑战你的描述。相反，许多人都会声称他们一两年前也到过那里。作为证明，他们会亮出一沓照片，如果你能留下来吃饭，他们还会给你放映幻灯片。他们中间有些人认识卡尔·马尔登④，他衣着考究，是这座城市的老市长，已经干了许多年。

---

① 传说中的十四世纪瑞士农民英雄，德国作家席勒曾创作剧本《威廉·退尔》。
② 罗马的时尚购物街区。
③ 法国的美食商店。
④ 卡尔·马尔登（1912—2009），美国演员，曾在"美国运通"的广告片中出镜。

三

这是你记忆之城中的一个黄昏；你坐在栗树浓荫下的路边咖啡馆里。在空荡荡的十字路口，信号灯无聊地眨着红黄绿色的眼睛；更高处，燕子在无云的铅灰色天空来回翻飞。你那杯咖啡或白葡萄酒的味道告诉你，你既不在意大利也不在德国；你的账单告诉你，你也不在瑞士。不过，你正置身于统一市场的疆土。

左边是音乐厅，右边是国会。或者两者位置相反，从建筑的角度看它们很难区分。肖邦曾走过这座城市，李斯特和帕格尼尼同样走过。至于瓦格纳，导游指南上说他曾三次走过这里。花衣魔笛手看来也走过。或许这只是一个周日，仲夏时分的假期。一位诗人说："都城在夏天虚空。"① 这是发动政变② 的理想季节，也是把坦克开进鹅卵石路面狭窄街巷的最好时分，因为路上几乎没人。当然，如果此地的确是一座都城……

你有此地的两三个电话号码，可你已试着拨了两次。至于你此次的朝觐之地——那家因收藏意大利大师画作而著称的国家博物馆，你一下火车就去了那里，博物馆五点钟关门。伟大的艺术，尤其是意大利大师们的艺术，都有一个缺点，即它会让你憎恨现实。当然，如果这的确是一种现实……

于是，你翻开当地的《休闲指南》，考虑去看戏。这里到处都是易卜生和契诃夫，这是常见的大陆菜肴。幸运的是，你不懂此地的语言。国家芭蕾舞团好像去日本巡演了，你又不能

---

① 这是布罗茨基自己的诗句，见其《合欢树的絮语》一诗。
② 此处"政变"一词用的是法语"coup d'état"。

去看第六遍《蝴蝶夫人》还能坐到终场，即便是霍克内① 的舞美设计。只好考虑电影和流行乐团了，可这份指南上的小号字体让你有些恶心，更不用说那些乐队的名称了。在不久的未来，你的腰围将在某家名为"卢泰西亚"或"金马掌"的餐馆里继续扩大。正是你的不断扩展的直径在缩减你的选择。

不过，一个人旅行得越多，他就会越清楚地知道，缩在旅馆的房间里看福楼拜也不是个办法。更好的解决方式还是去游乐园闲逛，在射击厅或电子游戏室玩上半小时，这些东西能增强你的自我，这也不需要你懂得当地语言。或者，你拦一辆出租车开上山顶，山下是一片风光，呈现出你那座组合城市及其郊区的壮观全景图：泰姬陵、埃菲尔铁塔、威斯敏斯特教堂和圣瓦西里教堂——全都在这里。还会有一种难以言表的体验，一声"哇噻"便足以表达。当然，如果确有一座山，如果确有一辆出租车……

你步行回旅馆，一路都在下山。你欣赏着豪宅旁的灌木和围栏，欣赏着商业中心里瑟瑟作响的合欢树和端庄的石碑。你会留步于那些灯光明亮的商店橱窗，尤其是钟表店的橱窗。各种样式的钟表琳琅满目，几乎就像是在瑞士！这并不意味着你需要一块新表，这不过是一种消磨时间的可爱方式，即打量钟表。你欣赏着玩具，欣赏着女式内衣，这些东西在唤起你心中恋家男人的感觉。你欣赏着整洁的人行道和一眼望不到头的漂亮林荫道，你总是对几何图案情有独钟，而它，你知道，意味着"无人"。

因此，如果你在旅店的酒吧里发现了一个人，他很可能与你一样，也是一位旅行者。"喂，"他会朝你转过身来说道，"这里为什么这么空旷？投下了原子弹还是怎么的？"

---

① 大卫·霍克内（1937 年生），英国画家、舞台美术家。

"因为是周日，"你回答，"就因为是周日，仲夏时节，休假时期。所有人都去海滩了。"可你知道你是在撒谎。因为，使你这座组合城市变得空旷起来的既非周日亦非花衣魔笛手，既非原子弹亦非海滩。它之所以空旷，是因为更容易出现在想象中的是建筑而非人。

一九八六年

表情独特的脸庞

诺贝尔奖演说①

一

对于一个享受孤独的人来说，对于一个终生视其孤独的存在高于任何社会角色的人来说，对于一个在这种偏好中走得过远的人来说——其中包括远离祖国，因为做一个民主制度中彻底的失败者，也胜似做专制制度中的殉道者或者精英分子②——突然出现在这个讲坛上，这让他感到很是窘迫，犹如一场考验。

这一感觉的加重，与其说是因为想到了先我之前在这里站立过的那些人，不如说是由于忆起了那些为这一荣誉所忽略的人，他们不能在这个讲坛上面向"本城和世界"③，他们共同的沉默似乎一直在寻求，并且终于没有替自己找到通向你们的出口。

唯一可以使我勉强接受这种境遇的是这样一个平常的设想，即首先由于文体风格上的原因，一位作家不能代表另一位作家说话，一位诗人尤其不能代表另一位诗人说话；如果奥西普·曼德施塔姆、玛丽娜·茨维塔耶娃、罗伯特·弗罗斯特、安娜·阿赫马托娃和温斯坦·奥登出现在这个讲坛上，他们也会不由自主地只代表自己说话，很有可能，他们也会体验到某些窘迫。

这些身影常使我不安，今天他们也让我不安。无论如何，他们不鼓励我妙语连珠。在最好的时辰里，我觉得自己仿佛是他们的总和，但又总是小于他们中的任何一个。因为，要在纸上胜过他们是不可能的，也不可能在生活中胜过他们，正是他们的生活，无论其多么悲惨，多么痛苦，总是经常——似乎比应该有的更经常——迫使我去惋惜时间的流逝。如果来世存在——我既无法否认他们拥有永恒生命的可能性，正如我无法忘记他们在现世中的存在——如果来世存在，我希望他们能原谅我和我试图作出的解释，因为归根结底，我们这一行当的尊严是不能用讲坛上的举止来衡量的。

我只提出了五位诗人，他们的创作、他们的命运我十分珍重，这仅仅是因为，若没有他们，我作为一个人、作为一位作家都无足轻重，至少我今天不会站在这里。当然，他们——这些身影，更确切地说是这些光源——是灯光还是星光？——不止五个，但他们中的每一个都注定只能绝对沉默。在任何一个有意识的文学家的生活中，这些人的数量都是巨大的；在我这里，这一数量仰仗两种文化而增加了一倍，我的命运使我从属于这两种文化。而当我想到这两种文化中的同辈人和笔友们，想到那些我认为其天赋胜过我的诗人和小说家们，想到他们若站在这个讲坛上，早就谈到了实质之处，因为他们有比我更多的话要说给全世界听时，我就更是如坐针毡了。

因此，我接下来打算斗胆在这里发表一些意见，它们也许是不严密的，自相矛盾的，因其不连贯而足以让你们为难。然而我希望，交付给我用以整理思绪的这段时间和我的这门职业能保护我，至少能部分地使我避免遭受思维混乱的指责。我这

---

① 布罗茨基于 1987 年获诺贝尔文学奖，这篇演讲稿用俄语写成，题为"Лица необщим выраженьем. Нобелевская лекция"，英文版题为"Uncommon Visage. The Nobel Lecture"。
② "精英分子"用的是法语"la créme de la créme"。
③ 原文为拉丁文"urbi et orbi"，是教皇诏书上的称谓用语。

一行当的人很少认为自己具有成体系的思维；在最坏的情况下，他才自认为有一个体系。但是，即便如此，他的这点东西也是借来的：借自环境，借自社会构造，借自幼年时在哲学上的用功。艺术家用以达到这一或那一目的，甚至是最寻常目的的那些手段都具有偶然性，没有什么能比写作过程、比创作过程本身更能让一位艺术家确信这一点。诗句，按照阿赫马托娃的说法，的确是从垃圾中生长出来的；散文之根也并不更高贵一些。

二

如果艺术能教给一个人什么东西（首先是教给一位艺术家），那便是人之存在的孤独性。作为一种最古老，也最简单的个人投机方式，艺术会自主或不自主地在人身上激起他的独特性、个性、独处性等感觉，使他由一个社会动物变为一个个体。许多东西都可以分享，如面包、床铺、信念和恋人，但是一首诗，比方说勒内·马里亚·里尔克的一首诗，却不能被分享。艺术作品，其中也包括文学作品，尤其是一首诗，是单独地面向一个人的，与他发生直接的、没有中间人的联系。正由于这一点，那些公共利益的捍卫者、民众的统治者和历史必然性的代言人们大都不太喜欢一般的艺术，其中也包括文学，尤其是诗歌。因为，在艺术走过的地方，在诗被阅读过的地方，他们便会发现冷漠和异议取代了期待中的赞同与众口一词，在发现怠慢和厌恶取代了果敢行动。换句话说，在那些公共利益的捍卫者和民众的统治者们试图利用的许多个零之上，艺术却添加上了"两个句号、一个逗号和一个减号"，使每一个零都变成了一张小小的人脸，尽管这脸蛋并不总是招人喜爱。

伟大的巴拉丁斯基在谈到自己的缪斯时，说她具有"表情独特的脸庞"①。获得这种独特的表情，这或许就是人类存在的意义，因为对这一独特性我们似乎已经做好了基因上的准备。一个人成为作家或是做了读者，这无关紧要，他的任务首先就在于，他要过完他自己的一生，而不是外力强加或指定的、看上去甚至最高尚不过的一生。因为，我们每个人的生命都只有一次，我们清楚地知道这一切将以什么结束。在对别人的外貌、别人的经验的重复中，在同义反复中耗尽这唯一的良机——这将是令人遗憾的，更令人难受的是，那些历史必然性的代言人们——人们遵循他们的教导已准备赞同这种同义反复——却不会和人们一起躺进棺材，也不会说声"谢谢"。

语言，我想还有文学，较之于任何一种社会组织形式都是一种更古老、更必要、更恒久的东西。文学对国家时常表现出的愤怒、嘲讽或冷漠实质上是永恒——更确切地说是无限——对暂时、对有限的反动。至少，文学有权干涉国家事务，直到国家停止干涉文学事业。政治体系、社会构造形式和任何一种体系一样，确切地说都是逝去时代的形式，逝去的时代总是企图把自己与当代（时常也与未来）硬捆在一起，而以语言为职业的人是最最无法忘记这一点。对于一位作家来说，真正的危险与其说是来自国家方面的可能的（时常是实在的）迫害，不如说是他有可能被国家的面容所催眠——不论是丑陋畸形的还是渐趋好转的，这样的面容却终究都是短暂的。

国家的哲学，国家的伦理学，更不用说国家的美学了，它们永远是"昨天"；而语言、文学则永远是"今天"，而且时常甚至是"明天"，尤其在这一或那一政治体系地位正统的情

---

① 语出俄国诗人巴拉丁斯基（1800—1844）的《我未被我的缪斯晃瞎眼》一诗。

况下。文学的功绩之一就在于，它能帮助一个人确定其存在的时间，帮助他在民众中识别出自我，无论是作为先驱还是作为常人的自我，使他避免同义反复，也就是说，避免那冠有"历史之牺牲"这一可敬名称的命运。包括文学在内的一般艺术愈是出色，它和总是充满重复的生活的区别就愈大。在日常生活中，您可以把同样一个笑话说上三遍，引起三次笑声，从而成为交际场合的主角。在艺术中，这一行为方式却被称为"陈词滥调"。艺术是一门无后坐力炮，决定其发展的不是艺术家的个性，而是素材本身的推动力和逻辑，是每个时代要求（或暗示）的艺术手段的过往命运，使之成为一种本质上全新的美学解答。拥有自身的演变、动力、逻辑和未来，艺术不是历史的同义词，至多与其平行，其存在方式就是一次次新的美学现实的创造。因此，艺术常常走在"进步的前面"，走在历史的前面，而历史的基本工具（我们要不要再次纠正马克思?），正是陈词滥调。

如今有这么一个主张流传甚广，似乎作家，尤其是诗人，应当在自己的作品中采用街头语言和大众语言。这个带有虚幻的民主性和显见的功利目的的主张对于作家来说是荒谬的，这是一个使艺术（这里指文学）依附于历史的企图。只有当我们认定智人已该停止进化时，文学才应该用人民的语言说话。否则，人民就应该用文学的语言说话。

每一个新的美学现实都为一个人明确着他的伦理现实。因为，美学即伦理学之母；"好"与"坏"的概念首先是一个美学的概念，它们先于"善"与"恶"的范畴。在伦理学中之所以不是"一切均可能"，正是由于在美学中也不是"一切均可能"，因为光谱中颜色的数量是有限的。一个不懂事的婴儿哭着拒绝一位陌生人，或是相反要他抱——拒绝他还是要他抱，这婴儿下意识地完成着一个美学选择而非道德选择。

美学的选择总是高度个性化的，美学的感受也总是独特的感受。每一个新的美学现实都会使作为其感受者的那个人的面容越发地独特，这一独特性有时能定型为文学（或其他类型的）趣味，这时它已经自然而然地成为抵抗奴役的一种防护手段，即便不能成为一种保障。因为一个带有趣味，其中包括文学趣味的人，会较少受到各种政治煽动形式所固有的陈词滥调和押韵咒语的感染。问题不仅在于美德并不是能创作出杰作的一种保证，更在于恶，尤其是政治之恶，永远是一个坏的修辞家。一个个体的美学经验愈丰富，他的趣味愈坚定，他的道德选择就愈准确，他也就愈自由，尽管他有可能愈是不幸。

我们正应当在这一更为实用而较少玄虚的意义上去理解陀思妥耶夫斯基的"美拯救世界"[①]的看法，或是马修·阿诺德的"诗歌拯救我们"[②]的观点。世界大约是不堪拯救了，但单个的人总是能被拯救的。美学鉴赏力在每个人的身上都发展得相当迅速，这是因为：一个人，即便他不能完全弄清他是什么以及他究竟该做什么，他也能下意识地知道他不喜欢什么以及什么东西不合他的意。就人类学的意义而言，我再重复一遍，人首先是一种美学的生物，其次才是伦理的生物。因此，艺术，其中包括文学，并非人类发展的副产品，而恰恰相反，人类才是艺术的副产品。如果说有什么东西使我们有别于动物王国的其他代表，那便是语言，也就是文学，其中包括诗歌，诗歌作为语言的最高形式，说句唐突一点的话，它就是我们整个物种的目标。

---

① 语出陀思妥耶夫斯基的小说《白痴》中阿格拉娅对梅什金公爵所说的一句话："您要是再在我面前说什么死刑之类的话……说什么'美将拯救世界'……您以后就别在我面前现身！"
② 这大约是布罗茨基对英国诗人阿诺德（1822—1888）的《诗歌研究》（1880）一文之观点的归纳。

我无意在此提倡强制推广诗歌写作训练，然而，把知识阶层和所有其余的人区别开来的社会划分却是我所不能接受的。在道德关系中，这一划分近似于社会的贫富划分；但如果说为社会不平等的存在找到一些纯实体、纯物质的证据尚有可能的话，那么要为智力上的不平等找到这样的证据则是不可想象的。和其他方面的情况不同，这方面的平等我们天生就有。这里谈的不是教育，而是语言的教育，这方面最细微的不准确也能招致荒谬选择对人的生活的入侵。文学的存在预示着在文学的注视平面中的存在，不仅在道德意义上，同时也在词汇意义上。如果说，一部音乐作品还能给一个人在听众的被动角色和积极的演奏者之间进行选择的可能，那么文学——按蒙塔莱的说法，它是一种彻底的语义学艺术——却使这个人注定只能充任演奏者。

　　我以为，较之于其他任何角色，人应该更多地扮演演奏者的角色。而且我还以为，由于人口爆炸，由于与此相连的日益加剧的社会原子化，也就是说，由于日益加剧的个体的隔绝化，这样的角色愈来愈不可回避。关于生活，我不认为我比任何一位我的同龄人知道得更多，但我觉得，作为一个交谈者，一本书比一个朋友或一位恋人更加可靠。一部长篇小说或一首诗并非独白，而是作者与读者的交谈，是交谈，我重申一遍，是最真诚的、剔除任何杂念的交谈，如果你愿意，也可以说它是两个厌世者的交谈。在进行这样的交谈时，作者与读者是平等的，反过来也一样，这与他是不是一位伟大的作家并不相干。这一平等是意识的平等，它能以记忆的形式伴随一个人的终生，朦胧或清晰，早或晚，恰当或不恰当，它都决定着个体的行为。在谈到演奏者的角色时我指的正是这一点，更自然地说就是，一部长篇小说或一首诗就是作者和读者双边孤独的产物。

在我们物种的历史上，在"智人"的历史上，书籍是一种人类学意义上的发展，其重要性实际上类似车轮的发明。书籍的出现是为了让我们不仅知道我们的来源，而且也清楚"智人"能做什么，书籍是一种以书页翻动的速度越过经验空间的手段。这一移动和任何一次移动一样，也会转变成一种逃遁，逃离公分母，逃将这一分母上原先高不过腰的线条提升至我们的心灵、我们的意识、我们的想象的这样一种企图。这一逃遁也就是向独特的面部表情、向分子、向个性、向独特性的逃遁。我们的数量已达五十亿，无论我们是按照谁的形象和类型被塑造出来的，除了艺术所勾勒出的未来，人类没有任何一种其他的未来。否则，等待我们的将是过去，首先就是政治的、警察方阵表演的过去。

无论如何，倘若一般意义上的艺术，尤其是文学，成了社会上少数人的财产（特权），那么我觉得，这一状况是不健康的，危险的。我并不号召用图书馆去取代国家，虽然我不止一次有过这种想法，但我仍不怀疑，如果我们依据统治者的阅读经验去选举我们的统治者，而不是依据他们的政治纲领去选举他们，这大地上也许会少一些痛苦。我觉得，对我们命运的那些潜在的统治者，应该先不去问他的外交政策方针是什么，而去问他对司汤达、狄更斯、陀思妥耶夫斯基持什么态度。仅凭文学最必需的食粮是人的多样和人的丑陋这一点，文学对于任何以迅速解决各种人类生存问题为目标的企图（不论是为人熟知的还是尚未发明的）而言都是一针解毒剂。作为一个至少是精神上的保险体系，比起各式各样的信仰体系或哲学学说，它在任何地方都更为有效。

由于不可能有一部保护我们不受我们自己侵犯的法律，所以任何一部刑法法典都没有关于反文学罪的惩罚条例。在这些罪过中，最深重的不是对作者的迫害，不是书刊检查组织等等，不是焚书。还存在一种更为深重的罪过，这就是鄙视书，不读。由于这一罪过，一个人将终生受到惩罚；如果这一罪过是由整个民族犯下，这一民族就要因此受到自己历史的惩罚。我在我目前居住的这个国家里生活，我也许是第一个准备相信这一相关性的人，即在这个国家，一个人的物质财富与他的文学无知程度相关；然而，使我不再深究这一点的，是我诞生并长大成人的那个国家的历史。因为，被简化为一种最低极限的因果关系、一种粗陋公式的俄国悲剧正是一场社会悲剧，文学在这一社会中成了少数人，即俄国著名知识分子的特权。

我不想展开这一话题，我不想因提及被成千上百万人毁坏的另外成千上百万人的生活而使这个晚会蒙上暗淡的色彩，因为，二十世纪上半叶在俄国发生的一切都发生在自动武器出现之前，被视为一种政治学说的胜利，这种政治学说的荒谬性早已表露无遗，因为它的实现需要人类的牺牲。我只想说——不是凭借经验在说，唉，只是从理论上讲——我认为，与一个没读过狄更斯的人相比，一个读过狄更斯的人更难因为任何一种思想学说而向自己的同类开枪。我谈的正是对狄更斯、司汤达、陀思妥耶夫斯基、福楼拜、巴尔扎克、麦尔维尔等等的阅读，也就是对文学的阅读，而不是识字，不是教育。识字的人也好，受过教育的人也好，完全可能一边宣读这样或那样的政治文章，一边杀害自己的同类，甚至还能因此体验到一种信仰的喜悦。一些独裁者①也识字，甚至还写诗，可死于他们之手的牺牲者名单，其长度要远远超出他们的阅读书单。

然而，在转入关于诗歌的话题前我还想补充一点，即俄国的经验可以被合理地视为一个警告，即便仅仅因为迄今为止的西方社会的一般构造与一九一七年前的俄国社会十分相近。

---

① 此处略去四个人名。

(顺便说说，以此也正可以解释十九世纪俄国心理小说在西方的广泛传播和当代俄国散文的相对失败。出现在二十世纪俄国的社会关系，对读者来说大约比文学主人公的名字更异域，这妨碍了读者与那些文学主人公的亲近。) 比如，单说政治党派，一九一七年十月转折前夕的俄国所存在的政党，无论如何也不比今天美国或大不列颠的政党少。换句话说，一个冷静的人也许能看出，就某种意义而言十九世纪目前正在西方继续着。在俄国它已结束；如果我要说它是以悲剧结束的，那么首要的依据就是人的牺牲数量，已降临的社会和历史转变将他们掳掠而去。在真正的悲剧中，死去的不是主人公，而是合唱队。

三

　　虽然，对于一个母语是俄语的人来说，谈论政治之恶就像谈论食物消化一样自然，但现在我仍想换一个话题。谈论明了之事的缺点在于，这样的谈话会以其轻易、以其轻松获得的正确感觉使意识堕落。这种谈话的诱惑也正在于此，就其性质而言，这一诱惑近似于那种会孕育出恶来的社会改革家的诱惑。认清这一诱惑，抵制这一诱惑，这也许在一定程度上决定了众多与我同时代人的命运，决定了流自他们笔端的文学。它——那种文学——既不是脱离历史的逃遁，也不是记忆的余音，它不似旁观者所以为的那样。"奥斯威辛之后还能写出诗歌来吗？"阿多尔诺①问道。一个熟悉俄国历史的人也能重复提出同样的问题，只要更换一下集中营的名称，他甚至有更大的权利重复这一问题，因为，死在斯大林集中营中的人数远远超出死在德

① 阿多尔诺（1903—1969），德国哲学家。

国集中营中的人数。"奥斯威辛之后还会有午餐吗？"美国诗人马克·斯特兰德①曾这样反驳道。无论如何，我所属的这一代人是有能力写作这样的诗歌的。

这一代人，这恰恰在奥斯威辛焚尸炉满负荷工作时、在斯大林处于其似乎是由大自然赋予的上帝般绝对权力之顶峰时出生的一代人，他们出现在世界上，似乎是为了让理应在这些焚尸炉里和斯大林群岛上无名者合葬墓里中断的一切延续下去。并非一切都中断了，至少在俄国是这样的，这一事实就是我这一代人一个不小的功绩，我更为自己属于这一代人而自豪，这种自豪感不逊于我今天站在这里的感觉。我今天站在这里这一事实，就是在肯定这一代人对文化作出的贡献；想到曼德施塔姆，我要补充一句，就是这一代人对世界文化作出的贡献②。回首一望，我可以说，我们起步于一片荒地，更准确地说是一片荒凉得可怕的空地，我们有意识地，但更多则是直觉地致力于文化延续性效用的重建，致力于文化的形式和修辞的重建，努力用我们自身崭新的，或在我们看来是崭新的当代内容来充盈那少数几个虽然幸存了下来，但多半已被彻底毁坏的文化形式。

也许，存在着另一种途径，即进一步走向畸形的途径，残片和废墟诗学的途径，极简主义的途径，呼吸窒息的途径。如果说我们拒绝了这一途径，这完全不是因为它对我们来说是一种将自我戏剧化的途径，也不是因为我们极度热衷于保护我们熟悉的高贵文化传统形式，在我们的意识中，这些文化形式与人类尊严的形式完全相同。我们之所以拒绝这一途径，是因为这一选择实际上不是我们的选择，而是文化的选择，即这一选

---

① 斯特兰德（1934年生），美国诗人，布罗茨基的友人。
② 曼德施塔姆在回答"什么是阿克梅主义"的问题时曾回答："就是对世界文化的眷念。"

择仍然是美学的，而非道德的。

当然，一个人不易把自己视作文化的工具，相反，他会更自然地将自己视为文化的创造者和保护者。如果我今天在这里提出相反的主张，那也不是由于在二十世纪离去时去套用一下普罗提诺、夏夫兹伯里勋爵、谢林或诺瓦利斯的话就有什么特定的诱惑，而是由于，只有诗人才永远清楚，我们行话中称之为缪斯之声的东西，实质上就是语言的操纵；诗人清楚，语言不是他的工具，而他倒是语言延续其存在的手段。语言，即便将它视为某种有生命力的东西（这也许没错），它也无法作出伦理的选择。

诗人之所以写诗，意图各不相同：或为了赢得所爱女子的芳心，或为了表达他对一片风景或一个国家等周围现实的态度，或为了捕捉他当时所处的精神状态，或为了在大地上留下痕迹，如他此刻所想的那样。他诉诸这一形式，即诉诸一首诗，最大的可能性是出于无意识的、拟态的意图：白色纸张上垂直的黑色单词淤块仿佛能使一个人想到他在世界上的个人处境，想到空间与他身体的比例。但是，与促使他拿起笔的各种意图无关，与流出其笔端的一切所起的效果无关，对于他的读者，无论其读者是多还是少，这一事业迅即的结果就是一种与语言产生了直接联系的感觉，更确切地说，就是一种对语言中所说、所写、所实现的一切迅即产生依赖的感觉。

这种依赖性是绝对的，专断的，但它也会解放你。因为，作为一种永远比作者更为古老的东西，语言还具有其时间潜力——即未来的全部时间——赋予它的巨大的离心力。这一潜力虽说也取决于操这一语言的民族的人数，但更取决于用这一语言所写的诗的数量。只要想想古希腊罗马文学的作者们就够了，只要想想但丁就够了。比如，今天用俄语或英语创作的作品，就能为这两种语言在下一个千年的存在提供保证。诗人，我重复一遍，是语言存在的手段。或者如伟大的奥登所言，诗人就是语言赖以生存的人①。写下这些诗句的我不在了，阅读这些诗句的你们不在了，但写出那些诗句的语言和你们用以阅读那些诗句的语言却将留存下来，这不仅由于语言比人更为长久，而且还因为它更能够产生突变。

　　然而，写诗的人写诗，并不是因为他指望死后的荣光，虽然他也时常希冀一首诗能比他活得更长，哪怕是稍长一些。写诗的人写诗，是因为语言对他作出暗示或者干脆口授接下来的诗句。一首诗开了头，诗人通常并不知道这首诗会怎样结束，有时，写出的东西很叫人吃惊，因为写出来的东西往往超出他的预期，他的思想往往比他希求的走得更远。只有在语言的未来参与进诗人的现实的时刻，才有这样的情形。我们知道，存在着三种认知方式，即分析的方式、直觉的方式和《圣经》中先知们所采用的"天启"的方式。诗歌与其他文学形式的区别就在于，它能同时利用这所有三种方式（首先倾向于第二和第三种方式），因为这三种方式在语言中均已存在；有时，借助一个词，一个韵脚，写诗的人就能出现在在他之前谁也没到过的地方，也许，他会走得比他本人所希求的更远。写诗的人写诗，首先是因为，诗的写作是意识、思维和对世界的感受的巨大加速器。一个人若有一次体验到这种加速，他就不再会拒绝重复这种体验，他就会落入对这一过程的依赖，就像落进对麻醉剂或烈酒的依赖一样。一个处于对语言的这种依赖状态的人，我认为，就可以称之为诗人。

一九八七年

---

① 语出奥登的《悼叶芝》(In Memory of W. B. Yeats) 一诗。

受奖演说 [1]

尊敬的瑞典科学院院士们，尊敬的皇室成员，女士们、先生们：

我出生、成长在波罗的海的彼岸，实际上就在它那灰色的、窸窣作响的书页背面。有时在晴朗的日子里，尤其是在秋天，我的一位朋友站在克洛米亚基 [2] 的一处沙滩上，会遥指着西北方向，视线越过这水的页张，说："你看到那一道蓝色陆地了吗？那就是瑞典。"

当然，他是在开玩笑，因为角度不对，因为根据光学原理，人的肉眼在开阔的空间里只能看见二十英里范围内的物体。然而，那片空间并不开阔。

尽管如此，女士们先生们，我仍十分愉快地想到，我们呼吸过同样的空气，吃过同样的鱼，淋过同一场雨——有时是有放射性污染的雨，畅游过同一片大海，看腻了同一种针叶林。由于风向，我在窗口看到的云是你们见过的，或者相反，你们看到的云是我所见过的。我十分愉快地想到，在我们于这座大厅相遇之前，我们之间已经有了某些共同之处。

至于这座大厅，我想，它几小时前还空无一人，几小时后又将空无一人。从这大厅四壁的角度来看，我们的出现，尤其是我的出现，纯属偶然。概括地说，从空间的角度来看，任何一个出现在这大厅里的人都是偶然的，除非他的出现具有那种恒久的、通常不具生命特征的风景特性，比如说冰川、山峰和河湾。正是某个人或某件物在一处早已习惯自身内涵的空间中毫无征兆地出现，才能制造出一种事件感。

因此，当我感谢你们授予我诺贝尔文学奖时，我实际上是在感谢你们赋予我的创作以某种恒久性特征，比如说，就像广阔的文学风景中一块冰山碎片所具有的特征。

我充分意识到了这个比喻之冒险，因为它隐含着冷若冰霜、毫无益处以及或快或慢的消融。但是，只要这些浮冰含有一点富有生气的矿产（我很不谦虚地希望情况如此），那么，这个比喻就可能是相当谨慎的。

既然这么快就谈到了谨慎，我还想补充一句，在有案可查的历史中，诗歌读者的数量很少超过总人口的百分之一。正是由于这一原因，古希腊罗马时期或文艺复兴时期的诗人们均倾向宫廷，即权力的中心；正是由于这一原因，如今的诗人们均落户于大学，即知识的中心。你们的科学院堪称两种"中心"之合成；如果在将来，在我们已经作古的将来，这百分之一的比例还能得以保持，这在很大程度上就有赖于你们所付出的努力。如果这幅未来图景让你们觉得过于阴暗，我则希望，关于人口爆炸的想法能让你们稍稍感到振奋。百分之一的四分之一也意味着一支庞大的读者大军，即便是在今日。

因此，女士们先生们，我对你们的感激便不完全是自私的。我在代表这样一些人感谢你们，你们的决定唤起了他们在今天或明天阅读诗歌的热情。我并不能肯定人终将获胜，就像我那位伟大的美国同胞所说的那样，我记得他好像就是站在这间大厅里道出此话的 ③；但是我坚信，一个阅读诗歌的人要比不

---

① 这是布罗茨基 1987 年 12 月 10 日在斯德哥尔摩诺贝尔奖颁奖典礼上的致辞，后以 "Acceptance Speech" 为题刊于《纽约图书评论》1988 年 1 月 21 日，俄译题为 "Речь в Шведской Королевской Академии при получении Нобелевской премии"。
② 圣彼得堡郊区的一处海滩。
③ 指美国作家福克纳（1897—1962），他于 1950 年获诺贝尔文学奖，他在受奖演说中说："人不仅能坚持，人还终将获胜。"

读诗歌的人更难被战胜。

当然，从圣彼得堡到斯德哥尔摩是一段历经曲折的道路，而对于从事我这门职业的人而言，直线是两点之间最短距离的概念早已失去其魅力。因此，我高兴地意识到，在得到机会时，地理也同样能够实施其诗意的惩罚。

谢谢大家！

一九八七年

旅行之后，或曰献给脊椎 [1]

　　无论这一天过得多么糟糕，或多么乏味，你只要四仰八叉地躺在床上，便不再是一只猴子，不再是一个人，不再是一只鸟，甚至不再是一尾鱼。大自然中的水平状态更像是一种地质属性，与沉积层有关：它是献给脊椎的，是留给未来的。就整体而言，各种各样的旅行笔记和回忆录也具有此类特征，其中的意识会仰面躺倒，放弃抵抗，准备休息，而不愿去与现实算清账目。

　　我凭记忆写道：一九七八年，巴西之旅。很难说是一次旅行，其实就是假借国际文化交流之名义进行的一次公费旅游；就是在晚上九点坐上一架飞机（机场里乱作一团，因为巴西航空公司把这趟航班的票卖了两遍；其结果是火车站里常见的慌乱；职员们无精打采，表情冷漠，你会觉得你是在与一个国家打交道，因为这家公司已被收归国有，每位职员都成了国家雇员）。飞机里人满为患，婴儿在啼哭，我的座椅后背放不下去，它纹丝不动；我彻夜直挺挺地坐着，忍受阵阵袭来的睡意。我还想到，我在四十八小时前刚刚由英格兰飞来。闷人，霉味，不一而足。比这一切还要过分的是，九小时的航程竟飞了十二小时，因为我们先在圣保罗降落，理由是里约有雾，可实际上，一半乘客买的正是到圣保罗的票。

　　从机场到市中心，出租车沿着著名的一月河的右岸（?）行驶，河中满是吊车和海轮、货轮和油轮等等。随处可见巴西海军巨大的灰色舰船。（一天早晨我走出酒店，看到亚历山大·韦尔金斯基 ② 的两句歌词飘进了港湾："当巴西的巡洋舰开过来，船长会告诉你什么是间歇泉。"）就这样，左手是轮船和港湾，右手则每隔一百米便有一帮晒得黢黑的孩子在踢足球。

说到足球，我得指出，如果你见识过本地人的驾驶方式，便不再会对巴西在这项运动中所取得的成功感到惊讶。这种带球过人式的驾驶习惯真正让人感到迷惑不解的地方在于，这个国家居然还能实现人口增长。本地的出租车司机是球王贝利和日本神风攻击队员的合体。此外，跃入你眼帘的第一个现象就是大众牌甲壳虫汽车的流行。这实际上是当地可见的唯一汽车品牌。当然，你时而也能看到一辆雷诺，一辆标致，或一辆福特，但这些车显然属少数。电话也是一样，它们全都是西门子牌（和舒克特牌）。总之，德国人在这里大权在握，不论以何种方式（弗兰茨·贝肯鲍尔不是说过吗："足球是一切无关紧要的事情中最重要的。"）。

他们让我们住进凯莱酒店，这是一座老式的十四层酒店，其电梯系统设置得十分奇特，需要不停地来回换电梯。我在这里住了一周，这段时间里我已习惯于将这家酒店视作一个子宫，或是一只章鱼的内脏。就某种意义而言，这家酒店比外部世界要有趣得多。里约城，至少是我有幸看到的这一部分，相当单调，无论就其富裕还是贫穷而言，无论就其私搭乱建还是城市规划而言。位于大海和峭壁间的那两三公里长的狭长地带布满了密密麻麻的、柯布西耶 ③ 般愚蠢的蜂窝状"建筑"。这图

---

① 本文写于 1978 年，首发于巴黎俄文杂志《大陆》1990 年第 63 期，俄文题为 "После путешествия, или Посвящается позвоночнику"，英文题为 "After a Journey, or Homage to Vertebrae"，由作者参与翻译的英文版与俄文版有所出入，此处以英文版为准。
② 韦尔金斯基（1889—1957），俄国演员、歌手，20 世纪上半期俄国流行乐坛的偶像。
③ 柯布西耶（1887—1965），瑞士建筑学家，20 世纪的现代派建筑大师。

景似乎在否定人的想象力。或许的确如此。十八世纪和十九世纪被完全抹去。你偶尔可见世纪之交时留下的重商主义风格的遗迹，它们的拱廊、阳台、曲折的楼梯、塔楼和门洞等物构成一个超现实主义的混合体。但这类遗迹很少见，且没有浮雕。但同样少见、也没有浮雕的是那种三四层楼的小旅馆，它们躲在这些钢筋混凝土巨人身后的小街上，或处于狭窄的小道两旁，那些小道至少七十五度角向山上蜿蜒，最后消失于一片常绿林中，那是一片真正的热带雨林。在这儿，在这些狭窄小街上，在这些小村里，在这些用石块垒砌的房子里，就住着当地人，他们大都受雇于旅游机构，他们非常贫穷，有些不管不顾的，但就整体而言并不十分好斗。每到晚上，这里每隔十来米就有一位拉客的，后来，一位西德领事告诉我们他的一个发现，即里约的妓女不要钱，至少是不指望拿钱，如果嫖客愿意付钱，她们会感到很惊讶。

那位长官大人的话似乎是对的。可是没机会去验证，因为我就像俗话所说的那样，从早到晚被一位两腿修长的北欧女代表所占据（抑或她只是一名观察员？），她的发型和她相当乏味的献身姿态会让人想起她所处的维度，还有某某人，区别仅在于后者既不粗鲁也不虚荣（我当时比现在更年轻、更刚猛，如果这个某人没把我介绍给她那位家庭顶梁柱和他们那位不讨人喜欢的孩子，我或许能克服这种缺陷，结果会稍好一些）。在我到达里约后的第三天，这也是北欧游戏的第二天，我们去科帕卡巴纳海滩，在那儿，在我晒太阳的时候，我被偷走了四百美元，还有一只我心爱的手表，那是六年前利兹·弗兰克在马萨诸塞州送给我的。窃贼的手艺很出色，像在这里的任何事情一样，大自然也参与其中，这一次它以一只淡褐色德国牧羊犬的形象现身，这条狗在海滩上四处溜达，在主人的指挥下不时嗅嗅游客的裤子。游客自然不会警惕这四条腿的动物：一条漂亮的小狗在身边跳跃，这有什么大惊小怪的！与此同时，那两条腿的动物却掏空了你的钱包，非常体贴地给你留下几个克鲁塞罗①，让你能乘公交车回到酒店。因此，在此处进行潜在价格高昂的体验是万万不可行的，无论那位德国领事如何断言，边说还边请我们喝一种很独特的家酿啤酒，那啤酒的颜色宛若七色彩虹。不过对他也要说句公道话，他向我们发出了有益的警告，要我们不要下海游泳，说海面下方的潜流很急，还说匈牙利使馆的两名外交官上周在众目睽睽之下被鲨鱼给吞了。

里约的海滩的确很美。当飞机开始降低高度飞近这片大陆时，你会觉得整个巴西海岸几乎全都是无尽的海滨浴场，从赤道直至巴塔哥尼亚。从科尔科瓦多山顶看下去，只见一座峭壁耸立于城市之上，峭壁顶上是那座二十米高的耶稣雕像（将这尊雕像赠予该城的不是别人，正是墨索里尼），三片海滩一览无余（科帕卡巴纳、依帕内玛和雷伯龙），还有里约南面和北面的其他许多海滩，绵延的群山环绕着这座城市的白色水泥森林。在晴朗的日子里你会觉得，你此前看到的一切不过是被抑制的想象力之苍白、可怜的小把戏。此地的风光可以给人和神的想象上一两堂课；正是这样的地方使地理学获得了好名声。

我在此地只待了一周，因此我所说的一切都超不出所谓第一印象的范畴。有了这一前提，我只能说，里约是一个最为抽象的地方。在这座城市，无论你居住了多少年，也依然无法产生太多的回忆。对于一位土生土长的欧洲人来说，里约就是生物学意义上典型的中性人。这里没有任何一个可以引起任何联想的建筑立面、小街或门洞。这是一座本世纪的城市，它没有任何殖民时代的遗迹，甚至没有任何维多利亚风格的建筑，唯

---

① 巴西的货币单位。

一的例外或许就是客运码头上的那座庞大建筑，它既像圣彼得堡的以撒教堂，又像华盛顿的国会大厦。依靠这种模糊不清的（这些八边形、立方体和方盒子）、非个性化的特征，依靠这些其规模和慷慨堪比整个海洋自身的海滨浴场，依靠这些令欧洲人耳目一新的本地植物所呈现出的强烈、密实、多样和绝对的非同寻常，里约能使人产生一种完全脱离了现实生活的感觉。似乎步入了纯粹的几何图形，或是步入了纯粹的元素结构。在这一个星期里，我始终觉得自己就像是一名前纳粹分子或是安蒂尔·兰波 [①]：一切事情都已过去，前方是一路绿灯。

我这样自言自语道："很有可能，整个欧洲文化，包括它的大教堂、哥特式、巴洛克、洛可可以及建筑物上的螺旋纹、涡状纹和叶状纹等等装饰，都不过是一只猴子对它永久失去的那片森林之眷念。"文化，就我们所知，正是在地中海沿岸兴起的，在那里，植被开始发生变化，然后可以说是十分突兀地在海边刹住了脚步，就像是随时准备纵身一跃，回到它真正的家园一样——这个现象难道还不够说明问题吗？换句话说，建筑出现之地恰为自然退让之处，一切艺术或许亦皆如此？文学就是热带雨林以另一种方式的延续？

至于我们这次光荣的会议，它却是一次空洞无聊、令人难以忍受的活动，与热带雨林和文学均无任何关系。仅仅由于这个原因，以及后来发生的极不愉快的事情，我最好让那些我在此认识的人改名换姓。出于同样的原因，我也想让自己改名换姓。胡里奥·里亚诺斯、托尔·奥斯特伯格 [②]，也许还有我本人，外加那位伟大的译者，是出席此次会议仅有的几位作家。起初我试图忽略这场精神错乱，可是当你每天早晨都会碰见这

[①] 兰波（1854—1891），法国诗人。

[②] 这大约是作者为与会作家"改名换姓"后列出的两个姓名，在俄文版中他此处直接提到的是略萨。

些代表（男女餐厅大鳄）时，在早餐桌上，在会场和走廊里，整件事便渐渐开始获得现实感。到最后，我竟然像只狮子一样为创建国际笔会越南流亡作家小组而拼死一搏。我大动感情，泪水打断了我的发言。

最后形成这样一个多边形：乌尔里希·冯·特恩和他的妻子以及萨曼瑟（一个潜在的三角关系），费尔南多·B（葡萄牙人）和他的妻子，托马斯（瑞典人）和一位丹麦太太，还有我和那位由我负责照料的北欧女性。匿名是通奸的氧气，再没有什么能够像出国在外一样让人们的肺叶充斥着这种氧气。我们这帮人（再加上或减去两个偷偷摸摸、身强体壮的西德人，他俩半醉半疯）从一家酒馆逛到另一家酒馆，大吃大喝。每天早餐时在酒店的自助餐厅碰面，或是在大厅里相遇，我们彼此抛出同样一个问题："昨天晚上过得怎么样？"回答通常是我们中间的某人在白天关注过的某家餐馆的名称，或是城市管理者们打算供我们消遣的某个处所，那里富丽堂皇，必有致辞敬酒，管理者们也感觉良好。这个国家的总统菲格雷多将军 ① 出席了我们会议的开幕式，他说了三段话，在主席台上坐了一会儿，其间还拍了拍胡里奥·里亚诺斯 ② 那个同为拉美人的肩膀，他身边围着一大群保镖、警察、军官、将军、元帅和本地各家报社的摄影师，这些记者满腔热情，似乎坚信他们的镜头不仅能捕捉到这位伟人的外表，而且还能探入他的五脏六腑。打量所有这些听差、壮汉和小青年很有意思，他们随时准备更换他们的主人或旗帜，他们系着领带，身着西服和浆过的衬衣——这衬衣和他们那高度紧张、晒得黢黑的长鼻子形成鲜明对比。这些由国家喂养的活物不像是人，而像是鹦鹉和猴子的混血儿。

---

① 菲格雷多（1918—1999），巴西四星上将，1979—1985 年间任巴西总统。
② 此处在俄文版中写明略萨。

外加对法国的崇敬，言必称维克多·雨果，或是安德烈·马尔罗①，口音相当重。第三世界继承了一切，其中也包括第一和第二世界的自卑情结。

"您什么时候飞回去？"乌尔里希问我。"明天。"我回答。"你真幸运。"他说道，因为他还要留在里约，他和妻子一起来到这里，可能是为了挽救他们的婚姻，在这件事情上他从表面看已获成功。于是，他在滞留里约的时候，便与本地的德语教师们一起去海滩，夜间在酒店里，他则从床上爬起来，只穿一件睡衣溜下楼梯，去敲萨曼瑟的房门。她的房间恰好就在他的房间下方，他住 1161，她则住 1061。你可以把美元兑换成克鲁塞罗，但是你无法将克鲁塞罗兑换成美元。

我原本计划会后在巴西再待十来天，或是在科帕卡巴纳附近租一个便宜的房间，好常去海滩，游游泳，晒晒太阳，或是去一趟巴伊亚，试着在亚马孙河上航行一段，然后前往库兹科，再从库兹科去利马，最后回到纽约。可是我的钱被偷走了，尽管我可以从我的美国运通账户中支取五百美元，但是我没有这么做。我喜欢这片大陆，尤其是这个国家，可是，我害怕我在这个世界的所见已超出我的消化能力。我的健康状态并不是问题，它大不了只是有点碍事。毕竟，葬身于一片热带雨林——这对于一位俄国作者而言是有诱惑力的，因为还不曾有过这样的事情。可是，我对南美实在一无所知，甚至连最为灾难性的经历也无法给我以任何启蒙。手里拿着相机，心里没有任何特定目的，就这样浮在表面，这种方式有些令人厌恶。在十九世纪，人们尚可像儒勒·凡尔纳和洪堡②那样行事，而到

---

① 马尔罗（1901—1976），法国作家，曾任法国文化部部长。
② 洪堡（1769—1859），德国博物学家。

了二十世纪，再去打扰当地的动物群和植物群就不应该了。不过，我毕竟看到了南十字星，还有一轮上弦新月。至于贫民窟①之贫困，但愿每一位能够原谅别人的人都会原谅我这样说话，即贫民窟之贫困恰与此地独一无二的风光构成某种呼应。在由海洋和群山构成的背景中，社会悲剧看上去似乎不那么真实了，不仅观众这样认为，就连那些牺牲者也有此感受。美景总能使现实失去某些意义，而在此地，美景则构成现实之大部。

一个神经质的人不会、实际上也不可能坚持写日记。我当然情愿捕捉或留下这七天里遇见的某些东西，比如那些烤肉串，其中的肉块十分巨大（即 churrasco rodizio），可是第二天，我就想返回纽约了。当然，里约比索契、蔚蓝海岸②、棕榈滩③和迈阿密更为别致，尽管它终日为厚厚的废气所笼罩，此地的闷热则让这层厚幕更加让人难以忍受。但是，我所有的旅行之实质（这是一个副产品，更确切地说，是一个转化为旅行之实质的副产品），就在于回家，回到莫顿街④，就在于向我关于"家"的概念里不断注入新内涵，并对此进行越来越细微的阐释。你越是经常地返回家中，这间狗窝就会变得越是真实。同样，我匆匆游历过的那些山水就会变得越是抽象。我或许再也回不到铸造街 27 号⑤了，莫顿街 44 号于是便成了避免将世界看作一条单向街的最后一搏。

在为流亡越南人打赢那场战争之后我们才获悉萨曼瑟的生日，她年满三十五岁，或四十五岁，于是，乌尔里希夫妇、费

---

① "贫民窟"用的是葡萄牙语 "favela"。
② 位于法国东南部。
③ 位于美国佛罗里达州。
④ 布罗茨基纽约居所所在的街道。
⑤ 布罗茨基一家当年在列宁格勒的住处。

尔南多·B夫妇、萨曼瑟，还有那位伟大翻译家（他或许是我们中间最重要的作家，因为整个南美大陆的名声都取决于他）便一同前往餐馆庆贺。在酒精的作用下，我开始对那位伟大的翻译家纠缠不休，认为他那些活商品都像十九世纪那些外国佬 ① 一样抢劫了我们的欧洲兄弟，当然也抢劫了那些外国佬，再添上一抹本地色彩。《百年孤独》不过是另一位托马斯·沃尔夫，我在阅读《百年孤独》的前一夜恰好（是一种不幸！）读了沃尔夫，于是便立即意识到这种"过度拥挤"的感觉似曾相识。伟大的翻译家亲切地、懒洋洋地抵挡我，说道：是的，当然，这是对世界文化的一种难以避免的眷念，我们的欧洲兄弟们也有这个毛病，至于我的欧亚大陆同胞们，他们这方面的毛病更大；心理分析尚未在赤道以南扎根，因此，由他负责的这几位作家还可以进行关于他们自身的幻想，不像当今的外国佬那样。被萨曼瑟和自己那位困惑不解的伴侣夹在中间的乌尔里希则指出，真正的罪犯就是现代主义，在现代主义逐渐淡去之后，读者一直渴望得到真正的食物和所有这些刺激的拉美调味品，总的说来，博尔赫斯是一回事，所有这些迷幻药般的胡言乱语则是另一回事。"还有科塔萨尔。"我补充道。"是的 ②，博尔赫斯和科塔萨尔。"乌尔里希说道，同时看了看萨曼瑟，因为他穿着短裤，萨曼瑟的手在桌子下面从左侧摸进了他的短裤，殊不知他的伴侣也想在右边干同样的事情。"博尔赫斯和科塔萨尔。"乌尔里希又重复了一遍。后来，不知从哪儿又冒出来两个醉醺醺的德国人，他俩拐走了乌尔里希那位刚被他挽回的妻子、伟大的翻译家和那对葡萄牙夫妇，领他们去参加某场聚会，萨曼瑟、乌尔里希和我则沿着科帕卡巴纳徒步返回凯莱

---

① 此处的"外国佬"（gringo）是西班牙人和拉美人对来自英语国家的人的蔑称。
② 这里的"是的"用的是德文"Ja"。

酒店。途中，他俩脱光衣服，蹚进大海，很快就不见踪影了，只有鲨鱼才知道他们待了多久，而我却坐在空荡荡的海滩上守护他们的衣物，一边不停地打嗝。我有这样一种感觉，即这种事情在我过去的生活中已不止一次发生过。

一个醉鬼，尤其是一个外国人，尤其是一个俄国人，尤其是在深夜，总是会有些担心他是否还能找到回酒店的路，这种担心会让他渐渐清醒起来。

我在凯莱酒店的房间无论从何种标准来看都相当豪华（我毕竟是美国代表团的可敬成员），房间里挂着一面大镜子，形状像一汪湖水，显得很暗淡，像是被厚厚的淡红色浮萍变成了一块天鹅绒。它与其说是在反映物体，不如说是在吸收房间里发生着的一切，有的时候，尤其是在昏暗中，我觉得自己似乎就是一尾赤条条的鲈鱼，在这镜中的浮萍间往来游动，时而沉入水中，时而浮至水面，时而再游向水底。这一感觉十分强烈，胜过开会、与代表们交谈和出席记者招待会时的现实感受，似乎所有这些事件都发生在幕后，发生在水底，在齐膝深的淤泥中。这或许也是因为那持续不断的酷热天气，面对酷热，这汪湖水便是一处潜意识中的避难地，因为凯莱酒店并无空调。无论如何，下楼前往会议大厅或是出门进城前，我都要作出一番努力，似乎在通过手工调节的方式来让我的视力聚焦，同样也让我的意识和听觉聚焦，以使我的意识摆脱这面镜子。在面对诗句时也会发生同样的情况，那些与当下全无干系的诗句会始终纠缠着你，或是你自己的诗句，或是别人的，更多是别人的诗句，更多的是英语诗而非俄语诗，尤其是奥登的诗句。那些诗句就像是海藻，你的记忆就像一条在海藻间来回游动的鲈鱼。另一方面，这一印象可以解释为一种不知不觉的自我陶醉，一个人的镜中影像，仰仗斑驳的水银涂面获得一种超然的暗影，某种超越时间的味道，因为，任何一种映像的实质与其说是对自我的兴趣，不如说是自旁观角度看到自我这一事实本身所带来的乐趣。对于我那位北欧尤物来说，这一切对她而言怕是闻所未闻的，她对这面镜子的兴趣完全是女性的，而且有些色欲性质，因为她扭动脖子，仔细打量的是这一过程，或者更确切地说是其中的大胆自我，但无论如何都不是海藻，更不是一条鲈鱼。这汪湖水的两旁挂着两幅彩色版画，一幅画描绘半裸的黑人女子们在收获芒果，另一幅是开罗城的景色。镜子下方是一台坏了的电视机。

会议代表中有两个引人侧目的败类，一位是来自保加利亚的老年女密探，一位是来自民主德国的堕落的老年文学批评家。前者能说英语，后者则说德语和法语，其结果，听他俩的发言，人们（或者说至少是我）便会生出一种极为特殊的感觉，感觉文明正在被玷污。听到他们用英语道出这些国产废话则尤其令人痛苦，因为英语似乎已完全不适用于此类谎言，尽管在一百年前用俄语说这样的话或许也同样令人难受，谁知道呢。我没记住这两个人的名字，她是一位罗扎·克列勃[①]之类的人物，我想她应该是一名预备役少校，她身着灰色裙装，专心审阅文件，厚厚的眼镜，始终在工作。不过，更妙的还是他：一位御用批评家，与其说是个笔杆子不如说是个话痨子，在最好的情况下也只能写出《约翰内斯·贝歇尔早期创作风格》之类的东西（贝歇尔曾在斯大林七十岁生日时写了一首十四行诗，诗是这么开头的："我今晨醒来，觉得有一千只夜莺在齐声歌唱……""一千只夜莺"[②]……）。当我嘟嘟囔囔地为

---

① 伊恩·弗莱明（1908—1964）的小说《詹姆斯·邦德系列》中《怀着爱来自俄国》一书（后改编为同名电影）中的女主角，是詹姆斯·邦德的对手。
② 此处用的是德文"Eine tausend Nachtigallen"。

越南人说话时，这两个人发出嘘声，那位德意志民主共和国人甚至向大会主席发问，问我代表哪个国家。后来，在就越南问题进行表决之后[1]，这个臭大粪还晃到我面前，说出这样一些话来："可是我们不清楚他们的文学呀，你真的会读他们的作品吗，我们毕竟是**欧洲人**，难道不是吗？"诸如此类。对此我回答道，印度支那的人口比民主德国和不民主德国的人口加起来还要多 n 倍，因此他们也可能拥有某些堪与安娜·西格斯和[2]斯蒂芬·茨威格相提并论的作家。但就整体而言，这类举动很可能只会使人想起乡间市场上的吉卜赛人，他们会把你逼到墙角，不断挤压你的领地需求，直冲着你的脸，你之前只允许你的前女友如此贴近，而且还不经常允许！毕竟，如果他们保持正常的距离，那谁还会给他们施舍呢？这些家伙也一样，他们抓着你的衣服扣子，卷着舌头发出法语的 r 音，似乎这里就是特罗卡德罗[3]，他们镶着意大利镜框的眼镜闪着亮光。这群欧陆人就这样当场化作了一锅粥，因为这是争论，是莫名其妙的废话，是援引费尔巴哈或黑格尔，或者是另一位大胡子的话痨，一头蓬乱的灰发，一个在他们的抑扬顿挫与逻辑思维中的绝对制高点。

阿弗罗斯坦同样如此，甚至比欧洲人更甚。这类人很多，来自塞内加尔、象牙海岸以及我不记得名称的某些地方。老练的乌木脑袋，肥胖的框架，身着上等织物，来自巴黎世家[4]等处的闲人，腹中鼓鼓地装着在巴黎的生活体验，因为对于一位生活在左岸的激进女性来说，如果她从未有过一位来自第三世界的革命黑人，那就不叫生活，而这就是他们展开行动的地

---

① 此处的"之后"用的是法语词"aprés"。
② 这里的"和"有意用的是德文的"und"。
③ 巴黎街区，隔塞纳河与埃菲尔铁塔相望，又称"夏乐宫"。
④ 法国一时尚品牌。

方，因为本地的阿拉伯农夫和贝都因人对他们来说没有意义，更不用说这些越南人了。"你们的有色人种兄弟们在受苦。"我在哭诉。"不，"他们回答，"我们已经与民主德国达成协议，利奥波德·塞达尔·桑格尔 ① 本人不让我们这样。"另一方面，如果这次大会不是在里约召开，而在某地的松树和松鼠间举行，有谁知道呢，他们的说话方式或许会是两样。而在这里，自然，每件东西都过于熟悉，比如棕榈和藤蔓，吵闹的鹦鹉。或许，苍白面色的维度地区更适合开展这种负疚和同情的展示表演，虽然这样的表演通常姗姗来迟。要不，或许就是一只落水狗，一旦被喂得饱饱的，便会与娇生惯养的狗发出同样的叫声。或者，它至少渴望一根狗链子。

最糟糕的是当这一切引得我胸口左侧某些部位阵阵犯痛的时候；总的说来，当某些活动在不讲英语的地方举行时，我会感觉最不舒服。就像奥登常说的那样：我最害怕的事情就是死在一家大旅店，让那里的人们手足无措。我认为此事的确会发生，报纸媒体会乱作一团，但是无人愿意想到这一点，尽管应该想。无人愿想，并非因为他不愿意去想它，而是因为这东西——我们暂且称之为"不存在"，尽管很容易找到一个更短的名词——不愿人们泄露它的秘密，它凭借其近在咫尺恐吓人们，阻止人们思考那些问题。因此，即便你后来经历并克服了这恐惧，你想到了这一点，却依然无法记下任何东西。就整体而言让人感觉奇怪的是，大脑摇身一变，从盟友——这本是它在此危难时刻应该扮演的角色——变成了第五纵队，减弱你原本就不怎么强大的抵抗力。你想的不是如何挣脱这根绳索，而更像是在思忖你自己在脑中描绘出的恐怖结局。我躺在凯莱酒店里，盯着天花板，等着救心丸产生作用，等着我的北欧女伴

---

① 桑格尔（1906—2001），塞内加尔诗人，1960—1980 年间任塞内加尔总统。

出现，她的脑袋里只有沙滩。但是我最终达到了目的，我提议的越南小组获得通过，在这之后，一位小个子越南女子眼含热泪，代表她的人民向我们表示感谢，她说，如果我将来到了澳大利亚（她就是被他们从澳大利亚送到里约来的，路费是募捐来的），一定会受到皇室般的接待，能吃到红焖袋鼠耳朵。我没有购买任何巴西产品，除了一罐爽身粉，因为我在城里四处游走，磨痛了敏感部位。

最好的事情就是我与乌尔里希在酒吧的夜间交谈，酒吧里，当地的键盘手满怀激情地演奏着《探戈舞曲》和《玉米棒》①（其真名在俄国被称为《阿根廷探戈》），但《波基上校进行曲》却奏得很糟。原因在于演奏者那南方的、不同的、感伤的（尽管也不乏残忍的）性格，他领悟不了冷静的否定。在我们的一次交谈中（鬼知道我们谈的是什么，好像是卡尔·克劳斯②），我的北欧女伴——好吧，我们就称她为斯特拉·波拉里斯吧——加入了我们的谈话，十分钟之后，她搞不懂谈话的内容，便胡言乱语起来，滔滔不绝，使得我几乎想冲她的鼻子给她一拳。观察一头始终潜伏在正常状态下的小野兽如何在一个人的身上醒来，这会让人大开眼界。在斯特拉身上醒来的显然是一只臭鼬，看到那只小小的黄鼠狼在她内心醒来——而就在一个小时前，这个人还在翻动发言稿，对着话筒道出那些拉丁化句子，面对本城和世界③——这着实非常有趣。我想起那件带有深蓝色图案的淡黄色裙子，早晨穿的大红色睡袍，还有一只野兽所怀有的偏执敌意，这只野兽开始意识到自己在凌晨两点是一只野兽。好吧，如果这只野兽不这么摇摆不定的话，也

---

① 此处两首曲目名用的是西班牙语 "La Comparsita" 和 "El Choclo"。
② 克劳斯（1874—1936），奥地利诗人、出版家。
③ "面对本城和世界"用的是拉丁语 "Urbi et orbi"。

就不会有进化了。探戈舞曲的节奏，几对男女在昏暗中窃窃私语，甜蜜的烈性酒，乌尔里希脸上那困惑的眼神。这个无赖毫无疑问在思考，此刻前往何处结果更好，是前往被拯救的婚姻还是去找萨曼瑟，后者天然具有一种能征服有教养的欧洲男人的魅力。

作为这次重大活动的收场戏，这座城市的管理者们在文化中心举办了一场提供酒水和茶点的招待会，这座建筑风格富有先锋色彩的文化中心似与里约隔着好几个光年。在前往文化中心的路上，多边关系开始慢慢改变其轮廓，在返程的大巴上这种变形更为明显，这得归功于 M.S.，他表现得像一位真正的民族学家，向一位当地的年轻女译员展开一场攻城战。随后，代表们开始离会。那位北欧之星返回银色国度，我下到酒店大堂时太晚了，没来得及和她说声再见。那个三角形（乌尔里希、他妻子以及 S.）要前往巴伊亚，然后沿亚马孙河往上，从那里再去库斯科。几位醉醺醺的德国人返回家乡，而身无分文的我捂着自己的胸口，心律紊乱地返回自己的住处。前一天晚上，那个葡萄牙人（他曾带我们去参加当地的一个宗教仪式，对我们说那就是伏都巫术，可结果只是一种普通的多神教版本，是在一个可怕的工人居住区举行的集体祈祷：捣碎的植物，表情麻木的合唱队的单调歌声，这一切都在一所中学的礼堂进行，外加石印的圣像，未冰镇的可口可乐，几条满身溃疡的狗，返程时还无法拦到出租车）和他那位又高又瘦、充满醋意的妻子一同去了一座只有他知道在何方的半岛，因为他会讲本地语言，那里的巫师们能借助魔法恢复男人的性功能。虽然任何一个国家都只是空间的延续，但这些第三世界国家仍有着它们某些特殊的失望和绝望；在其他地方由国家安全机构造成的普遍的萎靡不振，在此处则是由贫困造成的。

归根结底，我并未看见这个地方。我怀疑自己曾见过我记得我见过的那些东西。心脏病患者不被允许乘飞机旅行，或许正是由于这个原因，因为他们的内心状态会影响到他们的接受能力。至少，他们的焦距有些偏离。但谁又能抗拒一张往返票的诱惑呢，尤其是一处充满异国情调的目的地。另一方面，往返行程也是一种可怕的心理陷阱，因为返程票会使你丧失在心理上融入该地的所有机会。此类旅行的最佳结果，就是面带微笑的你在某个糟糕背景里拍下的一张快照，在植物园里，我和斯特拉·波拉里斯的确相互拍摄了这样几张照片。不过相机是她的。这至少使我摆脱了又一个尽管是很小的屈辱，抹去了我曾到过巴西的又一个、或许是最后的证据。

　　我真的到过那里？说到底，我想我应该说"是的"，哪怕仅仅因为，我到没到过那里并无任何区别，承认自己的无足轻重永远胜过否认你的无足轻重。如何判断一个人的生命价值，一开始并无一个客观范畴；但是，降低其价值的最好方式就是将它暴露在大庭广众之间，让人们一览无余。简言之，就是将它置入空间。归根结底，人们之所以旅行，之所以要借助陌生人来摩擦自己的瞳孔、肩膀和肚脐，原因或许正在于此。或许，这整场游戏的名称就叫谦卑，那渗透进骨骼的疲惫就是这种美德发出的真声。无论如何，这个声音告诉我，说我去过巴西。再无其他痕迹。即便那四百美元此刻已被那位窃贼花光，即便那些越南作家在澳大利亚已获得合法的集会权利，此刻大约也已得到合适的文具。你曾参与某项活动，可你已难以回忆那项活动的结果，这让人感觉奇怪，但是你若索求更多，那便是一种纯粹的傲慢。

　　同样，我的笔也未能留下任何有价值的东西，没写出一首传世的抒情诗。人们当然希望像记者或画家那样立马搞出点什么东西，可是人们很少走运，我也不走运。"无一日无诗"[1]的说法背后隐含着这样一种意识，即一个人可能一顿饭吃掉了他一个星期的薪水。解决方式就在于发明一种能够每天都有产出的艺术风格（如贝里曼[2]的《梦歌》或洛威尔[3]的《历史》），尽管这里有陷入喋喋不休的危险。好吧，在码字这门职业中，负疚感是一种更好的载体，胜过自信。我猜想，负疚感也是一个更好的内容。无论如何，在关于此次旅行的笔记中有这么几段里约桑巴诗，这的确是一首打油诗，但有些韵脚还不太糟糕：

> 来到里约，哦来到里约。
> 长出八字胡，改变你的生理。
> 在这里富人更富，穷人更穷，
> 这里的每位老人都是党卫军少校。

> 来到里约，哦来到里约。
> 没有一个城市有这般的活跃。
> 这里的电话全都是西门子，
> 连犹太人也驾着大众车狂奔。

> 来到里约，哦来到里约。
> 主宰此地的是乌拉尼亚而非克利俄。[4]
> 建筑是科比西埃的蜂窝饼干，
> 尽管这一次你怪不得德国空军。

---

① 此处用的是拉丁文 "nulla dies sine linea"。
② 约翰·贝里曼（1914—1972），美国诗人。
③ 罗伯特·洛威尔（1917—1977），美国诗人。
④ 乌拉尼亚是掌管天文的缪斯女神，克利俄则掌握历史。

来到里约，哦来到里约。
这里的鸟全都会唱"啊多么辉煌"。
被抓的鱼也唱，高傲的白天鹅
也在隆冬时节用葡萄牙语歌唱。

来到里约，哦来到里约。
这是第三世界，人们依旧阅读
托洛茨基、格瓦拉和其他强人；
落后为他们免去了导弹发射井。

来到里约，哦来到里约。
你们若成双前来，会三人一起离开。
若是你孤身前来，会空着腰包回去，
你的思想只值一个克鲁塞罗。

当然，不离开曼哈顿或许也能写出这首诗。有过许多比这好得多的诗，甚至我也写有比这更好的东西。负罪感，如我前面所言，是一个更好的载体。我毕竟蘸了蘸南大西洋的海水，并让我的身体完全浸入那到目前为止仅出现在高中地理课上的东西。故我在。①

我在那里还得到当地一位药剂师的款待，他生长在南斯拉夫，与德国人或意大利人打过仗，他也像我一样时常捂着胸口。原来，他几乎读过我写的所有东西；他答应为我找一台小型爱马仕打字机，我喜欢这种打字机的字体，他在莱布隆海滩的烤肉店请我吃饭。每当遇见像他这样的人，我都感觉自己像个江湖骗子，因为他们想象中的我其实并不存在（我写作了他

---

① "故我在"一句用的是拉丁文"Ergo sum"。

们刚刚读完的那些作品，但从我完成写作的那一时刻起我即已停止了在那些作品中的存在）。始终存在的是一个焦虑不安的疯子，他试图不去伤害任何人——因为最重要的并非文学，而是那种不给任何人造成痛苦的能力。不过我并没有爽快地承认这一点，而是胡扯了一通康捷米尔、杰尔查文以及诸如此类的东西。他们张大嘴巴听着，似乎这世界上除了绝望和神经官能症，除了担心每一秒钟都会冒烟的恐惧心理，还有些别的东西。不过，甚至连俄国文化的官方使者们，特别是某些特定年龄的使者，也会产生同样的感觉，尤其是当他们步履蹒跚地走在摩加迪沙和黄金海岸的时候。因为每个地方都有尘土、被侵蚀的土地、废铜烂铁和烂尾楼，都有大量皮肤黝黑的当地人口，对于他们而言你毫无意义，一如对于你自己而言。有时，在很远的地方，你能看见大海的蓝色光芒。

无论旅行如何开始，它们的结局总是相同：躲进自己的角落，躺上自己的床铺，步入一种淡忘状态，忘却已成为过去的一切。我未必会再次前往那个国家和那个半球，但至少，在我回来的时候，我的床铺甚至更像是"我的"了，对于一位自己购买家具而非继承家具的人来说，仅此一点便足以使他觉察到最无目的的漫游之意义。

一九七八年

第二自我[①]

一

　　把诗人比作根深蒂固的唐·乔万尼[②]的想法现在十分流行。像许多在公众的想象中极为风行的概念一样，它好像也是工业革命的副产品，这场革命通过其在人口积聚和识字率方面实现的质的飞跃，催生出了公众想象这样一种现象。换一种说法，诗人这幅肖像的出现更多地应归功于拜伦勋爵《唐璜》一书的广泛成功，而不应归结于其作者本人的浪漫记录，那份记录对于当时的公众而言也许是令人惊异的，然而却是难以仿效的。再说了，每出一个拜伦，我们总能找出一个华兹华斯来。

　　作为具有社会统一性以及随之而来的市井风气的最后一个阶段，十九世纪产生出大批观念和见解，直到今天它们仍留存在我们心中，或是引导着我们。就诗歌而言，十九世纪无疑是属于法国的；也许，法国浪漫主义者和象征主义者们热情夸张的举止和对异域情调的追求，又在关于诗人的朦胧认识上添加了一个没有文化的总体看法，即法国人都是被验明正身的非道德主义者。总的来说，在对诗人的这种恶意攻击中潜藏着一个本能的愿望，即损害或缩小诗歌的权威，每一种社会形态，无论它是民主制度、专制制度，还是神权制度、意识形态制度或官僚制度，都怀有这样的愿望，因为诗歌除了能与国家构成竞争之外，还会对自己的个性、对国家的成就和道德安全、对国家的意义提出疑问。在这一方面，十九世纪不过是随了大流：一谈到诗歌，每一位资本家都是一个柏拉图。

二

但无论如何，古代对于诗人的评价大体上要更高一些，也更合理一些。像是面对多神崇拜一样，人们不得不求助于诗歌以获得娱悦。除了相互之间的攻击（这在每个时代的文学圈中都很常见），对诗人的轻慢态度在古代是很罕见的。相反，诗人被尊崇为神的近邻：在公众的想象中，诗人站立在预言家和次神③之间的某个地方。实际上，神祇自身常常就是他们的读者，就像关于俄耳甫斯的那则神话所证明的那样。

再也没有什么能像这则神话那样同柏拉图的观点构成如此鲜明的反差了，同时这个故事也能部分体现出那种认为诗人情感健全的古代观点。俄耳甫斯不是唐·乔万尼。在他的妻子欧律狄克死去的时候，他是多么地悲痛啊！他的恸哭传到了奥林匹亚诸神的耳中，他们允许他去阴间带回妻子。这次旅程（这样的阴间之旅也被后来的诗人所复述，包括荷马、维吉尔，但排在第一位的是但丁）没有结果，它仅仅证明了诗人对其爱人感情之强烈，当然，它还证明了古人对负疚之本质的理解力。

---

① 此文原为作者 1990 年 10 月 11 日在《泰晤士报文学副刊》所举办讲座上的发言。原题为拉丁文"Altra Ego"。
② 莫扎特的歌剧《唐·乔万尼》（即《唐璜》）中的主人公。
③ 即神与人所生的后代。

三

像俄耳甫斯后来的命运（他被一群愤怒的酒神女祭司扯碎了，由于他拒绝——因为他为哀悼欧律狄克而发出了独身的誓言——使自己屈从于她们的裸体诱惑）所显示的那样，这种强烈的情感至少突出了这位诗人激情中的一夫一妻制性质。虽然，与后来的一神论者不同，古人并不十分看重一夫一妻制，但需要指出的是，他们并没有走向另一个极端，他们仍将忠贞视为他们那位第一诗人的特定美德。一般而言，在古代，除了心爱的人，诗人日常生活中唯一的女性存在便是他的缪斯。

这两者在当代人的想象中也许会重叠；而在古代却不会这样，因为缪斯很少是有形的。作为宙斯和摩涅莫绪涅（记忆女神）的女儿，缪斯是不能被触摸的；她向一位凡人、通常是一位诗人显现自己的唯一途径就是她的声音，即向他口授某行诗句。换句话说，缪斯就是语言的声音；一位诗人实际倾听的东西，那真的向他口授出下一行诗句的东西，就是语言。也许正是希腊语中语言自身的性别（glossa）① 确定了缪斯的女性身份吧。

同样具有暗示意义的是，作为名词的"语言"在拉丁语、法语、意大利语、西班牙语和德语中也均为阴性。而在英语中，语言为物性的"它"；在俄语中，语言则为阳性的"他"。然而，尽管语言的性是偶然的，可诗人对它的忠诚却是一夫一妻制的，因为诗人，至少就这一行业的要求而言，都是使用单一语言的人。有人甚至可以这样说：他所有的忠贞之心都在他的缪斯身上消耗殆尽了，就像拜伦版的诗人浪漫演出所暗示的

---

① Glossa 意为"舌头"、"语言"，在希腊语中为阴性名词。

那样，然而，只有当你的语言的确是你自己的选择时（而这并非事实），这话才会成真。可实际上，语言是一种既定事实，而有关大脑的哪半边与缪斯有关的知识，也只有在你能控制自身生理构造的情况下才有价值。

四

因此，缪斯不是一个可供钟情的对象，其地位要超过情人。实际上，缪斯——即嫁了人的"语言"——作为一位"上了年纪的女性"，在诗人的情感发展中扮演着决定性的角色。她不仅影响到诗人的情绪构成，而且还常常左右着诗人对情感对象的选择以及其表达方式。正是她使得诗人痴狂地一心一意，将他的爱情变成了她的独白的等价物。情感中那种近乎顽固和痴迷的东西实际上就是缪斯的口授，她的选择永远具有美学的起源，而且摈弃了替代物。在某种意义上可以说，爱情永远是一种一神论的体验。

当然，基督教在对这一切的利用上没有失败。然而，真正将一个宗教神秘主义者和一个异教肉欲主义者捆绑在一起的，将杰拉尔德·曼利·霍普金斯[①] 和塞克斯图斯·普罗佩提乌斯[②] 捆绑在一起的却是情感绝对论。这一情感绝对论的强烈程度常常会使它远远越过附近的一切，而通常那恰恰就是你的既定目标。一般来讲，缪斯那喋喋不休的、怪僻的、自我指认的、固执的声音，能使诗人同样超越完美的和不完美的结合，超越真正的灾难和幸福的狂喜——以现实为代价，那现实中也许有一

---

① 霍普金斯（1844—1889），英国诗人。
② 普罗佩提乌斯（公元前50？—公元前14？），古罗马哀歌诗人。

位真实的、懂得回报的姑娘，也许没有。换句话说，声调的升高有着它自己的目的，语言似在驱使诗人，尤其是浪漫的诗人，从它起源的地方，从第一个字词，甚至是一个可分辨的声音诞生的地方或一个可以辨别的声音。许多破裂的婚姻就由此而来，许多冗长的诗作就由此而来，诗歌那玄学的亲和力也由此而来，因为每一个词都渴望返回它出发的地方，哪怕是作为一个回声，而回声就是韵律的母亲。同样，诗人的浪子名声也是由此而来的。

五

在导致公众精神贫乏的诸多原因中，一种窥淫癖似的传记体裁是位居榜首的。失去贞操的少女数量远远超过不朽的抒情诗人，这一事实似乎没能让任何人清醒一些。作为现实主义的最后堡垒，传记的基础就是艺术能为生活所解释这一激动人心的假设。根据这一逻辑，《罗兰之歌》就该为蓝胡子①所写（好吧，至少得由吉勒·德·雷②来写），《浮士德》则要由普鲁士的腓特烈王来写，或者，如果你们更喜欢洪堡，就由他来写吧。

一个诗人与其不善言辞的研究者的共同之处，就是他的生活已抵押给了他的职业，而不是相反。这不仅是因为他靠码字获得报酬（机会很少，金额也很小）；问题在于，他还要为那些字词而付出（经常是吓人地付出）。正是后者创造了混乱，炮制出大量传记，因为这种付出不仅仅以冷漠的形式呈现；流放，监禁，流亡，湮灭，自我厌恶，犹豫，悔恨，疯狂——这

---

① 法国民间故事中一个连续杀死6个妻子的人。
② 吉勒·德·雷（1404—1440），法国元帅，后被指控诱拐和杀害儿童。

形形色色的癖好也是可接受的通货。这些东西显然可供描写。然而，它们都不是一个人写作的原因，而是其结果。说句过头的话，为了卖出作品，同时还要避免俗套，我们的诗人被迫不懈地走向无人涉猎的区域，无论是在精神、心理方面，还是在词汇方面。如果他抵达那里，他会发现那里的确无人，也许只有词的始初含义或那种始初的、清晰的声音。

这么做是有后果的。他做得越久，即道出一直未被道出的东西，他的行为就会变得越怪异。他在此过程中所获得的天启和顿悟会使他变得更加傲慢，或者更可能使他越发地谦卑，去面对他在这些顿悟和天启的背后觉察到的那股力量。他还可能染上这样一种念头，即语言作为一种最古老、最具生命力的东西，正在向他——它的喉舌——传授着它的智慧以及关于未来的知识。无论他的天性是合群的还是谦逊的，这种东西都能将他包装起来，使他远离那拼命地企图借助划过他腹股沟的公分母将他拉回的社会环境。

六

这样做的缘故，是缪斯所谓的女性身份（甚至当诗人为一女性时也是如此）。不过，真正的原因还是艺术比生命更长久，这一令人不快的认知导致了欲使前者服从后者的愚蠢愿望。有限总是将永恒误认为无限，并孕育出相应的设计。这当然是永恒自身的错，因为它总是时不时地表现得像无限那样。甚至连一个最厌恶女人、最憎恨世人的诗人也能写出一堆爱情诗，哪怕仅仅作为对行会效忠的象征，或是作为一种练习。这足以引起研究，进行文本注释、精神分析法阐释以及诸如此类的东西。总的图式似乎是这样的：缪斯的女性身份意味着诗人的男性身份。诗人的男性身份又意味着情人的女性身份。其结果：情人就是缪斯，或可被称为缪斯。另一个结果是：一首诗就是作者性爱驱策力的升华，或可以被当做诸如此类的东西来对待。仅此而已。

荷马在写作《奥德赛》时绝对应该是易受诱惑的，歌德在写到《浮士德》第二部时无疑也如此，但这都无足轻重。总的来说，我们该如何看待史诗诗人呢？人怎么能既那般的升华又有浪子之名呢？既然我们看来和这个词是脱不了干系了，那我们不妨文明地假设：艺术活动和性爱活动都是人们创造力的显现，两者均为升华。对于缪斯这位语言的天使、这位"上了年纪的女人"而言，传记作家们和公众最好不要去打扰她，如果他们做不到这一点，那至少也要记住，她比所有的情人或母亲还要年长，她的声音比母语还要恒久。她去授意一位诗人，并不考虑这位诗人生活的地点、方式或年代，如果不是这一位诗人，那么她便去授意下一位诗人，这部分地是因为，生活和写作是两种不同的职业（两个不同的动词也由此而来），去等同它们要比去分离它们更加愚蠢，因为文学的历史比任何出身的个体都更为丰富。

七

"对于男人来说，姑娘的面容自然就是他灵魂的面容。"一位俄国诗人这样写道①，这也就是忒修斯②或圣乔治③的功绩之

---

① 这是布罗茨基自己的诗句，见其《别了，维罗尼卡小姐》一诗。
② 忒修斯，希腊神话中的英雄，雅典国王，以杀死半人半兽的怪物弥诺陶洛斯、带走米诺斯公主而闻名。
③ 英格兰的守护神，屠龙拯救少女。

后所隐藏的东西，也就是俄耳甫斯和但丁的追求。这些任务的极度繁重证实了一种超出情欲的动机。换句话说，爱情是一种形而上的情感，其目的既在于美化人的灵魂，也在于解放人的灵魂，亦即使人的灵魂脱去生活的谷壳。这就是、而且始终是抒情诗歌的核心。

简而言之，少女就是人们灵魂的替代物，人们关注少女，恰恰因为他们没有别的选择，也许除非置身镜中。在我们称之为现代的时代中，诗人与公众均已习惯于短暂的东西。然而甚至就在这个世纪，仍有足够多的、完全可与彼特拉克相媲美的例外。人们可以举出阿赫马托娃，人们可以举出蒙塔莱，人们可以举出罗伯特·弗罗斯特或托马斯·哈代的"黑色田园诗"。这都是用抒情诗的形式对灵魂的寻求。歌咏对象的唯一性、手法或风格的稳定性也由此而来。如果一个诗人活得足够长，他的一生常常就像是单一主题的体裁变奏，使我们能将舞蹈和舞蹈者区分开来，而在这里，就是将爱情和爱情诗区分开来。如果一个诗人在年轻时死去，舞蹈和舞蹈者就会融为一体。这会导致一场可怕的术语混乱，让表演的参与者们声名狼藉，而他们的动机就更不用提了。

八

因为一首抒情诗更多地是一种实用艺术（也就是说，它是为了赢得一位姑娘而作的），它会将作者带向一个情感的极端，或更可能是一个语言的极端。其结果是，经历了这首诗作后，他能够比之前更清晰地了解到自己（即他的心理和风格参数），这也解释了这一体裁在其参与者中流行的原因。再说，作者有时也的确赢得了一位姑娘。

尽管有着实际的功效，但使得爱情诗大量存在的原因仍在于它们是情感需要的产物。被某个具体的歌咏对象所触发的这一需要可能是与那对象成比例的，或者为语言的离心本质所激励，发展出一种自在的动态和体积。后一种情形的结果既可能是写给同一个人的一组爱情诗，也可能是朝向不同方向的若干诗作。这里的选择——如果人们在需求出现时可以作出选择的话——并不是道德或精神的选择，而是风格的选择，它依赖于诗人的寿命。就是在这里，风格的选择——如果人们有机会和时间作出选择的话——开始具有了精神结果的意味。因为，出于需要，一首爱情诗最终仍是一种自我陶醉的情感。无论它怎样虚构，却仍然是作者个人感情的表述，这与其说是他所爱的人或是她的世界的画像，不如说是一幅自画像。要不是因为有素描、油画、缩影或快照，我们读完一首诗，常常不知道它谈的究竟是什么——或者，更准确地说，是谁。即便有这些肖像，我们对它们所描绘的美人也知之甚少，除了一点：她们看上去与她们的诗人迥然不同，而且并非她们中的所有人在我们的眼中都算得上美人。然而，画像很少能补充文字，反过来也一样。此外，灵魂的意象和杂志的封面受制于不同的标准。至少，对于但丁来说，美的观念取决于观者的这种能力，即他能在人脸的椭圆形中看出由七个字母构成的一个术语——"神人"①。

九

问题的关键在于，她们实际的容貌是无关紧要的，是不应

---

① 此处的"神人"用的是拉丁语"Homo Dei"。

当被铭记在脑海中的。真正应当被铭记的是作为诗人存在之最终证据的精神成就。一幅画像只有对于他，也许还有她来说，才是一个加成；对于读者来说它却是一个负数，因为它是想象力的减少。因为一首诗是一种精神活动，无论对于其读者还是对于其作者而言都是这样。"她的"肖像就是诗人通过他的语调和词语的选择对其自身状态的传达；读者若去关注次要的东西，便是愚蠢的。"她"的关键之处不在于她的特性，而在于她的共性。不要去试图找出她的快照，和它亲密接触：这没有用。显而易见，一首爱情诗就是一个人被启动了的灵魂。如果这是首好诗，那么它也能启动你的灵魂。

因此，提供了形而上机会的是他者性。一首爱情诗无论好坏，却都向其作者提供了一种自我的扩展，或者说，如果一首抒情诗特别好，或情感持久，它提供的就是一种自我否定。缪斯在这个时候准备做些什么呢？她没有太多的打算，因为爱情诗是由存在的需要授意的，这种需要并不太关心表达的品质。通常，爱情诗写得很快，修改不多。然而，一旦出现了形而上的特性，或者至少可以说，一旦出现了自我否定，人们就真的能将舞蹈与舞蹈者区分开来，也就是说，能将爱情和爱情诗区分开来，并藉此将一首描写爱情或因爱而起的诗与爱情诗区分开来。

十

另一方面，一首描写爱情的诗并不一定以作者个人的生活真实为基础，它很少使用"我"这一代词。它所描写的是诗人所不具备的特质，是诗人感知到的与自身不同的特质。如果说这是一面镜子，那也是一面很小的镜子，而且被放在很远的地

悲伤与理智 | 087

方。为了分辨出镜中的自我，除了谦逊之外，还需要一个分辨不出观察者和被催眠者的镜片。一首描写爱情的诗可能具有关于其对象的任何东西，如姑娘的容貌，她头发上的丝带，她住的房子后面的风景，云朵的飘动，布满星星的天空，还有一些无生命的对象。它也可能写一些与这位姑娘毫无关系的东西，也可能描写两位更具神话意味的人物之间的交流，描写枯萎的花束和铁路站台上的雪。但读者仍然能借助其中对宇宙间这一或那一细节的热切关注而得知，他们阅读的是一首因爱而起的诗，因为爱情就是面对现实生活的一种态度，通常是某个有限的人对某些无限的物所持的态度。由此而来的是当人们感知到其占有物之短暂性时的那种热切。由此而来的是这种热切的表达需求。由此而来的是它对一种比人们自身更长久的声音的寻求。于是缪斯款款而入——这位上了年纪的女人，对于占有物一丝不苟。

十一

帕斯捷尔纳克那句"无所不能的细节之神，无所不能的爱情之神！"[1]的著名感叹是悲哀的，因为所有这些细节都不足轻重。细节之微小与关注之热切也许不成比例，同样，关注之热切与人们的精神成就或许也不成比例，因为一首诗，任何一首诗，无论其主题如何，本身就是一个爱的举动，这与其说是作者对其主题的爱，不如说是语言对现实的爱。如果说这常常带有哀歌的意味，带有怜悯的音调，那也是因为这是一种伟大对弱小、永恒对短暂的爱。这无疑不会影响到诗人的浪漫举止，

---

① 语出帕斯捷尔纳克的《让我们随意道出话语……》一诗。

因为诗人作为一个肉体的人，能轻易地意识到自己是短暂的而不是永恒的。他只知道，当爱来临，艺术是最为恰当的表达形式；在白色的纸张上，人们能达到更高层次的抒情，远胜过在卧室的床单上。

如果不是这样的话，我们手上的艺术就要少得多。正如殉道或圣化所证明的与其说是教义的实质，不如说是人类接受信仰的潜能一样，爱情诗是在代表艺术去超越现实，或是完全地逃避现实。也许，这类诗歌真正的分量就在于它与现实不相适宜，就在于无法将其中的情感转化为行动，因为不存在一种抽象洞察的实体等同物。物质世界也许会生这类东西的气。但是后来有了摄影术，它虽然还不是一门真正的艺术，却能够捕获飞翔中的、至少是运动中的抽象。

十二

不久之前，在意大利北部的一座小城里，我就遇到过诸如此类的一个尝试：用镜头来描写诗歌的现实。这是一个小型影展，有三十余幅照片，照片上的人都是二十世纪诗人们爱过的人，即妻子、情人、妍妇、男孩和男人。时间实际上始自波德莱尔，止于佩索阿和蒙塔莱；每帧照片旁都附有一首与之相关的著名抒情诗，诗作用原文和译文两种文字排出。我认为这是一个很妙的念头：将过去塞进覆着玻璃的展架，展架里装着黑白的正面照、侧面照和四分之三侧面照，相片中的正是诗人们和那些可以等同于他们自身或他们语言之命运的人物。在那里，他们是一群在画廊之窝中被捉到的珍稀禽鸟，人们真的可以将他们视为艺术离开现实的出发点，或更甚，将他们视为现实向更高层次的抒情、向一首诗的过渡。（毕竟，对于一个人衰老的，通常是垂死的面容来说，艺术就是另一种未来。）

　　这并不是说照片所描绘的那些女人（和一些男人）缺乏能给诗人以幸福的心理的、视觉的或情欲的素质；恰恰相反，这些素质他们是绰绰有余的，虽说禀赋各有不同。一些人成了妻子，另一些人成了情人，还有一些人虽然继续徘徊在诗人的大脑中，但在他的卧室中已成匆匆过客。当然，由于对人类椭圆形的脸庞上应有什么样的色彩主意不一，人们对情人的选择是随心所欲的。通常的一些因素——遗传的、历史的、社会的、美学的——使选择的范围缩小了，无论对于一个诗人还是对于每一个人来说都是这样。但也许，一个诗人之选择的具体前提，就是那张椭圆形的脸上必须有某种非实用的气息，一种矛盾的、开放的气息，与其追求的本质构成有血有肉的呼应。

　　这便是"神秘的"、"梦幻的"或"非人世的"这样一些形容词通常所努力要表达的东西，这就是为什么在那座画廊中具有视觉上的随意性的浅发女子较之于过分精准的褐发女子具有压倒性的数量优势。无论如何，大体而言，被那张特定的网捕捉到的飞行的鸟儿确实具有这一特性，尽管它很模糊。意识到了镜头的存在，或是被意外拍下的这些脸庞都程度不同地带有一种共同的表情，即仿佛身在异处，或是感到精神焦点有些模糊。下一刻，当然，她们便会是充满活力的、警觉的、因循的、淫荡的，生下一个孩子或是与朋友私奔，相互争吵或是忍受诗人的不忠，总之是更加确定了。然而，在相片曝光的那一刻，她们仍是她们那试验性的、不确定的自我，这些自我就像一首发展中的诗作，暂时还没有下一行，或者常常还没有一个主题。同样像诗作一样，她们永远不会完成，因为她们不过是被遗弃的人。简而言之，她们只是草稿。

　　因此，正是变量为了诗人而使一张脸充满活力，它在叶芝这几行著名诗句中的体现几乎是可以触摸的：

多少人爱过你欢乐优美的瞬间，

或虚情或实意地爱过你的美丽，

可有个男人却爱你朝圣的灵魂，

还爱你多变面容上的悲情愁意。[①]

　　一个读者能与这些诗句产生共鸣，这便证明他会同诗人一样被变量的魔力感染。更确切地说，在这里，他的抒情诗欣赏力的程度恰恰就是他与那个变量相离的程度，就是他与定量相近的程度：定量就是容貌或环境，或为两者相加。对诗人而言，他在那张变幻着的椭圆形脸庞上看出的远不止"神人"这七个字母；他看到的是整个字母表及其所有组合，亦即语言。这就是缪斯最终也许真的变成了女性的方式，就是她被拍成照片的方式。叶芝的四行诗听起来就像是在一种生命形式中认出了另一种生命形式的那一瞬间：诗人在情人的凡人面容中认出了自己声带的颤音，在不确定中认出了确定。换句话说，对于一个颤动的声音而言，每一件试验性的、不稳定的事情都是一个回声，它有时会上升为"第二自我"，如果将性考虑进去，就应是阴性的"第二自我"。

十三

　　尽管必须服从性别，但还是让我们记住，阴性的"第二自我"并不是缪斯。无论肉体的结合能向诗人提供怎样的唯我论深度，没有一个诗人会将自己的声音误认为回声，将内在误认

---

① 语出叶芝的《当你老去》一诗。

为外在。爱情的前提就是其对象的自治，最好在伸手可及的距离内。对于那种能确定一个人的声音传播范围的回声来说，也是这样的。那个展览会上展出的那些人——那些女人，还有一些男人——本身并非缪斯，却是缪斯们出色的替身，她们占据着现实生活的这一侧面，分享着那些上了年纪的女人们的语言。她们曾是（或最终成了）另一些人的妻子；她们曾是戏剧演员或舞蹈演员、教师、离婚者和护士；她们具有社会身份，因此是可以被定义的，而缪斯的主要特征，请允许我重复一遍，就是她的难以被定义。她们或是神经质的或是恬静的，或是放荡的或是严谨的，或是虔诚的或是讽世的，或是穿戴非常讲究的或是邋遢的，或是修养很深的或是识字不多的。她们中的一些人并不怎么关心诗歌，她们更愿意拥抱的也许是一个普普通通的粗俗男人，而非一个热烈的仰慕者。此外，她们生活的时代虽然大致相同，但生活的地点却不相同，她们说着不同的语言，相互之间也不认识。简而言之，没有任何东西能将她们连接在一起，只有一点，即她们在特定时刻的所言或所为启动了语言的机器，这语言的机器滚动着，在纸上留下了"最佳语词的最佳排列"①。她们不是缪斯，因为是她们让缪斯、即那位上了年纪的女人开口说了话。

我认为，在画廊的网中被捕获之后，诗人天堂中的这些鸟儿至少能获得一个恰当的身份，如果不是一枚实在的指环的话。像她们的歌者一样，这些禽鸟的大多数如今已经离去，她们有罪的秘密、凯旋的时刻、丰富的行头、持续的抑郁和奇特的爱好也都随之而去。留下来的是一首歌，这歌依赖于鸟儿的飞翔能力，同样也依赖于歌者的说话能力，但却比两者都活得更久——同理，它也会比它的读者活得更久，至少在阅读的时

---

① 英国诗人柯勒律治为诗歌所下的定义。

刻，那些读者是在分享那首歌的来生。

十四

　　情人与缪斯之间的最终区别在于，后者是不死的。诗人与缪斯间的关系也是这样的：当诗人离去后，缪斯会在下一代中找到她的另一个代言人。换句话说，她永远徘徊在一种语言的周围，并不在意被错当成一个普通的姑娘。被这类错误逗乐的她试图通过向其代言人的授意来纠正它，她口授的时而是《天堂》中的篇页①，时而是托马斯·哈代一九一二至一九一三年间的诗作；在这些篇章中，人类情感的声音正在让位于语言的需要——但这显然是徒劳的。所以，我们还是让她手持长笛、头戴花环独自待着吧。这样至少能使她摆脱传记作者的纠缠。

一九九〇年

---

① 指但丁《神曲》的第三部《天堂》。

怎样阅读一本书 ①

在这个一百年前尼采曾于此精神失常的城市里 ②，关于图书博览会的这一念头本身就构成一个美丽的环。更确切地说，这是一个麦比乌斯带 ③（众所周知，这是一种恶性循环），因为，这次博览会上有好几个展台都被这位伟大德国人的全集或选集所占据。就整体而言，无穷恰是这次出版交易活动一个非常明显的特征，哪怕这仅仅因为它延续着一个已逝作者的存在，甚至超越了他本人的期望，抑或是它向一个活着的作者提供了一个未来，我们大家全都乐于将这样的未来视为是永无止境的。

就整体而言，书籍的确比我们自己更能实现无穷。甚至连那些糟糕的书籍也能比它们的作者活得更长，这主要是因为，较之于它们的写作者，它们占据着较小的物理空间。在作者本人早已变成了一把尘土之后，它们常常还披着尘土站在书架上。然而，这种形式的未来仍然胜过几个健在的亲戚或几个不能指望的朋友的怀念，促使一个人拿起笔来写作的动机常常正是这种对身后意义的渴望。

因此，当我们将这些长方形的东西，这些八开、四开、十二开之类的东西传来传去的时候，如果我们设想我们是在用双手抚摸我们实在的或潜在的骨灰盒，我们是不会出大错的。说到底，用来写作一本书—— 一部小说，一篇哲学论文，一本诗集，一部传记，或是一本惊险读物——的东西，最终仍只能是一个人的生命：无论好坏，它永远是有限的。有人说，理性的思考就是死亡的练习，这话是有些道理的。因为，没有任何人能借助写作而变得更年轻。

同样，也无人能借助阅读变得更年轻。既然如此，我们自然总是倾向于选择好书的。然而，这样一个事实却构成一个悖论，即在文学中，如同在任何地方一样，"好"并非一个独立自在的范畴，因为它是由它与"坏"之间的区别来界定的。于是，一个作家要想写一本好书，他就必须阅读大量的低级书刊，否则他就难以获得必需的标准。在最后的审判到来时，这也许能构成对于坏文学的最佳辩护；这同样也是我们今天参加的这项活动的存在意义④。

既然我们全都是将死之身，既然读书费时甚多，那么我们就必须设想出一个系统来，可以使我们达到某种程度的效用最大化。当然，无可否认，我们在阅读一本大部头的、情节缓慢的平庸小说时也可能会得到快乐；还有，我们大家都知道，我们有可能同样欢乐地沉溺于时尚。最后，我们阅读，并不是为了阅读本身，而是为了学习。因此，就需要简洁，需要压缩，需要融合——需要那些将人类各种各样的困境置于其最敏锐的焦点之中的作品；换句话说，就需要一条捷径。我们怀疑这样的捷径是否存在（它们是存在的，但此乃后话），因此，作为这一怀疑的副产品，在现有印刷品的海洋中还需要某种罗盘。

罗盘的角色，当然是由文学批评、由评论来扮演的。唉，这罗盘的指针摆幅很大。时而北方，时而南方（确切地说是南

---

① 1988年5月在意大利都灵首届图书博览会开幕式上的讲话。——原注。译者按：此文刊于《纽约图书评论》1988年6月12日，题为"How to Read a Book"，俄文版题为"Как читать книгу"。
② 尼采1889年1月在都灵突发精神病，从此神经错乱，患上偏瘫。
③ 麦比乌斯（1790—1868），德国数学家，"麦比乌斯环"为一几何术语，指一种富有变化的单侧曲面。
④ "存在意义"一词用的是法语"raison d'être"。

美），时而是其他方向；对于东方和西方来说也是一样，其摆幅甚至更大。一个评论家带来的麻烦（至少）有三重：一，他有可能是一个雇佣文人，像我们大家一样无知无识；二，他可能对某种特定的写作方式持有强烈的偏爱，或者干脆与出版业一同去牟取私利；三，如果他是一个天才作家，他就会使他的评论文字成为一种独立的艺术形式，豪尔赫·路易斯·博尔赫斯就是一个例子，于是，你就止于阅读这些评论而不会再去阅读那些书籍了。

无论如何，你都会发现自己正漂浮在那海洋上，四面八方都有书页在沙沙作响，你紧抓着一只你对其浮力并不太信赖的木筏。因此，一个可供选择的方案就是去发展你自己的趣味，去构造你自己的罗盘，去使你自己熟悉那些特定的星星和星座，它们无论暗淡还是明亮，却总是遥远的。然而这需要大量时间，你会轻易地发现自己年岁已老，头发花白，腋下夹着一本糟糕的书正向出口走去。另一个可供选择的方案，或者也许仅仅是同一方案的一个部分，就是去依赖传闻：朋友的一个建议，你偶然喜欢上的文本中的一个提示。这种做法尽管还没有被以任何形式制度化（这倒不会是一个太糟的主意），它却是我们大家自幼年起就非常熟悉的。然而，这最终仍只是一个可怜的保险，因为现成文学的海洋是波涛汹涌的，是不断扩展的，就像这场图书博览会所充分证明的那样：它本身就是那片海洋中的又一场风暴。

因此，哪儿才是我们的陆地（尽管这可能只是一座不宜居住的岛屿）？哪儿才有我们的好人星期五呢（更甭提一头猎豹了）？

在我要提出建议之前——不！我所提出的并非建议，而仅仅是一个用来培养健康文学趣味的方案——我想对它的来源，亦即我卑贱的自我说上几句，这并非出自我个人的自负，而是因为我相信，一种思想的价值是与其出现的背景相关联的。说真的，如果我是一个出版家，我就会在我所出书籍的封面上不仅写上作者的姓名，还要标明作者写作每本书时的准确年龄，以便让那些书籍的读者们决定，他们是否愿意去思考一个比他们年轻得多或是年老得多的人所写书籍中的信息或观点。

　　我的建议源于这样一类人（唉，我无法再使用"一代人"这样一个词了，这个词具有民众和整体的特定含义），对于他们来说，文学永远是一种带有上百个名称的东西；这类人的社交风度会让鲁滨孙·克鲁索①，甚至会让人猿泰山皱起眉头；这类人在大的集会上感到不自在，在晚会上从不跳舞，常常要为通奸找出形而上的理由，在讨论政治时非常注重细节；这类人远比他们的诋毁者更不喜欢他们自己；这类人仍然认为酒精和烟草胜过海洛因或大麻；这些人，用温·休·奥登的话来说就是："你在街垒中找不到他们，他们从不向他们自己或他们的情人开枪。"②如果这类人偶然发现自己的鲜血在牢房的地上流淌，或是偶然发现自己在台上演讲，那么这是因为，他们并非某些具体的非正义的反对者，而是整个世界秩序的反抗者（更确切地说是不赞成者）。他们对他们所提出观点的客观性不存幻想；相反，打一开始，他们就坚持着他们不可原谅的主观性。然而，他们这样做，其目的并不在于使自己摆脱可能遭遇的攻击：通常而言，他们完全意识到了其观点及其所坚守立场的脆弱性。而且，采用一种与进化论者相反的姿态，他们将那脆弱性视为生物的首要特征。这一点，我必须补充一句，与其

----

① 小说《鲁滨孙漂流记》中的主人公，前文中的"星期五"是他忠心耿耿的土著仆人。
② 此语出自奥登的一首诗作《贺拉斯及其门徒》（"The Horatians"）。此处的引文字词与原文稍有不同。

说是缘于如今几乎每个写作者都被认为具有的那种受虐狂倾向，不如说是缘于他们本能的、常常是第一手的知识，即正是极端的主观性、偏见和真正的个人癖好才帮助艺术摆脱了陈词滥调。对陈词滥调的抵抗就是可以用来区分艺术和生活的东西。

现在，你们已经知道了我想要说的话的背景，我也就可以将那话直接道出了：培养良好文学趣味的方式就是阅读诗歌。如果你们以为我这样说是出于职业偏见，我是在试图抬高我自己的这个行业，那你们就错了，因为我并非一个拉帮结派的人。问题在于，诗歌作为人类语言的最高形式，它并不仅仅是传导人类体验之最简洁、最浓缩的方式；它还可以为任何一种语言操作——尤其是纸上的语言操作——提供可能获得的最高标准。

一个人读诗越多，他就越难容忍各种各样的冗长，无论是在政治或哲学话语中，还是在历史、社会学科或小说艺术中。散文中的好风格，从来都是诗歌语汇之精确、速度和密度的人质。作为墓志铭和警句的孩子，诗歌是充满想象的，是通向任何一个可想象之物的捷径，对于散文而言，诗歌是一个伟大的训导者。它教授给散文的不仅是每个词的价值，而且还有人类多变的精神类型、线性结构的替代品、在不言自明之处的本领、对细节的强调和突降法①的技巧。尤其是，诗歌促进了散文对形而上的渴望，正是这种形而上将一部艺术作品与单纯的美文区分了开来。无论如何也必须承认，正是在这一点上，散文被证明是一个相当懒惰的学生。

请不要误解我的意思，因为我并不想批驳散文。问题的实质在于，诗歌不过是恰好比散文年长，并因此走过了更长的路

---

① 突降法，一种从崇高主题突然降至平淡或荒诞语气的修辞手法。

程。文学始自诗歌，始自游牧者的歌，这游牧者的歌要早于定居者的文字涂鸦。虽然我曾在一个地方将诗歌与散文的区别比作空军和步兵的区别，但我此刻提出的建议却不是在划分等级或弄清文学的人类学起源。我想做的一切就是干点实事，使你们的视线和脑细胞摆脱那许多无用的印刷品。人们可以说，诗歌正是为了这一目的而发明出来的，因为它就是高效的同义词。因此，人们所要做的就是对我们两千年的文明进程进行概括，尽管是以微缩的方式。这比你们想象得要简单些，因为，一首诗远不如一部散文那样冗长。还有，如果你们所关注的主要为当代文学，你们的任务就真的很轻松了。你们所要做的一切，就是花上两个月的时间，用你们几位母语诗人的作品将自己武装起来，最好是从本世纪上半期的诗人读起。我估计，只需读上一打薄薄的书，你们就可以完成任务，在夏天快结束的时候，你们就能像模像样了。

如果你们的母语是英语，我可以向你们推荐罗伯特·弗罗斯特、托马斯·哈代、叶芝、T.S. 艾略特、温·休·奥登、玛丽安娜·穆尔和伊丽莎白·毕晓普。如果你们的母语是德语，我推荐的是莱纳·马里亚·里尔克、乔治·特拉克尔、彼得·胡赫尔和戈特弗里德·贝恩。如果你们的母语为西班牙语，那就是安东尼奥·马查多、费德里科·加西亚·洛尔迦、刘易斯·谢尔努达、拉斐尔·阿尔维蒂、胡安·拉蒙·希门内斯和奥克维塔奥·帕斯。如果你们的母语是波兰语，或者，如果你们懂波兰语的话（这将成为你们的一个巨大优势，因为本世纪最非凡的诗歌就是用这种语言写成的），我则乐于向你提起列奥波尔德·斯塔夫、切斯拉夫·米沃什、兹比格涅夫·赫尔伯特和维斯拉瓦·辛姆博尔斯卡。如果你们的母语是法语，那么当然是纪尧姆·阿波利奈尔、儒勒·苏佩维埃尔、皮埃尔·勒韦尔迪、布莱斯·辛德拉斯、保尔·艾吕雅的一些作品，阿拉贡的少许东西，以及维克多·谢加仑和亨利·米恰尔。如果母语是希腊语，你们就应该读一读康斯坦丁诺斯·卡瓦菲斯、乔治·塞菲里斯和雅尼斯·里特索斯。如果你们的母语为荷兰语，那就应该是马丁努斯·尼约赫夫，尤其是他令人震惊的《阿瓦特》。如果母语是葡萄牙语，你们就应该读费尔南多·佩索亚，也许还应该读一读卡罗斯·德鲁蒙德·德·安德拉德。如果母语为瑞典语，就请读圭纳·埃克路夫、哈里·马丁逊和托马斯·特朗斯特罗姆。如果母语为俄语，那么至少可以说，要读一读玛丽娜·茨维塔耶娃、奥西普·曼德施塔姆、安娜·阿赫马托娃、鲍里斯·帕斯捷尔纳克、弗拉基米尔·霍达谢维奇、维列米尔·赫列勃尼科夫、尼古拉·克留耶夫。如果母语为意大利语，我不想冒昧地向在座的各位提供任何名单，假如我提起了夸西莫多、萨巴、翁加雷蒂和蒙塔莱，这仅仅是因为我早就想向这四位伟大的诗人表达我个人的感激之情，他们的诗句对我的一生产生了相当重要的影响，能够站在意大利的土地上对他们表达感激，我感到非常高兴。

在你们读完了上述这些人中任何一位的作品之后，你就会把从书架上取下来的一本散文搁在一边，这不是你的错。如果你能继续阅读那本散文，那么这就应该归功于其作者了；这就意味着，那位作者像我们刚刚提到的这些诗人一样，对我们的存在之真理的确有某些补充；这至少表明，那位作者不是一个多余的人。他的语言具有独立的力量或优雅。还有，这就意味着，阅读成了你们难以遏制的嗜好。说到嗜好，这并不是最糟糕的事。

请允许我在此给出一幅漫画，因为漫画能突出精髓。在这幅漫画中，我们看到一位读者，他的两只手上都捧着翻开的书。他的左手上是一本诗集，右手上则是一部散文。让我们来看一看，他会首先搁下哪一本书。当然，他也有可能两手都拿着散文，但这将给他以自我否定的标准。当然，他会问道，什么是好诗和坏诗的区别，如何能保证他左手上的书的确是值得费神一读的。

好吧，首先，他左手上拿着的书十有八九会比他右手上的书更轻。其次，诗歌，如蒙塔莱所言，注定是一门语义的艺术，江湖骗子们在其中的机会非常之少。读到第三行，一位读者就能明白他左手上拿着的是个什么样的东西，因为诗歌能很快地产生感觉，其中的语言特性能立即让人感觉出来。三行之后，他可以瞥一眼他右手上拿的那本书了。

正如我对你们说明的那样，这是一幅漫画。可与此同时我也相信，这也可能构成一种姿态，在这届图书博览会上，你们中的许多人都会不知不觉地采取这样的姿态。至少，你们要确信你们手上的书籍属于不同的文学体裁。当然，让眼珠从左边转向右边确实是一个诱发疯狂的计划；不过，都灵的大街上再也没有马夫了，在你们离开这片会场的时候，再没有马车夫鞭打马儿的景象来使你们的精神状态进一步恶化了。[1] 另外，一百年过去了，再没有任何一个人的精神失常能对民众产生太大的影响，那些民众的数量将超过这届图书博览会上所有书籍中黑色小字母的总和。因此，你们最好来试一试我刚刚推荐的那个小把戏。

---

[1] 据说尼采在都灵时曾见到一名马车夫鞭打一匹执拗的马，尼采上前抱住老马痛哭，此事诱发了尼采随后的疯狂。

颂扬苦闷 ①

> 如果你无法统领你的王国，
> 就请像你父亲那样前往一个国度，
> 思想在那里控告，情感在那里嘲讽，
> 请相信你的痛苦……
>
> ——温·休·奥登:《阿隆索致费迪南德》

你们此刻面对的一切，其中很大一部分都将被苦闷所窃据。在今天这个庄重的场合，我来对你们谈论这个问题，其原因就在于，我相信没有一所文理学院会教育你们面对这样的未来，只有达特默斯学院是个例外。无论是人文科学还是自然科学，都不提供关于苦闷的课程。在最好的情况下，它们也只能让你们熟悉一下苦闷这样一种感受。但是，人们究竟是如何偶然接触到这样一种难以治愈的忧郁症的呢？讲台上响起的让人厌倦的、最糟糕不过的嗡嗡声，使人昏昏欲睡的、晦涩难懂的英文课本——与那片始自你们的宿舍并一直延伸至天边的心理撒哈拉相比，这些就不值一提了。

苦闷有很多别称，如痛苦、厌烦、乏味、情绪低落、没意思、废话、冷漠、无精打采、无动于衷、倦怠、忧伤、无聊等等，这是一个复杂现象，它就总体而言是重复导致的产物。因此，医治这一病态的最好药物或许就是持续不断的创新和创造。这正是你们这些喜欢别出心裁的年轻人所渴望的。不幸的是，生活并未向你们提供这种选项，因为，生活的主要方式恰恰就是重复。

你们当然可以表示反对，说对创新和创造的一次次重复尝试就是进步的载体，同样也是文明的载体。然而，从事后的结果来看，这一载体却并非最有价值的东西。因为，如果我们用科学发现，甚或伦理观念来划分人类的历史，所得到的结果一定不会令我们满意。严格地说，我们会得到一个个由苦闷构成的世纪。创新或发明这样的概念本身就体现了标准化的现实和生活之单调，现实生活的主要方式，不，其主要风格，就是乏味。

生活和艺术的差别正在于此，艺术的最大敌人，你们或许也知道，就是陈词滥调。因此，毫不奇怪，艺术也无法教会你们如何对付苦闷。鲜有小说写到这个主题，绘画中的表现更少，说到音乐，它基本上是非语义的。就整体而言，艺术采取一种自卫的、嘲讽的方式对付苦闷。要想让艺术成为你们抗拒苦闷的慰藉，借以逃脱陈词滥调在人类存在中的对应物，唯一的办法就是你们自己成为艺术家。不过，由于你们人数众多，这种前景既不被看好，也没有什么吸引力。

但是，即使你们在这场毕业典礼之后全体一致地迈向打字机、画架或史坦威钢琴，你们也无法完全抵抗苦闷的侵袭。如果重复就是苦闷之母，那么，你们这些喜欢别出心裁的年轻人，你们很快就会因为缺少名声和回报低下而憋死，这两种情况在艺术的世界里屡见不鲜。就此而言，写作、绘画和作曲远远不如律师事务所和银行里的工作，甚至不如泡实验室。

当然，艺术的拯救力量也正在于此。艺术不以逐利为目的，它相当不情愿地成了人口统计学的牺牲品。因为，如果重

---

① 1989年7月在美国达特默斯学院（Dartmouth College）毕业典礼上的致辞。——原注。译者按：此文先以"Boredom's Uses"和"Listening to Boredom"等为题发表，收入此文集时定名为"In Praise of Boredom"，俄文版题为"Похвала скуке"。

复就是苦闷之母，就像我们前面说过的那样，那么，人口统计学（这门学问将在你们的生活中发挥重大作用，胜过你们在这里掌握的任何一门学问）就是它的父亲。这在你们听来或许有些厌世的味道，但我的年龄是你们的两倍，我亲眼看到我们这个星球的人口增长了两倍。等你们到了我这个年纪，世界人口会增长四倍，其增长方式会超出你们的想象。比如，到二〇〇〇年就会出现这样一个文化和伦理重设，它将挑战你们关于人类属性的概念。

仅此一点便降低了创新和发明作为苦闷之解药的可能性。但是，即便在一个更为单色的世界里，与创新和发明相关的另一个麻烦恰恰就在于，它们会带来回报。你们若是善于创新或发明，便能迅速致富。虽说这是好事一桩，但你们中的大多数人凭借自身的体验都知道，最常感觉苦闷的就是富人，因为钱能买到时间，而时间是不停重复的。假设你们并不追求贫穷——否则你们就不会来读大学——那么就有这样一种可能，当能够使自己获得满足的方式刚一被你们掌握，你们便会立即遭遇苦闷。

仰仗现代科技，此类工具就像苦闷的同义词一样繁多。有鉴于它们的功能——让你淡忘时间的多余——它们的丰富性发人深省。同样发人深省的还有你们的购买力之功能；朝着不断增强这种购买力的未来目标，你们将走出这个典礼会场，伴着你们的父母和亲戚紧握在手中的那些工具所发出的轰鸣声。这是一幅预言性质的场景，一九八九届的女士们和先生们，因为你们正在步入这样一个世界，在这里，关于事件的记录在矮化事件本身，这个由录像机、立体声播放机、遥控器、运动服和健身器材构成的世界，这些东西的目的就是让你们去重新体验你们自己或是他人的过去：罐装的欢乐征服了新的血肉。

一切能显示出规则的东西均孕育着苦闷。这在很大程度上都与金钱有关，既指钞票也指钞票的拥有者。当然，我并不打算将贫穷说成一种逃离苦闷的手段，虽然圣方济各似乎正是这么做的。然而，尽管我们为贫困所包围，在这个视频基督教的时代，创建一些新的苦修教会的念头仍不会赢得太多赞同。此外，你们这些喜欢别出心裁的年轻人，你们总是更愿意到南部非洲的某地去行善，而不是帮助邻居，你们总是更情愿放弃一个你们喜爱的苏打水品牌，而不是走进贫民区。因此，无人建议你们甘于清贫。能给你们的唯一建议就是要对钱怀有更多的惧怕，因为你们账户上的零也可能变成你们精神上的零。

说到贫困，苦闷就是贫困之苦难中最残酷的部分，而摆脱贫困的方式中有一些是较为激进的，比如暴力起义或吸毒。这两种方式都是临时手段，因为贫困的痛苦是无边的；由于痛苦是无边的，这两种手段都代价很高。一般而言，一个人把海洛因注入他的静脉，其原因与你们购买一盒录像带大致相同，即逃避时间的过剩。区别仅在于，他的开销大于他的获得，他的逃避手段很快变得和他试图逃避的对象一样多余，这一过程远比你们的手段来得快。就总体而言，注射器的针头和立体声播放器的按键这两者在触觉上造成的差异，就大致等同于时间作用于不同人时的不同感觉，时间富裕者会感觉强烈，而时间缺乏者则感觉迟钝。总之，无论富裕还是贫穷，你们迟早都会因为时间的多余而痛苦。

你们是潜在的时间富裕者，你们将来会厌倦你们的工作、你们的朋友、你们的伴侣和你们的情人，厌倦你们窗外的风景、你们室内的家具和壁纸，厌倦你们的思想和你们自己。相应地，你们也会试图寻求逃避的途径。除了前面提到的那些能使自己获得满足的方式之外，你们还可以变换职业、住所、公司、国家和气候，你们还可以沉醉于性爱、酒精、旅行、烹饪课、毒品和心理诊疗。

实际上，你们可以同时干所有这些事情，在某段时间里它们会起到作用的。当然，直到某一天，你们在你们的卧室里醒来，置身于新的家庭和不同的壁纸，置身于不同的国家和气候，看着你们的旅游公司和你们的心理医生寄来的大堆账单，怀着同样陈旧的情感面对从你们的窗户倾泻进来的日光。你们想穿上你们的便鞋，却发现没有鞋带，无法让你们步出熟悉的环境。依据你们的激情或是你们的年纪，你们要么惊慌失措，要么与这种熟悉的情感妥协，要么就再来一次繁琐的改变。

神经官能症和抑郁症将进入你们的词汇，各种药片将进入你们的药盒。从根本上说，将生活变成对各种选项的不断寻找，变成工作、配偶和环境等等的不断变换，这并无任何不妥，前提就是你们能够提供赡养费，能够忍受如同一团乱麻的回忆。毕竟，这种窘境曾在银幕和浪漫诗歌中得到足够多的美化。但是困难在于，这种寻找很快就会变成一份全职工作，你们对替代选项的需求也会成为一位吸毒者每日的固定剂量。

不过还另有一条出路。在你们看来，这个方法或许并不更好，也不见得更可靠，可是它直截了当，价钱还不贵。你们中间读过罗伯特·弗罗斯特的《仆人的仆人》一诗的人或许还记得他的这句诗："最好的步出方式永远是穿过。"[①]因此，我打算提供给你们的建议就是这一主题的变奏。

当苦闷袭来，你们就沉湎于苦闷。让那苦闷压垮你们，你们干脆沉下去，一直沉到水底。就整体而言，在遇到不愉快的事情时你们会发现这样一个法则，即你们越早沉到水底，便能越快浮到水面。

---

① 此诗见弗罗斯特的诗集《波士顿以北》。

这个主意，用另一位伟大英语诗人的话来说，就是"目不转睛地直面糟糕"①。苦闷之所以能博得如此关注，就因为它在其重复的、过剩的、单调的辉煌中呈现出一种毫无杂质的纯粹时间。

可以这样说，苦闷就是你们的一扇窗户，透过它你们能看到时间，看到时间的一些特质，人们通常会忽视这些特质，以致危及自己的精神平衡。总之，苦闷就是一扇窗户，能让你们看到时间之无穷，也就是说，它能让你们看到自己在时间中的无足轻重。这一点或许可以用来解释人们为何会害怕孤独的、有气无力的夜晚，人们为何有时会迷恋地盯着看一粒灰尘在阳光中飘飞，不知何处的一只钟表在嘀嗒，天气很热，你们的意志力等于零。

这扇窗户一旦打开，你们就别去关上它，相反，要把它敞开。苦闷使用的是时间的语言，它要给你们上一堂你们一生中最有价值的课，那堂课你们在这里、在这些绿色的草坪上可学不到，其内容就是你们完完全全的无足轻重。这堂课对你们来说很有价值，对你们打算与之交往的那些人也同样很有价值。"你们是有限的，"时间会借苦闷之口对你们说，"无论你们做什么，在我看来都是徒劳无益的。"这在你们听来自然不像是音乐，但是，甚至连你们最好的、最热情的行动也是徒劳无益、意义有限的——这一感觉要胜过对行动结果的幻想，胜过随之而来的自我膨胀。

因为，苦闷就是时间对你们的价值体系的入侵。它会将你们的存在置入它的视角，其最终结果就是精确和谦恭。应当指出，前者会导致后者。你们关于自己的尺寸知道得越多，你们就会更谦恭、更同情地面对你们的同类，面对那粒尘土，它或

---

① 语出托马斯·哈代的《黄昏之二》一诗。

是仍在阳光中飘飞，或是已静静落上你们的桌面。唉，有多少生命都变成了这样的尘土啊！不是从你们的角度，而是从它们的角度看。

你们对于它们，就如同时间对于你们。因此，它们看上去才如此微小。你们知道吗，当灰尘被从桌子上擦去的时候，它在说什么吗？

> "请记住我吧。"
> 尘土在低语。①

没有任何东西能比这两行诗所表达的情感更远离你们这些别出心裁的年轻人的心态，这两行诗的作者叫彼得·胡赫尔，他已不在人世。

我引用这两行诗，并不是因为我想让你们爱上那些微小的东西，比如种子和植物，沙粒或蚊子，爱上那些又小又多的东西。我引用这两行诗，是因为我喜欢它，是因为我在这两行诗中看到了自己，原因在于，任何一个活的机体都有可能被从现成的表面抹去。"'请记住我吧。'尘土在低语。"人们在这里可以听出一种暗示，即如果我们能借助时间了解自己，那么或许，时间反过来也能借助我们了解到一些东西。其结果会怎样呢？我们在重要性方面处于劣势，我们在情感方面却胜它一筹。

这就是这首诗的意义所在：拥抱无足轻重。如果说，为了达到这一目的需要能瘫痪意志的苦闷，那么我们就要向苦闷表示致敬。你们无足轻重，因为你们是有限的。事物越是有限，它就越是具有活力、激情、欢乐、恐惧和同情。因为，无穷并

---

① 语出德国诗人彼得·胡赫尔（1903—1981）的《天使》一诗。

不特别有活力，并不特别有激情。你们的苦闷至少可以告诉你们这一点。因为，你们的苦闷就是无穷之苦闷。

你们要尊重苦闷，尊重它的起因，或许就像尊重你们自己的出身一样。正因为预见到了这种无生机的无穷，才会出现人类情感的紧张，关于新生活的想法也常常由此而来。这并不是说你们是苦闷之子，或者说是有限派生出了有限（尽管这两者都可能是事实）。这更像是一种建议，即激情就是无足轻重之特权。

因此，你们要尝试保持激情，把你们的冷漠留给星座。激情首先是一种医治苦闷的药物。另一种药物自然就是痛苦，肉体的痛苦比心理的痛苦更有效，这常常是激情之后果，尽管我不愿你们有任何一种痛苦。不过，在你们感到疼痛的时候，你们至少知道你们没有被欺骗（没有被你们的身体或你们的心理所欺骗）。同样，苦闷、痛苦以及你们自己和其他任何事物的存在均无意义这样一种感觉的好处也在于，这不是欺骗。

你们也可以尝试读一读侦探小说，或是看一看动作影片，也就是某些能把你们送往你们此前从未置身过的语言、视觉或精神世界的东西，某些或许仅仅持续数小时的东西。你们要尽量回避电视，尤其是换台，不停地换台就是多余之化身。不过，如果这些手段均不起作用，就随它去，"把你们的灵魂掷向扩展的昏暗"①。尝试去拥抱苦闷和痛苦，或是被苦闷和痛苦所拥抱，苦闷和痛苦永远大于你们。毫无疑问，你们在拥抱时会感到胸闷，但你们要竭尽所能地坚持，一次比一次持久。首先，不要以为你们什么地方出了错，不要试图回过头去改正错误。不要这样做，就像那位诗人所说的那样："请相信你的痛

---

① 语出托马斯·哈代的《黄昏的画眉》一诗。

苦。"这种吓人的熊抱并非错误。那些令你们不安的一切也不是错误。你们要永远记住，这个世界上的任何一次拥抱都将以松手告终。

如果你们觉得这一切很阴暗，你们就是不懂什么是阴暗。如果你们觉得这一切无关紧要，我希望时间能证明你们是正确的。如果你们觉得这些话并不适合今天这个庄重的场合，我则不能赞同。

如果这个典礼是在祝贺你们留下，那我就会赞同你们；可它事实上却标志着你们的离去。明天你们就要离开这里，因为你们的父母只付了四年的钱，一天也不多。因此，你们将去往某地，去谋求职业、金钱和家庭，去迎接自己独一无二的命运。说到那个"某地"，无论是在星空还是在赤道，或是在邻州佛蒙特，那里的人大约都不太知道此刻在达特茅斯中央绿地上举行的这场典礼。人们甚至不能担保你们乐队的声音能够传到白河车站①。

一九八九年的毕业生们，你们即将离开这个地方。你们将步入一个世界，它比这个林中小镇要拥挤得多，你们在那里获得的关注要远远少于你们度过四年光阴的这个地方。你们的大路要靠自己去走了。说到你们的重要性，只需将你们这一千一百人与全世界的四十九亿人做一个对比，你们便能立即作出估量。因此，审慎便如号角一样也适用于这场典礼。

我唯一的祝愿就是愿你们幸福。然而，会有许多暗淡的时光，更糟糕的是，会有许多乏味的时光，它们或始自外部世界，或源于你们自己的大脑。你们应当以某种方式进行防御，这也正是我在这里尽我的微薄之力所做的尝试，尽管这显然还

---

① 白河车站（White River Junction），位于新罕布什尔州和佛蒙特州交界处的小镇，距达特茅斯学院所在的汉诺威仅 5 公里。

不够。

　　因为，你们正面临一次非同寻常、却令人困倦的旅程，你们今天就要乘上一列所谓的失控列车。无人能够告诉你们前方会有什么，所有那些落在后面的人更是无语。不过，他们能够向你们担保一件事，即这次旅程是有去无回的。因此，请你们尝试用这样的思想来宽慰自己，无论遇到什么不开心的事情，这个或那个车站都会一闪而过，列车不会在一个地方停得太久。因此，你们永远也不会陷入泥潭，甚至当你们自觉陷入的时候，因为这片地方今天就将成为你们的过去。从今天起，这片地方对于你们而言将渐渐退后，因为列车在继续前行。甚至在你们感觉自己已经停下来的时候，这片地方仍然在渐渐退后……因此，请你们再最后看一眼这个地方，当它还保持着正常的大小时，当它还没有变成一张照片时。请你们怀着你们所有的温情再看它一眼，因为你们是在打量你们的过去。的确，你们看的是你们最好的东西。因为，我怀疑你们在其他地方还能拥有比这里更好的东西。

一九八九年

克利俄剪影 [①]

我从未想过我会做一场关于历史的讲座。不过，作为对自己不断增长的年龄作出的让步，一场以此为主题的讲座也在所难免。邀请我作此报告，这一举动所体现的与其说是演讲者观点的价值，莫如说是他显而易见的行将就木。"他已成为历史"，这是一句含有贬低意味的话，指的是一个过气的人物，而一个人正是在接近这一状态时摇身变成一位智者——有时是在他自己眼中。毕竟，那些向我们馈赠了历史这一概念的人——那些伟大的历史学家以及他们的描述对象——全都是逝者。换句话说，一个人愈是接近自己的未来，亦即坟墓，他就愈能看清过去。

我同意这一观点。承认人难免一死，这便派生出了各种各样的洞见和分类。归根结底，历史是一个离不开修饰语的名词。历史会自然而然地从我们自己的童年起步，一直回溯至化石。它可以同时表示总的过去、被记录下来的过去、一门学科、当下的性质或延续性之含义。每一种文化都有其独自的古代版本；每一个世纪也都有；我相信，每一个人也都拥有。因此，要给这一名词下一个某种放之四海而皆准的定义便是件难以想象的难事，也没有必要去做此类尝试。它总是被泛泛地用作"当下"的反义词，要依据话语语境对其加以确定。就我的年龄和我的职业而言，我应该对这些反义词更感兴趣，对它们中的每一个都感兴趣。在我这个年龄，对我这个职业而言，一个概念越是难以察觉，它便越具吸引力。

如果说我们与古代有什么共同之处，那便是虚无之前景。仅此一点便可促使人去研究历史，结果或许也正是这样，因为所谓历史就是对缺席的研究，而缺席始终能被觉察到，它比在场还要醒目。这也就是说，我们对历史的兴趣尽管通常被宣扬为对公分母的寻求，对我们伦理学源头的寻求，但它首先是末世论的，因而也是拟人化的，因而也是自恋的。可以作为证据的就是充斥这一领域的各种各样的修正主义争论，这些争论会让人想起一位模特就其被描绘的形象与画家展开的争论，或是一帮画家面对一张空白画布展开的争论。

还有一个证据，即我们偏好阅读帝王将相的传记，历史学家则偏爱撰写这些传记，这些历史人物与公分母没有任何关系，也往往与伦理学无甚关联。我们热衷于阅读文字，因为我们相信我们在自己的现实生活中也能占据一个中心位置，因为我们还对个人的重要价值抱有某种幻想。对此还要再补充一点：就风格而言，这些文字像传记一样是现实主义的最后堡垒，因为在这一体裁中，意识流和其他先锋派游戏手法均无用武之地。

最终的结果是表达的不确定性，这种不确定性困扰着历史的每一幅画作。正因为这一点，那位模特才与那位画家争执不休，那些画家们才相互打成一团。因为那位模特——我们暂且称她为克利俄——可能认为她自己或者她的代理人比历史学家笔下的形象更果敢，更清晰。不过我们可以理解那些历史学家，他们之所以将他们自己的含混和诡秘投射到他们的对象身上，是因为在他们的眼前之物发出的光芒中，更确切地说是投

---

① 1991 年在莱顿大学赫伊津哈论坛上所做报告。——原注。译者按：赫伊津哈（又译怀金格，1872—1945），荷兰历史学家，现代文化史学的奠基者，曾任荷兰莱顿大学校长。克利俄为古希腊神话中的九位缪斯之一，司历史。本文原题为 "Profile of Clio"，俄文版题为 "Профиль Клио"。

下的黑影中，他们不愿显得像是傻瓜。历史学家的长寿路人皆知，他们借助展示顾忌和怀疑，将他们那门学科变成了一份类似于保险合同的东西。

无论这位历史学家是否意识到，他的窘境正因为两个空洞的钳制而无法破除：一个空洞是他思考的过去，另一个空洞是他貌似为之效力的将来。对于他来说，虚无的概念得到成倍的强化。或许，这两个空洞是相互重叠的。他无法控制这两个空洞，于是便试图赋予前者以生命，因为就定义而言，过去作为个人恐惧之源泉，比未来更易控制。

因此，他的死对头就应该是宗教神秘论者或神学家。诚然，来世的构建比前世的构建需要更大的硬度。但是，另一些使这一区别有所调和的因素是，它们各自都在寻求因果关系、公分母和针对当下的道德推论，这一点更为典型地体现于这样一个社会：在这里，教会的威信已经衰落，哲学的威信和国家的威信也微不足道或荡然无存，这恰恰把关心伦理问题的任务交给了历史。

最终，一个人的末世论倾向在历史和宗教之间作出的选择自然取决于他的性格。但无论他的胆汁是哪一类，无论他就天性而言是回顾的、内省的还是前瞻的，这两种追求不可剥夺的一个部分就是对两者可信度的疑虑。在这一方面，有一件事尤其值得玩味：所有的宗教信仰都乐于列举它们的家谱和它们可信的历史渊源。因为，当事情关涉举证时，历史不像宗教那样，它除自己之外再也无法依赖任何人。

（同样，与信仰不同，历史学令人钦佩地在地质学面前悬崖勒马，这显示出了一定程度的诚实以及它转化为一门科学的潜力。）

我相信，这使历史成为了二者之中更为悲剧的选择。这难道是一条逃跑路线，试图证明路上的每一步皆为逃跑？或许是，但我们对我们的选择之效用作出评判的依据与其说是这些选择的结果，莫如说是它们的替代选项。你的存在终将终止的确定性，空洞之存在的确定性——这些都使历史的不确定性更显突出。事实上，历史越是不确定，它就越需要举证，它也就能更好地消解你的末世论恐惧。坦率地说，对于一种结果而言，承受其自身无足轻重的打击、面对不可避免的空洞，要比接受其成因的显而易见的缺失（比如先辈的逝去）更为容易。

克利俄形象的不确定性就由此而来，无论她身着古代服装还是相当现代的服装。但这种不确定性很适合她，这在一定程度上因为她的女性身份，这使她看上去更具吸引力，胜过任何一幅满脸胡须的圣像。还必须指出，克利俄虽然比她的姐姐乌拉尼亚（乌拉尼亚作为地理女神①，极大程度上限定了历史的许多动作）年轻，但她仍然比**任何**存在都更年长。无论人们对无穷的胃口有多大，她都可以与永生旗鼓相当，如果这场比赛是用数字表达进行的话。死亡中最令人不快的东西，就是它取消了数字。

因此，我今天作为一名克利俄的崇拜者站在你们面前讲话，而不是一位精通她的著作的行家里手，更不是一求婚者。像任何一个我这个年纪的人一样，我甚至可以去当她的证人；但是，无论我的性格还是我从事的这门手艺都使得我难以去归纳她的举止。我的这门手艺尤其阻碍我拓展任何主题，特别是那些有趣的主题。它训练人们简洁地说话，尽管它并不总能成功，此类训练有时会达到让人感觉孤独的程度，使我们失去听众，或常常也同时失去对象本身。因此，如果发现我之后的发

---

① 乌拉尼亚为九缪斯之一，一般认为主司天文。

言中有某些过于肤浅或牵强的东西，你们就知道该去责怪谁了。你们该去责怪欧忒耳佩 ①。

　　克利俄当然也具有简洁之本领，她在凶杀和墓志铭中均显示出了这一技巧。这两种"体裁"便足以推翻马克思关于历史的那个著名格言，即历史的发生第一次为悲剧，之后则为闹剧。因为每次被杀的人都不相同，所以历史永远都是悲剧。更不用说我们如果借用戏剧术语，就无法止步于闹剧，因为还有杂耍剧、音乐剧、荒诞剧、肥皂剧等其他戏剧形式。人们在用隐喻形容历史时要特别小心，因为这样做不仅常常会滋生无端的怀疑（如我刚刚援引的例证）或无来由的热情，而且几乎无一例外地会遮蔽每一历史事件独一无二的本质。

　　如一位诗人所言，克利俄是时间的缪斯，而在时间之中没有任何事情会发生两次。或许，在这个关于历史的戏剧隐喻中最为有害的东西是，它会使人觉得自己就是一名观众，正坐在前排观看舞台上的演出，无论上演的是闹剧还是悲剧。即便这种情形真的会出现，那这本身就是一出悲剧，一出谋犯罪的悲剧，也就是说，是一出伦理学方面的悲剧。但真相却是，历史永远不会和我们拉开距离。历史并不区分舞台和观众，观众常常不够多，因为凶杀几乎就是缺乏证人的同义词。请允许我更为完整地引用这位诗人、即温·休·奥登向克利俄发出的吁求：

　　　　克利俄，
　　　　时间的缪斯，由于她仁慈的沉默，
　　　　只有第一步才能被计数，

---

① 九缪斯之一，司音乐和抒情诗。

它永远可能成为凶手……①

　　由于任何事情只能在时间之中发生一次，我们为了理解所发生的事情，就必须站在牺牲者的一边，而不是幸存者或旁观者的一边。然而，历史就是一种旁观者的艺术，因为牺牲者的主要特征就是他们的沉默，凶杀剥夺了他们的言说能力。如果我们的诗人谈到了该隐和亚伯的故事，那么历史便从此成了该隐的版本②。我们提出这个如此极端的比喻，其原因就在于区分事实以及关于事实的阐释，我们在道出"历史"一词时往往会忽略这一区分。

　　这种忽略会使我们相信，我们能从历史那儿学到些什么，而且历史是有目的的，这一目的主要就是我们自身。无论我们如何钟爱因果关系和后见之明，这一假设都是骇人听闻的，因为它为许多缺席作出辩护，将其作为通向我们自身存在的一条道路。如果他们未被撞到一旁，我们的后见之明告诉我们，此刻坐在我们这张桌子旁的或许不是我们自己，而是其他一些人。那样的话，我们对历史的兴趣就是一种赤裸裸的性欲，或许还略带感激。

　　或许就是如此，而这样一种逻辑背后的道德观实在相当乏味；不过我们在这一方面从不贪吃（因为我们完全能接受我们前辈的消失，照此看来我们或许应将历史逐出人文学科，直接让它与自然科学各学科并列）。另一种选择就是去区分事实和描述，将每一个历史事件都看成克利俄在人间独特的现身，其现身之原因并非我们的形式逻辑，而是她本人的独断意志。在这种情形下会出现的一个缺陷就是，由于我们高度重视我们一

---

① 语出奥登的《克利俄颂》一诗。
② 《圣经》中亚当与夏娃所生的两兄弟，弟弟亚伯为哥哥该隐所杀，有人称之为人类有史以来的第一起谋杀案。

贯采用的理性思维和线性思维，我们或许会惊慌失措，要么是作为伦理生物存在的我们会彻底崩溃，要么是（更有可能）我们会奔向笛卡尔式的固执。

这两种结局都不理想，都无法令人满意。我们不可能将历史视为一个为各种清晰规律所左右的理性过程，因为它时常过于偏爱血肉。同样不可能将它看作一种具有神秘目的和追求的非理性力量，原因也一样，即它是以我们人类为素材的。靶子无法接受子弹。

值得注意的是，我们的自我保护本能发出了这样一声呼喊："我们能对我们的年轻人说些什么呢？"我们是线性思维的产物，因此我们相信，无论是作为一种理性进程还是一种非理性力量，历史都是一条紧跟着未来的狗。线性思维无疑是自我保护本能的一种工具；在这一本能和我们的末世论偏好这两者的冲突中，获胜的永远是前者。这是一场皮洛士的胜利①，但重要的是战斗本身，我们关于未来的观念其实就近乎于我们自己所处的当下之外延。因为我们知道，每一颗子弹都是从未来飞来的，未来为了自己的到来，不得不清除现实之障碍。这就是我们的历史观之内涵，这就是人们对阐释的偏爱总是胜过事实的原因，这也就是非理性版本总是被摈弃的原因。

与本能进行争论是艰难的，实际上也毫无意义。我们只是在渴求未来，历史只是在使这一渴求或曰未来本身合法化。如果我们真的十分关注我们将对年轻人说些什么话，那就应该做到以下几点。首先，我们应该将历史定义为已知事实以及关于它们的阐释这两者的总和。十有八九，我们会仅仅满足于后

---

① 古希腊伊皮鲁斯国的皮洛士王公元前 279 年在付出惨重代价战胜罗马军队后说："再有一次这样的胜利，我们就输了。""皮洛士的胜利"即指因代价太大而得不偿失的胜利。

者，因为一旦提及某一事件，这即已构成阐释。由于阐释不可避免，第二步便是出版一部世界历史的编年正典，在这部大典中，每一个事件都应该得到最低限度的阐释，比如说，保守主义的阐释，马克思主义的阐释，弗洛伊德理论的阐释，或结构主义的阐释。这会构成一部篇幅巨大的百科全书，但我们似乎十分关心的那些年轻人却至少获得了一种选择机会。

除了能使他们的思维更具胆魄，这部大典还能使克利俄的形象更为立体，使她在人群或客厅里更容易被辨认出来。因为侧面像、四分之三侧像，甚至是正面像（画出最后一个毛孔，就像是年鉴学派①的手法）都注定不会显现画中人藏在背后的手中拿着什么。这样便会降低我们的警惕性，历史往往就是在这样的情形下撞见我们的：我们放松了警惕。

这样一部大典主要的诱人之处在于，它或许能让年轻人了解到克利俄那种非时间的、无规律的天性。时间的缪斯就其定义而言，不可能被人们手工制作的编年史扣为人质。很有可能，从时间的角度来看，恺撒的遇刺和第二次世界大战是同时发生的，或者次序相反，或者完全不曾发生。对任何一个已知事件同时做出多种阐释，我们或许不会因此撞上大奖，但我们能对老虎机有个更好的了解。使用这部大典的累积效果会对我们的心理产生独特影响，但这无疑能促进我们的防御能力，更不用说我们的形而上学了。

关于历史之意义、规律和原则的任何话语就只是一种旨在驯养时间的尝试，是在寻求可预见性。这构成一种悖论，因为历史几乎总是让我们措手不及。仔细一想，可预见性恰恰出现在震惊之前。震惊通常会造成损失，可这应被视为人们为舒适

---

① 法国史学流派，主张将历史视为"总体史"，注重面对历史的共时性研究。

付出的账单。转化为形而上学的后见之明会将这一倾向解释为对时间那单调的"滴滴答答"作出的回声。遗憾的是，时间也具有刺耳尖叫之倾向，于是，我们的回声就是一座座万人冢。

就这一意义而言，人们对历史所知越多，他们就越有可能重复历史的错误。这并不是说众多的拿破仑都想模仿亚历山大大帝；问题在于，论述之理性暗示着对象之理性。前者是可能的，后者却不可能。此类作为的后果即自我欺骗，这对于某一位历史学家而言全无问题，饶有趣味，可至少是对于这位历史学家的部分读者而言，这却常常是致命的。德国犹太人的遭遇就是一个很好的例子，我或许应该就这个问题稍稍多谈几句。不过，我们试图借助学习历史来欺骗自己，其首要原因就是我们不断增长的人口数量。一个人口中的肉可能会成为放倒一千个人的毒药，抑或这块肉也有可能不够吃。我们现在来谈一谈黑奴制的起源，这就是一个很好的例证。

如果你是一位没有工作的黑人，住在贫民窟里，注射毒品，不论你那位富有的宗教领袖或一位杰出的作家对黑奴制度的起源发出多么精准的谴责，多么生动地描绘黑奴制度的噩梦，这一切都很少能改变你的处境。你的脑中甚至会出现这样的念头，即若是没有那场噩梦，无论他们还是你甚至都不会出现在这里呢。也许这听上去是一种更好的结局，但遗传的转接游戏在这种情况下却不会停止。无论如何，你现在需要的就是一份工作，就是一点帮助，以满足一下吸毒的小癖好。在这两件事情上，历史学家都帮不上忙。实际上，历史学家会模糊你的焦点，其方式就是用你的愤怒来取代你的决心。实际上，你会想到——至少我会这样想——"谁之罪"的问题整个儿都不过是白人的花招，旨在防止你作出某些情势所迫下的过激行为。这也就是说，你在历史那里学到的东西越多，你在现实中的行动能力或许就越低。

作为人类负面潜能的数据库，历史没有竞争对手（或许只有原罪说构成例外，如果细想，原罪说即此类数据的压缩版）。作为一位向导，历史始终居于数量上的劣势，因为历史就其定义而言是没有生殖能力的。作为一种精神构造，它也始终表现为它的数据与我们对这些数据的接受这两者不知不觉的融合。这使历史成为一种裸露的力量，即某种不连贯的，但令人信服的泛灵论概念，介乎于自然现象和神启之间，一种留下了痕迹的独立存在。接下来，我们最好放弃我们崇高的笛卡儿主义使命，在没有更清晰概念的情况下，暂且持有这一含混的泛灵论观点。

请允许我再重申一遍：无论历史如何行进，它都是在不知不觉中撞上我们的。任何一个社会的共同目的均在于其所有成员之安全，因此，它首先就必须假定历史完全是任意武断的，任何一个被记录下来的反面经验均价值有限。其次它必须假定，尽管它的所有制度均旨在最大限度地保障其所有成员的安全，可它追求稳定和安全的这一愿望本身却很有可能使社会成为一个活靶子。因此，第三，对于作为一个整体的社会和社会中的每一名成员而言，谨慎的做法应当是发展出不规则的运动模式（从飘忽不定的外交政策到改变居住地），以使现实的敌人和形而上的敌人都很难打中目标。如果不愿成为靶子，你们就必须运动起来。"散开吧。"上帝曾对他的选民这样说，至少，他们也曾一度遵从了神旨。

我在中学时代接受的重大历史谬论之一，即认为人是从游牧生活进化至定居生活的理念。这样一种观点绝妙地体现了那个专制国家的意图以及那片疆域自身鲜明的农业特性，它完全剥夺了人的迁徙权。就其画地为牢的效果而言，这一观念仅次于城市生活的舒适，而它其实也正是城市生活之产物（近两百年大量的历史、生活和政治学说亦如此，它们全都是城里人杜撰出来的，实际上均为都市概念）。

我们也不要走得太远：显而易见，对于作为动物的人来说，定居生活自然更可取一些，考虑到我们不断增加的数量，也只有定居这一条路可走。但是不难想象，一位定居者依然会上路，当他的定居点被侵略者洗劫一空或被地震夷为平地，当他听到上帝许诺给他一处新地方的声音。同样不难想象，他在感觉到危险时也会这样做。（上帝的许诺不就是一种危险的征兆吗？）于是，一位定居者便开始运动，成了一位游牧者。

如果他的思想没有被这些进化论禁忌和历史禁忌打上烙印，他就能轻而易举地上路。就我们所知，古代的历史学家们没有制造任何这样的禁忌，这一点十分可敬。一个人重新成为游牧者之后，或许可以认为自己是在模仿历史，因为历史在他看来也是一位游牧者。但是在基督教一神教出现之后，历史却不得不文明化，也的确被文明化了。实际上，它成了基督教的一个分支，而基督教归根结底是一种群体信仰。历史甚至允许自己被一分为二，即分作"公元前"和"公元后"两个阶段，将公元前的编年顺序变成倒数计时，从化石开始，似乎生活在那一时期的人，其年龄从出生那天起变得越来越小。

我还要在这里再补充一点，因为我或许再无其他机会；我要说的是，我们文明进程中最令人悲哀的事件之一，就是希腊罗马多神教和基督教一神教之间的对峙及其众所周知的结局。无论就智性层面还是就精神层面而言，这场对峙其实均无必要。人的形而上空间其实足够容纳多种信仰的共存，更不用说它们的融合了。叛教者尤里安 ① 就是一个很好的例子，公元后

---

① 尤里安（331—363），罗马皇帝，曾宣布与基督教决裂，主张宗教自由。

头五个世纪里的拜占庭诗人们亦如此。诗人们就整体而言构成一个关于此类和谐共处的最佳证据，因为诗句的离心力常使他们超越某一学说之界限，有时能同时超越两种学说之界限。古希腊罗马人的多神教和基督教的一神教真的就格格不入吗？真的有必要把公元前的智慧成就全都扔到窗外去吗？（为之后的文艺复兴创造条件？）那些原本可以成为补充的东西为何却成了非此即彼？难道爱的上帝真的难以消化欧里庇得斯或忒俄克里托斯？如果**他**的确消化不了，那么**他**的胃又是什么样的呢？还是这一切，用现代话语来说，全都在于权力，在于攻占异教徒的寺庙，以便展示谁才是主宰？

或许是这样的。但是，异教徒们虽然是战败者，却在他们的万神殿里供奉着历史缪斯，他们藉此显示出了对其神性的更好把握，胜过胜利者。我担心，在从罪孽到救赎这条已得到详尽描述的道路上，自始至终恐怕都没有类似的身影，没有堪比的领悟。我担心，多神教的时间观念在基督教一神教手下遭受的厄运就是人类迈出的第一步，从存在的任意性感受走向了历史决定论的陷阱。我还担心，正是这种事后回顾的普适主义显露出了一神教的简化本质，它就其定义而言便是简化的。

> 我们捣毁了他们的神像，
> 我们将他们赶出了庙宇，
> 可这绝不意味着诸神已死……①

希腊诗人康斯坦丁诺斯·卡瓦菲斯这样写道，在历史从立体声简化为单声道之后的两千年，在我们提到立体声的时候，请让我们想一想这间屋子里的年轻人。我们希望这位诗人的话

---

① 引自卡瓦菲斯的《伊奥尼亚海》一诗。

没错。

甚至在历史被世俗化之前——为的是仅仅成为一门科学——它已遭受此种伤害：在这两千年的进程中，占据上风的历史决定论紧紧地抓住了现代意识，而且似乎还是不可逆转的。时间和编年之间的区别丧失殆尽，这两者首先被历史学家所等同，继而又被读者所认同。历史学家和读者均无可指责，因为那种攻占了多神教信仰地盘的新信仰也绑架了时间的形而上学。说到这里，我该返回我开始跑题的那个地方了，回过头来谈游牧者和定居者。

"散开吧。"主对他的选民说。在很长一段时间里，他们的确散开了。这实际上是他第二次要他们迁徙。他们两次都遵从神旨，虽说不太情愿。第一次，他们在路上走了四十年；第二次，他们走得时间稍长一些，甚至可以说，他们如今仍在路上。行程如此之长的缺陷就在于，它会使人开始相信不断的前进，如果不想相信自己的前进，便是相信历史的前进。我在这里想说的是后一种前进，我将举出一些新近的例证，但我首先得作出几点免责声明。

描写犹太人在本世纪之命运的历史文献汗牛充栋，人们也不敢指望能添加上什么有价值的新东西。我能给出下列一些看法，恰恰由于此类历史文献之丰富，而非其短缺。更确切地说，我之所以给出这些看法，是因为我最近偶然读到几本有关这一主题的书。这些书探讨的均为第三帝国针对犹太人犯下的罪行及其原因，这些书全都出自职业历史学家之手。如同此前面世的许多同类书籍一样，这些书信息丰富，充满假说；此外，如同此后必将面世的许多同类书籍一样，这些书的强项在于其客观性而非其激情。这一点，我们希望，反映出的是作者作为历史学家的职业素养，而非其自身所处时代在他们与那些事件之间所设置的距离。当然，客观性是每一位历史学家的座右铭，激情因此通常遭受排斥，因为就像常言所说，激情使人盲目。

不过，人们会疑惑：在这样的语境中，充满激情的反应就不能被视作一种更为崇高的人类客观性吗？因为，脱离躯体的智性是毫无分量的。此外，人们还会疑惑：在这样的语境中，缺乏激情其实就是一种修辞手法，写作者诉诸这一手法，就是为了模仿历史学家，或者说就是为了模仿当代的文化偶像，即那种形象很酷、嘴唇很薄、声音低沉的人物，他们在这个世纪的大部分时间里都占据着银幕，貌似侦探或杀手。如果情况的确如此，那么，曾被当做社会生活中伦理教育之资源的历史，便的确走过了一个完整的循环，又回到了原地。

毕竟，这些银幕上的薄嘴唇汉子归根结底是会扣动扳机的。当今的历史学家却难以做出此类动作，他会用科学来解释他的保留态度。换句话说，对于阐释客观性的追求超越了阐释对象所激起的情感。因此，人们会疑惑阐释的意义究竟何在：历史仅仅是一种可以丈量出我们逃离历史事件的距离、貌似反向温度计的工具吗？历史是独立存在的吗，还是仅仅因为历史学家的存在而存在，也就是说，仅仅是为历史学家而存在？

我更愿意把这些问题搁置一段时间，否则我就永远无法说清我的免责声明，更不用说这些声明的含义了。首先我想指出，我之所以提出下列意见，其动机并非在于我将自己的身份定位为一个受害者。当然，我是一个犹太人，生来就是，血统纯正，可或许会让人感到遗憾的是，我没有接受过犹太文化的熏陶。这原本足以成为产生亲缘感的理由，只是我恰恰出生在犹太人大量死去的时候，而我在很长一段时间里也对他们的命运知之甚少，直到我十几岁，此时我已对我的民族和其他许多民族的遭遇如饥似渴，而我们的国家刚刚战胜德国，并在战争中失去了两千万国民。换句话说，我有太多的身份需要去认同。

我此刻提到这些，并非因为我感染上了历史客观性的病菌。恰恰相反，我发言的立场是极其主观的。事实上，我一直希望主观性能更强一些，对于我而言，犹太人在第三帝国的遭遇并非历史，因为他们的被消灭与我的存在之萌芽状态有着部分的重叠。当我享受着无知婴儿那种可疑的舒适生活，吐出甜蜜的咿呀声时，他们却正在如今被称为东欧或中欧的土地上（我和我的一些朋友依然将那片土地视为西亚）走向火葬场和毒气室。我还意识到，如果没有这两千万死去的俄国人，我或许会用许多方式对第三帝国的犹太牺牲者产生认同感。

因此，如果说我时常浏览此类图书，其原因也大多是自私的，即获得一幅更为立体的图画，以观察那构成我的生活的一切，观察我在其中看见了半个世纪前的我的那个世界。由于德国和苏联的政治体制十分相似，甚至完全重叠，由于后者绝少提供铁窗内的图景，我凝视着我生活背景中的这一堆堆尸体时，无疑带有双倍的专注。我问自己：他们是如何落到这步田地的呢？

答案惊人地简单：因为他们就在那儿。要想成为牺牲者，就需要身在犯罪现场。要想身在犯罪现场，就需要不相信犯罪的可能性，还需要无法逃离现场，或不愿逃离现场。在这三种前提中，我猜想，发挥主要作用的是最后一个前提。

不愿逃离的原因值得深思。关于这个问题已经有过许多思考，虽说人们对犯罪根源的思考要更多一些。这部分是因为，对于历史学家来说，犯罪根源是一个较为简单的话题。它们全都被归结为德国的反犹主义，其谱系通常被程度不等地追溯至瓦格纳、路德，直到伊拉斯谟、中世纪，乃至犹太人和非犹太人的普遍冲突。一些历史学家试图将其读者带回黑暗的条顿殖民时期，一直溯源至瓦尔哈拉宫 ①。另一些历史学家则将其归结于第一次世界大战的后果、凡尔赛和约以及德国经济崩溃背景下犹太人的"高利贷"行为。还有一些历史学家将所有这些东西拢在一起，再不时添上有趣的一笔，比如，纳粹的反犹宣传竭力丑化犹太人，充满关于犹太人卫生习惯的种种描述，有人将纳粹的反犹宣传与流行病的历史联系起来，因为在历次瘟疫流行时，犹太人的死亡人数都比主要民族要少。

这些历史学家是拉马克主义者，而非达尔文主义者。他们似乎愿意相信，对一种信仰的依附关系可以成为一种遗传基因（如此观念倒也与犹太教的主要信条之一很接近），与此相伴的一些偏见、思维方式等等也同样如此。他们是兼职历史学家的生物决定论者。因此他们划出的是一条从瓦尔哈拉宫直入沙坑的直线。

不过，这条线如果真是笔直的，那么球或许也就不会落入沙坑了。一个民族的历史就像一个个体的历史，它所包含着的更多是遗忘而非铭记。历史与其说是一个积累的过程，不如说是一个丧失的过程，否则我们立马就不再需要历史学家了。更不用说，保留记忆的能力并不能将自身转译为道出预言的能力。由哲学家或政治思想家作出的此类转译尝试几乎注定会变成一张新社会的蓝图。第三帝国的兴起、繁荣和衰亡，就像俄国的共产主义体制一样，之所以未能避免，恰恰因为它们是出人意料的。

这便出现了这样一个问题：能够因为原作的质量不高而指责翻译吗？我想给出的答案是"是的"，请允许我在此屈从于

---

① 北欧神话中接纳英烈的殿堂。

这一想法的诱惑。无论是德国版的社会主义还是俄国版的社会主义，均抽芽自十九世纪晚期的那株哲学之根，它将不列颠博物馆的书架当做燃料，将达尔文的思想当做榜样。（因此，它们两者后来的对峙就不是一场善与恶的搏战，而是两个恶魔的缠斗，如果你们愿意的话，也可以称之为一场家庭内讧。）

更早一些的肥料，自然是法国十八世纪的那场出色表演，这场表演使德国人在军事和智性方面都落后了相当长的时间，由此派生出的民族自卑感却披上了德国民族主义和德国"文化"①观念的外衣。德国浪漫唯心主义起起落落，从最初的"心灵呼号"很快转向"战争呼号"②，尤其是在工业革命时期，因为不列颠的工业革命进展顺利。

还要考虑到俄国，它比德国的表演机会还要少，而且还不仅仅是在十八世纪。这是一种双倍的自卑感，因为俄国在千方百计地——不，是竭尽所能地——模仿德国，派生出自己的斯拉夫派，提出了俄罗斯灵魂特殊性的概念，似乎上帝是根据地理原则分配灵魂的。这里开一个玩笑：在一个俄国人听来，"心灵呼号"和"战争呼号"这两个词会合二为一，成为"最新的呼号"③。正是出于自卑感，正是出于外省人的心理，即总是追逐最新的时尚，列宁才坐下来阅读马克思；列宁的阅读动机并非某种被意识到的必需。俄国的资本主义毕竟刚刚冒出它的头几根烟囱，整个国家基本上还是一个农业国。

但是，你们却很难指责他俩不去阅读其他的哲学家，比如说维科。那个时代的精神模式是线性的、循序渐进的、进化的。人们会不知不觉地坠入这一模式，在检讨某项罪行时更多

---

① 此处的"文化"用的是德语词"Kultur"。
② 此处的"心灵呼号"和"战争呼号"都用的是法语，即"cri de coeur"和"cri de guerre"。
③ "最新的呼号"为法语词"le dernier cri"。

地关注其起源，而非其目的。是的，我们就是这样一种猎犬，我们更愿意去嗅伦理学而非人口统计学。历史的真正悖论就在于，它的线性模式原本是一种自我保护的本能之产物，可这种模式却又在钝化这一本能。无论如何，德国版和俄国版的社会主义恰恰源自这种模式，源自历史决定论的原则，即对"正义之城"的追寻。

我们甚至可以补充一句，这么说并非比喻。因为，历史决定论者的一个主要特征就在于他对农民阶级的蔑视以及对工人阶级的厚望。（这就是为什么他们在俄国至今仍不愿让农业私有化，非要让大车跑在马的前面——这话也并非比喻。）社会主义理想作为工业革命的一个副产品，实际上是一种都市构造，它源自那些背井离乡、将社会就等同于城市的心灵。因此毫不奇怪，这种精神破落户的思想杜撰以一种令人嫉妒的逻辑成长为一个专制国家后，定会放大都市中下阶层的某些最基本属性，首先就是他们的反犹主义。

这与德、俄两国彼此毫不相像的宗教史或文化史少有干系。路德的演讲尽管激情四溢，可我依然真心怀疑，他那些大多没有文化的听众是否真的很在意他的布道之要义；至于俄国，伊凡雷帝在与叛逃者库尔勃斯基大公的书信论战中曾真诚而又骄傲地称自己为犹太人，称俄国为以色列。（就整体而言，如果说宗教问题的确是当代反犹主义的根源，那么反犹主义最丑恶的首领就不该是德国人，而应为意大利人、西班牙人或法国人。）对于十九世纪的德国革命思想而言，无论它曾如何在驱逐犹太人或解放犹太人这两个问题间剧烈摇摆，其法律上的结果仍是一八七一年的犹太人解放。

因此，犹太人在第三帝国的遭遇首先是与一个全新国家、一种新型社会体制和生存方式的创建联系在一起的。"千年帝国"有着某种明显的千禧年情绪，某种"世纪之末"①情绪，但它或许有些早熟，因为二十世纪才刚刚开始。但是，战后德国的政治和经济废墟却构成一个一切从头再来的最佳时期。（历史也像我们前面指出的那样，并不注重人类的编年顺序。）对青年的关注，对青春躯体的崇拜，对血统纯正种族的鼓吹均由此而来。社会乌托邦遇见了一头金发怪兽。

这一相遇的结果，自然就是社会的野兽化。因为，最不具乌托邦色彩的就是正统的犹太人，甚至包括那些被解放的、世俗化的犹太人；他们也是最少金发的。创造新事物的一种方式就是铲除旧事物，新德国就是这样一项计划。一个无神论的、志在未来的"千年帝国"，只会将具有三千年历史的犹太教视为障碍和敌人。从编年史的角度来看，从伦理学和美学的角度来看，反犹主义的出现均可谓恰逢其时；其目标大于其手段，我甚至想说，也大于其靶子。这个目的恰恰就是历史，就是要按照德国的样式来重建世界；手段则是政治的。大约正是这些手段的具体性以及它们的靶子的具体性才使得目标不那么抽象了。对于一种思想而言，其受害者的引人注目之处正在于，后者会帮助这种思想获得致命的特征。

这里又出现一个问题：他们为何不逃走呢？他们没有逃走，这首先是因为，离去还是被同化的两难选择并不是一个新问题，直到不久之前，隔着一两代人，在一八七一年，这个问题通过犹太人的被解放似乎已得以解决。其次是因为，魏玛共和国的宪法还在继续发挥效用，它释放出的自由空气还滞留于他们的肺叶，也滞留于他们的口袋。第三是因为，纳粹在当时还被视为一种显而易见的怪物，一个主张重建的政党，他们的反犹行为也被看作艰难的重建工作的副产品，是他们锻炼肌肉的副产

---

① "世纪之末"为法语"fin-de-siècle"。

品。他们毕竟号称国家社会主义工人党，那只身配纳粹标志的老鹰也会被当做一只外省凤凰。这三个原因中的任何一个原因都足以使人留守家园；而同化、从众的惰性更将他们聚拢了起来。我猜想，他们总的想法就是挤在一起，等到雨过天晴。

但历史不是一种自然力量，即便这仅仅是由于其代价通常都要高昂得多。与此相应，人们无法购买关于历史的保险。甚至连人们在长期被逐过程中产生出的忧虑也只是一笔可怜的保险费，它数目不足，至少对于德意志银行而言是不足的。历史决定论学说与得到教义支持的那种认为天意通常仁慈的精神氛围共同索要了一笔债务，而这笔债就只能用人的血肉来支付了。历史决定论自身会转化为大灭绝的决心；天意通常仁慈的观念则会转化为对纳粹冲锋队的耐心等待。少享受些文明的益处、成为一位游牧者不是更好吗？

逝者们或许会说"是的"，尽管我们无法确定这一点。活着的人们却肯定会高声喊道："不！"后一种反应在伦理上的暧昧原本是可以搪塞过去的，若非由于它立足这样一个荒谬认识的话，即发生在第三帝国的一切都是独一无二的。并非如此。在德国持续了十二年的一切，在俄国则延续了七十年，所付出的代价，无论是犹太人还是非犹太人所付出的代价，则几乎高出五倍。对于革命的东亚诸国、柬埔寨、伊朗和乌干达等国而言，这样的比例似乎也不难形成，因为，在统计人的损失数量时，他们的种族属性是不起作用的。不过，如果说我不愿意延续这条思路，那是因为这相似过于醒目，令人不适，因为这样会过于轻易地犯下一个方法论错误，即将这种相似发展成为一个可被认可的证据，用以佐证之后的法则。

我想，历史的唯一法则就是偶然性。一个社会或一个人的生活越是规范，便会有越多的偶然性被排挤。这种情况持续得越长，便会积累起越多被忽略的偶然性，而在我看来，偶然性会索取自身权利的可能性也就越大。我们不应赋予某一抽象的思想以人的特质，但是，一位诗人曾经说过："记住，火与冰 / 距温适之城 / 绝不超过一步；那座城 / 对两者都是一瞬。"① 因此，我们应该倾听这一警示，因为如今，这座温适之城已发展得过于庞大了。

这是理解历史法则的最佳途径。如果历史终将如其所愿被纳入科学，那么历史就必须清楚地了解其探寻之实质。如果存在某个关于万物的真理，这真理大约也有其非常黑暗的一面。考虑到人类的新来者身份，也就是说，世界出现在人之前，因此，关于万物的真理注定是非人类的。因此，关于这一真理的任何探究均近乎一种唯我论练习，差异仅在于紧张和勤奋的程度。就这一意义而言，那些表明了人类之无足轻重的科学发现（更遑论他们诉诸的语言了）就比当今历史学家们的结论更接近于那个真理。或许，原子弹的发明就比青霉素的发明更接近于那个真理。或许，同样的话也可以用来描述任何一种得到国家支持的兽行，其中就包括战争和种族灭绝政策，也包括那些自发的民族运动和革命运动。不理解这一点，历史就永远是一场毫无意义的游猎，猎人们就是那些具有神学嗜好的历史学家或具有历史嗜好的神学家，热衷于赋予他们的战利品以人的相貌和神的意图。但是，探究的人性化似乎并不能赋予其研究对象以人性。

去做一名游牧者的最好理由并非清新的空气，而在于摆脱社会的理性主义理论——这一理论以对历史的理性主义阐释为基础；因为，面对社会和历史的理性主义态度就是在无忧无虑

---

① 语出奥登的长诗《大海和镜子》（1942—1944）。

地逃离人的直觉。一位十九世纪的哲学家能这样做。而你们却做不到。如果无法在肉体上成为游牧者，那也至少应在思想上成为游牧者。你无法拯救你的皮肤，但是你可以拯救你的思想。应该像阅读小说一样来阅读历史，即阅读故事，阅读任务，阅读场景。简言之，阅读其多样性。

在我们的意识中，我们通常不会把法布里斯和拉斯科尔尼科夫联系在一起，不会把大卫·科波菲尔和娜塔莎·罗斯托娃联系在一起，也不会把冉阿让和克莱丽娅·孔蒂联系在一起[①]，尽管他们均大致属于同一世纪的同一时期。我们不会把他们联系在一起，是因为他们相互之间没有关联。不同的世纪之间也没有关联，或许仅有朝代的延续和交替。历史实际上是一座巨大的图书馆，其馆藏文学作品的差异更多地在于它们的风格而非它们的主题。以一种宏大方式思考历史暴露出的是我们的自我膨胀——读者自诩为作者。要想给这些书卷做卡片索引——更不用说将它们彼此联系了——只能通过花费时间去阅读它们来完成；无论如何，这要花费我们的脑力。

此外，我们对小说的阅读大多是飘忽不定的，有的小说自己找到了我们，有的相反。在这项活动中左右我们的既有我们的趣味，也有我们的休闲环境。可以说，我们在阅读时就成了游牧者。历史也应如此。我们只需谨记，线性思维作为一种叙述手法，一种修辞，对于历史学家的手艺而言是不可或缺的[②]，但它对于历史学家的受众而言却是一个陷阱。孤身一人落入这个陷阱是可怕的，众人一同落入这个陷阱则是一场灾难。

一个个体，尤其是一个游牧的个体，能较集体更敏锐地感

---

① 分别为司汤达《巴马修道院》和陀思妥耶夫斯基《罪与罚》的男主角；狄更斯《大卫·科波菲尔》和托尔斯泰《战争与和平》的男、女主角；雨果《悲惨世界》和司汤达《巴马修道院》的男、女主角。
② 此处"不可或缺的"一词用的是法语"de rigueur"。

觉到危险。前者可以做三百六十度旋转，后者却只能看到一个方向。一个游牧者，一个个体游牧者，其最大的快乐之一就是用他自己的独特方式去构建历史，去构筑他自己的古希腊罗马时期、中世纪或文艺复兴，他可能依据年代顺序，也可能不按年代顺序，肆意妄为，只是为了把它们都变成自己的东西。要想同时生活在很多世纪之中，这其实是唯一的途径。

我们应当记住，唯理论的最大受害者就是个人主义。我们应该对这些历史学家似乎具有的冷静客观性心怀警惕。因为，客观性并不意味着千篇一律，也不构成主观性的替代选项。它更像是各种主观性之总和。无论是凶手、受害者还是旁观者，人们的行为归根结底都始终是个性化的，主观的；对于他们自身及其行为作出的评判也应该是个性化的，主观的。

这自然会使我们不再确信无疑，不过，这样的确信无疑越少越好。不确定性能使一个个体提高警惕，不确定性就总体而言也较少嗜血。当然，它也时常会让人感到痛苦。不过，去感受痛苦总是胜过去组织他人。就整体而言，不确定性要比生活本身更真实；关于生活，唯一确信的事情即我们的存在。我再重复一遍，历史和未来的主要特征即我们的缺席，你如果从未成为一件事情的组成部分，你自然无法对这件事情确信无疑。

时间缪斯那含混的神情就由此而来。这是因为，有太多双眼睛曾用不确定的眼神盯着她看。这还因为，她曾目睹太多的能量和骚动，只有她才清楚那些能量和骚动的真实目的。最后，这是因为她知道，如果她睁开眼睛回头一看，就会让她那些崇拜者双目失明，而她是不无虚荣的。部分地由于这份虚荣，但更主要地是因为她在这个世界上无处可去，她便时常带着她那含混的神情走到我们中间，想让我们缺席。

体育场演讲 ①

生活就是一场有很多规则、却没有裁判的比赛。人们对于这场竞赛的了解更多地是通过观看，而不是通过阅读某一本书，包括《圣经》在内。难怪如此之多的人会在比赛中作弊，如此之少的人能赢，如此之多的人会输。

无论如何，如果这里仍然是记忆中的密歇根州安阿伯城密歇根大学，那么我就可以十分保险地假设，你们这些密歇根大学的本届毕业生们，你们对《圣经》的了解甚至还不如你们的师兄师姐，比如说十六年前曾坐在这些椅子上的那些人，正是在十六年前，我首次冒险走进了这块场地。

对于我的眼睛、耳朵和鼻孔而言，这个地方看上去像安阿伯；它是蓝色的，或者说它给人的感觉是蓝色的②，像安阿伯一样；它的气味也像安阿伯（尽管我得承认，如今这空气中的大麻味儿要比从前淡，这会让一位老安阿伯人感到瞬间的迷惘）。因此，这里似乎就是安阿伯，我在这里度过了我一生中的一段时光，我所知的最好一段时光；就在这个地方，十六年前，你们的师兄师姐们对于《圣经》几乎一无所知。

如果我还清楚地记得我的同事们，如果我还了解整个国家的大学课程设置发生了什么变化，如果我对所谓现代社会施加给年轻人的压力还略有所知，我便会对十几年前坐在你们此刻占据的这些椅子上的那些人满怀眷念，因为他们中的某些人至少能背诵"十诫"，另一些人甚至记得"七宗罪"的名称。至于他们后来用这些宝贵的知识干成了什么，他们在竞赛中是输是赢，我就不得而知了。我唯一的希望就是，长远来看，一个人能得到某个看不见、摸不着的人制定的规则与禁忌的指引，这总胜过仅仅遵守刑法法则。

而你们要跑的路很可能的确很长，你们所追求的或许就是过得更好，拥有一个体面的环境，因此，熟悉一下"十诫"和"七宗罪"对你们来说可能并非坏事。它们总共只有十七项，其中一些还是重叠的。当然，你们可以表示异议，说这些东西都属于充满暴力内涵的信条。不过作为信条，它们或许是最为宽容的，这值得你们关注，哪怕仅仅由于这些信条造就了一个你们如今在其间有权提出问题或质疑其价值的社会。

不过，我并不打算在此论证任何一种具体信条或哲学的长处，也不像许多人那样乐于利用这个机会来抨击现代教育体制，或是抨击被称为现代教育体制之牺牲品的你们。首先，我不认为你们是牺牲品。毕竟，在某些领域，你们的知识远远超过了我或我这一代的任何一个人。我把你们当做即将开始一段长途旅程的年轻的、合理的利己主义者。意识到这次旅程的长度，我不寒而栗，我问我自己能用什么方式让你们有可能受益。我自己对生活有什么了解吗，能向你们提供某种帮助或警示？如果我自己对生活的确有所了解，那么又该通过什么方式把这些信息传递给你们呢？

对于第一个问题，我认为答案是"有"，其原因与其说是因为像我这把年纪的人面对生存的棋局会比你们中的任何一位都更狡猾，不如说是由于面对你们依然在追求的那许多东西，像我这把年纪的人已经感到疲倦。（仅仅这种疲倦就构成某种

---

① 1988 年在密歇根大学（安阿伯）毕业典礼上的致辞。——原注。译者按：此文以"Some Tips"为题刊于《今日密歇根》(Michigan Today) 1989 年 2 月号，收入此文集时更名为"Speech at the Stadium"，俄文版题为"Речь на стадионе"。
② 密歇根大学的识别色是深蓝，为密歇根大学球队加油的口号即为"冲啊，蓝队！"(Go Blue!)

应该让年轻人知道的东西，它既是最终成功的伴生物，也是失败的伴生物；这种知识既可以增强他们对前者的品味，也可以让他们更好地承受后者。）至于第二个问题，我的确有些踌躇。前面提到的"十诫"就足以让任何一位毕业典礼的致辞者沮丧不已，因为"十诫"本身就是一场毕业致辞，我这么说毫不夸张。然而，两代人之间会隔着一堵透明的墙，如果你们愿意的话，也可以说它是一道讥讽的帘子，几乎没有任何经验能穿透这层透明的薄纱。在最好的情形下，也只有某些建议能穿墙而过。

因此，请你们把你们此时听到的东西仅仅当做建议，当做几座冰山的尖角，如果可以这样说的话，但绝非西奈山的尖角。我不是摩西，你们也不是《圣经》里的犹太人。这些我在加利福尼亚某个地方随意涂写在黄色拍纸簿上的几段话不是碑文①。你们愿意忽略的话，就忽略这些建议；你们非要质疑的话，就质疑这些建议；你们实在记不住的话，那就忘掉这些建议，因为这里没有任何强迫的成分。如果其中某些建议此刻或将来能对你们有用，我会感到很高兴；如果不是这样，我的雷霆之怒也降临不到你们头上。

一，无论此刻还是将来，我认为，对于你们而言，保持你们语言的精准是一件很有意义的事情。要尝试创建并善待你们的词汇，就像善待你们的银行账户那样。要时刻关注你们的词汇，并尝试增加你们的积蓄。这样做的目的并不在于提高你们的卧室口才，或是促进你们的职业成功，虽然这两种结果也都有可能出现，也不在于让你们成为交际场合的雄辩家。这样做的目的是让你们尽可能充分、精准地表达自己，总之，就是保持你们自身的平衡。因为，说不清、道不明的东西日积月累，

---

① 上帝在西奈山向摩西面授"十诫"时曾把它们写在石板上。

最终会导致神经官能症。每一天，人们的心理都会发生很多变化，但人们的表达方式却往往一如既往。表达能力落后于体验。这对心理会有不好的影响。那些无名无姓的感情、感受、思想和印象没有被表达出来，没有获得大致的满足，它们在某一个体的内部不断被压抑，最终会导致心理爆炸或心理崩溃。为了避免这一结果，人们倒不必变成一只书虫。他只需拿起一本字典，每天阅读，有时也可以读几本诗集。不过，字典还是头等重要。字典到处都有，有些字典甚至还配有放大镜。它们相当便宜，即便那些最贵的字典（配有放大镜的那种），其价钱也远远低于看一次心理医生的花费。如果你们还是想看心理医生，那就让医生看看你们的字典瘾症吧。

二，无论此刻还是将来，请你们尝试善待你们的父母。如果这话在你们听起来像是"当孝敬父母"①，那也无妨。我只是想说，你们要竭力不去反叛他们，因为他们极有可能死在你们之前，因此，你们至少可以不使自己背负这种内疚，如果说不是悲伤的话。如果你们需要反叛，就请去反叛那些不易受到伤害的人。父母是一个近在眼前的靶子（顺便说一句，兄弟姐妹、妻子丈夫也是如此），近到你们不可能打偏。针对父母的反叛，诸如"我不再要你一分钱"之类，实际上是一种十足的资产阶级举动，因为它给反叛者带来极大的满足，在这里就是精神上的满足，信念的满足。你们越晚走上这条路，便会越晚成为一位精神上的资产阶级，也就是说，你们的怀疑主义状态、智性不满足状态保持得越久，对你们而言就越好。另一方面，这种"不要一分钱"的做法也具有某种实际意义，因为你们的父母极有可能会把他们的毕生所得全都作为遗产留赠给你

---

① "十诫"之第五诫。

们，成功的反叛者最终却获得了完整无缺的财产，换句话说，反叛原来是一种有效的储蓄方式。虽说利息会是灾难性的，我甚至想说，会导致破产。

三，请你们试着不要太在意政治家，这与其说是因为他们在大多数情况下都不够聪明，或不够诚实，不如说是由于他们的工作之规模，即便那些最好的政治家也会觉得他们的工作庞大得难以应付，比如政党、学说、体制或蓝图等等。在最好的情况下，他们的作为也仅限于降低、而不是根除社会之恶。无论一项改进多么重大，从伦理学的观点看它都永远是微不足道的，因为永远有人，哪怕是一个人，无法自这项改进获益。这个世界并不完美，黄金世纪从未有过，也永远不会有。这个世界可能发生的唯一改变就是它会变得越来越大，也就是说，在地球大小不变的情况下人口会越来越多。无论你们选举的那个人如何许诺将公正地给大家分蛋糕，可地球却不会变大，实际上，能获得的份额只会越来越小。在这样的光照下，或者更确切地说，在这样的黑暗中，你们就应该依靠你们自己家的饭菜，也就是说，你们要自己去把握世界，至少要把握你们活动范围之内的世界，你们半径之内的世界。不过与此同时，你们也要做好一种准备：你们或许会痛苦地意识到，甚至连你们自己做的那份蛋糕都未必够吃；你们要做好一种准备：你们在餐桌上收获的失望可能和感激一样多。这里最难学的一堂课就是蛋糕的分量要做得稳定如一，因为，只要一次端上这块蛋糕，你们便会制造出相当多的期待来。请你们扪心自问，你们有能力持续不断地提供这些蛋糕吗，还是你们更愿意指望一位政治家呢？无论这种深刻自省的结果是什么，无论你们如何坚信这个世界不必怀疑你们的厨艺，你们都最好立即行动起来，坚持让你们即将进入的那些公司、银行、学校、实验室等等诸如此类的地方，让这些装有暖气、有警察二十四小时守护的地方能收留无家可归者们过夜，因为现在是冬天。

四，不要出头露面，要谦虚谨慎。我们的人数已经太多，很快还会变得更多。因此，出人头地的前提就是其他人的难以出人头地。在此过程中你们必须踩着别人的脚趾，但这并不意味着你们就应该站在他们的肩膀上。此外，你们从这个有利位置看到的不过是一片人海，外加那些和你们一样的人，他们似乎同样占据了一个十分醒目、但很不牢靠的位置，他们被称作富人和名人。就总体而言，过得比你的同类更好，这件事总是让人感到有些不自在，而当你的同类达到几十亿时，这种感觉便会更加强烈。在此还要补充一句，当今的富人和名人也同样人数众多，成功的峰顶上也已人满为患。因此，如果你们想成为富人或者名人，或是名利双收，那就尽力去做，但也不要过分。去渴求他人拥有的东西就是在丧失你们自己的独特性；当然，另一方面，这也能刺激大规模生产。不过，你们的生命只有一次，因此，唯一明智的做法就是尝试摆脱那些最明显不过的陈词滥调，其中也包括那些限量版的陈词滥调。你们要注意，进入封闭小圈子的想法也使你们丧失了自己的独特性，更不用说这种感觉会把你们的现实感压缩至你们的既得。跻身于那些从收入和相貌上看具有（至少是理论上）无限上升潜能的芸芸众生，要远远胜过加入任何一家俱乐部。要努力表现得像他们，而不要像那些不像他们的人，要披上灰色的外衣。拟态是对个性的捍卫，而非放弃个性。我还想建议你们放低嗓音，但我担心你们会认为我走得太远了。但是请你们记住，总有一个人会在你们近旁，会有一位邻居。没有人会请求你们去爱他，但是请你们努力不去过多地伤害他或惊扰他；你们要小心翼翼地对待他，如果你看上了他的老婆，那也至少要记住，这件事表明你们缺乏想象力，表明你们不相信、或是忽略了现实的无限潜能。在最坏的情况下，请你们试着记住，建议你们不要这样做的要求，就像这个建议你们要像爱自己一样爱邻人的观念一样，来自多么遥远的地方，它来自星星，来自宇宙的深处，或许就来自宇宙的另一极。也许，星星比你们更理解万有引力，也更理解孤独，它们就是一只只渴求的眼睛。

五，无论如何也不要把自己放到牺牲者的位置上去。在你们身体的各个部位中，你们最要警惕的就是你们的食指，因为它象征一种指责愿望。表示指责的手指就是一个牺牲品的标识，它与象征胜利的 V 字手势截然相对，是投降的同义词。无论你们的处境多么恶劣，你们都要努力地不去怪罪任何事或任何人，诸如历史、国家、上级、种族、父母、月相、童年、如厕训练等等。这份菜单很冗长，也很乏味，但这种冗长和乏味本身便足以让人恢复智性，不再使用它们来发出指责。在你们发出某种指责的时候，你们就是在消解你们改变事物的决心；甚至可以说，代表指责愿望的食指摆动得如此剧烈，就是因为那种改变事物的决心始终不够坚定。归根结底，牺牲者的位置不无诱人之处。它能博得同情，博取名声，五湖四海都陶醉在那以牺牲者的意识为标识的精神折扣品的阴云里。这是一套完整的牺牲者文化，它小至私人顾问，大至国际信贷。暂且不论这个系统所标榜的目的，其最终结果就是降低人们的期待门槛，于是，可怜的优势就有可能被视为、或被宣称为一项重大成就。当然，这样做是一种精神疗法，因为这个世界资源有限，甚至可以说它是保健的，因此，如果没有一个更好的身份，人们去拥抱它也无妨，但是，你们要尝试去抵制它。无论那些关于你们失败的证据多么充分，多么确凿，你们也要努力地否认它们，只要你们的理性尚存，只要你们还能说"不"。

总的说来，你们要尝试去尊重生活，不仅因为生活的舒适，而且也因为生活的艰辛。艰辛也是比赛的一个部分，艰辛的好处就在于它不是欺骗。无论何时，当你们遇到麻烦，陷入困境，处于绝望或是绝望的边缘时，请你们记住：生活只会用它唯一熟悉的语言与你们说话。换句话说，请你们尝试去做一个小小的受虐狂，要是从未尝过受虐的滋味，生活的意义就不完整。如果这对你们有点帮助，那么再请你们记住：人的崇高是一种绝对的而不是零碎的概念；它与片面的强词夺理绝不相容，其泰然自若源自它对显而易见的一切之否认。如果你们认为这个论点过于轻率，那么也请你们至少要想一想，你们若把自己视为牺牲者，不过就是扩大无责任感的真空，魔鬼或政客都非常喜欢填充这样的真空，因为瘫痪的意志可不是天使的欢乐。

六，你们即将步入、即将在其中生活的这个世界，其名声可不怎么好。它的地理面貌胜过它的历史面貌；它在视觉上的魅力远远超过它在社会层面上的魅力。这不是一个好地方，你们很快就能发现这一点，我也很怀疑它能在你们离开的时候变得更好。然而，这却是我们唯一能落脚的世界，没有其他选项，即便存在选项，也难以保证它就比这个世界好得多。外面的那个世界是一片丛林，也是一片沙漠、一道湿滑的陡坡、一片沼泽……既是字面意义上的，但更糟糕的是，也是隐喻意义上的。但是，就像罗伯特·弗罗斯特所说的那样："最好的步出方式永远是穿过。"虽说他在另一首诗里也写道："做一个社会的人就是去宽恕。"[①] 在结束我的讲话之前，我想就这里所言的"穿过"再谈几句。

你们要尝试不去关注那些试图让你们生活不幸的人。这样

---

① 语出弗罗斯特 1923 年所作的《劈开星星的人》一诗。

的人会有很多，既有官方身份的，也有自告奋勇的。如果你们无法逃避他们，就忍受他们，一旦脱离了他们，你们则要尽快地忘记他们。首先，尽量不要谈论你们在他们手下遭受的那些不公正对待，尽量不去谈论这些故事，无论你们的听众多么爱听。此类故事将延长你们敌人的存在时间，很有可能，他们就指望着你们滔滔不绝，希望你们把你们的体验转告他人。就单个人而言，一个个体本身是不构成实施非正义的有价值目标的（或者，在这个事例中也包括实施正义）。一对一的比率无法论证付出之合理，起作用的是回声。这就是每一位压迫者的主要原则，无论这压迫者是得到国家支持的还是擅自妄为。因此，你们要偷走那个回声，或是让它噤声，不让任何一个事件占据比它本身更长的时间，无论这个事件多么不幸或多么重大。

你们的敌人所做的一切，会因为你们对这一切作出的反应而获得意义或产生后果。因此，请赶紧从他们当中或他们身边走过，当他们还是黄灯，还没有变成红灯。要在意识中或言语中忘掉他们，不要因为自己原谅了他们、忘掉了他们而自豪，首要的事情就是忘掉。这样一来，你们就能让你们的脑细胞避免存储那些无用的鼓动；这样一来，你们或许还能拯救那些猪脑袋，因为被遗忘是一个比被宽恕更近的前景。因此，请转换频道，你们无法让这个网络停止播出，但你们至少可以降低它的评级。这个决定未必能让天使们高兴，但是，我再说一遍，它一定能刺痛恶魔们，这在如今十分重要。

我最好就此打住。就像我在前面所说的，如果你们觉得我的话还有点用处，我会感到高兴的。如果不是这样，那就说明你们对未来所做的准备远远胜过你们这个年纪的人通常的作为。我认为，这也是一个让人高兴而不是忧虑的理由。无论你们的准备是好是坏，我都祝福你们，因为，无论是有准备者还是无准备者，你们的前方都没有现成的午餐，你们需要运气。不过，我相信你们能成功。

我不是吉普赛人，我无法预言你们的未来，但任何一位明眼人都能清楚地看到，你们拥有许多机会。至少，你们出生了（出生本身就是成功的一半），而且你们生活于民主制度，民主是处在噩梦和乌托邦之间的一幢屋子；在个性发展的道路上，它设置的障碍少于它提供的选项。

最后，你们是在密歇根大学完成的学业，在我看来，这是全美最好的学校，哪怕仅仅是因为它在十六年前向地球上一个最懒惰的人提供了一份急需的口粮，这个当时实际上连一句英语也不会讲的家伙就是鄙人。我在这里教了八年书；我在这里学会了我今天演讲所使用的这门语言；我从前的一些同事还在上班，另一些退休了，还有一些则已长眠于你们此刻所立足的安阿伯的土地。显而易见，这片土地对我而言具有特殊的感情色彩，十几年之后，它对你们而言也将具有同样的感情色彩。就这层意义来说，我又的确**能够**预言你们的未来。在这一方面，我知道你们能行，或者更确切地说，我知道你们能成功。因为，十几年之后，当有人提起这座城市的名字时，一阵温暖的情感便会涌上你们的心头，这样的情感将会表明，无论是否走运，你们作为人类都是成功的。我首先就要祝愿你们在未来获得这样的成功。其余的一切则要看运气，意义也相对较小。

一件收藏 [①]

> 子在川上曰，逝者如斯夫。
>
> ——中国古语 [②]

一

考虑到这篇东西的胡言乱语性质，它似乎应该用另外一种语言来写，而非英语。不过对我而言，唯一可能的选项即俄语，它恰好是这些胡言乱语的来源。有谁需要同义反复呢？此外，我打算在此提出的几个定论也相当古怪，最好让它们被享有善于分析之盛誉的英语来过滤一下。有谁愿意他的洞见仅被视为某种具有高度屈折变化的语言之乖戾呢？谁都不愿意，或许，除了那些老是追问自己用何种语言思想、用何种语言做梦的人。我对这类问题的回答是：人们用梦来做梦，用思想来思想。只是当人们必须把梦和思想公开时，语言才会进入视野。这样的回答自然会让我步入死胡同。但是（我坚持），由于英语并非我的母语，由于我对英语语法的掌握尚不全面，我的思想便有可能表述混乱。我当然不希望这样的情形出现，至少，我能区分思想和梦境。无论你是否相信，亲爱的读者，但这类通常会让人步入死胡同的夸夸其谈，却能使你直接洞察这个问题的实质。无论作者在以何种方式解决自己的两难处境，无论他在何种语言里安家落户，他能够选择一种语言本身总会让你觉得他很可疑；而怀疑恰是此文之主题。你大约会问：这位作者是什么人？他要干什么？他是想让自己成为一种脱离躯体的智性吗？亲爱的读者，如果只有你一人在质疑作者的身份，那就好了。糟糕的是，由于同样的原因，作者自己也不清楚他的身份。他用两种语言问自己：你是谁？当他听到自己的声音在小声嘀咕"我也不知道"时，他的惊讶并不亚于你。这是一条杂种狗，女士们先生们，一条会说话的杂种狗。或是一匹人头马。

二

一九九一年夏。八月。时间至少是确切的。伊丽莎白·泰勒打算第八次步入婚姻殿堂，这一次是手挽一位波兰血统的蓝领小伙子。一位有食人欲的连环杀手在密尔沃基被捕，警察在他的冰箱里找到三颗煮熟的头颅。那位伟大的俄国乞丐在伦敦喋喋不休，记者们的镜头照例对准了他那只空空如也的讨饭盆。变化愈多，一成不变的东西也就愈多，比如气候。愈是想一成不变，变化也就愈多，比如脸庞。根据"气候"来判断，这很像是一八九一年。就整体而言，地理（其中包括欧洲的地理）并未给历史留下太多选项。一个国家，尤其是一个大国，只有两种选项。要么强大，要么虚弱。图例一：俄国。图例二：德国。在近一个世纪的时间里，前者一直试图强大起来（无论付出怎样的代价）。如今它却在走向虚弱，到二○○○年前，它又将回到一九○○年的状态，其边界也大致相同。后

---

① 此文原题"Collector's Item"，写于 1991 年，首发于《新共和》1992 年 4 月 20 日，后被收入《1993 年美国最佳散文选》（The Best American Essays of 1993），俄文版题为"Коллекционный экземпляр"。
② 此句之英译并不准确，它被"误译"为："如果你常坐在河边，便可看见你敌人的尸首在河上漂过。"

者，即德国，亦将如此。(沃丹①的后代们终于明白了这样一个道理：用债务驯服邻居们是一种更为稳定、更少代价的占领方式。)变化愈多，一成不变的东西也就愈多。尽管如此，你无法根据气候来确定时间。脸庞要好一些，因为一个人愈想一成不变，他的脸庞就愈多变化。图例一：泰勒小姐。图例二：你自己的脸庞。就这样，一九九一年夏，八月。一个人该如何区分镜子和报纸呢？

三

这里就有一份出身卑微、靠破坏罢工起家的报纸。这其实是一家文学报纸，叫《伦敦图书评论》，它出现在数年前，当时《泰晤士报》(伦敦)及其《文学副刊》进行了一场为期数月的罢工。《伦敦图书评论》的创办旨在让公众能够继续获得文学消息和自由观点，它发行后显然获得了成功。最终，《泰晤士报》及其《文学副刊》恢复出刊，但《伦敦图书评论》继续航行，这与其说是表明了阅读趣味的日益多元，不如说是在证实人口的不断增长。据我所知，没有人同时订阅这两份报纸，除非他是个出版人。这主要是一个人的开支问题，但也与他的关注面和忠诚度有关。比如说，我自己就不清楚，在这三个因素中究竟是哪一个使我在贝尔萨兹公园②的一家小书店里打消了购买最新一期《伦敦图书评论》的念头，我希望是最后一个因素；当时我和我的年轻女友在去看电影的路上冒险闯进了这家书店。开支问题和我的关注面（尽管我的关注面近来颇为令人

---

① 日耳曼神话中的战神。
② 位于伦敦。

担心）这两个因素均可被立即排除，因为这最新一期的《伦敦图书评论》就摆在柜台上，熠熠生辉，封面是一枚放大的邮票，一看便知是张苏联邮票。自我十二岁起，这种东西便总能吸引我的眼球。邮票上画了一位戴眼镜的男人，一头银发从中间分开，梳得一丝不苟。在他脸部的上方和下方，几行新近很时尚的基里尔体字母标明了这张邮票的主题："苏联秘密特工金·菲尔比（1912—1988）"。他看上去的确很像亚力克·吉尼斯①，或许还有点像特雷沃·霍华德②。我伸手去掏衣袋里的两枚一英镑硬币，捕捉到售货员小伙子友好的眼神，我正要调整自己的说话习惯，以便道出那句高昂的文明话语："请您给我……"就在此时，我却转了一个九十度的弯，走出书店。我得补充一句，我的举动并不唐突，我朝柜台后的小伙子点头示意，表示"我改变了主意"，并朝我的女友也点头示意，要她跟我走。

四

为了打发电影开映前的那段时间，我们走进附近的一家咖啡馆。"你怎么啦？"我们刚一落座，我年轻的女战友便问道。"你看上去好像……"我没有打断她的话。我知道自己的感受，我也的确好奇我在别人看来像什么样子。"你看上去，看上去……侧着脸，"她继续说道，有些犹豫不决，因为英语亦非她的母语。"你看上去好像再也无法面对世界，无法直视世界的眼睛。"她终于把话说完了。"好像就是这样。"她又添了一句，以扩大允许的误差范围。是的，我想，一个人对于他人而

---

① 亚力克·吉尼斯（1914—2000），英国演员。
② 特雷沃·霍华德（1913—1988），英国演员。

言总是一种更大的真实，胜过对于他自己，反之亦然。我们的存在之目的，就是成为他人的观察对象。如果那就是我"看上去"在他人眼中的真实模样，这说明我的状况还不算太坏——或许大部分的人类也是如此。因为我感到一阵恶心，喉头涌上一股酸水。我没有因为这种感受而困惑，但我依然惊讶于它的强烈。"怎么回事？"我的年轻女友问道，"你怎么啦？"而此刻，亲爱的读者，在尝试了确定这篇文章的作者和它的写作时间之后，我们不妨来弄清谁是它的读者。你还记得吗，亲爱的读者，金·菲尔比是什么人，他都干过什么事？如果你记得，你就大约五十岁了，就某种意义而言，你就该出局了。因此，你即将听到的一切对你而言将并不太重要，更不悦耳。你的游戏结束了，你已走得太远，这一切对你而言已不会再有任何变化。另一方面，如若你从未听说金·菲尔比，这就说明你三十岁左右，生活尚在前方，这一切对你而言不过是一则古代故事，既无实用价值亦无娱乐功效，除非你是个间谍迷。那么？那么这一切对我们的作者又意味着什么呢？更何况我们连他的身份问题都尚未解决。那脱离躯体的智性能确切地找到一个身体健全的读者吗？我说：很难。我还说：他会不屑一顾。

五

这一切在二十世纪末留给我们这位作者的是一嘴苦涩。当然，五十岁的嘴巴里只会有这种味道。但是，亲爱的读者，让我们别再相互戏弄，让我们言归正传吧。金·菲尔比是个英国人，他是一名间谍。他为英国情报局工作，属于军情五处或六处，或同时属于这两个处，谁又能搞得清这些神秘机构及其分工呢？但他也替俄国人工作。他在工作时代号"鼹鼠"，尽管我们不打算在此使用这一代号。我不是一位间谍迷，也不是谍战故事的爱好者，从来都不是，无论是在三十岁还是五十岁时，且听我道出其中原委。首先，间谍活动能提供绝佳的情节，却很少能构成出色的散文。事实上，当下的间谍小说热潮恰是现代主义注重结构的热情之副产品，这使得几乎所有欧洲语言的文学都绝对地无情节化了，反弹注定会出现，而且除少数例外均同样地平庸。不过，亲爱的读者，美学上的异议对你们来说并不重要，不是吗？而这件事本身对年代的确定亦如日历和报纸一般精确。那就让我们转向伦理学，在这一领域每个人似乎都是专家。比如说，我就始终认为间谍活动是一项最卑鄙的人类行为，我想，这主要是因为我生长在这样一个国家，其发展令其国民感到不可思议，只有外国人才能看得清楚，也许正因为如此，这个国家才因它的警察、革命同路人和秘密特工而如此骄傲，用尽一切方式来纪念他们，从邮票到纪念牌再到纪念碑。哦，所有这些理查德·佐尔格们、帕勃洛·聂鲁达们、休勒特·约翰逊们等等①，全都是我们年轻时的报刊阅读对象！哦，所有那些为获得"西方"背景而在立陶宛或爱沙尼亚拍摄的电影！一个外国姓氏，一个写有"HOTEL"字样的霓虹灯招牌（字母永远竖排，从不横排），有时还有一辆捷克产轿车发出的刺耳刹车声。其目的与其说是为了营造逼真的效果或制造悬念，莫如说是在借助这一体制于外部世界结出的累累硕果来论证其合法性。你可以看到一幅酒吧场景，背景是一支正在演奏的小型爵士乐队，你可以看到一位金发女郎，身着一件薄铁皮似的绸裙，端庄的鼻子显然不像是斯拉夫人的。我们的

---

① 佐尔格（1895—1944），苏联特工，被授予"苏联英雄"称号；聂鲁达（1904—1973），智利诗人，1971年诺贝尔文学奖获得者，有传闻说，聂鲁达1940年在秘鲁驻墨西哥使馆工作时曾参与刺杀托洛茨基的秘密活动；约翰逊（1874—1966），英国坎特伯雷大教堂主教，1948年起担任英苏友好协会主席，1951年获列宁奖。

两三位演员看上去也足够苗条，但人们的关注点永远放在纯种的鹰钩鼻子上。对于一位间谍而言，德国名字胜过法国名字，法国名字胜过西班牙名字，西班牙名字又胜过意大利名字（我无论如何都想不起一位意大利籍的苏联秘密特工）。英国名字是顶级的，但是很罕见。无论如何，英国的风景和街景均从未被搬上我们巨大的银幕，因为我们没有右舵汽车。哦，那些难忘的日子！不过，我跑题了。

六

一个人是在哪个国家长大的，他对间谍活动的看法因此被染上怎样的负面色彩，谁会在意这些问题呢？如若果真如此，那就糟了，因为他会失去一种娱乐方式，这或许并非一项最令人愉悦的娱乐，但毕竟是一种娱乐。就我们周围的环境来看，更不用说未来了，这几乎是不可原谅的。行动的缺乏即动作电影之母。一个人即便真的讨厌间谍，还有抓间谍呢，这项活动既惊心动魄，又充满正义感。小小的偏执狂和浅白的精神分裂又有何妨？他们在畅销书和录像带里的身影中难道没有某种可以辨识、因而具有治疗意义的东西吗？任何一种反感，其中包括这种对间谍的反感，难道不是一种隐在的神经官能症、一种童年精神创伤之后果吗？首先是治疗，然后才是伦理学。

七

邮票上金·菲尔比的脸庞。这是已故的菲尔比先生的脸庞，他生于萨塞克斯的布莱顿，或是赫兹的维尔温花园，或是印度的阿姆巴拉，你随意去猜想好了。这是一位被苏联雇佣的英国人的脸庞。这位小报作家梦想成真。可能有将军军衔，如若这个可怜的家伙看重此类鸡毛蒜皮的话；可能有崇高的奖赏，或许是苏联英雄称号。虽说在这张被印成邮票的照片上并无这些东西。照片上的他身着便装，他一生中的多半时间都穿着这样的服装：一件深色大衣，还有一根领带。如若他曾得到勋章和肩章，那些东西在军人的葬礼上就会被摆放在红色天鹅绒软垫上。我认为他得到了这样的葬礼，他的雇主们热衷于绝密的庄重仪式。很多日子前我曾为《泰晤士报文学副刊》写过一篇书评①，内容涉及菲尔比的一位密友；我在文中提出这样一个建议，即由于他为苏维埃政府作出的奉献，这位如今上了年纪的莫斯科市民应该被葬于克里姆林宫宫墙下。我提到了他，是因为我曾听说他是莫斯科为数不多的《泰晤士报文学副刊》订阅者之一。他走完了自己的路，我想他被葬在一座新教徒墓地，他的雇主们是讲究礼仪得体的，即便在他死后。（女皇陛下的政府在处理此类事务时也未必能做得更好。）如今我感到有些内疚。我在想象他入土时的模样，还是邮票上的那件大衣和那根领带，与生前一模一样，这究竟是他的伪装还是他的制服呢？或许，他曾就这一不测事件留下了一些嘱咐，尽管他并不能完全确定这些嘱咐能否得到履行。结果如何呢？还有，他想在他的墓碑上刻下怎样的文字呢？或许是一行英文诗句？比如"死亡再也无力支配"②？也许他更喜欢简单朴实的"苏联秘密特工金·菲尔比（1912—1988）"？他希望这行字用西里尔字母来写吗？

---

① 此文题为《剑桥的教育》(A Cambridge Education)，评的是《沉默的合谋。安东尼·布伦特的秘密一生》(Conspiracy of Silence. The Secret Life of Anthony Blunt)，载《泰晤士报文学副刊》1987 年 1 月 30 日。
② 这是狄兰·托马斯（1914—1953）一首诗的题目，原文为"And death shall have no dominion"。

八

让我们返回隐在的神经官能症和童年的精神创伤，返回治疗和伦理学。我二十四岁时爱上一位姑娘，爱得很深。她年纪比我稍大一些，过了一段时间，我觉得情况有些不大对劲。我感觉我上当了，她甚至有可能背叛了我。当然，结果表明我的感觉是对的，但这是后来的事情。起先我只是产生了怀疑，一天晚上，我决定跟踪她。我躲在她家马路对面的一个门洞里，在那儿等了约一个小时，等她走出她家那个光线很暗的门洞，我便跟着她走过好几个街区。我情绪激动，但却是一种陌生的激动。与此同时我也隐约感到一种厌倦，因为我或多或少知道我会等来什么样的发现。每走一步，每做出一个规避动作，我的激动便会增加一分，而厌倦感则恒定不变。当她拐弯朝河边走去时，我的激动达到顶峰，就在此时我停下脚步，拐进了附近一家咖啡店。后来，我把我的中断跟踪归咎于我的懒惰，同时咒骂自己，尤其当我站在这段风流韵事的结局投下的光束中（或者更确切地说是阴影中）——我就像是亚克托安，为自己那些后见之明的猎狗所追咬 ①。事实上，真相更少天真，更为有趣。真相是，我当时停下脚步，是因为我看清了我的激动之本质。这便是一位猎人在追捕其猎物时所感觉到的那种欢乐。换句话说，就是某种返祖的、原始的感受。这种意识与伦理学、顾虑、禁忌等诸如此类的东西毫不相干。把那位姑娘当成猎物，这对我而言并非一个问题。可我恰好不愿当猎人。这或许

---

① 亚克托安是希腊神话中的猎人，因偷窥狩猎女神狄安娜沐浴被变成一头鹿，后被其猎狗撕成碎片。

是一个气质问题？或许是。这个世界如若被划分为四种人类气质，或至少被浓缩为四个以人类气质为基础建立的政党，它或许会变成一个更好的地方。不过我认为，一个人拒绝变成猎人的愿望，一个人意识并掌控狩猎冲动的能力，均与某种更为本质的东西相关，而不仅仅关涉气质、教养、社会价值、后天获得的智慧、宗教信仰或个人的荣辱观。这关涉一个人的进化程度、整个人类的进化以及人类已经抵达并再也无法后退的进化阶段。人们反感间谍，与其说因为间谍处于进化阶梯的低端，莫如说由于背叛在迫使你沿着这个阶梯下行。

九

亲爱的读者，如果这一切在你听来都像是作者对自己的美德之拐弯抹角的自夸，那也只好由它去了。美德，说到底，绝非存活的同义词，欺诈才是幸存的同义词。但是，亲爱的读者，你大约能同意，爱和背叛之间存在着一种等级差异。你也清楚，爱在前，背叛在后，而不是相反。更糟糕的是，你还清楚，后者会比前者持续得更久。因此，这里没什么可自夸的，即便在你神魂颠倒、神醉心迷的时候，难道不是吗？一个人如果不是达尔文主义者，如果他继续迷恋居维叶 ①，那么这就是因为，低级生物体比复杂生物体更具生命力。请看看苔藓，请看看藻类。我知道我已经在谈外行话了。我想说的只是，对于高级生物体而言，欺诈在最坏的情况下只是一个选项，而对于低级生物体来说这却是一种存活本领。就这一意义而言，间谍没有选择做间谍，恰如蜥蜴没有选择其体色，因为他们只能如此。欺诈，

① 居维叶（1769—1832），法国生物学家，创建比较解剖学和古生物学。

说到底是一种拟态，亦即某一种动物的峰值状态。如果间谍从事间谍活动是为了金钱，那我们尚可以质疑这一见解，但是，最出色的间谍却都是为信念而工作。他们在从事这项活动时受激动的心理驱使，更确切地说是受本能的驱使，这种本能尚未被厌倦所抑制。因为厌倦会妨碍本能。厌倦就是高度发展的物种之标志，如果你愿意的话，也可以将它视为文明的符号。

<h1 style="text-align:center">十</h1>

无论何人下令发行这张邮票，他无疑是想表达什么。尤其是在当前政治气候的背景下，如东西方关系的回暖等等。这个决定一准是上层作出的，是在克里姆林宫神圣的会议室里定下的，因为外交部一准会竭尽全力地反对，更不用说财政部等部门了。你不会去咬那只给你喂饭的手。真的吗？你会咬的，如果你长着两排国家安全委员会（即克格勃）的牙齿，这个委员会比外交部和财政部加起来还要大，这不仅是就雇员数量而言，而且也是就其在掌权者和无权者的意识和潜意识中所占地盘的大小而言的。如果你很强大，你就会去咬任何一只你想去咬的手，若有必要，也会去咬喉咙。你这样干的理由有很多。或出于虚荣，因为要提醒欣欣向荣的西方注意到你的存在。或由于惯性，因为你反正已经习惯去咬那只手了。或源自对往日美好岁月的缅怀，那时你的饮食中富含敌人的蛋白质，因为你一直能在你的同胞处获得这样的营养。不过，尽管国安会的胃口能吞噬一切，人们仍能在发行这枚邮票的主意之后感觉某个具体的人，如某位局长，或是他的副手，或只是某个职位不高的军官想出了这个主意。他有可能就是崇拜菲尔比，或者想在他的部门得到提升，或者相反，他快要退休了，像他那一代的

许多人一样，他的确相信一枚邮票的教谕价值。这些原委相互之间并不矛盾。虚荣，惯性，怀旧，崇拜，晋升，天真，这一切完全能和谐共处，一位国安会普通雇员的脑袋能很好地容纳这一切，其效果不亚于包括电脑在内的一切设备。不过，这枚邮票的发行速度却令人称奇，其面世与菲尔比先生的仙逝仅相隔两年。他那双鞋子和他那副为遮盖牛皮癣而从不摘下的手套，如俗话所言，还余温尚存。在任何一个国家，发行一枚邮票均需经过一长段时间，邮票上的人物通常必须先赢得整个国家的认可。即便忽略这一前提（这个人毕竟是一位秘密特工），这枚邮票的发行速度也是惊人的，何况还有它必须闯过的那一道又一道官僚主义障碍呢。不过，它显然不曾遭遇这些障碍；它显然是被匆匆赶印出来的。这会让你意识到，一定有某个人曾介入此事，在这枚四厘米见方的彩纸后面一定存有某个人的意志。你会暗自思忖，这个意志的动机究竟何在。你会明白，某人想表达什么。面对本城和世界①，就像古话说的那样。而作为"世界"的组成部分，你很好奇他究竟想表达什么。

十一

答案就是：用心险恶，且心胸狭隘。我想，人们会根据结果去评判一种举动。这枚邮票将最后的耻辱和最终的蔑视扣在已故的菲尔比先生头上，因为它将这位英国人宣称为俄国的私有财产，不仅就精神层面而言（这一点没什么可稀奇的），而且完完全全就躯体而言。毫无疑问，这是菲尔比自己的愿望。他充任苏联间谍的时间长达四分之一世纪。在另一个四分之一

---

① 此句原文为拉丁语 "Urbi et orbi"。

世纪里，他生活在苏联，也一直没闲着。此后，他死在苏联，被葬于俄国的土地。这枚邮票实际上就是他的墓志铭。此外，我们也应考虑到这样一种可能性，即他很乐于接受其雇主们在他死后为他安排的一切：他是个傻瓜，况且秘密活动是虚荣的温床。他甚至会赞同这项邮票计划（如果不是他本人提出来的话）。不过人们依然可以在这里感觉到某种强加，某种比亵渎墓地还要沉重的东西，即一种本质上的强加。他毕竟是一位英国人，英国人也已经习惯于客死异国他乡。这枚邮票的令人生厌之处就在于它以所有者自居的感觉；似乎那片吞噬了这个可怜逝者的土地正心满意足地舔着嘴唇说："他是我的。"或者，它舔的是那张邮票。

十二

这便是国安局里那位职位不高的军官或是一帮军官想说的话，便是一份卑鄙地靠破坏罢工起家的自由文学报纸感到有趣的东西。好的，就让我们说一句：我们听懂了。那我们又该对此采取什么样的行动呢——如果我们真要采取行动的话？我们是否应该努力挖出那具邪恶的遗骸，把它带回英国？我们是否应该照会苏联政府，或是许诺向它提供大笔资金？或者，由女王陛下的邮政总局发行一枚针锋相对的邮票，上面标明"英国叛徒金·菲尔比（1912—1988）"，文字当然是英文，然后再看看是否有哪份俄国报纸进行转载？我们是否应该违背此人的意志，把他所构成的抽象理念从其主人们的心灵集合体中抢夺回来？亲爱的读者，这里的"我们"，即笔者的修辞对象，又是些什么人呢？不，这些事情都做不成，或没必要去做。菲尔比属于那边，在肉体和灵魂上均属于那边。让他静静地腐烂吧。但是一个人——我要强调的就是本人——能够，也应该做到的，就是要使前面提到的心灵集合体失去对这份邪恶遗骸的所有权，就是要使它失去它自以为享有的这份慰藉。实际上，这很容易做到。因为，无论金·菲尔比自己怎么想，他毕竟不是他们的人。看看我们今天所处的环境，尤其是俄国的处境，人们便一目了然：尽管付出了所有的勤勉、算计、艰辛、时间和金钱，菲尔比的活动还是失败了。即便他是一位英国双料间谍，或许也不会对他试图为之服务的这个体制造成更大的伤害。不过，双料间谍也罢，三面间谍也罢，他始终是个彻头彻尾的英国特工，因为他那些非同寻常的努力所换来的最后结果是一种强烈的徒劳感。而徒劳感是一种如此恐怖的英式情感。现在我们来谈点开心的东西。

十三

在我童年时读过的那几本间谍小说中，一枚小小的邮票却能发挥重大作用，仅次于一张被撕成两半的照片，那另一半照片的出现往往就意味着悬念的揭开。这些小说中的间谍们会把密信或缩微胶片贴在邮票背面，寄给自己的主人，或者相反，从主人那里接收情报。菲尔比的邮票于是就像是将一个被撕成两半的人凭借"媒介即信息"的原则重新组合起来；因此，它值得收藏。对此我们还应补充一句，即集邮圈里最值钱的藏品就是由某些短命的政治实体或地理实体发行的邮票，比如那些存在时间不长或已经消亡的国家和一些无足轻重的小国。（我记得，我童年最梦寐以求的就是一枚皮特凯恩岛的邮票，该岛是英属殖民地，位于南太平洋。）因此，如果遵循集邮者的这一逻辑，这张菲尔比的邮票就像是从苏联的未来传来的一声呼喊。至少是它未来中的某件事在以国安会的面目吁求这样的东西。实际上，对于集邮者来说这是一个极好的时代，这是就多重意义而言的。人们甚至可以在此谈论集邮者的正义得到伸张，一如人们谈论诗歌的自由。半个世纪之前，当苏联入侵并吞并波罗的海诸国时，国安会的武士们将那些国家的人们驱逐出境，集邮爱好者恰恰也被列在被取缔对象的社会阶层表上。（事实上，列在该表最末的是世界语学者，集邮爱好者排在倒数第二。如果我没记错，表上共列有六十四类人。列在最前面的是政党领导人和积极分子，接下来是大学教授、记者、教师、商人等等。该表还附有一张十分详尽的指令，说明该如何将户主与其家人分开，如何将孩子与他们的母亲分开，如此等等，直至这样的具体用语，如"你们的爸爸到车站锅炉房打开水去了"。所有这些东西都构思详尽，并由国安会将军谢罗夫签署。我亲眼见过这份文件，它所针对的国家是立陶宛。）一位退休军官相信邮票具有某种教谕力量，原因或许正在于此。是啊，对于一位客观观察家那双疲惫不堪的眼睛而言，没有任何东西能像一个走完的轮回那么好看。

十四

不过，我们还是不要排除这枚邮票的教谕力量。它的发行至少可能是为了对国安会如今和未来的雇员产生激励作用；它无疑被免费分发给了国安会的现任雇员，当做一种不起眼的额外福利。对于国安会那些将来的雇员而言，人们不难想象，这枚邮票肯定有利于征募新人。当局钟爱视觉材料，钟爱图像手法，其监视能力当之无愧地享有无所不知的盛誉，更不用说它的兴趣之广了。在推进教谕目的时，尤其在他们的革命兄弟中间，当局总是乐于加倍努力。苏联侦查总局干部奥列格·本科夫斯基① 在六十年代曾向英国人提供苏联的军事秘密情报，当他最终被抓时，当局（至少我听说是）用摄影机记录下他的受刑场景。本科夫斯基被绑在一副担架上，推进莫斯科火葬场的一个房间。一名工作人员打开炉门，另外两位开始将那副担架连人一同推进烈焰熊熊的炉膛，火舌已经触及那位惨叫者的脚底板。就在此时，扩音器里传出一个声音，要求停止工作，因为根据安排这段时间应该提供给另一具躯体。哀嚎不止、却动弹不得的本科夫斯基又被推了回来，另一具躯体被推过来，在简短的仪式后被推进炉膛。扩音器里再度传出声音，现在轮到本科夫斯基了，他被推了进去。这个镜头很短暂，却十分震撼。它令贝克特相形见绌，它富有教谕意义，让人过目难忘，让你不敢轻举妄动。如果你承认的话，这也是一种邮票，用于内部通信。

十五

在郑重地转向轻松的话题之前，亲爱的读者，请允许我声言：事后聪明与白发人的睿智，这两者之间是存有差异的。这并非免责声明；恰恰相反，笔者的大部分意见均是以他本人的生活为根据的，如果这些意见不准确，那就说明他的生活是白过的，至少有一部分是白过的。不过，即便这些意见准确无误，也依然存在这么一个问题。他是否有权评判那些输掉命运、如今已不存在的人呢？你比你的对手活得更久，因而便获得一种感觉，觉得自己属于获胜的大多数，觉得自己出牌正

---

① 本科夫斯基（1919—1963），曾任职苏军侦查总局，向英国和西方提供大量情报，后被抓获并判处死刑。

确。你难道不是在追溯行使法律吗？你难道不是在惩罚那些可怜的家伙，依据他们和他们的时代所未知的良心法则吗？好吧，我并不会因此感到不安，原因有三个。首先，金·菲尔比活到七十六岁高龄，在我写作此文的时候，我在这场游戏中仍落后他二十六年，我能追赶上他的前景十分暗淡。其次，他一生大部分时间都始终信仰、并且据称他直到生命的最后时刻也一直信仰的那些东西，对我而言却纯属垃圾，我至少从十六岁起便持这一立场，虽说这一远见并未给我带来任何好处。第三，因为人的内心之卑劣和人的理智之庸俗永远不会因其最突出代表们的咽气而销声匿迹。不过，我需要回避的恰好就是在我此刻蹿入的这一领域冒充内行。如我所言，我并非一位间谍故事迷。比如，我对菲尔比的身世仅略知皮毛。我从未读过他的传记，无论是英文版还是俄文版，我也不认为我还会去读。在一个人所能面对的各种选项中，他选择了最累赘的一项，即为了一些人而出卖另一些人。这样一个主题不值得去深究，只要有直觉便足矣。我也总是记不清楚日期，尽管我通常一直在试图弄清它们。因此，读者在这里需要自己作出决定，决定是否还继续跟踪这一情节。我当然是要继续下去的。我想，我应该把下面的内容处理成幻想故事。可是，这并非幻想。

十六

一九五七年三月的某一天，联邦调查局特工在纽约布鲁克林逮捕了一名苏联间谍。在一间摆满照相设备的房间里，在堆满缩微胶片的地板上，站着一位个子不高的中年男人，他眼若鼠目，鼻似鹰钩，前额光秃，他的喉头在上下蠕动，因为他刚刚吞下一个包含某些绝密信息的纸团。除此之外，这个人并未进行任何抵抗。相反，他骄傲地宣称："我是红军上校鲁道夫·阿贝尔①，我要求你们按照《日内瓦条约》对待我。"不消说，全美和世界各地的报纸均为之疯狂。这位上校受到审判，被判了一个很长的刑期，如果我没记错，是被关进了新新监狱②。他在狱中的主要消遣是打台球。六十年代初，在柏林的查理边检站，他被用来交换加里·鲍威尔斯③，后者是被俘的美国 U–2 飞机飞行员——这位倒霉蛋数年前最后一次成为头条新闻，原因是他再度折戟，地点在洛杉矶附近，当时他驾驶的是直升机，这一次未能幸免于难。鲁道夫·阿贝尔回到了莫斯科；他退休了，并未制造头条新闻，只有一点除外，即他成了莫斯科及其附近地区一位最令人生畏的台球高手。他死于 1971年，被葬于莫斯科新处女墓地，是缩微版的军人葬礼。没有发行过他的肖像邮票。或许有过一张？我可能没看到。或许是那份出身不光彩的英国文学报纸没有看到。或许是他没能挣到一张邮票，因为与一生的记录相比，新新监狱的四年又算得了什么呢？此外，他也不是外国人，而只是一名侨居的同胞。不管怎样，鲁道夫·阿贝尔没能弄到一张邮票，而仅获一座墓碑。④

十七

但我们能在这座墓碑上读到什么呢？我们读到的是："威利·菲舍尔，又名鲁道夫·阿贝尔，1903—1971。"当然用的

---

① 鲁道夫·阿贝尔（1903—1971），原名威利·菲舍尔，原籍英国，后成为苏联特工。
② 美国纽约州的一座州立监狱。
③ 鲍威尔斯（1929—1977）。
④ 1990 年发行过一张阿贝尔头像邮票，与菲尔比的邮票同属一套，题为"苏联侦察员"。

是基里尔字母。对于邮票上的说明文字而言，这句话有点长，不过这不是写给我们看的。（唉，亲爱的读者，瞧瞧我们这里都有些什么：间谍，邮票，墓地，墓碑！请等一等，还有更多的呢：诗人，画家，暗杀，流亡，阿拉伯首领，杀人武器，被盗的汽车，然后是更多的邮票！）但是，让我们长话短说。话说从前，确切地说是一九三六至一九三九年间的西班牙，有两个人，名字叫威利·菲舍尔和鲁道夫·阿贝尔。他俩是同行，是密友。他俩的关系如此之密，以至于同一家企业里的其他员工都将他俩合称为"菲舍尔阿贝尔"。你别想歪了，亲爱的读者，他俩形影不离，部分是因为他俩所从事的工作。他俩是一个团队。他们为之工作的那家企业实为苏联情报机构，这个机构操控着西班牙内战中肮脏的一面。在这一面，你可以在离前线数英里远的地方看到满是弹孔的尸体。总之，这家机构的老板是一个名叫奥尔洛夫的人，他来西班牙之前曾在驻法国首都的苏联使馆工作，负责整个西欧地区的苏联反间谍行动。我们之后再去烦他，或者更大的可能性是，让他再来烦我们。我们现在只要说明，奥尔洛夫与菲舍尔阿贝尔十分亲密。不像菲舍尔和阿贝尔两人那么亲密，但也十分亲密。同样请你别想歪了，因为奥尔洛夫已有家室。他就是老板，菲舍尔阿贝尔就是他的左膀右臂。这两只胳膊都很脏。

十八

可是生活却很严酷，甚至会使最要好的朋友天各一方。一九三九年，在西班牙内战即将结束时，菲舍尔阿贝尔与奥尔洛夫分手了。他们离开整个行动的指挥中心，即马德里的民族饭店，踏上旅程，有人坐飞机，有人乘船，还有人坐潜艇，潜艇上载有西班牙的黄金储备，这是共和国政府的财政部长胡安·涅格林①交给苏联人的。这些人四散开来。奥尔洛夫消失在空气中。菲舍尔阿贝尔回到莫斯科，继续在同一个单位工作，撰写报告，培训新手——战场上的人离开战场后大多从事此类工作。一九四〇年，鲁道夫·阿贝尔被派往远东，前往出现冲突的蒙古边境，他一着不慎，丢了性命。之后，第二次世界大战爆发。整个战争期间，威利·菲舍尔一直留在莫斯科，忙于培训更多的新手，这一次他或许热情更高，因为德语是他父亲的母语，但就整体而言他仍觉得自己在走下坡路，晋升与他无缘，而自己在一天天变老。这一烦躁的心情在一九某某年烟消云散，是年他重新被启用，获得一项新任务。在出发的前夜，他颇为神秘地对他在西班牙时就熟悉的一位助手说："一位战士的全部生命都是为这项任务做准备的。"然后他就出发了。他的伙伴们再次听到他的名字是在 X 年之后，当联邦调查局特工在布鲁克林抓住他时，上了年纪的威利大声说道："我是红军上校鲁道夫·阿贝尔，我要求……"

十九

亲爱的读者，在我们可能拥有的诸多美德中，忍耐在人们的观念里最容易获得奖赏。实际上，忍耐是所有美德都不可或缺的一个组成部分。没有忍耐，美德又算什么呢？不过是好脾气罢了。然而，在某些行当里，忍耐难以获得回报。事实上，它还有可能造成致命的危险。但某些行当却要求忍耐，要

---

① 涅格林（1892—1965），曾任西班牙社会工人党领袖。

求魔鬼般的忍耐。这或许是因为，忍耐就是某些特定行当中唯一可被觉察出来的美德，从事这一行当的人都极有耐心。因此，亲爱的读者，请再忍受一下我们。请把你自己想象成一只鼹鼠。

二十

吉他的旋律，阴暗小巷里的一声枪响。这是在西班牙，内战结束前不久（其结束当然不是因为奥尔洛夫及其手下的疏忽懈怠，而是由于莫斯科那帮人改变了看法）。这天晚上，奥尔洛夫接到命令，要去一艘停泊在巴塞罗那的船上见一位来自莫斯科的官员。作为在西班牙的苏联情报机构首脑，他仅与斯大林的私人秘书直接联系。奥尔洛夫觉出这是一个陷阱，便逃走了。他带上妻子，乘电梯下楼，让大堂的侍者为他叫辆出租车。镜头切换。绵延起伏的比利牛斯山全景，一架双引擎飞机的轰鸣。镜头切换。次日清晨在巴黎，手风琴的声音，全景，好像是协和广场。镜头切换。瓦伦街上的苏联大使馆里的一个房间。斯大林的小胡子悬挂在莫思乐保险柜敞开的柜门上方，扣着袖扣的衣袖把法国钞票和文件塞进一个袋子。镜头切换。渐暗。

二一

抱歉，没有特写镜头。奥尔洛夫消失的那一幕没有特写。不过，你若足够细心地紧盯渐暗的银幕，仍可看清一封信。这封信是写给斯大林同志的，其中的内容大致是这样的，即他，奥尔洛夫，如今要与不信神的共产主义及其可恶的犯罪体制一刀两断，他和他的妻子选择了自由，如果他那对还留在这一体制魔掌之内的年迈父母遭到任何一点伤害，那么他，奥尔洛夫，就将向本城和世界①公开他所掌握的所有肮脏的最高机密。此信被装进信封，信封上的收信地址好像是《世界报》编辑部，也好像是《费加罗报》。不管怎样，反正是寄往巴黎的。然后，钢笔再次蘸入墨水瓶，又写了一封信。这封信是写给列夫·托洛茨基的，其内容大约如此：写此信者为一位俄国商人，本人刚刚逃离苏联，经西伯利亚来到日本。在莫斯科的一家旅馆，本人偶然听到隔壁房间里的一段谈话。谈话的内容涉及谋害您，透过门缝本人甚至看到了那位打算去暗杀您的刺客。他很年轻，个子很高，西班牙语说得很好。本人觉得有义务向您发出警告。此信结尾署了一个假名，可是托洛茨基的研究者和传记作者唐·列文却坚信此信的作者就是奥尔洛夫，如果我没记错的话，这位学者曾得到奥尔洛夫的亲自证实。信封上盖着长崎的邮戳，收信地址是墨西哥城。不过，此信最后也同样落到了地方报纸（是《拉美通讯》？还是《国家报》？②）手中，因为托洛茨基刚刚躲过针对他的第二次暗杀（在这次暗杀中他的美国秘书遇害，凶手就是后来举世闻名的壁画家大卫·阿尔法罗·西凯罗斯③，其帮手就是后来举世闻名，甚至获得诺贝尔奖的诗人帕勃洛·聂鲁达），因此照例会将他收到的所有威胁和警告提供给新闻媒体。奥尔洛夫想必知道这一情况，因为他已细心阅读西班牙语报刊达三年之久。比如说，在喝咖啡的时候读。在民族饭店的大堂内读，或是在他位于六层的包房里读。

---

① 此处的"本城和世界"用的是拉丁语"urbi et orbi"。
② 此处两家报纸名均用的是西班牙原文"La Prensa Latina"和"El Pais"。
③ 西凯罗斯（1898—1974）。

二二

就是在那里，他曾经接待过各色人等。那些人中就包括拉蒙·麦卡德①，他是前去暗杀托洛茨基的第三位刺客，并最终得手。他正是奥尔洛夫的雇员，与菲舍尔阿贝尔差不多，他们同属一个团队。因此，如果奥尔洛夫真的想向托洛茨基发出警告，他就可以道出更多有关拉蒙·麦卡德的情况，而不是仅仅提及这位杀手很年轻，个子很高，相貌英俊，西班牙语说得很好。他写这第二封信的原因并非托洛茨基，而是第一封信，那封信的真正收件人并非斯大林。简而言之，刊登在《世界报》上的那封致斯大林的信是写给整个西方看的，而写给托洛茨基的信尽管发表在西半球，却是写给东方看的。第一封信的目的是为奥尔洛夫赢得良好的境外声望，最好是在情报界内。第二封信则是一封家书，旨在告知他在莫斯科总部的那些伙计，他并未将实情和盘托出，尽管他可以这么做，比如说供出麦卡德。于是，他那些伙计如果愿意的话，便可以继续实施除掉托洛茨基的行动。（他们的确这么干了，尽管我们并不值得为此流泪，因为托洛茨基的双手同样沾满鲜血，他残酷镇压了俄国历史上唯一一场真正的革命，即喀琅施塔得暴动，他丝毫不比那位派人去追杀他的地狱恶魔更为善良。斯大林毕竟是个机会主义者。托洛茨基则是位理论家。一想到他们两人若是相互交换一下位置，人们便会不寒而栗。）此外，如果能够确定第二封信的作者，就像唐·列文的研究结果所显示的那样，那么这只会进一步提升奥尔洛夫作为一个铁杆反斯大林主义者的声

---

① 麦卡德（1914—1978）。

望。可他恰恰不是这样的人。他与斯大林并无任何意识形态方面或其他方面的分歧。他之所以叛逃，只是为了保住他宝贵的性命，于是他给那些追逐的狗扔下了一根骨头。那些狗啃这根骨头啃了二十余年。

二三

渐暗。片尾字幕时间。十年前，巴黎的一家俄国侨民出版社出版了一本书，题为《倒立的猎人》。这个书名暗指那种猜谜卡通画，你得在其中找出隐在的形象，如猎人、兔子、农夫、鸟等等。此书作者名为维克多·亨金。在西班牙期间，他曾是威利·菲舍尔的同伙，菲舍尔阿贝尔的故事是这本书的灵魂，尽管它原本是作为一本自传来写的。关于奥尔洛夫的某些传说也来自此书。此书本该畅销，哪怕仅仅因为大西洋东岸的情报人员始终相信他们真的抓到了鲁道夫·阿贝尔。一如他们始终相信奥尔洛夫在投靠他们之后的确在为此岸工作。人们可以在奥尔洛夫为数不多的几个特写镜头中挑出这样一个画面：此岸颁发给他的各种勋章在他胸前闪亮。这些照片出现在一本于美国出版并引起轰动的书中，此时距奥尔洛夫去世的一九七二年已过去多时。但亨金的书却未引起轰动。当一位美国出版人试图签下此书时，他却遇到版权方面的麻烦。该书的德文版和法文版也闹出一些剽窃丑闻，还上了法庭，据我所知，亨金输掉了官司。如今他在慕尼黑一家对俄广播电台工作，恰如他曾在莫斯科一家对法广播的电台工作了很长一段时间。也许，他已经退休。一位俄国侨民，经历十分复杂……不太可靠，似乎是个妄想狂……他生活在过去，脾气不好……不过，他如今毕竟是自由的，身份也合法。他可以前往里昂车站，坐上火车，就像五十年前一样，经过一夜旅程来到马德里，这座他年轻时在此有过冒险经历的城市。他所要做的事情就是穿过开阔的站前广场，站在民族饭店的前面，他闭着眼睛也能摸到这里。同样，他闭着眼睛也能走进这家饭店的大堂，五十年前，奥尔洛夫们、菲舍尔们、阿贝尔们、海明威们、菲尔比们、奥威尔们、麦卡德们、马尔罗们、涅格林们、爱伦堡们以及其他一些像他一样名气较小的人物，所有这些人当时均已参与了我们所讲的这个故事，或是与我们的故事多少有关。可是，待他睁开眼睛，却会发现民族饭店业已关门歇业。据一些人说——主要是年轻人——这家饭店是在十年前关张的；而据另一些人称，它已歇业近五十年。无论是年轻人还是老年人，看来都不清楚是谁在为这家饭店支付房产税，但是很有可能，西班牙的规矩有所不同。

二四

　　亲爱的朋友，为了避免让你误以为我们已经忘了金·菲尔比，就让我们在饭店大堂的人群中觅得金·菲尔比，就让我们来问问他，他在这里干什么。"我在写一篇文章，"我们会听到这样的回答，"是战地报道。"让我们再追问一下他在为哪一方工作，让我们想象一下——哪怕只是一瞬间——他会诚实作答。"正在转换阵营。这是命令。"他也可能冲着民族饭店的六层楼轻轻地扬一扬下巴。因为我绝对相信，在一九三七年前后的马德里，正是奥尔洛夫建议金·菲尔比在《泰晤士报》上变换口吻，从一名亲共和派变成一名亲佛朗哥派，为的是伪装得更深。根据安排，菲尔比应该是一颗埋进英国情报部门圣殿的长效地雷，他最好装扮成一位亲法西斯分子。这并不是说奥尔洛夫已预见到西班牙的这场演出将如何收场，虽说他也可能有某些预感；他只是想到，或是明白，菲尔比应留到将来派用场。他会这样想，或有这份明白，也许仅仅因为他看到了俄国人整理出的那份菲尔比（一九三三年被招募）的档案；也有可能，奥尔洛夫亲自参与了招募菲尔比的行动。第一种情况确凿无疑，第二种情况很有可能。无论如何，奥尔洛夫一准认识菲尔比，他会尝试把这件事告诉那位在一九四四年对他进行面试的倒霉的联邦调查局官员，他们谈话的地点，我想，是在艾奥瓦，奥尔洛夫自加拿大移民美国后就定居于此。到了这个时候，奥尔洛夫似乎终于打算和盘托出所有实情了，可那位联邦调查局官员却并未留意这么一位说话口吃、为苏联服务的英国佬，再说，苏联当时还是美国人的盟友。于是，奥尔洛夫便决定不再坚持了，金·菲尔比也就一直干到上了邮票。

二五

　　一方面，这些秘密还原封不动地留在他的脑袋里，另一方面，他又写了两本充满俄国间谍标准细节的小说，因此，奥尔洛夫毫无疑问会引起二十世纪四十年代末刚刚建立的中央情报局的关注。亲爱的读者，我不知道哪一方主动迈出了第一步，因为我从未研究过奥尔洛夫的一生或关于他一生的相关记录。这不是我该做的事情。我甚至连一个业余爱好者也算不上，我只是在闲着无事的时候把这些东西凑在一起，甚至不是出于好奇，只是为了克服那份文学报纸的封面引起的强烈厌恶感。一种自我治疗而已，只要管用，谁又在乎信息来源呢。不管怎样，无论是哪一方主动迈出的第一步，奥尔洛夫看来自二十世纪五十年代起便被中央情报局雇用。他是在编人员还是编外人员，这很难说清，但根据他所获得的勋章以及他后来的文字所提供的间接证据来看，这一推测是成立的。他很有可能被中情局聘为顾问，如今这种业务称为咨询。莫斯科的同事们是否知道他的这项新工作呢，这或许是个有趣的问题。我们站在奥尔洛夫的角度推测，他是不会把这件事情通报给他们的，因为这无异于自杀；我们还可以假设，这家刚刚成立的情报机构不大可能遭到渗透，莫斯科的同事们对此还一无所知，甚至连其性质都不甚明了。不过，他们有理由相信奥尔洛夫还活着，即便他成了一位雄心勃勃的惊险小说作家。可他们一连二十年都没有奥尔洛夫的任何消息，或许也会感到奇怪。而你一旦感到奇怪，便会往最坏处想。在某些行当里，这样的设想是明智的。他们甚至会因此展开调查。

二六

他们也拥有必要的手段。于是，他们从尘封的高阁里拿出家伙，各就各位。不过他们并不着急。直到一九五七年，此时他们突然感觉到了压力。三月的某一天，威利·菲舍尔在纽约布鲁克林被这些联邦调查局人员逮捕，他对本城和世界宣称："我是鲁道夫·阿贝尔。"美国和世界各地的报刊欣喜若狂。奥尔洛夫却一声不响。他显然不愿与他这位老朋友再次相见。

二七

你可能会问：一九五七年究竟发生了什么特别的事情呢？为什么非要现在对奥尔洛夫脑袋里的那些秘密进行一番检查

呢？它们长期留在脑袋里，是否会变得陈旧无用呢？谁说老朋友就必得相见呢？好吧，亲爱的读者，请做好准备来听这些荒谬的推断吧。因为此刻我们即将向你隆重展示，我们并未忘记我们的主题。此刻我们将点着燃油，来做文字的烹调。

二八

与通行的鬼魔学不同，苏联的对外政策从其建国时起便一直是机会主义的。我使用这一概念是就其字面意义而言的，并无贬义。机会主义是一切对外政策的实质，无论这个国家有多自信。这就是指对机会的利用，这些机会或是客观存在的，或是被想象或被制造出来的。在其悲哀历史的大部分时间里，苏联始终是一个严重缺乏安全感的主顾，由于在创建之初曾遭受外部环境之伤害，它面对周遭世界的态度总是在警惕和敌意之间来回摇摆。（最能适应这种摆幅的人莫过于斯大林的外交部长莫洛托夫。）其结果是，苏联只能负担得起那些客观存在的机会。它显然在一九三九年抓住了这样的机会，吞并了波罗的海三国和半个波兰——那是希特勒让给斯大林的，到了第二次世界大战的最后阶段，苏联发现它已占据整个东欧。至于想象出来的机会，那便是一九二八年的进攻波兰、一九三六至一九三九年间在西班牙的冒险以及一九四〇年的芬兰战争，苏联为这些飞翔的幻想付出了惨痛的代价（虽然在西班牙事件中它获得补偿，即西班牙的黄金储备）。首先付出代价的自然是参谋总部，到一九四一年前，它的所有高官几乎全被处死。不过我仍觉得，此类幻想所导致的最糟糕结果，即苏联红军在与为数甚少的芬兰部队作战时的表现，使得希特勒进攻俄国的野心大为膨胀，完全难以遏止。兴高采烈地玩弄想象出来的机会，其所付出的真正代价就是"巴巴罗萨行动"中损失的师团之总数。

二九

战争的胜利并未使苏联的对外政策产生很大变化，因为战利品很难抵偿战争所造成的巨大人员损失和工业损失。战争导致的废墟一望无际，战后的主要口号就是重建。重建主要依靠拆除被占领地区的技术装备，并将它们运往苏联。这样做可以带来一种心理上的满足，却无法让整个国家取得产业进步。这个国家依然是一个二流、甚或三流大国，它唯一可以称雄的东西即它的国土面积和军事机器。尽管后者令人恐惧，技术尖端，但考虑到了假想敌不断增加的实力和核武器的出现，它带给这个国家的安慰多半是一种自我陶醉。然而，真正受到这一战争机器之打击的却正是苏联的对外政策——后者的选项其实就由苏联的军队来界定。除了这种对克劳塞维茨名言的颠倒[①]，我们还必须考虑到这国家机器的日益僵化——对个人责任感的恐惧使之动弹不得，而那种认为斯大林在所有问题（尤其是对外政策问题）上享有最初与最终发言权的想法则充斥了它的每一个毛孔。在这种情况下，外交方面的首创精神是无法想象的，更遑论创造机会的尝试了。再说，创造出的机会和想象中的机会，这两者其实也很难区分。要区分它们，则需对富裕经济（财富的积累、剩余产品的生产等等）的发展进程有清晰的认知。你若缺乏此类经验，便会混淆两者。而在进入二十世纪五十年代后的好几年里，苏联都缺乏这样的经验。如今它依然缺乏。

---

① 德国军事家克劳塞维茨有言："战争是政治的延续。"

三十

不过在五十年代末，苏联却作出了一些惊人之举，这些举动会令你感觉到，苏联的对外政策在斯大林一九五三年死去后似乎恢复了生气。在一九五六年秋的苏伊士冲突①之后，苏联挺进地中海东部和北非，表现出了非同寻常的深思熟虑和循序渐进。这次行动既突然又成功。在我们事后看来，这次行动的目的就是控制中东，或更具体地说就是控制产油区。其逻辑十分简单，是纯马克思主义的，即谁掌控了能源，谁就能掌控生产。换句话说，这个主意就是要逼迫工业化西方的民主制下跪。至于是直接行动，派兵进入这一地区，还是借助代理人，通过支持当地的阿拉伯政体，使他们转而亲苏，这是一个形势与后勤问题。借助代理人行事的选项显然更为合适。计划的实施很顺利，该地区的好几个阿拉伯国家转持亲苏立场，其速度之快，竟使得人们以为这些社会已经成熟到可以接受共产主义的意识形态，或者至少是已经习惯那套话语了。可实情并非如此。比如，在法鲁克国王②时期的埃及建立起来的共产主义小组就在纳赛尔时期全被摧毁，其成员或被投入监狱，或被吊上绞架。在开罗以东和以西的其他阿拉伯国家，马克思主义的传播更不景气，那里的圣书文化难以容忍另一本圣书的出现，更何况是一本出自一位犹太人之手的书。不过，苏联在这一地区的最初步骤仍十分成功，其成功程度只能用一个事实来解释，即这位新来者在这些国家拥有一张情报网，它渗透进社会的各

---

① 又称第二次中东战争，为埃及军队与英、法、以色列三国盟军展开的一场战争。
② 即法鲁克一世（1920—1965），1936—1952年间的埃及国王。

个阶层。这张网不可能用德国人（即便是在埃及），因为雷恩哈德·盖伦[①]，战后西德的情报机构头目，在二十世纪四十年代末已把他的情报机构完整地卖给了美国。这张网也不可能用法国人，法国在这一地区的影响向来不大，法国特工也很忠于法国。剩下的只有该地区的亲英分子，在主子们撤离后留下的真空中，他们或许追随了某个驻外特工（比如说，安插在贝鲁特的某人）。或许是出于怀旧，或许是出于复活帝国的希冀。无论如何，在二十世纪五十年代末差点儿把这一地区送入苏联人之手的绝非俄国版异教徒引发的新奇感。这是一个创造出来的机会。

三一

请你想象一下，在三十五年或四十年前莫斯科某处的一张绘图桌上摆有这么一张蓝图。图上写着：英国人在中东留下了真空。填补它。向新的阿拉伯领导人提供支持，或挨个儿支持他们，或将他们合并成一个联盟，比如说，阿拉伯联合共和国或是阿拉伯同盟国。向他们提供武器，提供一切东西。让他们欠下债务。告诉他们，只要他们提高油价便能偿清债务。告诉他们，他们可以随意行事，你们会始终支持他们的，你们有核武器。用不了多久，西方便会认输求饶，阿拉伯人便会腰缠万贯，你们也就掌控了阿拉伯人。你们会成为获胜者，这与世界上第一个社会主义国家的身份很相称。至于如何迈入房门，一切都已安排妥了。你们能与那些人和睦共处的，他们也不喜欢犹太人。

---

① 盖伦（1902—1979）。

三二

请你再想象一下，这份蓝图并非出自你自己的构思。因为你根本想不出来。要设想出这样一张蓝图，你就得对这个地区了如指掌。你就得了解该地的各色人等，清楚这位酋长或那位上校想要什么，清楚他们的出身和关系。在莫斯科及其附近找不到握有此类知识的人。此外，你还得知道石油收入、市场、市场波动、股票以及各工业化民主体制每年的原油需求、坦克数量、炼油厂等情况。无论在职的还是兼职的，你们那边反正都无人懂得这些东西。即便你设想的确有这么一个人——一位满腹经纶的马克思主义者兼一位能读到西方期刊的书虫——即便真有这么一个人，弄出了这么一份蓝图，那么他也得在政治局里有一位教父，方能将这份蓝图摆上绘图桌。摆出这张蓝图能使这位政治局委员获得某种优势，对此他的同事们会连一秒钟也难以忍受。最终，这项计划不会由一个俄国人想出来，因为俄国也有石油，它的石油实际上多得是。你们不会认为你们正在浪费的某样东西是能源。这份蓝图如果是国产的，那它注定永无出头之日。此外，这已非常近似一个想象出来的机会。这份蓝图能摆上你们的绘图桌，原因恰在于它与你们的民族想象力毫无相似之处。仅此一点，便可将这个计划确定为一个创造出来的机会。这是一件舶来品，其主要魅力就在于它是外国制造的。对于二十世纪五十年代的苏联政治局委员们而言，这份蓝图就像是他们孩子眼中的蓝色牛仔裤。他们非常喜欢这份蓝图。他们也想查验一下标签。他们也拥有必要的手段。

三三

趁他们查验标签的时候，亲爱的读者，请允许我直截了当地告诉你一些事情，不带有作者的任何干预。哈罗德·阿德里安·鲁塞尔·菲尔比（他的英国好友都称他为"金"，他的俄国好友们更是如此，在俄国，这个绰号不会让人联想到"吉卜林"，反倒是一个崭新的苏联名字，在二十世纪三十年代尤其流行，因为它恰好是"青年共产国际"的首字母组合词①）生于印度的安巴拉，出生时间是一九一二年，邮票上标明的年代是正确的。其父哈里·圣约翰·菲尔比是英国一位杰出的阿拉伯学家和探险家，后皈依伊斯兰教，成为某国国王伊本·沙特②的顾问。他的这个孩子后在威斯敏斯特学校和剑桥的三一学院接受教育，他在那里研读历史和经济，并成为学生团体"使徒团"的成员。在剑桥毕业后，他成为伦敦几家出版物的自由撰稿人，他以这一身份于一九三七年前往西班牙报道该国内战，稍后被《泰晤士报》雇用，在第二次世界大战爆发之初成为该报战地记者。在一九四〇年，人们对这位二十八岁青年的了解实际上仅限于此，他在此时被军情六处（神秘的英国秘密情报局反侦查分支机构）招募，负责反共谍事务。这大约是他主动请缨的结果。他在战争期间晋升很快，常驻伊斯坦布尔，一九四六年开始掌管针对苏联的反侦查机构。这是一个重要职位，而他只做了三年就离开了，因为他被任命为英国驻华

---

① 金（Kim）在英国可以是吉卜林（Kipling）这一姓氏之简称，而俄语中的词组"青年 共 产 国 际"（Коммунистический Интернационал Молодежи/Kommunisticheskii Internatsional Molodezhi/Communist International of Youth）的三个首字母合起来也是 Kim。

② 伊本·沙特（1880—1953），沙特国王，1932 年创建沙特阿拉伯王国。

悲伤与理智 | 177

盛顿使馆的一秘，也就是说，他成了英国秘密情报局和美国中央情报局之间的主要联络员，在华盛顿，除了其他收获外，他还成为美国中央情报局反侦察局的头领詹姆斯·安格莱顿[①]的好友。就总体而言，他仕途辉煌。由于战时的表现，他被授予大英帝国勋章，深受外交部和新闻界诸位先生的敬重，甚至有望成为英国秘密情报局的掌门人。在一九五一年，他的同事和长官对这位三十九岁男人的了解实际上也仅限于此，此时发生了一件相当意外的事件。他在剑桥时即已结交的两位老友——盖伊·伯杰斯[②]和唐纳德·麦克林[③]——被发现是苏联间谍，他俩逃到了苏联。更糟糕的是，大西洋两岸的相关人士均怀疑是菲尔比向他们两人发出了警报。他遭到审查，调查者没找到任何证据，但怀疑依然存在，他被迫退休。生活是无情的，最好的朋友可能会把你拖倒。包括外交部在内的许多单位均持这种态度。他返回新闻界，他毕竟才四十多岁，但调查仍在继续。有些人始终不愿放弃。一九五五年，当时的英国外交大臣哈罗德·麦克米兰[④]在下院所作的一次发言为菲尔比彻底洗刷了罪名。他恢复了一张白纸般的清白，并借助外交部泪眼汪汪的鼎力相助，获得了一份驻外记者的工作，任《经济学家》和《观察家》驻贝鲁特记者。他于一九五六年启程前往该地，永远告别了家乡苏塞克斯的石灰岩峭壁。

三四

三年过后，莫斯科的同志们在啧啧称奇地赞赏这张蓝图。

---

① 詹姆斯·安格莱顿（1917—1987）。
② 盖伊·伯杰斯（1911—1963）。
③ 唐纳德·麦克林（1913—1983）。
④ 哈罗德·麦克米兰（1894—1986）。

不过，他们还是想查验一下标签。因为对于某些人而言的一张白纸，对于其他人而言或许就是墙上的大字。他们猜想，英国人找不出一个英国人身上的把柄，因为他们只在英国人身上找；这样的努力注定是徒劳的，因为他们的做法是同义反复。因为鼹鼠的职责就是骗过自己人。而俄国这边的材料——假如他们有朝一日能查阅有关档案的话（这是件非常不可能的事）——也不会揭示任何信息。鼹鼠的身份，尤其是一个地位如此之高的鼹鼠的身份，或许连负责与他联系的军官都不甚清楚，后者最多知晓他的绰号或代号。甚至连了解情况的叛逃者也只能告诉你这么多了，更何况这位叛逃者还将直接投进英国秘密情报局反侦查处的怀抱——请你猜一猜谁是这个处的负责人。只有两个人有可能知道他的身份，一个是苏联反间谍机构的现任负责人，没有一个英国人能接近这个位置，另一个就是最初招募他的那位反间谍机构的军官。招募者通常是一位中士，他会比他招募到的人年长，我们所谈的年代是二十世纪五十年代，因此，这位中士如今要么死了，要么就在掌管苏联的整个反间谍机构。不过他最有可能已经死了，因为保护这位被招募者的最好方式就是干掉那位中士。不过在一九三三年，当那位二十一岁的剑桥毕业生被招募时，他们的做法还不像在五十年代——也就是我们正在查验标签的这个时候——这么无懈可击。亲爱的老中士，不，死去的老中士或许向他当时的上司吐露过什么（这位上司大约也死了，因为二十世纪三十年代后期对国家安全机构的大清洗可不是吃素的），或是有人目睹过这次招募，或是这位可怜、蠢笨的应招青年自己与后来出了问题的什么人有过交道。归根结底，正是他结交的朋友把他绊倒的，尽管他们曾一度提供了英美原子能委员会的所有情报。（他们曾经是低调隐秘的好探子，可如今，瞧瞧这件事的报应！）当然，就让往事成为往事吧，不过，如果想让这份蓝图成为现实，我们就需要某种比哈罗德·麦克米兰（请别介意，哈罗德）在下院的演讲更为可靠的东西，我们需要我们的这个人拥有绝对的免疫力，足以抵御任何告密者。不再有意外，不再有过去的声音，不再有骇人的秘密。所以，那些他曾经交往过、后来却出了问题的都是谁？他们的死亡证明在哪里？

三五

他们找不到奥尔洛夫的死亡证明。而威利·菲舍尔唱出了他那句举世闻名的阿贝尔抒情曲。奥尔洛夫不想见他这位老友。他们认定他要么已死，要么不打算自杀。于是，他们挺进中东，挺进埃及、叙利亚、也门、伊拉克和利比亚，他们抓住了创造出来的机会。他们用飞机和轮船给那些阿拉伯新领袖们送去军事装备、顾问和其他东西，使那些国家欠下债务。于是，那些顾问们便建议那些领袖抬高油价，以便偿还债务。于是，那些领袖真的这么干了，涨价幅度很大，肆无忌惮，其后台就是这帮手持核武器的新型异教徒。于是西方便开始磕头，开始高呼联合国（UN）——可那只是舅舅（Uncle）的第一个音节。于是如今，无论教徒还是异教徒，都一起来恨犹太人。事情的发展恰如这个男人所预言的那样。

三六

可生活是无情的，一天，这些新的产油伙伴们起了贪心。他们创建一个名叫"欧佩克"的行业组织，开始填充他们自己的国库。他们依然在敲诈西方，却不是为了我们的利益！他们之间还有内讧。但不管怎样，他们逐渐富裕起来，胜过他们的旧主子，更遑论我们。那份蓝图却未预见到这一点。我们中东政策的设计师，伊本·沙特国王顾问的儿子，而且还是一位观察家和经济学家，我们这位伟大的、从技术角度来看未曾暴露的秘密特工，他本该预见到局势会出现这样的转折！一切事情都正按照他制定的计划顺利进行，可突然却成了这个样子。好吧，他最好能告诉我们接下来该怎么做。总的说来，我们现在需要他在这里，随时提供咨询。无论如何，他在莫斯科要更安全一些，也更少诱惑。他也可以更为聚精会神。这里不是贝鲁特。

三七

这里当然要冷得多。至少对于一位来自温暖地带的间谍而言是这样的。这一天终于到来了。实际上，是在他被招募整整三十年之后。无论如何，如今已经五十一岁的他不得不开始新的生活。不过这并不十分艰难，因为本地的伙伴们会利用他们的特权来帮助你；再说，对于一位五十一岁的人来说，生活已无新旧可言，国家亦无内外之别。更何况你还将你所有的成人时光都用于为这个国家充当间谍。更何况你这样做不是为了钱而是出于信念。因此，这个地方你应该感到很熟悉，至少是在精神上。因为信念就是你的家，就是你最终的慰藉，你付出毕生的精力就是为它添砖加瓦。如果你周围的世界过于贫乏苍白，你就会用精神的枝状大烛台和波斯地毯来装点它。如果这个世界的结构过于复杂，你就会倾向于一张精神上的黑白照片，几把抽象的座椅。

三八

亲爱的、饱受折磨的读者，我们快要熬到结尾了，因此，让我们来一点年代错乱吧。有这样一种英国人，他喜欢俭省和低效，见电梯被卡住，或是看到一个男孩因另一个男孩的恶作剧而受罚，他就会心满意足地点头。他熟悉那些粗制滥造的东西，一如他人熟悉自己的亲戚。色彩斑驳、晃晃悠悠的楼梯扶手，湿漉漉的酒店床单，满是油烟的窗户外几棵萎靡不振的树木，糟糕的烟草，晚点的列车上臭气熏天的车厢，官僚主义的障碍，犹豫不决和懒惰，软弱无力的耸肩，这一切都会让他感到很自如。他自然永远穿一件不合身的粗呢外套——灰色的。因此，他爱俄国；大部分时间里是远远地爱，因为他难以承受此行的费用，除非等到晚年，在他五六十岁的时候，在他退休之后。他愿意为俄国做很多事情，为了他心目中那个低效的、但充满戏剧性、富有精神性的俄国，那个《日瓦戈医生》（电影版而非小说版）式的俄国，在那里，二十世纪尚未被装上它的固特异轮胎，在那里，他的童年仍在继续。他不愿他的俄国变成美国。他想让她继续紧张、笨拙下去，穿着褐色的毛袜，还系着一根很宽的粉色吊袜带：不要尼龙袜，拜托，也不要连裤袜。对于他来说，这就等同于他的粗汉男友 ①，等同于他那些剑桥伙伴将在伦敦的酒吧里终生四处搜寻的工人阶级子弟。但他的性取向是正常的；而他选择的是俄国，如果不是德国或奥地利的话。

---

① 很多有同性恋倾向的英国上流社会人士偏好在粗鲁的社会下层中寻找性伴侣，这派生出了一个特指此类现象的俚语 "rough trade"，即粗汉男友。

三九

如果俄国是个共产主义国家，那则更好。尤其是在一九三三年，德国已不可能考虑了。如果有个略带口音的人请求你为俄国服务，而你又只有二十一岁，你便会答应，因为这与周围的一切均不一样，这听起来很有颠覆性。如果说学校曾教给你什么东西，这便是要加入一个党派，至少要加入一家俱乐部，组织一个支部。共产党不过是另一个"使徒团"，类似学生联谊会，宣扬兄弟情谊。不管怎样，你都会照着其他伙伴的样子去做，对于他们来说，"全世界无产者"这个咒语能使他们眼前浮现出一大批粗汉男友。与此同时，你又再次听到那个略带口音的人在求你做事，不是什么大事，但有些恶心。你做了这件事，此刻，那个略带口音的人便抓住了你的把柄。如果他很精明，下一次他让你做事的时候就不会再提全世界无产者，而要提俄国。因为，比如说，你就不会为印度做事，尽管从技术的角度看印度也是世界的一部分，更遑论那儿的无产者了。五十年前，社会幻想还是具有种族中心色彩的，间谍们也一样。有更多的契诃夫可供你阅读，在通往西班牙的火车上也有更多康斯坦丝·加内特①翻译的托尔斯泰，因为恰逢其时。也恰逢其地。这个光鲜的小东西②本可以在这里取得兄弟情谊的样本：鲜血、寄生虫、希望、失望、失败和冷漠。可他却在民族饭店的大堂里晃悠，然后上楼去见某个败类，随后被告知——毫无疑问，这让他暗自长舒了一口气——自己得改换阵

---

① 康斯坦丝·加内特（1862—1946），俄国文学的英译者。
② 此处原文为 bright young thing，特指 20 世纪 20 年代伦敦上流社会的一群爱着奇装异服、放浪形骸的年轻人。

营，为的是完成更伟大的任务。就这样，这个光鲜的小东西看到了大局，亦即未来。当他再一次听到那个略带口音的声音，他知道这就是来自未来的声音。口音会发生变化，因为最先那个略带口音的喉咙已被割断，以便保证这个光鲜的小东西之后的安全。如果这喉咙的主人有过一位情人，那么她或许已在俄国远东刨了二十五年的冻土，背衬着后来出现在影片《日瓦戈医生》中的神奇雪景。不过，当这个来自未来的声音在你耳边响起时，第二次世界大战恰好爆发，俄国成为盟友，英国秘密情报局希望你为战事效力。大局映入眼帘，你要求做与俄国有关的工作。由于你是一位绅士，那些年长的绅士自然悉听尊便，虽说这一身份的评判标准主要就是看他们推开的是男厕所还是女厕所的门。甚至这样也难以确定。

四十

于是你认识了这个国家，你在三十年后来到这里，成熟的你此时已经五十一岁。你心中无疑揣满了各种情报，但是等等再说。唉，苏塞克斯的石灰岩峭壁啊！唉，那个该死的岛国！唉，不列颠统治下的世界和平啊！他们将付出沉重的代价，因为他们毁掉了一段如此辉煌的前程，使一个聪明人自其人生轨迹的顶点一落千丈！这位聪明人知道如何跟一个帝国算账，那就是利用另一个帝国。两个帝国永远不可能共处。这使得这幅大局图变得更大了。不是以一颗牙还一颗牙，而是用满嘴的牙还一颗牙！每一位间谍最大的满足或许就是这样一种想法，即他就是命运的化身，他掌控着所有的生命之线。或者说，他可以把这些线悉数斩断。他扮演着克洛索 ① 或是阿拉克

---

① 克洛索，希腊神话中的三位命运之神之一，负责纺织生命之线。

尼①的角色。这个依赖汽油的机械降神②落户在马祖特胡同之后，甚至感觉不出这其中的讽刺意味③，至少是在一开始。但无论是神还是魔鬼，控制产油区都是一场更大的游戏，胜过向俄国人出卖英国情报机构的秘密情报。再说，在伦敦也没有太多的东西可供出卖了，而这场游戏可是一桩大买卖。整个世界秩序都取决于这桩买卖。无论何方获胜，这都将是**他**的胜利。他作为一位观察家和经济学家，《资本论》和《智慧的七根支柱》④可不是白读的。若是俄国获胜岂不更好，因为民主制已无指望，什么决心都下不了。想一想俄国吧，他那个懒散邋遢的、套着系有粉色吊袜带的褐色毛袜的俄国将成为世界的主人，这不仅仅因为它的核武器或弹道导弹；想一想这个国家，它深情而又慵懒，头枕着阿拉伯半岛的所有石油收入，这个犹豫不决的、契诃夫式的、反理性主义的国家！它无疑是一位更好的世界主人（不，是女主人），远胜过他本人所属的那笛卡儿式的西方，这西方很容易犯傻，他本人就是一个很好的例证。在最糟糕的情况下，如果获胜的不是俄国，而是本地的某位酋长或独裁者，这对他来说也很好。事实上，如果沙特阿拉伯人掌握了一切，他爸爸是会为他感到骄傲的。

四一

事情的发展事实上的确如此。无论如何，这枚邮票更应该

---

① 希腊神话中的少女，在与智慧和技艺女神雅典娜比赛织绣技艺时获胜，后被化身为蜘蛛。
② 机械降神是指古希腊戏剧中，当情节陷入僵局时，通过隐藏机关送上舞台解决难题、推动情节发展的诸神。常喻指打破僵局的意外事件或人物。
③ "马祖特"在俄语中意为"重油"。
④ 托马斯·劳伦斯（1888—1935，即"阿拉伯的劳伦斯"）的著作。

由沙特阿拉伯人来发行，而不是俄国人。好吧，也许有一天他们会发行的。要不就由伊拉克人或伊朗人来发行。任何一位手握石油垄断权的人都应该发行这枚邮票。唉，穆斯林啊，穆斯林！他们如今会身在何处呢，如果没有二十世纪六七十年代的苏联外交政策，也就是说，如果没有已故的菲尔比先生？请设想一下这样的情景，即他们无力购买卡拉什尼科夫步枪，更遑论导弹发射装置了。他们不会上头版，他们甚至不会成为"骆驼"烟盒上的背景图案……唉，不过生活是很无情的，受惠者总是记不住他们的恩主，顺便说一句，牺牲者也总是记不住施暴者。或许，他们的确不该记住。或许，最好让善与恶的源头隐而不露，尤其是恶的源头。究竟是什么遮蔽了神性，是辩证唯物主义观念还是先知的头巾，这真的很重要吗？我们能对这两者加以区分吗？归根结底，在樱桃园和一粒沙子之间并无等级差异，这只是一个偏好问题。人是这样，他们拥有的金钱亦如此。金钱显然缺乏自我意识，大钱流向沙漠，仅仅因为它喜欢人多的地方。大体而言，金钱也像那种特定类型的英国人一样渴求东方，哪怕仅仅因为东方的人口更为稠密。因此，一位秘密特工不过是只早起的鸟儿，是大银行的信使。如果他落户东方，在当地出产的酒精或一位投怀送抱的少女的帮助下变成了本地人，这又有何不妥呢？诺亚的鸽子飞回方舟了吗？唉，亲爱的读者，请设想有这么一封信，它在今天或不久的将来从莫斯科寄往利雅得。你认为这封信里装着什么？生日贺卡，假日计划，家人去世的消息，还是对于寒冷气候的抱怨？不，更有可能的内容是要钱。比如说，请求对方向生活在苏联的穆斯林兄弟们提供资金援助。此信应该是用英语写的，也不值得仔细审查。或许，邮政局长扫一眼发信人地址，或许会挑起他那被传统头饰遮住一半的新月般的眉毛，但在片刻的迟疑之后，便会将此信扔进一个相应的信箱，那封信的信封上贴着一张菲尔比头像的邮票。

四二

精疲力竭的读者会点点头说，这想法有些暗淡。但是，即便没有我们这位英国友人的参与，事情不是也会发展到这个节点吗？考虑到当今世界的所谓推动力，亦即人口爆炸和西方的工业胃口，情况必然会如此。这两大因素业已足够，不再需要第三方，更遑论个人的努力。至多，我们这位英国友人也只是大声说出了已经在半空中飞舞的预言，或者可以说是一只脚已经落在地上的预言。除此之外，他则完全无足轻重。或迟或早，这样的情况总会出现，无论有没有金·菲尔比的参与，无论有没有俄国的介入。是的，如果没有俄国的介入，此事的进展或许更慢一些，这也无妨。个人是无足轻重的，这一切都是经济学，不是吗？就这一意义而言，个人即便存在，他也并不存在。此话听起来有些唯我论的味道——马克思主义的唯我论，但我们这位英国友人可能会第一个认同这一想法。毕竟，历史必然性是他的座右铭，他的信条，他克服良心折磨的常用工具。说到底，对于一种极具风险的职业而言，坚信所从事的事业必将成功，这也是一种安全的赌注，不是吗？（要是这项事业能在你生前获得成功，那该多好啊？）无论如何，从历史必然性的角度看，我们这位友人毫无用处，至多也只是一个多余人。因为历史发展的目的就是让阿拉伯人富裕，让西方变穷，让俄国悬在天地之间。这是账本底线下的盈亏数字在用地道的美声唱法道出必然性，撰文者又怎能与之争辩呢？因此，我们这位友人的使命感一钱不值，但是，撰文者飞扬的文思也同样廉价。对了，他的消息源头何在？

四三

"源头？"撰文者轻蔑地耸了耸肩。谁需要知道源头呢？谁又相信源头呢？自何时开始？怀疑作者有错的读者，更遑论寻找证据的读者，你能意识到自己陷入了什么样的麻烦吗？亲爱的读者，你会感到害怕吗？担心你对作者不起眼理论的成功驳斥会浓缩成你难以回避的一个结论，即当今世上这种你几乎在其中遨游的深褐色物质是固有的，天定的，至少是自然之母给定的。你真的需要这样的结论吗？而你的这位作者却试图消除你的这种痛苦，其途径就是证明前面提及的这种物质是人类造就的。就这一意义而言，你的作者是一位真正的人本主义者。不，亲爱的读者，你并不需要源头。你既不需要源头，也不需要叛变者的证词之支流，甚至不需要那从布满卫星的天国直接滴落至你大腿的电子降雨。在我们这种水流中，你所需要的仅为河口，一张真正的空口，在它的后面就是大海，带有一道概括性质的地平线。好的，这些你都已经看到了。

四四

不过，无人能确知未来。对未来最不了解的，就是那些信奉历史决定论的人；仅次于他们的则是间谍和记者。或许正因为如此，间谍才常常化装为记者。自然，当事情涉及未来时，任何一项职业都会成为一种伪装。不过，搜集情报的工作仍与众不同，因为任何情报，包括秘密情报在内，均产生于过去，因为就定义本身而言，情报所面对的就是既成事实①。即便是一种新型炸弹，一场拟定的入侵行动，或是一次策略转变，你们所能获悉的也只是业已发生、业已存在的一切。间谍活动的悖论就在于，你关于自己的对手知道得越多，你自己的发展便会越受掣肘，因为你获悉的情报会迫使你奋起急追，去挫败他的行动。这些情报会使你终日忙于变更自己的优先事项。因此，你的间谍越是出色，你就越会依赖他们提供的情报。你再也无法主动行动，而只能作出反应。你会被放逐到过去，与现实联系很少，与未来则毫无关涉。嗯，至少是跟你自己设计的未来无关，更不用说你自己创造的未来了。请设想一下，如果苏联对美国的原子弹秘密一无所知，它也就不会在近四十年里始终不停地炫耀它的核武器。它会成为一个完全不同的国家，由于其僵化教条，它或许也不会十分繁荣昌盛，但是至少，我们新近目睹的这场崩溃会出现得更早一些。在最糟的情况下，他们可能会将他们心中的社会主义建成一个切实可行的版本。但是，当你窃得某些东西，这东西便控制了你，至少控制了你的官能。考虑到我们这位英国友人及其伙伴们的勤勉，这就不仅仅是官能问题了。他们的俄国雇主的双手在很长一段时间里一直忙得无暇建设社会主义；他们在囤积赃物。甚至可以说，这几位兄弟严重地背叛了帝国，可事实上他们却拯救了帝国，其贡献十分巨大，远胜于那些最热情的旗手。因为，由这些剑桥大学一九三一年毕业生传递给苏联人的大量秘密情报彻底迷住了其接收者，以至于他们完全依赖于这些植入对手内部的作物产出来制定政策，至少是外交政策。对莫斯科中心的那些人而言，这就像是一周七天持续不断地阅读那些周日报纸，而无暇在家清洗盘盏，或带孩子去动物园。

---

① 此处的"既成事实"用的是拉丁语"faits accomplis"。

四五

所以你也不能说这一切全都徒劳，亲爱的读者，不是吗？即便你已经被这故事折磨得精疲力竭，和作者本人一样。让我们就说我们累了，亲爱的读者，让我们不要下结论，让我们抛却不信任，更不要恶语相向。总的来说，思想的复杂并无什么不好，只是思想的复杂永远要求思想的深度来付出代价。让我们坐上你那辆日本丰田轿车吧，这辆车对阿拉伯石油产品的消耗量很小，我们吃饭去。中餐馆？越南餐馆？泰国餐馆？印度餐馆？墨西哥餐馆？匈牙利餐馆？波兰餐馆？我们在国外待得越久，我们的饮食便越杂。西班牙餐馆？希腊餐馆？法国餐馆？意大利餐馆？或许，关于那些死去间谍的唯一好事，就是他们也曾拥有选择余地。可是在我写下这些文字的时候，无线广播里传来一条新闻，即苏联已不复存在。那么，去亚美尼亚餐馆？乌兹别克餐馆？哈萨克餐馆？爱沙尼亚餐馆？不知什么原因，我们今晚不想在家里吃饭。我们不想吃英式饭菜。

四六

为了几个死去的间谍为何要浪费这么多口舌呢？看到那份文学杂志的封面而产生的反感为何就难以克制呢？这是反应过度吗？有人相信公正的社会在别处存在，这又有何新奇之处呢？有人相信现实或书面的卢梭式陈词滥调，这又有何特别之处呢？每一个时代和每一代人均有权做自己的乌托邦梦，菲尔比那代人也有这样的权利。当然，在过了首次贷款的年纪（更遑论退休的年纪）之后仍抱着那些垃圾不放的这种能力是令人费解的，但人们可以轻而易举地将这归结为性格或某种机体失调。一位天主教徒，尤其是一位堕落的天主教徒，会很看重这种困境，如果他是一位作家，便会对其加以烹调；一位异教徒也会这样做。或许，我之所以感到恶心，仅仅是因为比例被打破了，因为一个很小的东西——事实上，是一枚邮票——被放大在印刷品上，结果，其齿状边缘便扩成了织物的花边，是手巾的花边，枕套的花边，床罩的花边，还是衬裙的花边？我好像受不了花边亚麻布，这又是童年留下的创伤？这一天很热，我蓦然间感到，杂志封面上的那张邮票在不断扩大，它覆盖了哈普斯特德的贝尔萨兹公园，并不断扩展，越来越大。当然，这是一个幻觉。超现实主义诗人的诗读得太多了。或者，印有政治局委员头像的招贴画在陈旧的视网膜上停留得太久了，邮票上的这个人看上去有些像其中一位委员，因为那些委员们全都能让人联想到亚力克·吉尼斯和特雷沃·霍华德。当然，还有那行西里尔字母……足以让人头晕目眩。不过，事情并非如此。并无任何幻觉。这只是一张脸，如果没有那行说明文字，而且还是用西里尔字母写成的说明文字，你也许根本不会注意到这样一张脸。在那一时刻，我为自己懂得俄语而心生悔恨。我站在那里，在搜索一个英语单词，以便抵抗那些基里尔字母散发出的熟悉感。就像语言混血儿时常遭遇的那样，我未能立即找到一个恰当的词，于是我转身离开了商店。走出商店后我才想起这个词，但正因为这个词，我却不会再返回商店去购买那份杂志。这个词就是"treachery"（背叛）。

四七

一个出色的词。它嘎吱作响，就像一截横跨深渊的木板。

从拟声的角度看，它胜过 ethics（伦理学）。它具有表示禁忌的所有声学效果。因为，一个部族的首要边界就是其语言。如果一个单词无法令你止步，这就说明你不属于这个部族。这个部族的元音和噬音不会激起你的本能反应，不会让你的神经细胞产生反感，不会让你退缩。

这就是说，你对这一部族语言的掌握其实就是一种拟态行为。反过来，它也表明你属于另一进化序列。不管那是舌下音还是颚前音，至少相对于含有"treachery"一词的这门语言而言就是如此。这个词的目的就是防止骨头突然变成肉冻。这就是说，进化永远不会终止，它仍在继续。《物种起源》并非这条路的终点，它至多只是一座里程碑。这就是说，并非所有的人都是人。这枚邮票或许就属于贝壳类和软体类动物序列。这里还只是海床。

四八

你只能放大邮票，却难以将它缩小。这就是说，你可以缩小它，可这样做却无意义。这便是小东西的自我防卫，如果你愿意的话，也可把这一点称为它们的存在意义①。它们只能被放大。如果你在一家出身不够光彩、靠破坏罢工发家的文学报纸的摄影部工作，情况更是如此。"把它放大。"编辑说，于是你便高高兴兴地跑进工作间。你无法缩小它，不是吗？你根本不会产生这个念头。如今只需按一下按钮，那东西便会被放大或缩小。放大到真人大小，或是缩小成一只跳蚤。再点一次，那跳蚤便会消失。灭绝了。但这不是那位编辑想要的。他要的是真人大小，大幅图

---

① "存在意义"一词用的是法语 "raison d'être"。

片。要与他的想象一样大，如果不是与他的两难困境一样大的话。"你是给这个人买酒呢，还是与他握手？"这是一种老派的英式两难，不过此刻它却显得很别致，带有某种怀旧情调。唉，如今你只要按一下按钮，整个思想的沼泽便会翻腾起来，从加来海峡直到白令海峡，从二十世纪三十年代直到现今。因为，对于当今活跃的那一代人而言——堕落的天主教徒、报刊主编，诸如此类的人——这就是历史。因为，如今每一件事都是别致的，怀旧的：世纪之末①可不是平白无故来临的。

如今，我们对于未来已经很难有什么期盼了，除了你的银行对账单。当今，如果你掌握了某些秘密情报，如果你依旧渴望挑战你的阶级或你的国家，你又能为哪些人而工作呢？为阿拉伯人工作？为日本人工作？你能成为谁的特工呢？更不用说成为谁的鼹鼠了。世界真的成了一座村庄，不再有忠诚，不再有亲情。唉，你不再有机会向亚洲出卖欧洲，在我看来，反过来也一样。别了，信念！别了，可爱的、老式的、无神论的共产主义！如今，你这个老小伙子，就只有怀旧了。从你宽松的短裤到暗黑色的录音机、立体声收音机或发出枪管般幽幽冷光的汽车仪表盘。如今一切都很理性，一切都很别致，在欧洲是这样，在亚洲亦如此。因此，让我们来放大这只二十世纪五十年代的跳蚤，因为如果将它缩小，这便会夺去你的情感历史。如果没有这段历史，如果在你的往事中不曾有过这个从未被抓、也从未忏悔的一流卖国贼，你又会成为什么样的人呢？只会是税务报表上的一个零，与那个老恶棍当年领取英镑薪水时填的并无二致。让我们来放大它，遗憾的是不能做成一张三维图像。同样遗憾的是，你在按下"放大"按钮的时候还没有想到，不出三个星期，这个人为之奉献出全部生命的那个国家就

---

① "世纪之末"用的是法语"fin-de-siècle"。

将分崩离析。

四九

梦中。肯辛顿的一个地方，像是一片草场，又像是一座公共花园，中间有一座喷泉和一尊雕像。反正是一座雕塑。一座现代雕塑，但又不十分现代。很抽象，中间有个大洞，还有几道细线，像一把吉他，但更少女性味道。灰色。有点像芭芭拉·霍普沃斯 [1] 的作品，但它是用被遗弃的思想和未完成的句子塑造出来的。带有花边。基座上有一行碑文："献给亲爱的蜘蛛。心怀感激的蛛网敬立。"

五十

巴拉莱卡琴的呻吟，干扰电波的噼啪声。一只手在调试面板闪烁的无线电收音机。地点是俄国莫斯科，时间在一九六三至一九八八年间的某个时候。又是干扰电波的声音，又是巴拉莱卡琴的呻吟。然后是一首英国民歌的前几段音符，然后是一个字正腔圆的女声："这里是英国 BBC 全球广播。现在为您播报新闻。为您播报的是……"她或许三十岁。脸庞洗得很干净，化着淡妆。薄绸衬衫。白色。羊毛背心。更像是淡褐色的，牛奶咖啡色。薄呢裙子，齐膝。黑色或深蓝色，就像夜晚窗外的天空。或许是灰色，但齐膝。齐膝齐膝齐膝。然后是衬裙。哦天啊哦天啊哦天啊。又一架波音飞机在沙漠爆炸起火。波尔布

---

[1] 芭芭拉·霍普沃斯（1903—1975），英国雕塑家。

特，金边。穆加贝——一秒钟的停顿——先生。齐膝。主要的问题是花边。像委婉的托词一样易碎、复杂。极细小的花朵。它们永远无缘看见日光。因此它们才如此之白。哦，见鬼！西哈努克，皮诺切特，鲁迪·杜契克[1]。智利，智利，智利，智利。细小的紫罗兰窒息而死，扼杀它们的是从伊斯灵顿一家商店里买来的淡褐色长筒丝袜。世界也落入这般境地。从循序渐进的方式，从"绸衫-肉体-吊袜带-宾果游戏"体系到非穿即脱的连裤袜。缓和，电子信号监听，洲际弹道导弹。新把戏，但是狗已经太老了[2]。无论对于这些，还是对于老把戏来说。哎，好像是这样的。而且一辈子都得待在这儿了。很可惜。你没法把好处都占全，不是吗？那就再来一杯威士忌。"我们再播报一下新闻要点……"我想，她大约三十岁，很丰满。不过该吃晚餐了。玛士撒拉[3]幻想着细小的紫罗兰。玛士撒拉在幻想……这一生中最重要的东西，即蛛网比蜘蛛活得更久。那个谁谁谁——丘特切夫！那人叫丘特切夫——他的抒情诗是怎么念的来着？

> 我们无法估量我们的
> 词语能活在谁的心里。
> 我们被赋予了遗忘，
> 一如我们曾获得恩赐。

亲爱的！亲爱的！晚饭吃什么？"哦，亲爱的，我想我们今晚该吃英国餐了。吃煮牛肉吧。"

一九九一年

---

[1] 鲁迪·杜契克（1940—1979），20 世纪 60 年代德国学生运动领袖。
[2] 英语中有句俗语"教老狗学新把戏"（Teach an old dog new tricks.），意为让年老守旧的人接受新鲜事物。
[3]《圣经》中的人物，据说活到 965 岁。

一个不温和的建议 ①

大约一小时前，我此刻站立的舞台和你们的座位都还空空荡荡。一小时之后，这里又将空空荡荡。我猜想，在大多数日子里这地方都是空的，空空荡荡是它的自然状态。如果这地方也具有意识，它一定会因为我们的到来而感觉厌恶。这无疑是对我们存在意义的一个极好勾勒；至少对我们这场聚会的意义而言是这样的。无论是什么让我们齐聚一堂，我们都不占据比例上的优势。我们可以沾沾自喜于我们的人数，可就空间意义而言这却是微不足道的。

我想，人们的任何一次聚会莫不如此。但当事情涉及诗歌时，那就另当别论了。首先，诗歌的写作和阅读都是一门原子化的艺术，其社会性远低于音乐或绘画。此外，诗歌显然渴求虚空，比如说，它就始自无穷之虚空。尽管其主要原因仍在于，从历史的角度看，诗歌读者在社会人口中所占比例一直不大。因此我们应该替彼此感到欣慰，哪怕仅仅是因为我们来到这里本身——尽管这看起来全然无足轻重——就是历史的继续，而这座城市里的某些人却认为这历史业已终结 ②。

在所谓有记录的历史中，诗歌读者在总人口中的比例从未超过百分之一。这项统计的依据并非任何专项研究，而是我们所处的这个世界的精神气候。事实上，这气候之变迁有时还使我们援引的这个数字显得有些奢侈。无论是古希腊还是古罗马，无论是灿烂的文艺复兴时期还是启蒙时期，均未让我们感觉到诗歌的受众人数众多，更不用说是千军万马了，也不曾让我们感叹其读者范围之广泛。

情况始终如此。我们称之为经典作家的那些人，其名声并非源自其同时代人，而是源自其后代。这并不是说，后代就是他们的价值之数量体现。后代只是向他们提供了他们当初本该享有的读者规模，尽管这是事后而为的，颇费周折的。他们的实际处境常常相当逼仄，他们依附于保护人，或是纷纷拥向宫廷，就像如今的诗人纷纷拥向大学。显然，他们不得不寄希望于主顾的慷慨，但同时也旨在获得读者。当识文断字成为少数人的特权时，诗人在哪儿才能为他的诗行找到一只同情的耳朵或一只关注的眼睛呢？权力的位置往往就是文化的位置，况且那里的食物更美味，那里的交际也比包括修道院在内的其他地方更丰富，更温情。

许多个世纪过去了。权力的位置和文化的位置分道扬镳，似乎也不会再走到一起。这当然是你们为民主付出的代价，为民有、民治、民享的规则付出的代价，在这个民族中，依然只有百分之一的人阅读诗歌。如果说一位当代诗人与文艺复兴时期的一位同行有什么相同之处，那么这首先就是其作品的极小发行量。有人因其性格或许会乐于玩味这一窘境的经典特征，为能承继这一神圣传统而骄傲，或是追随众多先辈的脚步，在对现实的坦然接受中获得一种同等程度的慰藉。将自己与辉煌的过去联系在一起，这样做最能让人获得心理满足，这仅仅是因为，过去之清晰远胜于现在，不用说，也胜于未来。

---

① 1991 年 10 月在国会图书馆所作演讲。——原注。译者按：此文原为担任美国"桂冠诗人"的布罗茨基 1991 年 10 月 2 日在美国国会图书馆所作演讲，后经修改刊于 1991 年 11 月 11 日的《新共和》(New Republic)。此文原题"An Immodest Proposal"，是对英国作家斯威夫特的《一个温和的建议》(A Modest Proposal, 1729) 一文的戏仿，斯威夫特的"建议"旨在"防止爱尔兰的穷人孩子们成为他们的父母或国家之负担"。俄文版题为"Нескромное предложение"。

② 暗指福山的历史终结说。

诗人永远能凭借语言步出困境，这毕竟是他的职业。不过，我在这里要谈的并非诗人的困境；归根结底，诗人并非牺牲者。我在这里要谈的是诗人的受众之窘况，换句话说，也就是在座的你们之窘况。因为，我这一年的薪水由国会图书馆提供，我以公仆的心态、而非其他的身份接受了这份工作。因此，这个国家的诗歌受众便成了我关心的问题，我这位公仆便觉得现今的百分之一比例是可怕的，不体面的，如果不说这是悲剧性的。这一评估与我的性格无关，也与一位作者因为他的书卖得不好而生的懊恼毫无干系。

在这个国家，任何一位诗人的第一或第二本诗集的标准印数约在两千至一万册之间（我指的仅为商业出版社）。我所知的最近一次人口普查表明，合众国的人口约为两亿五千万。这就是说，一家出版某位作者第一或第二本诗集的标准商业出版社仅在瞄准总人口中的百分之零点零零一。这在我看来是荒谬的。

数世纪以来，妨碍公众接触到诗歌的障碍是印刷品的匮乏和识字水平的限制。如今，这两者实际上均已普及，于是，前面提到的那个比例就再也说不过去了。事实上，即便我们维持百分之一的比例，出版者们印出的诗人诗集也不该是两千至一万册，而应为二百五十万册。我们这个国家能有这么多的诗歌读者吗？我相信，我们有的；事实上，我相信我们的诗歌读者比这还要多得多。究竟有多少，这自然需要进行市场调查，可这恰恰是我们需要回避的。

因为市场调查就其定义而言是有局限的。就像任何社会学调查一样，这需要将人口调查数据划分为不同的组群、阶层和类别。他们假定每一社会组群均具有某些固定特征，据此对他们制定区分对待策略。这样做自然会减少人们的精神食粮，导致他们的智性障碍。他们相信，诗歌市场是面向那些接受过高等教育的人士的，出版者们仅以这类人为目标读者。蓝领阶层是不会去阅读贺拉斯的，身着工装裤的农民也不会去读蒙塔莱①或马维尔②。同样，也不能指望一位政治家会背诵杰拉尔德·曼利·霍普金斯或伊丽莎白·毕晓普③。

这很愚蠢，也很危险。详细的理由之后再讲。此刻我只想说明，诗歌的传播不能依据市场标准，因为任何一种此类测算都会对潜在的读者估计不足。至于诗歌，市场调查的最终结果即便是借助计算机得出的，也依然纯粹是中世纪性质的。我们全都识字，因此，我们每个人都是潜在的诗歌读者。书籍的传播就是以这一假设为依据的，而不是什么令人恐惧的需求概念。因为在文化领域，并非需求创造供给，而是相反。你阅读但丁，是因为他写作了《神曲》，而不是因为你感觉到了对他的需求：这个人或是他的诗都是你无法变幻出来的。

应该更大规模地向公众提供诗歌。诗歌应该无处不在，就像环绕着我们的大自然，就像诗歌从中汲取过很多比喻的大自然；或者说，诗歌应该像加油站一样无处不在，如果不能像汽车这样多的话。书店不仅要设在大学校园或主要街道上，而且还应出现在装配厂的门口。我们视为经典的那些作品应该出版便宜的平装本，在超市里出售。这个国家毕竟是一个有大规模生产能力的国家，我不明白，那些用来生产汽车的方式为何不能用来生产诗集——诗集可以把你们带往更远的地方。是因为你们不想走得更远吗？有可能是的。但是，如果的确如此，这也只是因为你们没有交通工具，而不是因为我构想中的距离和目的地并不存在。

---

① 蒙塔莱（1896—1981），意大利诗人，1975 年诺贝尔奖获得者，布罗茨基的《在但丁的阴影中》一文就是写蒙塔莱的。
② 马维尔（1618—1678），英国玄学派诗人，布罗茨基翻译过马维尔的诗。
③ 毕晓普（1911—1979），美国女诗人。

我想，即便对于一只同情的耳朵来说，这些话也会显得有些疯狂。不过事实并非如此；而且这建议还非常符合经济学。一本诗集印上两百五十万册，每册的定价比如说是两美元，它最终获得的收益会超过印数一万、定价二十美元的同一本书。你们当然有可能面临仓储难题，但此时你们便会被迫在全国范围内四处推销此书。此外，如果政府意识到建立你们自己的私人图书室之于你们的内心天职恰如商务午餐之于你们的外在天职一样重要，那么，政府或许会给那些阅读、写作或出版诗歌的人减税。主要的输家自然会是巴西的热带雨林。不过我相信，一棵树若是在成为一部诗集还是成为一沓备忘录这两种命运之间做选择，它是会选择前者的。

一本书能走得很远。文化领域的破釜沉舟并非一种可供选择的策略，而是一种必要，因为选择性的文化市场定位无论其目标何在，都注定会失败。因此，尽管对自己此刻所面对的听众并不了解，但我仍想提出这样一个建议，即在技术已不显得昂贵的当下显然已出现这样一个机会，有可能使这个国家步入经过启蒙的民主制。我还认为，应当尽早利用这一机会，在文字被视频取代之前。

我建议我们从诗歌开始，这并非仅仅因为这与我们文明的发展遥相呼应——歌先于故事——而且还因为诗歌的生产更为便宜。十来本书便能构成一个像样的开端。我认为，一位普通诗歌读者的书架上大约摆有三十到五十本不同作者的诗集。在每个美国家庭，摆下一多半这样的书只需一层书架，或是一只壁炉台——或是在最糟的情况下，一个窗台。十来本平装诗集的价格，即便在当下最多也只相当于一台电视机的四分之一。人们不读诗，其原因并不在于人们缺少对诗歌的渴求，而是因为没有能刺激这种渴求的可能性，亦即一书难求。

在我看来，书籍应该被送到千家万户的门口，就像电能，或者像英格兰的牛奶，书籍应被视为公用事业，它们的定价应是极低的。此外，诗歌还可以在药店出售（并不仅仅因为它们可以减少你们看心理医生的费用）。至少，一部美国诗歌选集应被放进每一家旅馆每一个房间的床头柜里，与《圣经》放在一起，《圣经》肯定不会排斥这位邻居，因为它并不曾排斥身边的电话簿。

这一切都可以做到，尤其是在这个国家。因为撇开其他事情不谈，美国诗歌是这个国家最伟大的遗产。有些事情旁观者看得更清。美国诗歌就是一例，而我就是这个旁观者。在大洋此岸近一个半世纪里创作出的诗歌，其数量会使任何一种文学的同类产品相形见绌，也胜过我们那迷惑了全世界的爵士乐和电影。我猜想，关于它的质量也可以说同样的话，因为这是一种渗透着个人责任感之精神的诗歌。对于美国诗歌而言，最为陌生的东西莫过于欧洲大陆的那些伟大特色，诸如牺牲者的感受及其剧烈摆动、热衷指责的手指头，语调高昂的语无伦次，以及普罗米修斯式的矫情和片面之词。当然，美国诗歌也有其缺点，即过多目光狭隘的愿景和累赘的神经质。但是，它们依然是淬炼心灵的绝好材料，而百分之一的传播方式却使这个民族丧失了一种不但能培养耐力、更能产生自豪的天然资源。

诗歌实质上是一种高度个性化的艺术，就某种意义而言，这个国家就是诗歌符合逻辑的居所。在这个国家，无论现代派还是传统派，他们身上的这种个人主义倾向都发展到了乖戾的极端，不管怎样，这也是符合逻辑的。（事实上，现代派就诞生于这种个人主义。）对于我的眼睛和我的耳朵来说，美国诗歌就是关于人的自治之顽强不屈、持续不断的布道，如果你们愿意的话，也可以称它为一个抗拒连锁反应的原子所唱的歌。它总的调性就是韧性和坚毅，就是毫不畏惧地直面最糟糕的事情。它的眼睛始终是圆睁着的，与其说在表示惊叹或期盼启示，莫如说在静待危险。它很少给予安慰（欧洲诗歌、尤其是俄国诗歌的最爱）；它充满清晰明了的细节；它没有对黄金年代的眷恋；它赞赏大胆和逃脱。如果有人要给它找一个座右铭，我建议就用弗罗斯特《仆人的仆人》一诗中的这一行："最好的步出方式永远是穿过。"

我敢于以如此概括的方式谈论美国诗歌，这并非因为美国诗歌自身所具有的力量和规模，而是因为我的话题就是如何让公众接近美国诗歌。在这一语境中必须指出，关于诗人的角色或诗人的义务等古老观念已被他的社会所彻底颠覆。如果有人认为一位自谋职业者也具有社会功能，那么，诗人的社会功能就是写作，他进行写作并非是在接受社会的委托，而是出于个人意愿。他仅对他的语言负有义务，这一义务就是写作好诗。在一位诗人写作的时候，尤其在他写作好诗的时候，在他使用他所处社会使用的那种语言写作的时候，他便向这个社会迈进了一大步。而社会应做的事情就是也迈上一步，在半途迎接诗人，也就是打开并阅读他的书。

如果有人认为这是在抛却义务，那么过错也不在诗人，因为他始终在写作。如今，在任何一种文化中，诗歌都是最高的人类语言形式。若是不阅读或不聆听诗歌，整个社会的语言能力便注定会下降，便会使用政治家、商人和骗子的语言——一句话，也就是社会自身的语言。换句话说，它便会丧失其进化潜能，因为，我们与动物王国其他物种的区别仅在于言说这一天赋。人们对诗歌常常发出种种抱怨，比如说诗过于难懂、晦涩、深奥等等，这些抱怨所指的并非诗歌的状态，坦白地说，它实际表明了某个社会在进化阶梯上所处的位置。

诗歌的话语是具有延续性的，它也始终在回避套话和重复。没有套话和重复，这正是艺术的推进器，是艺术有别于生活的主要特征，而生活的主要修辞方式，如果可以这样说的话，恰恰就是套话和重复，因为生活永远是从零开始的。因此毫不奇怪，当今社会在偶遇了不断延续的诗歌话语时会晕头转向，就像坐上了一列失控的列车。我曾在一个地方说过，诗歌不是一种娱乐方式，就某种意义而言甚至不是一种艺术形式，而是我们的人类物种和遗传学目的，是我们语言和进化的灯塔。我们在童年时似乎能感觉到这一点，我们那时阅读、背诵诗歌，为的是掌握语言。成年之后，我们却放弃了这种练习，认为我们已经掌握了语言。然而，我们掌握的不过是一种习语，它或许足以用来欺骗敌人，出售产品，与人打赌，获得晋升，却肯定不足以用来治愈痛苦和唤起欢乐。一个人在学会将他的语句变作一辆满载语义的大车之前，在学会从爱人的相貌中分辨出并爱上那种"朝圣者的灵魂"之前，在熟知"一度荣光的任何记忆／都无法补偿之后的漠视，／或使结局少些苦涩"①这样的诗句之前，在这些东西注入他的血液之前，他就仍属于无语言家族。这样的人是大多数，这或许能让人聊以自慰。

阅读诗歌至少是一种语言上强烈的潜移默化。它还是一个高效的精神加速方式。一首好诗能在一个非常小的空间里覆盖一片巨大的精神领地，最终常常能使人获得一种顿悟或启示。之所以能赢得这种效果，是因为诗人在写作过程中采用了（更多是无意识地）人类的两种主要认知方式，即西方方式和东方方式。（当然，这两种方式每个人均可随时采用，但不同的传

---

① 弗罗斯特《提供，提供》一诗中的诗句。

统对它们仍持有不同程度的偏见。）前者注重理性，注重分析。在社会层面，它伴随着人的自我主张，就整体而言是对笛卡儿的"我思故我在"①之命题的图解。后者主要诉诸本能的综合，要求自我否定，是佛陀的最佳化身。换句话说，一首诗能提供出一个完整、公正的人类精神活动的范例。这便是诗歌的主要魅力所在，此外，它还对语言的韵律和音调财富加以利用，这些财富自身便具有强烈的启示意义。一首诗实际上就是在告诉它的读者："请像我一样。"你在阅读那一刻就变成了你阅读的对象，变成被称作诗的那样一种语言状态，它的顿悟和它的启示都会变成你的顿悟和你的启示。你合上书页时，这些东西依然归你所有，因为你再也无法返回你没有得到它们时的空虚状态。这便是进化的实质所在。

进化的目的既非适者的生存，亦非不适者的生存。若是前者，我们便会以阿诺德·施瓦辛格②为榜样；若是在伦理上更为高调的后者，我们则不得不以伍迪·艾伦③为乐。无论你们是否相信，进化的目的就在于美，美比一切东西都更持久，美能派生出真，就因为美是理性和感性之综合。在一位旁观者看来它永远如此，它只能在语言中得到最充分的体现，而这就是诗的作用——它既是语义的，也是语音的，两者都同样根深蒂固。

就这一领域的积累而言，没有任何一种语言能超过英语。诞生于英语环境或是融入这一环境，这对于一个人来说是一种最大的恩赐。剥夺这一语言的使用者充分融入这一环境的权利，这就是一桩人类学罪行，而当今的诗歌传播体系归根结底

---

① 此处用的是拉丁文"Gogito ergo sum"。
② 施瓦辛格（1947 年生），美国电影中的壮汉明星，后任加州州长。
③ 伍迪·艾伦（1935 年生），美国喜剧电影明星、导演。

就是这种犯罪。焚书或是不读书，我并不确知哪种举动更为糟糕，但是我认为，象征性地出版图书介于这两者之间。请原谅我的言辞如此激烈，但是，当我一方面想到诗人们用这一语言写作的大量作品均无人问津，另一方面又意识到令人震惊的人口增长前景，我便会感觉到我们正面临着一个巨大的文化倒退。我担忧的并非文化，也不是那些伟大的或并不那么伟大的诗人们的作品之命运。令我担忧的是，人类在无法清晰地说出心声、无法表达自我时，掉头诉诸行动。因为，行动的词汇是有限的，就像人的躯体语言十分有限一样，因此，他就注定会采取暴力行为，使用武器而非修饰语来拓展他的词汇。

长话短说，那些可爱的、离奇的陈旧方式该中止了。应该组建全国性的经典和当代诗歌销售网。我认为，这应该由私人企业组建，但应得到国家支持。其目标年龄组应在十五岁以上。重点放在美国经典诗歌上。出版哪些人的哪些作品，这应该由内行的两三个人，亦即两三位诗人来决定。热衷于意识形态争吵的学院派专家应被排斥在外，因为在这一领域，无人享有指点江山的权威，唯一的依据就是趣味。美以及与其相伴的真不应服从任何哲学、政治甚至伦理教条，因为美学就是伦理学之母，而不是相反。如果你们不同意这一点，那么就请你们回忆一下你们恋爱时的情景。

不过也应该记住，社会中总有这样一种倾向，即为每一个时期（通常是一个世纪）指认出一位伟大诗人。这样做的原因是为了逃避阅读其他诗人的责任，或者是——就这件事而言——为了逃避那位天选诗人，只要你发现他或她的性格并不合乎自己的口味。事实上，在任何一个阶段，在任何一种文学里，都会同时存在好几位同样伟大、同样重要的诗人，他们都能照亮你前行的路。无论人数是多是少，他们归根结底都能被归入各种已知的性格，必然如此，他们之不同便由此而来。他们凭借语言之恩赐来到世上，为了向社会提供一套美学标准的层次体系或色谱，供社会遵循、忽略或关注。他们与其说是榜样，莫如说是精神导师，无论他们自己是否意识到了——他们若是没有这种意识则更好。社会需要作为整体的他们，如果我提出的计划能得以落实，也不应给他们中的任何一个人以偏爱。因为在这些高地上并无等级，荣耀应该均等。

我怀疑，社会钟情于一位诗人，是因为较之于好几个人，一个人更易忽略。一个社会若是拥有好几个扮演着世俗圣徒角色的诗人，便会变得更难统治，因为政治家就不得不拿出至少与数位诗人相当的视界高度，更不用说是措辞水平了，而这样的视界高度和措辞水平已经无法再被视作例外。但是，这样一个社会或许会比我们迄今所知的所有社会都更民主。因为，民主的目的并非民主自身，否则便是多余。民主的目的就是民主之启蒙。没有启蒙意义的民主，至多也只是一片治安状况良好的热带雨林，其中还有一位被指定的伟大诗人扮演人猿泰山。

我在这里要谈的是热带雨林，而非人猿泰山。对于一位诗人来说，被人遗忘并非一场了不得的悲剧，这是在所难免的，他能承受。与社会不同，一位好诗人永远拥有未来，就某种意义而言他的诗作就是一份邀请，邀请我们领取未来的样本。关于我们自己，至少可以这样说——这或许也是对于我们的最高赞誉——我们就是罗伯特·弗罗斯特、玛丽安·穆尔①、华莱士·斯蒂文斯和伊丽莎白·毕晓普的未来，我仅提这么几位……生活在地球上的每一代人都是未来，更确切地说都是逝去者的未来之组成部分，尤其是逝去诗人的未来之组成部分，因为当我们阅读他们的作品时，我们便能意识到，他们是知道

① 穆尔（1887—1972），美国女诗人。

我们的，这些在我们之前出现的诗歌实质上就是我们的基因库。它不需要我们去尊崇，它在召唤我们去阅读。

我再重复一遍：一位诗人永远不会是输家。他深知，会有人继承他的事业，在他止步的地方继续前行。（事实上，正因为继承者人多势众，激情四射，高声喧哗，哗众取宠，才把这位诗人挤入了忘川。）他能承受，就像他不怕被视为娘娘腔。无法承受被遗忘之命运的恰恰是社会，与每一位诗人其实都具有的精神毅力相比，恰恰是社会成了娘娘腔，成了输家。社会的主要力量就在于复制自我，对于社会而言，失去一位诗人就等于毁灭了一颗脑细胞。这会妨碍一个人的言说能力，在需要作出伦理选择时无所适从，或者，这会使活的话语结满修饰语的硬壳，使人变成一个热情接纳胡言乱语或纯粹噪音的容器。不过，负责复制的器官并未受到影响。

对于某些遗传缺陷（在个体身上或许并不显眼，在群体中则触目惊心），治疗手段并不多，我在这里提出的建议也并非一种治疗手段。我只是希望，我的这个主意如果能得到支持，或许能在一定程度上延缓我们这种文化萎靡症蔓延至下一代的速度。正如我在前面所说的那样，我接受了这个富有公众服务精神的职位，或许，拿到华盛顿国会图书馆付给的薪水让我有些脑袋发热。或许，我把自己想象成了一位卫生局长，把一张标签贴在当今的诗歌包装盒上。这标签上写着："如此经营方式有害国家健康。"我们活着并不意味着我们没有染病。

常有人说，忘记历史的人注定会重复历史，我觉得第一个道出此言的似乎是桑塔亚那 ①。诗歌不作如此断言。不过，诗歌

---

① 乔治·桑塔亚那（1863—1952），西班牙哲学家，批判实在论代表之一，1872 年移居美国，曾任教哈佛大学，著有《理性生活》、《存在的领域》等著作。布罗茨基所引之语出自桑塔亚那的《理性生活》（The Life of Reason），原文为："Those who don't remember the past are condemned to fulfit it."

与历史还是有某些相似之处：诗歌也诉诸记忆，它也能造福未来，更不用说当下了。诗歌肯定无法减少贫困，但它可以驱除愚昧。再者，它还是唯一可以抵御人心之庸俗的保险装置。因此，诗歌应该以低廉的价格提供给这个国家的每一个人。

在一个人口两亿五千万的国家，一本两美元一册的美国诗歌选集可以卖到五千万册。也许不会很快卖光，但能常销，卖上十来年，便能全都卖出去。书籍找到了自己的读者。如果卖不出去，那就让它们躺在那里好了，落满尘土，腐烂分解。总会有一个孩子，他将在垃圾堆里拣起一本书来。我就曾是这样一个孩子，如果我本人的例子有任何价值的话；也许，你们中的一些人也会这样做。

四分之一个世纪之前，我认识的一个人 ① 当时身在俄国，正在把罗伯特·弗罗斯特的诗译成俄语。我认识他，是因为我读到了他的译诗，那些被译成俄语的诗作极为出色，我非常想结识译者，同样也非常想看到原作。他给我看了那本硬皮书（我认为是霍尔特出版社 ② 的版本），翻开的一页上恰好是《幸福因失去长度而达到顶点》一诗。这一页上有一只巨大的十二号军靴留下的印迹。这本书的扉页上还盖着一个图章，图章上的字样为"斯塔拉格 3B"，这是二战期间位于法国某地一座关押盟军战俘的集中营。

这就是一本诗集最终找到其读者的例证。它要做的事情就是时刻待在近旁。否则它就不会被踩到，更不可能被拣起。

---

① 即安德烈·谢尔盖耶夫（1933—1998），布罗茨基的友人，俄国诗人、翻译家。
② 这家出版社的全称为"Holt, Rinehart and Winston"。

致总统书 [①]

亲爱的总统先生：

　　我决定给您写这封信，是因为我们有一个共同之处，即我俩都是作家。我想，从事这一行业的人在发表文字或进行演讲之前，往往会比其他任何人都更加用心地字斟句酌。即便他最终介入了公共事务，他仍然会竭尽全力地回避时髦用语、拉丁词汇和各种行话。当然，在与两位或更多交谈者对话时很难做到这一点，这甚至会让他们感到做作。但是在自言自语或独白中，我认为是可以这样做的，尽管我们总是会根据听众选择措辞。

　　总统先生，我们还有一个共同之处，即我们都在各自的警察国家里生活过。不那么冠冕堂皇地说，我们蹲过的监狱空间不足，时间却很充裕，它迟早会让人变得深思熟虑，无论他性情如何。当然，您在你们的监狱里待的时间要比我在我们的监狱里待的时间更长，尽管我在布拉格之春前很久就被关进了我们的监狱。不过，尽管我有一种近乎爱国主义的信念，即俄国深处那个充满尿骚味的水泥笼子使人产生的绝望较之于我曾经想象的文明布拉格城里整洁的拉毛水泥墙囚室，能更快地让人意识到存在的随意性，但作为善于思考的动物，我想我们有可能是一样的。

　　长话短说，在我想到写作此信之前很久，我们就已经是笔友。但是这个念头并非出于我的文字意识，或是因为我们如今的处境与过去迥然不同（再没有什么事情比这更自然了，也没有任何人必须永远当作家，就像他不必永远做囚徒）。我决定写作此信，是因为我不久前读到了您最近的一篇演讲，您在演讲中关于过去、现在和未来的看法与我相去甚远，于是我想，我们两人中间有一个人是错的。恰恰由于这过去和未来并不仅仅属于您和您的国家，而是与全球相关，于是我决定给您写这封公开信。如果话题仅涉及过去，我或许完全不会写作此信，即便写了，也会是一封"私人"信件。

我读到的您那篇演讲刊登在《纽约图书评论》上，题为《后共产主义的噩梦》。您从回忆开始，谈到您的朋友和熟人当时在大街上都躲着您走，因为您当时与国家关系紧张，遭到警察的监视。您进而解释了他们回避您的原因，并用您惯常的不带怨恨的著名姿态说道，您让那些朋友和熟人感到不适，而"不适"——您接着引用了一句传统观点——"最好远远躲开"。接下来，您的大部分演讲都在描述后共产主义的现实（东欧，也包括巴尔干地区），将民主世界面对这一现实的态度与躲避不适的举止相提并论。

这是一场出色的演讲，其中含有大量出色的洞见和有说服力的结论。但是，请允许我返回您的起点。在我看来，总统先生，您著名的彬彬有礼对于您此处的事后洞见而言并不合适。您能断定吗，那些人当年之所以躲避您，只是出于因"潜在的迫害"而感到的窘迫和恐惧，而不是因为他们在感觉到那个体制似将天长日久之后才将你剔除了出去？您能断定他们中的某些人最终没有将您视为一个有污点的、不可救药的人吗？您能

---

① 刊于《纽约图书评论》，系对该刊 1993 年 5 月 27 日发表的哈维尔先生的演讲稿作出的回应。——原注。译者按：此文刊于 1994 年 2 月 17 日的《纽约图书评论》，原题"Letter to a President"，俄文版题为"Письмо президенту"。捷克总统哈维尔的演讲系在美国乔治·华盛顿大学所作，后以《后共产主义噩梦：一种交换》(The Post-Communist Nightmare：An Exchange) 为题刊出。

断定他们不认为在您身上浪费大量时间是愚蠢的吗？您让人感到不适（如您所强调的），可与此同时您却成了不当举止的合适范例，因此也就成了可观的道德舒适之源泉，一位病人常对健康的大多数扮演此种角色，您没有想到这一点吗？您没有想象过吗，他们会在夜晚对他们的妻子说："我今天在街上看见哈维尔了。他不可救药了。"也许，我误读了捷克人的性格？

他们被证实是错了，而您是对的，这无关紧要。他们将您除名，这首先是因为，即便以二十世纪下半叶的标准来看您也不是一位受难者。此外，我们每个人身上不都存有某种罪过吗？这罪过当然与国家无关，却能被感觉到。因此，每当国家之手触到我们时，我们便会含混地将其视为我们应得的惩罚，视为天意那迟钝的、却在意料之中的工具之触碰。直截了当地说，这就是警察机构的主要存在意义 ①，无论是穿便衣的还是着制服的警察，或者，这至少是我们全都无力抗拒逮捕的主要原因。人们可以清楚地意识到国家是错的，可人们却很少坚信自己的纯洁。更不用说，抓捕人和释放人的原为同一只手。因此，人们在获释之后很少会因为遭遇回避而惊讶，也不期待众人的热情拥抱。

这样的期待在这样的情形下注定会落空，因为没有人愿意听人提起罪过和报应之间的复杂关系，而在一个警察国家，英雄行为很大程度上就是向人们提起此事。这会让人彼此疏离，一如任何一种强调美德的举动，更何况英雄永远是从远处打量才最美。总统先生，您提到那些人回避您，这在很大程度上恰恰由于他们认为您就是一个善与恶在其中对峙的试管，他们不愿参与这次试验，因为他们对两者均持怀疑态度。这种身份再次让您成为了一个合适的例子，因为这两种极端在警察国家是

①"存在意义"一词用的是法语"raison d'être"。

相互消解的，因为它们是互为因果的。您没有想象过吗，这些小心谨慎的人会在夜晚对他们的妻子说："我今天在街上看见哈维尔了。他太高尚了，这不真实。"也许，我再次误读了捷克人的性格？

他们被证实是错了，而您是对的，我再重复一遍，这无关紧要。他们当时剔除了你，因为他们曾为相对主义和利己主义所左右，而在我看来，正是同样的信条帮助他们在如今新的情形下也顺风顺水。作为健康的大多数，他们无疑在您的天鹅绒革命中扮演了重要角色，因为这场革命归根结底声张的恰恰是利己主义，就像民主制由来已久的作为。如果事情果真如此，我担心它也的确如此，他们便已经为他们之前过分的谨慎向您还债了，而您如今掌控了一个与其说是您的，不如说是他们的社会。

这里没有任何不当之处。不过，事情也完全可能是另一种结局——当然是对您而言，而不是对他们而言（这场革命能够如此天鹅绒，是因为暴政在当时穿的是毛料而非装甲，否则我就不会有这份权利来评论您的演说了）。因此我想说的是，您在引入不便的概念时，很可能有些词不达意，因为利己主义，无论个人的利己主义还是国家的利己主义，从来都是以他人为代价的。一个更好的概念是人心的庸俗，总统先生，可是这么一来，您的演讲就无法得出一个响亮的结论来了。讲坛会对我们施加潜移默化的影响，尽管我们应该对此进行抵制，无论是否身为作家。由于我并不曾面临您的任务，我此刻便想把您的讨论带至我认为合适的地方。我不知道您是否会赞同结论。

您在第二段的开头说道："在长达数十年的时间里，民主世界的主要噩梦就是共产主义。如今，在它开始像雪崩一般解体的三年之后，它似乎被另一场噩梦所取代，这场噩梦就是后共产主义。"然后，您相当详细地描述了民主世界如今对生态、经济、政治和社会灾难作出的种种反应，而这些灾难的发生地之前却被人们视为风平浪静的地方。您将这些反应与对您带来的"不适"作出的反应相提并论，认为这样的立场会导致"脱离现实，并最终与现实妥协"，"这会导致绥靖政策，甚至助纣为虐。这种立场的后果甚至就是自杀"。

正是在这里，总统先生，我认为您的这个比喻让您露馅了。原因在于，无论共产主义的噩梦还是后共产主义的噩梦都不能归结为不适，因为它过去、现在以及之后相当长的时间里仍将帮助民主世界让"恶"外在化。而且还不仅仅是民主世界这样做。对于曾生活在这场噩梦里的我们当中的某些人，尤其对于那些与这场噩梦战斗过的某些人，它的存在是一种可观的道德满足之源泉。因为，那些曾与恶战斗或抵抗过恶的人几乎能自动地把自己当做好人，不会再进行自我分析。因此，如今或许已经到了这样的时刻：我们和整个世界，无论是民主世界还是非民主世界，应该将"共产主义"这个词从东欧人的生活现实中抹除，这样人们才能意识到，那种现实过去和现在都是一面镜子。

因为人类之恶始终存在。地理名称或政治术语提供的并非一架望远镜或一扇窗户，而是我们的自我映像，亦即人的负面潜能。在我们那块土地上长达三分之二个世纪中发生的巨大事件，不能被简单地归结为"共产主义"。通常而言，标签丢失的意义远胜过它们表达的意义，就数千万人被杀、多个民族的生活均被摧毁这样的事实而言，这个标签就更无意义了。尽管刽子手和牺牲者的比例有利于后者，但是考虑到当时技术条件的落后，我们那个王国发生的事件之规模仍表明，前者的数量也可能达到数百万，更不用说还有数百万帮凶了。

说教不是我的强项，总统先生，更何况您还是一位改变了信仰的人。用不着我来告诉您，您所谓的"共产主义"是人类的堕落，而非一个政治问题。这是一个全人类的问题，我们这个物种的问题，因此便是一个长期持续的问题。无论作为一位作家还是作为一个国家的领导人，您都不该使用这样一个术语，它遮蔽了人类之恶的现实——我还要补充一句，这个术语就是由恶发明的，目的就是为了遮蔽恶的现实。您也不该将它称为噩梦，因为人类的堕落并非一种夜间活动，至少在我们这个半球不发生在夜间。

如今，"共产主义"一词用起来依然很方便，因为"主义"表示一种既成事实①。尤其是在各斯拉夫语言中，如您所知，"主义"指的是某种具有外国意味的现象，如果一个词以"主义"结尾，这指的就是一种社会制度，这种体制会被视作一种强加。的确，我们那个特定的"主义"不是在伏尔加河畔或伏尔塔瓦河畔被杜撰出来的，尽管它在那儿以非同寻常的力量开花结果，但这个事实并不能证明我们那片土壤特别肥沃，因为它在不同的维度和其他截然不同的文化区域也开出了同样繁茂的花朵。这表明，我们的"主义"与其说是一种外来的强加，不如说是一种有机的起源，这起源甚或是无处不在的。因此人们应该能想到，无论是民主世界还是我们自己，与其高声呼吁相互"理解"，还不如来一点自我反省。（"相互理解"究竟是什么意思呢？您打算为这种理解采取什么步骤呢？或许是谋求联合国的支持？）

如果无法进行自省（在威逼之下都要回避的事情为何要在闲暇安逸时去做呢？），那么至少关于外来强加的神话也应该被破除，因为，一个理由就是，坦克兵和第五纵队在生物学意义上毫无差异。我们为何不干脆从这里开始呢？即承认在我们

---

① "既成事实"用的是法语"fait accompli"。

这个世界、我们这个世纪发生了一场人类学意义上的巨大倒退，无论它是由什么人或什么事引起的。它吸引了大量自私自利的民众，他们在行动中将他们的公分母降低为道德最低值；他们的私利——生活的稳定，还有被降低至相同水平的生活标准——是靠牺牲另一部分民众（虽说他们属于少数派）的利益获得的。死者的数量便由此而来。

把这一切都看成一个错误，一个可怕的、或许是某个无名的外来者强加给人类的政治异类，这很方便。如果这位外来者带有相应的地理或外国姓氏，其拼读能完全遮蔽其人类属性，那就更方便了。组建起反对这个异类的舰队和堡垒，这很方便，就像如今很方便地解散那些舰队、拆除那些堡垒一样。我还要再说一句，总统先生，如今站在讲坛上彬彬有礼地谈论这些问题，这也很方便，尽管我丝毫不怀疑您的彬彬有礼之真诚，我相信您的彬彬有礼的确是您的本性。能在手边找到这种活生生的范例来证明这种做法在世上行不通，并给它加上"主义"二字，这也很方便，就像如今向它提供各种"知识技能"再冠以"后"一样的方便。（可以预见，我们这个被"后"装饰了的"主义"会被傻瓜们挂在嘴上，方便地流传到未来。）

因为有件事真的会造成不便，尤其是对于西方工业化民主制的牛仔们而言，这就是，认识到在印第安人的领地上发生的灾难是大众社会的第一声哭号，一声仿佛来自未来世界的哭号；认识到这并非"主义"，而是在人类心头突然裂开的一道深渊，它吞噬诚实、同情、礼仪和正义，饱食之后，呈现给依然民主的外部世界一个相当完美、平滑的表面。

但是牛仔们憎恨镜子，这或许仅仅因为他们在镜中比在野外更容易辨认出那落后的印第安人。因此，他们更愿意骑上他们的高头大马，搜索没有印第安人现身的地平线，嘲笑印第安人的落后，在被别人——首先是被印第安人——视为牛仔的过程中获得巨大的精神满足。

总统先生，您常被喻作哲人王，您自然能比许多人更好地体会到，在我们那"印第安部落"中所发生的一切都可以追溯到启蒙运动及其"高贵野蛮人"的观念（这观念实际上始自地理大发现时代），这种观念认为人性本善，但总是受到不良体制之毒害，坚信体制的完善必将使人复归其始初的善。因此我认为，除了先前已被承认、或我希望已被承认的这一点外，我们还应加上一点，即正是"印第安人"在完善自己体制方面所取得的成就使他们抵达了该计划的逻辑终点：一个警察国家。或许，这一成就显而易见的野蛮性质会使"印第安人"想到，他们应该退回内地，他们不应让他们的体制过于完善。否则，他们就可能失去"牛仔"向他们的保留地支付的津贴。或许，人之善和制度之恶间的确存在某种比例关系。如果不是这样，那么也许有人就该承认，人性并不真的那么善。

我们是否就落入了这一处境，总统先生，或者至少您是身在其中了？"印第安人"是否该模仿"牛仔"，或者是否该祈求神灵指点出别的道路？但愿他们所遭遇的悲剧之规模本身足以保证此类悲剧不再重演？但愿他们的悲伤和他们对自身遭遇的记忆足以创建一种更加富有平等精神的纽带，胜过自由的企业精神和双议会的立法机构？如果他们要起草一部宪法，他们或许在一开始就应该承认，在这个世纪的大部分时间里，他们和他们的历史都会让人想起原罪。

如您所知，这可不是一个令人兴奋的概念。翻译成日常生活用语，其含义就是：人是危险的。这个原则除了能为我们敬爱的让-雅克·卢梭作一脚注外，或许还可以使我们创建一种社会秩序，如果不建在其他地方，那至少也要建在我们的国土——这片深受傅立叶、蒲鲁东和勃朗毒害而忽略了伯克和托克维尔之理论的国土；这种社会秩序仰赖的基础更少自我标榜，比我们习惯的更少，但或许其后果也更少灾难性。这也可以称得上是人类"关于自己、自己的局限以及自己在世界所处位置的新理解"，而这正是您在演讲中发出的呼吁。

您在演讲的结尾说道："我们应该找到一种与邻居、与宇宙的新关系，找到这种关系的形而上秩序，这种秩序就是道德秩序的源泉。"如果真的存在这种形而上秩序，总统先生，那么它也是十分灰暗的，其结构方式就是各部分间的相互漠视。因此，人是危险的这一概念便十分接近这一秩序在人类道德中的显现。每一位作家都是读者，如果看一看您的书架，您就会意识到，您的藏书大多以背叛或凶杀为主题。至少，以人性本恶为前提创建一个社会，这看起来比以人性本善为前提要更为保险一些。这样一来，至少有可能使这个社会在心理上更安全，如果不是在实际上（实际上也同样可能），因为其大部分成员，更不用说其间注定会发生的各种意外，都有可能显得更加令人愉悦。

真正的彬彬有礼，总统先生，或许就是不让人产生错觉。"新的理解"，"全球责任"，"多元文化"，这些概念其实并不比当今那些民族主义者们的怀旧乌托邦或那些新贵们 ① 的创业幻想好多少。此类命题无论多么确切，其前提依然是人性本善，依然是人关于自己的这样一种观念，即他要么是堕落的天使，要么是潜在的天使。此类话题或许适合那些为工业化民主制操心的无辜者或煽动者，却不该由您道出，您应该对人类心灵状况的真相一清二楚。

而您目前的有利地位，我想，不但允许您向人民传授您的

---

① "新贵们"用的是法语"nouveax riches"。

知识，而且也可以对他们的心灵状态多少有所矫正，您可以帮助他们，让他们变得和您一样。因为，使您变成今天这个样子的并非您的坐牢经历，而是您阅读过的书籍。我斗胆建议，第一步，最好能在国家的主流日报上连载这些书籍中的某几部。考虑到捷克的人口数，这一点应该能做到，甚至可以下达总统令，尽管我不认为您的国会会反对这项计划。只要把普鲁斯特、卡夫卡、福克纳、普拉东诺夫、加缪或乔伊斯提供给您的人民，您就至少可以使欧洲中部的一个民族转变为文明的民族。

对于世界的未来而言，这样做要比模仿牛仔好得多。这也会成为一种真正的后共产主义，而非这种学说之崩溃，以及随之而来的、如今让您深感忧虑的"对世界的仇恨、不顾一切的自我肯定和利己主义的空前泛滥"。因为，抗拒人心之庸俗的最好办法就是怀疑的态度和良好的趣味，我们可以在那些伟大的文学作品中发现这两者的融合，我们也曾在您的作品中看到它们。如果说一个人的负面潜质会借助凶杀而表露无遗，那么，他的正面潜质则会在艺术中获得最佳体现。

您或许会问，我为何不向我生活的这个国家的总统提出这个不切实际的建议呢？因为他不是一位作家，他所阅读的东西也大多是些垃圾。因为牛仔们相信法律，他们将民主制简化为法律面前人人平等，也就是一片治安状况良好的大草原。而我向你提出的建议却是文化面前的人人平等。您应该作出决定，看哪种方式对您的人民更好，看哪些书更适合拿给他们看。虽说我如果是您，我就会从您的藏书开始，因为显而易见，您关于道德准则的那些知识可不是在法律系学来的。

忠实于您的

约瑟夫·布罗茨基

悲伤与理智 [①]

一

我应当告诉你们，以下的文字是四年前我在巴黎国际哲学学院一个讲习班上的演讲稿。因此，这里有一些过头的话；同样因为这一点，作家生平方面的材料也显得不足，但在我看来，对于一般的艺术作品分析而言，生平材料是无关紧要的，尤其在你面对外国听众的时候。无论如何，这些文字中的代词"你们"是指那些对罗伯特·弗罗斯特诗歌的抒情和叙事力量一无所知或知之甚少的人。但是首先，还是来介绍一些基本情况。

罗伯特·弗罗斯特生于一八七四年，卒于一九六三年，享年八十八岁。他只结过一次婚，有六个孩子；年轻时他很贫穷；他先是种地当农民，后来在几所学校里教书。他很少出去旅行，直到晚年这一情况才有所改变；他一生主要居住在东海岸，在新英格兰地区。如果说生平能够解释诗歌，那么他的生平就不该产生出任何诗歌来。然而，他却先后出版了九部诗集，其中第二部《波士顿以北》还是在他四十岁时发表的，他因此成名。那是在一九一四年。

此后，他的事业稍稍顺利了一些。但是，文学声誉并不意味着畅销。恰在这时，第二次世界大战爆发，战争使弗罗斯特的作品开始受到普通大众的关注。一九四三年，美国战时图书理事会将五万份弗罗斯特的诗《进入》分发给驻在海外的美国军队，以鼓舞士气。到一九五五年，他的《诗选》已出至第四版，你可以说他的诗歌也已获得国家级的地位。

的确如此。在《波士顿以北》发表后近五十年的时间里，弗罗斯特获得了一位美国诗人所能得到的几乎所有奖励和荣誉；在弗罗斯特去世前不久，约翰·肯尼迪曾邀请他在美国总统就职典礼上朗诵诗作。伴随认可的自然也有大量的嫉妒和反感，这些东西甚至会在一定程度上影响到弗罗斯特传记作者的行文。不过，无论是奉承还是反感，两者都有一个一致的特征，即几乎完全误解了弗罗斯特所代表的一切。

他通常被视为一位乡村诗人，乡间歌手，一个具有民间气质、有些粗犷、爱说俏皮话的人，一个年老的绅士加农夫，对世界的整体看法是正面的。简而言之，一个地道的美国人，就像苹果派那么地道。公平地说，他通过一生中无数次的公开演说和采访恰恰投射出了这样的自我形象，这大大加深了人们对他的这一角色的认同。我认为，这样做对他来说并非难事，因为这些品质原本就是他固有的。究其本质而言，他的确是一位美国诗人，不过，要弄清这种本质的构成以及"美国诗人"这一概念的内涵，或许就不得不去谈一谈作为整体的诗歌。

一九五九年，在纽约的一场为罗伯特·弗罗斯特八十五岁生日而举行的宴会上，当时最著名的文学批评家里奥奈尔·特里林 ② 起身举杯，说罗伯特·弗罗斯特是"一位可怖的诗人"。当然，他的话引起了一定的骚动，但这个修饰语却选择得十分准确。

此刻，我希望你们能对"可怖的"和"悲剧性的"这两个

---

① 此文原题为"On Grief and Reason"，首刊于《纽约客》(New Yorker) 1994 年 9 月 26 日。俄文版题为"О скорби и разуме"。

② 特里林 (1905—1975)。

词加以区分。你们也知道，悲剧永远是既成事实①，而恐怖则总是与预测有关，与一个人认识到自己的负面潜质有关——与他感知到自己能够做出怎样可怕的事有关。弗罗斯特的强项恰在于后者。换句话说，他的立场与诗人作为悲剧主人公的欧洲大陆传统是根本不同的。而正是这一不同使他成了一位"美国人"，既然没有更好的术语，只好暂用此词。

从表面上看，他对他所处的环境，尤其是大自然，持一种非常正面的看法。仅凭他"熟稔各种乡村事物"这一点，就的确能给人留下这样的印象。然而，一个欧洲人接受大自然的方式却与一个美国人接受大自然的方式有所不同。温·休·奥登曾在一篇有关弗罗斯特的短论（或许是关于诗人弗罗斯特的评论中最好的一篇）中谈到这一不同，他的大意是：当一个欧洲人想与自然相遇时，他会走出自己的农舍，或是走出聚满朋友或家人的小旅店，一个人傍晚去户外散步。如果他遇见一棵树，那么这就会是一棵因为历史而知名的树，它是历史的见证人。这位或那位国王曾坐在这棵树下，想出这样或那样的法律，如此等等。树立在那儿，枝叶发出沙沙声，像是在引经据典。我们的这个欧洲人会感到心满意足，有些若有所思，他的精神爽快了起来，但是并没有因这次与树的相遇而有所改变，他回到自己的旅店或农舍，发现朋友或家人一如方才，于是继续享受这段开心的时光。如果走出门来的是一个美国人，他也遇到一棵树，那么这就是一场势均力敌的相遇。人和树面对面站着，各自都带有原始的力量，没有任何关联：两者都没有过去，谁的未来会更好，则胜负难料，两者机会均等。基本上，这是人的表皮与树的表皮的相遇。我们的这位美国人返回他的小木屋时会满心困惑，如果不是感到震惊或恐怖的话。

---

① "既成事实"用的是法语"fait accompli"。

显而易见，这是一幅浪漫的漫画，但它着重勾勒出了两者的特征，而这也正是我在此想表达的。无论如何，我们可以很有把握地将后者称为罗伯特·弗罗斯特自然题材诗歌的实质。对于这位诗人来说，大自然既不是朋友也不是敌人，更不是人类戏剧舞台上的背景，而是这位诗人的一幅可怖的自画像。现在，我打算从他的一首诗开始，此诗收在一九四二年出版的诗集《一棵见证树》里。我打算道出自己对他这些诗句的观点和意见——其中的一些还可能是很阴郁的——而不会去考虑学术上的客观性。我能够为自己提供的辩护是：一，我的确非常喜欢这个诗人，并打算如实地将他介绍给你们；二，这些阴郁看法的起因部分地并不在我，是他诗中的积淀使得我的大脑阴郁了起来，换句话说，我的阴郁源自他。

二

步　入

我来到树林边缘，
画眉的音乐——听！
此刻林外若是黄昏，
林中就是暗影。

树林对于鸟儿过于黑暗，
它灵巧地拍打翅膀，
寻找过夜的更好栖木，
但它这时仍能歌唱。

最后的那一缕阳光

已消失在西方，
但仍驻足再听一曲
在那画眉的胸腔。

从远处立柱支起的黑暗中
传来画眉的音乐——
几乎是在召唤人们
步入黑暗和悲哀。

可是不，我是来看星星的：
我并不愿意步入。
即使有人邀请我也不去，
何况也无人请我。

COME IN[①]

As I came to the edge of the woods,
Thrush music — hark!
Now if it was dusk outside,
Inside it was dark.

Too dark in the woods for a bird
By sleight of wing
To better its perch for the night,
Though it still could sing.

---

① 由于后文关于此诗有详尽分析，为方便读者理解作者的分析，特附上英文；为呼
应作者的分析，这里的译诗也多为逐字逐句的"硬译"。

The last of the light of the sun

That had died in the west

Still lived for one song more

In a thrush's breast.

Far in the pillared dark

Thrush music went —

Almost like a call to come in

To the dark and lament.

But no, I was out for stars；

I would not come in.

I meant not even if asked；

And I hadn't been.

　　让我们来看一看这首《步入》(Coming In)。这是一首短音步的短诗。实际上，它是三音步和双音步、抑抑扬格与抑扬格的混成体。一般而言，谣曲的主题多半是流血和复仇。这首诗在一定程度上也是这样的。格律给出许多暗示。我们在这里谈论的是什么呢？树林中的步行？在大自然中的漫步？是诗人们常做的那种事吗？(如果是的，顺便问一句，为什么?)《步入》一诗是弗罗斯特描写这类漫步的许多首诗中的一首。请大家想一想他的《雪夜驻马林畔》、《熟悉黑夜》、《沙漠地区》、《离开!》等诗。请大家再想一想托马斯·哈代的《可爱的画眉》一诗，这首诗与哈代的那首诗有着明显的相似。哈代也非常喜欢一个人到郊外散步，但他大多在一座墓地周围散步，我想，这可能是因为英国的历史很悠久，因此要更厚重一些。

　　在弗罗斯特《步入》一诗的开头，我们又看见那只画眉。

你们知道，鸟儿（bird）经常被视为歌手（bard），因为从技术上讲，两者都会歌唱。所以，当我们继续下去的时候，我们就应该记住，我们这位诗人可能将他心灵中的某些部分托付给了这只鸟。实际上，我坚信这两只鸟是有关联的。它们的不同之处仅仅在于，哈代用了一首诗中的十六行诗来引入这只鸟，而弗罗斯特则在第二行就切入正题。总的说来，这体现着美国人和英国人之间的不同，我指的是诗歌上的不同。由于更为丰硕的文化遗产，更为丰富的文化选择，一位英国人在开始写作一首诗时所要耗费的时间通常就会长得多。他的耳朵对回声的感觉更敏锐一些，因此，他在开始点到主题之前会先练练肌肉，展现一下他的技巧。通常，这种创作方式会导致这样的结果，即这首诗的阐释部分会和实际讯息一样庞大，使人觉得冗长。当然，这一点也并非一定会成为缺点，关键要看写诗的人是谁。

现在，让我们逐行看一下这首诗。"我来到树林边缘"（As I came to the edge of the woods）一句非常简单，它提供了信息，表明了对象，确定了格律。从表面上看，这一行很单纯，你们怎么看呢？是的，是这样的，除了"树林"（the woods）二字。"树林"会使人产生怀疑，而这个"边缘"（the edge）字也同样使人疑惑。诗歌就像一位出身名门望族的夫人，其中的每个字眼实际上都带有诸多典故和联想。自十四世纪以来，树林就一直散发着浓重的"幽暗的森林"①的味道，你们一定记得，这片"密林"曾把《神曲》的作者引向何方。无论如何，当一名二十世纪诗人以发现自己站在树林边作为一首诗的开头时，这里面就有一定的危险成分，或至少有一种危险的暗示。"边缘"

---

① "幽暗的森林"用的是意大利语"selva oscura"，这是但丁《神曲·地狱篇》的第二句："我发现我已经迷失了正路，走进了一座幽暗的森林。"（田德望译文）

就其本身的含义而言，是相当锋利的。

也可能并非如此，可能我们的怀疑毫无根据，也可能我们太偏执了，对这一行诗太过深究了。我们来看看下一行，我们会读到：

> 我来到树林边缘，
> 画眉的音乐——听！

我们看上去像是犯傻了。还有什么能比这个过时的、维多利亚式的、仙女神话般的"听"（hark）一词更平淡无味的吗？一只鸟在歌唱，快听！"听"字确实应当属于哈代的某首诗，或是一首谣曲中；或是出现在一首叠韵诗中，那就更妙了。这个词暗示了一种不会表达任何不幸的遣词造句水准。这首诗将以一种舒服的、悦耳的方式继续下去。至少，在听到"听"这个词之后，你们会想到：等待着你们的将是某种对鹊科鸟类之音乐的描述，你们会进入一片熟悉的领地。

但这只是个圈套，就像以下两行所表明的那样。这只是弗罗斯特硬塞进两行诗中的一个阐释。突然，诗锋一转，词汇和音区以一种不适当的、平淡无味的、不悦耳的、非维多利亚式的风格发生了变化：

> 此刻林外若是黄昏，
> 林中就是暗影。

"此刻"（now）一词为想象留下的空间很小。此外，你们会发现，"听"（hark）和"暗影"（dark）是押韵的。"暗影"就是"林中"（inside）的状态，它并不仅仅暗指树林，因为逗号使"林中"与第三行的"林外"（outside）构成了尖锐的对峙，而且这一对峙是在第四行中出现的，这就使得语气更为强烈了。更不用说，这一对峙仅仅表现为两个字母的替换，即在 d 和 k 之间用 ar 替换了 us。元音实际上还是同一个。我们在这里所看到的不同仅在于一个辅音字母。

第四行隐隐有一种令人窒息的感觉。这与重音的分布有关——它与前两行的重音分布有所不同。本诗节在这一行中可以说是突然收尾，"林中"之后的停顿愈发强调了"林中"的孤立。此刻，当我向你们道出这种带着明显倾向的阅读理解时，我是想要你们特别留意诗中的每一个字母和每一个停顿，哪怕仅仅因为这首诗写的是一只鸟，鸟语就是靠停顿传达的——或者你也可以说，是靠一个个字符传达的。由于拥有大量的单音节词，英语很适宜于这种鹦鹉学舌的工作，音步越短，加在每个字母、每个停顿和每个逗号上的压力就越大。无论如何，"暗影"在字面上将"树林"处理成了"幽暗的森林"。

带着对黑暗树林的记忆，让我们进入下一诗节：

> 树林对于鸟儿过于黑暗，
> 它灵巧地拍打翅膀，
> 寻找过夜的更好栖木，
> 但它这时仍能歌唱。

你们认为在此会发生什么呢？一个心地纯朴的读者——不论他来自英国还是来自欧洲大陆，甚或他是一个地道的美国人——会这样回答：这里写的是一只在傍晚歌唱的鸟，它的歌声优美动听。有意思的是，他可能是正确的，而正是诸如此类的正确才使得弗罗斯特的声誉常年不衰。虽说实际上，恰恰这一节尤为阴郁。甚至可以说，这首诗写的是一些非常不愉快的事，很有可能就是自杀。或者说，即便不是自杀，那也是死亡。如果不能肯定是死亡，那么至少，这一节中也包含着死后的主题。

在"树林对于鸟儿过于黑暗"（Too dark in the woods for a bird）一行中，鸟儿，也就是歌手，在仔细地探究"树林"，并发现它过于黑暗。这里的"过于"（too）呼应着——不！是重温着——但丁《神曲》的开头几行：我们的鸟儿/诗人对"密林"的看法与那位意大利伟人的评价有所不同。更确切地说，死后的灵魂对弗罗斯特来说比对但丁更加黑暗。有人会问为什么，答案就是，要么因为他不相信这套说法，要么因为他有意把自己也归入了受惩罚者的行列。他无力改善他的最终地位，我要大胆说一句，"它灵巧地拍打翅膀"（sleight of wing）可能是指临终圣礼。总之，这首诗讲的是一个人上了年纪，正盘算着接下来该怎么办。"寻找过夜的更好栖木"（To better its perch for the night）一句则是指他可能会被发配到另外一个地方去，不仅仅是指地狱，"夜"（the night）在这里指的是永恒。鸟儿/诗人唯一能做的展示自我之举，就是它/他"仍能歌唱"（still could sing）。

"树林"对鸟儿来说"过于黑暗"，因为它作为鸟儿的一生已经快到尽头。没有任何灵魂的悸动——也就是"灵巧地拍打翅膀"——能够改变它在这片"树林"里的最终命运。我认为，我们知道这片树林属于谁：林中的一根树枝终将是一只鸟儿生命的终点，而"栖木"（perch）则使人感觉到这片树林建造得非常合理：这是一个封闭的空间，就像一个鸡笼，如果你们同意的话。因此，我们的这只鸟儿注定要死亡，最后一分钟的皈依（"灵巧地拍打"〈sleight〉是一个魔术般的词）是行不通的，即便仅仅因为这位诗人太老了，他的手已无法快速地运动。但尽管老了，他却仍能歌唱。

在这首诗的第三节，你们可以听见鸟儿在歌唱：你们听见的是歌本身，是最后的歌。这是一个巨大的手势。请看一看，在这里，每一个词是如何延迟紧随其后的另一个词的："最后的"（The last）——停顿——"那一缕"（of the light）——停顿——"阳光"（of the sun）——移行，这是一个大的停顿——"已消失"（That had died）——停顿——"在西方"（in the west）。我们的鸟儿／诗人追踪着最后一缕阳光，直至其消失之处。在这一行中，你们几乎可以听到那首动听的《谢南多厄》①，一首描写夕阳西下的古老歌曲。这里能感觉出明显的暂缓与延迟。"最后的"不是限定语，"那一缕"不是限定语，"阳光"更不是限定语。而且，"已消失"本身也不是限定语，尽管它应该是。甚至连"在西方"也不是。我们在这里得到的是一首表现流连的歌：光的流连，生命的流连。你们几乎可以看见那根手指指向那源头，然后，在最后两行做了一个巨大的圆周运动，返回至讲述者："但仍驻足"（Still lived）——停顿——"再听一曲"（for one song more）——移行——"在那画眉的胸腔"（In a thrush's breast）。在"最后的"（The last）和"胸腔"（breast）之间，我们这位诗人跨越了一个很长的距离：相当于一片大陆的宽度，如果你们同意的话。毕竟，他描述的是那缕仍然留在他身上的阳光，而这与树林的黑暗构成了对比。毕竟，胸腔是所有歌儿的源头，在这里，你们与其把这只鸟儿看作一只画眉（thrush），还不如把它看作一只知更鸟（robin）；无论如何，是一只在日落时分歌唱的鸟：落日在鸟儿胸腔中的流连。

　　在第四节的开头几行，鸟儿和诗人分开了。"从远处立柱支起的黑暗中／传来画眉的音乐。"（Far it the pillared dark／Thrush music went.）这里的关键词当然就是"立柱支起的"

---

① 美国民歌。

(pillared)：它代表着教堂的内部，无论如何，也代表教堂。换句话说，我们的画眉鸟飞进树林，你们听见从林中传出它的音乐，"几乎是在召唤人们／步入黑暗和悲哀"(Almost like a call to come in/To the dark and lament)。如果你们愿意，可以用"悔悟"(repent)替代"悲哀"(lament)：其效果实际上是一样的。这里描述的是那天晚上我们这位老诗人面前的两种抉择之一，即他没有做出的那一选择。画眉毕竟选择了"灵巧地拍打翅膀"。它在寻找过夜的更好栖木，它在接受命运，因为悲哀就是接受。在这里，你们可能会一头扎进分辨各种基督教教派教义的迷宫中——比方说，弗罗斯特的新教教义。我劝你们远离这些东西，因为，坚忍的姿态对于信教者和不可知论者都同样适用，在这一行中，它更是必不可少的。总的说来，背景资料（尤其是宗教方面的背景资料）是无助于得出结论的。

"可是不，我是来看星星的"(But not, I was out for stars)一句，是弗罗斯特常用的一种欺骗技巧，目的是展示他积极的感受力：正是诸如此类的诗句为他赢得了声誉。如果他真的"是来看星星的"，那他之前为什么没有提及呢？为什么他在全诗里都没有写到其他任何东西呢？但这一行出现在这里，并不仅仅是为了欺骗你们。在这里他也要欺骗他自己，或者更确切地说是要安慰他自己。整个这一节都是这样的。我们不要将这一行诗当作诗人对自己存在于世上的概括论断，以浪漫主义的基调而言，这一行诗写的是他某种形而上的笼统渴望，这种渴望无法被这一个夜晚的短暂痛苦所平息。

> 我并不愿意步入。
> 即使有人邀请我也不去，
> 何况也无人请我。

这几行中调侃意味过于强烈，我们不应仅凭其表意照单全收。这个人正在保护自己免受自身洞察力之伤害，他在语法和音节上都坚决起来，惯用语的气息则弱化了，尤其在第二行上，"我并不愿意步入"（I would not come in），这一句可以简单地写成"我**不**进入"（I won't come in）。"即使有人邀请我也不去"（I meant not even if asked）流露出一种威胁性的果敢，其效果抵得上没有太多修饰的最后一行所表达出的他的不可知论："何况也无人请我。"（And l hadn't been.）这的确是个灵巧的手法。

你们或许也可以将这一节和全诗都看成是弗罗斯特对但丁《神曲》的谦逊注脚或附笔，因为《神曲》也是以"星星"结尾的 ①，看成是他在承认自己之于后者或是信仰不足，或是天赋不够。诗人在这里拒绝接受进入黑暗的邀请；而且，他还对那召唤提出了疑问："**几乎**是在召唤人们……"（Almost like a call to come in ...）我们不应过分看重弗罗斯特与但丁之间的相似，但偶尔这种相似仍显而易见，尤其在那些涉及灵魂之黑夜的诗作中，如《熟悉黑夜》。与他的一些杰出的同时代人不同，弗罗斯特从不炫耀他的学问，这主要因为他的学问是流淌在他的血脉中的。所以，"即使有人邀请我也不去"一句既可看作他的一种拒绝——拒绝对他那沉重的预感小题大做，也可视为他风格选择上的一个证明：他倾向于有意回避主流形式。无论如何，有一点是清楚的：如果没有但丁的《神曲》，这首诗或许就不可能存在。

当然，你们还完全可以将《步入》当作一首描写自然的诗来读。但是我建议，你们应该花更多的时间来仔细研读标题。该诗二十行的构成，就是对标题的翻译。我以为，在这样的翻

---

① 但丁《神曲》的三个篇章均以对星辰的描写作为结束。

译中，"步入"一词的含义或许就是"死亡"。

三

如果说，在《步入》中我们可以了解到弗罗斯特最好的抒情风格，那么，在《家葬》（Home Burial）中我们则可以读到他更好的叙事风格。实际上，《家葬》并不是一首叙事诗，而是一首牧歌。或者更确切地说，是一首田园诗，当然是一首非常暗淡的田园诗。由于它讲了一个故事，它当然是叙事性的，虽说其叙事方式为对话，而确定一种体裁的正是叙事方式。田园诗是由忒奥克里托斯在其叙事田园诗中发明的，后又在维吉尔的所谓"对话牧歌"或"乡村牧歌"中得到完善，这种田园诗基本上都以农村、田园为背景，是两个或更多的角色间的交流，而且常常诉诸永恒的爱情主题。既然英语和法语中的"田园诗"一词都含有愉快的意思，既然弗罗斯特在维吉尔和忒奥克里托斯两人中更接近维吉尔（这并不仅仅就年代顺序而言），那么就让我们追随维吉尔，把这首诗称为"对话牧歌"吧。这里有乡村的场景，这里也有两个人物，即农夫和他的妻子，也可以被视为牧童和牧女，只不过这个故事发生在两千年以后。诗的主题也都一样，即爱情，只不过也是在两千年之后。

长话短说，弗罗斯特是一名地道的维吉尔式诗人。我所指的是写下《牧歌集》和《农事诗》的维吉尔，而不是写下《埃涅阿斯纪》的维吉尔。首先，弗罗斯特年轻时从事过大量农耕活动，并同时进行大量写作活动。乡村绅士的做派并不仅仅是一种做派。事实上，他直到去世前不久都一直在购买农场。到他去世时，如果我没有记错的话，他在佛蒙特州和新罕布什尔州共拥有四座农场。他知道如何依靠土地生活，在这一点上，他的知识至少不亚于维吉尔，后者看来倒是个很不像样子的农场主，从他在《农事诗》中给出的那些农事建议就不难看出这一点。

除少数几个例外，美国诗歌基本上都是维吉尔式的，也就是说都是沉思式的。如果把奥古斯都时代的四位古罗马诗人普罗佩提乌斯、奥维德、维吉尔和贺拉斯当做人的四大气质的典型代表（普罗佩提乌斯的胆汁型的热烈，奥维德的多血质的联想，维吉尔的黏液质的沉思，贺拉斯的忧郁质的平衡），那么美国诗歌，甚至整个英语诗歌，会让你感到主要是维吉尔型或贺拉斯型的。（请想一想华莱士·斯蒂文斯大部分的独白，或稍后一些的美国时期的奥登。）但是，弗罗斯特与维吉尔的相似与其说是气质上的，不如说是技巧上的。除了常常诉诸于化装（或假面），让一个虚构的人物来给诗人提供一种让自己保持距离的可能性，弗罗斯特和维吉尔还有一种共同的倾向，即把他们对话的真实主题隐藏在他们那些五音步和六音步的单调和晦涩之中。作为一名极好探究、极端不安的诗人，《牧歌集》和《农事诗》的作者维吉尔通常却被视为一位爱情和乡村欢乐的歌手，就像《波士顿以北》的作者一样。

关于这一点还必须补充一句，即你们在弗罗斯特身上看到的维吉尔已经被华兹华斯和勃朗宁遮蔽了。或许，"被过滤了"是个更为恰当的词，勃朗宁那富有戏剧性的独白相当于一个过滤器，将戏剧化的现实裹进了纯维多利亚式的矛盾和不确定性之中。弗罗斯特那些阴郁的田园诗也很富有戏剧性，这不仅是就诗中人物互动之热度而言的，更是就这些作品本身确凿无疑的戏剧性而言的。这就像是一座剧院，作者在其中扮演了所有的角色，其中还包括舞美设计、导演、芭蕾舞教练等等。他可能亲自关掉剧场的灯，有时，他也是观众。

这是自不待言的。因为，忒奥克里托斯的叙述田园诗和奥古斯都时代的几乎所有诗歌一样，恰恰都是希腊戏剧的压缩版。在《家葬》中我们看到，圆形舞台被压缩成一个楼梯，楼梯上带有希区柯克风格的扶手①。第一行诗向你们介绍了演员们的位置，更向你们介绍了他们所扮演的角色，即猎人和他的猎物。或者说，正像你们接下来所看到的那样，就是皮格马利翁和迦拉忒亚②，只是在这里，雕塑家将他的活人模特变成了石头。总之，《家葬》是一首爱情诗，只是因为其故事发生地它才被等同于田园诗。

我们先来看一看这开头的一行半：

> 他从楼梯下向上看见了她，
> 在她看见他之前。

He saw her from the bottom of the stairs
Before she saw him.

弗罗斯特本可以在此停笔。这已经是一首诗，这已经是一出戏。你们可以想象一下这一行半诗，它用一种极其抽象的方式占满了一整页。这是一个内容非常丰富的舞台场景，更确切地说是一个镜头。你们看到一个空间，一座房子，两个人物，他们怀着相互对立的目的，不，是相互不同的目的。他站在楼梯脚下，她在楼梯顶部。他自下向上看着她，而她，就像我们看到的那样，因为距离较远，则根本没有意识到他的存在。你们也要记住，这一切都白纸黑字写得清清楚楚的。将他们分开的楼梯能使人意识到一种重要性的等级差别。她站在基座之上

---

① 约指希区柯克电影中常常出现的那种楼梯。
② 皮格马利翁是希腊神话中的塞浦路斯王，善雕刻，热恋自己雕刻出的伽拉忒亚，爱神被他感动，赐雕像以生命，使两人结合。

如一尊雕像（至少在他的眼里是这样的），而他却在基座的脚下（在我们的眼里是这样的，甚至在她的眼里也是这样的）。这一倾角是很大的。如果你们将自己置于他俩的位置——最好是他的位置——你们就会明白我的意思了。现在，你们想象一下你们正在观察、注视着某个人，或者想象一下你们正在被别人注视。想象一下，你们正在试图对某个人的运动，或者说是静止，作出解释，而又不想让那个人知道。这会使你们变成猎人，或是皮格马利翁。

让我将这种皮格马利翁的活动更推进一步。细察和解释是任何一种紧张的人类互动的实质，尤其是爱情关系的实质。这也是文学最为强大的源泉：它是小说的源泉（小说就整体而言全都写的是背叛），但首先是抒情诗的源泉，在抒情诗中，人们试图理解心爱的人，并想搞清楚她或他为什么会这样。这种推断会毫不夸张地使我们再次回到皮格马利翁的活动中，因为，你对人物的刻画越是细致，你在人物那里就陷得越深，你就越有可能将你的模特放上雕像的基座。一个封闭的空间，无论是一座房子、一间工作室还是一张纸，都会极大地强化这种雕像效应。由于你的努力以及模特的配合能力，这一过程的结果可能是一个杰作，但也可能是一场灾难。在《家葬》里，这两种结果都有。每一位迦拉忒亚归根结底都是皮格马利翁的一种自我设计。另一方面，艺术并不模仿生活，却能影响生活。

让我们来观察一下这个模特的行为举止：

> 她开始下楼梯，
> 却又回头望向一个可怕的东西。
> 她犹豫地迈出一步，却收住了脚
> 直起身，再一次地张望。

> She was starting down,
> Looking back over her shoulders at some fear.
> She took a doubtful step and then undid it
> To raise herself and look again.

　　在文字层次上，在直接叙述的层面上，我们看到了女主人公，她在下楼梯，脸的侧面对着我们，她的眼角的余光在某个可怕的景象上徘徊。她有些犹豫，停住了脚步，她的目光还在回盼，依旧回头望去：既不看脚下的台阶，也不看楼梯下方的男人。但你们是否知道，这里还存在着另外一个层面？

　　我们暂且离开这个还没有被命名的层面。这段叙述中的每一个信息都是通过孤立的形式、在五音步的一行诗之内传递给你们的。这种孤立是由诗页上两边的空白处完成的，也就是说，整个场景就像是房子里的沉默，而诗句本身则像是楼梯。实际上，你们在这里看到的就是几个连续的镜头。"她开始下楼梯"（She was staring down）是一个画面。"却又回头望向一个可怕的东西"（Looking back over her shoulder at some fear）是另一个画面；其实，这是一个特写镜头，一个侧面像——你们能看清她的面部表情。"她犹豫地迈出一步，却收住了脚"（She took a doubtful step and then undid it）是第三个画面：又是一个特写，这一次是脚部的特写。"直起身，再一次地张望"（To raise herself and look again）是第四个特写，一个全身特写。

　　但是，这也是一段芭蕾。这里至少有两段双人舞，它是用一种美妙悦耳的、近乎头韵的精确表达出来的。我指的是这一诗行中两次出现的字母 d，即在"犹豫地"（doubtful）一词和词组"收住了脚"（undid it）中，尽管字母 t 在这里也同样出现了多次。"收住了脚"尤其出色，因为你们可以感受到那脚步中的弹性。而那个与其身体动作方向相反的侧面就像一个戏剧女主人公的地道造型，这也直接来源于芭蕾。

　　但是，真正的仿芭蕾双人舞① 是从"他一边说，/ 一边向她走去"（He spoke/Advancing toward her）一句开始的。因为，以下二十五行都是发生在楼梯上的一场对话。男人边爬楼梯边说话，机械地通过语言来克服那隔离着他们两人的东西。"走去"（advancing）一词显示出他的不自然和谨慎。随着他们之间距离的缩小，这种紧张的心理越来越强烈。无论如何，物理意义上的接近（也就是身体上的接近）较之于语言上的接近（也就是精神上的接近）要容易得多，这也正是这首诗的主题。"你看见了什么，/ 总在上面张望？——我倒是想知道。"（What is it you see/From up there always? — for I want to know.）这是一个非常典型的皮格马利翁式的提问，提问对象是基座之上、也就是楼梯顶部的模特。使他着迷的不是他所看见的东西，而是他想象中被隐藏在这东西之后的东西，即他放置在那里的东西。他先使她神秘起来，然后又匆匆揭去她的面纱：这种贪婪一直是皮格马利翁的双重束缚。这就好比，雕塑家发现自己被模特的面部表情所迷惑：她"看见"了他所没有"看见"的东西。所以，他不得不爬到模特的基座上，将自己摆在她的位置上。身处"总在上面张望"（up there always）的位置，即占有地形上（就房子而言）和心理上的优势，而在此前，是他自己把她放置到那个优势地位上去的。正是后一种优势，即创造物的心理优势，使创造者感到了不安，就像表示强调的"我倒是想知道"（for I want to know）一句所显示的那样。

　　模特拒绝合作。下一个镜头（"听到这话她转过身来，瘫坐在裙子上。"〈She turned and sank upon her skirts at that.〉）后紧跟着一个特写，即"她的表情从害怕变成了呆滞"（And her

---

① "仿芭蕾双人舞"用的法语 "faux pas de deux"。

face changed from terrified to dull)，从这个画面中，你们可以看出那种不愿合作的意愿。然而，缺乏合作在这里也就是一种合作。合作得越少，你就越像是伽拉亚亚。因为我们必须记住，这个女人的心理优势就是这个男人的自我投射。他将此归功于她。因此，她拒绝了他，却反倒刺激了他的幻想。从这个意义上看，她通过拒绝合作的方式顺从了这个男人。这其实就是她的全部把戏。他越向上爬，她的这种优势就越大；他每迈出一步，都是在不断地将她置于一个更为优越的位置。

他依旧在爬楼梯：在"为了争取时间，他又说道"（he said to gain time）时在爬，在做下面的事情时也在爬：

"你看见了什么？"
他向上爬，直到她蜷缩在他的脚下。
"我要答案——你得告诉我，亲爱的。"

"What is it you see?"
Mounting until she cowered under him.
"I will find out now — you must tell me, dear."

这里重要的一个词就是动词"看见"（see），这个词我们已是第二次遇到。在下面的九行中，这个词还将被用上四次。我们马上就将遇到它。但首先，还是让我们来看一看"他向上爬"（mounting）这一行及其下一行。真是神来之笔。在"他向上爬"一行中，诗人一箭双雕，因为"他向上爬"所描绘的不仅是攀爬的动作，而且还有攀爬的人。这时，这个攀爬者的身影显得格外高大，因为那女人在他的脚下"蜷缩"（cowers），也就是说，在缩成一团。要记住，她是在"望向一个可怕的东西"。他的"向上爬"和她的"蜷缩"形成一个鲜明对比，而他高大的身影中则暗含着一种危险。无论如何，于她而言，替代害怕的另一种选择并非安慰。"我要答案"（I will find out now）一句表现出他的决心，也反映了他身体上的优势。而他那个甜蜜的呼语"亲爱的"（dear）也未能减轻她的痛苦，紧接着，男人又说"你得告诉我"（you must tell me），这既表现出他的强横，也说明他已经意识到了这种对立。

> 她独自站着，拒绝给他帮助，
> 稍稍梗了梗脖子，保持沉默。
> 她让他看，但她确信他看不见，
> 瞎眼的家伙，他根本看不见。
> 但最后他低声说了"哦"，又说了声"哦"。
>
> "那是什么？是什么？"她说。
> 　　　　　　　　"是我看见的东西。"
> "你没看到，"她挑战道，"告诉我那是什么。"
>
> "奇怪的是，我没有马上看见。"

She, in her place, refused him any help,
With the least stiffening of her neck and silence.
She let him look, sure that he wouldn't see,
Blind creature; and awhile he didn't see.
But at last he murmured. "Oh," and again, "Oh."

"What is it — what?" she said.
　　　　　　　　　　　"Just that I see."
"You don't," she challenged. "Tell me what it is."

"The wonder is I didn't see at once."

现在，让我们回到这个动词"看见"(see)上来。在十五行的篇幅里，它被使用了六次。每一个经验丰富的诗人都知道，在如此短的篇幅里多次使用同一个单词会有多么危险。这种危险就是同义反复。那么，弗罗斯特在此追求的是什么呢？我认为，他追求的正是同义反复。更确切地说，这是一种非语意的表达方式。你们还可以看到，例如那个"哦"(oh) 字，然后又出现了一次"哦"。弗罗斯特有一个理论，讲的就是他自己称之为"句音"(sentence-sounds) 的东西。这个理论来源于他的这样一个发现，即人的语言风格中的发声和音调也是含有语义的，就像任何一个具有实际含义的词一样。例如，你们无意中听到两个人在一间房门紧闭的房间里谈话。你们听不清他们交谈中所使用的单词，但你们却能听懂他们谈话的大致含义，实际上，你可以相当准确地猜透这场对话的实质。换句话说，曲调要比那些可以被替换的、显得多余的歌词更为重要。简而言之，这个或那个单词的重复能把曲调解放出来，使它听起来更为清楚。同样，这样的重复也能释放思想，清除这个词在你们头脑中形成的概念。(这自然是古老的禅宗方法，但是想想看，在一首美国诗歌中发现这样的方法，这会使你们想到，哲学原理可能不是来自文本，而是另有来源。)

这里的六个"看见"都在发挥着这样的作用。它们与其说是解释，不如说是感叹。这可以是"看见"(see)，可以是"哦"(oh)，可以是"是的"(yes)，也可以是任何一个单音节的词。作者的意图就是要从内部爆破这个动词，因为，实际观察的内容会破坏观察的过程，也就是说会破坏观察者本人。弗罗斯特试图制造出这样一种效果，即当你们机械地重复着滑到舌尖的第一个单词时，却不会产生出充分的反应。这里的"看见"只是那种难以名状的东西引发的眩晕。在"是我看见的东西"（Just that I see）中，我们的男主人公却所见最少，因为这一次，这个被使用过四次的动词已经被剥夺了"观察"和"理解"的含义（更不必说明这样一个事实，即我们这些读者还蒙在鼓里，不知那窗外到底有什么可看的，这就使得这个单词中的内容更加稀薄）。到目前为止，这还只是一个声响，与其说它是一个理性的声响，还不如说它是一种动物式的反应。

这种将有义的单词爆破成纯粹的非语意声响的例子在这首诗中还将出现数次。下一个例子很快就出现了，在十行诗之后。值得注意的是，每当演员们发现他们的身体彼此接近时，这样的爆破就会发生。它们都是间歇的文字等价物，或者更确切地说是声音等价物。弗罗斯特以一种一以贯之的手法引导着这些等价物，让作品中的两个人物具有深刻的不协调感（至少是在这一幕之前）。《家葬》实际上正是对这种不协调所进行的研究，从字面意义上看，它所描写的这出悲剧就是两个人物因为有了孩子才侵犯了彼此的领地与精神需求，并由此遭受了报应。如今孩子死了，那些需求一发不可收拾地宣泄了出来：他们开始声张各自的需求。

四

站在那女人身旁，这男人占据了她那个有利位置。因为他比她高大，还因为这是他的房子（如第二十三行所示）——他在里面也许已经住了大半生，可以想象，他必须略微弯腰才能和她的视线齐平。现在他们处在楼梯的顶部，在卧室的门口，两人并肩站在一起，几乎是亲密无间。卧室里有一扇窗户，从这个窗口可以看见一片风景。在此，弗罗斯特使用了这首诗中、或许也是他整个创作中最为精彩的一个比喻：

"奇怪的是，我没有马上看见。
我以前从未在这里注意到它。
我大概是看习惯它了——就是这个原因。
这小小的墓地埋着我的亲人！
真小，从这窗框间可以看见它的全貌。
它还没有一间卧室大呢，不是吗？
那里有三块青石和一块大理石，
还有宽肩膀的小石板躺在阳光下，
在山坡上。我们对**这些**不必在意。
但是我知道：那不是一些石头，
而是孩子的坟墓——"

"The wonder is I didn't see at once.
I never noticed it from here before.
I must be wonted to it — that's the reason.
The little graveyard where my people are!
So small the window frames the whole of it.
Not so much larger than a bedroom, is it?
There are three stones of slate and one of marble,
Broad-shouldered little slabs there in the sunlight
On the sidehill. We haven't to mind *those*.
But I understand：it is not the stones,
But the child's mound —"

"这小小的墓地埋着我的亲人！"（The little graveyard where

my people are!）这一句制造出一种亲密的气氛，而"真小，从这窗框间可以看见它的全貌"(So small the window frames the whole of it.) 正是在这种气氛中展开的，接着却又话锋一转——"它还没有一间卧室大呢，不是吗？"(Not so much larger than a bedroom, is it?) 这里的关键词是"框"(frames)，因为它身兼两职，既是实际的窗框，也是卧室墙上的一幅画。也就是说，窗户就像是悬挂在卧室墙上的一幅画，而这幅画上描绘的是一座墓地。不过，"描绘"就意味着将窗外的景色缩小到一幅画里去。想象一下，你们的卧室也挂着这样一幅画。但是在下一行里，墓地又恢复了它原来的尺寸，因此便与卧室一样大小了。这一相等既是心理意义上的，也是空间意义上的。无意之间，男人道出了他对婚姻的总结（这在此诗标题所具有的冷酷的双关含义中即有所体现 ①）。同样是出于无意，"不是吗？"(is it?) 一句是在请女人同意他的这个总结，几乎是在暗示她与他心照不宣。

似乎这还不够，在接下来的两行里，作者用青石和大理石继续强化比喻效果，用墓地来比喻铺好的床铺，上面还有一些被安排成五音步的枕头和垫子，卧在床上的是那些小小的，无生命的孩子们："宽肩膀的小石板"(Broad-shouldered little slabs)。这是一个无所顾忌、横冲直撞的皮格马利翁。在这里我们可以看到，这个男人已经侵入那女人的思想，侵犯了她的精神需求，如果你们愿意，也可以说是使之骨化，呆滞。随后，这只引发骨化的手——确切地说，是石化——伸向了她头脑中那些依旧鲜活的东西：

---

① 作者大约是指，"家葬"(Home burial) 不仅是"家庭的葬礼"，同时也可能成为"家庭的被埋葬"，甚至还可能暗示，家即坟墓。

> "但是我知道：那不是一些石头，
> 而是孩子的坟墓——"

问题并不在于石头与坟堆之间的对比过于强烈，尽管这个对比的确强烈；问题在于他的能力，更确切地说是他的企图：他试图道出她难以忍受的东西。因为，一旦他成功了，一旦他找到了那些能够道出她精神痛苦的词语，那么，这座坟冢就将在那幅"画"中与石头融为一体，变成一块小石板，变成他们床上的一个枕头。而且，这也就等于完全深入到了她的内心深处，亦即她的思想。他已经很接近这个目标了：

> "不，不，不，
> 不，"她哭喊着。

> 她向后退缩，从他搁在扶手上的胳膊下
> 退缩出来，然后滑下楼去。
> 她用令人胆怯的目光直盯着他，
> 他连说两遍才明白自己的意思：
> "难道男人就不能提他死去的孩子？"

> "Don't, don't, don't,
> don't." she cried.

> She withdrew, shrinking from beneath his arm
> That rested on the banister, and slid downstairs;
> And turned on him with such a daunting look,
> He said twice over before he knew himself:
> "Can't a man speak of his own child he's lost?"

这首诗聚集起了它阴郁的力量。四个"不"(don't) 便制造出了间歇的非语义爆炸。我们已讲了太多的故事，埋头于故事线索，可能早已忘了这首诗还是一出芭蕾，还是一连串的镜头，还是诗人的一种舞台调度。事实上，我们已经打算在两个主人公中选边站了，是不是这样的？好的，我建议我们先将这一点搁置一旁，稍稍想一想这首诗向我们介绍了有关我们这位诗人的哪些事情。举例来说，我们可以想象一下，故事线索源于生活体验——比如说，第一个孩子的夭折。你们从目前读到的所有这些文字中对作者以及他的敏感有了怎样的了解？他在多大程度上为这个故事着魔？更为重要的是，他又能在多大程度上摆脱这个故事？

如果这是一个研讨班，我就很想听到你们的回答。既然这并非一个研讨班，我就只好自己来回答这个问题了。我的答案是：他完全摆脱了这个故事。绝对的自由。运用，或曰随心所欲地驾驭这种材料的能力暗示着一种游刃有余的超然。而将这种材料转化成一首无韵诗、一首单调五音步诗的能力更加强化了这种超然的程度。对家族墓地和卧室床铺间关系的观察也是如此。这一切合在一起，使超然的程度显得更为醒目。而这一程度注定会摧毁他的人际关系，使交流难以进行，因为交流的前提是一个旗鼓相当的交流对象。这一点很像皮格马利翁和他的模特之间那种尴尬的关系。问题并不在于这首诗讲述的故事具有某种自传性；问题在于，这首诗就是作者的一幅自画像。这就是为什么人们讨厌文学传记，因为它会简化一切。这也就是为什么我不大愿意向你们介绍弗罗斯特的真实生平。

你们可能会问，他要带着这种超然去向何方呢？答案就是：去向完全的自主。在那里，他可以在不相像的事物中看到相似之处；在那里，他用诗句模仿白话。你们想见一见弗罗斯特先生吗？那你们只有去阅读他的诗，此外再无他法；否则，你们就只能接受那种低级的文学批评。你们想成为他吗？你们想成为罗伯特·弗罗斯特吗？也许我应该奉劝人们放弃这样的追求。有了他这样的敏感，人们志趣相投或夫妻相敬相爱的希望就变得很渺小了；实际上，他身上很少落有通常象征如此希望的浪漫主义薄尘。

这些并非离题之语，不过还是让我们回到诗行上来吧。请你们回忆一下间歇以及导致间歇的原因，回忆一下这个技巧。事实上，作者也用下面两行诗对你们做了提醒：

> 她向后退缩，从他搁在扶手上的胳膊下
> 退缩出来，然后滑下楼去。

你们看，这依旧是一段芭蕾舞，舞台提示被插进了文本。这里最富含义的一个细节就是楼梯扶手（banister）。作者为什么要把它放置在这里呢？首先，为了再次提起楼梯，因为这时我们或许已经把它给忘了，还在因为卧室的被毁而感到震惊。其次，楼梯扶手预示着她将滑下楼梯，因为每个小孩都滑过楼梯。"她用令人胆怯的目光直盯着他"（And turned on him with such a daunting look），这是又一个舞台提示。

> 他连说两遍才明白自己的意思：
> "难道男人就不能提他死去的孩子？"

这是非常出色的一行诗。它明显具有一种白话的味道，近乎谚语。作者也对这一行的出彩深信不疑。因此，他既想突出这一行的效果，又想掩饰他对此的清楚意识，以表明他的这个表述完全是出于无意："他连说两遍才明白自己的意思。"（He said twice over before he knew himself.）从文字意思上看，在叙事层面上我们看到这个男人因为女人吓人的目光而感到震惊，正在寻找合适的词句。弗罗斯特非常善于使用这些套话般的、半谚语式的单行诗句。比如，其《劈开星星的人》一诗中的"学会社交就是学会宽恕"（For to be social is to be forgiving.），其《仆人的仆人》一诗中的"最好的步出方式永远是穿过"（The best way out is always through）等。而在下面的几行诗里，你们将看到又一个例证。它们大多是五音步的，而五音步抑扬格与这样的内容很匹配。

诗中自"不，不，不，不"开始的这整个部分明显地带有性的含义，即她拒绝了那个男人。这就是皮格马利翁和他的模特之间所发生的所有事情。从字面意义上看，《家葬》的情节发展似乎也顺着"若即若离，欲擒故纵"的脉络。尽管弗罗斯特达到了自主的境界，但我不认为他意识到了这一点。（毕竟，《波士顿以北》表明，他对弗洛伊德的术语并不熟悉。）如果连他自己都没有意识到，那我们的这种解读就是不合适的。尽管如此，我们在分析这首诗的主干时，还是应该注意到这一点：

> "你不能！——哦，我的帽子呢？
> 哦，我并不需要它！我要出门。我要透口气。
> 我不知道哪个男人有这个权利。"
>
> "艾米！这个时候别去别人那里。
> 听我说。我不会下楼的。"
> 他坐下来，用两个拳头托着腮。
> "有件事我想问问你，亲爱的。"
>
> "你才不知该如何问。"

"那你就帮帮我。"

她伸手推动门闩作为全部回答。

"Not you! — Oh, where's my hat? Oh, I don't need it!
I must get out of here. I must get air. —
I don't know rightly whether any man can."

"Amy! Don't go to someone else this time.
Listen to me. I won't come down the stairs."
He sat and fixed his chin between his fists.
"There's something I should like to ask you, dear."

"You don't know how to ask it."
　　　　　　　　　　　　　　　　　"Help me then."

Her fingers moved the latch for all reply.

五

　　在此，我们可以看到一种逃避的愿望：与其说是逃避那个男人，不如说是逃避那片空间，更不用说是要逃避他们交谈的话题了。然而，这一决心并不坚定，她对帽子的操心就显示出了这一点，因为，就模特作为阐释对象这一意义而言，愿望的实现对她来说可能会适得其反。我是否可以更进一步地提醒你们一下呢？这就意味着优势的丧失，更不用说这还将构成全诗的终结。实际上，全诗恰好就是以这种方式、即她的出门而结束的。诗句的字面意义因此会与隐喻意义发生冲突，或是融合。于是有了"我不知道哪个男人有这个权利"（I don't know rightly whether any man can），这一句将这两个层面的意义合并，推动本诗继续向前发展：你们不会知道这里谁是马，谁是马车。我怀疑，甚至连诗人本人也不知道。而融合、聚变的结果就是某种能量的释放，这种能量征服了他手中的笔，而它竭尽所能才勉强控制住了这两条线索，即字面意义上的线索和隐喻的线索。

我们知道了女主人公的名字。这样的对话以前就有先例，结果也几乎一样，我们知道这首诗的结尾方式，因此我们就可以对这些场景中的人物作出判断，更确切地说是进行想象。《家葬》的场景是一次重复。由此看来，这首诗与其说是在向我们叙述他们的生活，不如说是在替换这一生活。在"这个时候别去别人那里"（Don't go to someone else this time）一句中我们也能体会到，他们两人中至少有一个人怀有既嫉妒又羞愧的复杂情感。在"我不会下楼的"（I won't come down the stairs）和"他坐下来，用两个拳头托着腮"（He sat and fixed his chin between his fists）中，我们可以看出他俩在身体非常靠近时流露出的对暴力的恐惧。后面一行是静止状态的绝妙体现，简直就像是罗丹的《思想者》，虽然这男人支起的是双拳——一个含义丰富的自我指认细节，因为拳头用力加诸腮帮就是击倒的动作。

不过，此处最重要的东西是楼梯的再次被引入。不仅是楼梯本身，而且还有"他坐下来"（he sat）的台阶。从这个时候开始，整个对话都是在楼梯上展开的，虽说这楼梯与其说一个通过的场所，不如说是一个僵局。身体意义上的任何一步都难以迈出。取而代之出现在我们面前的是他们语言上、或者说是口头上的替代物。这段芭蕾接近于结束，伴随着"有件事我想问问你，亲爱的"（There's something I should like to ask you, dear）一句，展开了一场语言上的进攻与防守。请你们再次注意谈话中的哄骗味道，而这一次，这里面还掺入了对哄骗之徒劳的认知，这体现在"亲爱的"一词中。还请你们注意一下他们之间最后一次貌似发生真实互动的那一幕："你才不知该如何问。""那你就帮帮我。"（"You don't know how to ask it.""Help me, then."）这是最后一次敲门，或者更确切地说是在敲墙。请注意"她伸手推动门闩作为全部回答"（Her fingers moved the latch for all reply），因为，这一假装开门的动作是这首诗中的最后一个身体动作，最后一个戏剧化或电影化的手势——之后又一次试图拉开门闩的动作除外。

> "我的话好像总是让你讨厌。
> 我不知道该说些什么样的话
> 能让你开心。但是你可以教我，
> 我想。我得说我不明白该怎么做。
> 一个男人得部分放弃做个男人，
> 面对女人。我们可以达成协议，
> 我发誓往后决不去碰一碰
> 你讲明了你会介意的任何东西。
> 虽然我并不喜欢爱人之间这样行事。
> 不爱的人缺了这些无法生活在一起。
> 相爱的人有了这些倒无法相守。"
> 她稍稍移动了门闩。

> "My words are nearly always an offense.
> I don't know how to speak of anything
> So as to please you. But I might be taught,

I should suppose. I can't say I see how.
A man must partly give up being a man
With womenfolk. We could have some arrangement
By which I'd bind myself to keep hands off
Anything special you're a-mind to name.
Though I don't like such things 'twixt those that love.
Two that don't love can't live together without them.
But two that do can't live together with them."
She moved the latch a little.

　　说话人精神上的兴奋与紧张完全被他身体上的静止不动所抵消了。如果说这是一段芭蕾,那它只能是一段意识中的芭蕾。事实上,这倒非常像击剑:不是和对手或影子搏斗,而是在与自己搏斗。这些诗行不时向前一步,然后又退回来。("她犹豫地迈出一步,却收住了脚。"〈She took a doubtful step and then undid it.〉)这里最主要的技术手段就是移行,它在外在形状上与前面的楼梯很相似。事实上,这种向前又退后、妥协又突击的处理方式几乎能使人窒息。直到"一个男人得部分放弃做个男人,/面对女人"(A man must partly give up being a man/With womenfolk)这语气通俗的一句时,我们方才松了一口气。

　　放松之后,你们会看到三行步伐更均匀的诗行,这几乎是在佐证五音步抑扬格之连贯性,结尾处也是庄严的五音步:"虽然我并不喜欢爱人之间这样行事。"(Though I don't like such things 'twixt those that love.)在这里,我们这位诗人又一次有些迫不及待地箭步冲向谚语:"不爱的人缺了这些无法生活在一起。/相爱的人有了这些倒无法相守。"(Two that don't love can't live together without them. /But two that do can't live together with them.)尽管这两句话显得有些臃肿,而且也不能完全令人信服。

弗罗斯特也部分感觉到了这一点，因此才有了"她稍稍移动了门闩"（She moved the latch a little.）。但这只是一种解释。这一缀满修饰语的独白之全部意义就在于对其对象的解释。这男人极力想把事情弄清楚。他意识到，要想把事情弄清楚，他就必须减弱他的理性，如果不是完全放弃的话。换句话说，他下来了。不过，这虽是下楼梯，事实上却是在往上走。另外，部分是因为他已智穷计尽，部分纯粹是因为修辞上的惰性，他在这里对爱情的概念发出了呼吁。换句话说，这两行半谚语式的关于爱情的诗行是一种理性的论据，当然，对于其对象来说，仅有这一论据是不够的。

她被阐释得越多，她就会离得越远，因此，她的基座也就会升得越高（她此刻是在楼梯下面，基座也许对她有着一种特殊的重要性）。促使她走出家门的不仅是悲伤，而且还有恐惧，她害怕被阐释，也害怕阐释者本人。她不想被人猜透，也不接受他的任何东西，除非是他的彻底投降。他离那彻底的投降已经很近了：

> "不——别走。
> 这一次别再去跟别人说了。
> 跟我说吧，只要是心里的东西。"

> 'Don't — don't go.
> Don't carry it to someone else this time.
> Tell me about it if it's something human.'

在我看来，这里的最后一行是全诗中最令人震惊、最富悲剧感的一句。它实际上意味着女主人公的最终胜利，也就是前面提到的解释者在理性上的投降。这一句虽然语气通俗，却将她的精神活动提升到了一个超自然的状态，并藉此使无限（孩子的死亡使她意识到了无限）成了他的竞争对手。他无力与之竞争，因为她已经接近这种无限，她被无限所吸引，与无限进行交流，在他的眼里，这一切又被整个围绕异性的神话所强化，被他对另一种选择将带来何种结果的认知所强化——到了这个时候，她已将这样的认知深深地铭刻在了他心里。若继续保持理性，他就会在这样的对手面前失去她。这是一个刺耳的、近乎歇斯底里的诗行，它道出了男人的局限，并在刹那之间将整个谈话带入一个女主人公最为擅长的视觉高度，而这样的高度或许正是女主人公所追寻的。但是，这只是在刹那之间。他无法在这一高度上继续下去，只好借助于乞求：

> "让我分担你的痛苦。我与其他人
> 没什么两样，可你却站在那里，
> 离我远远的。给我一个机会。
> 我觉得，你也稍稍过分了一点。
> 是什么使你老是想不开呢？
> 一个母亲失去了第一个孩子，
> 就永远痛苦——即使在爱情面前？
> 你认为这样才是对他的怀念——"

> "Let me into your grief. I'm not so much
> Unlike other folks as your standing there
> Apart would make me out. Give me my chance.
> I do think, though, you overdo it a little.
> What was it brought you up to think it the thing
> To take your mother-loss of a first child

So inconsolably — in the face of love.

You'd think his memory might be satisfied —"

　　他跌落下来，确切地说，是从"跟我说吧，只要是心里的东西"(Tell me about it if it's something human.) 一句中歇斯底里的高度上跌落了下来。然而，这一跌落，这一沿着韵律上的下行阶梯而实现的心理下降却使他恢复了理性，重新拾起了伴随理性的所有限定语。这也使他相当接近事情的本质，即她对"一个母亲失去了第一个孩子，/ 就永远痛苦"(mother-loss of a first child/So inconsolably)；他还再次引入这个包罗万象的爱情概念，这一次有些令人信服，虽然依旧带有一种修辞上的华丽："即使在爱情面前"(in the face of love)。"爱情"(love) 一词破坏了情感的真实，将这种情感降低为一种功利主义的要求，即一种战胜悲剧的手段。然而，战胜悲剧会使得男女主人公的形象不再是悲剧的牺牲者。这一点——再加上对阐释者试图降低其阐释高度的怨恨——导致了这样一个结果，即女主人公在"你认为这样才是对他的怀念——"(You'd think his memory might be satisfied —) 之后插入了"你在嘲笑我！"(There you go sneering now!) 这样一句话。这是迦拉忒亚的自卫，她在保护自己，不让他用刻刀继续破坏她业已获得的面部特征。

　　由于《家葬》有一个很吸引人的故事线索，许多人都会感受到一种强烈的诱惑，欲将《家葬》视为一出关于人与人之间无法沟通的悲剧，一首关于语言之无能的诗。许多人都屈服于这样一种诱惑。事实上，情况可能正相反：这是一出关于沟通的悲剧，因为，交流的逻辑结果就是对你的对话者精神需求的侵犯。这也是一首关于语言之可怖成功的诗，因为，归根究底，语言与它所表达的感情是格格不入的。没有人能比诗人更清楚这一点。如果说《家葬》是自传性的，那么这首先就体现为弗罗斯特对他的手艺和他的情感这两者之冲突的把握。为了加深这一印象，我建议你们将你们对周围某个人的真实感情与"爱情"这个字眼作一个比较。一个诗人是注定会求助于词的。《家葬》中的说话者也同样如此。因此，在这首诗中他们是重叠的；同样因为这一点，这首诗获得了自传性的名声。

但是，让我们再向前一步。诗人在这里不应被等同为一个人物，而应被等同于这两个人物。在诗中，他当然就是那个男人，但他同时也是那个女人。因此，你们所看到的就不仅是两种情感的冲突，而且还有两种语言的冲突。这两种情感可以合并，比如说，通过做爱得以合并，而两种语言却无法合并。情感可以孕育出一个孩子，而语言却不会。现在，孩子死了，剩下的只是两种完全自治的语言，两种无法重叠的语言系统。简而言之，只剩下了词。他的词和她的词，而她的词更少一些。这使她显得很神秘。而这种神秘就是解释的对象，他们都在抵抗这种解释，在她这一方，她在用尽全力抵抗。他的工作，或者更确切地说，他的语言的工作就是对她的语言进行解释，或者更确切地说，是对她的沉默寡言进行解释。当这被用于人们相互之间的交流时，便会成为一个制造灾难的秘诀。当这被用于一首诗时，则会构成一个巨大的挑战。

于是，这首"阴郁的田园诗"一行行地变得更加阴郁起来，这也就不足为怪了。它的氛围越来越紧张，但它所反映的与其说是作者思想的复杂，还不如说是词本身对灾难的渴求。因为，你越是向沉默施压，沉默便越是巨大，因为它没有任何东西可以依靠，除了它自身。那种神秘因此也会变得更加浓厚。这就像拿破仑攻入俄国，却发现乌拉尔山脉不是她的尽头。不足为奇的是，我们这首"阴郁的田园诗"没有别的选择，只能更加紧张下去，因为诗人的大脑可以同时扮演侵略的军队和被侵略的领土；归根结底，他也无法在两者中选边站。这种面对眼前无限大的空间而产生出的感觉不仅摧毁了征服的念头，而且也打消了前进的感觉，这就是"跟我说吧，只要是心里的东西"这行诗以及"你在嘲笑我！"之后的几行诗所告诉我们的：

> "我没有，我没有！
> 你让我生气。我要下到你那里去。
> 上帝啊，这女人！"

> "I'm not. I'm not!
> You make me angry. I'll come down to you.
> God, what a woman!"

侵入沉默之领土的语言并没有获得胜利，只留下它那些词的回声。它能够展示的唯一成果就是这一句老话，它先前就曾把他带进死胡同：

> "到了这个地步：
> 一个男人不能提他死去的孩子。"

> "And it's come to this,
> A man can't speak of his own child that's dead."

这话同样也只能依靠自我。僵局。

这种僵局被那女人打破了。更确切地说，她的沉默被打破了。这本可以被男主人公视为一场胜利，若不是因为考虑到她献出的是怎样一段独白的话。这与其说是一次进攻，还不如说是对他所代表的所有东西的否定。

"你就是不能，你根本不懂怎样提起。
如果你也有感情，你怎么能
亲手去挖他的小坟；怎么能？
我从那个窗口看见你在那里，
见你扬起沙土，扬向空中。
扬啊扬，就像这样，土轻轻地
滚回来，落在坑边的土堆上。
我想，那男人是谁？我不知是你。
我走下楼梯，又爬上楼梯去，
再看一遍，见你还在挥锹扬土。
然后你进来了。我听见你的低音
在厨房外响起，我不知道为什么，
但我走过去，要亲眼看一看，
你正坐在那儿，鞋上污迹斑斑，
那是你孩子坟墓上的新泥，
然后你又讲起你那些琐碎事情。
你把铁锹靠在外面的墙壁上，
就在门口，我也看见了。"
"我想笑，笑出有生以来最苦的笑。
我真苦！上帝，我真不信我的苦命。"

"You can't because you don't know how to speak.
If you had any feelings, you that dug
With your own hand — how could you? — his little grave;
I saw you from that very window there,

Making the gravel leap and leap in air,
Leap up, like that, like that, and land so lightly
And roll back down the mound beside the hole.
I thought, Who is that man? I didn't know you.
And I crept down the stairs and up the stairs
To look again, and still your spade kept lifting.
Then you came in. I heard your rumbling voice
Out in the kitchen, and I don't know why,
But I went near to see with my own eyes.
You could sit there with the stains on your shoes
Of the fresh earth from your own baby's grave
And talk about your everyday concerns.
You had stood the spade up against the wall
Outside there in the entry, for I saw it.'
'I shall laugh the worst laugh I ever laughed.
I'm cursed. God, if I don't believe I'm cursed.'"

这的确像是一种来自异域的声音：一种外语。女人站在远处看着男人，男人无法完全理解他们之间的距离，因为它是与女主人公上下楼梯的频率成正比的，也是与他在掘墓时扬起铁锹的频率成正比的。无论这个比例是怎样的，反正它都会令他在楼梯上向女主人公迈出的实际步伐或精神步伐相形见绌。而她的行为——在他掘墓时走下楼梯又爬上楼梯——背后的理由也是不利于他的。可以假定，这附近没有别人来替他做这件事情。（他们失去了他们的第一个孩子，这说明他们还相当年轻，因此也并不富有。）可以假定，通过干这种体力活儿，并且是用一种相当机械的方式——正如此处的五音步诗以一种技艺纯熟的模仿手法暗示的那样（或是如女主人公指责的那样）——

这个男人在压制悲伤。或者说，是在控制悲伤；也就是说，与女主人公不同，他的动作是实用性的。

简而言之，这是无用对有用的观察。显而易见，这种观察通常很准确，也很富于判断力，如"如果你也有感情"（If you had any feelings），以及"扬啊扬，就像这样，土轻轻地／滚回来，落在坑边的土堆上"（Leap up, like that, like that, and land so lightly／And roll back down the mound beside the hole）。取决于观察时间的长短——比如这里用了九行诗来细致地描写掘墓的情景——这种观察可能会造成这样一种感觉，即观察者与被观察者之间横亘着一道鸿沟（此处正是一例）："我想，那男人是谁？我不知是你。"（I thought, Who is that man? I didn't know you.）因为观察，正如你们看到的那样，不产生任何结果，而掘地至少会产生一堆土，或是一个洞。而在观察者的脑海中，这其实就等同于一座坟墓。或者更确切地说，就等同于男人和他的目的合二为一，更不要提他的工具了。无效的现实和弗罗斯特的五音步在这里捕捉到的最重要的一点就是规律的节奏。女主人公在观察一台无生命的机器。在她眼里，那男人就是一个掘墓人，因此也就成了她的对立面。

看到我们的对立面总是会让我们感觉不快，更不用说让我们感受到威胁了。你越是近距离地看他，你的负罪感和复仇感就越是强烈。在一个刚失去孩子的妇女的脑子里，这种感觉应该是相当强烈的。更何况她又无法把她的痛苦转化成任何一种有用的行动，只能极度烦躁地在楼梯上跑上跑下，同时对这种无能为力做出认同和美化。你们还要注意到，在他们两人的运动——她的步态和他的铁锹之间，有一种目的相反的呼应。你们认为这会造成一个什么样的后果呢？你们要记得，她是在他的房子里，这块墓地里埋葬的是他的亲人。而他还是一个掘墓人。

"然后你进来了。我听见你的低音
在厨房外响起，我不知道为什么，
但我走过去，要亲眼看一看。"

请注意这个"我不知道为什么"(and I don't know why)，因为在这里，她无意间渐渐接近了她自己的计划。如今她需要做的就是用自己的眼睛检查一下这个计划，也就是说，她要使她想象中的那幅图画变得更加具体：

"你正坐在那儿，鞋上污迹斑斑，
那是你孩子坟墓上的新泥，
然后你又讲起你那些琐碎事情。
你把铁锹靠在外面的墙壁上，
就在门口，我也看见了。"

那么你们认为，她究竟看见了什么？她看到的东西又能证明什么呢？这个镜头里包含了什么？她看到的特写镜头是怎样的呢？我觉得，她看见的是一件凶器：她看见的是一把剑。沾在鞋上或是铁锹上的新鲜泥土使得铁锹的锹口闪着寒光，使它变成了一把剑。而泥土真的会留下"污迹斑斑"(stain)吗，不论这泥土有多么新鲜？她选择了一个暗指液体的名词，这是在暗示血，也是在谴责血。我们的男主人公该做些什么呢？他是否应该在进门之前就将鞋子脱下来呢？或许应该。或许，他还应该把他的铁锹留在门外。但他是一个农夫，他的举止也像一个农夫，也许因为他太累了。所以，他带回了他的工具，而在她眼里，这就是一件死亡的工具。他的鞋也是这样，这个男人身上的所有东西都是这样。在这里，如果你们同意的话，一个掘墓人也可以被视为死神。而在这座房子里又只有他们两个人。

最可怕的一点是"我也看见了"（for I saw it），因为它强化了那把靠在门口墙边的铁锹让女主人公觉察到的象征意义：留待日后再用。或者说，这把铁锹像一个卫兵。或者说，像是一个没有被意识到的死亡象征 ①。与此同时，"我看见了"也体现了她感觉上的反复无常，体现了一个没有被骗住的人流露出的胜利喜悦，在抓住敌人时所感受到的胜利喜悦。无用在这里达到了极致，它吞噬了有用，将后者置于自己的暗影之下。

> "我想笑，笑出有生以来最苦的笑。
> 我真苦！上帝，我真不信我的苦命。"

这实际上是对失败的一种非语言的承认，它具有典型的弗罗斯特式的简约形式，其中包括许多重复多次的单音节词，它们很快就失去了其原本的语意功能。我们的拿破仑或皮格马利翁完全被他的创造物打败了，而后者依旧在步步紧逼。

> "我能重复你那时说的每一个字：
> '三个多雾的早晨和一个阴雨天，
> 建得最好的栅栏也会烂掉。'
> 想一想，这个时候还这样谈话！
> 一根桦木腐烂需要多长时间，
> 这与昏暗客厅里的东西有什么关系？"

> "I can repeat the very words you were saying:

---

① 这里的"死亡象征"用的是拉丁语"memento mori"。

"Three foggy mornings and one rainy day

Will rot the best birch fence a man can build."

Think of it, talk like that at such a time!

What had how long it takes a birch to rot

To do with what was in the darkened parlor?"

　　至此，我们这首诗实际上已经结束。其余的部分只不过是一个结局，在这个结局中，我们的女主人公在用一种越来越不连贯的方式谈论死亡、罪恶的世界、冷漠的朋友和自己的孤独感。这是一段相当歇斯底里的独白，它在故事线索中的唯一功能就是为释放她头脑中被禁锢的东西而斗争。但这没有获得成功，最后，她只好走向大门，似乎只有风景才能呼应她的精神状态，才能因此给她以安慰。

　　而这是完全可能的。在一个封闭的空间，比如说一座房子里，矛盾冲突通常都会演变为一场悲剧，因为这个长方形的空间本身就会助长理智，约束感情的发展。因此，这座房子的主人是这个男人，这不仅因为这座房子是他的，就这首诗的语境而言，而且还因为理性也属于他。而在屋外的风景中，《家葬》中的对话就可能会是另外一个样子，在屋外的风景中，男人可能成为一个失败者。对话的戏剧成分可能会变得更大，因为，当房子同一个角色站在一边时是一回事，而当自然元素同另一个角色站在一边时则是另一回事。无论如何，这就是她试图走向大门的原因。

　　那么，让我们回到结局前的五行诗，看看这段讲述桦木腐烂的话。"三个多雾的早晨和一个阴雨天，/建得最好的栅栏也会烂掉。"（Three foggy mornings and one rainy day/Will rot the best birch fence a man can build.）她引用了农夫的话，当时我们这位农夫边说边坐在厨房里，鞋上沾满新鲜的泥土，铁锹靠在门口。人们可能还是会将此归结于他的疲倦，这也是在为他的下一个工作做铺垫，即在那座新坟四周建起一排小栅栏。无论如何，这并不是一座公共墓地，而是一块家族墓园，他提到的栅栏可能的确是他的日常琐事之一，是他必须去处理的另一件事情。他提起这个话题，可能是想将注意力从刚做完的那件事情上转移开去。可他虽然尽了力，却还是未能完全将这注意力转移开，正如动词"腐烂"（rot）所显示的那样：这一行暗含着一个隐喻，即如果栅栏在潮湿的空气中都腐烂得如此之快，那么埋在泥土中的小棺材是否也会很快地腐烂呢？那泥土如此潮湿，竟然会在他的鞋子上留下"污迹斑斑"。但是，女主人公再次抗拒语言的那些包罗万象的技法——隐喻、讽喻、反面肯定，而直取字面含义，直取绝对。这就是为什么她要这样来反击他："一根桦木腐烂需要多长时间，/这与昏暗客厅里的东西有什么关系？"（What had how long it takes a birch to rot/To do what was in the darkened parlor?）在这里值得注意的是，他们对"腐烂"概念的理解是多么的不同。他在谈论"桦木栅栏"（birch fence），这是一种明显的转移视线，更不要说是在谈论地面之上的一样东西了；而她却把精力集中在"昏暗客厅里的东西"（what was in the darkened parlor）上。作为一位母亲，她将所有的注意力——也就是弗罗斯特赋予她的注意力——全都集中在死去的孩子身上，这是可以理解的。然而，她提及这件事的方式是在绕圈子，甚至可以说有些委婉："……里的东西"（what was in）。她将自己死去的孩子说成是"东西"（what），而不是"人"（who）。我们不知道他的名字，我们只知道他在出生后不久便夭折了。然后，你们还应注意她关于坟墓的说法："昏暗客厅"（the darkened parlor）。

就这样，诗人用"昏暗客厅"结束了对女主人公形象的塑造。我们必须记住，故事的背景是乡村，女主人公生活在"他的"房子里，也就是说她是外来的。由于接近腐烂，这句"昏暗客厅"尽管也经常出现在口语中，但听起来却有些晦涩，更不用说有些居高临下了。对于现代人的听觉来说，它几乎就像是一个维多利亚时代的声调，它表明了一种近乎阶级划分的情感差异。

我想你们会同意，这首诗并不是一首欧洲风格的诗。不是一首法国诗，不是一首意大利诗，不是一首德国诗，甚至不是一首英国诗。我还可以向你们保证，这绝对不是一首俄国诗。考虑到当今美国诗歌的现状，它也不是一首美国诗。这只是弗罗斯特本人的诗，而弗罗斯特去世已经二十五年了。因此，有人会在各种陌生的地方如此长久地探讨他的诗作也就不足为奇了，尽管毫无疑问，弗罗斯特本人未必愿意让一个俄国人来向法国听众介绍他的诗。另一方面，他对不和谐的事物也并不感到陌生。

那么，他在他这首非常个性化的诗中想要探求的究竟是什么呢？我想，他所探求的就是悲伤与理智，这两者尽管互为毒药，但却是语言最有效的燃料，或者如果你们同意的话，它们是永不褪色的诗歌墨水。弗罗斯特处处依赖它们，几乎能使你们产生这样的感觉：他将笔插进这个墨水瓶，就是希望降低瓶中的内容水平线；你们也能发现他这样做的实际好处。然而，笔插得越深，存在的黑色要素就升得越高，人的大脑就像人的手指一样，也会被这种液体染黑。悲伤越多，理智也就越多。人们可能会支持《家葬》中的某一方，但叙述者的出现却排除了这种可能性，因为，当诗中的男女主人公分别代表理智与悲伤时，叙述者则代表着他们两者的结合。换句话说，当男女主人公的真正联盟瓦解时，故事就将悲伤嫁给了理智，因为叙述线索在这里取代了个性的发展，至少，对于读者来说是这样的。也许，对于作者来说也一样。换句话说，这首诗是在扮演命运的角色。

我认为，这正是弗罗斯特要追寻的婚姻形式，或者也可能是这样的婚姻在追逐弗罗斯特。许多年以前，在从纽约飞往底特律的航班上，我偶尔翻到一篇弗罗斯特的女儿发表在美国航空公司飞行杂志上的散文。莱斯莉·弗罗斯特在这篇散文中说，她的父母是高中同学，曾同时在毕业典礼上代表毕业生致词。她不记得她父亲当时讲话的题目了，但还记得母亲的发言标题。她母亲的发言题目是《交谈是一种生命力》（或为《交谈是一种生活力量》）。如果你们有朝一日真能像我期望的那样找到一本《波士顿以北》来读一读，你们就会理解埃莉诺·怀特那次发言的题目，概括地说，这个题目就是那部诗集的主要结构方式，因为《波士顿以北》中的大多数诗都是对话，即交谈。从这个意义上说，这里的《家葬》以及《波士顿以北》中的其他诗作都是爱情诗，或者如果你们同意的话，都是一些痴迷之诗：不是一个男人对一个女人的痴迷，而是争辩对抗辩的痴迷，即一个声音对另一个声音的痴迷。这话也可以用来形容独白，因为独自就是一个人与自己的争吵，比如"生存还是毁灭"。这也就是为什么诗人常常会去写剧本。最后，显而易见的是，并不是罗伯特·弗罗斯特在追求对话，而是相反，哪怕这仅仅是因为一旦脱离了彼此，两个声音本身是无足轻重的。但当它们结合为一体时，它们便启动另一种东西——鉴于我们找不到一个更好的词，我们就姑且称之为"生活"吧。《家葬》的结尾是一个破折号而非一个句号，原因就在于此。

家　葬

他从楼梯下向上看见了她，
在她看见他之前。她开始下楼梯，
却又回头望向一个可怕的东西。

她犹豫地迈出一步，却收住了脚，
她又站高了些，再一次地张望。他一边说
一边向她走来："你看见了什么，
总在上面张望？——我倒是想知道。"
她转过身来，瘫坐在裙子上，
她的表情从害怕变成了呆滞。
他抢时间说道："你看见了什么？"
他向上爬，直到她蜷缩在他的脚下。
"我要答案——你得告诉我，亲爱的。"
她独自站着，拒绝给他帮助，
稍稍梗了梗脖子，保持沉默。
她让他看，但她确信他看不见，
瞎眼的家伙，他根本看不见。
但最后他低声说了"哦"，又说了声"哦"。

"那是什么？是什么？"她说。
                              "是我看见的东西。"
"你没看到，"她挑战道，"告诉我那是什么。"

"奇怪的是，我没有马上看见。
我以前从未在这里注意到它。
我大概是看习惯它了——就是这个原因。
这小小的墓地埋着我们的亲人！
真小，从这窗框中可以看见它的全貌。
它还没有一间卧室大呢，不是吗？
那里有三块青石和一块大理石，
还有宽肩膀的小石板躺在阳光下，
在山坡上。我们对**这些**不必介意。

但是我知道：那不是一些石头，
而是孩子的坟墓——"
                        "不，不，不，
    不，"她哭喊着。
她向后退缩，从他搁在扶手上的胳膊下
退缩出来，然后滑下楼去。
她用令人胆怯的目光直盯着他，
他连说两遍才明白自己的意思：
"难道男人就不能提他死去的孩子？"

"你不能！——哦，我的帽子呢？
哦，我并不需要它！我要出门。我要透口气。
我不知道哪个男人有这个权利。"

"艾米！这个时候别去别人那里。
听我说。我不会下楼的。"
他坐下来，用两个拳头托着腮。
"有件事我想问问你，亲爱的。"

"你才不知该如何问。"
                        "那你就帮帮我。"

她伸手推动门闩作为全部回答。

"我的话好像总是让你讨厌。
我不知道该说些什么样的话
能让你开心。但是你可以教我，
我想。我得说我不明白该怎么做。

一个男人得部分放弃做个男人，
面对女人。我们可以达成协议，
我发誓往后决不去碰一碰
你讲明了你会介意的任何东西。
虽然我并不喜欢爱人之间这样行事。
不爱的人缺了这些无法生活在一起。
相爱的人有了这些倒无法相守。"
她稍稍移动了门闩。"不——别走。
这一次别再去跟别人说了。
跟我说吧，只要是心里的东西。
让我分担你的痛苦。我与其他人
没什么两样，可你却站在那里，
离我远远的。给我一个机会。
我觉得，你也稍稍过分了一点。
是什么使你老是想不开呢？
一个母亲失去了第一个孩子，
就永远痛苦——即使在爱情面前？
你认为这样才是对他的怀念——"

"你在嘲笑我！"

　　　　　　　"我没有，我没有！
你让我生气。我要下到你那里去。
上帝啊，这女人！到了这个地步，
一个男人不能提他死去的孩子。"

"你就是不能，你根本不懂怎样提起。
如果你也有感情，你怎么能

亲手去挖他的小坟；怎么能？
我从那个窗口看见你在那里，
见你扬起沙土，扬向空中。
扬啊扬，就像这样，土轻轻地
滚回来，落在坑边的土堆上。
我想，那男人是谁？我不知是你。
我走下楼梯，又爬上楼梯去，
再看一遍，见你还在挥锹扬土。
然后你进来了。我听见你的低音
在厨房外响起，我不知道为什么，
但我走过去，要亲眼看一看，
你正坐在那儿，鞋上污迹斑斑，
那是你孩子坟墓上的新泥，
然后你又讲起你那些琐碎事情。
你把铁锹靠在外面的墙壁上，
就在门口，我也看见了。"
"我想笑，笑出有生以来最苦的笑。
我真苦！上帝，我真不信我的苦命。"

"我能重复你那时说的每一个字：
'三个多雾的早晨和一个阴雨天，
建得最好的栅栏也会烂掉。'
想一想，这个时候还这样谈话！
一根桦木腐烂需要多长时间，
这与昏暗客厅里的东西有什么关系？
你**根本不**在乎！亲友们可以
陪伴任何一个人共赴黄泉路，但却言行不一如斯，
他们还是不要陪的好。

不，当一个人要死的时候，
他孤独，他死的时候更孤独。
朋友们假装都来到他的墓地，
可棺木尚未入土，他们的想法已变，
想他们如何返回自己的生活，
和活人一起，办他们熟悉的事情。
世界邪恶。如果我能改变世界，
我就不会这么悲伤。唉，如果，如果！"

"瞧，你说出来了，你会好受些的。
你现在不会走了。你在哭。关上门！
你的心已飞走，身体何必还要追随？
艾米！大路上走来了一个人！"

"你——哦，你认为我说说就了事了。
我要走，离开这个家。我怎能让你——"
"你——敢！"她把门开得更大了。
"你要去哪里？先得告诉我。
我会跟着你，把你拉回来。我**会的**！——"

HOME BURIAL

He saw her from the bottom of the stairs
Before she saw him. She was starting down，
Looking back over her shoulders at some fear.
She took a doubtful step and then undid it
To raise herself and look again. He spoke
Advancing toward her："What is it you see
From up there always? — for I want to know."

She turned and sank upon her skirts at that,

And her face changed from terrified to dull.

He said to gain time: "What is it you see?"

Mounting until she cowered under him.

"I will find out now — you must tell me, dear."

She, in her place, refused him any help,

With the least stiffening of her neck and silence.

She let him look, sure that he wouldn't see,

Blind creature; and awhile he didn't see.

But at last he murmured. "Oh," and again, "Oh."

"What is it — what?" she said.

                      "Just that I see."

"You don't," she challenged. "Tell me what it is."

"The wonder is I didn't see at once.

I never noticed it from here before.

I must be wonted to it — that's the reason.

The little graveyard where my people are!

So small the window frames the whole of it.

Not so much larger than a bedroom, is it?

There are three stones of slate and one of marble,

Broad-shouldered little slabs there in the sunlight

On the sidehill. We haven't to mind *those*.

But I understand: it is not the stones,

But the child's mound —"

                      "Don't, don't, don't,

don't." she cried.

She withdrew, shrinking from beneath his arm
That rested on the banister, and slid downstairs;
And turned on him with such a daunting look,
He said twice over before he knew himself:
"Can't a man speak of his own child he's lost?"

"Not you! — Oh, where's my hat? Oh, I don't need it!
I must get out of here. I must get air. —
I don't know rightly whether any man can."

"Amy! Don't go to someone else this time.
Listen to me. I won't come down the stairs."
He sat and fixed his chin between his fists.
"There's something I should like to ask you, dear."

"You don't know how to ask it."
                                        "Help me then."

Her fingers moved the latch for all reply.

"My words are nearly always an offense.
I don't know how to speak of anything
So as to please you. But I might be taught,
I should suppose. I can't say I see how.
A man must partly give up being a man
With womenfolk. We could have some arrangement

By which I'd bind myself to keep hand off
Anything special you're a-mind to name.
Though I don't like such things' twixt those that love.
Two that don't love can't live together without them.
But two that do can't live together with them."
She moved the latch a little. "Don't — don't go.
Don't carry it to someone else this time.
Tell me about it if it's something human.
Let me into your grief. I'm not so much
Unlike other folks as your standing there
Apart would make me out. Give me my chance.
I do think, though, you overdo it a little.
What was it brought you up to think it the thing
To take your mother-loss of a first child
So inconsolably — in the face of love.
You'd think his memory might be satisfied —"

"There you go sneering now!"

                              "I'm not. I'm not!
You make me angry. I'll come down to you.
God, what a woman! And it's come to this,
A man can't speak of his own child that's dead."

"You can't because you don't know how to speak.
If you had any feelings, you that dug
With your own hand— how could you? — his little grave;
I saw you from that very window there,

Making the gravel leap and leap in air,
Leap up, like that, like that, and land so lightly
And roll back down the mound beside the hole.
I thought, Who is that man? I didn't know you.
And I crept down the stairs and up the stairs
To look again, and still your spade kept lifting.
Then you came in. I heard your rumbling voice
Out in the kitchen, and I don't know why,
But I went near to see with my own eyes.
You could sit there with the stains on your shoes
Of the fresh earth from your own baby's grave
And talk about your everyday concerns.
You had stood the spade up against the wall
Outside there in the entry, for I saw it."
"I shall laugh the worst laugh I ever laughed.
I'm cursed. God, if I don't believe I'm cursed."

"I can repeat the very words you were saying:
'three foggy mornings and one rainy day
Will rot the best birch fence a man can build.'
Think of it, talk like that at such a time!
What had how long it takes a birch to rot
To do with what was in the darkened parlor?
You *couldn't* care! The nearest friends can go
With anyone to death, comes so far short
They might as well not try to go at all
No, from the time when one is sick to death,
One is alone, and he dies more alone.

Friends make pretense of following to the grave,
But before one is in it, their minds are turned
And making the best of their way back to life
And living people, and things they understand.
But the world's evil. I won't have grief so
If I can change it. Oh, I won't. I won't!"

"There, you have said it all and you feel better.
You won't go now. You're crying. Close the door.
The heart's gone out of it: why keep it up?
Amy! There's someone coming down the road!"

"*You* — oh, you think the talk is all. I must go —
Somewhere out of this house. How can I make you —"

"If — you — do!" She was opening the door wider.
"Where do you mean to go? First tell me that.
I'll follow and bring you back by force. I *will* —"

　　如果说这首诗是阴郁的,那么其创作者的思想则更为忧郁,这位创作者扮演了仅有的三个角色:男人、女人和叙述者。单看他们每个人或将他们合起来看都很真实,但这一真实依然比不上此诗作者的真实。因为《家葬》只是他诸多诗作中的一首。当然,他的自主之价值就在于此诗的色彩,也许,你们从这首诗中最终获得的不是故事本身,而是其达到终极自主状态的创造者的洞察力。诗中的人物和叙述者将作者推出了人们喜闻乐见的语境:他站在外面,无法再次进入,也许他也完全不想进去。这是对话的结果,或者说是一种生命力量的结果。这种特殊的姿态，这种完全的自主，在我看来完全是美国式的。这位诗人的单音调诗句和他的五音步迟缓正是由此而来：一个从远方的电台发来的信号。可以将他比做一艘宇宙飞船，当万有引力减弱时，他会发现自己依然受到一个不同引力的影响：一种向外的引力。然而，燃料还是一成不变的，即悲伤和理智。对我的这个比喻构成挑战的唯一事实就是，美国的太空飞船常常是能够返回地面的。

一九九四年

向马可·奥勒留致敬 [①]

一

古代 [②] 为我们而存在，而我们却不是为古代而存在的。我们从来不是，也永远不会是。这样一个颇为奇怪的状态似乎使我们很难对古代的事情做出判断。就时间顺序而言，恐怕就遗传基因而言也是一样，我们和古代之间的距离过于巨大，已无法厘清任何因果关系：我们眼中的古代就像是乌有乡。我们的视野恰如自相邻的另一个星系打量我们自己，在最好的情况下，这能使人生出一种唯我论的幻想，看到一幅幻象。我们不应再多期冀，因为除去我们极易消亡的细胞结构，万物均重复不止。一位古罗马人若在今天醒来，他会辨认出什么呢？高天的云，蓝色的波浪，一堆木柴，床铺的水平线，墙壁的垂直线，可是却认不出任何一张脸，即便他遇到的人全都一丝不挂。置身于我们中间，在最好的情况下，他的感觉或许就像那些登月者，也就是说，他不知道他面对的究竟是什么：是未来还是遥远的过去？是风景还是废墟？这一切毕竟都非常相似。当然，除非他看到了一位骑士。

二

二十世纪或许是略带困惑打量这尊骑士像的第一个世纪。

我们这个世纪是一个汽车的世纪，我们的国王和总统都开车，或是有人为他们开车。我们在周围很少看到骑士，除非是看马戏团的表演或是赛马。构成例外的或许就是英国的菲利普亲王，还有他的女儿安妮公主。但是，他们爱骑马，这与其说因为他们的皇族身份，不如说因为"菲利普"这个名字——它源于希腊文，原意即"爱马的人"。皇家卫队的马克·菲利普斯上尉，一名出色的障碍赛马骑手，成了女皇陛下的丈夫。你们还可以再加上英国王储查尔斯王子，他也是一名热心的马球选手。但事情似乎到此为止了。你们很少看到民主国家或某些现存专制国家的领导人骑在马上。甚至在如今越来越少见的阅兵式上，也不见那些阅兵的军事长官们骑马。骑士几乎完全远离了我们。不错，我们还有骑警，一个纽约人最为幸灾乐祸[3]的事情，或许就是看到这样一位骑警在给一辆非法停泊的汽车开罚单，而他那匹高头大马则在不停地嗅着那位倒霉车主的发动机罩盖。然而，我们如今在为我们的领袖和公众英雄竖纪念碑时，站立在基座上的往往只有两条腿。这太糟了，因为马具有很多象征意义，如帝国、阳刚、自然等等。实际上，关于马匹的雕塑有一整套的规矩，比如，马儿驮着骑手，高扬两只前蹄，这就表明骑手战死疆场；如果四个马蹄均落在基座上，则说明骑手死在自家的床上；如果一个马蹄高高举向空中，表明骑手因在战斗中负伤而死；如果那个蹄子举得不太高，则说明骑手活得相当长，所谓寿终正寝。用一辆汽车却表达不出这么多的象征意义。此外，一辆汽车，即便是一辆劳斯莱斯，既无

---

① 本文原题 "Homage to Marcus Aurelius"，首发于《艺术》(Artes) 杂志，入选《1995 年美国最佳散文选》(The Best American Essays of 1995)。俄文版题为 "Дань Марку Аверлию"。马可·奥勒留 (121—180)，罗马皇帝 (161—180 在位)，同时也是一位斯多葛派思想家，著有《沉思录》12 篇。

② 这里的"古代"(antiquity) 主要是指古希腊罗马时期。

③ 这里的"幸灾乐祸"用的是德语 "Schadenfreude"。

法证明一个人的独一无二，也无法像一匹马那样让一个人凌驾于人群之上。绘画中的罗马皇帝们更是常常身跨骏马，但这并非为了纪念他们钟爱的交通方式，而恰恰为了表明他们的优越地位：他们往往生来便属于骑士阶级。在当时的语言中，"骑士"的含义大约就是"高高在上"或"出身高贵"。换句话说，一匹马除了能让人骑之外，还负载着许多幻想。首先，它能呈现过去，即便仅仅因为它曾是动物王国的代表，而过去就来自动物王国。卡里古拉 [1] 在向元老院介绍他那匹马的时候，他脑子里首先想到的或许就是这一点。因为古代似乎已经建立起了这种联系。因为它与过去的交集远远超出它与未来的交集。

三

过去和未来的共同之处即我们的想象，正是想象能让两者凭空现形。我们的想象植根于我们的末世论恐惧，即因为我们前无古人、后无来者的想法而产生的恐惧。这种恐惧越是强烈，我们关于古代或乌托邦的概念就越是具体。有时，实际上是经常，古代和乌托邦这两者会相互重叠，比如，当我们认为古代具有理想的秩序和各种美德时，当置身于我们的乌托邦之中的居民们身裹长袍漫步于他们井井有条的大理石城市时。大理石自然是用来筑造我们的古代和乌托邦的永恒建材。就总体而言，每当存在于我们想象之中的过去或未来的版本带上一抹玄学或宗教色彩时，白色便完全渗透了这想象的每一个毛孔。天堂是白色的，古希腊和古罗马也是白色的。这一偏好与其说是我们的想象之黑暗源头的替代物，不如说是对于我们自身之

---

[1] 卡里古拉（12—41），罗马帝国第三任皇帝。

愚昧的一个隐喻，或者说是我们的想象通常借以展翅飞翔的那种材料之化身，这种材料就是纸张。被揉成一团的一张纸在飞向废纸篓时很容易被视为文明的碎片，尤其在你不戴眼镜的时候。

四

我第一次看见这尊青铜骑士是在二十年前，透过一辆出租车的挡风玻璃，回想起来那简直就像是上辈子的事。我那时刚刚首次飞抵罗马，正在前往酒店的路上，我的一位熟人为我预订了这家酒店。这酒店的名称很不罗马，叫"玻利瓦尔"。空气中已经有了点骑士味道，因为这位伟大的解放者①通常都被描绘成一位骑着扬蹄骏马的骑士。他是战死疆场的吗？我不记得了。我们遭遇了晚间的堵车，那场面看上去就像是火车站广场和足球赛散场这两者的结合。我本想问问司机到酒店还有多远，可我的意大利语却只够问一句"我们在哪里"。"威尼斯广场。"他随口答道，同时朝左边点了点头。"卡比托利欧广场。"他朝右边点了点头。接着他再次点头："马可·奥勒留。"当然，还伴有对交通状况的激烈言辞。我看了看右边。"马可·奥勒留。"我暗自重复了一遍，感觉到两千年转瞬即逝，伴随着拼出这位皇帝名字的那熟悉的意大利语发音而融化在了我的口腔里。这名字在我听来永远像是一部史诗，具有地道的帝国味，抑扬顿挫，洪亮悠扬，就像是历史的大管家发出的雷鸣般的宣示：马可！——停顿——奥勒留！罗马！皇

---

① 这里的"解放者"用的是西班牙语"libertador"，指的就是被用作旅馆名称的玻利瓦尔，玻利瓦尔（1783—1830）是拉美革命家，被誉为"解放者"。

帝！马可！奥勒留！我在中学时就是这样知道他的，当时的历史大管家是我们那位又矮又胖的萨拉·伊萨科夫娜，一位地道的犹太人，一位非常温和的五十多岁的女子，她是历史课老师。尽管她性格温和，但在讲到那些罗马皇帝的名字时，她却会挺直腰板，摆出一副庄重的姿势，声若洪钟，越过我们的头顶，把一个个罗马皇帝的名字抛向教室里贴着斯大林画像的斑驳粉墙：盖乌斯·儒略·恺撒！恺撒·屋大维·奥古斯都！恺撒·提庇留！恺撒·维斯帕西亚努斯·弗拉维乌斯！罗马皇帝安东尼·庇护！然后，就是马可·奥勒留！这会让人觉得，这些帝王的名字比她本人还要大，那些名字在她体内不断膨胀，似乎要冲向一个更大的空间，无论是她的身躯，还是一个房间、一个国家或一个时代，都无法容纳这些名字。她陶醉于这些古色古香的外国人名，陶醉于构成这些名称的那一串串出人意料的元音和辅音，说实话，她这样做很有感染力。一个孩子会很喜欢此类东西，即奇怪的单词和奇怪的发音，因此我觉得，历史应该在童年学习。一个人在十二岁时或许难以理解历史的错综复杂，但奇怪的发音却会使他感觉到另一种现实。"马可·奥勒留"这个名字就对我产生了这样的作用，那个现实事后证明是个庞然大物，事实上比那位皇帝的帝国还要大。如今，驯服这一现实的时候显然已经到来，我想，我来到罗马的原因正在于此。"马可·奥勒留？"我嘀咕了一句，又转身问司机："在哪儿？"他指了指通向山上的大理石阶梯瀑布的顶部，我们的正前方，就在汽车一个急转弯、只是为了在车海里抢夺寸步的先机时，我在一瞬之间看到了被灯光照亮的两只马耳朵、一张大胡子脸庞和一只前伸的手臂。之后，车海便吞噬了我们。半个小时后，在玻利瓦尔酒店的入口处，我一手提着行李，一手拿着钱，问司机该付多少钱，此时我内心突然涌起一阵友爱和感激之情，毕竟，他是我在罗马与之说话的第一个人，他还把我拉到了酒店，他甚至没向我多要钱，或是似乎没有多要。我问他叫什么名字。"马可。"他说道，然后驾车离去。

五

古代的一个最确凿无疑的特征就是我们的缺席。历史的残片你见得越多，盯得越久，你就越难进入历史。大理石对你的阻绝尤为坚决，尽管青铜器和古代手稿的姿态也不逊于大理石。它们或完整或残缺地抵达我们手中，其耐久性自然会令我们震惊，这些东西，尤其是那些残片，在诱惑我们将它们合成一个统一整体，但它们的使命原本并非抵达我们手中。它们过去和现在都是自在的。因为人类对未来的嗜好是有限的，一如他使用时间的能力，或者像语法的表现证明的那样——每当人们谈论起未来，语法总是第一个牺牲者。这些大理石、青铜器和古代手稿的创造目的至多是为了比其纪录对象和创造者留存得更久，但却不是为了比它们自身更长久。它们的存在是功能性的，也就是说具有某种有限的目的。时间并非拼图游戏，因为它是由易逝的部件构成的。尽管关于来世的观念或许是受到了某些遗物的启发，可它直到相对晚近的时候才进入人们的脑海。无论如何，摆在我们面前的是生存必需或虚荣心的遗迹，亦即始终目光短浅的考量之产物。没有任何东西是为未来而存在的，古人自然不会把他们自己视为古人。我们也不应该把自己视为古人之明天。我们不会被允许进入古代，因为那里已有人居住，事实上已人满为患。不再有空位。拿你的指关节拼命敲打大理石是毫无意义的。

六

我们之所以觉得罗马皇帝们的生活十分有趣，就因为我们是一种对自己很感兴趣的造物。至少，我们将自己视为我们自己的宇宙之中心，我们的宇宙自然大小不一，但毕竟是宇宙，且均有其中心。一个帝国和一个家庭、一个朋友圈、一段罗曼史、一门专业知识等等之间的区别只是规模上的差异，而非结构上的不同。此外，由于那些恺撒们在时间上距离我们如此遥远，他们的窘境之复杂性便显得很好理解了，借助两千年的透视，它似乎缩减为一则童话，充满了奇异与天真。我们的通讯录就是他们的帝国，尤其是在晚间。人们阅读苏埃托尼乌斯①、艾利乌斯②或普赛罗③，寻找历史原型，即便他只开了一家自行车商店或只有一个两口之家。人们不知为何更容易把自己等同于恺撒，而不是执政官、扈从或奴隶，即便后者更符合人们在当今现实中的地位。这与自我膨胀或远大抱负毫无关联，而应归咎于一种可以理解的魅力，这魅力源自厚重坚实、王者气派、棱角分明的美德、罪孽或自我欺骗，而非他们那面目模糊、口齿不清的原型——后者往往就在你家隔壁，或者也可能是在镜中。或许这就是为什么人们爱看他们的雕像，尤其爱看大理石雕像。因为归根结底，一张椭圆形人脸的容量毕竟有限。最多两只眼睛，最少一张嘴巴。超现实主义那时尚未发明出来，非洲面具尚未成为时尚。（或许有过这样的时尚，罗马人因此才抱着希腊的标准不放。）于是到最后，你必定会在其

---

① 苏埃托尼乌斯（70—130），古罗马历史学家，著有《罗马十二帝王传》。
② 据传是奥古斯都的六大史家之一。
③ 普赛罗（约1017/1018—约1078），拜占庭历史学家。

中一尊雕像中认出你自己。因为，每位恺撒都留有雕像，就像每只天鹅都留下了倒影。他们剃净脸颊或胡须满面，他们秃着脑袋或戴着头饰，全都向你投来那种没有瞳孔、空空如也的大理石眼神，很像护照或通缉令照片上的眼神。你不会知道他们想干什么。而把这些脸庞带入他们各自的故事之后，我们似乎的的确确使他们成为了经典原型。这样做还能使他们更接近我们，因为他们被描绘得太多了，他们无疑已能与其物理现实拉开一定距离。无论如何，胸像或雕像之于他们，的确就像照片之于我们，而恺撒显然就是被"照"得最多的那个人。被照的自然还有其他一些人，如他们的妻子、元老院议员、执政官、伟大的运动员、美女、演员和演说家等。但就整体而言，就现有的遗存来判断，男性雕像多于女性雕像，这大约反映了当时究竟是谁掌管着钱财和社会思潮。根据这两个标准来判断，恺撒应该是赢家。在卡匹托尔丘博物馆里，你们可以一连数小时流连于那些摆满一排又一排大理石胸像的展厅，恺撒、帝王、专政者和奥古斯都们 ① 被从他们原先掌管的疆域中的各个角落搜罗来囤积在这里。一个人在这样的职位上待得越久，他的"照片"就会越多。他的青年、中年和老年时期都会得到描绘，有时，一个人的两尊雕像之间似乎仅相隔一两年。用大理石造像似乎是一门产业，再瞧瞧岁月侵蚀在雕像上留下的刻度，这又像是一门殡葬产业。最终，这些大厅会使你觉得像是一座图书馆，里面收藏着一部由砍下的脑袋构成的百科全书。但这部书很难"阅读"，因为大理石的著名特征即它的漠然。就某种意义而言，它与照片——更确切地说，是以前的照片——有一个共同点：它们都是单色的。这首先使每个人的头发都成了浅色的。然而在实际生活中，某些模特却并非浅色头发，至少恺

---

① 此处"奥古斯都们"用的是拉丁语"augusti"。

撒们的妻子有些就不是，因为她们很多人来自小亚细亚，那里没有金发女郎。不过，人们几乎会因大理石的洁白无瑕而感激它，一如他们会感激黑白照片，因为黑白照片会释放人们的想象和直觉，使观察成为一种参与行为，恰如阅读。

七

　　而将观察转变为阅读的方式也是存在的。我小时候常去我故乡城的一座很大的博物馆。这家博物馆藏有大量古希腊罗马时期的大理石雕像，更不用说卡诺瓦 ① 和托瓦尔森 ② 的作品了。我发现，在不同的钟点和不同的季节，这些雕刻出的面容会生出不同的表情，我很想看见它们在闭馆之后的神情。可博物馆在下午六点关门，这大约是因为那些大理石雕像不习惯电灯。我无计可施。总的说来，人们面对雕像都无计可施。人们只能围着它们绕圈，从不同的角度打量它们，仅此而已。不过我偶然发现，人们对雕像还可以稍稍有所作为。一天，我一边盯着一位罗马早期少女 ③ 雕像的白色脸庞看，一边抬起手臂，好像是想将持自己的头发，这样便挡住了自天花板洒向那雕像的一缕光线。少女的面部表情立即产生了变化。我向一旁稍稍动了动手臂，雕像的面容又再次发生变化。我开始狂热地舞动双手，每一次都让不同的影子映在少女的脸庞上，那张脸顿时获得了生命。最终，我的行为自然被管理员喝止了。他冲我跑过来，可他那张大喊大叫的嘴脸在我看来还没有这位公元前大理

---

① 卡诺瓦（1757—1822），意大利雕塑家，其作品标志雕塑从戏剧化的巴洛克时期进入以复兴古典风格为追求的新古典主义时期。
② 托瓦尔森（1770—1844），丹麦雕塑家。
③ 此处"少女"用的是意大利语"fanculla"。

石少女的面容有生气。

八

在所有的罗马皇帝中，马可·奥勒留被谈论最多。历史学家喜欢他，哲学家也喜欢他。正是由于后者，马可·奥勒留赢得了持续至今的好名声，因为哲学这门学科被证明比罗马帝国及其管理者的天赋更富生命力。事实上，历史学家们或许本该对他更冷淡些才是，因为他曾两三次差一点夺去了他们的研究对象，尤其是他指定他那个白痴儿子康茂德①为继承人的那一次。但是历史学家们是一群锲而不舍的人，他们啃下过的硬骨头中，有的硬度远远超过康茂德欲用自己的名字给罗马帝国更名的决心。他们可以与"康茂德堡"共处，甚至居住其中，并对康茂德帝国的历史展开研究。至于哲学家们，他们曾十分迷恋马可·奥勒留的《沉思录》，他们中的一些人直到现在依然十分迷恋，这或许并非由于这部著作的思想之深刻，而是因为这门学科在皇家的庇护下获得的地位。政治会更多地成为哲学家的追求，而哲学则较少成为帝王的副业。而且，对于马可·奥勒留来说哲学远不止一门副业，用我们今天的话来说它是一种心理治疗，或者如波伊提乌②之后所言，是一种慰藉。马可·奥勒留并非一位大哲学家，也不是一位预言家，甚至算不得一位智者，他的《沉思录》只是一部既忧伤阴郁又喋喋不休的书。斯多葛学说在当时确实已经成为一门学说，他的书尽管是用希腊文写成，但与爱比克泰德③还相距甚远。一位

---

① 康茂德（161—192），马可·奥勒留之子，罗马皇帝（177—192年在位）。
② 波伊提乌（480—524），古罗马哲学家，著有《哲学的慰藉》。
③ 爱比克泰德（55？—125？），古罗马新斯多葛派哲学家。

罗马皇帝热衷希腊文，这很有可能出于对斯多葛学说之源头的尊重，同样也可能出于眷恋，为的是记住那门作为文明话语的语言，这门语言毕竟是他年轻时的语言，是他热爱的语言，它或许比他现今使用的语言更为高贵。此外，如果你们同意的话，这里或许还包含一些保守秘密的愿望，以及由此获得的超然姿态：这原本就是这门学说自身固有的目的和手法，又因这种表达工具而得到强化。更不用说，他在位期间又恰逢希腊文化在罗马的大规模复兴，如果你们同意的话，可称之为"第一次文艺复兴"，这次复兴无疑有赖于后被历史学家定义为"罗马和平时期"①的那段持续很久、相当稳定的历史时期。历史学家们喜爱马可·奥勒留，恰恰因为他是这段和平时期的最后一位守护者。因为，他的统治十分清晰地终结了罗马历史的一个阶段，这一阶段持续近两个世纪，始自奥古斯都，承载着他的各种愿望和抱负，止于我们的这位主人公。历史学家们喜爱马可·奥勒留，因为他是帝王队列中的最后一位，而且是很容易解读的，这对于历史学家而言可是一种奢侈。马可·奥勒留是一位认真勤勉的统治者，这或许因为他是被任命的，而非圣意天定；因为他是通过收养关系进入帝王之家的，而非通过血脉。历史学家和哲学家们都喜爱他，恰恰因为他十分出色地履行了他认为自己无法胜任、他也的确不愿接受的这一使命。对于历史学家和哲学家们而言，马可的窘况在某种程度上或许就体现了他们自己的处境：他似乎就是那些一生均要与其使命相抗争的人之样板。无论如何，使罗马帝国获益更多的是马可·奥勒留对责任和哲学的双重忠诚，而非他的斯多葛学说（而这门学说也与马可·奥勒留一同走到了其终点，即伦理学）。常有人说，而且是信誓旦旦地说，这种内心分裂对于统

---

① 指公元前 27 年至公元 180 年罗马帝国统治下的和平时期。

治者而言是一剂良药；如果统治者的精神渴求有其自身的抒发渠道，不至于过分影响其行为，那便是好事一桩。这就是"哲学王"这一概念的实质所在，难道不是吗？当你的形而上学遭受冷遇的时候。至于马可，他却自一开始便恐惧这种前景，害怕被唤至哈德良①的宫廷，尽管宫中荣华富贵，前程似锦。或许他害怕的恰恰就是这些。作为那一希腊学说的纯正产物，他所希求的仅为"一张行军床和一张薄被"。哲学对他而言既是一种话语方式，也是一种穿着方式，即存在的外衣，而不仅仅是一种精神活动。请把他想象成一位佛教僧人，你们的想象不会太走样，因为这一"生活方式"也是斯多葛主义之实质，绝对的实质，我们还要再补充一句。年轻的马可对皇帝的收养应该是心存疑虑的，其原因并不仅仅在于哈德良的性癖好：这样的收养意味着一套截然不同的行头和一套同样迥异的精神食谱。可以设想，他最终做了皇帝，这与其说是由于前任皇帝施加的压力，不如说是我们这位主人公对他的智性毅力产生了疑虑：显然，做一位国王要比做一位哲学家更为轻松。无论如何，结果就是如此，于是有了这座纪念碑。可问题是，这座纪念碑是为谁而立的呢？是在纪念一位哲学家还是一位国王？是在同时纪念一位哲学家和一位国王？或许两者均非纪念的对象。

九

纪念碑大多是一种垂直物件，它象征性地背离存在那常态

---

① 哈德良（76—138），罗马皇帝（117—138 在位），哈德良无嗣，在马可·奥勒留很小时就刻意栽培他，哈德良收庇护（86—161，138—161 年间的罗马皇帝）为嗣子，条件是庇护收奥勒留为嗣子，最终为奥勒留走上皇位铺平道路。

下的水平线，是空间之单调的对立面。纪念碑实际上从未真正离开这一水平线，——说实话，其他任何东西也均未真正离开过，——而只是矗立其上，与此同时又像一个惊叹号那样打破了它。总的说来，纪念碑就是一个矛盾。就这一意义而言，它近似于其最常见的表现对象，即人类——人类同样具有垂直和水平两种特性，但最终要归于水平。建造纪念碑通常使用的材料——大理石、青铜、越来越多的铸铁，如今甚至用到了混凝土——其耐久性反而更加凸显了这类工程的矛盾特征，尤其当这座纪念碑的纪念对象为一场大战、革命或自然灾害，亦即一个造成巨大损失且转瞬即逝的事件时。即便纪念碑的纪念对象是一个抽象的思想或一个重大事件之后果，两者在存在的时间和存在的韧性方面的冲撞仍显而易见，更不用说材质的冲撞了。考虑到材料对耐久性的追求，纪念碑的最佳表现对象或许的确就是毁灭。这会让人立即想到查德金为被炸毁的鹿特丹而建的那座雕塑①，其垂直状态具有功能意义，因为它恰好指向那场灾难之来源。此外，还有什么能比荷兰更接近水平呢②？人们还不禁会想到，这座纪念碑的谱系可以追溯至大平原，追溯至某种远远望见某物的想法，不论是空间意义上的遥远，还是时间意义上的遥远。人们还会想到，这座纪念碑的源头是游牧性质的，因为至少就时间意义而言，我们全都是游牧民。一个人若是能像我们这位哲学家国王一样意识到一切人类努力之枉然，他自然会首先拒绝变成一座城市雕塑。但另一方面，二十年里马不停蹄地征战于边疆各地，这实际上也足以将他变成一位游牧民。更何况，这里还有一匹他的马。

---

① 查德金（1890—1967），法国雕塑家，这里提及的雕塑名为《被毁灭的城市》，1953 年立于鹿特丹，布罗茨基曾称这座雕塑为他最喜欢的纪念碑之一。
② 荷兰又译尼德兰，其名称 Netherland 原意指海边的低洼地带。

十

可是，永恒之城是一座山城。事实上，它有七座山冈，有些是天然的，有些是人工堆成的，但要踏遍它们却无论如何都是一件苦活儿，尤其是步行，尤其在夏季，虽说其余三个季节的温度也不会太低。此外，这位皇帝的身体状况还相当差；此外，随着年龄的增长，他的身体一直没有任何好转。因此，需要一匹马。这座位于卡皮托利欧山顶部的纪念碑实际上填补了马可真实的戎马身影隐去后留下的真空，两千年前，马可一定会相当频繁地现身于这一空间，甚至可以说是每天都出现。在"去广场的路上"，就像那句俗语说的那样①。实际上，他是在自广场返回的路上。如果没有米开朗琪罗做的这个基座，这座纪念碑或许就是一行足迹。至多是一行马蹄印。罗马人像所有意大利人一样很迷信，他们始终认为，马可的铜像若是坠落地面，世界的末日就会降临。无论这个迷信说法源于何处，它均有合理之处，如果联想到马可的座右铭就是"泰然"的话。这个词意味着平衡、重压之下的镇静和精神状态的平和，它的字面意思就是"灵魂②的平衡"，亦即驾驭心灵，并进一步驾驭世界。将这个斯多葛主义的准则拼错一个字母，我们便能得到这样一个关于纪念碑的定义，即"马上的平衡"。③不过，这骑在马上的人身体微微前倾，似在面对他的臣民，他伸展的手

---

① 此处暗指一部 1962 年首演的百老汇音乐剧《去广场的路上，出了滑稽事一桩》(A Funny Thing Happened on the Way to the Forum)，音乐剧的背景为古罗马。

② 此处"灵魂"的原文为拉丁语 animus。

③ 作者在这里耍了一个文字游戏，马可·奥勒留的座右铭"泰然"(Equanimity) 由 "equ"和"animus"两部分组成，"拼错"的词为"Equinimity"(即 a 误为 i)，而 Equine 即为"马"。

臂作出一个介乎于问候和祝福之间的动作。有人曾断言，此人并非马可·奥勒留，而是让罗马皈依了基督教的君士坦丁。不过，这位骑士的脸庞却过于宁静，过于缺乏渴望或激情，过于旁观。这是一张超然的脸庞，却非爱的脸庞，而超然恰是基督教始终难以驾驭的情感。不，这不是君士坦丁，不是一位基督徒。这是一张清心寡欲的脸庞，这是激情的后记，下垂的嘴角是不存幻想的证据。那儿若是现出微笑，你们或许便会想到佛陀。但是，斯多葛主义者们对物理学所知甚多，他们不会对任何形式的人类存在之不朽的观念信以为真。这张脸庞还闪烁着青铜固有的金光，但头发和胡须却已氧化，变成了绿色，就像人的头发和胡须会变白一样。一切思想都想获得金属的状态，青铜却拒绝你任何进入的企图，包括阐释或抚摸。因此，你在这里所面对的就是本质意义上的超然。置身于这一超然之中的皇帝向你微微探身，伸出他的右手问候你或是祝福你，也就是说，他承认你的在场。因为，有他在的地方就没有你，反过来也一样。他的左手在理论上握着缰绳，那缰绳现已不存在，也或许从未有过，因为那匹马在任何情况下都会服从这位骑手。

如果这匹马代表自然，那么它则会尤其服从，因为他就代表理智。这显然是一张安东尼王朝的脸庞，尽管他并不出身于这一王朝，而是被收养的嗣子。头发，胡须，有些突出的眼睛，稍稍显得激动的姿势，这一切都很像他那位后来成为他岳父的义父，也很像他自己的亲生儿子。在一尊尊奥斯蒂亚①大理石制成的雕像中，他们三人的形象难以区分，这并不奇怪。但是，如我们现今所知，一个时期的时尚往往能战胜基因。让我们想一想"甲壳虫乐队"。此外，他也很敬重安东尼·庇护，对后者的各种做派加以模仿，他的相貌可能就是这一态度之副

———————————

① 意大利古城。

产品。再者，那位与他同时代的雕塑家也许正想传达出义父的统治和义子的统治这两者间的传承关系，这一点为历史学家们所认同，马可本人无疑也希望给后人留下这种印象。也有可能，雕塑家只是想塑造一尊那个时代的典型雕像，一位完美统治者的雕像，我们看到的便是自图密善①遇刺以来帝国两位最出色的皇帝之合体——就像他对马的塑造一样，对这匹马的具体身份我们并不关注。不过，十有八九，这的确是《沉思录》的作者本人：他的脸庞和他那略微探向其臣民的躯体与他那部忧郁之书的文本十分吻合，那本书自身也在略微探向人类存在之现实，其姿态与其说是法官，莫如说是调解人。就这一意义而言，这座纪念碑就是一尊雕像的雕像，因为一位运动中的斯多葛主义者是很难表现的。

十一

永恒之城很像一个巨大的脑子，这脑子对于世界早已丧失任何兴趣——这个命题过于简明——转而隐居在它那一道道缝隙和皱褶里。在其中的狭窄处，甚至连关于自身的概念都会显得过于累赘，而在其中的宽阔处，就连关于整个宇宙的概念也会显得微不足道；在这些宽窄之处跋涉，你们会觉得自己就像一枚磨钝的针尖，在一张巨大唱片的沟纹间移动，自边缘移向中心，或是自中心移向边缘，用你们的脚掌提取出一段往昔向当下吟唱的乐曲。对于你们来说，这就是真正的"主人之声"唱片，它能将你们的心变成一条狗②。历史不是一门学科，而是

---

① 图密善（51—96），罗马皇帝（81—96 年在位），他专横暴虐，后被其妻和近臣杀死。
② 见《战利品》一文第 12 节的注释。

某种并非属于你们的东西，它是美的主要定义。伤感正由此而来，因为它并不打算回应你们的爱。这是一种单相思，在这座城市你们会立即感觉到它的柏拉图性质。你们离你们的欲望对象越近，它就越会变成大理石或青铜，这些传说中的本地人的侧影散落四处，就像是从一只摔碎的陶罐里蹦跳出的有灵性的硬币。时间似乎将它那张复写纸置于床单和床垫之间，因为时间既在铸币也在打字。在你们离开玻利瓦尔酒店或是味道同样难闻、但价钱便宜些的涅尔瓦酒店时，你们会撞上图拉真广场及其凯旋柱 ①，柱上密密麻麻地雕满了被征服的达基亚人，这高高的圆柱就像一根桅杆，耸立在由破碎的基座、立柱和檐梁构成的大理石浮冰之上。如今，这里成了流浪猫的王国，它们是这座由微缩版基督徒构成的城市里的微缩版狮子。那些巨大的白色石板和石块沉重而又凌乱，很难被规整或是挪走。它们留在这里是为了吸收阳光，或是为了表现"古代"。它们在一定意义上做到了这一点，它们那极不规则的形状就是一种民主，这块地方也依然是广场。离开广场，穿过马路，在松树和柏树的后面，在卡皮托利欧山顶上，那位使民主体制和帝王统治之融合成为可能的人就站在那里。他没有随从，因为美德和疾病一样也会拒人于千里之外。一瞬间，时光倒流回了公元一七六年前后，这个大脑开始思索世界。

十二

马可是一位好君王，也是一个孤独的人。在他的事业中，这孤独自然与他的疆土有关，可他却比大多数人都更孤独。比

---

① 罗马的图拉真广场由罗马皇帝图拉真为纪念征服达基亚人而建造。

起他的书信，《沉思录》能让你们更好地品尝到这种孤独的味道，但也仅仅是浅尝。这份大餐由多道菜构成，且分量十足。首先，他知道他的生活已被颠覆。对于古人而言，哲学并非生活的副产品，而是相反，斯多葛主义的要求则尤其严格。或许我们应在此暂时放弃"哲学"一词，因为斯多葛主义，尤其是其罗马版本，并不能被归纳为对知识的热爱①。它更像是一场持续一生的耐力实验，人就像是他自己的实验鼠，不是研究工具，而是研究材料。在马可·奥勒留的时代，这一学说的知识与其说是被热爱的，不如说是被体验的。其唯物主义的一元论，其宇宙进化论，其逻辑，以及其真理的标准（一种无法抗拒地迫使主体认同其正确性的观念），这一切均已各就其位，对于一位哲学家而言，生活的目的就在于证明这种知识的正确性，其证明方式即将这种知识运用于现实生活，直到他的生命终点。换句话说，一位斯多葛主义者的一生就是一次伦理学研究，因为伦理学只接受身体力行。马克·奥勒留知道，他的实验被中断了，或是受到了他本人无法理解的限定；更为糟糕的是，他的那些发现——如果他有所发现的话——均无法实践了。他相信柏拉图，但尚未达到这种程度。无论如何，他或许是用个人不幸成就公共幸福的第一人，这或许就是《沉思录》的全部内容，亦即对《理想国》所作的附注。他知道，他作为一位哲学家已经完结，因为注意力已无法集中，他最大的奢望也只能是为凌乱的思绪偷得片刻沉思的时光。他的生活能够达到的最大高度或许就是关于永恒的几片断想，或时而作出的一些准确的猜想。他接受了这一切，当然是为了公共幸福，但由此而来的《沉思录》中那无处不在的忧郁——如果你们愿意的话也可称之为悲观主义——却越来越深重，因为这个人一定意识到

———————————

① 哲学一词的古希腊原意为"爱知识"。

这还远不是全部。《沉思录》于是成了一部散乱的书，滋养它的就是外界的纷扰。这是一段杂乱无章的内心独白，其间不乏迂腐之处，也有天赋才华的闪现。它能向你们表明他有可能成为一个什么样的人，而非他实际上曾是一个什么样的人；它展示的是他的矢量，而非实际抵达的目的地。此书似乎是在多次战斗（或许是胜仗）后的嘈杂声中匆忙记下的，这位斯多葛派哲学家坐在篝火旁，士兵的斗篷充作他的被褥。换句话说，此书之写作是撇开历史的，你们也可以说是抗拒历史的，而他的命运却恰恰在使他成为历史的组成部分。他或许是一位悲观主义者，但肯定不是一位宿命论者。因此，他成了一位出色的统治者，因此，共和制和帝王制之统一在他治下看上去并不虚幻。（人们甚至可以说，当今世界这些庞大的民主体制似乎越来越推崇他的公式。好的范例是有传染性的；但是美德，如我们前文所言，却会拒人于千里之外。更不用说时间将它的复写纸都浪费在了臣民们的身上，而留给统治者的却似乎很少。）至少，他是一位出色的守护者，他未曾丢掉一寸他所继承的疆土；他的帝国在他的治下没有扩大，但也未曾缩小，恰如奥古斯都所言："要适可而止。"他统领着如此之大的疆域，统领的时间如此之久（实际长达三十三年，自他岳父在公元一四七年把皇位传给他始，直到他于公元一八一年死于后来的维也纳城附近 ①），可他的双手所沾的鲜血却非常之少。对于那些反抗他的人，他更愿意宽恕而非惩罚；对于那些与他作战的人，他也更愿意征服而非消灭。他制定的法律有利于弱者，即寡妇、奴隶和孩童，尽管应该指出，正是他在起诉元老院成员的犯罪行为时首次引入双重标准（特别检察官的职位就是他的发明）。他严守国库，自己从不挥霍，也试图鼓励他人节俭。在帝国急需

---

① 作者在此给出的年代似不准确，马克·奥勒留 146 年登基，卒于 180 年。

金钱的好几个关头，他宁愿出售皇宫的珍宝，而不是向臣民暴征新税。他也从未大兴土木，既未造万神殿亦未建斗兽场。这首先因为，万神殿和斗兽场已经有了；其次由于他在埃及的逗留时间很短，不曾步出亚历山大城，他不像阿格里帕①，不像提图斯和哈德良，埃及建筑那能与无垠沙漠相匹配的巨大规模未在他的意识中留下印记。此外，他也很不喜欢竞技表演，据说他在看表演时常常读书或写作，或是在演出过程中听取汇报。不过，恰恰是他让人在罗马竞技场为演员安装了安全网。

十三

　　古代首先是个视觉概念，它源自那些看上去无法确定其年岁的客体。拉丁语的 antiquus 其实就是"老"的更激烈说法，它源于同为拉丁语的 ante，后者意为"之前"，那时似乎常常被用来形容希腊的事物。亦即"之前的事情"。至于希腊人自己，他们的 arche 则指开端或起源，指某事最初发生的时刻。亦即"第一次"？无论如何，这里就包含着罗马人和希腊人的本质区别，这区别之所以存在，部分是由于希腊人手头可以拿来追根溯源的对象相对较少，部分是由于他们偏好追溯源头。前者很有可能就是后者的原因，因为紧跟在考古学身后就只有地质学了。而我们自己构建的"古代"则贪婪地把希腊人和罗马人囫囵吞下，而在遇到麻烦时，则会援引拉丁人的先例以自卫。古代对我们而言是一团巨大的年代乱麻，其间充满历史人物、神话人物和众神，他们之间的相互联系即大理石，以及另外一个现象：大部分呈现其间的凡人均声称自己是神的后

---

　　① 阿格里帕（公元前 63？—公元前 12），罗马帝王皇帝奥古斯都的宰相。

裔或获得了神性。这里的最后一点尤其值得注意；这就是为什么那些大理石人物身上几难遮体的衣裳几乎都一模一样，使我们在鉴定残片时心生疑惑（这只残损的手臂究竟属于凡人还是神?）。模糊凡人和神之间的区别对于古人而言是家常便饭，对于罗马皇帝们来说更是如此。希腊人就整体而言很关心自己的血统，而罗马人则热衷提高身份。但两者的目标并无二致，追求的都是仙境，而虚荣或提高统治者的威望在这里并未发挥太大作用。将自己等同于神祇的全部意义与其说在于他们的全知全能，不如说在于这样一种观感，即他们的极端淫荡与他们的极端超然不分仲伯。首先，一位统治者的超然姿态往往会让他对某位神祇产生认同（当然，对于尼禄①或卡里古拉来说，淫荡是一条捷径）。获得一座雕像后，他便能大大提升这种超然，如果这尊雕像能在他生前建成则最好，因为大理石能够使得这位模特儿既在臣民们的心目中，也在自己的意愿中更不可能背离完美的化身。这能让一个人获得自由，而自由可是神的境界。总的说来，我们称之为古代的大理石远景和精神远景就是一间装满残碎蜕皮的大仓库，如果你们愿意的话，也可以称之为一幅离去之后的画面：一张自由的面具，一堆脱落的火箭助推器。

十四

如果说马可真的仇恨过什么，禁止过什么，这便是角斗士表演。有人说，这是因为他厌恶这种庸俗的、非希腊式的血腥运动，因为对于他而言，支持角斗的某一方便是偏好的开始。

---

① 尼禄（37—68），罗马皇帝（54—68在位），古罗马最著名的暴君之一。

另一些人则坚持认为，此事与他的妻子福斯蒂娜 ① 有关——尽管福斯蒂娜有过十三个孩子（只有六个活了下来），但作为一位皇后，她是很不检点的。在她大量的罗曼史中，有一位角斗士的表现尤为突出，有人断定这位角斗士就是康茂德的生父。但是，大自然的运作方式十分神秘，一枚坠落的苹果常常会掉在离苹果树很远的地方，尤其当这棵苹果树长在坡上的时候。康茂德既是一枚烂苹果，也是那苹果滚落的山坡。实际上，对于帝国的命运而言，他就是一座悬崖。也许，正是因为无法理解大自然的神秘运作方式，福斯蒂娜才获得了这样的恶名（虽说，马可如若因为福斯蒂娜而反感角斗士，那么他也会封杀水手、哑剧演员、将军等人物）。马可本人或许并未将此事太当一回事儿。一次，在听闻此类传言和让他休妻的建议后，他反驳道："如果我们赶走妻子，就得交还她的嫁妆。"这份嫁妆就是整个帝国，因为福斯蒂娜是安东尼·庇护的女儿。总的说来，他一直在竭力维护她，就他在她死后给予她的种种荣誉来看，他或许很爱她。很有可能，她就是那几道分量十足的菜肴中的一道——在《沉思录》中你们不过浅尝了它的口味。一般而言，恺撒的妻子是不应遭受指责和怀疑的。也许，正是为了维持这种姿态，同时也为了挽救福斯蒂娜的名声，马可才放弃了持续达两个世纪之久的挑选皇位继承人的旧传统，把皇冠给了他视之为其亲生骨肉的人。无论如何，此人至少是福斯蒂娜的亲生骨肉。他似乎十分崇拜他的岳父，他简直无法相信某个血管里流淌着安东尼家族血液的人会是坏人。也有可能，他视福斯蒂娜为一种自然力，而自然对于一位斯多葛派哲学家而言是至高无上的权威。自然教会了他无欲无求，时刻掌握分寸，否则他的生活就会变成一座真正的地狱。《沉思录》留下

---

① 福斯蒂娜（135—175）。

一连串浮冰似的唯我论。对于恶和残忍，马可与其说是宽恕不如说是不加理会。也就是说，他与其说是公正的，还不如说是不偏不倚的，他的不偏不倚并非他的公平意识之产物，而是他的思想追求无限的结果，尤其是对这种不偏不倚的自身限度之追求。这会令他的臣民吃惊，同样也会让研究他的历史学家们犯晕，因为历史是一个选边站队的领域。马可的臣民责怪他对角斗士表演的态度，历史学家们则声讨他对基督徒的迫害。马可对基督教的教义究竟有多少了解，这自然无从知晓，但是不难想象，他在基督教学说中看到了形而上学的短视以及其伦理上的可憎。以一位斯多葛主义者的观点来看，你可以拿美德从彼处换来永恒幸福的上帝是不该成为祈祷对象的。对于像马可这样的人来说，美德的价值就在于它是一种赌注，而非一笔投资。至少，他在思想上的确没有足够的理由去青睐基督徒，作为一位君主他就更少理由这样做了，他面对的是战争、瘟疫、起义——还有一个不服输的少数派。再说，他也不曾引入任何针对基督徒的新法律，在他之前的哈德良和图拉真制定的法律已完全够用。显而易见，马可追随他喜爱的爱比克泰德[①]，认为一位哲学家、亦即他自己就是负责向人类、亦即他的臣民传达神启的使者。你们自然可以就他的这一观念提出疑义，但有一件事却相当清晰：这比基督教的版本更包容。选边站队的人有福了，因为他们将是地球的继承人。

十五

蘸一点白色、赭色和蓝色，再加一点绿色和许多几何图形，

---

① 爱比克泰德（55？—135？），古罗马新斯多葛派哲学家。

你就将得到一个配方，时间在这些地方正是选择它来作为自己的舞台背景，因为时间也是有虚荣心的，尤其在它以历史或个人的形态呈现时。它之所以如此，是因为其对于不可改变性的一往情深；如果你愿意的话，也可以说因为它痴迷于使一切复归尘土的能力，为此它准备了大量伪装，包括人的大脑或人的眼睛。因此，当你有朝一日发现自己置身于一片白色和褐色的梯形广场，头顶上则是一块白色和蓝色的梯形时，你便不会感到惊奇，你若生在此地则更是如此。前一个梯形是人造的（实际上是米开朗琪罗造的），后一个梯形是天造的，你也许更容易认出后者。但是，这两者对你均无用，因为你是绿色的，是一个氧化铜的绿影。如果你仍然觉得头顶上多氧的蓝色中那积云的白色胜过脚下雕栏的大理石足胫和女先知们晒得黝黑健美的胸膛 ①，这也只是因为，云朵会让你想起你土生土长的古代，因为云朵就是所有建筑的未来。你在这里已经站了将近两千年，你应该知道。或许，它们，也就是那些云朵，才是地道的、唯一真实的古代，因为只有在它们中间你才不是一尊铜像。

十六

　　你好啊，恺撒。如今置身于野蛮人中间，你感觉如何？对于你来说我们都是野蛮人，哪怕仅仅因为我们既不会说希腊语也不会说拉丁语。我们对死亡的恐惧也远远超过你，我们的羊群心理也远远超过我们自我保护的本能。这话听起来很耳熟

---

① 此处可能是在打趣恺撒遇到提伯坦女先知（Tibertine Sibyl）的传说。如今广场上常有游客晒日光浴。

吗？这或许因为我们人数太多，恺撒，也或许因为我们财产太多。我们自然会认为，我们在死亡时所失去的东西要远远超过你，即便你曾拥有一个帝国。如果我没记错的话，对于你来说，诞生就是入口，死亡就是出口，生命就是尘埃海洋中的一座小岛。可你瞧，对于我们来说，事情却多了点戏剧性。我想，让我们心生恐惧的是，入口始终有人把守，而出口却自由通过。我们无法想象再重归尘埃，在我们囤积了如此之多的财产之后，再缩回原样滋味可不好受。我觉得，这是一种保持现状的惯性，或是一种对原始自由的恐惧。但无论如何，恺撒，你如今置身于野蛮人中间。我们的确是曾被你征服的帕提亚人、马克曼尼人和夸迪人，因为无人能取代你的位置，而我们居住在大地上。我们中的一些人甚至走得更远，闯入你的古代，向你抛出许多定义。你无法作答，无法祝福，无法用你伸出的右手向我们表示问候或是要我们安静，这只手上的手指还记得你写下《沉思录》的那支笔。如果说不是这本书让我们文明了起来，那么又是哪一本书呢？也许，他们将你称为哲人王，就是为了通过对你的独特性的强调来掩饰这本书的魅力。因为从理论上讲，独特的东西就是无效的。恺撒，你就是独特的。而且，你并非哲人王，你或许会第一个对这样的标签避之不及。你是权力和探究这两者综合作用的结果，亦即这两者的附注，一个独特的、近乎病态的独立存在。你对伦理的强调也由此而来，因为至高的权力实际上仅凭定义便能使人摆脱道德规则的束缚，至高的知识亦如此。你同时获得了至高的权力和至高的知识，恺撒，但只为其中之一付过账，因此你才如此注重伦理。你写了整整一本书，为了审视你的灵魂，让自己坚强面对每日的帝国事务。但你真正关心的却是伦理，是这样的吗，恺撒？莫非就是对无穷的特殊渴望使你走向最细微的自我审视，因为你认为自己是整体的一个碎片，是宇宙的一个碎片，无论这碎片多么的薄，而这宇宙，你坚信，是不断变化的。那么你究竟在审查何人，马可？你试图证明的究竟是何人的道德（据我所知你最终也如愿以偿了）？难怪如今发现自己置身于野蛮人中间时，你并不感到惊讶；难怪你最害怕的始终是自己而非他们，因为你害怕自己远胜于害怕死亡。爱比克泰德有言："于人而言，一切的恶——包括卑鄙和胆怯的主要源头——其实并非死亡，而是对死亡的恐惧。请君思之。"可你同样知道，无人能拥有自己的未来，同样也无法拥有自己的过去。人在死亡时失去的一切，只不过是他死亡的那一天，更确切地说就是那一天的残存部分，以时间的目光来打量，其体量更小。你是齐诺①的真正门徒，是吗？无论如何，你不允许虚无的前景来影响你的存在，无论宇宙是否存在。你认为，尘埃的最终舞蹈与富有生气的躯体毫无关系，更遑论其理智了。你就是一座岛，恺撒，或者至少，你的伦理学是一座岛，是自由原子的原始海洋和后原始（请原谅我的这个用语）海洋中的一座岛。你的雕像恰好在人类历史的地图中标出了这座岛屿曾经的方位，即这座无人居住的小岛沉没之前的位置。学说和教义的波浪，亦即斯多葛主义学说和基督教教义的波浪，在你的头顶聚拢，宣称你就是它们的亚特兰蒂斯。但事实是，你与这两者均从无干系。你不过是在这大地上行走过的最优秀人士中的一位，你热衷义务，因为你热衷美德。因为美德比其对立面更难获得，因为假使宇宙的设计起初就是恶的，那么世界就不会存在。有人无疑会指出，那门学说和那种教义在你之前和之后均存在，但定义什么是善的却并非历史。毫无疑问，意识到了自身之单调的时间会召唤人们去区分它的昨天和它的明天。恺撒，你是一位善人，因为你没有这么做。

---

① 齐诺（公元前 340？—公元前 265？），古希腊哲学家，斯多葛派创始人。

十七

　　我在数年前一个潮湿的冬夜最后一次见到他，陪伴我的是一条流浪的达尔马提亚狗。在我一生中最悲哀的一场晚会之后，我乘出租车返回旅馆。次日早晨我就将离开罗马回美国。我喝醉了。汽车行驶缓慢，就像葬礼车队的速度。在卡比托利欧山脚下，我让司机停车，我付完钱后下了车。旅馆离这里不远，我本想步行回旅馆，可我却向山上走去。天下着雨，雨不太大，但已足以将四方广场——不，是梯形广场——的照明灯变成一杯气泡翻滚的苏打水。我躲在音乐学院的拱门下，打量四周。广场上并无一人，雨水在拼命研习几何学。我很快就发现自己并非孤身一人：一条中等大小的达尔马提亚狗不知从哪儿跑来，静静地蹲在离我几步远的地方。它的突然出现不知为何让我觉得很舒心，刹那间我竟然想递支烟给它。我想，这与它的毛色有关，这条狗的皮毛成了整个广场上唯一一处未遭人类干预的地方。有一段时间，我俩都在凝望那尊骑士雕像。"世界的实质来源于构成世界的物质，而物质如蜡，先塑一匹马，再融化它，用其材料做一棵树，再做一个人，再做其他，每件物件均很短命。一只箱子被砸开，这并无任何可怕之处，一如它被钉子钉在一起。"这就是一个孩子在十五岁时记住的话，他在三十五年后又再度忆起。不过，这匹马却不会被融化，这个人也不会。显然，世界的实质对这一版本的物质感到满意，于是用青铜铸造了它。突然，或许由于下雨，再加上米开朗琪罗的壁柱和拱门的韵律感，一切都模糊起来，在这片模糊之中，那尊明亮的雕像失去任何几何感，似乎动了起来。速度不快，也没离开此地，但这已足以让那条达尔马提亚狗离开我，向那尊运动中的铜像跑去。

十八

　　尽管古代罗马如此诱人，但对于我们的回溯癖好，我们似乎还是应稍稍慎重一些。如果这人为的编年史只是一种自我安慰的谬误，只是一种遮掩人类自身智性之落后的方式，那我们该如何是好呢？如果这只是证实人类进化像蜗牛般缓慢的一种方式呢？如果这一进化概念本身就是一个谎言呢？最后，如果这种出色的、陈旧的历史感只不过是昏睡的多数人用来对付警觉的少数人的一种自卫手段呢？再比如，如果我们的古代概念只不过是对闹钟闹铃的解除呢？让我们以这位骑士和这本书为例。首先，《沉思录》并非写于公元二世纪，因为其作者并未采用基督教历。其实，此书的写作年代并不重要，因为它的主题是伦理学。当然，除非人类格外为他们白白浪费掉的那十五个世纪而沾沾自喜——十五个世纪之后，马可的洞见才为斯宾诺莎所重复。也许，我们更善于计数而非思考，或者，我们误把前者当成了后者？我们为何总是如此关注真理是何时被首次提出来的呢？这种考古方式自身不正说明我们生活在谎言之中吗？无论如何，如果说《沉思录》是古代，那我们便是废墟。即便这仅仅是因为，我们相信伦理学拥有未来。好吧，我们的回溯能力或许的确应该受到一些控制，以免它有朝一日会吞噬一切。因为至少，伦理学是一种当下的准则，在这方面它或许也是唯一的，因为它能将每一个昨天和每一个明天都变成现在。它就像一支箭，在它飞翔的每一个瞬间都是静止不动的。《沉思录》不是一本关于存在的手册，它也并非为后代而写。我们也不应过分关注其作者的身份，或是将其作者称为哲人王，因为伦理学使众人平等，因此，作者也就是每一个人。我们不应将他的责任感归结于他过度的帝王意识，因为他并非世上的唯一帝王；我们同样不能将他的屈从归结于他的帝王出身，因为每个人都可能体验到这种情感。我们也不能将其归结于他的哲学素养，原因如出一辙，即除马可之外世上还有大量哲学家，可另一方面，我们绝大多数人却均非斯多葛主义者。如果他的责任感和他的屈从首先只是他个人性格的产物呢？更确切地说，就是抑郁质的产物，或许还与他的衰老有关。已知的人类气质毕竟只有四种，因此至少，我们中间那些抑郁质性格的人便可将此书揣在胸前，淡忘那反正无人能够把握的历史远景。至于那些多血质、胆汁质和黏液质性格的人，他们或许也应该承认，这个伦理学的抑郁质版本足以令他们对这一版本的血统和年表心生感佩。或许，尽管当今社会无法强制推行斯多葛主义的教化，但如果我们能要求每一位渴望成为其统治者的人必须具备明显的抑郁质倾向，那么社会也能从中获益。就这一意义而言，帝国能做到的，民主制亦能做到。此外，人们也不应将斯多葛主义对可感知现实的接受称为隐忍。考虑到人与其关注对象间的比例，或是观察对象与人之间的比例，称为"宁静"或许更为恰当。一粒沙子并非顺从沙漠。归根结底，抑郁质性格的好处就是它很少会让人歇斯底里。就整体而言，抑郁质性格的人相当理智，而如马可所言，"理智会导致社会感"。他是用希腊话道出此言的吗？这或许能呼应你们的古代概念。

十九

在古罗马的所有诗人中，马可最熟悉、最推崇的是塞内加①。这部分是因为，塞内加同为西班牙裔，同样疾病缠身，而且也是一位伟大的政治家；当然，主要的原因仍在于他是一个斯多葛主义者。至于卡图鲁斯②，马可无疑认为他过于热情激动了。奥维德对于他而言有些放浪，过于精巧，维吉尔过于笨拙，或许还有些平庸，而普罗佩提乌斯则过于激情四射。贺拉斯呢？贺拉斯因其稳重的诗风和对希腊挽歌的迷恋，原本应该成为马可最为欣赏的一位作者，但是很有可能，我们这位皇帝认为贺拉斯过于离奇，过于变化多端，总之太像一位诗人了。无论如何，在《沉思录》中几乎看不到贺拉斯的任何痕迹，也不见最伟大的拉丁语诗人卢克莱修③之影响，后者原本也可以被我们视为马可的自然选择。然而，一位斯多葛主义者或许不愿被一位伊壁鸠鲁主义者所征服。大体而言，马可似乎在希腊文学中感觉更为舒畅，他认为剧作家和哲学家高于诗人，尽管他的书中也时常出现荷马、阿伽颂④和米南德⑤作品的片断。如果说有什么东西能让古代成为一个整体概念，那便是古代文学之规模。像马可这样一个人，他大约藏有上百位作者的书，或许还听闻过另外上百位传说中的作者。那些过去的时光的确美好，无论它是否名为"古代"。甚至连那些传说中的著作也均用两种语言写成，即希腊语和拉丁语。如果你就是他，就是一位罗马皇帝，你会在夜晚抛开你的事务，在有其他选择的情况下去阅读一位拉丁语作家的书吗？即便这位作家就是贺拉斯？不会，这过于亲近了，会感到不适。你会拿起一本希腊人的著作，因为你永远不会成为一位希腊人。因为，一位希腊人，尤其是一位哲学家，在你看来会比你自己更加纯真，因为他不懂

---

① 塞内加（公元前4—公元65），哲学家，尼禄的老师。
② 卡图鲁斯（公元前84？—公元前54？），古罗马抒情诗人。
③ 卢克莱修（公元前94？—公元前55），古罗马诗人、哲学家。
④ 阿伽颂（公元前447—公元前400），古希腊悲剧作家。
⑤ 米南德（公元前342—公元前292），古希腊喜剧作家。

拉丁语。仅凭这一点，他的相对主义者身份便不如你这么浓重，你则认为自己实际上是个混血儿。因此，如果他是一位斯多葛主义者，你就应细心倾听。你甚至可以更进一步，自己也拿起一支尖笔来。否则，你就难以符合某些人对古代的概念。

二十

流浪的达尔马提亚狗在青铜骑士后面听到某种有点熟悉的、被雨声盖过的奇特声音。它稍稍加快速度，追上雕像，抬起鼻子，想要捕捉那骑士嘴里吐出的东西。从理论上讲，这对它来说并不困难，因为它的达尔马提亚就是多位恺撒的出生地。它熟悉那门语言，但它分辨不出口音：

请勿去做恺撒，请勿迷恋紫色，此事并不鲜见。过简单的生活，纯洁严肃，真诚自然，做正义的友人，虔诚善良，慈悲为怀，不懈工作。竭尽全力满足哲学之希求。敬畏神祇，拯救众人……

勿让未来惊扰你，你终归要抵达未来，若你必将抵达，请保持你现今拥有的理智。

万事皆同，体验相近，转瞬即逝，其构成如粪土；如今之人即我们昨日埋葬之人。

若神祇存在，离群索居则不可怖，神祇不会让你身陷不幸……

抗拒任何既成之事即背离自然。

人们为了彼此来到此世。要么理解他人，要么忍受他人。

宇宙即改变，生活即观念。

永远去走捷径，自然之路即捷径。

想象不止，你便思想不止，因为心灵是由想象上色的。

爱那让你返还以对的彼物，返回哲学时不应如同面对严师，而应怡然如有奴仆手持浴绵侍奉，或如受领膏药，或如静享热敷……

整体的观念即社会。

最高贵的惩罚即拒绝变得同你的敌人一样。

有害蜂房的东西亦有害蜜蜂。

关于痛苦：我们无法承受的重负会使我们脱离生活；能够持续的东西便可承受。理解在出神中保持其宁静，自制的自我不会每况愈下；道出痛苦的应是那被痛苦损害的部位，假使它尚有余力开口。

三种事物同你有关。其一为你的周围；其二为促成万事万物的神意；其三为与你同时生活的人。

不带骄傲地接受，不带争斗地放弃。

之后便再无任何动静，除了雨点在米开朗琪罗的石板上溅出的声响。达尔马提亚狗冲过广场，如同一块出土的大理石。它无疑跑向了古代，耳朵里还回响着它的主人、即那座雕像的声音：

世事你看了百年还是三年，其实并无差异。

一九九四年

猫的"喵呜" [①]

一

　　我非常希望从一个遥远的话题开始这场独白，或至少先来上一段免责声明。但是，我这个人学会新把戏的能力要次于忘掉旧把戏的能力。因此，就让我直接切入正题吧。

　　许多事情都在我们眼前发生了变化，但我相信，对现象的研究依然有效，依然有趣，只要这一研究是在外部进行的。而在内部进行的观察则注定是歪曲的，结论狭隘的，尽管它声称具有纪实性。精神失常就是一个很好的例子，因为医生的观点比病人的观点要重要得多。

　　从理论上讲，对"创造力"的观察也是如此；然而事实上，这一现象的本质意味着不存在一个观察它的制高点。在这件事情上，委婉地说，观察过程本身会使观察者低于他所观察的现象，无论他置身于这一现象之内还是之外。也就是说，医生的诊断也像病人的疯话一样是无效的。

　　位置较低的人来评价位置较高的人，自然会使用某种谦卑的语气，在银河系的我们这一端，我们已经相当熟悉这种步骤。因此我希望，我不愿将创造力具体化的态度并不表明我缺乏谦卑，而恰恰说明我缺乏那种制高点，这就使得我无法就这一话题道出某些有价值的意见。

　　我没有医生的资格，作为一个病人我也已无可救药，不值得认真对待。此外，我并不喜欢"创造力"这一说法，这种厌恶感也蔓延到了这一说法所指的现象。即便我可以压下我的这种厌恶感，我就这一话题说出口的话至多也只是一只猫在试图抓住自己的尾巴。这自然是一种有趣的游戏，但是那样的话，我恐怕就该发出"喵呜喵呜"的叫声了。

考虑到任何一项人类探究的唯我论性质，这或许就是这世上对创造力这一概念的最真诚反应了。从外部看，创造力就是迷恋或嫉妒的对象；从内部看，就是没完没了的不确定性练习，就是一所巨大的疑惑学校。无论从外部看还是从内部看，面对任何一种与创造力有关的概念，最恰当不过的反应就是发出猫的喵呜或其他语无伦次的声音。

因此，请允许我摆脱这个说法引起的胸闷和憋气，也就是说，请允许我完全摆脱这个说法。《韦伯斯特大学词典》将"创造力"定义为一种创造的能力，那么就请允许我来琢磨一下这个定义。这样一来，我们中间或许至少有一个人能明白他说的是什么，尽管并非完全明白。

麻烦就源自"创造"(create)，我想，这个词就是动词"制造"(to make)的拔高体，善良的老人韦伯斯特关于"创造"给出的解释是"使之从无到有"(to bring into existence)。此处的拔高，或许与我们善于在人的作为中区分常见结果和新奇结果的能力有关。常见的结果就是**"制造出来的"**(made)，而不常见的结果，或曰新奇的结果，就是**"创造出来的"**(created)。

在工作的过程中，没有一个诚实的手艺人或工匠能确知他究竟是在制造还是在创造。他在其工作过程的某一阶段或许会为某种莫名其妙的激情所控制，他甚至会产生这样一种想法，即他正在制造某种本质上全新的或独一无二的东西，但对于他

---

① 1995年1月在"创造力和领导力基金会"于瑞士采尔马特举办的研讨会上的发言。——原注。译者按：此文原题"The Cat's Meow"是句俚语，有"凤毛麟角"、"了不起"等含义。俄文版题为"Кошечье 'Мяу'"。

来说，第一、第二和最终现实均为工作本身，为工作过程本身。过程高于结果，即便仅仅因为没有过程便难言结果。

某种本质上全新的东西之出现，是一种偶然事件。也就是说，工作者和旁观者之间、艺术家和观众之间并无显见的区别。在招待会上，前者至多也许会因其更长的头发或奇装异服而鹤立鸡群，而在当今，相反的情景也可能出现。无论如何，在工作完成时，工作者有可能走入旁观者中间，甚至会采纳他们对自己作品的视角，运用起他们的语汇。但是，他在返回书房、工作坊或实验室的时候，却未必会打算再次摆开自己的工具。

人们会说"我做"（I make），却不大会说"我创造"（I create）。这一选择动词的方式所体现出的不仅是谦卑，而且还有行会和市场的区别，因为做和创造的区别只能在事后由旁观者作出。旁观者其实就是消费者，因此，一位雕塑家就很少去购买另一位雕塑家的作品。因此，关于创造力的任何话语，无论它具有多么浓重的分析色彩，都是一种市场话语。一位艺术家承认另一位艺术家的天赋，实际上就是在承认偶然现象的力量，或许也是在承认他人在创造机会迎接偶然现象降临时所付出的勤勉。

我希望，这些文字已经解释了《韦伯斯特词典》给出的定义中关于"制造"的那一半。我们再来看看剩下的"能力"（ability）。"能力"这一概念源于经验。从理论上讲，一个人经验越多，他就会对自己的能力越自信。在现实中（在艺术中，我想同样也在科学中），经验以及与之相伴的专业知识却是制造者最凶恶的敌人。

你越是成功，你在从事一项新项目时对其所能取得的成果便越是没底。比如说，你刚刚完成的作品越是杰出，你在明天再次完成同样杰作的可能性就越低。换句话说，你的能力便会显得越是可疑。"能力"这一概念本身在你们的意识中获得了一个永久的问号，渐渐地，你们就会将你们的工作视为一项旨在抹去这个问号的不懈努力。在那些从事文学，尤其是从事诗歌的人士中，情况更是如此，因为诗歌与其他艺术门类不同，它注定要传导出可以感知到的意义。

但是，即便被冠上一个惊叹号，能力也不能保证次次出杰作。我们大家都知道，大量极有天赋的艺术家和科学家却成果寥寥。枯竭期，休歇期，写作障碍，这些情况其实每位大名鼎鼎的天才都曾遭遇，他们也全都为此哀叹不已，在这一点上他们和那些远不及他们的小名人们别无二致。一家画廊签约了一位画家，或是一家研究机构签约了一位科学家，之后却往往发现他们结出的果实是多么的差强人意。

换句话说，能力既不能归结于技艺，也不能归结于个人的力量，更不能归结于一个人所面对的合适条件，或是他的经济窘况，或是他的社交圈子。否则，我们手头的杰作就会比现在多得多。简而言之，本世纪从事艺术创作和科学研究的人数与可见成果的数量如此不成比例，这很难不让人产生一种将能力等同于偶然的冲动。

看来，在《韦伯斯特词典》为创造力所下定义的两个组成部分中，偶然这一因素均无处不在，甚至于我突然觉得：或许，"创造力"这一概念所指的与其说是人的能动作用的一个方面，不如说是这一能动不时诉诸的材料之特性；或许，这一概念的丑陋一面毕竟还是有存在意义的，因为它表明了无生命物质的柔韧性和可塑性；或许，第一个诉诸这种材料的人并非被平白无故地称为"造物主"（Creator）。创造力就由此而来。

《韦伯斯特词典》中的定义或许还需要一个限定语。"制造的能力"（the ability to make）之前还应加上"向偶然宣战的"（war on chance）。当然，随之而来的就是这样一个好问题，即材料与其制造者，究竟孰先孰后？尽管我们满嘴谦卑，但在银河系的我们这一端，答案显而易见，而且充满骄矜。此外，还有另一个更好的问题，即我们谈论的究竟是谁的偶然，是制作者的偶然还是材料的偶然？

无论骄矜还是谦卑，在此都帮不上什么忙。或许，我们在试图对这一问题做出回答时，就不得不彻底抛弃价值评判。可我们却一直受到这方面的诱惑。因此，就让我们来利用一下这个机会吧，与其说是为了学术研究，不如说是为了韦伯斯特的名声。

不过，我觉得我们还需要一个脚注。

二

由于人类的生命是有限的，他们的因果关系体系便是线性的，亦即自指的。他们关于偶然的概念同样如此，因为偶然并非没有起因；它只不过是另一种因果关系体系突然介入的某一时刻，不论那套体系的模式在我们的体系中显得多么反常。这样一个字眼的存在本身——更遑论与其相伴的各种修饰语了（如"盲目的"）——便表明，我们关于秩序和偶然的概念实际上都是类人的。

如果人类的探究范围仅限于动物王国，这样的概念便是可行的。但情况显然并非如此；我们的探究范围要大得多，而且人类还坚持要去认知真理。真理的概念自身也是类人的，它预先假定其研究对象——亦即世界——隐瞒了事情的全貌，如果不是公然欺骗的话。

以最精细的手法探索宇宙的众多学科就由此而来，这些学科的激情，尤其是它们的语言之激情，可与严刑拷打相媲美。

无论如何，如果说关于万物的真理直到今天仍远未被把握，我们也只能将之归咎于世界那非同寻常的韧性，而不应怪罪我们努力不够。当然还有另外一个解释，即真理是不存在的。我们不能接受这种不存在，因为这会对我们的伦理学产生巨大的后果。

伦理学——换一种更少堂皇、但或许更加准确的说法，就是纯粹意义上的末世论——会是科学的载体吗？或许是。无论如何，人类的探究归根结底就是对无生命的东西发出有生命的审问。因此，那些模棱两可的审问结果也就不足为奇了；更加不足为奇的是，我们在这一过程中所采用的方法和语言会越来越近似于手头的研究对象。

理想的状况或许是，有生命者和无生命者互换位置。这当然符合那些格外注重客观性的、心平气和的科学家的口味。呜呼，这种事情大概不会发生，因为无生命者似乎并未对有生命者表现出任何兴趣，世界对世界中的人并无兴趣。当然，除非我们将这个世界的起源归结于神，而时间过去了好几个千年，我们却一直未能论证这个假说。

关于万物的真理如果的确存在，考虑到我们是这个世界的后来者，这个真理也一定是非人类的。无论它反常与否，它一定会使我们的因果关系概念失效，也会使我们的偶然概念失效。同样受到此种对待的还有我们关于世界起源的猜想，无论我们认为世界起源于神还是起源于分子，或是神与分子共同作用的结果，因为一个概念的生命力取决于其接受者的生命力。

这也就是说，我们的探究实际上是一种高度唯我论的尝试。因为，有生命者可与无生命者互换位置的唯一机会即前者肉体上的灭亡，就像人们所说的那样，人又复归于物。

不过，人们可借助想象稍稍拓展一下这个问题，即不是有生命者研究无生命者，而是相反。这话听起来太有玄学意味了。当然，无论是科学还是宗教都很难立足于这一基础。但这种可能性不应被排除，哪怕仅仅因为这一可能性能使我们的因果关系概念得以保全。更不用说关于偶然的概念了。

无限者会对有限者产生什么样的兴趣呢？想看一看后者如何调整其伦理学吗？但伦理学本身就包含着其对立面。想进一步考验人类的末世论吗？但结果可能是显而易见的。无限者为何要盯着有限者看呢？

也许，是出于无限对于其有限过去的眷念？如果它曾有自己的过去。是想看看那可怜的、上了年纪的有限如何在逆境中挣扎？尽管它有显微镜、望远镜，有天文台穹顶和教堂穹顶，但有限究竟能在多大程度上理解逆境的宏大呢？

如果有限表明其有能力揭示无限的秘密，无限又会作何反应呢？它又会采取什么行动？毕竟，无限的全部本领只有两样：惩罚或仁慈。仁慈是我们较为陌生的一样东西，因此，它又会以什么样的形式出现呢？

如果它就是某个版本的永生——天堂、乌托邦，那儿的所有东西都没有终结——可那些从未踏足这些地方的人又如何是好呢？如果我们有可能使他们复活，我们关于因果关系的概念将发生什么变化呢？更不用说关于偶然的概念了。也许，复活他们的可能性，生者与死者相逢的可能性，就是那种被称为"偶然"的东西？有限成为无限的机遇，莫非就等同于有生命者成为无生命者？这是一种提升吗？

也许，无生命者只是在有限的眼里才是无生命的？如果有生命与无生命间并无什么区别，除了少数几个尚未破解的秘密，那么待到那些秘密被解开之时，我们又将身居何处？如果我们可以选择，我们能够从无限再变回有限吗？这两者之间的交通方式是什么样的？或许是通过注射？一旦我们失去了有限和无限之间的区别，我们还会在意我们置身何处吗？这至少会成为科学的终结，更不用说宗教的终结了？

"你深受维特根斯坦的影响。"读者会说。

承认人类探究的唯我论本质自然不应导致一道旨在限定这一探究范围的禁令。这样的禁令不会有效，因为任何一项立足于承认人类缺陷的法律都不会有效。此外，每一位立法者，尤其是尚未得到承认的立法者，反过来也会时时觉察到，他打算推出的法律自身也具有同样的唯我论本质。

不过，更为谨慎、更有效果的做法还是去承认：我们关于外部世界的所有结论，其中包括关于世界起源的结论，都只是我们肉体自我的反应，或更恰当地说只是我们肉体自我的表达。

因为，那构成发现的东西，或者更广泛地说，那构成自在真理的东西，就是我们对它的承认。遇到那些证据充足的观察或结论，我们就会喊道："是的，这是真的！"换句话说，我们认出了那些置于我们眼前的东西是我们自己的。归根结底，承认就是在让内在现实与外在现实相互等同，即让后者进入前者。不过，要想进入内在的圣所（比如思想），这位客人至少必须具有某些与主人相似的结构特征。

这当然能够用来解释各种各样的微观研究所取得的可观成就，因为所有的细胞和粒子都美妙地呼应着我们的自尊。不过，撇开谦卑不谈，当高贵的客人最终作出回报，邀请他殷勤的主人造访他的地盘，后者这时常常会发现，他在这些理论上的陌生之地待得相当舒服，时而甚至能在那个名叫"运用科学"的村庄中小住一阵，且有所收获，离开时不是能得到一小罐盘尼西林，就是带走一油箱能克服万有引力的燃料。

换句话说，你若想认出什么，你就必须具有某种需要相认的东西，某种能够将它认出的东西。我们认为，能帮助我们完成相认的工具就是我们的大脑。不过，大脑并非一个自主的实体，它只能在我们身体系统其余部分的协助下才能发挥功能。此外，我们清楚地意识到，我们大脑的能力并不仅仅在于把握那些有关外部世界的概念，它同时也在生成这些概念；我们也意识到了这一能力的相对依赖性，比如对我们的运动神经功能和代谢功能的依赖。

这足以让我们怀疑研究者和研究对象间存在着某种等价关系，而怀疑往往就是真理之母。无论如何，这足以让我们感觉到被发现对象和发现者自身的细胞构造间明显存在相似性。这自然不无根据，即便仅仅因为我们与这个世界血肉相连，至少，我们的进化理论承认了这一点。

因此，我们能够发现或理解关于这个世界的某些真理也就不足为奇了。事实上，是太不足为奇了，甚至会使人们觉得"发现"很可能是个误称，如同"认出"、"承认"、"认同"等词。

人们会觉得，我们通常所谓的发现只是我们内心事物的外在投射。世界、自然（或你们所使用的其他说法）的具体现实只不过是一幅银幕，你们愿意的话，也可以称之为一堵墙，那上面大大小小地写满了我们自己的结构祈使句和不规则句。对于我们围绕自身神秘组织的那些思想和概念来说，外部的世界就是一块黑板或一块传音板。

归根结底，人类的知识与其说取自外部世界，不如说深藏于内心。人类的探究就是一个封闭的循环系统，任何高级存在或其他智慧系统均无法打破这一循环。即便它们有这种能力，也不会受到欢迎，仅仅因为那一高级存在或智慧系统也许会成为我们中间的一分子，可我们的数量已足够多了。

他们最好待在可能性的王国里，待在偶然的区域中。此外，就像他们中的一位所说的那样："我的国不属这世界。"① 无论可能性之声名多么狼藉，它也不会将任何人抛入我们中间，因为可能性不是自杀者。因为找不到一座更好的宅邸，它暂居在我们的思想里，但它肯定不会毁坏它的这唯一居所。如果无限真的使我们成了它的听众，可能性便一定会竭尽全力地将无限展示为一种道德远景，尤其会渲染一幅我们最终将步入这一远景的画面。

怀着这一目的，可能性甚至会派遣一位弥赛亚，因为无人指引，听之任之的我们在面对那关于我们自身存在的伦理学时就已经殚精力竭了（尽管我们的存在十分有限）。很有可能，这位弥赛亚会采取任何一种伪装形式，未必一定是人的装束。举例来说，他可能以一种科学思想的形式出现，比如一个重大的微生物学发现，认为个体的获救取决于一个囊括整体的链式反应，这种反应要求，为使个人获得永恒，必须保障所有人的安全，反之亦然。

还有一些更奇特的事情。无论如何，任何让生命变得更为安全或是给予它绵延不绝之希望的东西都应被视为是来自于超自然的，因为自然既不友好，也很少给人以希望。另一方面，在科学和信仰之间，人们最好还是选择科学，因为信仰被证明太容易引发分歧。

我想说的只是，如果真的会有一位弥赛亚出现，他在核物理或微生物学、尤其是病毒学方面的知识大约要超过今天的我们。比起获得永生的我们，此世的我们自然更用得上这些知识，可是在当下，我们即便知识少一些也还过得去。

其实，这或许是一个检验可能性、尤其是偶然的好办法，因为，因果关系的线性系统会直接把我们送往灭绝。让我们看

---

① 这是耶稣对彼拉多说的话，见《圣经·约翰福音》第 18 章第 36 节。

一看，偶然是否真的是一个独立概念。让我们看一看，较之于在一家郊外酒吧遇见一位电影明星或中了彩票大奖，偶然是否还有什么更多的内涵。当然，这取决于赢了多少钱：一笔大奖就很接近于个人的获救。

"但你受维特根斯坦影响太深了。"读者会坚持说。

"不，不是维特根斯坦，"我答道，"是弗兰肯斯坦[①]。"

脚注到此为止。

三

因此，如果说我们是自然世界的组成部分（如我们的细胞构造所表明的那样），如果说有生命者是无生命者的一个方面，那么，与制造者相关的偶然性便也同物质相关。也许，《韦伯斯特词典》中"创造的能力"的说法，不多不少恰恰是物质表达自我的尝试。由于制造者（以及与他站在一起的整个人类）是物质中的一颗极微小的颗粒，后者表达自我的尝试便会十分罕见。其罕见呼应了找到合格代言人的困难性，而这种合格的资质，亦即感知非人类真理的能力，就是我们所谓的天赋。因此，这种罕见性也就是偶然之母。

我相信，物质或许只会在某种胁迫下才会借助人类的科学和人类的艺术表达自我。这话听起来像一种拟人想象，但我们的细胞构造了我们这个权利。物质的疲劳，它的磨损，或它在时间中的过饱和浸淫——这些，包括其他许多或浅明或深奥的进程，便是进一步发出"偶然"强音的现象，并且被实验室

[①] 英国作家玛丽·雪莱（1797—1851）的小说《弗兰肯斯坦，又名现代普罗米修斯》（1818）中的主人公，他可以通过电击尸体、重新组装人体部件等方式再造新人。小说又译《科学怪人》，被视为世界科幻小说的奠基之作。

的仪器或抒情诗人同样敏感的笔记录了下来。在这两种情况下，你们获得的都是涟漪效应。

就这一意义而言，制造的能力是一种消极能力，即一粒沙子对地平线作出的反应。因为，一件艺术杰作或一个科学发现给我们留下的印象就像是感觉到一条新开启的地平线，不是吗？若缺乏这种感觉，那便不是独特，而是熟悉。换句话说，制造的能力有赖于地平线，而不取决于人们的决心、雄心或素养。因此，仅仅从我们这一端来分析这种能力便是错误的，不会有太大的收获。

"创造力"就是巨大的海滩在一粒沙子被大海卷走时说出的东西。如果此话在你们听来过于悲伤或过于华丽，那只能说明你们身在远处的沙丘。一位艺术家或一位科学家的运气概念或偶然概念所体现的其实就是他与海水的接近，如果你们愿意的话，也可以说是与物质的接近。

原则上，人们可以凭借其意志不断缩小这一距离，但实际上，此类事情几乎总是在不经意间发生的。无论多少研究，无论多少咖啡因、卡路里、酒精或烟草，都无法使这粒沙子离波浪足够近。这一切均取决于波浪本身，亦即物质自身的时机选择，正是它，也仅有它在冲蚀着它那所谓的海滩。所有那些关于神的干预、伟大突破等等的闲谈均来源于此。究竟是谁的伟大突破呢？

如果说诗歌在这一情境中相对比较成功，这是因为，语言就是无生命者向有生命者提供关于自己的信息时写下的第一行文字。换一种或许较少引起争议的话来说，语言就是物质的一种稀释形态。诗人将语言置入和谐，甚或置入不谐时，他往往会不自觉地使自己步入一个纯物质领域，你们愿意的话，也可称之为纯时间领域，步入的速度之快会胜过其他任何一项活动。一首诗，尤其是一首具有循环诗节结构的诗，几乎注定会产生一股离心力，其不断扩大的半径将使诗人最终的落点远离他最初的目的地。

正是目的地的这种不确定性，或许还有最终涌起的感激，使得一位诗人会将他"制造"的能力视为一种消极能力。眼前的一切过于巨大，这使得他无法对其正规或不正规的工作过程报以任何其他的态度；首先，这无疑也会使创造力的概念不复存在。面对那令人恐惧之物是无创造力可言的。

求爱于无生命者 [1]

托马斯·哈代的四首诗

一

十多年前，一位著名的英国批评家在一家美国杂志上发表了一篇书评，评论爱尔兰诗人谢默思·希尼的一部诗集 [2]；他指出，希尼在英国，尤其是在英国学术圈的知名度表明了英国公众迟钝的阅读品味，尽管艾略特和庞德两位先生的肉身在不列颠的土地上驻足多时，可现代主义却从未在英格兰扎根。他的看法的后一半让我很感兴趣（当然不是前一半，因为在那个国家，更不用说在那个圈子，人人都不愿别人好，恶意于是便成为一种保险策略），因为它听上去既发人深省又令人信服。

我很快就获得了与这位批评家见面的机会，尽管或许不该在饭桌旁谈论正事，但我还是向他提问，现代主义在他的国家为何如此不走运。他回答说，本该引导诗坛产生巨变的那一代诗人均死于第一次世界大战。我觉得这个回答就其表达方式的性质而言似乎过于机械，如果你们愿意的话，也可以说它过于马克思主义化了，即过于夸大历史对文学的决定作用。但此人是一位批评家，而批评家就是这样工作的。

我认为还可以作出另一种解释，不是针对现代主义在大西洋彼岸的命运，而更像是说明传统诗歌如今在那里为何依然兴旺。原因显然有很多，而且昭然若揭，我们甚至无须再作讨论。首先是写作或阅读容易记住的诗行带给人的纯粹快乐；其次，就是韵律和韵脚的纯语言学逻辑以及对它们的需求。但是如今，我们的思维方式都是曲里拐弯的，因此在那一刻，我只是想到，最终将诗歌从成为一个人口统计学指标的命运中拯救出来的，就是好的韵脚。在那一刻，我的思想转向了托马斯·哈代。

也许，我的思想也并不那么曲里拐弯，至少到目前为止还不是。也许，"第一次世界大战"这个说法触动了我的记忆，我想起了托马斯·哈代的"两千年的弥撒，/ 我们走向了毒气。"(After two thousand years of mass/We've got as far as poison-gas.) 在这里，我的思想依然是直截了当的。也许，这些思想是由"现代主义"一词触动的？在这里……发现自己属于少数人，一位民主制度下的公民并不会因此感到惊恐，尽管他或许会有些焦躁。如果可以将一个世纪比作一种政治制度，我们这个世纪的文化气候在很大程度上就可定义为专制制度，即现代主义之专制。或更确切地说，就是打着现代主义旗号出现的全面专制。也许，我的思想转向了哈代，就是因为在此时，在十多年前，他开始被习惯性地称之为"前现代派"。

作为一个概念，"前现代派"具有相当的诣媚色彩，因为它暗示，被如此定义的人铺出了一条通向我们这个正义和幸福时代（就文体意义而言）的大路。这个说法也有一个缺陷，即它会强迫作者退休，把他推回过去，当然也同时向他提供一切相应的好处，即学者的研究兴趣，不过却剥夺了他的实际效

① 1994 年秋在蒙特霍利约特学院（又译霍山学院或曼荷莲学院）为选修"现代抒情诗主题"课程的学生所作的演讲。——原注。译者按：此文原题"Wooing the Inanimate. Four Poems by Thomas Hardy"，俄文版题为"С любовью к неодушевленному. Четыре стихотворения Томаса Гарди"。
② 指英国批评家、诗人艾尔瓦列兹（1929 年生）为 1995 年诺贝尔文学奖获得者希尼（1939—2013）的诗集《农活》(1979) 所写书评，载《纽约图书评论》1980 年 3 月 6 日。

应。过去时态就等于他的那块银表。

没有任何一种正统学说，尤其是新的正统学说，能具备后见之明的能力，现代主义也不例外。给托马斯·哈代加上这么一个修饰语，现代主义或许会因此受益，可哈代本人，我想，却一无所获。无论如何，这一定义都会引起误解，因为我想，哈代的诗歌作品与其说预示了现代诗歌的发展，不如说超越了这一进程，而且是大幅地超越。比如说，T.S. 艾略特当年读的如果不是拉福格 ① 而是哈代（我相信弗罗斯特正是这样做的），本世纪英语诗歌的历史，至少是英语诗歌的现状，就会显得更加有趣。仅举一个例子，即在艾略特需要一大把尘土来感受恐惧的地方，哈代仅需一小撮，如他在《雪莱的云雀》(Shelly's Skylark) 一诗中所显示的那样。②

二

毫无疑问，这一切在你们听来太多争辩色彩了。此外，你们还会感到奇怪，不知你们面前这个人究竟在与谁争辩。的确，关于诗人托马斯·哈代的文献微不足道。有两三部研究著作，它们其实都是在博士论文基础上加工出来的专著。还有两三本关于他的传记，其中包括他的一部自传，虽说封面上署着他妻子的姓名。这些书都值得读，尤其是最后一本，如果你们相信（我希望你们相信）一位艺术家的生活一定包含有理解他创作的钥匙。你们如果持相反的看法，错过一些

---

① 拉福格（1860—1887），法国诗人，被视为象征派诗歌的先驱之一。
② 此处比较有其出处：艾略特在《荒原》第一部《逝者的葬礼》中有"我要用一把尘土来向你展示恐惧"(I will show you fear in a handful of dust.) 一句，而哈代在《雪莱的云雀》中则有"促使诗人作出预言的，/ 仅为一小撮无形无备的尘土"(That moved a poet to prophecies —/ A pinch of unseen, unguarded dust.) 一句。

东西，你们也不会损失太大，因为我们还要在这里讨论他的创作。

我想，我所不赞同的做法，就是透过这位诗人的继任者们的棱镜来看待他。首先，在大多数情况下，他的这些继任者们表现出了对诗人哈代之存在的相对无知或绝对无知，尤其是在大西洋的此岸。关于诗人哈代的研究文献之稀缺，就既是这种无知的证据，也是这种无知在当下的反映。其次，就整体而言，透过小人物的棱镜来看待大人物，这样做不会有大的收获，无论这些小人物多么人多势众；我们的专业学科可不是天文学。不过，这里最主要的原因仍在于，小说家哈代的存在自一开始便遮蔽了人们的视线，我所知道的批评家全都无法抵御这样一种诱惑，即将小说家哈代与诗人哈代捆绑在一起，这样一来便注定会降低其诗作的意义，即便这仅仅因为，批评家自己使用的文字就不是诗歌。

因此，对于一位批评家而言，研究哈代作品的任务就会显得相当麻烦。首先，如果说一个人的生活包含着理解其作品的钥匙，就像大家公认的那样，那么在哈代这里就会出现这样的问题：哪一类作品？某一不幸事件是反映在这部小说还是那首诗里？会不会同时体现在小说和诗歌里呢？如果体现在小说里，那诗歌怎么办呢？如果反过来，又会如何？更何况，他总共留下了九部长篇小说和近千首诗作。如果按照弗洛伊德的理论来看，这其中的哪部作品是升华之体现呢？一个人如何能持续不断地升华到八十八岁的高龄呢？因为哈代一直到死都在写诗（他的最后一部、亦即第十部诗集是死后出版的）。人们是否应该在小说家和诗人之间真的划上一条界线？抑或，以自然母亲为榜样使两者合二为一是否更好呢？

我想，我们还是把这两者分开吧。无论如何，这就是我们在这间教室里要做的事情。长话短说，观察一位诗人只能透过他自己诗作的棱镜，而不能借助其他任何棱镜。此外，从理论上讲，托马斯·哈代只做了二十六年的小说家。由于他在写小说时也一直写诗，人们可以说，他持续不断地做了六十年的诗人。至少，在他一生的最后三十年里他始终是一位诗人。在他最后一部、在我看来也是最伟大的一部小说《无名的裘德》遭受冷遇之后，他便完全放弃了写小说，而将精力集中于诗歌创作。仅凭他后三十年的诗歌写作，他就足以被赋予一种诗人身份。毕竟，三十年是这一行业从业者的平均工作年限，甚至是某些诗人一生的长度。

因此，让我们把自然母亲先放在一边。让我们来看看这位诗人的诗作。或者换句话说，让我们记住，人类的创造与所有自然杰作一样都是有机的，如果我们相信我们那些自然科学家的说法，它们也是大量选择的产物。你们知道，在这个世界存在着两种归于自然的方式。一种是脱得只剩下裤衩，或是更进一步，把自己袒露给所谓的自然元素。这像是劳伦斯的手法，它在本世纪下半期为众多傻瓜所效仿，我要遗憾地对你们说，尤以我们这边的傻瓜居多。另一种方式则在下面四行诗中得到了绝佳体现，这几行诗的作者是伟大的俄国诗人奥西普·曼德施塔姆：

> 自然就是罗马，罗马反映着自然，
> 我们看到它公民力量的形象，
> 在蓝色杂技场般的透明空气，
> 在旷野般的广场，在密林般的柱廊。[①]

我说了，曼德施塔姆是位俄国人。但这里的四行诗却很切

---

① 此诗写于 1914 年，题为《自然就是罗马》。此诗直接自俄语译出。

题，因为奇怪的是，比起同为英国人的 D.H. 劳伦斯的任何文字，托马斯·哈代与这首诗更为契合。

好吧，现在我想与你们一起读一读哈代先生的几首诗，我希望这几首诗你们已经能背诵了。我们将逐行分析这些诗，目的不仅是激起你们对这位诗人的兴趣，同时也为了让你们看清在写作中出现的一个选择过程，这一过程堪比《物种起源》里描述的那个相似过程，如果你们不介意的话，我还要说它比后者还要出色，即便仅仅因为后者的最终结果是我们，而非哈代先生的诗作。因此，请允许我屈服于一个显然是达尔文式的、既符合逻辑又符合年代顺序的诱惑，来着重分析前面提到的那三十年间的诗作，也就是托马斯·哈代写于其后半个创作生涯（亦即本世纪内）的诗，这样，我们便将小说家哈代放在了一边。

三

托马斯·哈代生于一八四〇年，卒于一九二八年。他的父亲是一位石匠，无力支持儿子完成系统的教育，便让他跟当地一名教堂建筑师做学徒。但他自学了希腊语和拉丁语的经典著作，并在闲暇时写作，直到三十四岁时因《远离尘嚣》获得成功，他才放弃之前的职业。这么一来，他始自一八七一年的文学生涯便可清晰地划分成两个几乎相等的部分，即维多利亚时期和现代时期，因为维多利亚女王恰好死于一九〇一年。我们知道这两个概念都是标签，可为了篇幅起见，我们仍将使用它们，以便我们能节省一些气力。我们不应在那些显而易见的东西上浪费太多时间；对我们这位诗人而言，"维多利亚"这个词首先意味着罗伯特·勃朗宁、马修·阿诺德、乔治·梅瑞迪斯、两位罗塞蒂①、阿尔杰农·查尔斯·斯温伯恩，当然还有丁尼生，当然还有杰拉尔德·曼利·霍普金斯和A.E.豪斯曼②。你们或许还可以加上查尔斯·达尔文本人、卡莱尔、迪斯雷利、约翰·斯图亚特·米尔、拉斯金、塞缪尔·巴特勒、瓦尔特·佩特。但是让我们到此为止，这已经能让你们获得一个总的印象，了解到我们这位诗人当时所面对的精神和风格参数，或曰压力。让我们从这份名单中除去红衣主教纽曼，因为我们这位诗人是一位生物决定论者和不可知论者；让我们也除去勃朗特姐妹、狄更斯、萨克雷、特洛勒普、罗伯特·路易斯·斯蒂文森以及其他一些小说家，他们对哈代先生曾经有所影响——当后者是他们中的一员时，但此种影响后来便消失了，比如在哈代写作《黑暗中的画眉》(The Darkling Thrush) 一诗时，此诗就是我们要讨论的第一首诗：

> 我倚靠着矮林的门，
> 　严寒灰白如幽灵，
> 冬天的残渣暗淡了，
> 　白天那只变弱的眼睛。
> 缠绕的藤蔓茎秆探向天空，
> 　就像被毁竖琴的琴弦，
> 在附近出没的所有人类
> 　都已潜回家中的火炉前。
>
> 大地那锐利的形状
> 　像是世纪的尸体横陈，

---

① 即但丁·罗塞蒂和克里斯蒂娜·罗塞蒂。
② 以上诸君均系维多利亚时代的英国诗人。

云层就是它的墓室，
　　风在为它的死亡哭泣。
萌芽和降生的古老脉搏
　　皱缩得又硬又干，
地上的每一个精灵
　　都没了热情，像我。

突然有个声音响起，
　　在头顶的萧瑟细枝间——
一曲饱含热情的晚祷，
　　唱出无尽的欢乐；
一只年老的画眉，憔悴瘦小，
　　蓬乱着浑身的羽毛，
决定就这样把它的灵魂
　　投向越来越浓的黑暗。

如此喜悦地鸣叫，
　　并无太多的理由，
远近的尘世万物间
　　也未写明原因，
于是我想，它幸福的
　　晚歌里一定颤动着某种
神圣的希望，它心知肚明，
　　我却一无所知。

I leant upon a coppice gate
　　When Frost was spectre-gray,
And Winter's dregs made desolate

The weakening eye of day.
The tangled bine-stems scored the sky
　　Like strings of broken lyres,
And all mankind that haunted nigh
　　Had sought their household fires.
Tha land's sharp features seemed to be
　　The Century's corpse outleant,
His crypt the cloudy canopy,
　　The wind his death-lament,
The ancient pulse of germ and birth
　　Was shrunken hard and dry,
And every spirit upon earth
　　Seemed fervourless as I.

At once a voice arose among
　　The bleak twigs overhead
In a full-hearted evensong
　　Of joy illimited;
An aged thrush, frail, gaunt, and small,
　　In blast-beruffled plume,
Had chosen thus to fling his soul
　　Upon the growing gloom.

So little cause for carolings
　　Of such ecstatic sound
Was written on terrestrial things
　　Afar or nigh around,
That I could think there trembled through

His happy good-night air
Some blessed Hope, whereof he knew
And I was unaware.

　　这里的三十二行诗尽管是托马斯·哈代诗作中被收入诗歌合集最多的一首，却不是他最典型的诗作，因为它过于流畅。也许正因为如此，它才经常被收入合集，尽管除了其中的一行，实际上任何一位富有才华或洞见的人都能写出这样的诗。此类诗作在英语诗歌中并不罕见，尤其在上世纪末。这是一首十分流畅、十分透彻的诗；其叙述平滑，结构保守，很容易使人联想到叙事谣曲；其情节清晰，十分连贯。换句话说，这里很少地道的哈代。那么此时恰是一个最好的时刻，让我来告诉你们什么是地道的哈代。

　　地道的哈代是这样一位诗人，用他自己的话来说，他"憎恶平滑的诗行"。要不是因为在他之前那六百年的诗风，要不是因为像丁尼生一样的诗人对他虎视眈眈，此话听起来会有些古怪。说到这一点，他的态度其实与霍普金斯相差不大，我还想说，他俩表达这一态度的方式也差异很小。无论如何，托马斯·哈代的确主要是这样一位诗人，他的诗行拥挤紧绷，充满相互碰撞的辅音和张着大嘴的元音；他的句法十分复杂，冗长的句式因为其貌似随意的用词而愈显艰涩，他的诗节设计令读者的眼睛、耳朵和意识均无所适从，其从不重复的样式前无古人。

　　"那您干吗还要把他硬塞给我们呢？"你们会问。因为这一切都是蓄意为之的，从本世纪后来那些年间英语诗歌发生的变化来看，他的诗也是极富先兆的。首先，哈代诗句那种蓄意为之的笨拙并不仅仅是一位新诗人为谋求独特风格而作出的努力，尽管这一愿望也发挥了一定的作用。这种表面的粗糙也不应仅仅被视为对后浪漫主义诗人那种音调上的高昂与优雅的反叛。实际上，后浪漫主义诗人的这些特性相当令人钦佩，说哈代或其他任何人"反叛"后浪漫主义诗人，对于这样的命题我们应当持保留态度，如果不是全盘否定的话。我认为，要解释哈代的语言风格，还存在着另外一种更为切实、同时也更为形而上的解释，而哈代的诗语风格自身便是既现实又形而上的。

形而上学永远是现实的，难道不是吗？形而上学越是现实，它就越是形而上，因为世间万物及其相互关系均是形而上学的最后的边疆：它们就是物质借以体现自我的语言。这种语言的句法的确十分复杂。我认为，哈代在其诗歌中所追求的很有可能就是用他的语言产生一种逼真的效果，一种真实的感觉，如果你们愿意的话，也可以说是可信的感觉。他大约认为，语言越粗糙，听起来就越真实。或者至少，语言越少雕琢，就越是真实。在这里，我们或许应该记起他还是一位小说家，虽说我希望这是我们最后一次提及他的这一身份。小说家们都会考虑这类事情，是吗？或者，让我们来一种更富戏剧感的表达：哈代曾是一位考虑这类事情的人，他因此才成了小说家。不过，这个成了小说家的人在此前和此后却是一位诗人。

现在我们已经接近了某些对于我们理解诗人哈代而言相当重要的问题，即我们觉得他是一个什么样的人，或者更确切地说，他的思想是什么样的。此刻，你们恐怕只能暂且接受我的评价，但我希望在接下来的半小时里，哈代的诗句能够佐证这一看法。那我们就开始吧。我认为，托马斯·哈代是一个极具感知能力的狡黠之人。我在这里所用的"狡黠"一词并无负面含义，但或许我最好还是用"心思缜密"一词。因为他的确在缜密地构思他的诗作，不是作为一部小说来设计，而是完完全全作为诗作来构思。换句话说，他自一开始就明白一首诗会是什么样子，它最终会呈现出什么**模样**，他也准确地知道他的诗最终会有多少行。他的每一部作品几乎都可以相当精确地分解为呈示、展开和结局等不同部分，这与其说是因为它们的结构方式原本如此，不如说是因为结构能力对哈代而言就是一种本能。这种本能源自他的内心，它所体现的与其说是他对当代诗歌潮流的熟悉，不如说是他对希腊和罗马经典作品的阅读，这对于那些自学成才者来说是屡见不鲜的。

他身上这种强大的结构本能也说明了哈代的风格为何从未有过发展，他的手法为何一直没有变化。如果不考虑主题，他的早期诗作可以很方便地置于其晚年诗集中，反过来也一样，他对于其诗作的写作时间和归集相当随意。此外，他最强的能力不是耳朵而是眼睛，我相信，在他看来，诗作的存在方式更像是印刷品而非朗诵对象。他如果朗诵自己的诗作，可能也会结结巴巴，但我不认为他会因此感到不好意思，并尝试加以改进。换句话说，对于他来说，诗歌的宝座就在他的思想中。无论他的某些诗作看上去多么像是面向人群，可它们与其说是真的在寻求公开朗诵，不如说是营造了一幅幅想象中的朗诵场景。即便他那些最为抒情的诗作，也只是对我们称之为诗歌抒情的东西作出了精神手势，它们更愿意紧贴在纸上，而不是运动于你们的唇间。很难想象哈代先生对着麦克风大声朗诵自己诗句的模样，不过我想，麦克风当时尚未发明出来。

好吧，你们或许还是会问我干吗要把他硬塞给你们。因为正是这种无声、这种听觉上的中立——如果你们愿意这么说的话，正是这种理智较之于情感的优势使哈代成了英语诗歌中的先知，这也正是后来的英语诗歌所热衷的。他的诗以一种奇怪的方式传导出一种感觉，即它们在远离它们自己，似乎它们与其说是诗，不如说是在保持某种是诗的假象。这里就包含着一种新美学，这一美学强调艺术的传统手法，但这么做并不是为了强调突出或自我声张，而是相反，是将它当做一种伪装，目的在于更好地融入艺术赖以存在的背景。这种美学拓展了艺术的范围，使得艺术能够以最出乎意料的时机和角度挥出更为有力的一击。这里正是现代主义出了差错的地方，不过过去的我们就让它过去吧。

然而，你们不能通过我的话得出这样一个结论，即哈代是块难啃的骨头。事实上，他的诗完全没有任何难解的奥秘。他诗中的独特之处自然就是他对无穷的强烈渴求，而传统手法的限制不仅没有束缚这一渴求，反而使它变得更加强烈了。不过，这些限制的确会束缚普通的、亦即非自我中心的智性，而无穷正是诗歌的标准领地。除此之外，作为诗人的哈代是一个相当简单的命题，不需要任何特殊的哲学热身，你们便能欣赏他的诗。你们甚至可以称他为现实主义诗人，因为他的诗记录下了大量他所处时代的生活现实和心理现实，我们可以大致将这种现实称为维多利亚时代的英格兰。

但你们不能将他称为维多利亚诗人。能使他摆脱这一定义的远不止他实际的生活年代；另一个更为重要的原因则是前面说到的他对无穷的渴望，这同样也能使他摆脱除"诗人"外的任何定义。这个诗人要对你们谈一谈你们的生活，而他自己究竟生活在何时何地却不重要。当然，面对哈代，当你们道出"诗人"这个字眼时，你们眼前出现的不会是一个英俊潇洒、口若悬河的人，也不会是一位身患肺结核病的青年，在灵感袭来的迷狂状态中奋笔疾书，而是一个头脑清醒、日益冷峻的人，他秃顶，中等身材，留着小胡子，鹰钩鼻子，正坐在楼上的书房里，精心构思他那些虽说艰涩、却又冷酷的诗行，偶有所得，他便会发出笑声。

我之所以把他硬塞给你们，在很大程度上就因为这笑声。对于我来说，他是一个十分现代的人物，这并不仅仅因为关于存在的真理在他诗行中所占的比例超出了他的同时代人，而且还因为这些诗行所包含着的准确无误的自我意识。他的诗作似乎在对你们说：是的，我们知道我们是人工制品，因此我们不打算用我们的真理来诱惑你们，实际上，我们并不在意我们听上去有些古怪。不过，姑娘和小伙儿们，如果你们觉得这位诗人很难啃，如果你们觉得他的语汇老掉牙了，你们一定要记住，问题或许不在于作者而在于你们自己。世上没有老掉牙的语汇，只有降低的词汇量。比如说，这就是百老汇如今不再上演莎士比亚剧目的原因，较之于环球剧场的戏迷们，如今的观众显然更难理解诗人莎士比亚的语汇。那么，这就是你们的进步了；最愚蠢的事情就是用进步的观点去回顾历史。现在，我们转向《黑暗中的画眉》。

四

当然，《黑暗中的画眉》是一首世纪末的诗。但是请假设一下，我们并未看到诗尾标明的写作日期；假设一下，我们打开一本书，偶然读到了这首诗。人们通常并不留意诗尾的日期，更何况，就像我在前面所说的，哈代诗作的年代标注并不精确。因此，请想象一下，我们偶然读了这首诗，只在结尾处才看到写作年代。你们认为这首诗写的是什么呢？

你们会说这是一首山水诗，是风景描写。你们会说，在一个寒冷、昏暗的冬日，有个人漫步于风景之中，时而驻足，记下他的所见。这是一幅凄冷的画面，但一只鸟的突然鸣叫却打破了这凄冷，这提振了他的精神。你们会这样说，你们的意见也是对的。此外，作者也恰好希望你们这么想，因为他的确在强调这一场景之寻常。

为什么呢？因为他希望你们最终明白，一个新的世纪，一个新的时代，或是任何一种新的东西，全都开始于某个昏暗的日子，在这一天，你们精神不振，所见之处没有任何富有吸引力的东西。太初并非有道，而有一个昏暗的日子①。（大约六年过后，你们就可以检验一下他的话是否正确了。）对于一首世纪末的诗作而言，《黑暗中的画眉》过于平淡，没有新千年的高调。这几乎与此诗标明的年代构成矛盾，这会使你们怀疑诗尾的写作年代是后加上去的，是后见之明。熟悉哈代的人很容易这么想，因为后见之明是他的强项。

不管怎样，让我们继续来看这首山水诗吧，让我们直接掉进他的陷阱。一切都开始于第一行的"矮林"（coppice）。他给出一个精确的植物类型名称，这会引起读者，尤其是现代读者的关注，这既体现了自然现象在说话人意识中所占据的中心位置，同时也表明他很熟悉这些现象。这个词还在诗的开头制造出一种奇怪的安全感，因为一个知道灌木、篱笆和各种植物之名称的人，就其本性而言，几乎不可能是凶悍的，无论如何也不会是危险的。也就是说，我们在第一行中听到的声音就是大自然盟友的声音，他的话语表明，这个自然很有可能是对人友善的。此外，他倚靠着矮林的门，这倚靠的姿势很少给人精神上的入侵感，如果说它富有某种含义的话，那也更像是接纳。更不用说"矮林的门"（coppice gate）本身就给出了一个相当文明化的自然，它已经习惯并几乎乐意让人通过。

第二行中的"灰白如幽灵"（spectre-gray）原本或许会让我们警觉——如果不是因为四音步诗句和三音步诗句的正常交替及其民间谣曲般的余音的话（这种余音盖过了"幽灵"〈spectre〉一词中的鬼魂意味，竟然使得我们听到的词更像是

---

① 《约翰福音》的第一句即"太初有道，道与神同在，道就是神"。

"光谱"〈spectrum〉而非"幽灵",我们的思绪随之飘向了色彩而非孤魂野鬼的王国)。我们在这一行里获得的感觉是一种被抑制的忧郁,而且它还奠定了全诗的韵律。在这里处于押韵位置的"灰白"(gray)一词其实释放了"幽暗"(spectre)中的两个 e,像是发出了一声叹息。我们听到的是哀伤的 eih,这与两个单词间的连字符一同,将"暗影"变成了一种色彩。

接下来的两行,即"冬天的残渣暗淡了 / 白天那只变弱的眼睛"(And Winter's dregs made desolate/The weakening eye of day),使这四行诗构成一个紧密的整体,这一结构方式贯穿着这首三十二行诗作的始终;我想,它也能让你们了解到这位诗人关于人类的某些总的看法,至少是他关于人类栖息地的看法。白天那只变弱的眼睛,大约是指太阳,它与这些冬天的残渣之间的距离使得后者不得不紧贴地面,呈现出"冬天"应有的白色,或者是灰色。我能清晰地感觉到,我们这位诗人此处所见是几间乡村居所,我们在此看到的是一处山谷风景,这能让人忆起那个人间景象让星辰同悲的古老修辞。"残渣"(dregs)当然就是残余,就是喝完精华之后留在杯底的东西。此外,"冬天的残渣"(Winter's dregs)这个词组能让你们感觉到,这位诗人已毅然挣脱乔治诗风 ①,两只脚都站在了二十世纪。

至少是一只脚,因为这首诗写于世纪之末。阅读哈代诗歌的另一个乐趣,就是能看到他所处时代的语汇(即传统语汇)和他自己的语汇(即现代语汇)始终在跳着双人舞。这两者在一首诗里相互摩擦,未来得以侵入现在,同时侵入了语言业已习惯的过去。在哈代这里,不同风格的摩擦如此醒目,这能使你们意识到,他不会紧紧抓住任何一种现代风格特征不放,尤

---

① 英国乔治诗派出现在 20 世纪初,因该派诗人编辑的《乔治诗集》(Georgian Poetry)得名。

其是他自己的现代风格。一行真正出新的、具有穿透力的诗行后面会跟着一连串老掉牙的东西，你们或许连它们的祖先都记不住了。作为例证，我们来看一看《黑暗中的画眉》第一节的后四行：

> 缠绕的藤蔓茎秆探向天空，
> 　就像被毁竖琴的琴弦，
> 在附近出没的所有人类
> 　都已潜回家中的火炉前。

　　第一行诗所具有的相对高级的意象（事实上与弗罗斯特的《柴堆》一诗的开头很相似），很快便退化为一个世纪之末 ① 的明喻，即便在写作此诗的当时，这样的比喻也会散发出陈腐的赝品气味。我们这位诗人为何不在这里寻求一种更新鲜的语汇呢？他为何心满意足于这种十分维多利亚式，甚至华兹华斯式的比喻呢？他显然有超越他所处时代的能力，可他为何不作这样的尝试呢？

　　首先，因为诗歌尚未成为一项你死我活的竞争。其次，这首诗在此时尚处于呈示阶段。一首诗的呈示部是最奇特的部分，因为在这个阶段，诗人们大多尚不明白此诗接下来的走向。因此呈示部往往会很长，在英国诗人那里尤其如此，在十九世纪尤其如此。就总体而言，在大西洋彼岸，他们拥有更多的参考对象，而我们在这边则主要是参照我们自己。除此之外，再想想写诗的纯粹快感，想想将各种回声纳入诗节的快乐，你们便会意识到，某人"超越其时代"这样一种看法尽管不无赞誉色彩，实际上仍属后见之明。在第一节的后四行里，

---

① 这里的"世纪之末"用的是法语"fin-de-siècle"。

哈代显然是落后于其时代的，他丝毫不在意这一点。

事实上，他很喜欢这一点。这里的主要回声源于谣曲，"谣曲"（ballad）一词来自 ballre，即舞蹈。这是哈代诗学的基石之一。应该有人来统计一下谣曲格律的作品在这位诗人创作中所占的比例，这极有可能超过百分之五十。至于这一现象的原因，与其说是年轻时的托马斯·哈代有在乡村集市上演奏小提琴的习惯，不如说是这位英国谣曲诗人迷恋血腥和惩罚，迷恋死神舞蹈 ① 的特定氛围。谣曲调性的主要魅力恰恰就在于其舞蹈属性，如果你们愿意的话也可称之为游戏属性，这种属性自一开始便彰显其狡黠。谣曲以及广义的谣曲格律会对读者说出这样的话：瞧，我并不完全是当真的。诗歌是一门十分古老的艺术，不可能不利用这一机会来展示其自我意识。换句话说，这一调性的无处不在不过是恰好吻合（"覆盖"是一个更佳的动词）了哈代的不可知论世界观，同时也论证了陈旧句式（"在附近出没"〈haunted nigh〉）或老套韵脚（"竖琴"/"火炉"〈lyres/fires〉）出现的合理性，除了一点："竖琴"（lyres）一词会使我们注意到此诗的自指层面。

这一层面在下一诗节中充分体现了出来。这一节是呈示和主题叙述的结合。一个世纪的终结在这里被表现为一个人的死亡，这人似乎躺在那里供人吊唁。为了更好地赏析这一手法，我们还必须注意到托马斯·哈代的另一门手艺，即他还是一名教堂建筑师。在这一点上，在将时间的尸体放进万物的教堂时，他采用了某种十分出色的技巧。他能得心应手地运用这一技巧，这首先是因为他在那个世纪中生活了六十年。就某种意义而言，他同时拥有这座庞大的建筑和建筑内部的大部分内容。这双重的熟稔不仅来自特定季节的特定风景，而且来自他

---

① 此处的"死神舞蹈"用的是法语"danse macabre"。

一贯的自我贬低——到了六十岁的年纪，这种自我贬低显得更加可信了。

> 萌芽和降生的古老脉搏
> 　皱缩得又硬又干，
> 地上的每一个精灵
> 　都没了热情，像我。

　　他的余生还有二十八年的时光（在这段余下的岁月中，他于七十四岁时再次结婚），这个事实并无任何意义，因为他不可能预知此类后事。一位好奇的读者甚至会紧盯着"皱缩得"（shrunken）一词不放，并在"萌芽和降生的脉搏"（pulse of germ and birth）中觉察到某种委婉的意味。不过，这或许既琐碎又牵强，因为这四句诗作出的精神姿态比任何个人的哀愁都要更宏大，更坚决。这四句诗以"我"（I）字结束，"没了热情"（fervourless）之后那个长长的停顿使"像我"（as I）两字显得尤为奇特。

　　呈示部到此结束，这首诗如果到此为止，我们也能得到一首好诗，一幅描绘大自然的速写，许多诗人的作品集里充斥的正是这样的诗。因为，许多诗作，尤其是自然主题的诗作，其实就是未能抵达其目标的被拉长的呈示部，它们之所以半途而废，是因为诗人从已完成的结构自身获得了愉悦。

　　此类事情在哈代身上从未发生。他似乎永远清楚他的目标是什么，愉悦对他而言既非原则亦非诗中的有效成分。他不太追求响亮的诗句，他诗行的排列相当松散，直到全诗中那具有冲击力的一行，或曰全诗的要点突然出现。因此，他的呈示部通常并不十分悦耳，如果有例外，就像在《黑暗中的画眉》中这样，那也更像是侥幸收获而非有意为之。在哈代这里，一首诗里的主要收获总是来自结尾。他通常会给你们造成这样一种印象，即诗句对于他来说只是交通方式，赋予其合理性、或许还有神圣感的仅为这首诗的目的地。他的耳朵很少好过他的眼睛，但他的耳朵和眼睛又都次于他的思想，他的思想强迫他的耳朵和眼睛服从他的思想，其态度有时还十分粗暴。

于是，此刻呈现在我们眼前的是一幅绝对凄凉的画面：被各自的死亡结局所掌控的一个人和一片风景。下一诗节给出了关键：

> 突然有个声音响起，
> 　　在头顶的萧瑟细枝间——
> 一曲饱含热情的晚祷，
> 　　唱出无尽的欢乐；
> 一只年老的画眉，憔悴瘦小，
> 　　蓬乱着浑身的羽毛，
> 决定就这样把它的灵魂
> 　　投向越来越浓的黑暗。

对于任何一位喜爱哈代的人来说，这段诗都是一座宝库。让我们来看一看这首诗的主线，看看我们这位诗人想干什么。他想给你们指出一个出口，让你们步出上一诗节的死胡同。死胡同只能从上方越过，或是退回去。"响起"（arose）和"在头顶"（overhead）这两个词向你们说明了我们这位诗人所选定的路径。他在这里选择了全面的飞升；实际上，他选择了顿悟，带着鲜明的宗教内涵完全飞离了地面。但是，这次起飞的引人注目之处，却是与"一曲饱含热情的晚祷／唱出无尽的欢乐"（In a full-hearted evensong/Of joy illimited）一句的抒情释放如影相随的拘谨。这种拘谨你们在由"晚祷"（evensong）和"无尽的"（illimited）这两个词构成的长短格中也可以感觉到：这两个词都以停顿开启，吐字仿佛一口呼出的气息；仿佛这些诗行开头还是断言，之后在他的喉头却消减成了修饰语。

这里所体现出的与其说是一位不可知论者在诉诸宗教词汇时通常都会遭遇的难处，不如说是哈代本人真正的谦卑。换句话说，信仰的起飞在这里还受制于一种引力，即说话者尚不能确定他是否有权拥有这些飞升的手段。"一只年老的画眉，憔悴瘦小，/ 蓬乱着浑身的羽毛"（An aged thrush, frail, gaunt, and small, / In blast-beruffled plume），这当然就是哈代的自画像。他那只众人皆知的鹰钩鼻子以及秃顶上翘着的一簇头发，的确使他看上去像一只鸟，尤其在他上了年纪之后。（"憔悴"〈gaunt〉是他十分钟爱的一个词，是他真正的签名，即便这仅仅因为这个词完全不具乔治诗派的味道。）

无论如何，这里的这只鸟除了举止很像诗人外，还具有诗人的五官特征。这就是我们这位诗人获得的一张通往鸟类情感世界的门票，由此便产生出了二十世纪英语诗歌中最伟大的诗句之一。

原来，这只外貌并不十分诱人的年老画眉

> 决定就这样把它的灵魂
> 投向越来越浓的黑暗。

说到用词方面的选择，没有比这里的"投向"（fling）更好的字眼了。考虑到鸟和诗人之间暗含的相似，这两行诗所表达的便既是鸟儿面对现实的姿势，也是诗人面对现实的态度。如果我们一定要给这种态度的哲学基础下个定义，最终我们无疑会在伊壁鸠鲁主义和斯多葛主义之间举棋不定。幸运的是，对于我们而言术语学并非一个最紧迫的问题。一个更为紧迫的问题是必须把这两行诗吸收进我们的体系中——比如说，为一年中的黑暗时光构建的体系。

这首诗如果在这里戛然而止，我们也能获得一则非凡的道德训诫。这样的事情在诗歌中很罕见，但的确存在。此外，动物王国（尤其是鸟类王国）在诗歌中的优越性也由来已久。事实上，信奉这一优越性的观念就是诗歌最独特的饰物之一。《黑暗中的画眉》中十分突出的一点就是，诗人其实在与这一观念抗争；他先接受了这个观念，随后却又试图在这首诗的发展过程中将其抛售。不仅如此，而且在这样做的时候，他几乎就是在抗争自己最为成功的诗行。他的目的何在呢？他的动机是什么呢？

这很难说清，也许他并未意识到自己的成功，他对形而上的热衷妨碍了他意识到这一点。关于他为何要在这里继续写作第四段，还有另一种解释，即与他的这种热衷相近的对称感。有些诗人爱写富有形式感的诗作，他们总是认为四段八行诗要胜过三段八行诗；我们不要忘记，哈代还是一位教堂建筑师。四行诗节就像是音调上的建筑砖石。作为建筑材料，它们会生出一种秩序，这一秩序被分成四份时最为和谐。对于我们这位诗人的耳朵和眼睛而言，十六行的呈示部自然要求此诗余下的部分至少也要拥有同样数目的诗行。

更客观地说，一首诗所运用的诗节结构在决定此诗的长度方面不亚于诗歌的叙事情节，甚至有可能超越后者。"如此喜悦地鸣叫／并无太多的理由"（So little cause for carolings/Of such ecstatic sound）一句既是结局，也是对前面二十四行诗不得不作出的一个音调上的呼应。换句话说，一首诗的长度即它的呼吸。第一节是吸气，第二节是吐气，第三节是吸气……你们猜一猜第四节目的何在？就是为了完成这一循环。

请记住，这是一首以展望未来为主题的诗。因此，它必须保持平衡。我们这位主人公虽然是个诗人，却并非乌托邦主义者，他也不能允许自己摆出一副先知或预言家的姿态。主题本身的性质决定了其内涵十分含混，因此便需要诗人在此表现出清醒，无论他就性格而言是悲观主义者还是乐观主义者。由此而来的便是第四诗节那绝对出色的语言内涵，以及法律术语（"理由……写明原因"〈cause…Was written〉）、现代派的超然（"尘世万物间"〈on terrestrial things〉）和典雅的古词（"远近"〈Afar or nigh around〉）这三者的混成。

"如此喜悦地鸣叫 / 并无太多的理由，/ 远近的尘世万物间 / 也未写明原因"（So little cause for carolings / Of such ecstatic sound / Was written on terrestrial things / Afar or nigh around），这一句所流露的与其说是我们这位诗人的格外乖张，不如说是他对于他在一首诗中使用的所有层级的风格用语的不偏不倚。哈代对于诗学的总的态度中含某种吓人的民主意味，这可以归结为"有用便好"。

请注意这一节的哀歌式开头，前一行中"越来越浓的黑暗"（growing gloom）使得这一特质更加鲜明。音调仍在不断提高，我们仍在寻求飞升，寻求步出死胡同。"如此喜悦地"——停顿——"鸣叫 / 并无太多的"——停顿——"理由……"。"喜悦"（ecstatic）一词道出一声惊叹，恰如停顿之后的"鸣叫"（sound）。

就声响层面而言，此为这一诗节的最高点，甚至连结尾的"它心知肚明，/ 我却一无所知"（whereof he knew/And I was unaware）都要低几个调性，低几个阶梯。但我们看到，即便在这个最高点上，这位诗人也依然在控制他的声音，因为"如此喜悦地鸣叫"是"无忧无虑的晚祷"（a full-hearted evensong）的降调之结果。换句话说，对鸟儿声音的描写降了级，世俗语汇替代了宗教语汇。于是出现了这句可怕的"尘世万物间 / 也未写明原因"（Was written on terrestrial things），其中那种脱离任何具体事物的超然似乎表明了某种俯瞰的高度——它也许属于"白天那只变弱的眼睛"（weakening eye of day），或者至少属于那只鸟，因此，我们接下来便看到了这个古色古香的、也可以说是非个性化的"远近"（afar or nigh around）。

但是，这里的非具体化和非个性化既不属于前者也不属于后者，而属于这两者的融合体，而熔炉就是这位诗人的大脑，你们愿意的话也可以说就是语言本身。让我们更仔细地讨论一下这十分独特的"尘世万物间 / 也未写明原因"（Was written on terrestrial things）一句，因为它从一个此前并无任何一位诗人到过的地方悄悄潜入了这首世纪之交的诗作。

"尘世万物"（terrestrial things）这个词组表明一种非人类性质的超然。通过两个抽象概念的接近在此获得的这一视点，严格地说是无生命的。证明它属于人类创造的唯一证据是，它的确是"写出来"的。这会使你们产生这样一种感觉，即语言能够作出如此排布，最终将人类贬谪为——在最好的情况下—— 一个抄书吏。是语言在使用人类，而不是相反。语言自非人类真理和从属性的王国流入人类世界，它归根结底是无生命物质发出的声音，而诗歌只是其不时发出的潺潺水声之记录。

我绝对不是说，托马斯·哈代在这行诗里想要表达的正是这个意思。更有可能的是，这行诗想通过托马斯·哈代来表达这个意思，而他答应了。他似乎对自己笔下流出的文字感到有些困惑，于是便试图抑制这一感觉，其方式就是使用这个维多利亚时代常用的语汇"远近"。但是，这个词组却注定会成为二十世纪诗歌的语汇，其影响越来越明显。从"尘世万物"到奥登的"必要的凶杀"（necessary murder）和"人工的荒芜"（artificial wilderness）[1] 仅相隔二三十年。仅仅由于"尘

---

[1] 这两个词组分别出自奥登的诗作《西班牙》和《阿喀琉斯的盾牌》。

世万物"这一句，《黑暗中的画眉》便可被视为一首世纪之初的诗。

哈代对这一词组的无生命声音作出了应答，这个事实显然表明他对谛听此类声音做好了充分准备，这并非因为他的不可知论（这个理由或许也很充分），而是因为每一首诗实际具有的上升矢量，即它对顿悟的追求。从原则上讲，一首诗在一张纸上向下蔓延，也就意味着它在精神上向上腾升，《黑暗中的画眉》就完全符合这一原则。在这一过程中，非理性并非障碍，这首谣曲的四音步和三音步格律就显示出某种十分近似非理性的东西：

> 于是我想，它幸福的
> 　　晚歌里一定颤动着某种
> 神圣的希望，它心知肚明，
> 　　我却一无所知。

让我们这位作者走近"神圣的希望"（blessed Hope）的，首先就是在三十行交替出现的四音步和三音步诗行中不断积累的那股离心力，它既要求声音上的结局，也要求精神上的结局，或是两者的合二为一。就这一意义而言，这首写于世纪之初的诗作所诉说的就是它自己，就是它自己的构成，幸运的是，这种构成也和十九世纪一样正在走向其结局。实际上，一首诗给了新世纪一个它自己的、关于未来的版本——虽然这个版本未必理性——以此使这个世纪成为可能。抗拒一切障碍，抗拒"理由"的缺失。

而这个新世纪——它很快也要结束了，对这首诗也回报甚多，就像我们在这间教室里所看到的这样。无论如何，就预言来说，《黑暗中的画眉》就比，比如说，叶芝的《第二次降临》

更为清醒，也更加准确。画眉比雄鹰更可信 ①，这或许因为，这只画眉出现在哈代先生面前的时间要早二十年；又或许因为，单调比尖叫更能呼应时间自身的话语。

因此，如果说《黑暗中的画眉》是一首关于自然的诗，那也仅能说它只有一半是，因为诗人和鸟儿均为自然之产物，而这两者间只有一个，用通俗的话说，还心存指望。这首诗的内涵更像是对于同一现实的两种接受态度，因此这显然是一首哲理抒情诗。希望和无望显然被公平地置于此诗，两者间并无等级差异，这两种情感的承载者则显然存在差异，我想指出，我们这只画眉是"年老的"（aged），这可不是没有原因的。它见多识广，它那"神圣的希望"与希望的缺失同样合理。最后一行中将"一无所知"（unaware）孤立出来的那个停顿十分有力，足以使我们的遗憾噤声，并赋予最后一个单词以一种坚定的意味。毕竟，"神圣的希望"是面对未来的，因此，这里的最后一个单词便是由理性道出的。

五

十二年之后，但依然在那位爱尔兰诗人的野兽动身前往伯利恒之前 ②，英国邮轮泰坦尼克号在处女航中因撞上冰山而沉没在大西洋中。一千五百余人遇难。这大约就是被托马斯·哈代的画眉引来的这个世纪中诸多灾难中的第一桩，这个世纪也将因为这些灾难而臭名昭著。

---

① 叶芝的《第二次降临》一诗中写到鹰，其开头两句即为："在不断扩大的涡流中转圈，／雄鹰听不见放鹰的人。"
② 叶芝《第二次降临》的结尾两句是："哪只粗暴的野兽终于等到时辰，／要慵懒地前往伯利恒投生？"

《两者相会》(The Convergence of the Twain) 就写于这场灾难发生两周之后，然后又很快在五月十四日发表出来。泰坦尼克号是四月十四日沉没的。换句话说，关于这场灾难之原因的激烈争论，对航运公司的司法调查，幸存者的可怕叙述等等，所有这一切都发生在这首诗的写作之后。因此，这首诗可被视为我们这位诗人的一种本能反应。此外，此诗首次发表时还有一个副标题，即《泰坦尼克号失事有感》(Improvised on the Loss of the *Titanic*)。

那么，这一灾难究竟触动了哈代先生的哪根心弦呢？职业批评家们通常认为，《两者相会》是诗人哈代对现代人那种认为技术万能的自我欺骗发出的谴责，或是一曲哀叹人类因过分虚荣、追求奢华而遭报应的悲歌。确切地说，这两个主题在这首诗中并存。泰坦尼克号本身就既是现代造船业的一个奇迹，也是现代人浮华虚荣的突出体现。不过，我们这位诗人对冰山的兴趣似乎并不亚于邮轮。恰恰是冰山的形状，即锥体，预示了此诗的诗节构造。对于此诗的内容而言，"冰的形状"(A Shape of Ice) 之无生命的本质也起到了同样的作用。

与此同时也必须指出，锥体也会让人联想到船，因为这也是帆的标准形态。此外，考虑到我们这位诗人曾做过建筑师，这一形状于他而言可能还暗指教堂建筑或金字塔。(毕竟，每一场悲剧都会制造出一个谜。) 在诗中，这座金字塔的基座就是六音步诗行，诗行中间的停顿又将这六音步划分为两个三音步，这实际上是能够使用的最长音步，哈代先生十分偏爱这种音步，或许是因为他自学了希腊语。

虽说他对具象诗 (它自亚历山大时期的希腊诗歌流传至今) 的偏爱不应被估计过高，但他在诗节结构规则方面的用心仍足以使他意识到其诗的视觉维度，并作出相应的选择。无论如何，《两者相会》的诗节设计显然是有意为之的，它由两个三音步诗行和一个六音步诗行（在英语中通常恰好由两个三音步构成，这也是一种"两者相会"）构成，将它们连接为一体的是行末的三联韵。

一

在大海的孤寂中，

在远离人类虚妄的深处，

远离将她塑造的生命的骄傲，她静静躺卧。

二

钢铁的炉腔，先前是柴堆，

燃烧着她火蜥蜴的烈焰，

冰冷的水流穿过，将它变成潮水的悦耳竖琴。

三

一张张镜面上，

原本映着达官显贵，

如今海蛆蠕动，丑陋黏滑，无声冷漠。

四

博取欢乐的珠宝

本为刺激感官，

如今黯然静卧，所有的光泽都已消逝。

五

双目圆睁的鱼儿在近旁

凝视镀金的齿轮，

它们问："这自负的家伙在这里干吗？"

六
这个嘛：在为这造物
  装上劈波斩浪的翅膀时，
那无处不在的意志，操控一切

七
为如此喜气洋洋的她，
  选中一个不祥的伴侣，
冰的形状，在另一个遥远的时间。

八
漂亮的轮船长大了，
  亭亭玉立，花容月貌，
冰山在朦胧寂静的远方也已长大。

九
它俩看上去毫不相干，
  凡人的眼睛无法预见
它们在后来会如此地亲密无间，

十
也看不出征兆，他们
  注定会在路上相遇，
之后成为命定大事的双方，

十一
直到岁月的纺者说"时辰到！"，

每一个人都听到，
两人完婚，两个半球都被震惊。

I

In a solitude of the sea

Deep from human vanity,

And the Pride of Life that planned her, stilly couches she.

II

Steel chambers, late the pyres

Of her salamandrine fires,

Cold currents thrid, and turn to rhythmic tidal lyres.

III

Over the mirrors meant

To glass the opulent

The sea-worm crawls — grotesque, slimed, dumb, indifferent.

IV

Jewels in joy designed

To ravish the sensuous mind

Lie lightless, all their sparkles bleared and black and blind.

V

Dim moon-eyed fishes near

Gaze at the gilded gear

And query: "What does this vaingloriousness down here?"

VI

Well：while was fashioning

This creature of cleaving wing,

The Immanent Will that stirs and urges everything

VII

Prepared a sinister mate

For her — so gaily great —

A Shape of Ice, for the time far and dissociate.

VIII

And as the smart ship grew

In stature, grace, and hue

In shadowy silent distance grew the Iceberg too.

IX

Alien they seemed to be:

No mortal eye could see

The intimate welding of their later history,

X

Or sign that they were bent

By paths coincident

On being anon twin halves of one august event,

XI

Till the Spinner of the Years

Said "Now!" And each one hears,

And consummation comes, and jars two hemispheres.

你们看到的的确是一首公开信形式的应景诗。实际上，这是一篇演讲词，它会使你们产生这样一种感觉，即它似乎是从讲台上传出的布道。开头一行，即"在大海的孤寂中"（In a solitude of the sea），无论在听觉还是视觉上都十分开阔，它在暗示海上天际线的宽广以及自然元素的自治程度——这种自治状态也能感觉到自己的孤寂。

但是，如果说第一行诗是在扫描宽广的表面，那么第二行诗，即"在远离人类虚妄的深处"（Deep from human vanity），却把你们更远地带离人类世界，径直带入这一绝对孤立的自然元素之内心。第二行诗实际上是一份邀请，邀请你们去进行一次水下之旅，全诗的前半部分（又是一个漫长的呈示部！）本质就在于此。到第三行诗的末尾，读者已经投入了真正的潜水探险。

三音步是个棘手的东西。它在声音方面或许很有效果，但自然会对内容有所约束。在这首诗开始的时候，它帮助我们这位诗人建立了他的调性，但他却急于展开这首诗的主题。为着这一目的，他写出了第三行。这是一行容量相当大的六音步，他在这行诗里的确采用了一种直奔主题的急性子方式：

远离将她塑造的生命的骄傲，她静静躺卧。

这一行诗前半段的突出之处在于其重音的累积，同样也在于它引入的东西，即那个夸张的抽象概念，而且是以大写字母开头的。"生命的骄傲"（the Pride of Life）在句法上自然是与"人类虚妄"（human vanity）联系在一起的，但单凭这一点却于事无补，因为首先，"人类虚妄"这个词组没有大写；其次，较之于"生命的骄傲"，它在观念上仍显得更为直白、耳熟一些。接下来，"将她塑造的"（that planned her）这一词组中的两个 n 会使你们产生一种话语被卡在瓶颈的感觉，这种词汇似乎更适宜于一篇社论而非一首诗。

没有任何一位深思熟虑的诗人会试图将所有这一切都置入半行诗中，因为这几乎完全无法诵读。另一方面，如我们指出的那样，当时还没有麦克风。实际上，"远离将她塑造的生命的骄傲"（And the Pride of Life that planned her）一句尽管有韵律显得机械之危险，却仍然可以大声读出来，甚至会造成某种略有些错位的重音效果，不过这显然需要付出一番努力。问题在于，托马斯·哈代为什么要这样做呢？答案就是，因为他相信，那艘沉入海底的轮船的意象以及他的三联韵将拯救这一诗节。

"她静静躺卧"（stilly couches she）则的确是对此行前半段重音累积的一种出色的再平衡。"静静"（stilly）一词中的两个 l，作为一个"流质"的辅音，几乎能让人感觉到那艘船轻微摆动的船身。而韵脚则强化了这艘船的女性特征，这一特征已在"躺卧"（couches）一词中得到强调。对于这首诗的目的来说，这一提示的确非常及时。

在这一诗节中，首先是在这一诗节的第三行，我们这位诗人的举止能让我们对他产生什么印象呢？能让我们觉得他是一个精打细算的人（至少他很善于计算他的重音）。此外，左右诗人之笔的与其说是一种和谐感，不如说是他的一个中心思想，他的三联韵首先是一种结构工具，其次才是一种音调上的要求。至于韵脚，它在这一诗节中尚未令我们感到十分震惊。这一诗节最好的东西就是其高度的功能性，它与一首十五世纪的出色诗作构成呼应，后者曾被归在邓巴①的名下：

---

① 邓巴（约1460—约1520），苏格兰诗人。

> 无论我生活在哪一阶层，
> **死亡的恐惧在折磨我……**
> "所有的基督徒们，你们看：
> 这个世界只是虚妄，
> 它充满着种种必然。
> **死亡的恐惧在折磨我。"**

> In what estate so ever I be
> *Timor mortis conturbat me ...*
> "All Christian people, behold and see:
> This world is but a vanity
> And replete with necessity.
> *Timor mortis conturbat me.*"

很有可能，这几行诗的确就是《两者相会》一诗的写作动机，因为这首先是一首关于虚妄和必然的诗，同样也自然是一首关于死亡之恐惧的诗。不过在《两者相会》中，令七十二岁的托马斯·哈代感到不安的恰恰是必然：

> 钢铁的炉腔，先前是柴堆，
> 燃烧着她火蜥蜴的烈焰，
> 冰冷的水流穿过，将它变成潮水的悦耳竖琴。

我们的确在这里进行了一次水下旅程，尽管韵脚并不出色（我们又遇见了我们的老朋友"竖琴"〈lyres〉），可这一诗节的出众之处却在于其视觉内容。我们显然身在轮机舱，整台机器在海水的折射中微微颤动。这一诗节的出彩字眼其实是"火蜥蜴的"(salamandrine)一词。除了其神话学和冶金学方面的内涵之外①，这个四音节的、蜥蜴般的修饰语还能奇妙地让人想起与水截然相对的另一种物质，即火。火熄灭了，却似乎在折射的维系下继续燃烧。

在"冰冷的水流穿过，将它变成潮水的悦耳竖琴"（Cold currents thrid, and turn to rhythmic lyres）一句中，"冰冷的"（cold）一词使这种转化显得更为突出。但就整体而言，这行诗之所以十分有趣，却是因为它似乎含有一个关于此诗创作过程的隐喻。表面上，更确切地说是在表面下，我们看到了波浪涌向海岸（或海湾）的运动，后者看上去就像是竖琴的琴身。因此，波浪便成了被拨动的琴弦。动词"穿过"（thrid）是 thread的古体（或方言体），它不仅将声响和意义的织物从一行传至另一行，同时还在音调上让人意识到这一诗节的三角形设计，即一段三联句。换句话说，我们在这里看到的从"烈焰"（fire）到"冰冷"（cold）的发展过程，就是一种能显示出普遍意义上的艺术家自觉意识的手法，考虑到此诗所体现出的面对大悲剧的处理方式，这更能暴露出哈代的自觉意识。因为直率地说，《两者相会》缺乏"热烈的"情感；考虑到遇难者的数量，在这里表露出这样的情感似乎是合适的。而这却是一首地地道道的非感伤诗作，在第二诗节，我们这位诗人暴露出了（很可能是无意之间）他是如何做到这一点的。

> 一张张镜面上，
> 原本映着达官显贵，
> 如今海蛆蠕动，丑陋黏滑，无声冷漠。

---

① 火蜥蜴的形象和这个词本身（Salamander）都来源于蝾螈，中世纪的炼金术士认为它是统治火元素的精灵，同时 Salamander 还用来指冶炼炉中的通条。

我相信，正是因为这一诗节，此诗才获得了社会批判诗作的名声。这里自然有社会批判成分，但它却是最次要的一点。泰坦尼克号的确是一座漂浮的宫殿。舞厅、赌场、客舱本身就是穷奢极欲之体现，它们的装潢富丽堂皇。为了传达出这一点，诗人使用了动词"映着"（to glass），这个动词既可使奢华翻番，同时却也泄露出了奢华的单维性：它浅薄如镜面。不过我认为，在哈代先生描绘的这个画面中，他所关注的与其说是戳穿富人的假面，不如说是揭示目的和结果之间的差距。海蛆在镜面上蠕动，这里所体现的并非资本主义的实质，而是"达官显贵"（the opulent）的对立面。

那一连串描写海蛆的负面修饰语向我们透露出了关于哈代先生本人的许多信息。因为，人们要想理解负面修饰语的价值，就永远要试着首先将它们用于自身。作为一位诗人，更不用说作为一位小说家了，托马斯·哈代可能不止一次这样干过。因此，这里的一连串负面修饰语就可以、也应该被看作是反映出了他对于人类之恶的等级划分，最深重的罪恶排在最后。而在这一行的最后，而且还处在押韵位置上的就是"冷漠"（indifferent）一词。这使得"丑陋"（grotesque）、"黏滑"（slimed）和"无声"（dumb）都成了次要的恶。至少在这位诗人看来是这样的。人们不禁会想，这一语境中对"冷漠"的谴责或许是指向诗人自己的。

> 博取欢乐的珠宝
> 本为刺激感官，
> 如今黯然静卧，所有的光泽都已消逝。

此刻或许是时候了，可以指出我们这位诗人在这里采用的这样一种一帧接着一帧的类似电影的手法，而且他如此行事是在一九一二年，远在电影成为每日的——更确切地说是每晚的——现实生活之前。我记得我在什么地方说过，发明蒙太奇手法的是诗歌，而非爱森斯坦。若干一模一样的诗节在同一张纸上的垂直排列就是一部电影。两三年前，一家试图打捞泰坦尼克号的公司曾在电视上播放了一段他们拍摄的沉船录像，那些镜头就很像我们在这里谈到的东西。他们看重的显然是船舱里的东西，其中可能还有约瑟夫·康拉德刚刚完成的一部小说的手稿①，作者当时借助这艘邮轮把手稿寄给他的美国出版商，因为这艘船除了其他的长处外，还是一种速度最快的邮政运输工具。镜头不停地在船舱里来回绕圈，被各种财宝散发出的味道所吸引，却一无所获。托马斯·哈代的活儿却要出色得多。

"博取欢乐的珠宝"（Jewels in joy designed）一句中的两个 j 和两个 s 的确熠熠生辉。第二行（To ravish the sensuous mind）中三个嗖嗖作响、嘶嘶有声的 s 也是如此。不过，最佳的头韵用法还是出现在第三行（Lie lightless, all their sparkles bleared and black and blind），在这里，"刺激感官"的音调趋平，而诗行里所有的 l 均在"光泽"（sparkles）一词中劈啪爆裂，在"已消逝"（*b*leared and *b*lack and *b*lind）处将珠宝变成了此行结尾时泛起的无数气泡。头韵就这样在我们的眼前自我消解了。

较之于在这一行里读出关于财富之短暂易逝的布道，更值得我们去做的就是去赞叹诗人的别出心裁。即便诗人的确想布道，他的重点也应该是悖论自身，而非社会评判。写作《两者相会》时的托马斯·哈代如果年轻五十岁，他或许会稍稍强化此诗的社会批评锋芒，虽说也未必一定如此。但他已经七十二

---

① 康拉德（1857—1924），波兰裔英国作家，这里指的可能是康拉德的小说《机会》（1913）。

岁，自己也衣食无忧。在泰坦尼克号沉没时丧生的一千五百人中还有他的两位熟人。但在他的水下旅程中，他并未去寻找那两个人：

> 双目圆睁的鱼儿在近旁
> 凝视镀金的齿轮，
> 它们问："这自负的家伙在这里干吗？"

"凝视镀金的齿轮"（gaze at the gilded gear）显然纯粹由于头韵的惯性方才步入此节的第二行（作者在考虑上一个诗节的写法时也许曾想到其他一些词组，这个词组只是那些副产品之一），这一句描述了那艘轮船的华丽外表。这些鱼似乎游在舷窗之外，放大镜一般的效果就由此而来，它使鱼儿的眼睛大如圆月。但这一节里更为重要的却是第三句，它是整个呈示部的总结，是整首诗的主题思想之跳板。

"它们问：'这自负的家伙在这里干吗？'"（And query："What does this vaingloriousness down here?"）这一句不仅仅是一个修辞手法，全诗的其余部分都是在对这一行诗所提出的问题作答。最重要的是，它再度摆出了演讲的姿态，这一姿态先前由于过长的呈示部而有所弱化。为了达到这种效果，诗人在这里提高了他的用语层级，其方式就是将标准的法律术语"问"（query）与显而易见的教会词汇"自负"（vaingloriousness）用在一起。后一个单词五个音节的庞大身躯绝妙地令人联想到了那艘海底邮轮的巨大体积。但除此之外，无论是法律术语还是教会词汇，两者均清晰地表明了风格的转换以及整个视角的变换。

> 这个嘛：在为这造物

　　　　装上劈波斩浪的翅膀时，
　　　那无处不在的意志操控一切，

　　　　为如此喜气洋洋的她，
　　　　选中一个不祥的伴侣，
　　　冰的形状，在另一个遥远的时间。

　　这里的"这个嘛"（well）既是缓和，又是卷土重来的信号。这是一个非常口语化的词汇，其目的首先在于让读者稍稍放松警惕，因为"自负"一词可能已经让他们产生了警觉；其次在于将更多的空气压入说话者的肺叶，因为他将展开一个内容丰富的冗长句式。这里的"这个嘛"与我们第四十任总统 ①的演说特性有些相似，它表明此诗的电影部分告一段落，严肃的讨论就此展开。看来，该诗的主题毕竟不是海底动物，而是哈代先生的因果观念，同时也是卢克莱修时代以降的诗歌自身的因果观念。

　　"这个嘛：在为这造物／装上劈波斩浪的翅膀时"（Well：while was fashioning/This creature of cleaving wing）告诉读者——首先是在句法上——我们始自很远的地方。更为重要的是，在"无处不在的意志"一句之前出现的从句将"轮船"（ship）一词在英语中的性别属性发挥到了极致。我们在这里看到了三个女性意味越来越浓的单词，它们彼此间的亲近更给人以一种蓄意强调的感觉。"装上"（fashioning）原本可能就是一个完全中性的造船业词汇，如果它未被用来修饰具有某种宠爱色彩的"这造物"（this creature）一词的话；如果"这造物"后面没有紧接着"劈波斩浪"（cleaving）一词的话。在"劈波斩浪"一词中

———————————

① 美国第四十任总统是里根。

能听出的更像是"乳沟"（cleavage）而非"砍刀"（cleaver），它能表示船首破浪而行的运动，同时也能让人联想到刀片一般的白色风帆。无论如何，"劈波斩浪的翅膀"（cleaving wing），尤其是在这里处于韵脚位置的"翅膀"（wing）一词，使这一行诗升到了足够高的位置，哈代先生便可以在此引入他整个精神活动里的一个中心概念，即"那无处不在的意志操控一切"（The Immanent Will that stirs and urges everything）。

六音步充分展示出了这一概念宏大的怀疑论内涵。一个停顿以最自然的方式将固定词组与其修饰语分割开来，使我们得以充分体会"无处不在的意志"（Immanent Will）中那些辅音近乎雷鸣的回音，以及"操控一切"（that stirs and urges everything）中的坚定武断。由于此行在长短格上的有所保留——事实上，这种保留近乎犹豫，在"一切"（everything）一词中尤为明显——后一种感觉更为强烈。作为这一节中的第三行，这句诗充满了坚定不移的强大惯性，它会使你们产生这样一种感觉，即整首诗都是为这一句而写的。

为什么呢？因为，我们如果谈到哈代先生的哲学观点（假设我们真的可以谈论一位诗人的哲学观点的话——因为仅仅由于语言的全知天性这一点，这类讨论就注定是一种简化），就必定会承认，关于"无处不在的意志"之观念就是他的思想基石。这一切会使人回溯至叔本华，你们最好尽早看一看这位哲学家的书，与其说为了哈代先生，不如说为了你们自己。叔本华会让你们少走很多路，更确切地说，是他关于意志的观念能让你们少走很多路，他在其《作为意志和表象的世界》一书中提出了这一概念。如你所知，任何一种哲学体系都极易被指称为实质上的唯我论，如果不是纯粹的拟人论的话。就整体而言它们莫不如此，这恰恰因为它们均为**体系**，因此便会体现出整体设计的那种程度不一，但往往是高度的理性。叔本华却由于其"意志"而摆脱了这种指称,他的这一概念指的是现象世界的内在本质,更确切地说是一种无处不在的非理性力量,一股控制这个世界的盲目、贪婪的势力,其操控并无终极目的或设计,亦非某位哲学家热衷的理性或道德秩序之体现。当然,归根结底,这一概念也可以被指称为人类的自我投射。但是,它却能比其他观念更好地为自身辩护,而它仰仗的便是其恐怖的、无意义的全知,这种全知渗透进了为存在而进行的一切斗争方式,可它的声音却只能借助诗歌发出(在叔本华看来,诗歌发出的只是它的回声)。对于无穷尽、无生命的一切深感兴趣的托马斯·哈代会关注这一概念,这并不奇怪;他在这一行诗中用大写字母标出"无处不在的意志"这一词组,这也并不奇怪,人们可能会觉得整首诗就是为了这一行而写的。

事实却并非如此:

> 为如此喜气洋洋的她,
> 选中一个不祥的伴侣,
> 冰的形状,在另一个遥远的时间。

如果你们给上一行标了四颗星,那么你们会如何对待"冰的形状,在另一个遥远的时间"(A Shape of Ice, for the time far and dissociate)这一行呢?或者,如何对待"不祥的伴侣"(sinister mate)呢?这些词组远远地走在了一九一二年之前!这简直就是奥登的诗句。这些诗句就是未来对现在的入侵,它们就是"无处不在的意志"之呼吸。对"伴侣"(mate)一词的选用绝对出彩,因为这除了能让人联想到"同船船员"(shipmate)一词外,它还再度强调了轮船的女性属性,接下来的三个音步进一步强化了这一点,即"为如此喜气洋洋的她"(For her — so gaily great —)。

我们在这里越来越清晰地看到的并非是用碰撞来隐喻浪漫的结合，而是相反，即用结合来隐喻碰撞。邮轮的女性特征和冰山的男性特征已得以确立。不过这并非确指冰山。我们这位诗人之天赋的真正体现就在于他给出了这一委婉的说法，即"冰的形状"（A Shape of Ice）。其可怕的力量直接取决于读者凭借自身想象力的负面潜能来塑造这一形状的能力。换句话说，这一委婉的说法，更确切地说仅仅是其中的一个字母 a，便可使其读者成为这首诗的积极参与者。

　　实际上，"在另一个遥远的时间"（for the time far and dissociate）一句也能产生同样的效果。不错，"遥远的"（far）作为时间的修饰语十分常见，任何一位诗人都可能这样写。但是，只有哈代能将完全没有诗意的"另一个"（dissociate）写入诗中。这要归功于我们前面提及的他那种总体上的冷漠风格。对于这位诗人来说，没有好词、坏词和中等的词之分，唯一重要的就是这些词能否发挥功能。这当然应该归功于他作为一位小说家的经验，如果不应归结为他对平滑的"珠宝诗行"的一贯嫌弃的话。

　　"另一个"一词的光彩有多么暗淡，它的功能就有多么强大。它不仅表示"无处不在的意志"之远见，而且还预示着时间自身的不连贯特征，并非莎士比亚意义上的，而是纯形而上学意义上的，亦即看得见，摸得着的，现世的。正是后者使每一位读者将自己等同于灾难的亲历者，将他或她置于时间的碎裂区域。当然，最终拯救了"另一个"一词的还是它押韵的尾音，而且它还在六音步的第三行里完成了格律上的二音节合一。

　　事实上，在上两个诗节里，韵脚的使用越来越好，因为它们显得引人入胜，出人意料。为了充分地欣赏"另一个"一词，或许应该尝试纵向地读一下这节诗的韵脚。你们会读到

"mate — great — dissociate"。这足以让人颤抖，而且自有深意，因为早在这一节诗写出之前，这一组韵脚便显然已经潜入诗人的脑海。实际上，正是这组韵脚让诗人按照他的方式写出了这节诗。

> 漂亮的轮船长大了，
> 亭亭玉立，花容月貌，
> 冰山在朦胧寂静的远方也已长大。

原来，我们面对的是一对未婚夫妻。女性般的漂亮轮船早已许配给了"冰的形状"。人类产品许配给了自然。近乎黑发的女子许配给了金发的男子。在普利茅斯港湾长大的东西正扑向在北大西洋"朦胧寂静的远方"（In shadowy silent distance）长大的东西。这个悄静、诡秘的"朦胧寂静的远方"强调了这个讯息的隐秘特性，近乎机械地落在这一诗节每个单词头上的重音就是时间那从容脚步的回声，未婚妻和她的未婚夫就迈着这样的脚步在相互走近。因为，使这次相遇注定实现的因素并非两位青年男女的个人特征，而是这脚步。

使他们的接近不可避免的还有这一诗节的一组韵脚。"长大"（grew）悄悄潜入第三行，于是便使这三行诗包含着四个韵脚。当然，这个韵脚的效果或许是廉价的，如果不考虑它的音响的话。"grew — hue — too"在音调上会让人想到"你"（you），第二个"grew"会令读者意识到自己是故事的参与者，而不仅仅是旁观者。

> 它俩看上去毫不相干，
> 凡人的眼睛无法预见
> 它们在后来会如此地亲密无间，

在前四个诗节构成的声响语境中，"毫不相干"（alien）一词听起来就像是一声惊叹，它那两个敞开的元音就像是在劫难逃者在服从不可避免的厄运之前发出的最后呼喊。这就像是在断头台上喊出的"我无罪"，或是在教堂祭坛前道出的"我不爱他"，一张苍白的脸转向公众。的确是祭坛，因为第三行中的"亲密无间"（welding）和"后来"（history）听起来就像是"婚礼"（wedding）和"命运"（destiny）的同音同义词。因此，"凡人的眼睛无法预见"（No mortal eye could see），这与其说是诗人在炫耀自己对因果关系机制的了然，不如说是劳伦斯神甫 ① 发出的声音。

> 也看不出征兆，他们
> 注定会在路上相遇，
> 之后成为命定大事的双方，

我再说一遍，没有任何一位诗人会敲榔头般地在一行诗中砸下如此之多的重音，除非他是杰拉尔德·曼利·霍普金斯。即便霍普金斯也不敢在诗中使用"之后"（anon）一词。莫非就是在这里，我们的老朋友哈代先生对平滑诗行的厌恶达到了乖戾的程度？或者这是一次更为大胆的尝试，用这个中古英语单词"anon"来取代当今的"at once"，借此来遮挡"凡人的眼睛"（mortal eye），使他们看不见诗人之所见？这是远景的拉长吗？是在寻求那些相交的溯源路径吗？是他对关于这场灾难的标准看法所作出的唯一让步？或者只是提高了声调，就像"命定"（august）一词所产生的效果，从全诗结尾的角度看，是为

---

① 莎士比亚《罗密欧与朱丽叶》一剧中为罗密欧和朱丽叶秘密证婚的神甫。

了给"无处不在的意志"的话语铺平道路。

> 直到岁月的纺者说"时辰到!",
> 每一个人都听到,
> 两人完婚,两个半球都被震惊。

在"无处不在的意志""操控"的"一切"之中,或许也包括时间。"无处不在的意志"因此获得一个新的名称,即"岁月的纺者"(Spinner of the Years)。对于一个抽象概念的抽象表达而言,这个说法有些过于拟人化,但我们可以将之归结为哈代的教堂建筑师的心理惯性。他在这里距离将无意义等同于恶意已经仅一步之遥,而叔本华则恰恰推崇那个意志盲目机械的、亦即非人的本质,其在场能被一切形式的存在所感知,无论是有生命的存在还是无生命的存在,其表现形式即压力、冲突、紧张以及灾难,就像这一事例。

归根结底,他的诗歌之所以时时处处充满对戏剧事件的偏爱,其奥秘正在于此。关于现象世界的终极真理之非人性点燃了他的想象,恰如女性之美能点燃许多登徒子的想象。另一方面,作为一位生物决定论者,他自然会热情接受叔本华的观念,这不仅因为这一观念在他看来就是完全无法预测的、无法用其他方法加以解释的一切事件之源头(从而将"另一个"与"遥远"统一起来),而且还由于,人们会猜想,它能为他本人的"冷漠"提供解释。

你们当然可以称他为一位理性的非理性主义者,但这或许是个错误,因为"无处不在的意志"这一概念不能说是非理性的。不,结论或许正相反。这个概念非常令人不快,甚至或许是令人恐惧的。但这完全是另一回事。不舒适不应被等同于非理性,一如理性不应被等同于舒适。这不是一处挑错的地儿。

有一件事情显而易见，即对于我们这位诗人而言，"无处不在的意志"具有"最高存在"之地位，近乎"原动者"。因此，它十分恰当地道出了一个单音节的词；同样恰当的是，它道出的那个词是："时辰到！"(Now!)

不过，这最后一个诗节中最为恰当的词自然还是"完婚"(consummation)，因为相撞发生在夜间。"完婚"一词使我们最终看到了一个关于婚礼的比喻。"震惊"(jars)会让人联想到打碎的陶器，这与其说是这比喻的扩展，不如说是比喻的残留。[①]这是一个令人惊讶的动词，它使得泰坦尼克号的"处女"航原本打算将其联结起来的两个半球成了两个相撞的大肚容器。似乎，正是"处女"(maiden)的概念首先拨动了我们这位诗人的"竖琴"。

六

为什么会这样呢？答案就是哈代先生在《两者相会》一年后写作的一组诗，即著名的《一九一二至一九一三年诗抄》(Poems of 1912—1913)。在我们打算对其中的一首展开讨论前，让我们不要忘记，那艘女性的轮船沉没了，而那块男性的"冰的形状"却在冲撞之后得以幸存。这种对感伤情调的全然舍弃（尽管感伤对于此诗的体裁和主题而言都是适宜的），可以归咎于我们这位诗人无法在此对沉没者产生认同，即便这仅仅由于轮船的女性特征。

《一九一二至一九一三年诗抄》的写作因由是与诗人共同生活三十八年的妻子艾玛·拉维尼娅·吉福德的离世，她死于

---

① Jar 一词同时又有"罐子"之意。

一九一二年十一月二十七日，在泰坦尼克号海难发生八个月之后。这组由二十一首诗构成的组诗，似乎就是"冰的形状"之融化。

长话短说，这场婚姻持续得很久，其不幸足以派生出《两者相会》一诗的核心隐喻。可这场婚姻也足够牢固，至少能使其当事一方意识到他是"无处不在的意志"之玩物，而且是一个冰冷的玩物。如果艾玛·哈代活得比她丈夫更久，那么，对于他俩彼此分离的生活所构成的阴郁平衡而言，对于这位诗人心灵之低温而言，这首诗都将成为一座引人注目的纪念碑，尽管是一座歪歪斜斜的纪念碑。

艾玛·哈代的突然离世打破了这种平衡。换句话说，"冰的形状"突然发现自己孤身一人了。再换句话说，《一九一二至一九一三年诗抄》其实就是这座冰山唱给那艘沉船的一曲哀歌。这些诗作是对那场损失的审慎重构；很自然地，这与其说是关于悲剧起因的形而上学探究，不如说是痛苦自省的副产品。归根结底，损失是无法借助探明原因而获得补救的。

正因为如此，这组诗实际上是回溯性的。把长话说得再短一些，这组诗的女主人公并非艾玛·哈代，即一位妻子，而是先前的新娘艾玛·拉维妮娅·吉福德，即一位少女。这组诗透过婚后三十八年的棱镜看着她，透过艾玛·哈代自己那块朦胧坚硬的晶体看着她。如果说这组诗中有个男主人公，那么他就是往日的时光及其幸福，或者更确切地说，就是往日的时光对幸福的许诺。

作为对人类窘境的描摹，这个故事相当平常。作为哀歌的主题，对逝去爱人的吟唱也同样很平常。使得《一九一二至一九一三年诗抄》自一开始便显得有些非同一般的因素不仅是诗人及其女主人公的年龄，而且还有构成组诗的诗作数量以及它们形式上的多样。为凭吊某人故亡而作的哀歌通常都具有一个典型特征，即音调上的一致，至少是韵律上的一致。可是在这组诗中，韵律上的不一致却显而易见，这或许表明，对于诗人哈代而言，诗艺的重要性并不亚于主题本身。

当然，一种针对这种多样性的心理学解释或许就是，我们这位诗人的悲伤在寻求一种恰当的表达方式。不过，他在这方面进行的二十一次尝试所具有的形式上的复杂性也表明，这组诗背后所隐藏的压力或许大于纯粹的悲伤，或者说大于任何一种单一情感。因此，让我们来看一看这些诗作中或许最少诗节设计的一首，来探一探其中的究竟。

你最后一次乘车

你归来时走了这条荒野之路，
你看到了前方城里的灯火，
灯火照亮你的脸庞，无人想到，
一周后这却成了逝者的脸庞，
你曾说起这光环中的迷人美景，
它再也不会出现在你眼前。

你路过的道路左侧的墓园，
八天后你竟将在那里长眠，
成为人们口中的逝者；
你心不在焉地看了那儿一眼，
觉得与你无关，虽说在这树下
你很快便将永久地逗留。

我未与你同乘……如果那晚我
坐在你身旁，我绝不会看到
我抬眼瞥见的这张面庞，

在闪烁光亮中现出临终的容颜，
也不会读到你脸上的卜辞：
"我很快就要去我的长眠之地；

"你会想念我。但我不知道
你会去那儿看我几次，
你会有什么想法，或者，
你是否从不去那儿。我不在乎。
你若责备我，我不会留意，
甚至不再需要你的赞美。"

是的，你不会知道。你不会在乎。
但我因此就会将你冷落？
亲爱的鬼魂，你过去可曾发觉
"这有何益"的想法左右过我？
然而，这一事实已然存在：
你已超越爱情和赞美，冷漠和责备。

YOUR LAST DRIVE

Here by the moorway you returned,
And saw the borough lights ahead
That lit your face — all undiscerned
To be in a week the face of the dead,
And you told of the charm of that haloed view
That never again would beam on you.

And on your left you passed the spot
Where eight days later you were to lie,

And be spoken of as one who was not;
Beholding it with a heedless eye
As alien from you, though under its tree
You soon would halt everlastingly.

I drove not with you ... Yet had I sat
At your side that eve I should not have seen
That the countenance I was glancing at
Had a last-time look in the flickering sheen,
Nor have read the writing upon your face,
"I go hence soon to my resting-place;

"You may miss me then. But I shall not know
How many times you visit me there,
Or what your thoughts are, or if you go
There never at all. And I shall not care.
Should you censure me I shall take no heed
And even your praises no more shall need."

True: never you'll know. And you will not mind.
But shall I then slight you because of such?
Dear ghost, in the past did you ever find
The thought "What profit", move me much?
Yet abides the fact, indeed, the same, ——
You are past love, praise, indifference, blame.

《你最后一次乘车》是组诗中的第二首，就其末尾标明的
时间看，它写于艾玛·哈代死后一个月之内；也就是说，她的

离去所造成的震撼尚未过去。从表面上看，此诗回顾她最后一次照例出门后在晚间归来，前两节是在探究运动和静止这两者相互作用的悖论。女主人公乘坐的马车驶过她不久将葬身的地方，这似乎激起了诗人的想象，这个隐喻既指运动对于静止的短视，亦指空间对于两者的漠视。无论如何，这两节的理性动机似乎大于情感动机，尽管后者率先出现。

更确切地说，此诗偏离情感步入理性，而且相当迅速。就这一意义而言，这的确是一个地道的哈代，因为他很少会在这一点上出现相反的倾向。此外，任何一首诗就其定义而言都是一种运输工具，这首诗尤其如此，因为它至少在韵律上像是在描述一种运输工具。四音步扬抑格，飘忽不定的停顿悄然使第五行成为扬扬抑格，这一诗节绝妙地传导出了马车颠簸起伏的运动方式，结尾的两行在模拟马车的抵近。就像在哈代的笔下注定会出现的那样，这一手法贯穿全诗。

我们首先看到了女主人公的五官，她的脸庞被"前方城里的灯火"（the borough lights ahead）映亮，灯火很可能是朦胧的。此处的灯火与其说是诗意的，不如说是电影式的，"城里"（borough）一词也没有将用词拔高，尽管女主人公的出场会让你们产生这样的预期。相反，这一行半诗都在强调——甚至带有同义反复的味道——她没有意识到自己即将变成"逝者的脸庞"（the face of the dead）。实际上，她的五官是缺失的；我们这位诗人之所以没有利用这个机会来描绘她的五官，唯一的解释就是，这组诗的前景他早已了然于胸（尽管没有一位诗人会断定自己能写出下一首诗来）。不过，她在这节诗得到体现的却是她的话语，在"你曾说起这光环中的迷人美景"（And you told of the charm of that haloed view）一句中能听到她话语的回声。人们能在这一行中听见她的感叹："太迷人了。"或者是："瞧这光环！"因为人人都说她是一位经常去教堂的女性。

第二节对"荒野之路"（moorway）地形的关注并不亚于对事件时间顺序的把握。看来，女主人公的外出发生在她去世前一周，或许还不到一周，她在第八天被葬在这个地方，这里显然在她乘车沿着荒野之路回家途中的左侧。这种一五一十的态度或许源于诗人有意驾驭其情感的愿望，"地方"（spot）一词显示出一种有意的降调。这无疑也与一辆缓缓行进的马车的构思相吻合，而支撑这辆马车的正是四音步的弹簧。不过，我们深知哈代喜好细节，喜好尘世，我们或许也可以假设，他在此并未作出任何特殊努力，并未谋求任何特殊意义。他只是在表达一场不可思议的巨变是如何以一种平淡无奇的方式发生的。

由此导出下一行，这是这一节的制高点。在"成为人们口中的逝者"（And be spoken of as one who was not）一句中，人们觉察到的感受与其说是失却或令人难以承受的缺席，不如说是吞噬一切的否定。"逝者"（one who was not）的说法对于安慰而言（或者对于不安而言也同样如此）过于斩钉截铁，而死亡正是对一个个体的否定。因此，"你心不在焉地看了那儿一眼，/觉得与你无关"（Beholding it with a heedless eye / As alien from you）便不是责怪，而更像是对得体反应之认可。到了"虽说在这树下 / 你很快便将永久地逗留"（though under its tree / You soon would halt everlastingly），那辆马车和这首诗的呈示部也的确停了下来。

实际上，这两节诗的中心主题是，女主人公对她即将来临的结局一无所知或曰毫无预感。她要是产生了这样的预感倒确实有些不同寻常，如果不是因为她的年龄的话。此外，尽管诗人在他的这组诗里始终在强调艾玛·哈代的离世之突然，可通过其他材料我们得知，她患有多种疾病，其中包括精神失常。但是，她身上的某种特质似乎使他相信她会长寿；或许，这个想法与他关于自己是"无处不在的意志"之玩物的概念有关。

尽管许多人都认为第三节的开头是悲伤和悔恨主题之预示（同样也是在这些人眼中，这一主题是贯穿整部组诗的），但"我未与你同乘"（I drove not with you）只是在复述预感到妻子亡故的前提条件；退一步讲，这至少是在复述他可能无法获得这样的预感。接下来的一行半相当坚决地论证了这种可能性，排除了说话者因此而自责的根据。但是在这里，真正的抒情首度潜入此诗：首先是借助省略号，其次是通过"如果那晚我 / 坐在你身旁，我绝不会看到"（Yet had I sat / At your side that eve）这一句（这一句当然是在说明她去世时他不在她身边）。在"我抬眼瞥见的这张面庞"（That the countenance I was glancing at）一句中，抒情的力量空前饱满，这里的"面庞"（countenance）一词中的每个元音都是颤动的，能让你们看到那位乘客的面部侧影，那侧影背衬着光亮，随着马车的运动左右摇摆。这又像是一种电影技法，而且是黑白电影。我们还可以进一步用"闪烁光亮"（flickering①）一词来强化这种感觉，如果这首诗不是写在一九一二年的话。

况且还有"现出临终的容颜"（Had a last-time look）所包含的严酷（不过，感知往往走在技术的前面，就像我们在前面所说的那样，蒙太奇并非爱森斯坦的发明）。这种严酷语调既强化、同时也摧毁了"我抬眼瞥见的这张面庞"一句中近乎露出爱意的试探性语调，泄露了诗人急于由幻想逃往真理的愿望，似乎后者才更有价值。

幻想他是肯定要逃离的，但他付出的代价是奇特的下一行，即"也不会读到你脸上的卜辞"（Nor have read the writing

---

① 作者在这个单词中用斜体标出的前半部本身又有"电影"之意，但这层意思的产生年代晚于 1912 年。

upon your face）一句中对女主人公真实相貌的回忆。这里的
"脸上的卜辞"（the writing upon your face）显然源自"不祥之
兆"①，后者与女主人公相貌无可避免的合二为一足以让我们了
解到这场婚姻在她死亡之前的状态。预示出这种合二为一的就
是他感觉到了她的难以理解，此诗到目前为止始终在围绕这一
主题，因为这种难以理解既适用于未来，也同样适用于过
去，而这正是她与未来共有的一种品质。因此，他在艾玛脸上
读到的文字就是"弥尼，弥尼，提客勒，乌法珥新"②，这并非
想象。

> "我很快就要去我的长眠之地；
>
> "你会想念我。但我不知道
> 你会去那儿看我几次，
> 你会有什么想法，或者，
> 你是否从不去那儿。我不在乎。
> 你若责备我，我不会留意，
> 甚至不再需要你的赞美。"

这就是我们的女主人公，每一个字都是。凭借巧妙组合的
时态，这声音像是来自坟墓，也像是来自过去。它冷酷无情。
她的每一句话都是对上一句的否定。她肯定和否定的显然都是
他的人性。她以这种方式表明，她的确是诗人的好伴侣。在这
些诗行中可以听到夫妻争吵的清晰回声，争吵的紧张性完全压

---

① "不祥之兆"的英文原文为 the writing upon the wall，字面意义为"墙上的文字"。
② 典出《圣经·旧约》之《但以理书》第 5 章：伯沙撒王设宴款待宾客时突见一只
手在粉墙上写下文字，大臣智士竟无人能识，仅但以理能解："弥尼"即上帝，这
几个字的意思即："上帝已经数算你国的年日到此完毕。……你被称在天平里，显
出你的亏欠。……你的国分裂，归与米底亚人和波斯人。"

倒了这些诗句的无精打采。那声音越来越高，盖过了马车车轮碾过鹅卵石地面发出的声响。毫不夸张地说，死去的艾玛·哈代仍能侵入她那位诗人的未来，他只好奋起自卫。

我们在这一节里看到的其实是一个幽灵。虽说这组诗的题辞"旧爱遗迹"引自维吉尔，可这一节就其调性和内容而言却十分近似赛克斯图斯·普罗佩提乌斯的著名哀歌《肯提娅单卷本》。无论如何，此节的最后两行都像是在忠实地翻译肯提娅最后的请求："至于你为我写的诗，请烧了它们，烧了它们！"

摆脱这种否定的唯一出路即逃向未来，我们这位诗人走的就是这条路："是的，你不会知道。"（True：never you'll know.）不过，这未来似乎相当遥远，因为其可预见的部分，亦即诗人的现在，已经被占据。于是才会有"你不会在乎"（And you will not mind）和"但我因此就会将你冷落？"（But shall I then slight you because of such?）。在这逃离的过程中，尤其是在这最后一节的第一行，终于出现了一种刻骨铭心的情感，即意识到了最终的分离和不断增大的距离。哈代照例带着惊人的节制处理这一行，只让自己在停顿处叹息一下，在"在乎"（mind）一词上稍稍提高一点音调。但是，被压抑的抒情挣脱缰绳，在"亲爱的鬼魂"（dear ghost）处发出了自己的声音。

他的确是在称呼一个幽灵，但不是宗教意义上的幽灵。这也不是一个特别甜美的称呼，仅仅这一点就能让人确信诗人使用的就是它的字面意思。他没有试图在此寻找一种委婉的替代说法。（又有什么可以作为替代呢？根据格律他在这里仅有两个音节可用，"亲爱的艾玛"〈Dear Emma〉被排除了，那么就用"亲爱的朋友"〈Dear Friend〉?）她的确是个鬼魂，这并非因为她死了，而是因为她虽然不再是个实体存在，却远远不止一份记忆：她是一个他可以与之说话的存在，一个他十分熟悉的在场者（或缺位者）。凝聚成这种物质的并非婚姻生活的惯性，而是时间的惯性——三十八年的时间；在他的感受中，他的未来愈发固化了这一物质，而未来不过是时间的另一项增量。

"亲爱的鬼魂"便由此而来。带有这一称谓的她几乎可以被触摸到。或者，"鬼魂"就是疏远的极致。对于一位阅尽两人之间的共同关系、从纯粹之爱走向最终冷漠的人而言，"鬼魂"一词还提供了另一种可能性，如果你们愿意的话，可称之为附注和总结。"鬼魂"一词在这里的确具有某种发现和总结的意味，此诗接下来的两行其实就是一种总结："然而，这一事实已然存在：/你已超越爱情和赞美，冷漠和责备。"（Yet abides the fact, indeed, the same, — /You are past love, praise, indifference, blame.）这里所描写的不仅仅是鬼魂的状态，而且还有诗人哈代所采取的一种新态度，这一态度贯穿着组诗《一九一二至一九一三年诗抄》，没有这一态度，或许就不会有这一组诗。

全诗结尾处对四种态度的罗列，在策略上与《两者相会》中的"丑陋黏滑，无声冷漠"的用法十分相似。但是，尽管为相似的自我贬低的逻辑所驱动，这一罗列最终并未产生逻辑分析那种简化式的精确（"四中选一"），而是获得一个极其情感化的总结，这种情感总结重新定义了葬礼哀歌，也同样重新定义了爱情诗歌自身。粗粗一看，《你最后一次乘车》像是一首葬礼哀歌，但细读其结尾，却能感到这就是一则姗姗来迟、在诗歌中难得一遇的附注，附注的对象就是爱情意味着什么。递交这样一份总结显然是邀请鬼魂加入对话的最低要求，最后一行也就有了某种邀请式的，甚至是调情的意味。我们这位老人在向无生命者求爱。

七

　　每一位诗人都要从他自己赢得的突破中汲取经验；一贯倾向于"目不转睛地直面糟糕"的哈代，在《一九一二至一九一三年诗抄》中似乎获益颇丰。尽管这组诗具有丰富的细节和精确的地貌，但它却奇怪地显示出一种普世的、近乎不带个人色彩的品质，而它讨论的却是情感范畴的极致。"目不转睛地直面糟糕"与"目不转睛地直面美好"是一对绝配，两者都对中间的东西很少关注。这就像一本书在被放回书架之前被人从结尾到开头匆匆翻了一遍。

　　可这本书却从未被放回书架。更像一位唯理论者而非唯情论者的哈代，自然会视这组诗为一个矫正机会，以弥补包括他本人在内的许多人眼中的一个不足，即他诗歌的抒情性之不足。的确，《一九一二至一九一三年诗抄》迥异于他先前的墓园冥思手法，那些冥思在形而上层面上十分宏伟，但在情感方面通常却相当苍白。这就解释了这组诗大胆的诗节构成，但最重要的是，这解释了这部作品为何会将视线聚焦在他婚姻生活的初始阶段上，即他与未婚妻的相遇。

　　从理论上讲，此类相遇能唤起正面情感的喷发，这样的事情也时常发生。但这相遇是太久之前的事情，内省和回顾的镜片常常会显得无效。于是，这镜片便不知不觉地被我们这位诗人惯用的透镜所取代，正是透过这只透镜诗人探究着他钟爱的无穷、"无处不在的意志"以及其他一切，一边探究一边目不转睛地直面糟糕。

　　他似乎再无其他工具，每当他必须在动人话语和激烈言辞这两者间作出选择时，他通常都会选择后者。这或许应归结于哈代先生性格或性情的某些特定层面，但更令人信服的原因应该还是诗歌职业自身。

因为诗歌对于托马斯·哈代而言首先是一种认知工具。他的书信以及他为其各种版本作品集所写的序言均充满对诗人地位的否定，那些文字所强调的往往是他的诗歌对他而言的日记和注释作用。我认为这些话可以当真。但我们也应该牢记，此人是一位自学成才者，而自学成才者总是对其研习对象的实质而非具体材料更感兴趣。如果他研习的是诗歌，他便会注重诗歌的启示性内涵，并往往以牺牲和谐作为代价。

当然，为把握和谐哈代曾付出超常的努力，他的技艺时常近乎典范。但这只不过是一种技艺。他并非和谐之天才，他的诗句很少能歌唱。他诗歌中的音乐是思想的音乐，这种音乐独一无二。托马斯·哈代诗歌的主要特征就是，其形式因素，如韵脚、格律和头韵等，全都服从于他的思想之驱动力。换句话说，其诗歌的形式因素很少能派生出这种驱动力，它们的主要任务即引入思想，不为思想的发展设置障碍。

我猜想，如果有人问他在一首诗里最看重什么，是洞察还是质感，他或许会含糊其辞，但最终仍会给出一个自学成才者的回答：是洞察。因此，人们就应该依据这一范畴来评判他的诗作，其中也包括这组诗。在这组对于疏远和依恋之极端状态的探究中，他更追求拓展人的洞察力，而非纯粹的自我表现。就这一意义而言，这位前现代派诗人无人能比。同样，就这一意义而言，他的诗作的确是这门职业自身的纯粹反映，这一职业的操作模式即理性和直觉之融合。不过需要说明的是，他多少有点次序颠倒了：他会直觉地面对其作品的内容；而在面对其诗歌的形式因素时，他却过度理性了。

他为此付出了很高的代价。范例之一即他的《月光下》(In the Moonlight)，此诗写于《一九一二至一九一三年诗抄》之后两年，但它与这组诗具有某种关联，即便不是主题方面的相近，也具有心理层面的相通。

> "哦孤独的工匠，你站在那儿，
> 像在梦中，为何你紧盯着、紧盯着
> 她的坟，就好像那儿没有其他的坟？

> "如果你憔悴的大眼如此不舍
> 她的灵魂，借助这僵尸般寒冷的月光，
> 你或许很快便能唤起她的亡灵！"

> "傻瓜，我倒宁愿看见那个鬼魂，
> 也胜过看世上所有的活人；
> 但是，我却没有这份福气！"

> "哦，她无疑是你深爱的女人，
> 一起经历悲欢，经受旱涝，
> 她去了，你的阳光也随之泯灭？"

> "不，她不是我爱过的女人，
> 所有其他人都比她重要，
> 她终其一生我从未关心。"

> "O lonely workman, standing there
> In a dream, why do you stare and stare
> At her grave, as no other grave there were?

> "If your great gaunt eyes so importune

Her soul by the shine of this corpse-cold moon,
Maybe you'll raise her phantom soon!"

"Why, fool, it is what I would rather see
Than all the living folk there be;
But alas, there is no such joy for me!"

"Ah — she was one you loved, no doubt,
Through good and evil, through rain and drought,
And when she passed, all your sun went out?"

"Nay: she was the woman I did not love,
Whom all the others were ranked above,
Whom during her life I thought nothing of."

　　像哈代的许多诗一样，这首诗似乎也具有民间谣曲的回声，其中有对话，也有社会评论元素。戏仿式的浪漫主义开头以及简洁单调的三行句式——更不用说此诗的标题——在当时的诗语语境中看，均显示出了某种论争色彩。这首诗显然是一种"主题的变奏"，这在哈代本人的创作中十分常见。

　　社会评论的调性在谣曲中通常十分尖锐，但在这首诗里却显得有些弱化，虽说还能分辨出来。它似乎是服从此诗的心理主题的。诗人十分明智地让一位"工匠"（workman），而非那位路过此地、冷嘲热讽的城里人来道出最后一节中那沉重可怕的洞察。因为，文学中充满危机的良知感通常都是知识阶层的财产。而在这里，却由这位粗俗的、近乎庶民的"工匠"出面表达了哈代所有诗歌中最恐怖、最悲剧的道白。

　　尽管这里的句法相当清晰，韵律一致，心理发展也很有力，但此诗的质感却因为其三重韵而削弱了诗中的思想内容——不论是从故事线索还是从韵脚自身的品质来看（尤其是后者），这样的三重韵都毫无存在的理由。简而言之，这首诗写得很专业，却不十分出色。我们得到了此诗的矢量，而非其目标。但就人类心灵的真理而言，这一矢量也许就足够了。我们可以想象，诗人在这首诗里以及其他许多情况下对自己正是这么说的。因为，"目不转睛地直面糟糕"会让你对自己的面貌一无所知。

八

幸运的是哈代活得足够长，不致落入他的成就或他的错误所构成的陷阱。因此，我们可以集中关注他的成就，或许还可以捎带关注一下这些成就的人性内涵，如果你们不愿意，也可以不谈这些。这里就有一首诗，题为《身后》(Afterwards)。此诗大约写于一九一七年，当时世界上有许多人都在相互倾轧，当时我们这位诗人七十七岁。

> 当今世在我颤抖的停留背后锁上它的后门，
>   当五月拍打它那翅膀似的欣喜的绿叶，
> 精致的翅膀像新纺的丝绸，邻居们会说吗：
>   "他这个人向来喜欢留意这些事情。"

> 如果是在黄昏，像眼睑无声地一眨，
>   一只身披露珠的苍鹰掠过暗影，
> 落上一丛被风扭曲的荆棘，这凝望者也许会想：
>   "这场景他生前一定十分熟悉。"

如果我的离去是在一片飞蛾舞动的温暖夜晚，
　　当一只刺猬偷偷钻过那片草地，
有人会说："他曾力保这些无辜生灵不受伤害，
　　但他收效甚微，如今他已死去。"

如果他们听说我终于长眠，站在门口，
　　他们仰望布满星辰的天空，如冬日所见，
那些再也见不到我的人会涌起思绪吗：
　　"对于这些奥秘他曾独具慧眼。"

有谁会说吗，当我的丧钟在暮色中敲响，
　　一阵迎面的风中断了悠扬的钟声，
直到钟声再起，就像一阵新的轰鸣：
　　"他听不见了，但他过去很留意这些事情。"

When the Present has latched its postern behind my
tremulous stay,
　　And the May month flaps its glad green leaves like wings,
Delicate-filmed as new-spun silk, will the neighbours say,
　　"He was a man who used to notice such things"?

If it be in the dusk when, like an eyelid's soundless blink,
　　The dewfall-hawk comes crossing the shades to alight
Upon the wind-warped upland thorn, a gazer may think,
　　"to him this must have been a familiar sight."

If I pass during some nocturnal blackness, mothy and warm,

When the hedgehog travels furtively over the lawn,

One may say, "He strove that such innocent creatures should come to no harm,

But he could do little for them; and now he is gone."

If, when hearing that I have been stilled at last, they stand at the door,

Watching the full-starred heavens that winter sees

Will this thought rise on those who will meet my face no more,

"He was one who had an eye for such mysteries"?

And will any say when my bell of quittance is heard in the gloom

And a crossing breeze cuts a pause in its outrollings,

Till they rise again, as they were a new bell's boom,

"He hears it not now, but used to notice such things"?

这二十行六音步诗构成了英语诗歌的荣光，其一切出众之处均归功于六音步。这里有一个问题：六音步诗句在这里的出现又该归功于什么呢？答案就是：为了让这位老人能呼吸得更轻松一些。这里的六音步不是为着其史诗意味，或其同样经典的哀歌意味，而是为着其三音步长的一呼一吸的特性。在潜意识层面，这种便利可以转化为富裕的时间和开阔的空白。如果你们同意的话，六音步其实就是一个拉长的瞬间，在《身后》中，随着一个又一个单词的不断递进，托马斯·哈代把这个瞬间拉得越来越长。

这首诗的构思十分简单：诗人在思考他不可避免的离去，

他描绘出一年四季的四幅微型画，其中的每一幅均可能成为他的离去之背景。这首诗的题目引人入胜，它没有一位诗人在诉诸此类前景时通常会带有的情感投入，其发展基调为忧郁的沉思，人们可以设想，这正是哈代先生的初衷。但是，这首诗在其发展过程中似乎稍稍脱离了他的控制，出现了某些计划之外的东西。换句话说，艺术战胜了技巧。

但是让我们从头开始，这里的第一个季节是春天，与它一同出现的是一位七十多岁的老人那笨拙的、几乎在嘎吱作响的优雅：五月刚一出现，重负便随即落下。这一点在读完第一句后变得越发醒目："当今世在我颤抖的停留背后锁上它的后门"（When the Present has latched its postern behind my tremulous stay），这一句可谓相当倨傲，而且嘎吱作响，句中几个发出绝妙嘶声的咝音汇成一股，涌向句末。"颤抖的停留"（tremulous stay）是一个绝妙的词组，人们可以设想，这能让人联想到这位年岁已高的诗人自己的声音，同时也为全诗的其余部分奠定了基调。

当然我们也要意识到，我们是透过二十世纪末现代诗歌语汇的棱镜来看待这一切的。在这一棱镜中显得倨傲和陈旧的东西，在当时却未必会产生同样的效果。说到催生委婉说法，死亡在这件事上独占鳌头，在最后审判时死亡可以引用这些婉辞作为它的自我辩护。以这种委婉说法的标准来看，"当今世在我颤抖的停留背后锁上它的后门"一句仅凭一点便很出色，即它表明这位诗人更关注的是他的语汇，而非他所描绘的前景。这行诗充满安宁，其中很重要的一个原因就在于此处的重音词都是两个或三个音节的单词：非重读音节以一种附言或事后补充的意味淡化了这些单词的其余部分。

实际上，六音步，亦即时间的拉长，以及其填充，全都开始于"颤抖的停留"。但直到在完全由单音节词组成的第二行中，重音落在了"五月"（May）头上，事情才真正展开。从声音角度看，第二行的总体效果是让人感觉到哈代先生的春天比任何一个八月都更加枝繁叶茂。但从心理效果上看，人们却有这样一种感觉，即琳琅满目的修饰语溢出了诗句，甚至漫入了使用带连字符的荷马式修饰语的第三行。总的感觉（体现在将来完成时中）就是，时间放慢了脚步，被每一秒钟所延缓，因为每一个单音节的词就是说出口的或写在纸上的一秒钟。

伊沃·温特斯[①]曾这样评价托马斯·哈代："一只最锐利的观察自然细节的眼睛。"我们当然能赞叹这只眼睛——它锐利得足以把树叶的背面比作新纺的丝绸，可这却会让我们忘记去颂扬那只耳朵。如果大声朗读这些诗句，你们便会在第二行被绊倒，会把第三行的前半段口齿不清地一带而过。你们便会意识到，诗人在这些诗行里塞进如此之多的自然细节，这本身并非目的，他是为了填充格律上的空白。

事实自然是，他两者兼顾，因为这才是一个真正的自然细节：一枚树叶和诗行中空间大小的比例关系。这种比例可能合适，也可能不合适。一位诗人恰好可以通过这种方式获悉一枚树叶以及那些重音之价值。哈代先生给出近乎扬抑格的"精致的翅膀像新纺的丝绸"（Delicate-filmed as new-spun silk）这组修饰，只是为了降低上一行诗的音节密度，而非出于他对这枚树叶和这一具体感受的依恋。他如果真的依恋它们，便会将它们置于韵脚位置，或者无论如何也会让它们步出你们所见的这片音调过渡区。

但从技术上讲，这一行半诗却体现出了我们这位诗人身上深受温特斯先生推崇的那一特征。我们这位诗人自己也意识到此处的自然细节值得炫耀，便又稍加打磨。这使得他能以口

---

① 温斯特（1900—1968），美国诗人、批评家。

语化的句式"他这个人向来喜欢留意这些事情"(He was a man who used to notice such things）来结束这一诗节。这种轻描淡写的语调出色地平衡了开头一句的老套华丽，而这或许正是他一开始就渴求的东西。这句话让谁来说都可以，因此他就把它算在邻居们头上，使这行诗不再像是顾影自怜，更不像是为自己写的墓志铭。

我无法证明这一点，尽管我也无法证伪这一点，但是我认为，这里的头尾两句，即"当今世在我颤抖的停留背后锁上它的后门"和"他这个人向来喜欢留意这些事情"，早在《身后》构思之前很久即已独立存在。自然细节被置入这两者之间纯属偶然，为的是给出韵脚（这个韵脚并不十分醒目，因此需要修饰）。它站稳位置后，便使诗人写出了这一节，全诗其余部分的构架也由此而来。

我这么说的一个证据便是下一诗节中季节的不确定性。我猜想这是秋天，因为之后的两节诗分别描写的是夏天和冬天，而且这句里无叶的荆棘似乎凋零了。这种次序在哈代这里显得有些奇怪，因为他是一个技艺高超、深思熟虑的诗人，你们可能会想，他完全可以按照传统的方式来排列四季。不过无论如何，这第二节诗写得十分优美。

一切都始于另一个由多个咝音组成的词组"像眼睑无声地一眨"(like an eyelid's soundless blink)。这又是一个既无法证明也无法证伪的假设，但我倾向于认为，"像眼睑无声地一眨"是对彼特拉克的"人的一生短过眼睑的一眨"①的借用，如我们所知，《身后》的主题就是一个人的死亡。

不过，即便我们不去关注这里的第一行以及其中的出色停顿，不去关注停顿之后的"眼睑"(eyelid's)和"无声"

---

① 语出彼特拉克的《悼萝拉》。

(soundless) 两词之间那两个瑟瑟作响的 s 以及词尾的另外两个 s，我们在这里仍收获颇丰。首先，我们看到一个典型的电影慢镜头，"一只身披露珠的苍鹰掠过暗影"(The dewfall-hawk comes crossing the shades to alight)。鉴于我们的主题，我们必须注意他选用的"暗影"(shades) 一词。我们注意到了这一点，就能更进一步地思考这只"身披露珠的苍鹰"(dewfall-hawk)，尤其是"露珠"(dewfall)。我们或许会问，在眼睑的一眨之后、在"暗影"之前出现在这里的露珠有什么用呢，莫非是一滴深藏的泪水？在"落上一丛被风扭曲的荆棘"(to alight/Upon the wind-warped upland thorn) 一句中，我们难道听不出某种被束缚或被压抑的情感吗？

我们或许听不出来。我们或许只能听到一堆重音，至多只能在"up/warp/up"的词组中想象出风吹灌木发出的响声。在这一背景中，非人称的、无动于衷的"凝望者"(gazer) 一词便是描绘旁观者的合适方式，这位旁观者不具任何人类特征，仅为一种视力。"凝望者"用在这里很合适，因为他正在观察我们这位说话者的缺席，因此后者无法对他作细节描写：可能性是无法十分精确的。那只苍鹰亦如此，它拍打着眼睑般的翅膀掠过"暗影"，同样也在穿越这片缺席。叠句式的"这场景他生前一定十分熟悉"(To him this must have been a familiar sight) 最具穿透力，因为它具有双重作用：苍鹰的飞翔在这里既是真实的场面，也是死后的景象。

就整体而言，《身后》之美就在于其中的每件东西均可翻番。

我相信，接下来的一节写的是夏天，第一行中的"飞蛾舞动的温暖"(mothy and warm) 这两个词所具有的可触摸感便能让你们震惊，由于它们之前还有一个大胆的停顿，这种感觉便越发强烈。不过，说到大胆还必须指出，只有一位非常健康的人方能对自己逝去那一刻的漆黑夜色作如此冷静的思索，如我们在"如果我的离去是在一片飞蛾舞动的温暖夜晚"(If I pass during some nocturnal blackness, mothy and warm) 这一句中之所见。更不用说他对于停顿所持的这种更为随意的态度了。"夜晚"(nocturnal blackness) 之前的"一片"可能是此句中惊恐的唯一一处表露。从另外一个角度看，"一片"(some) 一词也是一位诗人在保持其格律时可以使用的一块现成的砖石。

不过，这一节里最成功的句子显然还是"当一只刺猬偷偷钻过那片草地"(When the hedgehog travels furtively over the lawn)，而这一句中最好的词自然就是"偷偷"(furtively)。其余的一切则稍稍显得有些缺乏生气，无疑也较为平淡，因为我们这位诗人显然想用他对动物王国的同情来博得读者的好感。这完全没有必要，因为在主题的作用下读者已经站到诗人一边。再说，如果有人真要在这里探个究竟，那他还是可以问一问那只刺猬是否真的身陷险境。不过到了这个阶段，没有人会吹毛求疵。可这位诗人自己似乎意识到了他素材不足，于是在他的六音步诗行前又加上了三个音节（"有人会说"〈One may say〉），这部分地是因为，他认为言辞的笨拙能表现出温情，部分地则是为了延长这位濒死者的时间，或曰他在人们记忆中的留存时间。

在描写冬天的第四节里，这首诗开始直面缺席。

> 如果他们听说我终于长眠，站在门口，
>   他们仰望布满星辰的天空，如冬日所见，
>   那些再也见不到我的人会有这样的思绪吗：
>   "对于这些奥秘他曾独具慧眼。"

首先，"终于长眠"(stilled at last) 既语气委婉地暗指这位

正在与他这首诗道别的作者，同时也暗指逐渐归于沉寂的前一节诗。借助这一方式，比"邻居们"（the neighbours）、"凝望者"（a gazer）和"有人"（one）为数更多的读者被引入文本，并应邀在"仰望布满星辰的天空，如冬日所见"（Watching the full-starred heavens that winter sees）一句中扮演角色。这一行诗非同寻常，这里的自然细节惊世骇俗，实为罗伯特·弗罗斯特之先兆。冬日的确能见到更多的"天空"（heavens），因为冬日里树木光秃，空气纯净。如果这天空中布满星辰，那么它——冬日——见到的星星便也更多。这一行诗是描写缺席的神来之笔，但哈代先生还想再强化一下效果，于是就有了"那些再也见不到我的人会涌起思绪吗"（Will this thought rise on those who will meet my face no more）。"涌起"（rise）一词把月亮的温度传达给了这位"终于离去"的人那或许冰冷的五官。

在这一切的背后自然隐藏着那个古老的比喻，即逝者的灵魂居住在星星上。而且，这一修辞方式具有闪闪发光的视觉效果。显而易见，当你们仰望冬日的天空，你们也就看到了托马斯·哈代。在他生前，他的眼睛所观察的正是这样的秘密。

他的眼睛也观察地面。在阅读《身后》的过程中你们会发现，那些将对他作出评价的人，其所处位置随着一个又一个诗节的推进似乎在不断升高。自第一诗节中的最低处，他们渐渐攀至第五诗节中的最高处。在其他诗人处这或许是个巧合，而在哈代处却并非如此。我们应该注意到这些人物的渐进过程，从"邻居们"到"凝视者"和"有人"，再到"他们"（they）和"会有一人"（any）。这些称谓均非确指，更不亲昵。那么，这些人到底是些什么样的人呢？

　　　　有谁会说吗，当我的丧钟在暮色中敲响，
　　　　　一阵迎面的风中断了悠扬的钟声，

直到钟声再起，就像一阵新的轰鸣时：
　　"他听不见了，但他过去很留意这些事情。"

　　这里没有说明具体的季节，这就是说它描写的可能是任何时间。这也可能是任何场景，或许是乡间，田野上有一座教堂，钟声悠扬。第二、三两行中的场景描述十分动人，但却过于普通，并不足以为我们这位诗人赢得任何殊荣。"一人"在他缺席的时候在"他听不见了，但他过去很留意这些事情"(He hears it not now, but used to notice such things)一句中提及的也许是诗人描述这一幕的能力。此外，"这些事情"(such things)就是一个声音，被风儿打断，但又重新返回的声音。这曾被打断、复又响起的声音在这首自传哀歌的末尾又可被视为一个指向自我的隐喻，这并非因为我们所讨论的这个声音就是为托马斯·哈代鸣响的丧钟。

　　真正的原因是，这个曾被打断、复又响起的声音事实上就是一个关于诗歌的隐喻，隐喻一首诗从同一支笔下流泻而出的过程，隐喻一首诗中各个诗节的排列过程。这个隐喻也暗指《身后》这首诗本身及其漂移的重音和突然出现的停顿。就这一意义而言，道别的钟声永远不会停止，至少，为哈代先生而鸣的道别钟声不会停止。它不会停止，只要他的"邻居们"、"凝视者们"、"有人"、"他们"、"一人"以及我们一息尚存。

九

　　在对一位作古诗人作出非同寻常的评价之前，最好先研读一下他的所有作品；我们只读了托马斯·哈代的几首诗，应该回避这种诱惑才是。在此我只需再多说一句：古往今来，只需稍稍被人阅读、便能轻而易举步出历史的诗人只有寥寥数位，哈代便是其中之一。能使哈代步出历史的因素显然就是他诗歌的内容，因为他的诗歌读来十分有趣。他的作品适合反复阅读，因为其结构往往是抗拒愉悦的。这是他投下的整个赌注，而他赌赢了。

要想步出历史只有一条路可走，这条路会将你带往现在。然而，哈代的诗歌在我们这里却不是一种十分令人自在的存在。他很少被研究，更少被阅读。首先，至少从内容上讲，他便能让后世诗歌的大部分成就黯然失色；与他相比，许多现代派巨人却像是个头脑简单的人。对于普通读者而言，他对于无生命者的强烈兴趣显得既缺乏吸引力又让人不安。这里所体现的与其说是普通公众的精神健康状况，不如说是他们的精神膳食构成。

当他步出历史、局促不安地置身于现在时，人们可能又会认为，未来或许是他更合适的去处。这很有可能，尽管我们此刻所见证的技术和人口巨变似乎会抹去我们根据自己的相关经验作出的所有预见和想象。不过这仍有可能，而且并不仅仅因为那战无不胜的"无处不在的意志"在其荣光的顶峰会突然决定感谢其早先的卫士。

这很有可能，因为托马斯·哈代的诗歌向一切认知的目标——无生命事物——大大推进了一步。我们人类早已开始这一探求，我们不无根据地假设，我们的细胞结构与无生命者相似，如果存在着一个关于世界的真理，这个真理一定是非人类的。哈代并非一个例外。他身上例外的一点就是他的寻求之执着，在这一寻求过程中，他的诗歌在主题方面，尤其是音调方面开始获得某种非人类的特征。这自然可被视为一种伪装，一件战壕里穿的迷彩服。

或是本世纪英语诗歌中流行的一种新时装：不带感情色彩

的姿态实际上成为了惯例，冷漠的态度成为一种手法。不过这些都是副产品。我猜想，哈代先生之所以探究无生命的事物，并非为了扼住它们的喉咙，因为它们没有喉咙，而是为了获得它们的语汇。

细想一下，"就事论事"这个说法可以很好地概括他的语言风格，只不过重音应该放在"事"上。他的诗歌发出的声音，往往就像事物获得了话语的力量，这也是其假扮人类的另一层伪装。在托马斯·哈代这里，情形或许正是如此。但话说回来，这件事也不足为奇，因为有个人（此人更像是我本人）曾说，语言就是无生命者向有生命者道出的关于其自身的第一行信息。或者更确切地说，语言就是物的稀释形态。

或许正因为他的诗歌几乎始终如一地（只要诗行数超过十六行）或者显露出无生命者的气息，或者时刻关注着它的面庞，未来也许会为他辟出一个比他现今置身的场所更大的空间。我们可以如此转述《身后》一诗：哈代习惯于关注非人的物，他那只"关注自然细节的眼睛"即由此而来，那大量关于墓碑的沉思亦源于此。未来能否比如今更好地理解统领万物的法则，目前尚不得而知。但是看来它别无选择，只能承认人类和无生命者之间存在更大程度的相似性，这种相似程度超出了哲学思想和文学的一贯估计。

正是这一点可以让人们在水晶球里看到许多陌生的东西，它们身着奇装异服，在斯克里布纳之子出版社①出版的《哈代作品集》或"企鹅版"的《哈代作品选》中来回奔跑。

---

① 1846 年创建于纽约的一家出版社。

九十年之后 [①]

一

　　莱纳·马里亚·里尔克写于一九〇四年的《俄耳甫斯。欧律狄刻。赫尔墨斯》(Orpheus. Eurydice. Hermes)一诗会让人产生这样的疑问:这首本世纪最伟大的诗作莫非真的写于九十年之前? 这首德语诗的作者在写作此诗时二十九岁,正四处浪游,浪游中他首次来到罗马,在罗马开始写作此诗,后于同年又到瑞典,在瑞典完成此诗。关于此诗的诞生情况我们就到此而止,理由十分简单,此诗的所有内容均与诗人的任何亲身经历无关。

　　毫无疑问,《俄耳甫斯。欧律狄刻。赫尔墨斯》既与传记无关,亦与地理无关。它与瑞典的关系至多只有那包裹着整个场景的朦胧暗淡的灰色光泽,而与意大利的关联则更少,除了诗中曾多次申言,促使里尔克动笔的是那不勒斯国家博物馆里那幅表现该诗三位主人公的浮雕。

　　浮雕的确存在,申言也有根有据,但是我想,其效果却适得其反。因为这件大理石雕像的复制品数不胜数,亦如这则神话拥有许多不同的翻版。能使我们将上述那件浮雕与这首诗、与这位诗人的个人处境联系起来的唯一方式,就是去证明我们这位诗人,比如说,认出了雕像中的女性或者与他那身为雕塑家的妻子 [②](此刻与他关系疏离),或者,在更为理想的情形下,与他深爱着的露·安德烈亚斯·莎乐美 [③](此刻亦与他关系疏离）具有某种面相上的相似性。但关于这一点我们没有任何证据。即便我们拥有大量证据，它们也毫无用处。因为，一场特定的联姻（或分手）只有在避免隐喻的表达时方才有趣。隐喻一旦入场，便会反客为主。此外，那件浮雕上的人物形象均过于缺乏特质，难以从中捕捉到某个个体的影子——对于一个在过去三千年间被各种艺术形式大量再现的神话题材而言，这种手法是非常自然的。

另一方面，疏离则是每个人的强项，此诗之主题就某种意义而言就是疏离。此诗经久不衰的魅力就源于此，更何况它探讨的正是这种感受的实质，而非在我们这位诗人之窘境中表现出的个性化变体。就整体而言，《俄耳甫斯。欧律狄刻。赫尔墨斯》一诗的内核就是这样一句稀松平常、却能概括出那种实质的熟语，它大致可表述为："你若离开我，我就将死去。"从技术上讲，我们这位诗人在这首诗中所做的就是一路翻山越岭，走到了这句套话的最远端。这就是为什么在《俄耳甫斯。欧律狄刻。赫尔墨斯》的开头，我们发现自己已然身在阴间。

二

说到奇思怪想，阴间之旅的想法大约和第一位前往阴间的旅人一样古老，那位旅人就是始祖诗人俄耳甫斯。很有可能，这个故事就产生的年代而言并不晚于文学本身，甚至早于

---

① 此文 1994 年夏作于瑞典，原题 "Ninety Years Later"，俄文版题为 "Девяносто лет спустя"。
② 里尔克的妻子名为克拉拉·维斯特霍夫，两人于 1901 年 4 月结婚，育有一女，1902 年离婚。
③ 莎乐美（1861—1937），德语作家，生于彼得堡，父亲是在俄军中服役的德裔将军，她曾是尼采的朋友、弗洛伊德的助手，里尔克 1897 年 5 月与莎乐美相识，称她为自己的"俄国缪斯"，他曾与莎乐美一同两次访问俄国。

后者。

这个往返阴间的故事显然十分有趣，但这个故事的源头却完全是非文学的。我认为，其起源与害怕被活埋的恐惧有关；这种恐惧即便在当今也依然很普遍，人们可以设想它在过去会有多么强烈，当各种传染病、尤其是霍乱铺天盖地地袭来。

与其他恐惧相比较，这种恐惧无疑是大众社会的产物，或者至少是一个大众与个体成员的比例偏向于前者的社会之产物——在这样的社会中，前者可以相对漠视后者的实际死亡。在过去，这样的比例主要出现在城镇或军营中，这两个地方既是流行病的沃土，也是文学（口头文学或书面文学）的福地，因为这两者都需要大量人群以获得传播。

因此便不难理解，我们所知的最早的文学作品为何均是描写战事的。某些此类作品含有这则奇思怪想的各种版本，即主人公下到阴间后复又返回。这既与人类的各种努力，尤其是战争的昙花一现有关，也与这则神话——其中含有某种可以等同于幸福结局的元素——十分适合一段暗示大规模生命毁灭的叙事有关。

三

把阴间想象成一个地铁般纵横交错的地下结构，这一概念很可能源自小亚细亚和北伯罗奔尼撒半岛的石灰岩风光（两处地貌实际上一模一样），无论是在史前还是人类历史开始之后，这里都有大量作为居所的洞穴。

阴间地形的错综复杂会使人联想到，冥王的王国其实就是城市出现之前的历史之回声，这一概念的起源地最有可能就是古代的卡帕多西亚。（在我们的文明中，洞穴最清晰的回声——彼世的韵音暗藏其间——显然就是教堂。）卡帕多西亚的任何一簇洞穴的确可供许多人居住，其容量大致相当于当今的一个小城镇或大村庄，最有特权的人大约会占据能呼吸到新鲜空气的地方，其他人则远离洞口。这些洞穴往往会深入岩石内部达数百米。

最难抵达的洞穴似乎会被穴居者用作仓库和墓地。当族群中有人死去，他或许会被抬到洞穴网格的最深处，放置在那里，他居所的入口会用石块堵死。有了这样的开端，想象力不用费力便可描绘出洞穴的网格愈来愈深地探入多孔的石灰岩中。大体而言，有穷引入无穷的概念比无穷引入有穷的想法要容易得多。

四

这一想象经过三千年持续不断的工作，自然会将阴间比作一口废弃的矿井。《俄耳甫斯。欧律狄刻。赫尔墨斯》的开头几行显示出了我们关于逝者王国之概念的一如既往，这一概念有些过时，或者说由于一些更紧要的问题已被弃用：

> 那是一座奇异幽深的灵魂矿井。
> 它们像默默无声的银矿矿脉，
> 蜿蜒穿越矿床的黑暗……

> That was the strange unfathomed mine of souls.
> And they, like silent veins of silver ore,
> Were winding through its darkness ...

"奇异"（strange）一词在这里的作用，是邀请读者放弃以理性来面对这个故事的态度，英译者将德语单词"wunderlich"（神奇的）的内涵加以放大，译成"unfathomed"（幽深的），这个英语单词既能表示我们置身其间的这个地方的精神深度，也能体现它的物理深度。这两个形容词修饰全诗首行里唯一表示可触摸物体的名词，即"矿井"（mine）。不过，无论什么样的可触摸性，它都会被另一个限定语"灵魂"（of souls）一笔勾销。

作为对于阴间的描述和定义，"灵魂矿井"（mine of souls）的说法十分出色，因为这里的"灵魂"尽管首先仅指"逝者"，但它也同时具有多神教和基督教两种内涵。于是，阴间便既是供给的仓库，也是供给的源泉。逝者王国的库房属性将我们手中的两个形而上学体系合二为一，其结果就是下一行中的"银矿"（silver ore），这或许由于压力，或许由于缺氧，或许由于高温。

这种氧化物既非化学作用的结果，亦非炼金术之所得，而是文化代谢作用的产物，这种代谢作用在语言中表现得最为明显，关于这一点的最佳例证实非"白银"莫属。

五

撇开"国家博物馆"不论，这块"白银"可以说确实产自那不勒斯，产自位于该城以西约十英里处通往阴间的另一个洞穴。这座洞穴有上百个入口，是库米城女先知的居所，维吉尔笔下的埃涅阿斯曾请这位女先知为他指点进入地下逝者王国的迷津——在《埃涅阿斯纪》第六卷中，埃涅阿斯就踏上了这样一趟旅程,为的是看望他的父亲。女预言家警告埃涅阿斯,说他一路上将遭遇千难万险,其中最大的考验就是从他途中遇见的那棵金树上折下一根金枝。只有把这根金枝送给冥后珀尔塞福涅,他才能步入她的黑暗王国。

金枝和金树显然暗指地下的金矿储藏。由此而来的便是折下金枝之艰难,因为这就等同于从岩石中提取完整的矿脉。里尔克在无意或有意地避免模仿维吉尔,他换了一种金属,并随之变换了场景的颜色,他显然试图赋予珀尔塞福涅的领地以一种更为鲜明的黑白色调。在作出这样的改变之后,他的"矿产"——亦即灵魂——的贸易价值自然也会发生变化,这既暗示了它们庞大的数量,也流露出了叙述者本人对待它们的随意态度。长话短说,"白银"源自女先知,但中间经自维吉尔之手。这便是前面提及的新陈代谢之实质,不过我们刚刚触及其表面。

六

我希望我们能不仅仅满足于这点收获,尽管我们面对的是这首德语诗的英译。事实上,恰恰是这一点帮了我们的忙。翻译是文明之父,此诗有多种译文,这一种尤其出色。此译选自《里尔克作品选第二卷:诗歌卷》(Rainer Maria Rilke:Selected Works,Volume II:Poetry),此书由伦敦贺加斯出版社于一九七六年出版。

译者是 J.B. 利什曼。这首译作之所以如此出色,首先自然是因为里尔克本人。里尔克是一位用词简洁、格律通常也很规范的诗人。说到格律规范,他鲜有例外的时候,在其近三十年的诗人生涯中仅有两次试图决然地突破格律和韵脚的限制。第一次是在一九一七年那部题为《新诗集》(Neue Gedichte) 的集子里，在那组由五首诗构成的组诗中（五首诗的主题——说得肤浅一点——均与古希腊相关）。第二次尝试则时断时续，自一九一五年至一九二三年，其结果就是后来的《杜伊诺哀歌》(Duino Elegies)。这些哀歌尽管令人惊叹，但人们还是会有这样一种感觉，即我们这位诗人在其中获得的自由超出了他起初的预料。《新诗集》里的五首诗则另当别论，《俄耳甫斯。欧律狄刻。赫尔墨斯》就是其中之一。

这是一首五音步扬抑格无韵诗，这样的诗体很方便被译成英语。其次，这是一首循序渐进的叙事诗，其呈示部、发展部和结局均显而易见。从译者的角度看，主导这个主题的因素似乎并非语言而是故事，这会让译者感到很开心，因为在翻译这样一首诗时，准确便会成为恰当的同义词。

给利什曼的译文锦上添花的另一点是，他的五音步诗格似乎比德语原作还要规范。这赋予此诗一种令英语读者感到亲近的格律形式，使他们能更加自信地逐行欣赏原作者的成就。在过去三十年间翻译里尔克实际上已成为一种时尚，但后来的许多尝试却不成功，这或是因为译者试图一一再现原作的重音和格律，或是由于他们想给此诗披上一身自由诗 ① 的奇特外衣。无论这里体现的是译者追求忠实的初衷，还是他们努力接轨 ② 当代诗歌语言的愿望，他们的抱负（常常在序言中突出表达出来）所具有的一个突出特征就是，他们都离原作者很远。而在利什曼这里我们却清楚地看到，译者为着读者的便利放弃了自我，因此，这首诗也就不再是外语诗了。下面就是他这首完整的译诗。

---

① 此处"自由诗"一词用的是法语"vers libre"。
② 此处"接轨"一词用的是法语"comme il faut"。

七

俄耳甫斯。欧律狄刻。赫尔墨斯
那是一座奇异幽深的灵魂矿井。
它们像默默无声的银矿矿脉，
蜿蜒穿越矿床的黑暗。根茎间，
流向人类的鲜血在涌动，
宛如黑暗中沉重的斑岩石块。
此外再无任何红色。

但那里有岩石，
有幽深的树林。桥梁跨越虚空，
还有巨大的灰色晦暗的池塘
悬挂在它幽深的池底上方，
如同多雨的灰色天空挂在风景之上。
在柔软的充满耐心的草地间，
现出唯一道路的苍白条带，
如同一条长长的漂白床单。

他们沿着这唯一的道路走来。

走在前面的细长男人身着蓝色长袍，
在沉默的焦躁中直视前方。
他的脚步大口大口吞噬道路，
并不停下来咀嚼；他的双拳悬垂，
使劲握着，探出下垂的衣袖，

不再留意轻盈的竖琴，
这竖琴已在他的左臂生根，
像一株玫瑰攀附橄榄树枝。
他的感觉似乎一分为二：
他的视觉像条狗跑在前面，
转身，回来，站住，反反复复，
远远地等着，在下一个路口，
他的听觉却像气味拖在身后。
有时他恍惚觉得它一路向后
延伸，直到另外那二人的脚步前，
他们应该正跟着他一路向上。
随后再一次，他身后一无所有，
只有他脚步的回音和斗篷的风声。
但他告诉自己他们还跟在身后，
他说出声来，又听见这声音逐渐隐去。
他们还跟在身后，只是这两人，
他们的脚步轻得吓人。如果他敢
回头一看（如果回头一看
不会毁灭这有待完成的壮举，
该有多好！），他定能看见他们，
两人脚步轻盈，默默跟在他身后：

那浪游和遥远的讯息之神祇，
行者的风帽罩着他闪亮的眼睛，
细长的手杖伸向身体前方，
他脚踝处的一对翅膀在轻盈舞动，
他左臂挽着的是托付给他的**她**。

她是他钟爱的人，自一把竖琴
诞生的哀恸超过了所有哭丧的女人，
整个世界自这哀恸升起，在这里，
万物再次出现：森林和山谷，
道路和村庄，田野、小溪和野兽；
环绕这哀伤的世界转动，
像环绕另一个地球，太阳
和整片布满星星的寂静天空，
哀伤的天空布满扭曲的星星。
她是他如此钟爱的人。

但此刻她挽着那神祇的手在走，
长长的殓衣限制了她的脚步，
她茫然却温顺，充满耐心。
被自我包裹，像是时辰已近，
她并未想到走在他们前方的男人，
也未想到通向生命的坡道。
被自我包裹，她走着。她的死亡
充盈着她。就像完满。
就像果实被甜蜜和黑暗充满，
她充满伟大的死亡，死亡崭新，
此时她无法接受旁物。

她获得了新的贞洁，
她无法触摸；她的性别之门关闭，
就像傍晚降临时的稚嫩花朵，
她苍白的双手已不习惯
妻子的角色，甚至那高挑神祇

无休止的轻轻触摸也令她
心烦意乱，像是过分的亲昵。

如今她已不再是那位金发女子，
她曾在诗人的诗中赢得回声，
不再是宽大躺椅上的香味和岛屿，
也不再是那个男人的所有。

她松散开来像披肩的长发，
她悠远宽广像如注的雨，
她已被消耗像各种储备。

她已是树根。

可是突然，
那神祇拦住她，痛苦地
喊出一句："他回头啦！"
她懵懵懂懂，轻声问："谁？"
但在远处明亮出口的暗影，
不知是谁站在那里，他的面容
无法分辨。他站在那里看着，
在草地间的小道上，
那信使之神，眼中含着忧伤，
默默转身，跟随那个身影，
那身影已回头踏上来时的路，
长长的殓衣限制了她的脚步，
她茫然却温顺，充满耐心。

ORPHEUS. EURYDICE. HERMES

That was the strange unfathomed mine of souls.
And they, like silent veins of silver ore,
were winding through its darkness. Between roots
welled up the blood that flows on to mankind,
like blocks of heavy porphyry in the darkness.
Else there was nothing red.

But there were rocks
and ghostly forests. Bridges over voidness
and that immense, gray, unreflecting pool
that hang above its so far distant bed
like a gray rainy sky above the landscape.
And between meadows, soft and full of patience,
appeared the pale strip of the single pathway
like a long line of linen laid to bleach.

And on this single pathway they approached.

In front the slender man in the blue mantle,
gazing in dumb impatience straight before him.
His steps devoured the way in mighty chunks
they did not pause to chew; his hands were hanging,
heavy and clenched, out of the falling folds,
no longer conscious of the lightsome lyre,
the lyre which had grown into his left
like twines of rose into a branch of olive.
It seemed as though his senses were divided:

for, while his sight ran like a dog before him,
turned round, came back, and stood, time and again,
distant and waiting, at the path's next turn,
his hearing lagged behind him like a smell.
It seemed to him at times as though it stretched
back to the progress of those other two
who should be following up this whole ascent.
Then once more there was nothing else behind him
but his climb's echo and his mantle's wind.
He, though, assured himself they still were coming;
said it aloud and heard it die away.
They still were coming, only they were two
that trod with fearful lightness. If he durst
but once look back (if only looking back
were not undoing of this whole enterprise
still to be done), he could not fail to see them,
the two light-footers, following him in silence:

The god of faring and of distant message,
the traveling-hood over his shining eyes,
the slender wand held out before this body,
the wings around his ankles lightly beating,
and in his left hand, as entrusted, *her.*

She, so belov'd, that from a single lyre
more mourning rose than from all women-mourners —
that a whole world of mourning rose, wherein
all things were once more present: wood and vale

and road and hamlet, field and stream and beast —
and that around this world of mourning turned,
even as around the other earth, a sun
and a whole silent heaven full of stars,
a heaven of mourning with disfigured stars —
she, so beloved.

But hand in hand now with that god she walked,
her paces circumscribed by lengthy shroudings,
uncertain, gentle, and without impatience.
Wrapt in herself, like one whose time is near,
she thought not of the man who went before them,
nor of the road ascending into life.
Wrapt in herself she wandered. And her deadness
was filling her like fullness.
Full as a fruit with sweetness and with darkness
was she with her great death, which was so new
that for the time she could take nothing in.

She had attained a new virginity
and was intangible; her sex had closed
like a young flower at the approach of evening,
and her pale hands had grown so disaccustomed
to being a wife that even the slim god's
endlessly gentle contact as he led her
disturbed her like a too great intimacy.

Even now she was no longer that blond woman

who'd sometimes echoed in the poet's poems,
no longer the broad couch's scent and island,
nor yonder man's possession any longer.

She was already loosened like long hair,
and given far and wide like fallen rain,
and dealt out like a manifold supply.

She was already root.

And when, abruptly,
the god had halted her and, with an anguished
outcry, outspoke the word: He has turned round! —
she took in nothing, and said softly: Who?
But in the distance, dark in the bright exit,
someone or other stood, whose countenance
was indistinguishable. Stood and saw
how, on a strip of pathway between meadows,
with sorrow in his look, the god of message
turned silently to go behind the figure
already going back by that same pathway,
its paces circumscribed by lengthy shroudings,
uncertain, gentle, and without impatience.

八

此诗像个令人不安的梦，你们会在其中获得某些极有价值的东西，可是它们又转瞬即逝。在人的睡眠的时间限度内——或许正是因为这种限度——这些梦境的细节是如此真实，令人痛苦。一首诗的长度也是有限度的。梦境和诗均意味着压缩，但一首诗却是一个有意识的行为，它并非是关于现实的阐释或隐喻，而就是现实本身。

无论潜意识如今多么流行，我们还是更多地依赖意识。倘若真如德尔莫尔·施瓦茨[1]所言，责任就开始于梦境，那么诗歌就是责任最终表达和实现自我的场所。因为，给各种不同的现实划分档次虽然是愚蠢的，但可以肯定的是，各种不同的现实均渴望获得诗的状态，即便仅仅为了追求言简意赅。

这种言简意赅就是艺术的终极存在意义[2]，艺术的历史就是压缩和浓缩的历史。在诗歌中，语言自身就是现实之高度浓缩的形式。简言之，一首诗与其说是在反映不如说是在生成。因此，一首诗若诉诸神话主题，这其实也就是一种现实在审视其自身的历史，如果你们愿意的话，也可以说是一种结果在将放大镜对准其成因并因此而失明。

《俄耳甫斯。欧律狄刻。赫尔墨斯》就是这样一首诗，是作者手持放大镜画出的一幅自画像，人们通过此诗获得的关于其作者的讯息，远远超过任何一部他的生活传记。他在此观察的是那造就了他的东西，但与之相较，他自己，这位观察者，却更易被感觉到，因为人们只能从外部观察某种东西。对于你们而言，这便是梦境和诗的区别。或许可以说，现实属于语言，而言简意赅则属于他。

---

① 施瓦茨（1913—1966），美国诗人，他有一部诗文集题为《责任开始于梦境》（1938）。
②"存在意义"一词用的是法语"raison d'être"。

九

这种言简意赅的第一个例子即此诗的标题。标题可是个棘手的东西，因为标题的取舍总是包含很多风险。标题有可能显得太多说教、过分强调、不够新颖、过于华丽或忸怩作态。而这里的标题却无任何修饰，就像一张照片、一幅画作，或是一件浅浮雕作品下方的说明文字。

或许这就是作者的本意。对于一首描写古希腊神话的诗作而言它十分合适：直截了当，没有任何多余的东西。这便是这个标题的作用之所在。它给出主题，不带任何情感色彩。

不过我们并不清楚，这个标题究竟出现于此诗写作之前还是事后想出来的。考虑到贯穿全诗的冷静调性，人们自然倾向于认可前一种假设。换句话说，这个标题给了读者一个暗示。

好吧，这个头开得不错，人们在这里只能赞叹一位二十九岁诗人的精明：他在每个人名之后都加了一个句点，以免给人留下任何与情节剧相似的印象。人们会想，这颇有古希腊瓶画的遗风，然后再度赞叹诗人的智慧。但是再看一眼标题，人们就会发现少了一样东西。我前面说的是"在每个人名之后"吗？可是在排在最后的"赫尔墨斯"后面没有句号。为什么呢？

因为他是神祇，而标点符号只属于凡人。至少，在神祇的名字之后不该放上句号，因为神祇是永恒的，不能被约束。更何况，赫尔墨斯还是"浪游和遥远的讯息之神祇"（the god of faring and of distant message）。

诗歌对神祇的描写有其特殊规范，这至少可追溯至中世纪，比如但丁就曾建议，不能用基督教中各路神圣的名字来与低等的名词配韵。里尔克似乎更进一步，让俄耳甫斯和欧律狄刻双双走向终结，却让那位神祇的前方没有终点。说到给出暗示，这就是一个令人惊叹的典范；你甚至会希望这是一处笔误。但如若果真如此，那这或许就是神的介入。

十

　　"就事论事"和"没有终点"这两者的结合，便构成了此诗的文风。对于转述一则神话而言，这是最恰当不过的了；也就是说，选择这一文风既是里尔克本人的成就，也来自关于这则神话之前的一次次演绎，比如说，自《牧歌》①以降的那些同题作品。正是这些数不胜数的先前版本促使我们这位诗人飞离任何华丽，转而采用这种冷静的音色，其中不时出现的忧郁惆怅的调性同样也能呼应他这个故事之苍凉厚重的历史感。

　　在全诗的开头几行，更为典型的里尔克特征是色彩的运用。这里，似被漂白的淡灰色调，不透明的斑岩，直到俄耳甫斯的蓝色长袍，这些全都来自北方表现主义的沃普斯韦德软榻②，这张被揉皱的褐色床单上布满了世纪之末的前拉斐尔派和新艺术派的美学术语。

> 那是一座奇异幽深的灵魂矿井。
> 它们像默默无声的银矿矿脉，
> 蜿蜒穿越矿床的黑暗。根茎间，
> 流向人类的鲜血在涌动，

---

① 维吉尔的作品。
② 沃普斯韦德是不莱梅附近的小镇，1900 年里尔克曾在此与众多艺术家相处，并结识后来的妻子克拉拉·维斯特霍夫。

宛如黑暗中沉重的斑岩石块。
此外再无任何红色。

但那里有岩石，
有幽深的树林。桥梁跨越虚空，
还有巨大的灰色晦暗的池塘
悬挂在它幽深的池底上方，
如同多雨的灰色天空挂在风景之上。
在柔软的充满耐心的草地间，
现出唯一道路的苍白条带，
如同一条长长的漂白床单。

这是呈示部，因此对色彩的强调自然至关重要。你们能算出来，灰色（gray）出现两次，"黑暗"（darkness）出现两次，"红色"（red）则出现三次①。此外，还有树林的"幽深"（ghostly）和小路的"苍白"（pale），它们也属于同样一个渴求单色的修饰语家庭，因为此处没有光源。

这是一个没有任何强烈色彩的场景。如果说有什么显眼的东西，那便是"银矿矿脉"（veins of silver ore），其闪光至多也只是一种跃动的灰色。"岩石"（rocks）投射出了又一层色彩的缺失，或许也可以说是又一层的灰色，尤其是在前一句为"此外再无任何红色"（Else there was nothing red）的情况下。

里尔克在此使用的是当时很时尚的反高潮色调，他显然是在冒险，因为他或许会使此诗成为一件特定年代的产物。读到这里，我们至少获悉了究竟是何种艺术激发了他的灵感，这时

---

① 原文中并未见"red"一词出现三次，布罗茨基大约将"red"之前出现的"鲜血"（blood）和"石块"（blocks）也归为"红色"。

我们或许会皱起我们的眉头，对这种过时的美学话语不屑一顾：这最多也只是某种介乎于奥迪隆·雷东[①] 和爱德华·蒙克[②] 之间的东西。

<h1 style="text-align:center">十一</h1>

尽管他曾担任罗丹的秘书，尽管他十分崇拜塞尚，尽管他曾浸润于那个艺术群体，可他仍是视觉艺术的门外汉，他对这一领域的兴趣纯属偶然。一位诗人永远更像是概念主义者，而非色彩主义者，读到这里我们意识到，在刚才引用的这段诗中，他的眼睛是服从他的想象的，或者更确切地说是服从他的思想的。因为，尽管我们可以把这些诗行中的色彩运用归结为欧洲绘画艺术的某一阶段，可下面这样一种空间结构却来历不明：

> 桥梁跨越虚空，
> 还有巨大的灰色晦暗的池塘
> 悬挂在它幽深的池底上方，
> 如同多雨的灰色天空挂在风景之上。

这或许源自中学几何课上标准的河流（或湖泊）剖面图。或两者皆有。

因为，"桥梁跨越虚空"（Bridges over voidness）会让人想起用粉笔画在黑板上的一道弧线。同样，"还有巨大的灰色晦

---

① 雷东（1840—1916），法国象征主义画家。
② 蒙克（1863—1944），挪威表现主义画家。

暗的池塘／悬挂在它幽深的池底上方"(and that immense，gray，unreflecting pool / that hang above its so far distant bed）会使人联想到画在同一块黑板上的一道水平线，下方还画着一个半圆，连接着水平线的两端。此外还有这句"如同多雨的灰色天空挂在风景之上"(like a gray rainy sky above the landscape)，另一个半圆呈弧形跨越那道水平线，你们于是便能获得一个以这条线为直径的圆。

十二

里尔克的诗充满此类关于自在事物的描写，在《新诗集》中尤其如此。比如他的名诗《豹》："力之舞围绕着一个中心"[①]。他对此类描写乐此不疲，有时并无必要，只是为了回应韵脚的要求。但是，诗歌中的任性是一个更好的建筑师，因为它能使诗的结构获得一种独特的氛围。

在这里，这幅球体速写自然与他的地下风景之绝对自治的观念相吻合。这幅速写与他使用"斑岩"(porphyry)一词（这个字眼具有严格意义上的地理学内涵）的功用相同。不过，更有意思的仍是促使他画出这个圆的心理机制。我认为，在这种五音步扬抑格的无韵诗体中，两个半圆的对等就是押韵规则产生的回声，直白地说，就是将两件事物配对和（或）等同起来的惯性，而这正是他在这首诗中竭力回避的手法。

他也确实回避了，但押韵规则仍始终能被感觉出来，就像隔着衬衫能感觉到肌肉。诗人是一位概念主义者，即便仅仅因为他的思想受制于他的手段之特性，而这世上再没有什么能像

---

① 此句为冯至译文。

韵律这样迫使你们将前一刻还毫无关联的事物与概念联系在一起。这样的联系往往十分独特，能使人产生这样一种感觉，即它们的效果拥有自主的意志。而且，我们这位诗人这样做的时间越长，创造或面对这些自主存在体的时间越长，自主的概念便会越深地潜入他的心理结构以及他的自我感受。

这种思维方式自然会将我们直接带入里尔克的生平传记，但这却并无必要，因为传记能提供给我们的东西远远少于诗作本身。因为，受上述押韵规则的驱动，诗句的往复穿梭、来回摇摆在质疑观念的和谐一致性的同时，提供的思想和情感可能性比任何一种浪漫诠释都要多得多。这就是为什么，有人会从一开始就选择文学这门行当。

十三

在呈示部这非同寻常的风景下方，在包括那个漂亮的圆在内的所有内容的下方，是如同画家签名一般的一行舒缓的佳句，即"唯一道路的苍白条带，/如同一条长长的漂白床单"(pale strip of the single pathway / like a long line of linen laid to bleach)，这非同寻常的美无疑应归功于其英译者 J.B. 利什曼。

这是一种关于人迹罕至道路的十分出色的迂回表达；从前一行我们得知，在诗人刚刚创造出来的这整个独特的自治世界中只有一条道路。这并非此诗中唯一的此类创造，它们后来多次出现，反过来又向我们说明了这位诗人对自成一体的场景之热衷。不过这的确是呈示部，里尔克在这里的表现就像一位出色的舞美设计师，他正在为其角色的活动搭建场景。

于是最后出现了道路，一条绵延的地平线伸展"在柔软的充满耐心的草地间"(between meadows, soft and full of patience），也就是说，它早已习惯无人踏过，却始终在暗暗地期待有人到来，比如你我。

风景毕竟是让人栖息的，至少，有些风景是有路可走的。换句话说，这首诗到此为止已不再是一幅画，而成为一则故事：此时，他可以让他的人物出场了。

十四

他们沿着这唯一的道路走来。
走在前面的细长男人身着蓝色长袍，
在沉默的焦躁中直视前方。
他的脚步大口大口吞噬道路，
并不停下来咀嚼；他的双拳悬垂，
使劲握着，探出下垂的衣袖，
不再留意轻盈的竖琴，
这竖琴已在他的左臂生根，
像一株玫瑰攀附橄榄树枝。
他的感觉似乎一分为二：
他的视觉像条狗跑在前面，
转身，回来，站住，反反复复，
远远地等着，在下一个路口，
他的听觉却像气味拖在身后。
有时他恍惚觉得它一路向后
延伸，直到另外那二人的脚步前——
他们应该正跟着他一路向上。
随后再一次，他身后一无所有，
只有他脚步的回音和斗篷的风声。

但他告诉自己他们还跟在身后，

他说出声来，又听见这声音逐渐隐去。

他们还跟在身后，只是这两人，

他们的脚步轻得吓人。如果他敢

回头一看（如果回头一看

不会毁灭这有待完成的壮举，

该有多好！），他定能看见他们，

两人脚步轻盈，默默跟在他身后……

"细长男人身着蓝色长袍"（the slender man in the blue mantle），这显然就是俄耳甫斯。我们应该对此处描写感兴趣，原因很多。首先，如果说此诗中有谁能向我们介绍一些关于此诗作者的情况，那么这便是俄耳甫斯。第一，他是一位诗人。第二，在这则神话的语境中他是受难的一方。第三，他也要对所发生的一切展开想象。这三个因素催生了一幅类似于作者自画像的影像。

与此同时，我们也不应忽略叙事者，因为正是他给出了这段呈示部。正是这位叙事者给了此诗一个不带感情色彩的标题，以此唤起我们对全诗其余部分的信赖。我们面对的这则神话是他的版本，而非俄耳甫斯的版本。换句话说，里尔克和这位诗人主人公不应在我们的意识中完全重叠，即便仅仅因为世上本无两个一模一样的诗人。

不过，即便我们这位俄耳甫斯只是作者的一部分，这对我们而言已然足够有趣，因为透过我们这位始祖诗人的肖像，我们可以看到那位德国伟人自己所占据的有利位置，看到站在那个位置上的他究竟嫉恨或鄙视俄耳甫斯这个人物身上的什么品质。谁知道呢，说不定作者写这首诗的全部目的就在于弄清这些问题。

因此，无论这个问题多么诱人，我们仍要避免在我们的意识中将这位作者与其笔下人物混为一谈。较之于里尔克本人，我们自然更难抗拒这一诱惑，对于里尔克而言，将自己完全等同于俄耳甫斯无疑是非常不妥的。因此，他才相当冷峻地打量着这位来自色雷斯的传奇歌手。我们则同时打量着他们两人，试着继续我们的分析。

十五

"细长的男人身着蓝色长袍"，这一句提供给你们的信息很少，只有一个外形，或许还有身高。"蓝色"（blue）似乎也无任何特殊含义，只是为了让这个形象在无色的背景中显得更醒目一些。

"在沉默的焦躁中直视前方"（gazing in dumb impatience straight before him），这一句的内涵稍多一些，字里行间没有任何美化的意味。尽管俄耳甫斯自然心急火燎地想走出去，可作者对心理细节的选取仍然透露出了很多信息。从理论上讲，这里应该还有另外一些选项：比如说，俄耳甫斯重新找到他心爱妻子后的欢喜。不过，通过选择一个表面上的负面性格特征，作者达到了两个目的。首先，他使自己与俄耳甫斯拉开了距离。其次，"焦躁"（impatience）一词强调了这一事实，即我们面对的是一个运动着的形象：在神的王国中表现出人的动作。这是必然的，因为在我们的视觉习惯中，我们之于古人一如他们的神祇之于我们。同样无可避免的是俄耳甫斯的使命之失败，因为人在神的王国中的运动从一开始便注定是无望的，因为人类为另一座时钟所左右。自永恒的角度看①，任何人类运动

---

① 此处用的是拉丁语"sub specie aeternitatis"。

都似乎是十分暴躁和焦虑的。细想一下，尽管里尔克远离古希腊罗马的时代，但他对这则神话的改写本身就是永恒汪洋的一滴水发挥作用的产物。

但是，就像一棵树会在每一个春天抽出新叶，一则神话也能在每一个世纪、每一种文化中找到其代言人。因此，里尔克的这首诗与其说是对一则神话的改编，不如说是这则神话抽出的新枝。人和神的时间概念迥然不同，这则神话的核心就在于此；尽管如此，这首诗仍为一位凡人所讲述的关于另一位凡人的故事。与里尔克不同，神或许会以更为严厉的目光看待俄耳甫斯，因为对神而言，俄耳甫斯只是一个闯入者。如果说有一座时钟为他计时，它的滴答也只是为了确定他被逐的时间，而神祇们对于俄耳甫斯的运动所给出的评语也无疑都将具有幸灾乐祸①的色彩。

"沉默的焦躁"（dumb impatience），这完全是人类的性格特征，其中含有某种特殊意味，如个人的回忆、后见之明，如果你们愿意的话，还有迟到的抱憾。此种意味弥漫全诗，使里尔克的这则神话改写具有某种回忆录色彩。不过，神话在人类心中只有记忆这唯一的立足点，对于一则以失却为主题的神话而言情形尤其如此。如果一个人具有性质相近的体验，这样一则神话便很难再被遗忘。一谈到失却，你就像见到了故人，就算它发生在古代又何妨。因此，让我们跳过障碍，将神话等同于记忆。这样一来，我们就不会让我们的精神生活等同于植物王国；这样一来，我们就能对神话持续作用于我们的力量以及它在每一种文化中显而易见的不断再现作出某些解释。

因为，记忆的能量（时常会遮蔽我们的现实本身）之源泉

---

① 此处"幸灾乐祸"用的是德语词"Schadenfreude"。

就是事业未竟的感觉，被迫中断的感觉。应该指出，在历史概念的背后也同样隐藏着这种感觉。记忆实际上就是那项未竟的事业之改头换面的继续，这事业或是你爱人的生活，或是某个国家的事务。一方面，我们在童年时便熟知神话，另一方面，神话属于古代，于是神话便构成了我们个人历史一个不可或缺的组成部分。面对我们的过去，我们通常既批判又怀旧，因为那些爱人或那些神祇已不对我们发号施令。由此而来的便是神话对于我们的支配力量，便是神话作用于我们私人记忆的模糊效果，至少，便是自指的措辞和意象对我们手边这首诗的入侵。"沉默的焦躁"就是一个很好的例证，因为自指的措辞一准是不加美化的。

至此为止，这就是一首神话主题的诗作之开头，里尔克在此选择遵守古希腊时期的规则，强调了神话人物的单维性。就整体而言，神话的表达方式可归结为"人即他的使命"这样一个原则（是运动员就要奔跑，是神就要具有骇人的力量，是武士就要战斗，如此等等），因此，每个人均由他的行为所决定。这并非因为古人无意间都成了萨特的追随者，而是由于他们每个人在当时所获得的描绘均为侧面像。一只古瓮，或是一幅浅浮雕，它们都不适合用来表现复杂性。

因此，如果说作者在这里把俄耳甫斯写成了一个目标专一的人，这倒与古希腊艺术中的人物表现方式相当吻合，因为在这条"唯一的道路"（single pathway）上我们看到的是他的侧面。无论是有意为之还是无心插柳（这归根结底并无差异，尽管人们总是试图赋予诗人更多的东西），里尔克反正去除了各种微妙的细节。这就是为什么，早已习惯了各种五花八门、十分立体的人物形象的我们会觉得对俄耳甫斯的第一段人物刻画没有产生任何美化的效果。

十六

在"他的脚步大口大口吞噬道路，/并不停下来咀嚼"（His steps devoured the way in mighty chunks / they did not pause to chew）一句中情况并未得到改善，因此让我们来重复几句老套的话。比方说，在这几行诗中，我们这位诗人就像是一位考古学家，正在从他发现的文物上清理岁月留下的沉积物，一层又一层。因此，他面对这个形象时首先看见的就是它处在运动中，他于是便把它记录下来。文物被清理得越干净，心理细节便会越多地呈现出来。在屈尊使用了这种老套的比拟后，我们还是来关注这吞噬的脚步吧。

十七

"吞噬"（to devour）指贪婪的吃相，通常是形容动物的。作者采用这一比喻不仅是为了描写俄耳甫斯的运动速度，而且也旨在说明这一速度的来源。这显然暗指冥王府邸那条长有三个脑袋的看门狗刻耳柏洛斯，它看守入口，也同样看守出口，我们还要补充一句，因为入口和出口是同一道门。我们在这里看到的俄耳甫斯正走在自地狱返回人间的路上，也就是说他在那里刚刚见过那只怪兽，或许正感到十分恐怖。因此，他的运动速度既源于他想尽快把他心爱的妻子带回人间的热烈愿望，同时也来自他想尽量与那条狗拉开距离的急切想法。

通过用这个动词来描写俄耳甫斯的运动方式，作者在此暗示：对刻耳柏洛斯的恐惧已经把这位始祖诗人变成了一头野兽，也就是说，使他失去了思考的能力。"他的脚步大口大口吞噬道路，/并不停下来咀嚼"这一句十分出色，即便仅仅因为它暗示了我们这位主人公未能完成使命的真正原因，以及神禁止他回头张望的本意：不要成为恐惧的牺牲品。换句话说，别跑得太快。

不过，我们并无理由认为，作者着手写这首诗时即已开始破译这则神话的主要内涵。这很可能是在写作过程中产生的一个直觉行为，它发生在他的笔写下这个十分平常的强化词"吞噬"之后。这时，一切全都各就各位：速度和恐惧，俄耳甫斯和刻耳柏洛斯。很有可能，这种关联仅在他的脑中一闪而过，随后他对我们这位始祖诗人之后的处理方式也就确定了。

十八

因为俄耳甫斯似乎的确被恐惧所尾随，而那恐惧的身影就是一条猛犬①。在隔了四行半诗句后——这几句诗从理论上说让俄耳甫斯与那个恐惧源头拉开了一丁点距离——这条狗赶上了他，而且几乎成为了他自己的肉身形态：

> 他的感觉似乎一分为二：
> 他的视觉像条狗跑在前面，
> 转身，回来，站住，反反复复，
> 远远地等着，在下一个路口，
> 他的听觉却像气味拖在他的身后。

---

① 作者在这里使用了"dog"一词的双关意义，即"狗"（名词）和"尾随"（动词）。

我们看到的这个比喻其实就是对恐惧的驯服。此时，我们这位考古学家抹去了他的文物上的最后一层土，我们看到了俄耳甫斯的精神状态，他似乎濒临疯狂。他的视线左顾右盼，尽管这没什么不对，却有损于他的前进和目的。但那条小犬却跑得更远了，超出了我们起初的想象，因为俄耳甫斯那像气味一样拖在身后的听觉也是同一个与狗相关的比喻之又一变体。

十九

抛开这几行诗在描写俄耳甫斯精神状态时所取得的效果不谈，这种将他的两种感官（视觉和听觉）联结起来的技巧本身也意义重大。任何将此归结为诗人强大的押韵能力的解释都是不完整的。

要想完整地解释这一点，我们必须深入诗的本质，这就需要我们在时间的长河中往回走几步。此刻，请允许我向你们指出，我们分析的这几行诗具有一种出色的、拟态般的流畅。你们或许会同意，这种流畅直接对应着我们那条小犬来回奔跑的能力。用 I.A. 理查兹 [①] 的话来说，此处的这个四脚动物的确是个"载体"。

不过，一个成功隐喻的危险性恰恰在于其载体可能会完全吞噬内容（或者相反，但这种情形较为少见），并且让作者（更不用说读者了）对究竟何者为主、何者为次的问题感到迷惑。如果这载体是个四脚动物，它吞噬内容来的速度可是很快的。

但是现在，还是让我们沿着时间的长河往回走吧。

---

① 理查兹（1893—1979），英国批评家。

二十

我们无需走得太远，只需走到大约公元前的第一个千年，如果你们一定要一个精确的时间，这便是那个千年的第七个世纪。

在那个世纪，希腊书面语的标准形式被称作"左右交替起首书写法"（boustrophedon）。这个词的字面意思即"公牛方式"，它指一种与耕地相似的书写方式：当耕地的犁铧行至一块土地的一端，便会掉头往回，当时的书写方式与此相同，一行字从左到右写到头，便会掉头从右往左写，如此一直持续下去。当时希腊的大部分文字均用这个我所说的"公牛方式"写成，人们无法确知的只是："左右交替起首书写法"这个术语是否与这一现象同时出现，抑或是后世的生造，甚或是事先的预见？因为定义通常即表明存在着与之竞争的概念。

"左右交替起首书写法"至少有两个竞争者，即希伯来方式和苏美尔方式。希伯来方式过去和现在都是自右往左写。苏美尔的楔形文字则与我们如今的书写方式大体一致，即自左往右写。这并非某种文明在为其书面语言寻求表达方式，但这个术语的存在却显示出一种清晰的特质，这一特质意味深长。

我猜想，自右往左的希伯来写法（经由腓尼基人传至希腊人）可追溯至石雕工艺，亦即雕刻匠人的工作过程：左手握着凿子，右手拿着锤头。换句话说，这一书面语言并非完全产生于书写，因为古代的书写者若是自右往左写字，他的衣袖或肘部一定会弄脏他刚刚写下的字。苏美尔写法（直接传至希腊人）则将其叙述文字和记实文字更多地托付给黏土而非石头，书写者可以轻松地把楔形物刺入柔软的表面，一如他用笔（或其他任何替代物）在纸莎草纸或羊皮纸上书写。在此种情况下，写字的那只手就是右手。

像梭子一样来回运动的古希腊左右交替起首书写法则暗示，其书写者在书写过程中不会遭遇任何物体上的障碍。换句话说，催生这种书写过程的似乎不是书写材料的特质。这种写法十分随意地来回转换，看上去近乎装饰花纹，会让人想起古希腊陶器上那些极具绘画感和装饰性的奔放铭文。很有可能，古希腊的书面语言就产生于陶器，因为象形文字通常出现在表意文字之前。我们还应记住，古希腊语与希伯来语或苏美尔语不同，它是一种群岛文明的语言，搬运石头可不是各岛屿间最好的交流方式。

最后，由于陶器运用图画，那么我们可以合理地推测，书面语言——事实上是铭文——也运用图画。它的流畅和不被界线切断的本领就由此而来。"好吧，"一行快写到陶板边缘的句子会说，"我只要转个弯，就能在可供使用的表面继续我的谈话。"因为，无论文字还是图画，更不用说那些装饰，很有可能都是由那同一只手完成的。

换句话说，古希腊书写法当时所使用的材料及其相对脆弱的特性暗示，这一书写过程或许简便易行，应用频率很高。就这一意义而言，古希腊的书面语言无论是否左右交替起首，都要比希伯来或苏美尔书写方式更像是书写法①，也很有可能比后两种书写法演化得更快。至少，左右交替起首书写法相对较短的历史以及它在考古发掘中的难得一见便证明了这一进化过程的速度。作为这一进化过程的一个部分，诗歌在古希腊语中的出现在很大程度上就归功于这种难得一见的考古奇观，因为我们很难不在左右交替起首书写法中辨认出诗行的先兆，至少就

---

① 此处及之后的"书写法"均用的是法语词"écriture"。

视觉而言是这样的。

二一

因为，英语中的"诗"（verse）来自拉丁语的"versus"，其含义即"转折"。即掉转方向，从一件事情转向另一件事情，左转，右转，大转弯；或从主题转向反题，变形，比较，悖论，隐喻，尤其是成功的隐喻；最后是韵脚：两个事物发音相同却含义相悖。

这一切均来自拉丁语的"versus"。就某种意义而言，这整首诗以及这则关于俄耳甫斯的神话就是一个很长的诗句，因为它诉诸的正是**转折**。或者，由于它写的是俄耳甫斯在自阴间回来路上的转身，我们可否说这就是回头路里的回头路呢？可否说神的禁忌也像你们的交通规则一样合理呢？

或许。尽管我们能肯定的事情只有一件，即俄耳甫斯的感官分裂以及那个比喻首先应归功于这个表达媒介本身，亦即诗句，其次应归功于为这一媒介所决定的诗人的想象力。这个比喻的运动本身也非常出色地传达出了这一媒介自身的前行方式，这也许是有史以来一条狗对"公牛方式"的最佳模仿。

二二

> 有时他恍惚觉得它一路向后
> 延伸，直到另外那二人的脚步前，
> 他们应该正跟着他一路向上。
> 随后再一次，他身后一无所有，

只有他脚步的回音和斗篷的风声。
但他告诉自己他们还跟在身后，
他说出声来，又听见这声音逐渐隐去。
他们还跟在身后，只是这两人，
他们的脚步轻得吓人。如果他敢
回头一看（如果回头一看
不会毁灭这有待完成的壮举，
该有多好！），他定能看见他们，
两人脚步轻盈，默默跟在他身后……

如果说我们能从里尔克对俄耳甫斯的描写中找到任何情感
投入的话（而我们这位诗人从写下标题开始就竭尽所能地回避
对其主人公表现出任何感情），那么在这些诗行中我们也许能
察觉出一丝端倪来。这并不让人感到惊奇，因为这些诗行围绕
的是极端的自我认知，每一位诗人由于其所从事事业之本质，
对于它都不会陌生，而且注定无法与之分道扬镳，无论诗人多
么努力地试图挣脱。

这一节心理描写极其精确的诗并不需要任何具体的解释，
除了作者在括号里探讨的那个小问题。但就整体而言，这些诗
行的确体现出了叙述者对那位始祖诗人之态度的轻微转变，字
里行间流露出一种很勉强的同情，尽管里尔克在尽其所能地控
制情感，其中包括前面提及的那个括号里的问题。

我们或许应该说是"括号**自身的**问题"？因为这个打了括
号的问题，是在我们的文明史中一位诗人面对此类素材做出的
最大胆的尝试。

被里尔克先生作为某种次要的或更次要的问题在此置入括
号的，却是这则神话的主要条件，不对，是这则神话的前提，
也不对，是这则神话自身。因为，俄耳甫斯下到地狱试图带回

妻子并最终失败，这整个故事的主题正是奥林匹亚山诸神的禁忌以及禁忌的被触犯。世界诗歌的一半写的都是这一禁忌！好吧，即便只是十分之一，从维吉尔到歌德，也有大量的诗作诉诸这一禁忌！而里尔克却将它漫不经心地打发了。为什么？

就因为他是一位将一切都看作心理冲突的现代诗人吗？还是因为在他之前所有这些崇高华丽的诗句均已写尽，而他又想另辟蹊径，比如说显得面无表情？他真的把俄耳甫斯当成了一个疲惫不堪、不知所措的人物，在步出阴间的路上面临着又一个亟待解决的问题，而这项协定的主要条款则被他埋藏在了意识的角落里？或者，这一切也与韵脚的惯性和左右交替起首书写法相关？

<h2 style="text-align:center">二三</h2>

其实，具有现代感的并非这位诗人而是读者，出于对读者注意力持续时间的考虑，诗人才给出这一提示。同样，由于这整个故事对于这位读者的意义尚不确定，这个务实的括号提示便可能很有益处。因为括号就是人们的意识角落在印刷品上的等价物，亦即文明在现代人心目中的真正处所。

因此，这一提示越是漫不经心，读者（而非诗人）就越易将自己等同于诗人笔下的主人公，读者仿佛身临其境，一切似乎就发生在这个星期，鲜有拒人于千里之外的古代气息。而这里的反讽，即"如果回头一看 / 不会毁灭这有待完成的壮举，/ 该有多好"（if only looking back/were not undoing of this whole enterprise / still to be done），其磕磕绊绊的散文般调性和累赘的移行同样充满强烈的嘲讽意味，也起到了相同的作用。此外，这些诗行是描写这位始祖诗人外貌的最后笔墨（不是他的实质，对其实质的描写在六行之后才展开），因此，他看上去越像凡人，便越有利于之后的描写。

二四

但我们这位诗人知道前方会有什么吗？他肯定知道这故事的线索，而读者也知道，尤其是在这条提示之后。因此他也知道，还有两个人物将被引入并贯穿全诗。他还知道，承载这两个人的工具将是无韵诗体，他必须严格掌控其五音部扬抑格，因为这种格律具有一种随着其自身的音乐起舞的倾向，有时甚至会绽放为一首歌。他知道到目前为止，他一直成功地把握着全诗，使其能呼应标题给出的基调，对格律的驾驭也始终很出色，但在四十行诗句之后，任何一种格律都会出现某种需要，需要声音上的释放，需要抒情上的解决方案。这样一来问题便在于，他会在什么地方让自己的格律开始歌唱，既然他的故事，即一出悲剧，从头到尾都在向他提供这样的机会？比如在这里，赫尔墨斯出场的这节诗的第一行五音步诗句，似乎就挣脱了这位诗人那不动感情的掌控：

> 浪游和遥远的讯息之神祇，
> 行者的风帽罩着他闪亮的眼睛，
> 细长的手杖伸向身体前方，
> 他脚踝处的一对翅膀在轻盈舞动，
> 他左臂挽着的是托付给他的**她**。

音调在此处的提高既是由于表现对象的拔升，也是由于因停顿而得到加强的"浪游"（faring）一词的无尽开放性，以及紧随其后的具有宽广意味的"遥远的讯息"(distant message)。这两个限定与其说精确,莫如说具有暗示意义;人们更为关注的与其说是它们的含义,莫如说是其中的元音。被一个原本是要将它们连为一体的介词(of)所联结,这两个修饰语结果却弱化了它们各自要传达的未知与无垠的抽象意义。换句话说,人们在这里听到的更像是格律本身,而非它所表现的精神特征,后者被格律自身的流动所削弱和冲淡了。在"faring"(浪游)中我们显然能听出"airing"(吹拂),"distant message"(遥远的讯息)会扩展为"distant passage"(遥远的旅程)。但另一方面,诗歌始终是一门歌唱艺术,尤其在俄耳甫斯的时代,再说,我们在此面对的毕竟是俄耳甫斯眼中的赫尔墨斯,因此,不妨就让我们的格律一展歌喉吧。总之,这句英译像德语原文"Den Gott des Ganges und der weiten Botschaft"一样地诱人。

只是,时机未到。之后或许还会有其他更好的机会来释放歌声。这位诗人知道这一点,这并不仅仅因为他知道情节,知道该轮到欧律狄刻在这首诗中出场了。他知道这一点,是因为我们刚刚提到,格律的临界质量正在积累,他能将它控制得越持久,它的声音爆发就会越猛烈。

因此,是时候回到那种务实的、就事论事的调性上来了,于是就有了"行者的风帽罩着他闪亮的眼睛"(the traveling-hood over his shining eyes),尽管这位诗人就事论事的手法十分丰富。

赫尔墨斯的眼睛被描写成"闪亮的"(shining),这不仅因为我们身在阴间,这里缺少光线和色彩,风帽的阴影使得他的眼睛显得更加突出了。不,这更是因为赫尔墨斯是神,他的眼睛闪闪发亮,就像里尔克的一位同时代人、伟大的希腊诗人康斯坦丁诺斯·卡瓦菲斯对一位希腊神祇的描写:"他的眼中是不朽者的欢乐。"①

　　当然，"闪亮的"也是"眼睛"（eyes）的标准修饰语，但无论是俄耳甫斯的眼睛还是我们即将看到的欧律狄刻的眼睛（这种修饰放在她身上是最合适不过的）均未得到这样的描写。而且，这还是此诗到目前为止第一个具有正面含义的修饰语。因此，促使这一形容词出现的因素并非风格惯性，尽管关于赫尔墨斯的其他诗行均延续了十分传统的神祇形象描写：

　　　　细长的手杖伸向身体前方，
　　　　他脚踝处的一对翅膀在轻盈舞动，

　　这两行诗中唯一值得关注的就是"细长"（slender）一词在此诗中的再度出现，这个形容词未必是最令人浮想联翩的，它会使你们意识到，在写作此诗的时候这个词曾是我们这位诗人最为钟爱的单词之一。可他当时才二十九岁，他对这个修饰语的热衷因此或许是可以理解的。

　　赫尔墨斯脚踝处的翅膀当然也是他的一个标准的外在细节，一如俄耳甫斯的竖琴。这对翅膀在"轻盈舞动"（lightly beating），这说明这位神祇的运动速度不快，而俄耳甫斯的双手悬垂，"使劲握着，探出下垂的衣袖，/ 不再留意轻盈的竖琴，/ 这竖琴已在他的左臂生根，/ 像一株玫瑰攀附橄榄树枝"（heavy and clenched, out of the falling folds, / no longer conscious of the lightsome lyre, /the lyre which had grown into his left / like twines of rose into a branch of olive），这则透露出一种相反的情形：他运动的速度和地点均使他无法演奏他的乐器，这乐器竟然成了一个装饰细节，一种能被用在古典建筑檐口上的图案。

────────

　　① 语出卡瓦菲斯（1863—1933）的《他们的神祇之一》一诗。

不过在两行诗之后，一切均将改变。

二五

有鉴于人类说话的发声特性，我很难理解为什么我们的"书写"竟是以水平的方式进行的。无论自右向左还是自左向右，其传达各种音调起伏的方式仅有惊叹号和问号。逗号、分号、冒号、破折号、括号、句号，这所有的标点符号所分割的均是我们的语言存在之线性的、亦即水平的状态。最终，我们过于习惯用这种方式来表达我们的话语，竟使我们的说话方式也呈现出某种精神上的（至少是音调上的）水平状态，还将其时而标榜为平衡，时而标榜为逻辑。如果细想一下，美德也是水平的。

这很合理，因为脚下的土地也是水平的。但说到我们的话语，我们或许会羡慕中国的文字及其竖排方式，因为我们的声音是向各个方向辐射的；抑或我们可以用象形文字来取代表意文字。即便我们正处于我们幸福的进化阶段的末期，我们也依然缺乏将音调变化、重音转移等诸如此类的现象落实在纸上的手段。我们的表音字母表远远不够用，诸如移行符号或字间空白等印刷技巧无法构成一个有效的标记体系，纯属白费工夫。

书写法出现得如此之晚，这并非因为古人不够智慧，而是由于他们预料到了书写法无法完全传导出人类的话语。神话之力量或许就在于它较之书面语言的口语优势和声音优势。任何一种记录就其本质而言均是缩水的。书写法其实就是足迹，我认为足迹就是书写法的开端，这是一个或居心叵测或乐善好施、但一准去向某处的躯体在沙地上留下的痕迹。

因此，两千年之后（确切地说是两千六百年，因为俄耳甫斯被首次提及是在公元前六世纪），我们这位诗人借助建构的诗句（这样的建构正是为了强调书面字词以及分隔这些字词的停顿所具有的谐音，亦即人声特性），让这则神话返回了它在书写法出现之前的口述起源。从声响的角度看，里尔克的这首诗和那则古代神话并无二致。更确切地说，两者的声音差异等于零。这正是两行之后将要显示的东西。

<h1 style="text-align:center">二六</h1>

两行之后，欧律狄刻出场，声音爆炸发生了：

> 他左臂挽着的是托付给他的**她**。
> 她是他钟爱的人，自一把竖琴
> 诞生的哀恸超过了所有哭丧的女人，
> 整个世界自这哀恸升起，在这里，
> 万物再次出现：森林和山谷，
> 道路和村庄，田野、小溪和野兽；
> 环绕这哀伤的世界转动，
> 像环绕另一个地球，太阳
> 和整片布满星星的寂静天空，
> 哀伤的天空布满扭曲的星星。
> 她是他如此钟爱的人。

竖琴的乐旨在这里扩展成放声歌唱。触发这歌声的甚至并非欧律狄刻本人，而是修饰语"钟爱的"（belov'd）。我们在这里看到的并非她的肖像，而是对俄耳甫斯的终极刻画，这刻画十分近似于作者自画像，或至少近似于对他诗艺的描写。

这一段与我们在此诗开头所遇见的自主领域十分相像，只是在这里我们看到的其实就是一个宇宙，你们如果愿意的话也可称它为领域，尽管它不是静止不动的，而是处于不断扩展的过程之中。在这宇宙的中心我们看到一把竖琴，这竖琴起先忙于模拟再现现实，之后却开始扩大其范围，类似那种对天线发射声波的传统描绘。

我要说，这很可能就是里尔克本人的艺术准则，更不用说这就是他眼中的自我影像了。刚才引用的这段诗与他一八九八年日记中的一段话十分接近，当时二十三岁的他对自己的评价相当低，他在这篇日记中思索该如何重塑自我，使自己成为类似造物主的存在，全知全能地出现在其创作的每个层面，并且可以被追溯至其中心："在这个孤独的人物（即他自己。——布罗茨基按）之外再无任何东西，因为树木和山冈、云朵和海浪都将仅为他在自己内心所发现的那些现实之象征。"

这个自我影像相当崇高，但它显然是可转让的，用于俄耳甫斯就很合适。这里的关键并非新兴宇宙的所有权或著作权，而是其不断扩大的半径，因为其源头（竖琴）的重要性要次于其真正的天文学终点。

应该指出，这里的天文学与日心说相去甚远。它深思熟虑地以行星为中心，更恰当地说是以自我为中心，因为这是俄耳甫斯的天文学，声音的天文学，想象和哭泣的天文学。它那些被扭曲、被眼泪所折射的星星就由此而来。那些星星或许就构成了他的宇宙之边际。

但在我们关于里尔克的理解中，我认为重要的一点就是，这些不断扩大的声音同心圆显示出一种非同寻常的、形而上的热望，为了满足这一热望，他会使他的想象脱离任何现实，包括他自身的现实，让其自主地驰骋在这银河系的精神等价物之内，如果走运的话，也可能将它冲破。这位诗人的伟大之处就在于此；同样，摆脱一切人类既有现实的秘方也就在于此，或许正是这一点促使他一开始就诉诸这则关于俄耳甫斯和欧律狄刻的神话。归根结底，俄耳甫斯的出众之处就在于他能用他的歌声感动天国的居民。

这就是说，我们这位作者关于世界的观念中没有任何可以定义的信条，因为对于他而言，模仿先于发生。这也就是说，这种使他能够克服一切向心重力的离心力来源于诗句本身。在一首押韵的、具有统一诗节设计的诗作中，对重力的克服会发生得更快。在一首五音步扬抑格的自由体诗作中，这大约需要四十或五十行。当然，那是在它最终会发生的情况下。只是，在走过这段距离之后，诗句已因为其缺少韵脚而厌倦不堪，它想对此作出报复。尤其是在听到了"Geliebte"① 一词之后。

二七

阿波罗和缪斯卡利俄佩的儿子、欧律狄刻的丈夫俄耳甫斯的肖像画到此已绘制完成。有些地方还需要再添加几笔，但就整体而言，这就是他，色雷斯的歌手，他的歌声如此诱人，河水情愿放慢流速，高山情愿移动脚步，只为更好地听他歌唱。一个男人竟如此爱恋他的妻子，当她突然离去，他便手持竖琴，历经艰辛下到阴间，目的是将她领回，甚至在此事失败后他仍继续为她哭泣，对酒神的放浪女侍们的种种诱惑无动于衷。愤怒不已的她们杀了他，肢解了他的尸体并扔进大海。他的头颅最终漂至莱斯博斯岛，被安葬在那里。他的竖琴漂得更

---

① 德语，即"钟爱的"，对应英译中的 beloved。

远，最终成了星座。

我们看到了他在神话中的生命历程，这一历程预期颇高，落点却很低。纵观整个故事，我们看到的他，是被用一支不加美化的冷静笔触描绘出来的：一个惊恐万状、固执己见的天才男人，孤独地走在一条孤零零的、人迹罕至的路上，他所关注的无疑就是怎样找到出口。如果没有这段对他的哀恸的描写，我们或许不太会相信他有爱的能力；我们或许都不会希望他获得成功。

因为我们为何要同情他呢？不像他那样出身高贵、也没有他那份天赋的我们永远摆脱不了自然的法则。对于我们来说，前往阴间的路就是一条单行道。我们大约能从他的故事里学到什么呢？知道一把竖琴能让一个人走得更远，胜过犁铧或铁锤和铁砧？知道我们应该仿效天才和英雄？知道大胆或许就是关键所在？因为如果不是这种毅然决然的大胆，那又是什么促使他走上这次朝觐之旅的呢？这大胆自何而来呢？是阿波罗的遗传基因吗，还是卡利俄佩的？或是来自他的竖琴？这竖琴的声音，更不用说它的回声，能比这个人本身走得更远。或者，觉得自己无论如何一定能返回的信念只是过度阅读左右交替起首书写法的一个副产品？或者，这种大胆也许就源自希腊人的一个本能意识，即爱情其实是条单行道，哀恸即这条路的延续？在书写法出现之前的文化中，人们很容易产生这种意识。

二八

现在该引出第三位人物了：

> 但此刻她挽着那神祇的手在走，

长长的殓衣限制了她的脚步，
她茫然却温顺，充满耐心。
被自我包裹，像是时辰已近，
她并未想到走在他们前方的男人，
也未想到通向生命的坡道。
被自我包裹，她走着。她的死亡
充盈着她。就像完满。
就像果实被甜蜜和黑暗充满，
她充满伟大的死亡，死亡崭新，
此时她无法接受旁物。

这就是她，俄耳甫斯的妻子欧律狄刻，她在逃避阿里斯泰
俄斯（也是阿波罗之子，因此是她丈夫的同父异母兄弟）的
追赶时被毒蛇咬伤而亡。此时她走得很慢，像是一个刚刚醒
来的人，或像一尊雕像，其大理石的"长长的殓衣"（lengthy
shroudings）妨碍了她的小碎步。

她在诗中的出场给作者提出了一系列问题。第一个问题即
必须改变调性，尤其是在上一节描写俄耳甫斯哀恸的声响爆发
之后，必须使调性更抒情一些，因为她是一位女性。这一效果
的实现也部分仰仗重复出现的"她是他如此钟爱的人"（she, so
beloved），这一句听来就像一声被压抑的哀号。

更为重要的是，她的出现要求作者改变他在这首诗中的整
个姿态，因为在塑造俄耳甫斯的形象（其位置也时常被叙事者
本人所占据）时所采用的那种男性的节制并不适用于（至少在
里克尔所处的时代）一位女主人公，而且还是一位死去的女主
人公。换句话说，叙事中应注入大量赞歌和哀歌的调性，如果
不是完全为这种调性所颠覆的话。

这就是为什么"她茫然却温顺，充满耐心"（uncertain,

gentle，and without impatience）这一句听起来更像是作者的内心独白，更像是他在着手描写欧律狄刻时给自己下达的一组命令，而非他对这尊雕像前行步伐的再现。显而易见，这里没有了这位诗人在描写俄耳甫斯的那一部分中所表现出的确信，或至少是一种明确的态度，因为我们这位诗人在这里摸索着前进。而且，她还是一位逝者。

描写死亡的状态是作诗这一行里最困难的事情。这在很大程度上是由于人们从这一矿脉（就让我们用这个词吧）中已经开采到了大量高品位的成果；另外，这也是由于诗歌与这一主题就整体而言是相近的，即便仅仅因为每一首诗作都自发地被重力拖向一个终点。

如果我们把这一过程看成是无意识的，里尔克的策略选择便在我们的意料之中：他将欧律狄刻表现为一个完全自主的存在。唯一的区别在于，他在这里转而采用一种向心手法，用以取代在塑造俄耳甫斯形象时所采用的离心方式，因为对于这首诗的意图和目的而言，俄耳甫斯毕竟还活着。

二九

这一向心力手法自然要从这个自主存在体的外延开始。对于欧律狄刻而言，这便是殓衣。描写她的第一个词也由此而来，即"包裹"（wrapt），里尔克的第一步不是解开女主人公的殓衣，而是跟随那殓衣走向这一存在之中心，这一点令人击节。

"并未想到走在他们前方的男人"（thought not of the man who went before them），这一句接近了她的精神和主观层面，这可以说是在从外延层面走向内在层面，也可以说是带有更多体温的层面，因为"时间"的概念比"人"的概念更抽象。她被这两个概念所定义，可她不是这些概念本身：她填充了它们。

而填充**她**的则是她的死亡。接下来的四行构成一个隐喻，即容器，决定这一容器性质的并非其形状和设计，而是其中的内容。这一形状之笨重，或者更确切地说，是硕大，引入一个隐晦的、但无疑是清晰的怀孕意象，强调了欧律狄刻的新状态之丰富和神秘，以及这一状态拒人于千里之外的、自我封闭的特征。显然，"像是时辰已近"（one whose time is near）听起来充满悲伤，这悲伤又转化为一种负罪感，因为自己幸存了下来，更确切地说是因为自己担负了从外部感知死亡、并用这种感知来填充爱人的责任。

这是里尔克最擅长的。他是一位抒写孤独的诗人，使主体孤立是他的强项。给他一个主体，他便能立即将其转变为客体，使其脱离语境，深入其内核，在其中注入他独特的学识、直觉和幻想天赋。最终，这个被他关注和想象的热度所殖垦的主体便成了他的所有。死亡，尤其是他人的死亡，无疑非常适合用这一方式来处理。

三十

比如，你们应该注意到，这里没有一个字谈及女主人公的美貌，而人们在歌颂一位逝去的女性时却常常会写到她的美貌，更何况这位女性还是俄耳甫斯的妻子。但这里有这么一句："她获得了新的贞洁"（She had attained a new virginity），这行诗的效果胜过无数最有想象力的赞美。此外，与前面提及的关于怀孕的暗示一样，这也是欧律狄刻完全疏远她那位诗人的又一征兆，这显然是对爱神维纳斯形象的借用；像许多神祇一样，维纳斯具有一种令人羡慕的（令某些人羡慕的）能力，能够不断地恢复贞洁，这种能力与古人赋予贞洁的那种价值无甚关联，却体现了古人的这样一个观念，即神并不受制于那些左右凡人的普通因果律。

无论如何，这行诗的隐藏含义就是，我们这位女主人公即便死后也依然很像维纳斯。这当然是一个凡人能够得到的最高赞誉，因为这会让你们首先想到美貌，由于为数甚多的描绘，女神维纳斯早已成为美的同义词。如果你们继续想象，还会联想到维纳斯的许多神奇特性，其中就包括她在与神或凡人交媾之后每次都能重新恢复贞洁。

不过，我们这位诗人在这里所做的事情似乎大于诗意的赞誉本身，因为不然的话，刚才引述的那句诗便已经达到目的。不过，这行诗不是以句号结尾的，而是一处移行①，我们在此后又读到了"无法触摸"(and was intangible)。当然，我们不应该过于拘泥地深究诗句，尤其是翻译过来的诗句，但通过这样一个令人浮想联翩、极具世纪末情感的修饰语，凡人和女神在某种程度上被画上了等号，女神只能把这视作一句具有嘲讽意味的恭维。

当然，作为一种较晚文明的产物，作为一位德国人，只要一有机会，我们这位诗人便一准会就爱神和死神大做文章。这就解释了此处隐藏的一个暗示，即对于女神而言每次交媾的结果都是一次小小的死亡②。但是，让一位凡人感到生离死别的事件，在执掌无穷的不朽者们看来却不见得如此，他们甚至会觉得这很有趣。爱与死的等同大约就属于此类事件。

---

① 中译此处用了逗号。
② "小小的死亡"用的是法语"le petit mort"，这同时也是"性高潮"的隐讳表达。

因此到最后，被用作欧律狄刻主题之载体的维纳斯也许并不会对此过于在意。而且，这位女神或许会率先赞赏这位诗人欲让这整个存在的概念、生存的概念渗入诗句的决心，因为神性归根结底正在于此。于是，他对女主人公的肉体存在，甚或其肉欲的强调便更紧地封闭了这个容器，实际上将欧律狄刻提升到了神的位置，同时将无穷提升为肉体的愉悦。

三一

叙述者和俄耳甫斯二人对欧律狄刻的看法在这里迥然不同，这没有关系。对于俄耳甫斯而言，欧律狄刻之死是天大的损失，他试图挽回。对于叙述者而言，欧律狄刻之死则同时是叙述者和欧律狄刻本人的获益，而叙述者还要进一步增进收益。

试图为其客体寻求自主的里尔克无疑能在他关于死亡和爱情的观念中发现这一特性。促使他将死亡和爱情等同起来的因素就是，它们均会摈弃之前的状态。具体地说，死亡摈弃生命，爱情摈弃冷漠。这种摈弃之最显而易见的表现形式自然就是遗忘，而这正是我们这位诗人带着可以理解的热情在这里屏息关注的东西：

> 她的性别之门关闭，
> 就像傍晚降临时的年轻花朵，
> 她苍白的双手已不习惯
> 妻子的角色，甚至那高挑神祇
> 无休止的轻轻触摸也令她
> 心烦意乱，像是过分的亲昵。

因为，遗忘显然就是无穷发出的第一声啼哭。人们在这里会产生这样一种感觉，即较之于那则神话，里尔克在更大程度上使欧律狄刻远离了俄耳甫斯。他甚至还取消了赫尔墨斯作为俄耳甫斯潜在嫉恨对象的资格，这也就是说，欧律狄刻的无穷有可能将所有的希腊众神拒之门外。有一点确凿无疑，即我们这位诗人更感兴趣的是那种能把女主人公带离生命的力，而非那种能把她带回人间的力。不过，他在这里并非与那则神话产生抵触，而是扩展了那则神话。

三二

问题在于：究竟谁在利用谁，是里尔克在利用那则神话，还是那则神话在利用里尔克？神话实际上是一种富有启示性的体裁。神话探讨神和凡人之间的相互关系，更直接地说即无穷和有穷之间的相互关系。通常，故事的框架有限，留给诗人进一步发展情节线索的余地很小，这使得他只能扮演一个传声筒的角色。面对这一处境，面对有可能早已熟悉这故事内容的读者，诗人只好尝试在自己的诗句中实现超越。神话的内容越是为人熟知，诗人的任务就越是艰难。

如前所述，这则关于俄耳甫斯和欧律狄刻的神话非常流行，对它的改写和改编不计其数。一个人之所以决定再度转述它，必定有他难以抗拒的原因。但这种难以抗拒的原因（无论那是什么）要想让人的心灵感到难以抗拒，就必须同时与有穷和无穷产生关系。换句话说，这种难以抗拒的原因本身就是神话的亲戚。

无论是什么因素促使里尔克在一九〇四年着手转述这则神话，这一因素都不应被简化为个人的苦恼或性焦虑，如他的某些现代批评家所断言的那样，因为这些因素显然是有穷的。如今能在伯克利这样的地方赢得更多听众的东西，在一九〇四年却未必能搅动这位二十九岁德语诗人的墨水瓶，尽管这些事情有可能触发了某个特定的顿悟，或者，更有可能的是，它们自己就是顿悟的副产品。无论什么因素促使他写下这首诗，这一因素或许都具有神话的性质，即无穷的感觉。

三三

诗人借助格律诗能最快地抵达这种感觉，因为格律就是重构时间的手段。之所以如此，是因为每个音节均具有时间当量。比如，一行五音步扬抑格诗句就等于五秒钟，虽然它也可能被读得更快一些，尤其在默读的时候。不过，诗人总是会把自己写就的诗大声地读出来。因此，单词的意义及其声响在他的意识中均是拥有时长的。如果你们愿意的话也可以说，反之亦然。无论如何，一行五音步诗句就意味着五秒钟，它的延续方式不同于其他任何五秒钟，包括下一行五音步诗句中的五秒钟。

这规则也适用于其他任何格律；诗人的无穷感更像是时间性的，而非空间性的，这似乎不言自明。但很少有其他格律能派生出这种无韵诗般无动于衷的单调，在里尔克这里，在他持续十余年的押韵实践之后，这一点尤为醒目。这种格律会使人联想到通常用无韵诗体写成的古希腊罗马诗歌，除此之外，它对于一九〇四年的里尔克而言一定还具有某种纯粹的时间意味，因为它向他许诺了一种中立的调性，使他能摆脱押韵诗体中那种不可避免的强烈表达。因此就某种程度而言，人们可以在欧律狄刻疏远她先前状态的举动中依稀感觉到诗人自己对其先前措辞所持的态度，因为她就是中立的，就是要摆脱强烈表达的。这似乎是最接近自传的状态。

三四

> 如今她已不再是那位金发女子，
> 她曾在诗人的诗中赢得回声，
> 不再是宽大躺椅上的香味和岛屿，
> 也不再是那个男人的所有。

　　或者最接近自我指认。因为上面的这四行诗无疑显露出一种个人视点。确定这一视点的与其说是欧律狄刻与观察她的那双眼之间的实际距离，莫如说是她过去和现在与感受她的那颗心之间的精神距离。换句话说，她过去和现在都被客体化了，这一客体的肉欲特质全都来源于表象。尽管我们最好把这一视点看作是为了保护俄耳甫斯——也就是保护里尔克——免受女性主义批评家们的攻击，然而，这一居高临下的视点毫无疑问仍是属于叙事者的。最能体现出这一点的即"宽大躺椅上的香味和岛屿"（the broad couch's scent and island），这句话使女主人公客体化了，毫不夸张地将她隔离开来。但是，甚至仅有"那位金发女子"（that blond woman）便已足矣，因为这位始祖诗人的妻子一准是深色头发。

　　另一方面，在改编神话时人们最不必注重的就是逼真还原和担心出现年代错误，因为神话的时间框架同时超越了考古学和乌托邦。此外，诗写到这里已接近结尾，作者的所有目的均在于提高音调，弱化焦点。俄耳甫斯自然需要弱化焦点，因为欧律狄刻即便能看见，也只能远远地打量。

三五

在这里，里尔克给出了我们整个诗歌史上最伟大的三个比喻，这组比喻恰恰与焦点的丧失相关。更确切地说，它们与隐入无穷相关。但首先，它们是彼此相关的：

> 她松散开来像披肩的长发，
> 她悠远宽广像如注的雨，
> 她已被消耗像各种储备。

头发大约仍是金色的，它披散开来大约是准备过夜，夜晚大约是永恒的夜晚；那头发大约变得灰白了，变成了雨，像头发一样的雨丝模糊了地平线，最终用远方的纷纷绵绵取代了它。

总体而言，这一手法与你们在本诗开头所见的场景以及本诗中间俄耳甫斯那把编织宇宙的竖琴发散出的同心圆如出一辙，只是这一次几何图案被简洁的铅笔画所取代。这一描绘一个人最终烟消云散的场景无与伦比。至少，"悠远宽广像如注的雨"（and given far and wide like fallen rain）这一行是无与伦比的。这毫无疑问是无穷的空间表现，但这正是就其本质而言具有时间属性的无穷通常出现在凡人面前的方式，因为它实际上别无选择。

因此，只有在我们的终点，也就是阴间，它才能够得到描绘。里尔克的伟大之处在于他善于拉伸远景：上面几行诗表明了冥府的无边无垠，如果你们愿意的话，也可以说它延伸进了一种乌托邦的维度，而非考古学的维度。

好吧，至少可以说是一个有机的维度。捕捉住"储备"

（supply）这一概念，我们这位诗人在下一行里用"她已是树根"（She was already root）结束了对女主人公的描写，将她牢牢地植入他的"灵魂矿井"（mine of souls），与许多树根挤在一起；在那里，"流向人类的鲜血在涌动"（welled up the blood that flows on to mankind）。这表明此诗即将转回情节叙述。

三六

到这里，人物的呈示告一段落。现在，他们可以互动了。不过我们知道接下来会发生什么，如果我们还在继续阅读此诗，原因大约只有两个：首先，诗人已告诉我们此事将发生在**何人**身上；其次，我们想知道原因何在。

如前所述，神话是一种富有启示性的体裁，因为神话能阐明某些力量，直白地说就是那些能左右人类命运的力量。神话中的神祇和英雄们其实就是这些力量或明或暗的替身或傀儡。诗人对他们的描写无论怎样立体或清晰，最终获得的效果仍可能仅仅是装饰性的，尤其在这位诗人着迷于完美的细节、或是将自己等同于故事中的某个或某几个人物时；在后一种情况下，他的作品就会变成一首假面真人诗①。这时，诗人就会赋予他那些人物所代表的力量以某种失衡性，这种失衡与那些力量所固有的逻辑或不稳定性并不吻合。通俗地说，他的故事成为一则内在故事；而那些力量讲述的却是一则外在故事。如我们之前所见，里尔克自一开始便避免让自己与俄耳甫斯过分亲近。因此，他面临的危险就在于过度关心细节，尤其是与欧律狄刻相关的细节。幸运的是，这里的细节均具有形而上的性

---

① "假面真人诗"用的是法文"poème à clef"。

质，仅仅由于这一点，它们便能抵御过度的雕琢。简言之，他对待其素材时的毫无偏袒近似于那些力量自身所具有的毫无偏袒。再加上这首诗中每个单词的出现均难以预料，这就几乎使得他与那些力量具有了某种相似性，如果不是与它们平起平坐的话。无论如何，这能使他成为那些力量的自我表达方式，亦即启示。他是不会放过这个机会的。

三七

第一个机会就出现在此时，它是由情节提供的。但恰恰是情节以及情节对于终结和结局的需求将作者推到了一旁。

> 可是突然，
> 那神祇拦住她，痛苦地
> 喊出一句："他回头啦！"
> 她懵懵懂懂，轻声问："谁？"

这是一个绝妙的场景。单音节的"谁"(who) 就是遗忘自身道出的声音，就是最后一口气。因为那些力量、神力、抽象的能量等等大多是通过单音节词来发挥作用的。在日常现实生活中，单音节词也是辨认那些力量的一种方式。

我们这位诗人本可以轻而易举地抓住这个启示的时刻，如果这是一首押韵诗的话。但由于他写的是一首无韵诗，他便失去了韵脚具有的语音上的终结感，而不得不放过这被压缩进单个元音"谁"中的无垠。

请记住，俄耳甫斯的转身是这则神话的关键时刻。请记住，诗句其实就是"转身"。最重要的是，请记住："请勿转身"就是神的禁忌。对俄耳甫斯而言这个禁忌的意思就是："在冥府别像诗人那样行事。"或者也可以说："别像诗句那样行事。"不过他却这样行事了，因为他别无选择，因为诗句就是他的第二天性，甚或第一天性。因此他转身了，撇开左右交替起首书写法不谈，他的意识和他的视线转身了，违反了禁忌。他付出的代价就是欧律狄刻的那声"谁？"。

不管怎样，在英译中，这里本可以押韵的。

三八

如果它果真押韵，这首诗完全就可以在此结束了。这里有语音上的终结感，还有"呜"(oo)音中包含的那种用人声传达出的遥远威胁。

但此诗仍在继续，并不仅仅因为这是一首无韵诗，一首德语诗，或是因为出于结构方面的考虑还需要一个结局，尽管这两个因素已足以说明问题。此诗仍在继续，因为里尔克还有两件事情要做。第一件事情完全是个人的，第二件事情则属于那则神话。

先说他个人的事情。我们在这里步入推测的幽暗领域。首先，我认为，"她懵懵懂懂，轻声问：'谁？'"(she took in nothing, and said softly：Who?)这一句是建立在诗人个人体验的基础之上的，这一体验就是——怎么说呢——情人的疏远。实际上，这整首诗均可被解释为一个隐喻，暗指一对有情人各奔东西，提出分手的是女方，渴望破镜重圆的则是男方，这个男人无疑就是作者的第二自我①。

---

① "第二自我"用的是拉丁文"alter ego"。

可以用来驳斥这种阐释的理由有很多，其中一些已在前文提及，其中就包括我们这位作者表现出的对自我美化的恐惧。不过，这种阐释也不应被完全排斥，这恰恰因为他意识到了这样一种可能性，或者因为我们无法排除另一种可能性，即他俩分手的原因在于男方。

因此，假定这里的确有某种个人体验因素，之后我们便能再进一步，想象一下女主人公在这首诗中说话方式的特殊语境和心理内涵。

这不难想象。请把自己想象成一个被爱人抛弃的人，想象一下，比如说在一个雨夜，你在分手很久之后偶然路过你昔日爱人的家门，你在那个你十分熟悉的门洞前停住脚步，按响门铃。想象一下，比如说，门禁里传出一个声音，问你是谁；想象你像这样答道："是我，约翰。"再想象一下，那个你熟悉到了极点的声音却向你递过一个轻柔的、苍白的回答："谁?"

这个时候的你与其说感觉到自己已被完全遗忘，不如说是意识到自己已被取代。在你此时所处的境地中，这可能就是关于"谁?"的一种最糟糕的阐释，而这可能正是你打算接受的阐释。你究竟是对还是错，这则是另一个问题。但如果你最终发现自己写了一首诗，主题就是分手，或者就是人类所能遭遇的最糟的东西，比如说死亡，这时你就会从你被人取代的体验中汲取情感，来为它添加上所谓的个人色彩。再想想你在被别人取代的时候，很少知道取代你的人究竟是谁，这么做就更有理由了。

三九

这也许就是或多或少隐藏在这行诗背后的东西，这让里尔克错过了一次对促使俄耳甫斯和欧律狄刻分手的那些力量之本质的洞察。他又写了七行诗，才道出了那则神话本身的故事，但这值得多等一会儿。

那则神话的故事是这样的：

俄耳甫斯和欧律狄刻似乎被两股相反的力推向两个不同的方向：他被推向生；她被推向死。也就是说，他被有穷所左右，她则被无穷所左右。

从表面上看，这两种力量似乎势均力敌，生对于死似乎还具有某种优势，因为死允许生步入自己的领地。或许情况恰恰相反，冥王普路托和冥后珀尔塞福涅允许俄耳甫斯进入冥府并领回他的妻子，这恰恰因为他们相信他注定会失败。或许甚至连他们立下的禁忌，即禁止他转身回看，也体现了他们的这样一种顾虑，即俄耳甫斯会发现他们的王国过于诱人，因而不愿再返回人间，他们可不愿因为提前接受阿波罗的儿子而触怒他们这位神祇同辈。

当然，最终，左右欧律狄刻的力要大于左右俄耳甫斯的力。这很合理，因为死人要比活人存在得更久。由此可知，无穷不会对有穷作出任何让步（或许除了在诗行里），因为这两者作为时间范畴均无法改变。由此还可得知，这两个范畴对凡人的左右与其说是旨在展示自己的力量，不如说是为了标明它们各自领地的边界。

四十

这一切无疑十分有趣，但这归根结底仍无法解释神的禁忌发挥作用的方式或者原因。为了实现这一目的，神话需要一位诗人，而这则神话十分幸运，因为它找到了莱纳·马里亚·里尔克。

接下来是此诗的结尾部分，它向你们说明了那个禁忌的作用机制，同时也告诉你们究竟是谁在利用谁，是诗人在利用神话，还是神话在利用诗人：

> 但在远处明亮出口的暗影，
> 不知是谁站在那里，他的面容
> 无法分辨。他站在那里看着，
> 在草地间的小道上，
> 那信使之神，眼中含着忧伤，
> 默默转身，跟随那个身影，
> 那身影已回头踏上来时的路，
> 长长的殓衣限制了她的脚步，
> 她茫然却温顺，充满耐心。

在这里，"明亮出口"（bright exit）显然是指冥府通向人间的出口，"不知是谁"（someone or other）站在那里，其"面容"（countenance）"无法分辨"（indistinguishable），此人即俄耳甫斯。他之所以"不知是谁"，是因为两个原因：因为他与欧律狄刻已无任何关系；因为他对于神祇赫尔墨斯而言只是一个黑影——赫尔墨斯自冥府深处打量着站在人间出口的俄耳甫斯。

换句话说，赫尔墨斯此时仍然面对着他在诗中自始至终所面对的方向。而俄耳甫斯，如我们所言，却**已经转身**。至于欧律狄刻……这里马上就要谈到全诗最伟大的地方了。

"他站在那里看着"（Stood and saw），叙事者这样写道，他用动词"站"（to stand）的过去时态来强调俄耳甫斯的悔恨，强调他意识到了自己的失败。但是，他的所见才真的令人叫绝。因为他看到了那位神祇的**转身**，但这一转身却发生在**此刻**，为的是"跟随那个身影，／那身影已回头……"（behind the figure／already going back ...）这就是说，欧律狄刻也已转过身去。这就是说，这神祇是最后转身的。

问题在于，欧律狄刻是**何时**转身的？回答就是"已经"，这归根结底就是说，俄耳甫斯和欧律狄刻是同时转身的。

换句话说，我们这位诗人在让他们两人保持同步运动，他在用这种方式告诉我们，那左右着有穷和无穷的力自身也为某种东西所左右，我们暂且将其称为控制面板；而且，这控制面板还是全自动的。

我们的下一个问题大约就是一声轻柔的"谁？"了。

四一

古希腊人肯定知道答案，他们会说那是"时间之神"柯罗诺斯，因为他是每一则神话均会指涉的人物。但是在这里，他却并不是我们需要关注的，更确切地说，并不是我们所能触及的。我们应该在此止步了，这首写于九十年前的诗作大约留给了我们六百秒的时间，或者说是十分钟。

我们最终止步的这处地方并不坏，尽管它仅仅是有穷。可我们却不认为它是有穷的，这或许是因为我们不愿将自己等同于被人拒绝、遭受失败的俄耳甫斯。我们看它更像是无穷，我们甚至宁愿将自己等同于欧律狄刻，因为将自己等同于美总是更容易一些，尤其当这美烟消云散，"悠远宽广像如注的雨"。

不过，这些都属于极端。真正令这首诗与我们告别之地充满诱惑力的一点在于，只要我们置身此处，就有机会将自己等同于作者，等同于莱纳·马里亚·里尔克，无论他身在何处。

一九九四年

于瑞典托鲁

致贺拉斯书 ①

亲爱的贺拉斯：

　　如果苏埃托尼乌斯 ② 所言属实，说你曾用镜子装饰你卧室的墙壁，以便从各个角度欣赏性交场面，那么你或许会觉得此信有些乏味。另一方面，你也有可能感到很有趣，因为此信发自你始终不知其存在的一个世界角落，而且发自你去世二千年之后。一幅有趣的镜中影像，难道不是吗？

　　当你在公元前八年去世时，我觉得你已将近五十七岁，尽管你当时既不知道基督，也不清楚即将到来的新千年。至于我，我今年五十四岁，我所处的这个千年也仅剩几年。未来究竟会出现什么样的新秩序，我也同样没有任何预感。因此我觉得我们可以来谈一谈，贺拉斯，像两个男人那样谈一谈。我也可以先从一个隐秘的故事谈起。

　　昨天夜里我躺在床上读你的《歌集》，我偶然看到了你献给你的诗友鲁佛斯·瓦吉乌斯的一首诗，你在诗中试图劝他不要因为失去儿子（据某些人称是他的儿子）或爱人（据其他人称是他的爱人）而过于悲伤。你一连用两三个诗节来举例，告诉他某某失去了亲人，某某又痛别了好友，然后你建议鲁佛斯采用一种自我疗法，即写诗颂扬奥古斯都的新胜利。你提到了最近的几场胜仗，其中就包括夺得西徐亚人的土地。

　　实际上，那些人应该是格隆人 ③，但这并不要紧。奇怪的是我先前并未注意到这首颂歌。我所属的这个民族——嗯，姑且这么说吧——并未被古罗马的伟大诗人们经常提及。古希腊人则不同，因为他们与我们的交往相当密切。但即便在他们那里我们的出场也不多。荷马那里有几小段（斯特雷波 ④ 后来曾对此大做文章），埃斯库罗斯那里有个十几行，欧里庇得斯那里也多不了多少。基本上都是一带而过，但游牧民族也不值得更多描写。在古罗马人那里，我先前认为，只有可怜的奥维德曾关注过我们，但是他也别无选择。维吉尔那里几乎没有关于我们的任何文字，更不用说卡图鲁斯或普罗佩提乌斯了，也不用提卢克莱修了。可是，你瞧，你的桌子上有一片面包屑。

或许，我会对自己说，如果我细细地读一读他，就能发现他可能曾提及我如今置身的这个世界角落。谁知道呢，他或许具有想象和预见的能力。从事这一行的人往往都有这种能力。

但是你从来就不是个预言家。是的，你的思绪古怪，出人意料，却没有预见性。建议一位伤心欲绝的诗友变换调性，转而歌颂恺撒的胜利，这你能做到；但是去想象另一片土地或另一个天国，我猜想，此事还得转而去找奥维德。或是再等上一个千年。就整体而言，你们这些拉丁诗人的思考和判断能力大于想象能力。我想，这是因为你们的帝国十分辽阔，足以让你们的想象力无暇旁顾。

就这样，我躺在凌乱不堪的床上，在这缺乏想象力（对于你而言）的地方，在近两千年之后一个寒冷的二月之夜。我与

---

① 此文原题 "Letter to Horace"，首刊于《波士顿评论》(The Boston Review) 1995 年 12 月—1996 年 1 月号，第 20 卷第 6 期；俄文版题为 "Письмо Горацию"。昆图斯·贺拉斯·弗拉库斯（Quintus Horatius Flaccus，公元前 65—公元前 8，英语世界通常称他为 Horace，译为贺拉斯），罗马帝国奥古斯都统治时期著名的诗人、批评家、翻译家，代表作有《诗艺》等。他是古罗马文学"黄金时代"的代表人物之一。

② 苏埃托尼乌斯（约公元 69 或 75—公元 130 年之后），古罗马历史学家，著有《罗马十二帝王传》等书。

③ 西徐亚人的一个部族。

④ 斯特雷波（公元前 63 ？—公元前 21 ？），古希腊地理学家。

你共享的唯一一件东西，我想就是维度，当然还有你的一本薄薄的诗集，是俄译本。在你写作这些诗作的时候，你也知道，我们还没有文字。我们甚至还不是我们，我们是格隆人、格塔耶人、普蒂尼人等等，只是我们自己未来的基因库里的一些水泡。因此，两千年毕竟不是白白过去的。如今，我们能用我们自己的语言来阅读你，这种语言充满复杂的屈折变化，其极具弹性的句法举世闻名，用来传神地翻译像你这样的诗人十分合适。

不过，我给你的这封信所使用的语言，其字母表你可能更为熟悉。远比我更熟悉，我还要再补充一句。我担心，基里尔字母 ① 只会让你更加不知信中所云，尽管你肯定认出其中的希腊字母。当然，我们之间的距离过于遥远了，因此费神去扩大它，或是缩小它，似乎并无意义。但是，看到拉丁字母你或许会觉得舒服一些，即便其用法会让你不知所云。

就这样，我捧着薄薄的一册你作的《歌集》躺在床上。暖气开着，但室外的寒夜力量更大。我住在这幢两层小木楼里，我的卧室在二楼。望着天花板，我几乎能看见寒流穿透我的斜屋顶，就像穿透防尘口罩。我的屋里没有镜子。人们到了某个特定的年纪就不再关心自己的镜中影像了，无论是在公共场所还是私人空间，在私人空间里尤其如此。因此我怀疑苏埃托尼乌斯的说法是否属实。尽管我觉得你对此也只会哈哈一笑。你保持平衡心态的能力享有盛誉！此外，罗马虽然也处于这一维度，却从未有过这样的严寒。两千年前的气候或许与现在不同，尽管你的诗句并未证明这一点。无论如何，我昏昏欲睡了。

我想起了我在你的城市里结识的一位美女。她住在苏布拉

---

① 指包括俄语在内的许多斯拉夫语言所使用的字母表，由希腊字母转换而来。

区一间很小的寓所里，她的房间里摆满花盆，却散发着浓烈的旧书气味，因为屋里堆满了旧书。书到处都是，但主要摆在那些齐天花板高的书架上（应该说，天花板很低）。大部分书都不是她的，而属于住在她对门的一位邻居，我对那位邻居多有耳闻，却从未见过。这位邻居是位老妇人，一位寡妇，生于利比亚的大莱普提斯，并在那里度过一生。她是意大利人，但有犹太血统，要不就是她丈夫是犹太人。无论如何，在她丈夫去世、利比亚开始动荡之后，这位老妇人卖掉房子，收拾家什，来到了罗马。她的住房似乎比我那位温柔女友的住房还要小，堆满了一生的积攒。就这样，两位女人，一位年长一位年轻，相互间达成一项协议，这年轻女士的卧室于是变得像一家标准的旧书店。会破坏这一印象的家具与其说是那张床，不如说是一面很大的镜子，它镶着厚重的镜框，有些危险地靠着快要散架的书架，镜面正对着床铺，它的角度是这样的，当我或我温柔的女友想要模仿你时，我们就得探出身去，绝望地伸长脖子。否则，镜子里便只有书本。在清晨，这镜子会给人一种可怕的感觉，觉得自己是透明的。

　　这一切都发生在很多年以前，尽管有某种东西在怂恿我说，那发生在很多个世纪以前。这从情感意义上来说是成立的。事实上，苏布拉那套房子与我如今的居所这两者之间的距离，在心理意义上要大于你我之间的距离。也就是说，对于这两者"千年"均适用。或者可以说，对于我而言你的存在实际上比我的私人记忆更为真实。此外，大莱普提斯这个地名对两者都有干扰作用。我一直希望到那里去看一看，实际上，这已经成了我一个挥之不去的愿望，在我经常光顾你的城市和地中海沿岸之后。是的，这部分是因为，在当地一家浴室的马赛克地板上有唯一一幅保存至今的维吉尔画像，而且还是在他生前制作的！反正我听说是这样的，不过此画或许在突尼斯。反正是在非洲。一个人感觉寒冷的时候，他会想到非洲；天气热的时候，他也会想到非洲。

唉，为了能知道你们四个人长得什么模样，我情愿付出一切！能够看到那些抒情诗背后诗人的脸庞（更不用说史诗了），那该多好！我能够接受马赛克画，尽管我更偏爱壁画。如果别无选择，我也不反对大理石，只是大理石像过于千篇一律（成为大理石像后，每个人都成了浅发），过于可疑。不知为何我对你的关注最少，也就是说你的形象最容易想象。苏埃托尼乌斯为我们描绘了你的外貌，如果这外貌是真实的（他的描绘中至少有些东西是真实的!），那么你就是小个子，身体有些胖，那么你看上去最有可能像埃乌杰尼奥·蒙塔莱或出演《一个国王在纽约》时的查理·卓别林。我最难想象的形象是奥维德。甚至连普罗佩提乌斯的形象想象起来都要简单一些：瘦小苍白，被那个同样瘦小苍白的红发人所迷惑。是的，他是可以想象出来的。比如说，他就是威廉·鲍威尔 [1] 和兹比格涅夫·齐布尔斯基 [2] 的合体。但奥维德的模样无法想象，尽管他活得比你们大家都长。呜呼，只可惜在他生活过的地方，人们不塑雕像。也不镶马赛克画。也不会为了壁画费神。如果在你钟爱的奥古斯都将他赶出罗马之前，有他的任何雕塑画像问世的话，那么它们无疑会被毁掉。为了不伤害那些极度敏感的人。后来，唉，后来，哪怕是一块大理石板也行啊。就像我们在北西徐亚（你们叫它许珀耳玻瑞亚）常说的那样，纸可以经受一切，而在你们那个时代，大理石就是一种纸。

---

① 威廉·鲍威尔（1892—1984），美国电影演员。
② 齐布尔斯基（1927—1967），波兰电影导演、演员。

你觉得我语无伦次，但我只是试图再现我昨夜的思绪，这思绪将我带到了地图上一个非同寻常的地点。这趟旅程自然有些弯路，不过也不太曲折。因为无论如何我一直想着你们四人，尤其是奥维德。想着普布利乌斯·奥维德·那索①。并不是因为他让我感到特别亲近。无论我的处境有时在某些旁观者看来与他多么相似，我反正写不出《变形记》。此外，在此地的二十二年也比不上在萨尔马提亚的十年。更不用说，我还看到了我的第三罗马②的毁灭。我有虚荣心，但它是有界线的。如今年龄的手将这道界线画得比从前更加醒目了。但即便当我还是个傻小子，被从家里赶到北极圈去的时候③，我也从未幻想将自己与他相提并论。尽管我的帝国当时看上去的确像是万古长青的，而且你也可以整个冬天都在我们那里许多三角洲的冰面上散步。④

不，我始终想象不出那索的面容。有时我能看到由詹姆斯·梅森⑤扮演的他，褐色的眼睛满含着悲伤和狡黠；不过，另一些时候，我看到的却是保罗·纽曼⑥那像冬天一样的冷峻眼神。但是，话说回来，那索是个变化多端的家伙，两面神伊阿诺斯无疑指挥过他的竖琴。你们两人合得来吗，还是年龄差距过大？毕竟相差二十二岁。你应该认识他，至少通过梅塞纳斯⑦认识了他。或者你认为他过于轻浮，早就预见了他的未

---

① 奥维德的全名。
② 指苏联，莫斯科有"第三罗马"之称。
③ 布罗茨基 1964—1965 年被流放至苏联极北地区的阿尔汉格尔斯克州科诺沙区诺连斯卡亚村。
④ 奥维德被流放至黑海边的 Tomis（在今天罗马尼亚的港市康斯坦萨），他曾在诗句中描述多瑙河与黑海冰封的景象。
⑤ 詹姆斯·梅森（1909—1984），出生于英国的好莱坞演员。
⑥ 保罗·纽曼（1925—2008），美国电影演员。
⑦ 盖乌斯·梅塞纳斯（公元前 70？—公元前 8），罗马皇帝奥古斯都的近臣，诗人和艺术家的保护人，贺拉斯等曾受其保护和资助，其姓氏在西方已成为艺术赞助人的代名词。

来？你们相互抱有敌意吗？他或许认为你是可笑的保皇派，保守得近乎怪异，以那种靠白手起家闯出一片天地的人特有的方式。对于你来说他则是个叛逆青年，一位一生下来便拥有特权的贵族，如此等等。不像你以及由安东尼·珀金斯①扮演的维吉尔，你们实际上都是工人阶级的儿子，相互之间也仅相差五岁。或者我这是卡尔·马克思的书读得太多了，电影看得太多了，是吗，贺拉斯？或许的。不过请等一等，还有一点。这里还有弗洛伊德博士，因为如果不经过这位好老头的过滤，那还叫什么梦的解析呢？因为我前面提及的那组列车似的思绪将我带往的目的地正是那位老朋友——我的潜意识，而且车速飞快。

无论如何，那索比你们两人都更伟大，至少在我看来是这样的。当然，他在格律上要单调一些，但维吉尔亦如此。普罗佩提乌斯也是这样，尽管他情感热烈。无论如何，我的拉丁语糟糕透顶，因此我只能读你们作品的俄文译本。在传达你的哀歌诗体方面，俄文要比我此刻写信时所用的这门语言更为可信，虽然后一种语言的字母你看着更眼熟一些。后一种语言无法驾驭长短短格。长短短格是你的强项。更确切地说，是拉丁语的强项。你的《歌集》当然就是这一诗体的典范。因此，我只能根据诗句中想象力的品质来判断高下了。（你可以凭这一点作自我辩护，如果你真需要为自己辩护的话。）而在想象力方面，那索高于你们所有人。

我无论如何也想象不出你们的面容，尤其是他的面容，即便是在梦中。这真的是件很奇怪的事，不是吗，那些你认为自己了若指掌的人，你却对他们的相貌一无所知。因为，最能揭

---

① 安东尼·珀金斯（1932—1992），美国演员，多扮演多愁善感的浪漫人物。

示一个人真面貌的就是他对抑扬格和扬抑格的使用。因此，一个人如果从不使用格律，他便是一本始终没被打开的书，即便你认得出他脸上的每一个毛孔。约翰·克莱尔 ① 是怎么说的？"即便我最熟悉的人／也是陌生人——不！比他人更陌生。"无论如何，弗拉库斯，你的格律在他们中间是最为丰富的。难怪这组气喘吁吁、大汗淋漓的列车要请你来当司机，它离开这个千年开往你的千年，用的是你可能不太习惯的电力。因此，我便在黑暗中旅行。

很少有什么能比他人的梦更无聊，除非它们是噩梦或十分色情的梦。弗拉库斯，我的梦就属于后一种范畴。我身在一间十分简陋的卧室，躺在床上，倚着一个尽管布满灰尘、却像条海蛇似的暖气片。四壁空空如也，可我却断定自己身在罗马。事实上，我坚信我身在苏布拉，在我当年那位漂亮女友的房间里。只不过屋里没有她。也没有书和镜子。但那些褐色的花盆却完好无损，它们散发出的与其说是植物的花香，不如说是黏土的色泽：这整个场景都是赤褐色和深褐色的。因此我认为自己身在罗马。

每件东西都是赤褐色和深褐色的。甚至包括揉皱的床单。甚至包括我爱恋对象的胸衣。甚至包括她身体的那些突出部位，我想，即便在你们那个时代，那些部位也不会被晒黑。一切都蒙上了一层鲜明的单色调。我觉得，我如果能看到自己的模样，我也应该是深褐色的。但这里没有镜子。请你想象一下那些带有各种人形图案的古希腊花瓶，你就能明白这种感觉了。

---

① 约翰·克莱尔（1793—1864），英国诗人，此句引自他的《我是》一诗。

我在现实生活或我的想象中有过许多次艳遇，这是最有热情的一次。但考虑到这封信的性质，我本该已经丢弃现实和想象的差异。也就是说，给我留下强烈印象的既有我的性欲，还有我的毅力。考虑到我的年龄，更不用说我的心血管问题了，无论是否做梦，这个差异还是值得继续保持的。诚然，我的爱恋对象——一个很久以前就已捕获的对象——明显要比我年轻，但也算不得和我隔了一道鸿沟。她的躯体看上去属于年近四十的人，很瘦削，但很柔软，十分富有弹性。而且，这一躯体最激动人心的地方就在于其高度的敏捷，这敏捷的身手只有一个目的，即避免床上的老套动作。若将整个过程浓缩为一幅浮雕，我女友的上身就会陷入床铺和暖气片之间那道一英尺宽的波谷，她那没被晒黑的臀部和骑在这臀上的我就将漂浮在床垫的边缘。胸衣的花边应该就是浪花的白沫。

　　在这整个过程中我一直没看到她的脸庞。原因前面已经提到。我对她的了解仅限于她来自大莱普提斯，尽管我不知道我是如何获悉她的这一来历的。这一过程没有任何声音记录，我认为我们也不曾交换只言片语。即便有过交谈，也是在我觉察到这一过程之前，而且我们用的应该是拉丁语，因为我隐约感觉到我们的交流有些障碍。只是我似乎一直知道，或事先就猜到，她面部的骨骼结构有点像英格丽·特林①。或许，我是在身陷床下的她不时伸出右手、笨拙地摸索着满是尘土的暖气片时发现这一点的。

　　当我在第二天，也就是今天早晨醒来时，我的卧室冷极了。令人厌恶的日光透过两个窗户照进来，这光线像是尘土。

---

　　① 英格丽·特林（1926—2004），瑞典演员。

或许，尘土的确是日光的残留，这个可能不能被排除。我闭了一下眼，可苏布拉的那个房间已不复存在。唯一的证据存在于我被子下的黑暗中，日光照不到这里，但为时显然不会太久。在我的旁边摆着你的书，翻开了一半。

毫无疑问，弗拉库斯，我因为这个梦要感谢的人就是你。那只摸索着试图抓住暖气片的手当然可能是那绷紧身子、伸长脖子的往昔岁月发出的回响——在那些日子里，我那位漂亮女友和我正试图在镀金的镜子里看到我们自己。但我有些怀疑，因为两副躯干不可能融为一只胳膊，没有任何一种潜意识会如此节俭行事。不，我相信，这只手似乎再现了你那些诗句的运动规律，再现了其彻底的不可预知性，以及你的句法在译文中不可避免的被拉长，不，是被拉紧。其结果便是，你的每一行诗几乎都是出人意料的。尽管这并非恭维，而只是一个观察结果。在我们这一行中，炫技自然是必须的。标准的比例大约就是每一诗节都有一个小绝技。如果一个诗人特别优秀，他或许可以做到每个诗节有两个小绝技。在你这里，实际上每行诗都是一个奇遇，有时一行诗里就有好几个奇遇。当然，其中的一些你要归功于译文。但是我猜想，在你的母语拉丁文中也是一样，你的读者很少能预知你的下一个单词是什么。就像始终走在一堆碎玻璃或诸如此类的东西上，走在一堆碎玻璃的心理版本或口头版本上，一瘸一拐，左躲右闪。或者就像那只紧抓暖气片的手，收放之间显然有着某种扬抑抑格和扬抑格的混合韵律。这也难怪，因为我的身边是你的《歌集》。

如果我身边放的是你的《长短句集》或《献诗集》(更不用说你的《讽刺诗集》甚或《诗艺》)，我想我的梦一定会完全不同。也就是说，它或许同样色情，却不易记住。因为只有在《歌集》中，弗拉库斯，你的格律才富有魄力。其余的一切，其实都是二行诗体写成的；其余的一切，都是与阿斯克莱皮亚德斯体 ① 和萨福体 ② 道别，向纯粹的六音步诗体招手。其余的一切不再是那只抽搐的手，而是那副暖气片本身，它富有韵律感的蛇形管恰似哀歌的二行诗体。把这暖气片竖立起来，它看上去一定就像维吉尔的诗行。或是普罗佩提乌斯的诗行。或是奥维德的诗行。或是你的诗行，除了《歌集》。

它看上去一定就像任何一页拉丁语诗歌。它看上去就像——我该不该用那个可恶的字眼呢——文本。

这时，我想，如果它**就是**一首拉丁语诗歌，那又会如何？如果那只手只是想翻一页诗作，那又会如何？我在那个深褐色躯体上所做的一切只不过是我对拉丁语诗歌的阅读吗？即便这仅仅是因为我始终辨认不出她的面容，甚至是在梦中！至于我在她试图翻动书页时瞥见她的五官长得和英格丽·特林一样，这很可能与安东尼·珀金斯扮演的维吉尔有关。因为珀金斯的颧骨与英格丽·特林有些相似，而且维吉尔的作品我读得最多。因为他写下的诗行最多。是的，我从未数过，但这似乎没有疑义，因为有他那部《埃涅阿斯纪》。尽管我个人更喜欢他的《牧歌》或《农事诗》，而不是他的史诗。

原因我之后再告诉你。不过问题的实质在于，我真的不知道我究竟是先看到了颧骨，然后才得知我那位肤色深褐的女友来自大莱普提斯，还是相反。因为我在这之前已见过马赛克地板上那幅肖像的复制品。我认为这幅画来自大莱普提斯。我想不起来我是怎么知道的，是在哪儿知道的。或许是在一些俄文版本的卷首插图中看到的？或许是张明信片。重要的是，这幅

---

① 由公元前 3 世纪古希腊诗人阿斯克莱皮亚德斯首创的诗体，由 1 个扬扬格、2—3 个扬抑抑格和 1 个抑扬格组成。
② 因古希腊女诗人萨福而得名的一种诗体，由 4 行五音步诗句组成。

画来自大莱普提斯，是在维吉尔生前制作的，或是在他死后不久。因此，我在我的梦中看见的东西就是我有些熟悉的场景；这感受与其说是视觉感官，不如说是似曾相识。别去关注那只腋窝和胸衣下丰满的乳房。

或者，它们恰恰是关键所在，因为拉丁语中的"诗歌"一词就是阴性的。这极易用于寓喻，而极易用于寓喻的东西也同样适用于潜意识。如果我那位玉立的（其实是躺着的）爱恋对象代表拉丁语诗歌的一具躯体，她高高的颧骨就完全有可能与维吉尔的一样，无论他有怎样的性癖好，即便这仅仅因为我梦中的这具躯体是来自大莱普提斯的。首先，因为大莱普提斯是一片废墟，每间卧室都像是废墟，连同其床单、枕头以及横七竖八的躯干。其次，因为"大莱普提斯"这个地名对于我而言始终是阴性的，像拉丁语诗歌一样，更不用说它的字面意思，即"大祭品"，如果我没弄错的话。尽管我的拉丁语很糟糕。不过无论如何，拉丁语诗歌如果不是一件大祭品，又能是什么呢？只是我的解读，你无疑会说，只会糟践它。是的，我的梦就由此而来。

我们还是避开朦胧未知的海域吧，弗拉库斯。我们不要为难我们自己，试图弄清梦境可否相互作用。希望你至少不会用同样的方式对待我的文字，如果你有朝一日看到它们。你不会将"笔"（pen）和"阴茎"（penis）当成双关语，是吗？谁说除了这封信，你不会再去看我其他的文字呢。无论梦是否能相互作用，在我看来，你既然能扰乱我的梦境，又有什么理由不能再进一步介入我的现实呢？

你当然介入了，我在给你写这封信就是一个证据。但除此之外，你完全知道在这之前我已给你写过信。因为从技术层面讲，我写下的所有东西都是写给你的：是写给你的，也是写给你们其他人的。因为当一个人写诗时，他最直接的读者并非他的同辈，更不是其后代，而是其先驱。是那些给了他语言的人，是那些给了他形式的人。老实说，这一点你比我更清楚。是谁写出了这些阿斯克莱皮亚德斯体、萨福体、六音步诗体和阿尔凯奥斯体①？这些诗是写给什么人看的？恺撒？梅塞纳斯？鲁佛斯？瓦鲁斯？莉迪娅斯和格里塞莉娅斯？②他们哪里会理解或在意什么扬抑格和扬抑抑格！你的目标也不是我。不，你的诗是写给阿斯克莱皮亚德斯看的，是写给阿尔凯奥斯和萨福看的，也是写给荷马本人看的。你首先是想赢得他们的赞赏。因为恺撒身在何处？显然在他的宫殿里，或是在攻打西徐亚人。梅塞纳斯也待在他的庄园里。鲁佛斯和瓦鲁斯也是一样。莉迪娅斯与她的顾客在一起，格里塞莉娅斯出城去了。而你钟爱的那些希腊人却留在这里，留在你的脑袋里，或者我要说，留在你的心里，因为你无疑能背诵他们。他们是你最好的读者，因为你能在任何时刻召唤他们。你最想给他们留下深刻印象。不要在意外语问题。实际上，你用拉丁语更能给他们留下印象，因为你在希腊语中或许无法获得开阔的母语天地。而他们也在对你做出回应。他们在说：是啊，这让我们印象深刻。这就是为什么你的诗句充满如此之多的复杂移行和繁复修饰；这就是为什么你的论辩总是出人意料的；这就是为什么，你会建议你那位悲痛欲绝的朋友去歌颂奥古斯都的胜利。

因此，既然你可以对着他们作诗，那么我为什么不能对着你作诗呢？至少我们之间也存在语言的差异，因此一个前提已经具备。无论如何，我常常对你作出回应，尤其在我使用三音

---

① 古希腊诗人阿尔凯奥斯首创的诗体，由4行组成，前两行各11个音节，第3行9个音节，第4行10个音节。
② 鲁佛斯是古希腊名医，瓦鲁斯是贺拉斯和维吉尔两人的朋友，莉迪娅斯和格里塞莉娅斯是贺拉斯颂诗的歌颂对象。

步抑扬格的时候。此刻，我在这封信中也在继续使用这一格律。谁知道呢，我或许终究会召唤你，你或许最终会现身，而不仅仅是出现在我的诗句中。据我所知，带有长短短格的洛加奥耶迪克诗体 ① 能超越所有的老式招魂术而成为真正的咒语。在我们这一行里，这类东西就叫模仿作品。经典作家的格律一旦进入我们的肌体，他的灵魂便也会随之到来。而你就是一位经典作家，弗拉库斯，不是吗？你的方式多种多样，而且每一种都足够复杂。

归根结底，这个世界上很少有我可以毫无反感地与之交谈的人，更何况我又是一个天生具有反人类情感的人。正是由于这个原因，而不是出于虚荣，我希望你能以某种彼世的方式熟悉一下我的抑扬格和扬抑格。这世上远比这奇怪的事情都成真过呢，至少我的笔为实现这个愿望作出了自己的奉献。当然，我更愿意与那索或普罗佩提乌斯交谈，可是我在格律上与你共性更多。他俩爱写两行哀歌体和六音步诗体，我却很少使用。这就是你我之间的对话，这在其他人听来或许很放肆，可你却不会这样觉得。就像奥登所言："每个文学家都有一位 / 想象中的友人。"② 我为何就应该是个例外呢？

至少，我可以坐在我的镜子前，与它交谈。这或许与我的期望也相差无几，尽管我不认为你的长相像我。但是说到人的相貌，大自然归根结底并无太多选择。人长什么样？两只眼睛，一张嘴，一只鼻子，一张椭圆形的脸盘。尽管他们各不相同，可在两千年的时间里大自然却在不断地自我重复。甚至连上帝也是如此。因此我可以轻而易举地宣布，镜子里的这张脸归根结底是你的，你就是我。谁能去检验真伪呢？如何检验？

① 洛加奥耶迪克诗体，诗行由扬抑抑格和扬抑格或抑抑扬格和抑扬格混合而成。
② 引自奥登的《罗马的陷落》一诗。

或许可以采用招魂术。不过我担心我把话说过头了，因为我永远不会给自己写信。即便我看上去的确像你。因此，你就一直面容模糊下去吧，弗拉库斯，拒绝招魂术吧。这一方式你还可以再保持两千年。否则，每当我搞上一位女人，她都会认为她遇上了贺拉斯。不错，她在一定程度上是对的，无论是否做梦。时间最易在人们的意识中崩溃。因此我们才如此热衷思考历史，不是吗？如果我关于大自然之选择的意见是正确的，历史便像是一个人用许多面镜子将自己围在中间，便像是生活在妓院里。

两千年，两千年的什么？是谁数出来的，弗拉库斯？肯定不是格律意义上的。四音步就是四音步，无论在何时，无论在何地。无论在希腊语和拉丁语中，还是在俄语和英语中。扬抑抑格是这样，抑抑扬格也是这样。以此类推。因此，这两千年究竟是什么意义上的呢？说到让时间崩溃，恐怕我们这门手艺能战胜历史，而且散发出一股相当强烈的地理学气息。音乐女神欧忒耳佩和天文女神乌拉尼娅的共同之处在于，她们都是历史女神克利俄的姐姐。你开始劝说你那位鲁佛斯·瓦尔基乌斯不要沉湎于悲伤，你提及里海（Mare Caspium）的波浪；你写道，甚至连那些波浪都不可能永远咆哮。这就是说，你两千年前即已知道此"海"（mare），肯定是通过某位古希腊作者获悉的，因为你那个民族的笔下未曾提及如此遥远的地方。我猜想，此"海"对于作为罗马诗人的你所具的魅力首先就来源于此。这个名称颇具异域色彩，此外，它也暗指你的罗马帝国的最远点，如果不是整个世界的最远点的话。此外，这也是个希腊语地名（实际上甚至可能是波斯语地名，不过你只能是通过希腊语偶遇它的）。不过最重要的一点在于，"里"（caspium）这个词是长短短格的。因此它被放在第二行的末尾，此处正是每一首诗的格律得以生成的地方。你在用阿斯克莱皮亚德斯诗体安慰鲁佛斯。

而我也有一两次横渡里海。我当时十八岁或十九岁，也可能二十岁。这时，我想说，你身在雅典，在学希腊语。在你那个年代，里海和希腊之间的距离在一定意义上讲甚至比两千年前还要远，更不用说它与罗马之间的距离了。更直白地说，这个距离是难以逾越的。因此我们没有相见。里海风平浪静，阳光灿烂，尤其在靠近其西部海岸的地方。这与其说是因为这片海域有幸靠近文明，不如说是因为此地长年不断的大规模石油开采。（我本想说这就是"往怒浪上倒油"①的一个真实案例，可我担心你不明白这个说法的意思。）我当时平躺在一艘脏船滚烫的上层甲板上，饥肠辘辘，身无分文，可我却欣喜万分，因为我步入了地理。当你乘船航行时，你总是能步入地理。要是我那时就读过你写给鲁佛斯的作品，我应该也能意识到我已经步入了诗歌，步入了扬抑抑格，而非步入越来越清晰的地平线。

但在那些日子里，我并非一位执着的读者。在那些日子里，我工作在亚洲，攀爬高山，穿越沙漠。主要的工作是寻找铀矿。你不知道这是个什么东西，我也不想用解释来烦你，弗拉库斯。尽管"铀"（uranium）也是一个长短短格单词。要你去学一个你无法使用的单词，你会有什么样的感觉呢？更何况这还是个希腊词。我想，你会感觉很糟糕，就像我面对你的拉丁语所产生的感觉。或许，如果我能够自信地使用拉丁语，我就真的能够为你招魂。另一方面，我或许无法做到，因为对于你来说我只不过会成为又一位拉丁语作者，这是一条通向深渊

---

① 过去，出海的水手们在遭遇大浪的时候会往海面上倒油，因为海面上的油膜可以减弱海浪的强度。这个谚语后来便演化出了"平息事态"的寓意。

的路。

　　无论如何，在那些日子里我没读过你的任何文字，如果我的记忆没有耍弄我，我只读过维吉尔，即他那部史诗。我记得我不太喜欢那部作品，这部分因为在高山和沙漠的背景之下很少有什么东西能继续保持其意义，但主要是因为这部史诗的命题作文的味道过于浓重。在那些日子里，我对于此类东西的嗅觉十分敏锐。此外，我对作品中百分之九十九的典故都不明就里，它们一个接一个冒出来，挡住去路。你能对一位来自许珀耳玻瑞亚的十八岁青年期待多少呢？我如今已经能更好地对付这些东西了，可这耗尽了我的一生。在我看来，就整体而言你们全都有些过分热衷用典，那些典故常常像是累赘。尽管它们在语音方面自然能构成韵味上的奇迹，尤其是那些希腊典故。

　　《埃涅阿斯纪》中最令我困惑的或许就是安喀塞斯倒叙的预言，这位老人对已经发生的一切作出了预告。我认为，你的那位朋友在这里走得太远了。我并不介意这种奇特的手法，但逝者应被赋予更多的想象力。他们理应知道更多，而不仅仅是奥古斯都的家谱，他们毕竟不是传达神谕的使者。灵魂有权获得第二次肉体存在，饮下忘川之水将抹去先前的所有记忆，这样一个激动人心、惊世骇俗的观念却被白白地浪费掉了，他们仅仅被用来为现任主子铺就一条通向今日宝座的路！要知道，他们本可以成为基督徒、查理曼大帝、狄德罗、共产主义者、黑格尔，或是我们！成为之后出现的那些人，变成各种各样的混血儿和突变体！这才是真正的预言，真正的幻想翱翔。可他却将官方版本的历史老调重弹，当成最新的新闻。首先，逝者不受因果律约束。他们掌握的知识是关于时间的知识，关于所有时间的知识。这一切他本该从卢克莱修那儿学到的，你这位朋友是个有学问的人。此外，他还具有惊人的形而上本能，对于事物的内在精神层面有着敏锐的嗅觉，因为他的灵魂比但丁的灵魂更少肉体性。一汪汪真正的大海：气态的，触摸不到的。有人会说，他的烦琐哲学实际上是中世纪的。但这或许是一种贬损。因为从形而上学的角度看，我们的未来远不及我们的希腊过去更有想象力。因为，与第二次肉体存在相比，永生对灵魂而言又算得了什么呢？在毕达哥拉斯向它许诺了一具新的肉身之后，天堂又算得了什么呢？只是一种失业状态。但是，无论他的这一说法来自何处——是毕达哥拉斯、柏拉图的《斐多篇》还是我自己的想象——他均为了恺撒的家谱而牺牲了这一切。

是的，这部史诗是他写的，他有权按照他自己的意愿来写它。但坦白地说，我认为这是不可饶恕的。正是此类想象力的缺乏导致了一神论的胜利。我猜想，一个人总是比许多人更易把握。而在享用了这道希腊产和自家产的神祇和英雄大杂烩之后，这种渴求某些更易把握、更为清晰东西的愿望实际上已在所难免。换句话说，虽然你那位朋友摆出的姿态气势磅礴，我亲爱的弗拉库斯，他只不过是在追求一种形而上的安全感。我担心这里有某种术语上的矛盾；或许，多神教的魅力就在于它没有此类矛盾。但是我想，这个地方已经人满为患，再也无法容纳任何不安全感了。正是由于这个原因，你那位朋友最初才把他包括形而上学在内的所有东西全都与他爱戴的恺撒联系在了一起。我想说，内战能让一个人的精神取向出现奇迹。

但是，这样与你说话是没有意义的。你们全都爱戴奥古斯都，不是吗？甚至连那索也爱奥古斯都，尽管较之于恺撒的攻城夺寨，他显然对恺撒的情感特性更为好奇——这种特性时常表露得淋漓尽致。不过与你那位朋友不同，那索是个情场老手。除其他原因外，这也是一个使我很难描绘其容貌的因素，这就是为什么我在保罗·纽曼和詹姆斯·蒙森之间举棋不定。情场老手有着正常人的七情六欲，这并不意味着他就比一名恋童癖更值得信赖。不过，他那个版本的狄多和埃涅阿斯故事仍要比你那位朋友的同题故事更可信一些。那索的狄多断言，埃涅阿斯如此急于离开她和迦太基（请想一想，此刻风暴即将来临，而埃涅阿斯在波涛汹涌的大海上漂荡了七年，他应该已经受够了这样的风暴），并非是在听从他神祇母亲的召唤，而是因为狄多怀上了他的孩子。正是出于这个原因她才决定自杀，因为她的名声被败坏了。她毕竟是一位女王。那索甚至让他的狄多发出疑问，质疑维纳斯是否的确是埃涅阿斯的母亲，因为她是爱情之神，而用离去来表露情感实在是太古怪了（尽管并非没有先例）。毫无疑问，那索这是在挪揄你那位朋友。毫无疑问，关于埃涅阿斯的这一描写是不留情面的，如果考虑到这样一个事实，即关于罗马起源于特洛伊的神话自公元前三世纪以来一直是官方的历史学说，这则故事也全无爱国主义色彩。同样毫无疑问的是，维吉尔从未读过那索的《女杰书简》，否则，前者对步入阴间的狄多之处理便不至于如此糟糕。因为他把她和她的前夫西凯斯藏进了极乐世界的某个隐秘角落，他们两人在那里相互宽恕，彼此安慰。一对退休夫妇住在一座养老院里。为我们这位英雄让出道来；免去他的痛苦，向他道出预言。因为预言更好编故事。无论如何，狄多的灵魂没能获得第二次肉体存在。

你会反驳说，我用来评价他的标准是两千年后才出现的。你是一个很仗义的朋友，弗拉库斯，可你这样说却毫无意义。我是用他自己的标准来评价他的，这些标准其实在《牧歌集》和《农事诗》中比在他的史诗中体现得更为醒目。不要装出一副无辜的模样，因为你们全都至少拥有七百年的诗歌遗产。

五百年的希腊语诗歌，两百年的拉丁语诗歌。请想一想欧里庇得斯，想一想他的《阿尔刻提斯》：阿德墨托斯王在婚礼时与其父母闹出的乱子足以使陀思妥耶夫斯基的此类场景相形见绌，尽管你可能不明白这个说法。这也就是说，足以使任何一部心理小说相形见绌。这也就是我们一百年前在许珀耳玻瑞亚十分擅长的东西。在那里，如你所见，我们热衷于痛苦。预言就是另外一回事了。这也就说明，两千年不是白白过去的。

不，这些都是他的标准，是《农事诗》的标准。是在卢克莱修和赫西俄德的基础上形成的。我们这一行里，弗拉库斯，没有什么重大秘密。只有一些让人愧赧的小秘密。我要补充一句，它们的美妙之处也正在于此。《农事诗》那个让人愧赧的小秘密就是，其作者与卢克莱修、还有赫西俄德不同，并没有某种涵盖一切的哲学。至少，他既不是原子论者也不是伊壁鸠鲁主义者。我猜想，他至多仅希望笔下诗句的总和能构成一种世界观，如果他真的在乎此类问题的话。因为他是一块海绵，而且是一块患忧郁症的海绵。对于他来说，理解世界的最好方式（如果不是唯一方式的话）就是列出世界的内容，如果说他在《牧歌集》和《农事诗》中还有所遗漏的话，他在其史诗中就是在进一步拾遗补阙。他的确是一位史诗诗人，如果你愿意的话还可以说他是一位现实主义史诗诗人，因为就数量意义而言，现实本身就具有相当的史诗性。他的作品对我的思考能力所产生的累积效果始终是这样一种感觉，即这个人在给世界分门别类，而且还相当的一丝不苟。无论他谈的是植物还是行星，是土地还是灵魂，是罗马人的行为还是（以及）命运，他的特写镜头全都让人既眼花缭乱又目不转睛。不过，万物原本即如此，弗拉库斯，不是吗？是的，你那位朋友不是原子论者，不是伊壁鸠鲁主义者，同样也不是斯多葛主义者。如果他相信任何主义的话，那便是生命的更新，他的《农事诗》中的蜜蜂同《埃涅阿斯纪》中那些被标明将获得第二次肉体存在的灵魂相差无几。

但或许还是那些蜜蜂强些，这与其说因为它们最终没有发出"恺撒，恺撒"的嗡嗡声，不如说因为《农事诗》那完全超然的调性。或许，正是我早先漫游于中亚的群山和沙漠的那些日子使得这种调性显得极富魅力。在当时，我想，正是我置身其间的风景所具有的非人格特征在我的大脑皮层上留下了烙印。如今，一生已快过去，我或许也可以将这种热衷单调的趣味归罪于人类回首往事时看到的精神图景。当然，这两者背后都隐藏着一个依稀可辨的观念，即超然是许多强烈依恋的最终结果。或者它来自于当今对中性声音的偏爱，这种声音在你们那个时代是教谕体裁的典型特征。或两者兼有，这更有可能。即便《农事诗》里非人格化的蜂鸣只是对卢克莱修的模仿（我对此深表怀疑），它也依然引人入胜。这要归功于它隐含的客观性以及它与岁月那单调喧嚣的明确相似性；归功于它与时间流逝声的明确相似性。《农事诗》中故事情节与人物性格的缺席均呼应了时间自身对各种存在困境的看法。我甚至记得我那时曾经遐想：时间如果握起一支笔，决定写一首诗，它的诗句或许会包含叶、草、土、风、羊、马、树、牛和蜜蜂。但不会包括我们。至多包括我们的灵魂。

因此，这些标准的确是他的。他的这部史诗尽管华美壮丽——同时也正因为这些华美壮丽——却是低于这些标准的。他只不过有一个故事要讲。而所有的故事都必然要把我们也写进去。也就是说，要把被时间拒绝的人写进去。更何况这个故事并非他自己的。不，如果我每天都要在它与农事诗之间做选择，我每天都会选择《农事诗》。考虑到我如今的阅读习惯，我或许该说每夜。尽管我应该承认，即便是在过去，在我的精子储量还很高的时候，六音步诗体依然会让我的梦境乏味无趣，波澜不惊。洛加奥耶迪克诗体显然效力大得多。

左一个两千年，右一个两千年！想象一下，弗拉库斯，如果我昨夜有个伴的话，该会怎样。再想一想，这梦境若是被翻译成现实的话，又该怎样。是啊，半数的人类一定就是这样被孕育出来的，不是吗？此梦若是成真，你不是也应该对此负责吗，至少负一部分责任？这两千年又该置身何处呢？我难道不也只能管我的后代叫贺拉斯吗？因此，就把此信当做一张脏床单吧，如果不是你的私生子的话。

由此类推，请把我写信给你的这个世界角落想象成罗马帝国的边陲，无论是否隔着大海，无论距离是否遥远。我们这里的各种飞行工具都能克服这点障碍，对于一个内置了"第一公民"发动机的共和国①来说这就更不在话下了。就像我在前面说过的那样，四音步依然是四音步。仅凭它便可对付一个个千年，更不用说空间和潜意识了。我已经在这里住了二十二年，我没看出任何差异。很有可能，我也将死在这里。因此你可以相信我的话：四音步依然是四音步，三音步也是一样。如此等等。

当然，二十二年前将我从许珀耳玻瑞亚带到这里的是一种飞行工具，尽管我也可以同样轻易地将这次飞行归结于我的韵脚和格律。后者或许会进一步加大我和先前的许珀耳玻瑞亚之间的距离，就像你的扬抑抑格的里海会让你的罗马帝国超越其实际版图。工具，尤其是飞行工具，只会延缓必将发生的事情：你赢得了时间，但时间只能在一定的限度内愚弄空间；最终，空间也会赶上来。岁月究竟是什么东西呢？除了人们外表

---

① 奥古斯都（即屋大维）成为事实上的罗马统治者后自称"第一公民"，并且保持了名义上的共和国政体。

的衰老和智慧的衰退，岁月还能丈量什么呢？有一天我坐在这儿的一家咖啡馆里，与一位来自许珀耳玻瑞亚的同乡聊起我们那座建在三角洲上的故乡城，我突然想到，如果我在二十二年前将一块碎木片扔进那片三角洲，由于顺风和洋流的作用，这块木片会横渡大洋，抵达我如今居住的这片海岸，前来见证我的衰老。空间就是这样追赶上时间的，我亲爱的弗拉库斯。这才是一个人真正离开许珀耳玻瑞亚的方式。

或者，这也是一个人拓展罗马帝国的方式。借助梦境，如果有必要的话。如果细想，梦境也是另一种、或许是最后一种生命再生的方式，尤其当你没有伴侣的时候。而且，这种方式对恺撒不感兴趣，就这一意义而言它甚至胜过蜜蜂。尽管我要再重申一遍，这样对你说话于事无益，因为你对他的情感与维吉尔毫无二致。你的情感表现手法也与他相似。你宣扬奥古斯都的荣光也同样胜过你咏叹人的忧伤，但你伟大的地方在于，你诉诸的并非慵懒的灵魂而是地理和神话。尽管这值得赞赏，我仍然担心这里的言外之意就是，奥古斯都要么拥有这两者，要么蒙受着两者的垂青。唉，弗拉库斯，你还不如就用六音步呢。阿斯克莱皮亚德斯诗体对于这一素材而言过于美妙，过于抒情了。是的，你是对的：没有任何东西能像独裁制度那样滋生趋炎附势。

唉，我猜我只是对这类东西过敏了。如果说我没有对你发出更为激烈的指责，这只是因为我并非你的同时代人：我不是他者，因为我几乎就是你本人。我一直在用你的格律写作，尤其是在这封信中。如我之前所言，正因为如此我才十分欣赏你诗行结尾处的"Caspium"（里海）、"Niphaten"（尼法特山）和"Gelonos"（格隆族），这些词拓展了帝国的疆界。"Aquilonibus"（北风）和"Vespero"（晚星）亦如此，只是它们的拓展是朝向天空的。我的题材自然要低档一些，此外我还使用韵脚。能够完全与你重叠的唯一方式，或许就是我给自己提出的这一任务，即用此信的语言或是我的母语、即许珀耳玻瑞亚语重复你所有的诗节规则。或是把你的作品翻译成这两种语言。细想一下，这样一种练习似乎更为明智，远胜于改写奥维德的六音步诗体和双行哀歌体。你的诗集毕竟不那么厚，《歌集》里只有长短不等的九十五首诗。可是我担心我这条老狗年岁已高，新旧把戏均已无法胜任，我早就应该想到这一点。我俩注定要分离，至多也只能做笔友。而且我担心还做不了多久，但我希望这足够让我不时地走近你。即便不足以让我分辨出你的面容。换句话说，我注定只能依赖我的梦境，可我乐于接受这样的注定。

因为，我们所谈的这具躯体十分奇怪。弗拉库斯，它的最大魅力就是完全没有自我中心主义，尽管它的继承者们经常为自我中心所累，我要说，甚至连希腊人也有这个毛病。它很少过多使用单数第一人称，尽管这在一定程度上也是语法使然。在一门充满各种屈折变化的语言中，很难聚焦于一个人的个人不幸。尽管卡图鲁斯做到了，这就是为什么他赢得了广泛的爱戴。但在你们四人中间，即便对于你们当中最为热情的普罗佩提乌斯而言，这样做也是不可接受的。对于你那位将人和自然两者都看做是自成一类的朋友而言，无疑也是这样。最典型的是那索，再加上他的某些题材，这就是为什么那些浪漫派会奋起反对他。然而，作为这具躯体的所有者（经历了昨夜的事情之后），我却十分欣赏这一点。细想一下，缺乏个人中心主义或许是保护躯体的最好方式。

的确如此，至少在我这个年纪。实际上，弗拉库斯，你或许是你们那些人中自我中心主义意识最为强烈的一位。这就是说，你是最易触及的一位。但这也并不完全是个代词问题；这依旧是你的格律所体现出的清晰特征。背衬着其他三人那拖沓的六音步，你的格律具有某种特殊的敏感，一种可供评判的特征，与此同时，其他人却是面目不清的。这类似于合唱背景下的独唱。或许，他们之所以诉诸这种单调的六音步，恰恰是出于谦卑，是为了伪装。或者，他们只是想遵守比赛规则。六音步就是这场比赛的标准球门，换句话说，就是它赤褐色。当然，你的洛加奥耶迪克诗体不会使你成为一个骗子，这一诗体会映亮个性而非遮蔽个性。这就是为什么在接下来的两千年里，实际上每一个人，包括浪漫派诗人在内，均十分乐意拥抱你。这自然让我感到紧张，因为这是我的私有财产。换句话说，你就是这具躯体没晒黑的那一部分，就是它私密处的大理石。

随着时间的推移你变得越来越白，即越来越私密，越来越性感。这意味着，你是一位自我中心主义者，但这却不妨碍你唱恺撒的赞歌，这不过是一个保持平衡的问题。在多少只耳朵听来，这就是音乐啊！可是，如果你那出了名的平衡心态只不过是一种极易被旁人错当成个人智慧的黏液质个性，那又如何是好呢？比如说，就像维吉尔的忧郁性格。但是与普罗佩提乌斯的胆汁质暴烈不同。当然也与那索的乐观心态不同。这个人不曾为那条通向一神论的大道铺过一块砖。这个人不具有平衡能力和思想体系，更不用说智慧或哲学了。他的想象自由翱翔，不受他自己的洞见约束，也不受传统学说影响。只受六音步诗体左右，更确切地说是受双行哀歌体左右。

但无论如何，我的一切实际上都是他教给我的，其中包括梦的解释。而梦的解释始于对现实的解释。与他相比，那位维

也纳医生 ① 不过是幼儿园，不过是小儿科，如果不明白这个比喻，你也不要在意！不客气地说，你也如此。维吉尔也是这样。坦率地说，那索曾坚称，在这个世界上**"一物即他物"**。归根结底，现实即一个巨大的修辞手法，如果这只是一个叠叙法或交错法，那你就走运了。在他看来，一个人能发展为一个客体，或是相反，借助语法固有的逻辑，就像一个陈述句生出一个从句。在那索看来，主旨就是载体，弗拉库斯，或是相反，而这一切的源头就是他的墨水瓶。只要这墨水瓶里尚有一滴墨水，他便会继续下去，也就是说，世界将继续下去。这听起来是不是有点像"太初有道"？好吧，这不是对你说的。可对他说来，这句格言或许并不新颖，他或许会补充一句：终结之日亦有道。无论他面对的是什么，他都会扩展它，或是让它翻个个儿，这也是一种扩展。对于他来说，语言就是天赐之物。确切地说，语法是天赐之物。更确切地说，对于他来说，世界即语言，两者互为彼此，何者更为真实，尚不得而知。无论如何，如果其中之一可被感知，另一个亦必定如此。常常还是在同一行诗中，如果是六音步则更是如此，因为这里有一个大的停顿。要是没有停顿，那就会在下一行，如果是双行哀歌体则更是如此。因为音步对于他而言也同样是天赐之物。

　　他可能会第一个认同这种说法，弗拉库斯，你也会的。你还记得吗？他在《忧伤》中回忆，当风暴扑向那艘将他送往流放地（大约在我们这里，许珀耳玻瑞亚的郊区）的船时，他如何发现自己在风暴之中又开始写诗了。你当然不记得了。这事发生在你去世十六年之后。可另一方面，人们消息最灵通的地方不就是阴间吗？因此我并不十分担心我引用的典故，因为你反正全都能理解。格律永远是格律，尤其是在阴间。抑扬格和

---

① 指弗洛伊德。

扬抑抑格永不落，如同星条旗。更确切地说，它们飘扬在任何时候。任何地方。难怪他最终决定用本地方言写作了。只要存在元音和辅音，他就可以写下去，无论那里是不是罗马帝国。归根结底，外语不就是另一组同义词吗？再者，我那些可爱的老格隆人也没有书面文字。即便他们有，对于他这位变形天才而言，改头换面，以另一种陌生字母的面貌出现也是一件很自然的事情。

如果你同意的话，这也是一种拓展罗马帝国的方式。尽管此类事情从未发生。他也从未步入我们的基因池。但语言上的传承却已足够，他实际上花了两千年的时间才步入基里尔语言。唉，可没有字母表的生命却自有其优势！当生存处于口述阶段的时候，它可以直击人的内心深处。实际上，对于书面文字，我的那些游牧人并不着急。要想书写就必须定居，即无处可去。这就是为什么文明之花更多地开放在岛屿上，弗拉库斯，比如你珍爱的希腊人。或是在城市里。城市不正是被空间环绕的岛屿吗？无论如何，如果他的确如他告诉我们的那样迈入了本地方言，这似乎也并非出于必需，不是为了亲近本地人，而是由于诗句的杂食天性，因为诗句试图获得一切。六音步诗体是这样的：它如此随心所欲地铺展延伸并非平白无故。双行哀歌体更是如此。冗长的文字在任何地方都会遭到诅咒，弗拉库斯，即便在作者死后。如今，我猜想，你已放弃阅读，你早已读够了。对你的朋友的责难和对奥维德的赞美（这也就意味着对你的贬低）一定让你受够了。我还在继续，这是因为就像我在前面所说的，除你之外我还能与什么人交谈呢？即便我们假设毕达哥拉斯的想法是对的，即善良的心灵每隔千年便能赢得第二副肉身，而你迄今为止也至少获得了两次机会，可奥登刚刚去世不久，这个千年只剩下四年，配额似乎已经用完。因此我们还是回到最初的你吧，即便如今你像我猜想的那样已放弃阅读。在我们这一行，面对真空说话是常有的事。因此你无法用你的缺席让我感到意外，我也无法用我的纠缠让你觉得惊奇。

此外，这里还有我的一份既得利益。你也同样有。这便是那个梦，它曾是你的现实。通过对它的阐释，人们可以获得双倍的报偿。这就是那索全部作品的主题。对于他而言，一件事情即另一件事情；对于他而言，我想说，A即B。对于他而言，一副躯体，尤其是一个姑娘的躯体，可以成为，不，曾经是一块石头，一条河流，一只鸟，一棵树，一个响声，一颗星星。你猜一猜，这是为什么？是因为，比如说，一个披散着长发奔跑的姑娘，其侧影就像一条河流？或者，躺在卧榻上入睡的她就像一块石头？或者，她伸开双手，就像一棵树或一只鸟？或者，她消失在人们的视野里，从理论上说便无处不在，就像一个响声？她或明或暗，或远或近，就像一颗星星？很难说。这可以作为一个出色的比喻，可那索追求的甚至不是一个隐喻。他的游戏是形态学，他的追求就是蜕变。即相同的内容获得不同的形式。这里的关键在于，内容依然如故。与你们大家不同，他能够理解这样一个简朴的真理，即我们大家的构成与构成世界的物质并无二致。因为我们就来自这个世界。因此我们全都含有水、石英、氢、纤维等等，只是比例不同。而比例是可以重构的。它已经被重构到一位姑娘的体内。她变成了一棵树，这并不奇怪。不过是她的细胞构造发生了转变。无论如何，自有生命转化至无生命，这是我们人类的一个倾向。你置身于你如今置身的地方，自然明白我的意思。

更不奇怪的是，黄金时代拉丁语诗歌的躯体在昨夜成了我固执之爱的对象。好吧，你或许会将这视为你们共同的毕达哥拉斯定额的最后喘息。你那份配额是最后沉没的部分，因为它没有满载六音步的重负。请将躯体试图逃离床铺的庸俗时展露出的敏捷视为它在挣脱我通过译文对你的解读吧。因为我已习惯于韵脚，而六音步诗体却没有韵脚。你在你的洛加奥耶迪克诗体中比其他所有人都更接近韵脚，可你也为六音步所吸引：你摸索到了这副暖气片，你想沉浸其中。尽管我始终不渝地追寻你，阅读你占据了我（这里没有任何双关意味）的一生，但我的梦从未湿润过，这并非因为我已五十四岁，而恰恰因为你的作品全都无韵。这具黄金时代的躯体那赤褐色的光泽就由此而来；你钟爱的那面镜子的缺失也由此而来，更不用说那镀金的镜框了。

你知道为什么没有那面镜子吗？因为，就像我在前面所说的那样，我已习惯于韵脚。韵脚，我亲爱的弗拉库斯，本身就是一种变形，而变形可不是一面镜子。韵脚就是这样的时刻，即一种东西转变成另一种东西，内容却未发生改变，这内容即声音。至少是在语言中。这就是那索的手法之浓缩，如果你愿意的话，或许也可以说是蒸馏。很自然，他在那喀索斯和厄科 ① 的那一场景中距离这一点已近得可怕。坦白地说，比你还要近，虽然他在格律方面逊于你。我之所以说"可怕"，是因为他如果这样做了，此后的两千年间我们大家便全都会失业。谢天谢地，六音步诗体的惯性拖累了他，尤其是在上述那一场景里；谢天谢地，那则神话自身在迫使视觉和听觉相互分离。在过去的两千年里我们一直在干这件事，即将两者嫁接到一起，将他的视觉和你的格律融为一体。这是一座金矿，弗拉库斯，是一份全职工作，没有任何一面镜子能够映照出持续一生的阅读。

---

① 森林仙女厄科爱上河神之子那喀索斯，被拒绝后抑郁而死，那喀索斯因此受到惩罚，终日爱恋自己映在水中的影子而无法自拔。奥维德将这则神话写进他的长诗《变形记》。

无论如何，这至少部分解释了我们所言的这副躯体从何而来，以及它为何试图逃脱我。或许，如果我的拉丁语不这么糟，我就永远做不出这样一个梦来。是的，在某一特定的年龄，人们似乎有理由庆幸自己的无知。因为格律永远是格律，弗拉库斯，解剖学永远是解剖学。我可以声称自己占有了整副躯体，即便这躯体的上半身陷在了床垫和暖气片之间，只要这一部分是属于维吉尔或普罗佩提乌斯的。它依旧是被晒黑的，依旧是赤褐色的，因为它依旧是六音步和五音步的。我甚至可以得出这样一个结论，即这并非一个梦，因为大脑无法梦见它自身，这很有可能就是现实，因为它是一种同义反复。

　　我们不能仅仅因为有"梦"这个单词便认为存在着一种能够替代现实的东西。梦，弗拉库斯，至多只是一次短暂的变形，比韵脚的变形还要短暂。这就是为什么我没有在这里寻求韵脚：不是因为你不会欣赏这种尝试。我猜想，阴间是一个多语言的王国。如果说我动手写了点什么，这只是因为对梦的阐释，尤其是对一个情色梦的阐释，严格地说就是一种阅读。这样的阅读是非常反变形的，因为这是对结构的消解，逐行逐句的消解。它不断重复的性质最终泄露了它的本质：它寻求在阅读和情色行为这两者之间画等号，其情色意味正来自其不断重复的性质。翻过一张又一张的书页，这就是它的实质，这也就是你此刻正在或将要做的事情，弗拉库斯。是啊，这也是为你招魂的一种方式，不是吗？因为如你所知，重复就是现实的首要特征。

　　有朝一日，当我最终置身于你在阴间栖身的那个角落，我的气态体会向你的气态体发问，问你是否读了这封信。要是你的气态体回答说"没读"，我的气态体也不会感到委屈。相反，它会感到高兴，因为它看到了一个证据，证明现实伸展进了灵魂的王国。因为你原本就从未读过我的文字。就这一意义而言，你就会像人间的许多人一样，他们也从未读过我们的任何文字。至少，这也是现实的组成部分之一。

但你的气态体如果回答说"读了"，我的气态体也不会感到过于慌乱，担心我的这封信伤害了你，尤其是信中这些不雅的文字。作为一位拉丁语作者，你或许能第一个欣赏这样一种手法，因为它源自一门将"诗歌"一词定为阴性的语言。至于"躯体"一词，你能指望一个男人不胡思乱想吗，而且他还是一个许珀耳玻瑞亚男人，更不用说是在一个寒冷的二月之夜。我甚至无需提醒你这只是一场梦。说到底，除了死亡，梦也是一种现实。

因此我们可以和睦相处。至于语言，像我前面所说的那样，这个王国很可能是多语言的，或是超语言的。况且，凭借你的毕达哥拉斯配额，你还曾化身为奥登，此刻刚刚返回阴间，因此你或许还记得几句英语。或许正因为如此，我才认出了你。尽管他当然是一位比你更伟大的诗人。但正因为如此，你才渴望获得他的面貌，当你最后一次置身于现实中。

在最糟糕的情况下，我们还可以通过格律来交流。我可以轻而易举地在打字机上敲出第一种阿斯克莱皮亚德斯诗体，这里头的那些扬抑抑格也难不倒我。第二种也可以，更不用说萨福体了。这说不定管用；你知道的，就像住进同一座精神病院的病友。归根结底，格律仍旧是格律，即便是在阴间，因为它们是时间的单位。由于这个原因，它们在极乐世界或许比在这愚蠢的现世更为人所知。这就是为什么我们在使用格律时会觉得与你这样的人更易交流，胜过我们与现实的对话。

因此，我自然希望你能把我介绍给那索。因为我认不出他来，因为他从不以他人的形象现身。我猜想，是他的哀歌体和六音步诗体妨碍了他。因为在过去两千年间，尝试这两种诗体的人越来越少。又是奥登？但即便是他，也将六音步处理成了两个三音步。因此，我并不指望能与那索聊天。我唯一的请求就是能看他一眼。即便置身于亡灵之间，他也应该是个稀罕的珍品。

我不会再用其他几位诗人来难为你。我甚至不会谈起维吉尔，因为他已返回现实，我想说，他身披各种伪装。也不谈提布卢斯、加鲁斯、瓦鲁斯和其他人，你们那个黄金时代真是人才辈出，但极乐世界不是个好玩的去处，我可不想去那里观光。至于普罗佩提乌斯，我想我能自己找见他。我相信找见他相对容易，因为他在祖先的灵魂中间会感觉自如，他在生前便对这些灵魂的存在坚信不疑。

不，对于我来说有你们两位便已足够。人们在阴间依然保持自己的趣味，这就等于现实扩展进了幽灵王国。我希望我也能做到这一点，至少在最初能做到。唉，弗拉库斯！现实就像罗马帝国一样是追求扩张的。因此现实才会做梦；因此它才会在死去时坚守自我。

一九九五年

悼斯蒂芬·斯彭德 ①

一

二十三年之后，在希斯罗机场与边检官的交谈是简短的：

"商务还是消遣？"

"您认为葬礼属于哪一种？"

他摆摆手让我过关。

二

二十三年之前，为了让这位边检官的前任放行我，我耗费了近两小时。坦白地说，责任在我。我当时刚刚离开俄国，打算途经伦敦去美国，因为我被邀请参加伦敦的国际诗歌节。我手里没有护照，只有一张美国人签发的过境签证，这签证装在一个很大的黄色信封里，是驻维也纳的美国领事馆发给我的。

除了自然会有的焦虑外，这一等待让我感到特别难受的另一个原因来自温斯坦·奥登，他与我搭乘同一班飞机从维也纳飞来。海关官员们抓着那个黄色信封不放时，我看见奥登在关口前焦躁地走来走去，神情越来越愤怒。他不时与这个官员交谈，不时又与那个官员交涉，可总是被打断。他知道我在伦敦举目无亲，他不能扔下我不管。我的感受糟糕极了，即便仅仅因为他的年龄是我的两倍。

我们最终通过海关，前来迎接我们的是一位美丽动人的女子，她个子很高，举止宛如公主。她吻了吻温斯坦的面颊，然后对我做了自我介绍。"我叫娜塔莎，"她说，"我希望您能住在我们家。温斯坦也会住我们家。"我嘟囔了几句几乎不完全合乎语法的话，奥登这时插话说："她是斯蒂芬·斯彭德的妻子。你最好答应她。他们已经为你准备好了房间。"

接下来的事情就是，我们坐进汽车，娜塔莎开车。显而易见，他们已考虑周全，也许在电话里讨论过此事，尽管我完全是个陌生人。温斯坦对我所知甚少，斯彭德知道得更少。可是……伦敦市郊的风景在车窗外闪过，我尝试着阅读广告牌。最多见的是"BED AND BREAKFAST"[②]，我认识这几个单词，可是却幸运地不解其意，因为其中没有动词。

三

傍晚，我们三人坐下来吃晚饭，我试着向娜塔莎解释（我一直在因轮廓分明的美丽脸庞和十分家常的俄国名字这两者间的矛盾而感惊讶），我其实并不完全是个陌生人。其实在俄国时我就拥有这家人送的几件东西，是他们托安娜·阿赫马托娃捎给我的，阿赫马托娃曾于一九六五年来英国接受牛津大学的

[①] 此文写于 1995 年 8 月 10 日，原题 "In Memory of Stephen Spender"，首刊于《纽约客》1996 年 1 月 3 日，当时题为 "English Lessons from Stephen Spender"。俄文版题为 "Памяти Стивена Спендера"。斯彭德（1909—1995），英国诗人、批评家，编辑《地平线》、《邂逅》等期刊，著有《静止的心》、《废墟与憧憬》等诗集以及评论集《创造新因素》。
[②] 即提供早餐的旅馆，字面意思为"床与早餐"。

荣誉博士学位。这几件东西包括：两张唱片（珀塞尔的《狄多和埃涅阿斯》①，以及理查德·伯顿②朗诵的英国诗人作品选集），一条颜色很像三色旗的某所学院的围巾。阿赫马托娃告诉我，这些东西是一位非常英俊潇洒的英国诗人送的，他的名字叫斯蒂芬·斯彭德，是他托阿赫马托娃把这些东西交给我的。

"没错，"娜塔莎说，"她当时给我们谈了您的许多事情。您当时在监狱，我们非常担心您会挨冻。所以就送了条围巾。"

就在这时门铃响了，她起身去开门。我在与温斯坦交谈；更确切地说，我在听他谈话，因为我的英文语法让我很难主动张口。尽管我此时已译了不少英语诗歌（主要是伊丽莎白时代的诗人作品，也有一些美国当代诗歌，还有两三部剧作），但我的谈话能力依然微乎其微。我用"大地的震颤"(trepidation of the ground) 来代替"地震"(earthquake)。此外，温斯坦说话语速极快，而且具有真正的、大西洋彼岸的美国特色，这也需要我聚精会神。

可是一刹那间，我却完全丧失了注意力。一位身材十分高大的白发男人稍稍弓着腰走进屋来，脸上带着儒雅的、近乎道歉的笑意。在这间显然是他自家餐厅的屋子里，他却表现出一种新客的拘谨，而非主人的自信。"你好，温斯坦!"他说道，然后又问候了我。

我不记得他当时具体说了些什么，可我记得我被他的话语之优美惊倒了。有这样一种感觉，似乎英语作为一种语言所具的一切高贵、礼貌、优雅和矜持都在一刹那间涌入了这个房间。似乎一件乐器的所有琴弦都在一刹那间被同时拨动。对于

---

① 珀塞尔（1659—1695），英国作曲家，其歌剧《狄多和埃涅阿斯》作于 1689 年。布罗茨基也写有同名诗作。
② 伯顿（1925—1984），美国电影演员。

我和我这只缺乏训练的耳朵来说，这个效果是富有魔力的。这一效果毫无疑问也部分地源自这件乐器那稍稍弓着的框架：我觉得自己与其说是这音乐的听众，不如说是它的同谋。我打量一下四周，发现无人流露出任何情感。不过，同谋也永远不会流露情感。

四

当天晚上更晚些时候，斯蒂芬·斯彭德，就是上面提到的那个人，和我一同去 BBC 电视台做一档晚间节目的现场采访。二十三年之前，像我这样一个人抵达伦敦还被视为一条新闻。整个采访持续两小时，包括乘出租车往返的时间在内。在这两小时内，尤其是坐出租车时，我的着迷劲儿开始有所减弱，因为我们谈起了实事。谈电视采访，谈第二天就要开幕的国际诗歌节，谈我在英国的逗留问题。谈话突然变得轻松起来，因为我们就是两个在就事论事的男人。我有些奇怪：面对这位我之前从未谋面的身高六英尺、蓝眼睛白头发的老人，我竟然没有任何局促感，我不明白这是为什么。很有可能，让我产生安全感的是他的高个儿和高龄，更不用说他的牛津口音了。除此之外，在他绅士般的、近乎笨拙的矜持举止以及略带歉意的笑容里我感觉到，他在身边的每一种现实里都觉察到了某种转瞬即逝、有些荒诞的本质。我本人对于这样的态度并不陌生，因为这种感觉并非源于人们的心理或性格，而是源于人们所从事的职业。一些人不太愿意展示这种感受，而另一些人则展示得多一些。还有一些人，他们完全不善于藏匿这种感受。我觉得他和我均属于最后一种人。

五

在我看来，我们后来之所以不可思议地成了朋友，而且这段友谊还维持了二十三年，这一点是一个主要原因。还有其他一些原因，我下面也会提及一些。但我在开始叙述之前必须说明，下面的文字看上去如果太像个人回忆，而我又在其中占据了太多的篇幅，这只是因为我无法、至少现在无法用过去时态来谈论斯蒂芬·斯彭德。我不打算来玩一场唯我论游戏，即否认他已逝去这一显而易见的事实。这样做对我来说或许并不太难，因为在我所言的这二十三年间我们很少见面，每次相处也从未超过五天。可是在我的意识中，我的所思所为却与他和温斯坦·奥登的生活和诗作极其紧密地交织在了一起，因此我此刻觉得，回忆往事似乎更贴切一些，胜于清理自己的情感。生活就像是引用，如果你能把什么东西背诵下来，这东西便同等地属于你和它的作者。

六

接下来的几天我一直住在他们家，受到斯彭德夫妇和温斯坦无微不至的关照，从早餐到晚餐再到睡前的小酌。有一次，温斯坦想教我使用英国的公用电话，我的低能让他深感惊讶。斯蒂芬试图向我解释地铁系统，可最终还是娜塔莎开车拉我去了每个地方。我们曾在皇家咖啡馆吃饭，这里曾是斯蒂芬向娜塔莎求婚的场所，当时正值伦敦遭受大轰炸，他俩在空袭的间歇期会来这里吃口热饭菜，跑堂的则在一旁清扫从咖啡馆窗户上震落的碎玻璃。("德国人朝我们扔炸弹时,我们其实一直在想俄国飞机何时会加入他们一伙。那些日子里我们时刻在提防俄国的轰炸机。")或是一起去索尼娅·奥威尔 [1] 家吃午饭。("《一九八四年》不是一部小说,"温斯坦说,"而是一部学术著作。")后来又去盖瑞克俱乐部 [2] 吃晚饭,同席的还有西里尔·康诺利 [3] 和安格斯·威尔逊 [4],前者的小说《诺言的敌人》我两三年前刚刚读过,关于后者我则一无所知。前者看上去苍白浮肿,有点像个俄国人;后者身着粉红衬衫,像一只热带鸟。谈话与我不沾边儿,我沦为一名观察者。

我在当时常常落入这种境地,也时时感到很不自在。我把这种感受说给斯蒂芬听,可他显然相信耳濡目染的熏陶比分析思考更有效。一天晚上,他和娜塔莎把我带到伦敦南区去参加一个宴会,地点是当地一位主教的宅邸。对于我这双缺少训练的眼睛来说,主教阁下显得过于活跃,近乎社交迷;他的紫红袍也过于艳丽,近乎脂粉气 [5]。但饭菜却超好,酒也不错,一帮漂亮的年轻教士站在那里招待客人,看上去也十分惹眼。宴会结束后,太太们离席走入隔壁房间,先生们则留下来喝酒,抽哈瓦那雪茄。我发现自己坐在 C.P. 斯诺 [6] 的对面,他开始向我吹捧米哈伊尔·肖洛霍夫小说的各种长处和真实可信。我花费了大约十分钟时间,竭力回想帕特里克主编的英语俚语字典里某个合适的词条(在俄国时我只有这部词典的第一卷),以便做出恰如其分的回答。斯诺先生的脸的确变得雪白 [7],斯蒂芬则

---

① 英国作家乔治·奥威尔(1903—1950)的遗孀。
② 盖瑞克俱乐部是伦敦一家著名的作家艺术家俱乐部。
③ 西里尔·康诺利(1903—1974),英国作家。
④ 安格斯·威尔逊(1913—1991),英国作家。
⑤ 此处是一个双关。"脂粉气"(Lavender)的本意为淡紫色,后来成为娘娘腔、同性恋的代称。
⑥ 即查尔斯·珀西·斯诺(1905—1980),英国作家。
⑦ 这里用了一个双关语,"斯诺"(Snow)姓氏的原意为"雪"。

开怀大笑。其实，我针对的主要目标并非这位粉红色的左倾小说家，而是那位淡紫色的脂粉气主人，他那双漆皮鞋在桌子底下偷偷碰了碰我那双忠贞的胡什普皮牌男鞋。

在回家的汽车上我试图向斯蒂芬解释这一切，可他只是吃吃地笑。车外已是深夜。我们正行驶在威斯敏斯特桥上，他看了看窗外，说道："他们还在开会。"然后问我："你累吗?"我说不累。"那我们就进去看看。"娜塔莎停下车，我们下车向国会大厦走去。我们爬过几组台阶，走进一个大厅，在过道的椅子上坐了下来。我想这里就是下议院，关于某个税种的争论正在激烈进行。一些身高和面色都相差不多的男人纷纷站起身来，发表一通言辞激烈的演讲，然后坐下，片刻之后又再度起立。斯蒂芬在我耳边细语，向我转述他们的讨论内容。可这对我而言基本上仍是难以理解的，几乎就像一出哑剧。我坐在那里，仔细打量着房梁和彩色玻璃窗户。就是在这里，我亲自面对着我年轻时最神圣的理念，这亲临其境的感受让我眼花缭乱。我忍住笑，身体抖动起来。我的精神现实和肉体现实间的差异突然加大了，当后一种现实坐在威斯敏斯特核心位置的一张绿色皮长椅上时，前一种现实却拖着脚步，慢吞吞地走在乌拉尔山脉的另一边。空中旅行就是这样，我心里想道，又看了一眼斯蒂芬。潜移默化的作用显现出来了。

七

国际诗歌节规模很大，这个略显散乱的活动在泰晤士河南岸的皇家艺术节大厅举办。世上只有很少几样东西能比贫穷和混凝土的混成更糟糕，可混凝土和轻佻的混成即为其中之一。但另一方面，这种混成也与其内部正在进行的活动很协调。西德人尤其能融入这一环境氛围，他们借助直白的身体语言使自由诗 ① 又向前迈进了一步。我记得温斯坦曾愁眉苦脸地盯着后台的显示屏，说道："给你们付钱可不是让你们来干这个的。"付的钱微不足道，可对于我来说这可是头一回手握英镑纸币，在将钱揣进口袋时我感到一阵激动，这实际上就是狄更斯和约瑟夫·康拉德笔下的人物使用过的钱币呀。

开幕式招待会在蓓尔美尔街 ② 一座高楼的顶层举行，我记得那地方叫"新西兰厅"。我写到这里的时候，正盯着当天在那里拍摄的一张照片看：斯蒂芬在对温斯坦说着什么好笑的话，温斯坦开怀大笑，而约翰·阿什伯里 ③ 和我则在一旁看着。斯蒂芬比我们大家都高得多，他侧身面对温斯坦，半侧面容上的温情几乎溢于言表，温斯坦则双手插在裤兜里，兴高采烈。两人目光对视；此时他俩相识已逾四十年，彼此相处甚佳。唉，这让人难以忍受的快照笑容啊！这就是最终留在你手中的东西：你从生活那里窃得了定格的瞬间，却浑然不知前方一场更大的窃取会将你们的珍藏变成彻底绝望的源泉。一百年前，人们至少不用面对这样的绝望。

八

斯蒂芬的朗诵与温斯坦和我不在同一个晚上，我没去听。但我知道他朗诵的是哪几首诗，因为我手头有他那天晚上回来后送给我的《诗选》。他在目录中的七首诗前做了标记，我们

---

① 此处"自由诗"用的是法语"vers libre"。
② 蓓尔美尔街，伦敦街名，以俱乐部多而著称。
③ 阿什伯里（1927 年生），美国诗人，1975 年以诗集《哈哈镜中的自画像》获普利策奖。

大家在朗诵前都会这样做个标记。这个诗集与我在俄国时得到的那个版本一模一样，那一本是一位英国留学生送我的，我将它读得很熟，因此一眼便看出我喜欢的那两首诗——《空中飞越普利茅斯湾》和《极地探险》——并未被标出。我记得我问了他为什么不选这两首，尽管我在很大程度上能预知他的答案，因为这两首诗都是很早的旧作。或许正是由于这一原因，我才不记得他当时的回答。不过我记得，我们的谈话很快就转向亨利·莫尔在伦敦地铁里创作的《防空洞速写》①，娜塔莎翻出一本破旧的平装本《防空洞速写》，我把它放在床头。

他之所以提起莫尔的《速写》，我想是因为我提起了《空中飞越》一诗。我先前在俄国读到此诗时曾大为震惊（尽管我的英语很糟），惊讶于其中的探照灯意象逐渐从视觉形象发展为幻觉形象。我当时认为，此诗在很大程度上更像是当代的后立体主义（在俄国我们叫它结构主义）绘画，更像是韦德海姆·刘易斯②等人的作品。众所周知，探照灯是我的童年一个不可分割的组成部分，因为它实际上是我最早的记忆，以至于直到今天，只要一看到罗马数字，我就会立即想起我那座故乡城战争时期的夜空。因此我猜想，我把此类感受说给斯蒂芬听了，亨利·莫尔那本薄薄的画册便随即登场了。

九

我如今永远无法得知，这究竟是一个偶然出现的话题，还是斯蒂芬对天真无知的我进行潜移默化教育的既定计划。不管

---

① 亨利·莫尔（1898—1986），英国雕塑家，纳粹德国轰炸伦敦时他创作了许多表现防空洞中生活的速写。
② 刘易斯（1886—1957），英国作家和画家，曾与庞德一同兴起"漩涡主义"。

怎样，这些速写对我而言具有非同寻常的冲击力。我之前看过不少莫尔作品的复制品，均为一些斜倚的小脑袋人体，或单个或成组。大多是在明信片上，虽然我也弄到过一两本画册。我对前哥伦布风、有机形式、空实对比概念等多有耳闻，但不太感兴趣。常见的现代艺术空话，缺乏安全感的歌。

《防空洞速写》与现代艺术很少关联，而与安全感休戚相关。如果这组图画能生出根来，它们或许就能长成曼特尼亚的（或贝利尼的）《花园里的痛苦》[①]。莫尔显然依旧着迷于椭圆体，而大轰炸则提供给他一个真正的机遇。这一切都发生在地铁里，而地铁在这里是一个多重意义的恰当词汇[②]。虽然在这里看不见那手持杯盏的空中天使，可每个人大约都会作出"但愿它能放过我"的祷告。变换一下温斯坦的句式，可以说：《防空洞速写》并非一组画作，而是一部学术著作。首先，一切都被处理成椭圆体，从遍布站台、被包裹着的人体到地铁车站的拱顶。但这也是一种关于屈从的研究，因为一旦一具躯体由于安全原因而不得不降格到其原初的形态，它便再也无法忘记这种降格，再也无法完全挺直。你只要有一次因屈服于恐惧而蜷缩，你的脊椎之未来便已被决定：你将再次蜷缩。从人类学的意义上讲，战争最终将导致退化，当然，除非你是个傻孩子。

我就是这样一个傻孩子，当莫尔在忙着研究他的椭圆体，当斯蒂芬在忙着勘察他的探照灯时。看着《防空洞速写》，我事实上回忆起了我们家附近的那个防空洞——那是由一座教堂的地下墓穴改建成的，洞里横梁交错，挤满了被覆盖、被包裹

---

① 曼特尼亚（1431—1506），意大利画家；乔万尼·贝利尼（1430—1516），意大利画家。《花园里的痛苦》现藏伦敦国家美术馆，实为贝利尼所作，但曼特尼亚在很长时间里都被视为其作者。
② "地铁"与"地下"在英语中是同一个单词（underground）。

着的人体，其中就有我的母亲和我的。洞外，"三角形，平行线，四边形，/各种假说的试验/正在黑板的天空进行……"①我入迷地翻看着这一幅幅图画，心里暗暗对自己说，照这样下去，我甚至会回忆起我的降生，甚至比降生还要早的事情；实际上，我或许会变成一个英国人（我从未想过）。

<h2 style="text-align:center">十</h2>

类似的事情早已发生——自从我弄到一本企鹅版的《三十年代诗选》起。你若出生在俄国，就注定会对另一种诞生产生眷恋。三十年代并不遥远，因为我就出生在一九四○年。另一个使这十年与我愈发气味相投的因素则是其阴冷的、单色调的面貌，这在很大程度上源于印刷文字和黑白电影，我自己出生长大的那个国度就一直保持这种色调，直到柯达胶片入侵后很久也依然如此。麦克尼斯②、奥登和斯彭德（我是按照我知道他们的先后次序来排列的）使我顿时获得一种家庭般的亲切感。这并非因为他们的道德观念（因为我认为我的敌人比他们的敌人更强大，更无处不在），而是因为他们的诗学。这种诗学令我震惊，首先是在格律和诗节的设置上。读了《风笛音乐》③之后，那种老套的四音步四行诗体就显得没什么诱惑力了，至少在开头是这样的。我还发现他们有一个非常迷人的共同之处，即善于以困惑的目光去打量寻常事物。

人们将这称为影响，我却称之为亲近。大约从二十八岁

---

① 斯彭德《空中飞越普利茅斯斯湾》中的诗句。
② 麦克尼斯（1907—1963），爱尔兰诗人。
③ 麦克尼斯的诗作。

起，我便将他们视为我的亲戚而非导师或"想象中的友人"。他们构成我的精神家庭，带给我的亲切感远远超过我在俄国境内外的任何一位同时代人。你们可以把这归结于我的不成熟或经过伪装的风格保守主义。或仅仅是虚荣，即某种孩子气的愿望，希望自己能够在某种外国的良知准则的框架下得到评判。另一方面，我们也要考虑到另外一种可能性，即他们的作品可以赢得远方的挚爱。或者，阅读用另一种语言写作的诗人体现了一个人渴望抒发崇拜之情的心理。这一点儿也不奇怪：瞧瞧教堂你就明白了。

十一

我在这样一个精神家庭里生活得很愉快。墙壁一样厚的英俄字典事实上是一扇门，或者应该说是一扇窗，因为那字典时常是雾蒙蒙的，需要集中精力才能看透它。这种付出是值得的，因为我面对的是诗歌，而诗中的每一行都是一种选择。你能依据一个人所选择的形容词来对此人作出总体判断。我认为麦克尼斯是个混乱的、随意的、充满音乐感的人，我想象中的他面色忧郁，沉默寡言。我认为奥登光彩夺目，果断刚毅，充满机智和悲剧感，我想象中的他个性乖张，态度冷硬。我认为斯彭德的想象力与前面两位相比更具抒情性，更为大胆，尽管他显然是个现代派，可是我却无论如何也想象不出他的模样。

阅读就像爱情，也是一条单行道，我所做的一切他们几个全都一无所知。因此当我在那个夏天来到西方时，我的确依然是个陌生人。（比如，我就不知道麦克尼斯已在九年前去世。）或许只有温斯坦与我稍熟一些，因为他为我那本《诗选》写了

一篇序言 ①，他应该清楚我的《悼 T.S. 艾略特》一诗是对他那首《悼 W.B. 叶芝》的模仿 ②。但对于斯蒂芬和娜塔莎而言我却肯定是个陌生人，即便阿赫马托娃的确曾对他们谈起我。在之后的二十三年间我从未与他谈起他的诗，同样也没有谈过我的诗。我们也从未谈过他的《世界之中的世界》、《三十年代及之后》、《爱恨关系》和《日记》③。在一开始，我想罪魁祸首是我的胆怯，我的伊丽莎白时代的词汇和羸弱的语法更加重了这种胆怯。后来，这个遗憾则应归咎于我们两人跨大西洋飞行后的疲倦、公众场合、环绕的人群或那些吸引力胜过我们自己作品的人与事。诸如政治丑闻或新闻事件，还有温斯坦。但是从一开始我们似乎就感觉到我们有着更多的相同之处，就像是一家人。

十二

除了我们各自的母语外，将我们分隔开来的还有他长我的三十余年时光，还有温斯坦和斯蒂芬的超高智慧，以及他们两人的私人生活——温斯坦的私生活要多一些，斯蒂芬的则少些。这听上去似乎是在说他们韵事不断，其实不然。在我遇见他们的时候，我并不清楚他们程度不同的多情特质；再说，他俩当时已年逾六十。我当时、现在乃至到死都清楚的唯一一件事，就是他们非同寻常的智慧，我从未见过能在这一方面与他俩匹

---

① 布罗茨基的英文版《诗选》于 1973 年在西方出版，奥登为之作序，并在序言结尾写道："约瑟夫·布罗茨基是一位一流的俄语诗人，他的祖国将为此人感到骄傲。我则为他和他的祖国感到骄傲。"
② 布罗茨基的《悼 T.S. 艾略特》引用了奥登《悼 W.B. 叶芝》一诗的诗句作为题词。
③ 均为斯彭德的著作，《世界之中的世界》(1951) 为自传，《三十年代及之后：诗歌、政治和人》(1978)、《爱恨关系：英美情感研究》(1974) 系专著，《日记》全名为《1939—1983 年日记》(1985)。

敌的人。这自然会在某种程度上打消我智力上的不安全感，尽管并不能填平这道鸿沟。至于他们的私生活，我认为，这一点之所以受到广泛关注，恰恰因为他们拥有被人们公认的超高智慧。直白地说，因为他们在三十年代曾是左派，斯彭德还做过几天共产党员。在集权国家中由秘密警察进行的那些事，在一个开放社会里则大致由一个人的反对者或批评者来完成。但反过来，若将一个人的成就归结为他的性取向，这或许更加愚蠢。总体而言，将一个人断然定义为一种性的生物，这是一种可怕的简化行为。即便这仅仅是因为，一个人从事性生活的时间要远远少于他做其他事情，比如说挣钱养家，驾驶汽车，即便他年少体壮。从理论上讲，诗人享有更多的时间，但考虑到诗歌并不巧妙的赚钱方式，诗人的私生活并不配获得如此之多的关注。尤其在他用诸如英语这样一种漠视性别的语言写作的情况下。如果这门语言对这件事漠不关心，使用语言的人又为何要关注有加呢？不过，他们的关注也可能恰恰源于语言的不关注。言归正传，我的确感觉我与他们之间的同远大于异。我唯一无法跨越的鸿沟就是年龄。至于智慧方面的差异，我在最好的状态下会让自己相信，我正在逐渐接近他们的水准。还有一道鸿沟即语言，我一直在竭尽所能地试图跨越它，尽管这需要散文写作。

十三

我唯一一次直接与斯蒂芬谈起他的作品是在他的《庙宇》一书出版时 ①。那个时候，我得承认，长篇小说已不再是我热

---

① 斯彭德的自传体长篇小说《庙宇》出版于 1988 年。

衷的阅读对象，如果他的这本书不是献给伟大的德国摄影家赫伯特·李斯特①的，而我又爱过这位摄影家的侄女，我或许完全不会与他谈起这部小说。看到书前的题词，我立马捧着书跑去见他（我想是在伦敦），凯旋般地对他说道："瞧，我们是亲戚！"他略微一笑，说世界真小，欧洲更小。是的，我说，世界真小，而且无人能将它扩大。他补充说，而且也不会扩大，或是诸如此类的话，然后他问我是否真的喜欢这本书。我对他说，我始终觉得自传体小说是个矛盾概念，它遮掩的东西要超出它道明的东西，即便读者爱不释手。无论如何，对于我来说，作者似乎更像是书中的次要角色而非主人公。他回答说，这在很大程度上受制于当时的精神氛围，也部分受制于书刊审查制，他或许会重新改写全书。我对此表示反对，说遮掩就是文学之母，而书刊审查制甚至可以说是文学之父；当普鲁斯特的传记作者们花费大量笔墨来证明阿尔伯蒂娜实际上就是阿尔伯特②时，再没有什么比他们的所作所为更糟的了。是的，他说；那些人的笔的运动方向是与作者完全相反的，他们是在消解结构。

十四

我发现我不由自主地用了过去时态，我不知道我是否该与之抗争。他于七月十六日去世，今天是八月五号。可我仍然无法对他盖棺定论。我关于他所说的任何话都会是假定的或单边的。定义永远是不充分的，他有能力在八十六岁时逃脱定义，

---

① 赫伯特·李斯特（1903—1975），德国摄影家，斯彭德的朋友。
② 暗示普鲁斯特的传记作者们试图证明普鲁斯特是同性恋者。阿尔伯蒂娜是《追忆逝水年华》中的女主人公。

这并不令人意外，即便我只是与他同行了这八十六载的四分之一。不知为什么，我发现质疑自己的存在要比相信他的逝去更轻松一些。

这是因为善良和斯文能持续得更久。而他的善良和斯文则最为持久，因为它们出现在一个肮脏、残酷、非此即彼的时代。至少，他的行为举止——在这方面他可谓诗如其人——都既是选择的结果也是性格的结果。在娘娘腔的时代，比如当今，一个人，尤其是一位作家，大可以表现得残暴、犀利、刻薄。实际上，人们在娘娘腔的时代只能兜售血腥和垃圾，否则便没有顾客。而在希特勒和斯大林时代，他们则要走相反的路线……唉，所有这些平装的残暴才华啊！如此之多，毫无必要，被金钱淹没。仅此一点便足以让人们怀念三十年代，对那场混乱感到亲切。但归根结底，无论在生活中还是在纸张上，无论是通过行为还是借助修饰语，能让你保持住你的尊严的东西就是善良和斯文。仅凭这一点，他现在和将来都是能被感知的。随着时间的推移，他将越来越易被感知。

十五

且不论我的这些奇思怪想（亲切感、精神家庭等等），我和他相处得也一直很好。这部分仰仗于他那总是完全出人意料、充满突转的思维方式。他在与人交际时显得十分机智风趣，这与其说因为有人在场，不如说由于他天生不善说老套的话。如果一个现成的观念从他嘴里冒了出来，那这只是为了在句子的末尾将它彻底颠覆。可是，他这样做却不是在试图自娱自乐；这只是因为他的话语试图赶上他自己的思想列车，这趟列车在永不停息地飞驰，因而往往令说话者本人也相当意外。

他虽然年岁已高，可过去却很少成为他的主题，它的出现频率远远少于现在或将来，对于后两者他格外热衷。

另一方面，我认为这也是他从事的行业所带来的结果。诗歌是一个巨大的不安全感和不确定性的学校。你永远无法知道你创造出来的东西是否有价值，你更少知道你明天能否创造出什么有价值的东西来。如果这最终没有毁掉你的话，那么不安全感和不确定性就将成为你的亲密朋友，你几乎会觉得它们拥有自己的灵性。我想正因为如此，他才对未来如此感兴趣，这未来当中包括国家的未来、个人的未来和文化趋向的未来，他似乎想提前看到所有可能出现的错误，不是为了最终避免犯错，而只是为了更好地认识他那两位亲密的朋友。出于同样的原因，他从不炫耀他过去的成就，也从不展示自己的不幸。

十六

这会使人产生这样一个印象，即他缺乏野心，没有虚荣心。我觉得这个印象在很大程度上是对的。我记得多年前的一天，我和斯蒂芬一起在佐治亚州的亚特兰大朗诵诗歌。实际上我们是在为《查禁目录》①募集捐款，在我看来这份杂志其实就是他的创意，他十分关注这份杂志的命运，自然也关注书刊审查制这一问题自身。

我们要在台上待大约一个半小时；这时我们正坐在休息室里翻着我们的诗稿。若两位诗人一起朗诵，通常都是一位诗人读上四十五分钟，再由另一位诗人也读上四十五分钟。为的就是给听众留下一个令人信服的个人形象，其中心思想就

---

① 《查禁目录》系斯彭德于1972年创办的杂志，旨在声援苏联的持不同政见者。

是："我是主角。"斯蒂芬朝我转过身来，说道："约瑟夫，我们为什么不这样干呢？每人先各读十五分钟，然后是提问和回答，接着每人再各读十五分钟。这样他们就不会感到无聊了。你看怎么样？"我说，太棒了。就应该这样，这会使我们的朗诵带有某种娱乐色彩。诗歌朗诵首先就该这样，而不应是一趟自我旅行。这是一场演出，一出戏剧，更何况还是一次募捐。

这是在美国佐治亚州的亚特兰大。这里的听众，即便是满怀善意的听众，对他们自己的美国诗歌也知之甚少，更不用说英国诗歌了。他提议的朗诵方式既无助于扩大他的名声，也无助于推销他的书。也就是说，他这样做不是为自己着想，他也没有朗诵任何热门的诗作。我无法想象有哪位他的美国同行（尤其是他那个年纪的美国同行）会有意亏待自己，无论这样做是为了某件事情还是为了听众着想。当时的大厅里大约有八百人，如果不是更多的话。

"我看美国诗人的神经都快要崩溃了，"他常常这样说（他指的是我们这一行著名的自杀者们），"因为这里的赌注很大。在英国，诗人的收入向来没有这么高，想成为举国知名的大人物更是门都没有，虽然我们那个国家要小得多。"然后他会嘻嘻一笑，再补充一句："其实恰恰因为这一点。"

十七

这并不是说他对自己评价过低；他的本性就如此谦虚。我还想说，这个美德同样源于我们这个行当。如果你没有天生的机体紊乱，那么诗歌，无论是写诗还是读诗，均能教给你谦逊，而且速度很快。你若既写诗又读诗，则尤其如此。那些逝者已足以让你产生此类情感，更不用说你的同辈们了。质疑自我将成为你的第二天性。当然，如果你的同辈们业绩平平，你或许能因自己的成就而沾沾自喜一段时间；但如果你在大学时代就遇见了温斯坦·奥登，你的自我迷恋就注定是短暂的。

在这次相遇之后，无论写作还是生活都变得让人不安了。我的意见或许不对，但我有这样一种印象，即他抛弃的东西远比他发表的东西多。但在生活中，在你没有任何东西可以抛弃的生活中，这种不安最终会变成一种特殊的敏感和可怕的清醒（奥登会时常成为这种清醒态度的对象，却从不会被损伤）。这种敏感和这份清醒的结合能使一个人成为绅士，如果敏感在这一组合中分量更大的话。

十八

在大西洋两岸那些很大程度上缺乏教养的文学人士中，他正是这样一个人。他鹤立鸡群，无论是就这个成语的字面意义还是就其形象意义而言。那些人无论是左派还是右翼，其反应均是可以预见的。X 会责怪他在二战期间是个反战主义者（尽管他并非什么反战主义者，他由于身体原因没能被军队接受，他后来担任消防队员，而在大轰炸期间的伦敦担任消防队员，这与此时在其他地方以道德理由拒服兵役的行为完全不可同日而语）。Y 会指责他在五十年代曾主编受中央情报局资助的杂志《邂逅》。（尽管斯蒂芬在弄清这份杂志的财路性质后便立即辞职，可那些如此厌恶中情局金钱的人士为何不愿出资帮这份杂志一把呢？）正直的 Z 会斥责他在河内遭到轰炸时公开表示时刻准备前往那里，却又同时询问谁肯出路费。一个靠自己的笔生活的人（斯蒂芬的三十多部书——更不用说那无数的评论了——清楚地说明了他是靠什么生活的）很少用钱来表达自己的信念；另一方面，他似乎也不愿靠河内政府的钱来表达自己的良心不安。是的，这仅仅是这份字母表的最后三个字母。十分奇怪的是，或者说不足为奇的是，这些指责和教训却大都来自出生于美国的人士，也就是说，他们来自这样一个国家，那儿的道德高调与滚滚财运携手同行，超过任何其他地方。就整体而言，战后的世界是一场相当平淡的演出，他不时参与其中，并非为了掌声和鲜花，而是为了拯救这场演出，如我们事后所看到的那样。

十九

我发现我是在发表社论，体裁开始左右内容了。这在某些时候是可以接受的，但并非在当下。当下，内容应该决定体裁，即便最终的结果只是一些碎片。因为一旦你的生活被托付给了一个旁观者，这就是结果。因此，就请允许我闭上眼睛，静静旁观吧：一天晚上，在米兰的一家剧院，十年或十二年之前，人们济济一堂，灯光璀璨，电视转播，如此等等，台上坐着一帮意大利教授和文学批评家，还有斯蒂芬和我，我们都是某个重要诗歌奖的评委会成员。该奖这年被授予了卡尔洛·贝托奇——一个瘦骨嶙峋的八十岁老人，一副农夫外貌，有点像弗罗斯特。老人脚步蹒跚地走过大厅中的过道，十分吃力地往舞台上爬，嘴里暗自嘟囔着什么。没有一个人动弹，那些意大利教授和文学批评家都坐在椅子上看着老人与台阶做斗争。这时，斯蒂芬站起身来，开始鼓掌，我也加入进来。然后，响起一片热烈的掌声。

二十

或是二十余年前的一个深夜，芝加哥市中心一个空旷的、寒风凛冽的广场。我们从某人的轿车里钻出来，钻进冬日的细雨，向一件由铸铁和钢缆构成的巨大装置走去，这装置黑黢黢地矗立在广场中央的一个基座上。这是毕加索的雕塑，我们走近了之后发现这是一颗女人头颅。斯蒂芬想来看看这尊雕塑，因为他第二天一早就要离开这座城市。"很有西班牙味儿，"他说道，"也很有战争味儿。"突然，我感觉像是回到了一九三七年，西班牙内战，他参加了那场战争（我相信他是自费前往的），因为这是人类历史上为建立正义之城而进行的最后斗争，不是超级大国间的博弈，结果我们输了，然后这一切都被二次大战的残杀所遮蔽。那个夜晚风雨交加，十分寒冷，只有黑白两色。这个满头白发、身材高大的男人从黑色旧外套的袖口里伸出双手，像个孩子似的缓缓围着这堆散乱的金属转圈——那位西班牙天才将这堆东西拧在一起，做成了一件废墟般的艺术品。

二一

或者是在伦敦的皇家咖啡馆，我每次去伦敦都一定邀请他和娜塔莎去那里吃饭。为了重温他们的记忆，也为了重温我的记忆。记不清是哪一年了，但不是很久以前。以赛亚·伯林与我们同席，还有我的妻子，她那双年轻的眼睛一直盯着斯蒂芬的脸。的确，他满头雪白的头发，灰蓝色的眼睛闪闪发亮，略带歉意的笑容笼罩着六英尺的身躯，身板略微弯曲，这一切使得八十多岁的他看上去就像是充满善意的冬天，它正在探访其余三个季节。即便在同辈和家人中间他亦如此，更不用说置身于陌生人中间了。再说，当时是夏天。（"这里夏天的好处就是，"我曾听见他在自己的花园里打开一瓶酒的时候说道，"你不需要冰镇葡萄酒。"）我们开列出一份"本世纪最伟大作家"的名单：普鲁斯特，乔伊斯，卡夫卡，穆济尔，福克纳，贝克特。"但这只到五十年代为止，"斯蒂芬说着，朝我转过身来。"如今还有这样的作家吗？""约翰·库切或许算一个。"我说，"一位南非作家。或许只有他有权在贝克特之后继续写小说。"我没听说过他，"斯蒂芬说，"他的名字怎么拼写？"我找到一张纸，写上库切的名字，并加上了《迈克尔·K 的生活和时代》①的书名，然后把那张纸递给斯蒂芬。然后话题转向闲聊：新近上演的一出《女人心》②（演员们躺在地板上唱咏叹调）；最近新封的爵士。毕竟，这是一顿与两位爵士③同进的午餐。突然，斯蒂芬大笑起来，说道："死在九十年代是个不错的选择。"

二二

午饭后，我们送他回家，可到了河岸街④他却让出租车司机停车，冲我们挥手作别，然后消失在一家很大的书店里，手里还握着那张写有库切名字的纸。我正操心他之后如何回家，

---

① 库切的长篇小说，发表于 1983 年，获当年英语布克奖。
② 莫扎特写于 1790 年的一部喜歌剧。
③ 以塞亚·伯林与斯蒂芬·斯彭德均受封爵士。
④ 伦敦的主要街道之一，有许多剧院和商店坐落此地。

可随后又想到，他比我更熟悉他的伦敦。

二三

　　说着这些记忆片段，我又回忆起一九八六年，当"挑战者号"在卡纳维拉尔角上空爆炸后，不知是在BBC还是CNN，我听到有人朗诵一首斯蒂芬写于五十年前的诗作，即《我一直在想念那些真正伟大的人》：

> 靠近雪，靠近太阳，在最高的旷野，
> 看，波浪般的草地在向这些名字致敬，
> 河流似的白云在将他们颂扬，
> 风的絮语在倾听的天空歌唱。
> 这些人生前曾为生命而战，
> 把火的内核装进自己的心房。
> 他们为太阳所生，他们短暂地走向太阳，
> 晴朗的空气中书写着他们的荣光。

二四

　　我记得我在数年后把这件事情告诉了他，我认为他当时笑了，他那著名的笑容意味深长，能同时表达快乐、一种难以道明的荒诞感、他本人应为这种荒诞承担的责任，以及纯粹的温情。如果说我在这里有些举棋不定，那是因为我记不清当时的场景了。（不知为何，在我眼前出现的始终是一间医院病房。）至于他的反应则不难揣测，因为《我一直在想念……》

是他最老掉牙、最常被收入诗选的一首诗作。尽管他曾有过那么多的诗句——写下的，废弃的，没写出来的，还有被遗忘一半或全被遗忘，但依然在他心中闪闪发光的。因为诗艺总是要将一些诗句占为己有，不论是以何种方式。因此才有了从他身上焕发出的那种光芒，无论我睁眼还是闭眼，它都永远留在我的视网膜上。因此才有那个无论如何都始终存在的笑容。

二五

人究其实质而言就是我们关于他们的记忆。我们称之为生命的东西，归根结底就是一张由他人的记忆编成的织锦。死亡到来，这织锦便散开了，人们面对的便仅为一些偶然松散的片断。一些碎片。如果你们愿意的话，也可称之为一些快照。充满那些让人不忍目睹的大笑或同样让人不忍目睹的微笑。它们让人不忍目睹，因为它们是单维的。我应该对此心知肚明，我毕竟是一位摄影师的儿子①。我甚至要更进一步，认为拍照和写诗这两者间具有某种关联——只要这些片断是黑白的；只要写作意味着记忆。但人们无法假装他看到的东西能超越照片的空白背面。同样，你一旦意识到某人的生命在很大程度上就是你自身记忆的人质，你便会在使用过去时态时缩手缩脚。抛开其余一切不论，这样做酷似在背后议论人，或像是声称自己属于某个自命不凡的、得胜的多数派阵营。人们的心灵应该比他们的语法更为诚实，如果无法做到更聪明的话。或者人们应该坚持记日记，日记能阻隔过去时态。

---

① 布罗茨基的父亲曾在海军博物馆摄影部工作。

二六

现在我们来讲最后一个片断。一篇日记：一九九五年七月二十至二十一日。尽管我从不记日记。斯蒂芬则有写日记的习惯。

夜间酷热，比纽约还糟。D（他们家的一个朋友）来接我，我们四十五分钟后到达劳登街。唉，我多么熟悉这幢楼的楼层和地下室啊！娜塔莎的第一句话："在所有人当中他最不该死去。"我不能想象她这四天是怎么过的，今天夜里她又该怎么过。一切都写在她的眼睛里。两个孩子——马修和丽琪——也是一样。巴里（丽琪的丈夫）拿来一瓶威士忌，给我倒了一大杯。大家全都面色沉重。我们不知为何谈到了南斯拉夫。我之前在飞机上吃不下东西，这时依然吃不下。又喝了杯威士忌，又谈了谈南斯拉夫，此时他们这里已是深夜。马修和丽琪建议我或是在斯蒂芬的书房过夜，或是去丽琪和巴里的阁楼。可M已为我订好旅店，他们送我去那里，只相隔几个街区。

一大早，D开车送我们大家去帕丁顿绿地中央的圣玛丽教堂。考虑到我的俄国习惯，娜塔莎让人敞开斯蒂芬灵柩的盖，使我能再见他一面。他看上去神情严肃，已准备好去迎接前方的任何事情。我吻了吻他的额头，说道："谢谢你所做的一切。请向温斯坦和我的父母问好。永别了。"我记得他的双腿，在医院里，从病号服里伸出老长，腿上青筋纵横，与我父亲的腿一模一样，我父亲比斯蒂芬大六岁。不，我飞来伦敦的原因并非是他离世时我不在场。虽然这也是个最好不过的理由。不，并非因为这一点。实际上，在敞开的灵柩中看到斯蒂芬之后，我的心情平静了许多。或许，这个风俗具有某种治疗效果。我忽然之间意识到，这似乎是一个温斯坦式的想法。如果他能来，他此刻一定也在这里①。因此倒不如还是我来吧。尽管我无法安慰娜塔莎和孩子们。我只能起到一种分散他们注意力的作用。马修此时拧紧了棺盖上的螺钉。他在与眼泪斗争，但后者占了上风。没人能帮他，我认为也不必去帮他。这是一个儿子的事情。

二七

人们赶来参加追悼仪式，他们三五成群地站在外面。我认出了瓦莱丽·艾略特②，在片刻的尴尬之后我们交谈起来。她给我讲了这样一个故事：在她丈夫去世那天BBC播出了一篇讣告，是由奥登朗读的。"他是最合适的人，"她说，"可他的动作如此之快，还是让我感到有些惊讶。"她说，事后不久他来到伦敦，给她打来电话说，BBC听说艾略特病重后便给奥登去电话，要他预先录制一份讣告。温斯坦说，他拒绝在T.S.艾略特还活着的时候对他使用过去时态。BBC回答说，如果这样，他们就去找别人。"因此我只好紧咬牙关这样做了，"奥登说，"我永远无法安宁，直到你赦免我。"

这时追悼仪式开始了。就一场追悼仪式而言，这是最优美不过的了。透过祭坛后的窗户可以看到阳光明媚的漂亮院落。海顿和舒伯特的音乐。可是在四重唱逐渐减弱的时候，我透过侧窗看到一架电梯载着几个建筑工人正在升向邻近一座摩天楼

---

① 温斯坦·奥登死于 1973 年。
② T.S. 艾略特的遗孀。

的高层。我突然一惊，想到斯蒂芬或许也能看见这个场景，他稍后还会作出评论。在整个追悼仪式期间，我的脑中始终盘旋着一些很不恰当的诗句，即温斯坦写莫扎特的那首诗中的几行：

> 庆贺此人的诞生是多么合宜：
> 他从未损害我们这可怜的地球，
> 他留下了十余部杰作，
> 他与侄儿分享最低俗的幽默，
> 他像个乞丐在雨天下葬，
> 他这样的人我们永远不会再见到。①

这么说，他到底还是来了，不是在提供安慰，而是在分散我们的注意力。这是他的老习惯；我猜想，他的诗句过去一定时常步入斯蒂芬的脑海，斯蒂芬的诗句也会时常步入他的脑海。如今，他俩的诗句都注定要患上永久的思乡病了。

二八

追悼会结束了，大家来到劳登街，准备在花园里喝几杯。太阳火辣辣的，天空一片湛蓝。众人在交谈，最常听到的谈话开头是"一个时代结束了"和"今天天气不错"。整个场面看上去更像是一场花园派对。或许，英国人想以这种方式来抑制他们的真实情感，尽管有些人的脸上也流露出了迷茫。R太太在一声问候之后说了些话，意思是人们在每场葬礼上都注定会

---

① 引自奥登的《〈魔笛〉幕间词》(1956)。

联想到自己的葬礼,她问我怎么看。我表示反对,见她表示怀疑,我便对她解释说,我们这一行当的人能借助哀歌写作学会缩小焦点。我又补充说,这会影响到一个人对于现实生活的态度。"我的意思是,人们都暗自希望能和刚刚去世的那个人一样长寿。"R太太换了一种说法。我只好让她暗自希望去吧,自己朝出口走去。我刚出门,便遇见一对刚刚赶来的夫妇。男人与我年纪相仿,看上去有些面熟(好像是个搞出版的)。我们迟疑了一下,相互打了个招呼,他说道:"一个时代结束了。"不,我想对他说,不是一个时代的结束,而是一个生命的结束。这个生命比你我的生命都要更持久,更美好。我并未说出这句话,只是露出一个像斯蒂芬那样的开心微笑,说道:"我并不这么看。"然后就走开了。

一九九五年八月十日

图字:09-2012-802 号

图书在版编目(CIP)数据

悲伤与理智 ／(美)约瑟夫·布罗茨基
(Joseph Brodsky) 著 ；刘文飞译. -- 上海 ：上海译文
出版社，2024. 10. --(译文经典). -- ISBN 978-7
-5327-9701-1

Ⅰ. I712.65

中国国家版本馆 CIP 数据核字第 2024Y3W275 号

悲伤与理智

[美] 约瑟夫·布罗茨基 著　刘文飞 译
责任编辑/宋金　装帧设计/张志全工作室

上海译文出版社有限公司出版、发行
网址:www.yiwen.com.cn
201101　上海市闵行区号景路 159 弄 B 座
上海盛通时代印刷有限公司印刷

开本 787×1092　1/32　印张 17.25　插页 5　字数 343,000
2024 年 10 月第 1 版　2024 年 10 月第 1 次印刷
印数:0,001—5,000 册

ISBN 978-7-5327-9701-1
定价:88.00 元